Henni Decker

Niamh

Die Liebe der Kriegerin

Roman

Decker, Henni: Niamh – Die Liebe der Kriegerin
Aachen, September 2014

Dieses Buch ist bei Forever Ullstein als Ebook erschienen.

Ein Titeldatensatz für diese Publikation ist bei der
Deutschen Nationalbilbiothek erhältlich

Originalausgabe bei Forever. Forever ist ein Digitalverlag
der Ullstein Buchverlage GmbH, Berlin

Umschlaggestaltung vorne: ZERO Werbeagentur, München
Titelabbildung: © Finepic®
Autorenfoto: © Jana Decker

Satz & Layout: 1-2-buch.de

ISBN 978-3-942594-77-6

Vorwort

Liebe Leserin, lieber Leser,
es ist mir ein großes Vergnügen, Euch mit *Niamh* auf eine Zeitreise zu entführen – zu unseren Ahnen, Menschen voller Würde und Herz, göttliche Funken in einer liebenden Natur, die uns bis heute reich beschenkt.

Als Kind habe ich Indianergeschichten geliebt, nicht ahnend, dass unsere europäischen Vorfahren ebenso abenteuerlich und in Freundschaft mit der Erde gelebt haben.

Seit ich vor 20 Jahren begonnen habe, Wissen über die Kelten zusammenzutragen, bin ich begeistert von ihrem Vermächtnis – einer einzigartigen Mischung aus vertrauensvoller Hingabe, wildem Draufgängertum, genialer Handwerkskunst und faszinierendem Wissen.

Am meisten beeindruckt hat mich an den Kelten ihr tiefes Verständnis vom Lieben und Leben – einer Vielzahl von Menschen davon zu berichten, auf dass es sich vermehrt, ist schon lange mein Herzenswunsch. Als mir schließlich Kia Ye Lanur mit seiner außergewöhnlichen Liebe zu Niamh begegnet ist, fügte sich endlich alles zu einer bewegenden, wildromantischen Geschichte zusammen.

Ich freue mich sehr darauf, mich mit Euch auf meiner Homepage
www.henni-decker.de
oder meiner Autorenseite bei Facebook auszutauschen.

Herzliche Grüße

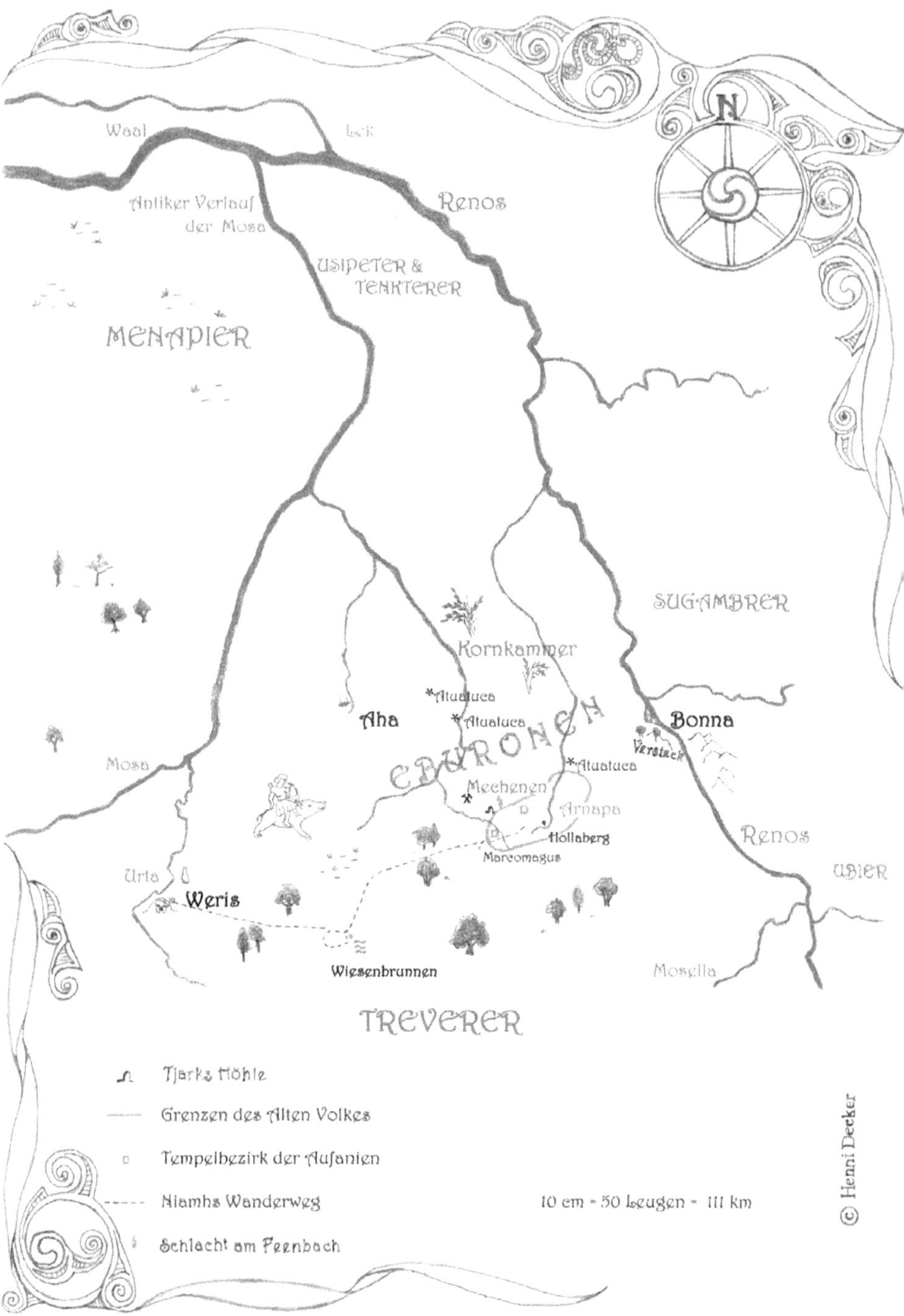
N
Waal
Lek
Renos
Antiker Verlauf der Mosa
USIPETER & TENKTERER
MENAPIER
SUGAMBRER
Kornkammer
Atuatuca
Atuatuca
Aha
Bonna
Versteck
EBURONEN
Atuatuca
Mechenen
Arnapa
Hollaberg
Marcomagus
Renos
UBIER
Mosa
Urta
Weris
Wiesenbrunnen
Mosella
TREVERER
Tjarks Höhle
Grenzen des Alten Volkes
Tempelbezirk der Aufanien
Niamhs Wanderweg
Schlacht am Feenbach
10 cm = 50 Leugen = 111 km
© Henni Decker

Historische Figuren:

Ambiorix und Catuvolcus	- Stammesfürsten der Eburonen
Indutiomarus und Cingetorix	- Stammesfürsten der Treverer
Gaius Julius Caesar	- Römischer Feldherr

Die Stammesnamen sind historisch belegt. Lediglich beim Alten Volk und den Mechenen, einem Unterstamm der Eburonen, handelt es sich um fiktive Stammesverbände.

Fiktive Figuren:

Niamh	- Kriegerin beim Alten Volk
Kia Ye Lanur	- Druide
Audra	- Stammesführerin und Hohepriesterin
Corentin	- Sohn von Ambiorix
Deirdre	- Kampfkunstmeisterin von Weris
Gaheris	- Stammesfürst der Mechenen
Juna	- Druidin im Druidenzentrum von Weris
Kristin	- Kriegerin beim Alten Volk
Lenovolcus	- Krieger beim Alten Volk
Lioba	- Gemahlin von Catuvolcus
Rowan	- Deirdres Gefährte
Talea	- Mutter von Lenni und Anna
Tjark	- Heiler und Audras Gefährte

Prolog

Gegenüber dem Weidenbaum, unter dem Niamh saß, reckte eine stattliche Eiche ihre knorrigen Arme gen Himmel. Hier begann der Bereich, der dem keltischen Gott Cernunnos, dem Herrn der Wälder, geweiht war.

Der Baum, einer der ältesten der Stadt, beschattete den hölzernen Tempel des gehörnten Gottes. Mehrfach waren dicke Äste des Riesen abgebrochen, doch immer hatte er die Blessuren überlebt.

Still und heimlich war Kia Ye Lanur an der Rückseite des uralten Wesens hinaufgeklettert. Eine etwa in Kopfhöhe gelegene Verzweigung diente ihm nun als Beobachtungsposten. Im dichten Blattwerk verborgen, lehnte er die Wange an die raue Rinde und schaute zu Niamh hinüber.

Wie unglaublich schön sie war.

Eine ganze Weile betrachtete er sie staunend. Seine Augen zeichneten die zarten Linien ihres Gesichtes nach und die Wellen, in denen das braune Haar ihr über die Schultern glitt, wenn sie den Kopf wandte. Die weichen Kurven ihres Körpers täuschten nicht über die Kraft hinweg, die sie ausstrahlte. Alles an ihr erschien ihm kraftvoll, die Arme, der Hals, die Beine sowie jede ihrer feinen Bewegungen.

Was sie wohl machte, wenn sie nicht gerade in Bonna unter einer Weide saß? Ob sie eine Bäuerin war, gekräftigt von der Arbeit mit

Pflugschar und Sense? Aber warum saß sie dann hier und war nicht auf dem Marktplatz wie alle anderen? War sie überhaupt eine Bauersfrau? Wohl kaum, denn dann hätten sie und ihre Freundin die Stadt zuvor nicht tagelang beobachtet. Die beiden hatten sich getrennt – den Rotschopf hatte er vorhin auf dem Marktplatz leuchten sehen. Nein, dachte er, sie hatte etwas zu verbergen. Kia Ye Lanur lächelte, er liebte Geheimnisse.

Er würde sie fragen, später.

Sein Lächeln breitete sich aus, bis sein Herz vor lauter Freude schmerzte, und seine Augen brannten, dass sie tränten.

1.

Der lichte, hohe Buchenwald war erfüllt von Kinderjauchzen.
Träge fluteten die Strahlen der Frühlingssonne zwischen den Stämmen der Bäume hindurch und zogen klare Linien aus Licht und Schatten.

Durch das frische Grün des Unterholzes tobte eine ausgelassene Horde aus Menschenkindern und Ferkeln – allesamt flitzten sie umher und schlugen Haken, um einander auszuweichen. Hin und wieder griff eine der Muttersauen ein und sorgte für Ordnung. Dann stob die Rotte kreischend auseinander, denn vor den kraftvollen Zähnen der Säue hatten alle Respekt.

Unbemerkt verfolgte ein dunkles Augenpaar das Treiben – oben am Hang lehnte die reglose Gestalt, den geschmeidigen Körper an die Schattenseite eines Baumstammes gelehnt.

Bereits am frühen Morgen waren die Schweine der Dorfjugend anvertraut worden, doch anstatt sie zu hüten, sodass sie sich vollfressen und Speck ansetzen konnten, spielten die Mädchen und Jungen wilde Hatz mit den Jungtieren.

Es war ein Vergnügen, die Tiere hinaus in die Wälder zu begleiten, damit sie sich in der feuchten, würzigen Erde ihr Futter suchen konnten. Die Säue und Eber liebten es, ihre knorpeligen Rüssel durch den Boden zu schieben, zu schnaufen, sodass die leeren Buchеckerhäuschen davonflogen, zu wühlen und zu schnüffeln, bis die Spur einer duftenden Käferlarve aufgenommen war, dann weiter zu graben, um schließlich den weißen, glänzenden Leckerbissen zu ertasten und ihn zwischen den Zähnen zu zerknacken, auf dass sein köstliches Aroma das ganze Maul erfülle.

Als die jungen Jäger des Herumrennens müde waren, stand ihnen der Sinn nach abenteuerlichen Spielen.

Spannung knisterte plötzlich in der Luft.

„Lass uns auf den Säuen reiten, Lenni!", forderte Maris seinen Freund heraus.

„Fang mir eine, dann spring ich auf!", erwiderte Lenni lachend.

Schon rannte Maris los, mitten zwischen die aufgeschreckten Schweine, die nach allen Seiten auswichen.

„So klappt das nie", spottete Lenni und zog sich auf den untersten Ast eines der ausladenden Bäume. Bäuchlings robbte er darauf entlang und verharrte über einem besonders großen Tier mit aufgestelltem Nackenhaar.

„Oh nein … der alte Eber", flüsterte Anna. Bedeutungsvoll blickte sie ihre Freundin an.

„Das lässt dein kleiner Bruder besser bleiben!", stimmte Fiete zu. Gebannt hielten die Mädchen den Atem an.

Die junge Kriegerin blieb weiter verborgen. Sorgfältig zog sie den Umhang über ihr Schwert, um es vor den verräterischen Strahlen der Sonne zu verstecken; ein Aufblitzen der polierten Klinge, und sie wäre entdeckt worden.

Doch die Kinder hatten nur Augen für Lennis tollkühnen Streich. Sie wussten, dass mit ausgewachsenen männlichen Schweinen nicht gut Kirschen essen war. Die temperamentvollen Keiler verstanden wenig Spaß, wenn es um Fragen der Ehre, der Herrschaft und des Kampfes ging – und genau darum handelte es sich jetzt, zumindest im Kopf des starken Ebers, auf dessen Rücken sich Lenni in diesem Augenblick hinabgleiten ließ.

Sein Ritt dauerte so lange wie der Flügelschlag eines Zaunkönigs. Obwohl er sich mit beiden Händen im rauen Fell des kraftstrotzenden Tieres festhielt und sich mit den Beinen an dessen Seiten festklammerte, wurde er mit einer einzigen scharfen Kehrtwendung abgeworfen. Die winzigen Augen des Wutschnaubenden fixierten ihn. Lenni kauerte am Boden. Mit Entsetzen sah er den riesigen Schatten des Ebers auf sich zukommen und versuchte aufzuspringen – zu spät, denn schon war der wuchtige Kopf mit dem dolchartigen Eckzahn neben ihm. Mit einem Schwung des gefährlichen Hauers versetzte der Keiler Lenni einen Schnitt quer über die Wange. Lenni schrie auf und schnellte davon. Sein Kontrahent setzte ihm mit markerschütterndem Grunzen nach.

Doch Lenni war flink wie ein Eichkätzchen. Mit einem Satz war er zurück am Baum und mit einem zweiten wieder oben – in Sicherheit.

Die anderen Kinder hatten wohlweislich Abstand von dem Zweikampf genommen. Sie wussten, was jetzt kommen würde. Wutentbrannt rannte der Keiler umher, um seinen Unmut an seinem quiekenden Nachwuchs auszulassen. Hier und da zwickte er in eines der davoneilenden Ferkelbeine. Erst nachdem er seiner Vormachtstellung aufs Neue Geltung verschafft hatte, ließ er sich schnaufend unter einen Eibenbusch fallen. Allmählich beruhigten sich alle wieder.

Niamh lächelte. Sie würde alles dafür geben, den Kindern eine unbeschwerte Kindheit zu ermöglichen. Welch eine Schande, mich vor ihnen verstecken zu müssen!, dachte sie, doch niemand konnte ihr verbieten, den Abenteuern der Mädchen und Jungen wenigstens mit den Augen zu folgen. Trotzig schob sie das Kinn vor.

Als Lenni sich endlich vom Baum heruntertraute, blutete seine Wunde noch immer. Anna begutachtete seine Wange.

Aus einem Lederbeutel, den sie wie gewöhnlich an ihrem Gürtel trug, zog sie einen Alaunstein. Sie reichte ihn Lenni und wies ihn an, den Salzklumpen auf die Verletzung zu pressen, um die Blutung zu stillen.

Der Riss würde genäht werden müssen, doch das überließ sie lieber den heilkundigen Frauen. Sie drückte Lenni einen satten Kuss auf die Stirn und ließ ihn laufen.

Von ihrem Versteck aus beobachtete Niamh, wie die älteren Kinder zum Himmel schauten, um den Sonnenstand zu prüfen. Längst war das Wildgemüse gesammelt, wie ihnen aufgetragen worden war, und es wurde Zeit aufzubrechen.

Auch Niamh streckte sich. Ihr Körper strotzte vor Tatendrang. Erst vor zwei Jahren hatte sie ihren zwanzigsten Sommer gesehen – so lange in Stille zu verharren wie an diesem Nachmittag war sie nicht gewohnt.

Inzwischen knurrten die Mägen der Mädchen und Jungen. Mit Vorfreude sahen sie dem Bärlauchomelett entgegen, das ihnen die Mütter zum Abendessen zubereiten würden. Ein wunderbarer, erfüllter Tag ging zu Ende, und die Nacht schickte bereits erste Schatten voraus.

Aus einem dieser Schatten löste sich nun Niamh, doch noch immer verschmolz ihre waldfarbene Kleidung mit den unzähligen Nuancen der Rinden, Moose und Blätter.

Der kühle Abendwind strich durch ihr langes, dunkles Haar, und so zog sie sich den wollenen Überwurf fester um die Schultern. Unter dem Umhang trug sie eine Gürtelkette, in die ihr Schwert eingehängt war. Ihre Lanze benutzte sie als Wanderstock.

Mit leuchtenden Augen blickte sie auf; sie freute sich auf das Zusammensein mit den Mädchen und Jungen, für die sie jederzeit ihr Leben gegeben hätte.

Lautlos bewegte sie sich durch den Wald, fast unsichtbar für ein ahnungsloses Auge. Dann machte sie jedoch mit Absicht Geräusche, damit die Kinder auf sie aufmerksam wurden. Als diese die schlanke, kraftvolle Kriegerin am Hang bemerkten, verharrten sie. Ihre Eltern hatten ihnen eingeprägt, Fremden mit Vorsicht zu begegnen.

Doch Niamh war keine Unbekannte, vor der man sich vorsehen musste. Im Gegenteil – sie liebte die zarten Gesichter der Kinder, ihr Spiel, ihr silberhelles Lachen. Wenn sie mit ihnen zusammen war, wusste sie, warum sie lebte, dann fühlte sie sich erfüllt und getröstet zugleich, und obwohl ihr der Kontakt verboten war, suchte sie die Nähe der Mädchen und Jungen, wenn sie wie heute zu den Siedlungen kam.

Die Dringlichkeit, mit der die Krieger zusammengerufen wurden, verriet ihr, dass das Alte Volk wieder einmal in Gefahr war.

Die Ablehnung ihrer Stammesangehörigen ärgerte sie. Dass sie ausgerechnet von den Menschen verachtet wurde, für die sie ihr Leben gab! Denn obwohl sie und ihre Mitstreiter für den Schutz des Alten Volkes sorgten und einen Großteil der schweren Landarbeiten wie das Pflügen oder Holzfällen verrichteten, durften sie die Dörfer nur in Ausnahmefällen betreten. Es hieß, ihre Anwesenheit bringe die friedfertige Lebensweise der Gemeinschaft in Gefahr. Wie Wachhunden bediente man sich ihrer – sie waren ebenso nützlich wie gefürchtet. Der Vergleich zeichnete einen bitteren Ausdruck auf Niamhs Gesicht.

Doch ebenso schnell, wie er aufgekommen war, verrauchte ihr Zorn. Sie liebte ihr Leben. Es war allemal besser, als ihr Dasein als Sklavin fristen zu müssen. Denn genau das wäre ihr beschieden gewesen, hätte Audra, die Stammesführerin, sie und die anderen elternlosen Kinder damals nicht aufgenommen.

Eine stolze und vor allem schlagkräftige Gemeinschaft war inzwischen aus ihnen geworden. Nicht zuletzt, weil sie eine Schule der Kampfkünste hatten besuchen dürfen, eine Gunst, die sonst nur Nachkommen keltischer Stammesfürsten und deren Edelleuten zuteilwurde.

Die Kinder hatten Niamh inzwischen erkannt und stürmten ihr entgegen. Fast immer konnten sie die Kriegerin zu übermütigen Spielen überreden. Außerdem war Niamh die Einzige, die ihnen vom aufregenden Leben außerhalb der Grenzen des Alten Volkes erzählte, von Städten und Reisen, und von den sie umgebenden Stämmen – kurz, von Verbotenem.

Lachend legte Niamh den Arm um Lennis Schulter und herzte Fiete, die sich zutraulich an ihre Seite drückte. Gut gelaunt zog sie die Rasselbande mit sich. Es war spät geworden, und sie wurden erwartet. Mit ein paar Händen voll Körner lockten die Kinder die Schweine, um sie dann mit Trällern und Stöckchen vor sich herzutreiben.

Wieder einmal wich Lenni Niamh nicht von der Seite und bestürmte sie mit Fragen, die sich um das Leben als Krieger drehten. Anstatt zu antworten, klemmte sie ihn sich unter den Arm und zwickte ihn in die Flanken, bis er ebenso quietschte wie die Ferkel.

„He, du Strolch!“, neckte sie ihn. „Du hast ja immer noch nichts auf den Rippen. So wird Anna Chefin bei euch bleiben!“ Sie zwinkerte Lennis Schwester zu. Anna grinste zurück, zufrieden, stärker zu sein als ihr Bruder.

„Los!“, rief Niamh, ließ Lenni zu Boden gleiten und klatschte in die Hände. „Lasst uns um die Wette laufen und sehen, wer als Erster im Dorf ist und etwas Essbares ergattert!“

Das brauchte sie nicht zweimal zu sagen – schon stürmte die ganze Horde dem heimatlichen Futtertrog entgegen, die Schweine quiekend und grunzend voraus, die Kinder jauchzend hinterher.

Köstlicher Bratenduft erfüllte Audras Haus. Sie hatte den Nachmittag auf der Hasenjagd zugebracht. Mit Pfeil und Bogen hatte sie schließlich eines der Tiere erlegt.

Sie liebte das Bogenschießen und hatte es zu einer Kunst werden lassen, ermöglichte es ihr doch, zur Ruhe zu kommen und über die Belange ihres Volkes nachzudenken.

Während sie auf ihr Abendessen wartete, das über dem kleinen Herdfeuer brutzelte, strich sie sich seufzend eine graue Strähne aus dem Gesicht.

Zu ihrem Bedauern hatte sich herumgesprochen, dass sie über eine hervorragend ausgebildete Kriegertruppe verfügte, an deren Kampfkraft sich die eigene Stärke erproben ließ. Doch zum ersten Mal in der Geschichte des Alten Volkes hatte sie einen der Nachbarklans zum Kampf herausgefordert.

Heimlich.

Gaheris, der Häuptling der Mechenen, eines kleinen Unterstammes der mächtigen Eburonen, die zwischen Renos und Mosa siedelten, war überaus erfreut gewesen, als Audra ihm ein Kräftemessen vorgeschlagen hatte. Er konnte nicht ahnen, dass dieser ungewöhnliche Schritt nur der Auftakt zu ihrem eigentlichen Vorhaben war.

Audras Bedingung, zu schweigen über den wahren Anstifter zu diesem netten kleinen Kriegsgeplänkel, hatte Gaheris wortlos hingenommen. Ein Grinsen hatte sich auf seinem Gesicht ausgebreitet. Sich endlich einmal mit den Kriegern und Kriegerinnen des Alten Volkes messen zu können würde ein Fest für die Mechenen werden!

Jetzt würde sich zeigen, ob die Geschichten über Audras angeblich unbesiegbare Kampftruppe der Wahrheit entsprachen. Es wäre doch gelacht, wenn die unübertrefflichen Mechenen nicht leichtes Spiel mit diesen rohen Eiern haben würden. Seine Kämpfer würden sich in jedem Fall über die Abwechslung freuen!

Gaheris' Grinsen war noch breiter geworden, als er Audra seine große, gepflegte Hand gereicht hatte, um sie in den Handel einschlagen zu lassen. Doch ihre Miene war eisig geblieben. Mit starrem Blick und steifen Schultern war sie einfach sitzen geblieben, fast so, als wäre ihr ihr Ansinnen peinlich gewesen. Nach einer Weile hatte er seine Hand zurückgezogen und sich erstaunt gefragt, was um alles in der Welt an einer kriegerischen Auseinandersetzung derart unerfreulich sein konnte.

Er hatte mit den Schultern gezuckt; letztlich waren ihm die Beweggründe der eigensinnigen Stammesführerin egal gewesen. Vielleicht war sie sich einfach zu schade, ihm auch nur die Hand zu reichen. Das würde dem vereinbarten Spaß jedoch keinen Abbruch tun, im Gegenteil. Es wäre ihm eine Genugtuung, diesem arroganten Frauenvolk, das sich offensichtlich für etwas Besseres hielt, eins auszuwischen! Mit blitzenden Augen hatte er sich zurückgelehnt und seinen sorgfältig getrimmten Schnurrbart liebkost.

Nur allzu gut erinnerte sich Audra an sein selbstzufriedenes Schmunzeln. Gedankenverloren stocherte sie in der Glut herum. Sie kniff die Lippen zusammen – so tief war sie gesunken!

In früheren Zeiten wäre das alles nicht passiert. Damals, als die Frauen aufgrund ihrer lebensspendenden Fruchtbarkeit wie Göttinnen verehrt wurden. Ein sanftes Seefahrervolk waren sie gewesen, beschenkt mit dem Wissen über Sternenkunde und Magie, reich an Kindern und Bernstein. Ein Leben in Harmonie mit den allgegenwärtigen Gottheiten hatten sie geführt – überall im Nordmeerkreis fanden sich die Steinsetzungen, Spuren der Weisheit des Alten Volkes und ihrer matriarchalen Lebensweise.

Inzwischen konnte Audra ihrer Göttin kaum mehr in die Augen sehen. Wozu hätte sie auch Fragen stellen sollen, da sie die Antworten ohnehin nicht hören wollte – beispielsweise, dass es Unrecht war, Menschen in den Tod zu schicken.

Nein, daran wollte sie gar nicht erst denken.

Später. Sie wusste, dass sie sich den unliebsamen Wahrheiten irgendwann würde stellen müssen, doch bis es soweit war, musste sie ohne göttlichen Rat auskommen.

Es wurde Zeit aufzubrechen.

Audra hatte die Kriegerinnen und Krieger zusammenrufen lassen, um sie von dem bevorstehenden Kampf zu unterrichten.

Erst jetzt bemerkte sie, dass ihre Hände miteinander rangen. Verärgert löste sie sie voneinander, nahm den Spieß vom Feuer und legte den Braten in einer tönernen Schüssel ab. Der Appetit war ihr vergangen.

Statt etwas zu essen, nahm sie den Feuerhaken und bedeckte die Flammen mit Asche. Auf diese Weise würde sie später, wenn sie in ihr Haus zurückkehrte, Reste der Glut vorfinden. Dann nahm sie ihren Umhang vom Haken und warf ihn sich mit gewohntem Schwung über. Zuletzt griff sie nach dem bärenköpfigen Stab, der, an die Lehmwand gelehnt, auf sie wartete, öffnete die hölzerne Tür und verließ ihr behagliches Heim.

Draußen hielt sie einen Moment inne und nahm einen tiefen Atemzug. Die kühle Abendluft wirkte belebend. Audra streckte ihren aufrechten Körper. Aus hartem Holz wie ihr Langbogen, war sie es gewohnt, jedes gewünschte Ziel auch über weite Entfernung zu treffen. Die dazu notwendige Spannkraft entsprang ihrem Willen.

Auch ohne den Zuspruch der Göttin würde sie der kampferprobten Schar die Zuversicht vermitteln, dass sie wieder einmal den Sieg davontragen würden.

Niamh und ihre Mitstreiter hatten sich inzwischen auf dem Hollaberg versammelt. Am Rande des Zeremonialplatzes brannte ein Feuer, und die beiden Lammbraten, die auf heißen Steinen brutzelten, versprachen ein köstliches Abendessen. Derweil schleppten die Frauen des Dorfes einen ansehnlichen Suppenkessel herbei, der den Duft von Frühlingslauch und wilden Möhren verströmte.

Bald darauf stärkten sich alle und stellten Vermutungen über den Anlass der unerwarteten Zusammenkunft an. Der von Audra gewählte Treffpunkt auf dem geweihten Platz legte nahe, dass ein außergewöhnliches Ereignis bevorstand; eines der Jahreszeitenfeste konnte jedoch nicht der Grund sein, denn die Feierlichkeiten zur Tagundnachtgleiche waren erst vor wenigen Tagen abgehalten worden.

Seitdem galt es, die lehmigen Böden zu pflügen. Nach den allmorgendlichen Kampfkunstübungen nutzten die Kriegerinnen und Krieger die Knochenarbeit als Krafttraining.

Gelegenheiten zu kämpfen gab es nach ihrem Verständnis viel zu selten. An diesem Abend machte allerdings ein vielversprechendes Gerücht die Runde; es hieß, die Stammesführerin wolle ihnen die Kampfansage eines streitsüchtigen Nachbarn unterbreiten – Audras Auftritt wurde freudig erwartet.

Doch zunächst entdeckte Niamh nur Talea, die Mutter von Anna und Lenni. Die Arme um ein halbes Dutzend Brotlaibe geschlungen, erklomm Talea den Hügel. Sie hatte gesehen, dass ihre Kinder mit Niamh zusammen vom Schweinehüten zurückgekehrt waren. Bebend vor Zorn, baute sie sich vor Niamh auf, wild entschlossen, der Kriegerin die Meinung zu sagen.

„Halte dich gefälligst von Anna und Lenni fern!", forderte sie. „Du kennst die Regeln." Wutentbrannt warf sie ihren langen Zopf über den Rücken.

Herausfordernd funkelte Niamh zurück. „Nur zu", knurrte sie. „Schluss mit dem Getuschel. Sag laut und deutlich, was du denkst!"

„Ich könnte dir den Kopf abreißen", platzte Talea heraus. „Ich will nicht, dass du meinen Kindern zum Vorbild wirst! Wir Frauen sind dafür da, um Leben zu schenken – nicht es zu zerstören." Unbedacht hatte Talea einen heiklen Punkt getroffen. Niamh hatte Mühe, den aufkochenden Vulkan in ihrem Innern niederzuringen; die Luft um sie herum schien nur so zu knistern.

Doch auch Taleas Augen sprühten Blitze. „Weißt du, was Lenni heute beim Zubettgehen gesagt hat? Krieger will er werden!" Auch die übrigen Kriegerinnen und Krieger hatten sich Talea inzwischen mit finsteren Mienen zugewandt, aber die aufgebrachte Mutter ließ sich nicht einschüchtern. „Ja, hört nur alle zu." Sie spuckte die Worte förmlich aus. „Ich fürchte euch nicht, wie so viele von uns." Ihr Tonfall wurde verächtlich. „Es war ein Fehler, euch aufzunehmen. Menschenverachtende Raubtiere haben wir aus euch gemacht." Erneut blieb ihr Blick an Niamh hängen. „Meine Kinder sind dir egal. Herzlos – das bist du!" Ihre Stimme drohte zu kippen; es wurde Zeit zu gehen. Statt weiterer Vorwürfe schleuderte sie der überraschten Niamh die Brotlaibe entgegen und wandte sich schwungvoll ab.

Wie ein wilder Fluss rauschte das Blut durch Niamhs Adern. Ohne die Brote eines Blickes zu würdigen, griff sie nach Taleas Zopf, der ihr in diesem Augenblick ebenfalls um die Nase geflogen kam, und brachte die Widersacherin mit einem Ruck zum Stehen. Der scharfe Schmerz trieb Talea Tränen in die Augen. Entsetzt schrie sie auf, doch Niamh zog sie ungerührt zu sich heran, bis sie sich Stirn an Stirn gegenüberstanden.

„Jetzt hörst du mir zu, meine Gute!", stieß sie gefährlich leise hervor. „Euch wurde über Generationen hinweg eingeschärft, es abzulehnen, sich dem Kampf mit ebensolcher Hingabe und Freude zu stellen wie der Liebe. Doch ohne unsere Hilfe wären eure fünf bezaubernden Dörfer längst von den Eburonen einverleibt worden; zum Frühstück hätten sie euch verputzt. Unser Leben setzen wir für euch aufs Spiel – findest du nicht, dass uns dafür mehr Respekt zusteht?" Unnachgiebig hielt sie Taleas Zopf fest, sodass diese keinen Schritt zurückweichen konnte. „Natürlich habe ich ein Herz für Anna und Lenni!" Ihr Mund bekam einen bitteren Zug. „Eigene Kinder darf ich ja nicht haben laut euren verdammten Regeln. Für Frauen wie dich verzichte ich darauf. Offenbar hast du dieses bedauernswerte Detail vergessen. Nicht einmal Liebesbeziehungen gesteht ihr uns zu!" Niamh richtete sich auf. „Ihr sagt, im Kampf würden wir zu Tieren", fuhr sie ruhiger fort, „aber ich kann dir versichern: Nach der Schlacht kommen unser Mitgefühl und andere Empfindungen zurück. Denkst du wirklich, ich sei eine Gefahr für euch, hab ich dir je wehgetan?"

„Was meinst du, was du gerade tust?", konterte Talea mit schmerzverzerrtem Gesicht.

Im Eifer des Gefechts hatte Niamh den Zopf in ihrer Hand vollkommen vergessen; verblüfft stieß sie ihn von sich, so als glühte er, und schon eilte Talea mit wehenden Röcken den Hügel hinab.

Die Kriegerin starrte ihr nach. Kraftvoll sah sie aus, wie sie so dastand, wild und mit Feuer im Blick. Der aufkommende Wind zerzauste ihr dunkles Haar und kühlte ihre glühenden Wangen. Ohne sich dessen bewusst zu sein, besaß sie ein Strahlen, eine berührende Schönheit.

Die Bewohnerinnen der Dörfer empfanden Niamh als Gefahr, als Konkurrentin, wenngleich sie nie gewagt hätten, das auszusprechen. Denn Niamh zu unterstellen, Wortbruch zu begehen und sich mit einem der Männer der Dorfgemeinschaften einzulassen, wäre ein ungeheuerlicher Vorwurf gewesen.

„Sie hat mir nicht einmal zugehört", murmelte Niamh. Frustriert nahm sie die Brote auf, die noch immer vor ihren Füßen verstreut auf dem Boden lagen, und wandte sich dem Feuer zu.

„Mach dir nichts daraus", erwiderte Audra, deren Ankunft während der Auseinandersetzung unbeachtet geblieben war. „Talea ist nervös, seit sie erfahren hat, dass wir uns den Mechenen stellen müssen."

Erstaunt sah Niamh auf – die Gerüchte trafen also zu.

„Ihr habt richtig gehört." Audra blickte in die Runde. „Uns steht ein Kampf ins Haus. Überlasst Talea mir. Sie hat kein Recht, ihren Unmut an euch auszulassen." Sie war sorgsam darauf bedacht, Niamh zu besänftigen. Dass Talea ausgerechnet heute damit hatte anfangen müssen, sie zu rügen! Würde sich die Kriegerin jetzt beleidigt zurückziehen, wäre Audras sorgfältig ausgeklügelter Plan geplatzt, und sie hätte sich die ganze Mühe sparen können.

„Talea wird sich bei dir entschuldigen, Niamh", sagte sie und stieß zur Bekräftigung ihrer Worte mit dem bärenköpfigen Stab auf. „Du bist eine unserer besten Kämpferinnen, und sie weiß genau, was ihr für uns riskiert. Wir haben allen Grund, euch dankbar zu sein."

„Bemerkenswerte Art, ihre Dankbarkeit zu zeigen", spottete Lenovolcus. Der groß gewachsene Krieger strich sich über das unbezähmbare Haar und schenkte Niamh ein jungenhaftes Grinsen.

Seine Mitstreiterin stieß die Luft aus. „Talea konnte mich noch nie leiden. Ich weiß nicht, was sie hat." Sie warf Lenovolcus die Brote zu, und dieser hatte seine liebe Mühe, sie aufzufangen. Langsam glättete sich die Falte zwischen Niamhs Augen.

„Es wird also zum Geplänkel mit den Mechenen kommen?“, fragte sie, an Audra gewandt. „Na, das wird ein Vergnügen!“

Audra atmete auf – so gefiel ihr Niamh schon besser. „Zwei Tage bleiben uns für die Vorbereitungen“, erklärte sie der Kriegerschar, die bereits auf Einzelheiten wartete. „Viel ist das nicht, doch immerhin habe ich aushandeln können, dass der Streit nicht in der Nähe unserer Dörfer stattfindet.“ Sorgfältig vermied Audra Formulierungen, die auf die Urheberschaft dieser Vereinbarungen hingewiesen hätten, und so entstand der Eindruck, dass sie den Kriegszug wie üblich einem streitlustigen Keltenstamm aus dem Umland zu verdanken hatten.

Während des Essens beruhigten sich die Gemüter.

Bevor sich Audra auf den Rückweg zu ihrer Hütte machte, bot sie an, bei Sonnenaufgang wiederzukommen und ein Schwitzbad abzuhalten, denn neben ihren Aufgaben als Stammesführerin war sie auch Priesterin – ihre eigentliche Berufung.

Die Kriegerinnen und Krieger stimmten zu. Sie waren froh, im Rahmen der Zeremonie die Göttin um ihren Segen für den bevorstehenden Kampf bitten zu können. Nach dem Frühstück würden sie dann ohne Umschweife mit dem Beladen der Wagen und Pferde beginnen.

Audra verabschiedete sich. Die übrigen Dorfbewohnerinnen schulterten den beeindruckenden Suppenkessel, ein Gewinn, den die Kriegerinnen und Krieger in einer der vorhergegangenen Schlachten erzielt hatten, und zogen ebenfalls heimwärts.

Es war recht kühl. Trotzdem freute sich Niamh darauf, die Frühlingsnacht am Feuer zu verbringen und unter dem klaren Sternenzelt zu schlafen. Behaglich hüllte sie sich in ihren warmen Umhang und machte es sich auf einem dicken Schlaffell bequem. Die anderen waren inzwischen ins Gespräch gekommen.

„Am liebsten hätte ich mir Talea vorgenommen, statt auf Gaheris’ Leute zu warten!“, brummte Raik und stocherte in der Glut, dass die Funken stieben.

„Das wäre dir schlecht bekommen, so aufgebracht, wie sie war“, scherzte Mae. „Wenn wir Talea mit der Kampfansage der Mechenen im Regen stehen lassen, würde sie einsehen, wie sehr sie uns braucht.“

„Das glaube ich nicht“, grinste Kristin, die Jüngste im Bunde. Der Schein des Feuers tanzte auf ihrem roten Haar, so als hätte sich die wilde Lockenpracht selbst in ein Flammenmeer verwandelt. „Talea würde Gaheris das Fürchten lehren, wie sie mit ihren Broten herumgefuchtelt hat.“

Mae lachte.

„Ja. Niedlich“, stimmte Lenovolcus zu und schob den trockenen Halm, auf dem er herumkaute, von einem Mundwinkel in den anderen. „Aber vielleicht sind wir tatsächlich überflüssig.“ Stillvergnügt lauschte Niamh seiner vertrauten Stimme. „Bei uns gibt es außer harten Wintern nicht viel zu holen. Wir hüten lediglich jahrtausendealte Traditionen. Weder besitzen wir Erzvorkommen wie die Mechenen noch Schätze wie die Eburonen, die mit ertragreichen Feldern gesegnet sind wie der nächtliche Himmel mit Sternen.“ Lächelnd blickte Niamh zum glitzernden Firmament auf.

„Unsere Freiheit ist mir mehr wert“, entgegnete Mae. „Es heißt, die Verräter, die vom Alten Volk zu Catuvolcus übergelaufen sind, werden geknechtet.“

„Selbst schuld“, knurrte Lenovolcus. „Ohne das fruchtbare Land am Renos, das wir durch ihre Untreue an die Eburonen verloren haben, kämpfen wir Winter für Winter ums Überleben.“

„Bonna soll sehr schön sein“, schwärmte Kristin. „Schade, dass Audra die Stadt für tabu erklärt hat.“

Langsam versank Niamh in ihren eigenen Gedanken.

Taleas Ablehnung machte ihr mehr aus, als sie hatte zugeben wollen. Die Worte brannten wie ein Stachel in ihrer Brust. Nicht zum ersten Mal fragte sie sich, ob sie überhaupt hierher gehörte. Allein schon von ihrem Äußeren unterschied sie sich vom nördlichen Typus, von den Menschen, deren meist blondes oder rötliches Haar in auffallendem Gegensatz zu Niamhs brauner Mähne und ihren dunklen Augen stand. *Feurig* nannte sie Lenovolcus; doch wenn er davon anfing, hörte Niamh lieber weg …

Feurig war auch ihr Temperament. Auch heute hätte sie sich mehr beherrschen müssen, ging sie mit sich ins Gericht. Wie peinlich, dass sie Talea an den Haaren gezogen hatte!

Ein deutliches Zeichen, dass sie sich endlich abreagieren musste. Niamh beruhigte sich, bald war es so weit. Sie war froh, dass es zum Kampf kommen würde. Das war genau der passende Anlass, um ihren aufgestauten Druck loszuwerden. Die Mechenen würden sich wundern!

Endlich würde sie alle Schranken fallen lassen, würde nur noch ihren Instinkten folgen und die Qual der Einsamkeit aus sich herauslassen, die seit Wochen in ihr gärte.

Niamh wurde gefürchtet, und das zu Recht. Gaheris wusste nicht, worauf er sich eingelassen hatte. Der Gedanke entlockte ihr ein grimmiges Grinsen.

Kristins helles Lachen ließ sie aufblicken; welch eine Frohnatur! Niamh wusste nie so recht, ob sie die Jüngere wegen ihres heiteren Wesens beneiden oder ihr an die Kehle gehen sollte; sie seufzte.

Soweit die Dämmerung es zuließ, sah sie sich auf dem Hollaberg um. Wie so oft wichen an diesem Platz ihre Sorgen, und sie fühlte sich von Minute zu Minute kraftvoller. Über ihr wiegten sich die Äste der Kiefern im leisen Wind. Die Luft roch harzig und nach frischer Frühlingserde. Überall zwischen den Nadelbäumen kam der mit Kalksteinen durchsetzte Boden zum Vorschein. Auf der kargen Kuppe erholte sich die Vegetation nur langsam vom vergangenen Winter, doch bei ihrer Ankunft hatte Niamh im warmen Licht des Sonnenuntergangs zarte Blüten von Schlüsselblume und Kuhschelle entdeckt.

Niamh ließ sich auf das Fell zurücksinken und verschränkte die Arme hinterm Kopf. Jetzt in der Dunkelheit wurden nur die Kronen der knorrigen Kiefer über ihr vom flackernden Schein des Feuers angestrahlt. Niamh erspähte den Schatten einer kleinen Nachtjägerin, die lautlos ihren Nistbaum anflog. Die Eule landete auf einem dicken Ast und näherte sich Schritt für Schritt ihrem Nest, um ihren Partner bei der Brutpflege abzulösen.

In der Dämmerung hatte sie Jagdglück gehabt und würde nun satt und glücklich auf ihren Eiern träumen.

Allmählich glitt auch Niamh in den Schlaf.

Der Himmel über dem uralten Vulkan Mahal wurde heller. Gegenüber, auf dem Hollaberg, erhob sich, einem Wächter gleich, der weiße Menhir aus dem Nachtschwarz der Landschaft.

Das war das Zeichen für Bakktonda, die Hüterin des Feuers, die Audra bei der Schwitzzeremonie unterstützen würde. Geduldig schlug sie Funken auf die Rohrkolbenwatte unter dem mit Sorgfalt aufgeschichteten Brennholzstapel. Endlich ließ sich der Zunder überreden, in Flammen aufzugehen. Eine feine Rauchfahne zog gen Norden.

Wenn das Feuer erst lichterloh brannte, würden die Scheite die in ihnen gespeicherte Sonnenglut an die Basaltsteine im Herzen des Holzstapels abgeben.

Die Kriegerinnen und Krieger, die sich zum Ritual zusammengefunden hatten, stimmten Lieder an, um die Feuergeister zu rufen und um sich mit den Kräften des Himmels und der Erde zu verbinden.

Als der Feuerturm in sich zusammenbrach, begab sich die erste Gruppe unter ein mit Decken abgehängtes Weidengeflecht.

Die Feuerfrau balancierte glühende Gesteinsbrocken auf einer Heugabel in die Mitte der Schwitzhütte. Symbolisch heiratete so die Feuerkraft von Vater Sonne die Kraft der Mutter Erde, und ihre Kinder waren für diese Zeit in ihrem Schoss geborgen.

Niamh legte die Arme um die Knie. Noch immer war es kühl hier drinnen, und der steinige Boden zwickte in ihr nacktes Gesäß.

Nachdem die letzten Steine hereingebracht worden waren, wurden die Decken am Eingang heruntergelassen. Nur noch das sanfte, feurige Glimmen des Vulkangesteins durchbrach die Finsternis.

Stille trat ein. Gelegentlich war das Knistern der geweihten Kräuter zu hören, die Audra in die Glut streute. Nach einer Weile räusperte sie sich, rief die göttlichen Kräfte an und goss den ersten Becher mit klarem Quellwasser auf. Siedend heißer Wasserdampf stieg auf, verbreitete sich im Innern des kleinen Raumes und trug die wohltuende Hitze des Feuers in jeden Winkel. Der Wunsch, die freigebigen Ahnmütter mochten ihre Töchter und Söhne anhören, stieg mit dem Dampf empor.

Nun forderte Audra die Kriegerinnen und Krieger auf, all das an die Erde abzugeben, was in den nächsten Tagen bei ihrem Vorhaben hinderlich sein könnte, etwa belastende Gedanken und Sorgen. Nachdem das darauffolgende Sprechen, Seufzen, Rufen und Tönen wieder verstummt war, wurden die Decken am Eingang angehoben, und die Hüterin des Feuers brachte weitere rot glühende Steine herein. Eine Zeit lang wurde das Innere der niedrigen Hütte vom geheimnisvollen Wabern und Funkeln der Glut beleuchtet, bis ein neuerlicher Aufguss dem Zauber ein Ende bereitete.

Es folgte die Zeit des Bittens und des Aufladens mit kraftspendender Energie.

Dann bat Audra im Namen der Anwesenden um den Segen der Aufanien, wie die Göttin mit den drei Gesichtern in dieser Gegend genannt wurde.

Audra bekam kaum noch Luft. Die Hitze des Dampfes erschien ihr so ungeheuerlich, dass sie fürchtete, ihre Lungen würden versengt, wenn sie weiterspräche. Im spärlichen Glimmen der Glutreste erahnte sie, dass Niamh hingegen behaglich Schultern und Arme dehnte.

Niamh liebte die Wärme und Dunkelheit. Sie fühlte sich, als wäre sie in den geborgenen Schoß der Großen Mutter zurückgekehrt. Die wärmende Glut des Feuers war wunderschön anzusehen, denn die Steine trugen oft glitzernde Funken auf ihrer Oberfläche und pulsierten wie Lava. Außerdem schätzte sie das Wasser, die reinigende und heilende Kraft des heißen Dampfes, der alles zum Fließen brachte – den Schweiß, der die Gifte auswusch, die Bilder, Gedanken, Tränen und die Liebe. Dann die Luft, die den Wasserdampf transportierte und mit ihm den Duft der auf den Steinen verbrannten Kräuter. Und schließlich die Erde, die sie alle in sich aufgenommen hatte und wieder aus sich heraus gebären würde und die so wunderbar kühlte, wenn Niamh ihre heiße Stirn auf den feuchten Boden legte.

Audra war klar, dass nicht die äußeren Umstände ihr körperliches Unbehagen erzeugten.

Hier in der Schwitzhütte meldete sich die Wahrheit. Audra war zur Kriegstreiberin geworden. Daran gab es nichts zu deuteln, auch wenn ein anderer diesen Schritt unumgänglich machte – Kia Ye Lanur, ein einflussreicher Druide, der Berater des eburonischen Stammesfürsten Catuvolcus, „Der Schnelle im Kampf".

Bislang war das Alte Volk im Herzen der eburonischen Stammesgebiete geduldet worden. Doch Kia Ye Lanur war imstande, Audras bestgehütetes Geheimnis aufzudecken und für ihrer aller Niedergang zu sorgen. Sie musste den Druiden aufhalten, selbst wenn ihr Plan Niamh das Leben kosten würde.

Warum verrätst du, wen du liebst?, herrschten die Stimmen des Gewissens Audra an. Wie hätte sie da den lieblichen Tonfall der Göttin hören können, die sie einst beraten hatte?

Auf die Idee, dass es sich bei den harschen Worten ebenfalls um die der Großen Mutter handeln könnte, kam Audra nicht …

Die Schuldgefühle wurden unerträglich. Audra hätte schreien können, doch sie riss sich zusammen. Im Namen der Anwesenden stieß sie zwischen zusammengepressten Lippen ein Dankgebet hervor, schlug die Decken zurück, die den Eingang verhängt hatten, und schlüpfte ins Freie.

Eine erfrischende Brise empfing alle, die hinaus in den jungen Tag traten, und liebkoste sie. Auch Niamh fühlte sich wie neugeboren. Hinter ihr verströmte das dampfende Weidengeflecht seinen heiligen Atem.

Indessen begab sich Audra ohne Umschweife zu Bakktonda, überreichte ihr Wasserschüssel und Holzkelle und wies die erstaunte Feuerhüterin an, die noch ausstehenden zwei Zeremonien zu leiten. Nicht alle Krieger und Kriegerinnen passten auf einmal in den deckenverhüllten Bauch der Großen Mutter, doch alle verlangte es nach ihrem Segen für den bevorstehenden Kampf.

Unwirsch ergriff Audra das winzige geschnitzte Pferd, das sie an einem Lederband um den Hals trug, zog sich das Amtszeichen der Priesterin über den Kopf und hängte es Bakktonda um.

„Lenovolcus wird dir heiße Steine zutragen", ordnete sie an.

Ohne sich noch einmal umzusehen, eilte sie den Hang hinab. Verwirrt blickte ihr die frisch ernannte Zeremonialleiterin hinterher.

Die Pferde wurden bepackt. Auf dem Ochsenwagen neben geölten Zeltplanen für die Unterkünfte sowie dem Proviant fand zuletzt auch der große Kessel für den Kriegstrank einen Platz.

Am Abend würden sie, wie Audra mit Gaheris vereinbart hatte, am Feenbach auf dem Stammesgebiet der Mechenen das Kriegslager aufschlagen.

Morgen würde der Kampf stattfinden, um ihn drehten sich die Gedanken. Selbst die Tiere schnaubten ungeduldig und scharrten mit den Hufen. Nur die Heilerinnen und Tjark, der ebenfalls heilkundige Gefährte Audras, ließen noch auf sich warten.

Niamh nutzte die Zeit und widmete sich der Schärfe ihres Schwertes. Sie hatte es bereits geölt und mit Steinmehl abgerieben. Das gehärtete Eisen glänzte in der Morgensonne, doch Niamh war noch immer nicht zufrieden.

Es war ihr wichtig, den Kampf für ihr Volk zu entscheiden, denn nachdem vor vielen Jahren mehr als zwei Drittel des Landes dem eburonischen Stammesfürsten Catuvolcus zugefallen waren, war die Lage ernst geworden. Sie wusste, dass es dem Ende gleichgekommen wäre, hätten sie auch nur eines der letzten fünf Dörfer als Tribut für einen verlorenen Kampf abtreten müssen. Gold, mit dem keltische Fürsten gelegentlich eine Kriegsschuld beglichen, besaßen sie nicht.

Wieder und wieder blickte Niamh die Klinge entlang, entdeckte neue Grate, um sie abermals abzuziehen und zu polieren. Sie beneidete die Mechenen um ihre ausgezeichneten Schwerter, deren Klingen leicht und flexibel waren und trotzdem lange scharf blieben. Sie hatte gehört, dass die Mechenen sogar Gruben mit manganhaltigem Eisenerz besaßen, welches sie mit verschiedenen anderen Erzen zu Schichtstahl verarbeiteten; nur zu gern hätte Niamh ein solches Wunderwerk ihr Eigen genannt, doch derartige Waffen konnte sich das Alte Volk nicht leisten.

Niamh fragte sich, ob ihre eigenes schlichtes Kriegsgerät mit Gaheris' hochwertigem Schwert würde mithalten können. Denn ihn sah sie vor ihrem inneren Auge, wenn sie an den Kampf dachte, mit ihm wollte sie sich messen. Sie suchte einen starken Gegner. Es würde ihr ein Vergnügen sein, ihn zu besiegen!

Niamh wunderte sich immer wieder, dass es die Stammesführer trotz des Rufes, der ihr und ihren Mitstreitern vorauseilte, überhaupt noch mit ihnen aufnehmen wollten – eine so gut ausgebildete und persönlich motivierte Kampftruppe wie die des Alten Volkes gab es im Umkreis etlicher Tagesreisen nicht.

Die Mechenen hingegen verdienten ihr Brot als Bauern oder Handwerker und konnten sich nicht tagtäglich im Umgang mit ihren wunderbaren Waffen üben. Sie überschätzen sich, dachte Niamh. Wir werden ihrem Ehrgeiz einen Dämpfer verpassen. Ich werde Gaheris' Schwert als Tribut für den Sieg heimtragen. Sie grinste.

Andererseits war Niamh zu Ohren gekommen, dass die Eburonen und somit auch deren Unterstamm, die Mechenen, inzwischen zu Wohlstand gekommen waren.

Bis in die entlegenen Höhenlagen hatte sich herumgesprochen, dass der Stamm der Aduatuker vor zwei Sommern von römischen Kriegern unterworfen und mit Kind und Kegel an Sklavenhändler verkauft worden war. Die Nutzung des verwaisten Landes war den Eburonen überlassen worden, deren Herrschaftsgebiet nun vom Renos sogar bis weit über die Mosa hinausreichte. Da sie auch keinen Friedenstribut mehr an die einst so mächtigen Aduatuker zu entrichten brauchten, blühte der Stamm der Eburonen, der Eibenleute, auf.

Seit daraufhin die umliegenden Stammesverbände beschlossen hatten, den Römern gemeinsam die Stirn zu bieten, war der Bedarf an Lanzen und Schwertern enorm gestiegen.

Mit dem Reichtum, den Gaheris der Verkauf seiner berühmten Waffen bescherte, hatte sich auch sein Übermut gemehrt. Wie man hörte, verfügte er inzwischen über eine eigene Kriegergilde. Außerdem legte er Wert auf ein beeindruckendes Auftreten; ob sich hinter seiner imposanten Gestalt auch ein entsprechender kriegerischer Geist verbarg, würde Niamh bald herausfinden.

Den Sieg schenken würde Gaheris ihr jedoch nicht, und darum feilte und schärfte Niamh ihre Klinge, um auch noch die letzte Scharte auszuwetzen.

Als die Heilkundigen zu den Wartenden stießen, hängte Niamh ihr Schwert in die Gürtelkette und schwang sich aufs Pferd. Froh, sich endlich bewegen zu dürfen, ließ die junge Kriegerin den Blick über die von frischem Frühlingsgrün verzauberte Landschaft schweifen. Freudige Erwartung erfasste sie. Das Gefühl von Angst war ihr nicht unbekannt, und auch wenn Niamh es vor Talea ungern zugegeben hätte, fieberte sie dem Kampf regelrecht entgegen.

Entschlossen stemmte sie die Waden in die Flanken ihres Pferdes und sprengte ein Stück des Weges voraus, um sich Luft zu verschaffen. Welch ein Vergnügen, mit einem kraftvollen warmen Pferdeleib unter sich die Lebensfreude und das Wohlgefühl des eigenen Körpers zu spüren!

Noch bevor am Tag darauf die Sonne über dem Berg des Lugh aufging, begannen am Feenbach die Trommeln der Mechenen zu dröhnen. Wie Donnerschläge schallte der fordernde Klang über das weite Tal. Der Puls steigerte sich und versetzte die Kämpferherzen in wilde Aufregung.

An den Kopfenden der lang gestreckten Wiese brannten bereits die Feuer unter den Kesseln beider Kontrahenten. Die Kriegerinnen und Krieger würden nüchtern sein, wenn sie den Aimilvalos, die „Gewaltige Hitze", zu sich nahmen, den rituellen Kriegstrank.

Die Rezeptur hatte Audra von den befreundeten Arduinnerinnen übernommen. Das Wahrzeichen dieser kämpferischen Druidinnen, eine auf einem Wildschwein reitende Kriegerin, symbolisierte genau das, was der Aimilvalos bewirkte: den martialischen Kampfgeist in sich hervorrufen, sich von ihm tragen lassen und ihn lenken.

Audra nahm die heikle Aufgabe der Zubereitung des Suds persönlich in die Hand. Ein großes Fingerspitzengefühl war vonnöten, denn trotz der vehementen Wirkung musste der Geist derer, die die Mischung einnahmen, klar bleiben.

Einige der verwendeten Kräuter schärften die Sinne weit über ein normales Maß hinaus, vorausgesetzt, sie wurden in der richtigen Dosierung mit bestimmten Mineralsalzen kombiniert. Andere Zutaten wiederum dienten als Gegenmittel. So verhinderten die dem Trank zugesetzten Misteln Krämpfe, die die ebenfalls enthaltenen Samen des Bilsenkrautes auslösen konnten. Diese auch als „Saubohne" bekannte Giftpflanze machte ihrem Namen alle Ehre, denn sie verlieh dem, der sie einnahm, die Kampfkraft eines wilden Ebers.

Audra verrichtete die Arbeit am Kessel mit höchster Konzentration.

Plötzlich näherte sich Kristin dem großen Gefäß und tat so, als wollte sie hineinsteigen, doch schon eilte Achai hinzu, einer ihrer Mitstreiter. Unter aufgebrachtem Geschrei hielt er sie zurück. In heller Aufregung zerrte er sie zu Audra, fiel vor dieser auf die Knie und beschwor sie inständig, sie möge Kristins Leben schonen.

Mit stoischer Ruhe ignorierte Audra das Treiben und hielt weiterhin den Trank in Bewegung. Die Kriegerinnen und Krieger bogen sich vor Lachen, und Achai erhob sich.

„Nichts für ungut", grinste er, und auch auf Audras Lippen zeigte sich die Andeutung eines Lächelns. Der Witz war alt, die Posse stellte eine wahre Begebenheit nach – einst hatte ein fremder Gelehrter, der Sitten und Gebräuche seiner Gastgeber unkundig, den Vorbereitungen eines Kriegszuges beigewohnt. Bei manchen Varianten des Aimilvalos wurden dessen Wirkstoffe über die Haut aufgenommen. Zu diesem Zweck mussten die Krieger darin baden. Der Fremde hatte also beobachtet, wie ein stattlicher Recke in den Kessel geklettert war, und vermutet, der Ärmste sei dazu verdammt, Zutat eines Opfertrankes zu werden, welcher gewiss einen blutrünstigen Kriegsgott gnädig stimmen sollte. Entsetzt hatte der Reisende den Druiden angefleht, auf das vermeintliche Menschenopfer zu verzichten. Bis heute sorgte der Irrtum des mitfühlenden Gelehrten für ausgelassene Heiterkeit.

Die Sonne warf ihre Strahlen über den Feenbach, als Niamh sich einreihte, um ihren Becher mit dem befeuernden Trank füllen zu lassen.

Sie schauderte, als sie die bittersalzige Flüssigkeit ihre Kehle hinunterstürzte. Bestimmt hat Audra Froschlaich zum Würzen des Gebräus zugegeben!, schoss es ihr durch den Kopf. Lenovolcus konnte sich das Lachen nicht verkneifen, als Niamh den Becher absetzte und angeekelt das Gesicht verzog.

„Viel Spaß beim Kampf", wünschte er ihr und schenkte ihr einen warmherzigen Blick.

„Pass auf, dass ich *dich* nicht anfalle!“, flachste sie leise. Nach dem Genuss des enthemmenden Trankes hätte ihr niemand einen Vorwurf machen können, wenn sie ihren natürlichen Regungen gefolgt wäre und sich in Lenovolcus’ Arme verirrt hätte, statt sich ihren Gegnern zu widmen …

Sie hatten das geheimnisvolle Funkeln, das sie zueinander hinzog, nie wirklich ausgelebt. Umso wichtiger waren ihnen die zärtlichen Scherze vor dem Kampf, konnte es doch aller Zuversicht zum Trotz das letzte Mal sein, dass sie einander lebend begegneten.

Niamh lächelte Lenovolcus zum Abschied zu, holte ihr Pferd und führte es am Zügel an die vereinbarte Aufstellungslinie.

Der Kampfplatz war so gewählt, dass das Licht um diese Stunde von der Seite her einfiel, wodurch keine Partei benachteiligt war.

Niamhs Augen suchten die Reihen der Mechenen nach Gaheris ab. Um den Keltenfürsten unter seinen Leuten auszumachen, brauchte sie nur nach dem Mann mit dem auffälligsten Putz und Goldglanz Ausschau zu halten.

Sie hatte seine ansehnliche Gestalt gerade entdeckt – er stand lachend bei einem seiner Mitstreiter –, als sie fühlte, wie die Wirkung des rituellen Trankes einsetzte. Ihre Beine wurden unruhig. Das Feuer, das der Aimilvalos auslöste, stieg in ihr auf. Die Flammen liefen weiter, rannten den Rücken hinauf und hinunter und füllten ihren Bauch. In Windeseile breitete sich die züngelnde Hitze über ihre Schultern in die Arme aus. Ihre Fingerspitzen begannen zu pulsieren.

Dann erreichte der Furor ihren Kopf. Er schärfte die Sinne; bald erkannte sie Gaheris’ goldenen Halsreif so deutlich, als könnte sie ihn berühren. Jede einzelne Windung des kunstvoll geschmiedeten Schmuckstückes trat hervor. Das bunte Muster seiner Beinkleider und seines fein gearbeiteten Umhangs leuchtete in der Morgensonne, greller, als es Niamh angenehm war.

Die Trommeln beidseits der großen Wiese verstummten. Stattdessen schlugen die Krieger der Mechenen nun mit den Breitseiten der Schwerter auf ihre Schilde ein.

Gaheris drehte sich um und schaute über das Grasland. Er grinste, als er den abschätzenden Blick entdeckte, mit dem ihn eine junge

Kriegerin über die weite Wiese hinweg musterte. Ihre Augen trafen sich, grimmig und fasziniert zugleich.

Er erkannte Niamh an der dunklen Haar- und Augenfarbe; von ihr und ihrem waghalsigen Heldenmut hatten die Barden gesungen, allerdings fragte er sich, was an diesem zarten Hühnchen so gefährlich sein sollte. Es würde ihm ein Vergnügen sein, das herauszufinden.

Als seinen eigentlichen Gegner betrachtete Gaheris jedoch Lenovolcus, von dessen Meisterleistungen mit dem Schwert er gehört hatte. Doch Lenovolcus und seine beiden Kampfgefährten lieferten sich bereits mit dem linken Flügel der Mechenen Wortgefechte, die ein ebenso hitziges Kräftemessen versprachen. Allerlei Schmähungen flogen hin und her. Auf beiden Seiten Gespött auf Kosten der anderen.

Niamh ließ den Blick ebenfalls über die gegnerischen Kämpfer schweifen, nur vereinzelt fand sich eine Kriegerin unter ihnen. Schließlich trafen ihre Augen wieder auf Gaheris.

Ja, er war und blieb ihre erste Wahl.

Sie schwang sich aufs Pferd; sie fühlte sich kraftvoll und leicht – so sollte es sein!

Die Hitze wurde stärker. Schon kochte die Wut in ihrer Brust. Grollende Laute schwangen in ihrer Kehle mit, wenn sie die tiefen Atemzüge nahm, die der Trank auslöste.

Sie hörte jetzt jedes noch so kleine Geräusch. Das Rascheln einer Maus im Laub drüben am Waldesrand. Das Nach-Luft-Schnappen einer Forelle im Bach. Den Flügelschlag einer jagenden Libelle hinter den Reihen der Feinde.

Niamh spürte, wie ihre Instinkte überhandnahmen, gab sich ihnen jedoch noch nicht hin.

Ohne den Kopf zu drehen, wusste sie, dass inzwischen all ihre Mitstreiter an der Aufstellungslinie angekommen waren.

Die Hitze wurde unerträglich. Niamh wollte nicht länger warten. Es war nicht ihr Kopf, der sie jetzt noch zurückhielt. Ihr Körper wusste, dass es noch nicht so weit war. Trotz all des schmerzhaften Brennens, das in ihrem Magen wütete, und des aufwallenden, bedrängenden Gefühls, das ihren Brustraum bis zum Platzen füllte, hielt sie noch inne.

Niamh prüfte, ob ihr Schwert sicher in der Gürtelkette eingehängt war. Lanze und Wurfschleuder hatte sie zurückgelassen, denn sie suchte den Nahkampf.

Ihr Reittier tänzelte nervös; es spürte die knisternde Spannung, die kurz davor war, sich zu entladen. Auch andere Pferde schnaubten und wieherten und traten von einem Huf auf den anderen.

Dann war das Feuer vollends erwacht. Alle waren heiß. Glühend heiß. Nicht mehr auszuhalten, die brennenden Kleider am Leib zu spüren, die einengten und zuschnürten. Sie mussten fort. Niamh, Lenovolcus und alle anderen rissen sie sich vom Leib. Hemden und Umhänge flogen davon. Auf beiden Seiten würden viele der Krieger und Kriegerinnen mit entblößtem Oberkörper kämpfen, wenn sie nicht gänzlich unbekleidet in den Kampf zogen.

Manche trugen Helme, andere eiserne Kettenhemden; Niamh zog es vor, nicht einmal einen Schild mit sich zu führen. Beide Seiten verwandelten sich in wilde, wüste Haufen; eine geordnete Strategie gab es nicht.

Feuer und Sturm. Darauf beruhte die keltische Kampfweise, nur in Ausnahmen kamen Taktik und Kalkül zum Tragen; auch die Krieger und Kriegerinnen des Alten Volkes kämpften auf diese Weise.

Menschen und Tiere wurden lauter, und sie drängten nach vorn. Die Mechenen bliesen die Carnyces, die hohen, eberköpfigen Kriegstrompeten. In schräger Disharmonie trieben die nervenzerreißenden Töne über die Wiese herüber.

Der Kampf war nicht mehr aufzuhalten.

Von beiden Seiten raste die Reiterei brüllend und tosend aufeinander zu. Staub und Erde wirbelten auf und behinderten die Sicht der zu Fuß folgenden Krieger.

Auf der dem Bach zugewandten Seite der Wiese stürmten Lenovolcus und seine beiden Begleiter in wildem Galopp vor. Kraftvoll hallten ihre Schreie den Gegnern entgegen. Sie trafen in vollem Schwung auf eine kleine Gruppe berittener Mechenen, die sie bereits erwarteten. Schwerter blitzten in der Morgensonne auf. Mit aller Wucht warf sich Lenovolcus seinen Widersachern entgegen.

Dumpf tönten die Hiebe der Waffen auf die schützenden Schilde. Lenovolcus' Schwert zerschlug den Schild eines fremden Kriegers, und seine Lanze durchbohrte die Brust des anderen fast noch im selben Augenblick. Der Getroffene fiel von ihm ab. Hinter sich hörte Lenovolcus ein Schwert durch die Luft kreischen. Er wandte sich um und parierte den Hieb in Höhe seines Kopfes. Erneut holte er aus. Seine Augen begegneten denen des Gegners. Er sah die Augen sich weiten, als sich das Schwert näherte, sah Entsetzen darin aufkommen, als die Klinge durch die weiche Kehle des Mannes glitt, und wie sie brachen, als der Sterbende ihm entgegenstürzte.

Lenovolcus lenkte sein Pferd einen Schritt beiseite, als neben ihm Achai aufschrie und dann blutüberströmt ins Gras sank. Der Todgeweihte krümmte sich und brüllte trotz der Wirkung des Trankes seinen Schmerz hinaus. Ein Hieb hatte seinen Leib halb durchtrennt. Mit wundem Herzen sandte Lenovolcus dem Geliebten einen stummen Abschiedsgruss: Gute Reise, mein Freund!

Für mehr blieb dem Krieger keine Zeit, schon krachte ein weiterer Hieb auf sein instinktiv hochgerissenes Schwert. Funken stoben. Der Knall zerriss Lenovolcus fast das Trommelfell.

Aus seiner Wehmut heraus drehte er sich mit Schwung seinem neuen Widersacher zu. Jetzt brandete Wut aus Lenovolcus' Brust, er schmetterte sie dem Unbekannten entgegen, hieb mit einer ganzen Serie von Schlägen auf den Gegner ein, mal von links, mal von rechts. In hohem Bogen flog der Schild des Mechenen davon, dieser hob zum Schutz sein Schwert, doch mit Lenovolcus' nächstem Armschwung fiel es mitsamt der Hand, die es hielt, zu Boden.

Weiter.

Noch eine Reihe von Hieben, und der Torso des nächsten Mechenen kippte ohne Kopf und Arme der Erde entgegen.

Lenovolcus' Pferd strauchelte. Instinktiv gab der Krieger das scheuende Tier frei und sprang in vollem Galopp ab.

Er brannte. Er war der Zorn, der Blitz, das verheerende Feuer. Er wütete über das Feld. Raik, sein Mitstreiter, hatte Mühe, ihm zu folgen.

Die letzten Kampfszenen hatten sich unmittelbar vor den als Fußvolk kämpfenden Mechenen abgespielt. Aus ihren Mündern brach ein Orkan empörter Schreie hervor. Mit wutverzerrten Gesichtern riss die ganze Schar ihre Schwerter und Lanzen hoch und stürzte herbei.

Lenovolcus zielte auf ihre vor Kampfeslust sprühenden Augen und stürmte ihnen in vollem Lauf entgegen. Er brüllte selbst und sprang, sein Schwert um sich wirbelnd, mitten in die Gruppe der Gegner hinein. Für den Bruchteil einer Sekunde wichen die Männer zurück, um sofort mit ihren Lanzen nach Lenovolcus zu stoßen. Krachend brachen die Stangen unter den Hieben seines Schwertes und zersplitterten in tausend Späne.

Unwirsch warfen die Mechenen die nutzlosen Reste der Lanzen fort und bildeten mit grimmigen Mienen, die scharfen Klingen ihrer Schwerter schwingend, einen Kreis um Lenovolcus und Raik. Rücken an Rücken kämpften die beiden jetzt gegen die Übermacht.

Der Ring ihrer Gegner zog sich zu, bis am Ende nur noch blitzende Klingen über einer Wand aus Kriegern zu sehen waren.

Auf der dem Berg zugewandten Seite des Feldes bildeten die Kriegerinnen und Krieger des Alten Volkes ebenfalls kleine Kampfgruppen.

Mit erhobenen Schwertern stellten sich zwei Kampfgefährtinnen den Mechenen entgegen. Blitzschnell stürzten sie vor und drängten ihre Gegner zurück, ließen einen Hieb nach dem anderen auf die hölzernen Schutzschilde niederdonnern, parierten die Schläge der hinter den geborstenen Schilden hervorfliegenden Schwerter, wichen zurück, um wiederum mit ihren Waffen vorzuschnellen und weiteren Boden gutzumachen.

Die schrillen Schreie der Kämpfenden und ihrer Klingen gellten bis zu Niamh herüber.

Auch ihr Blut kochte, und sie zog ihr Schwert. Das innere Feuer wurde übermächtig, wollte sie zerreißen. Die Flammen wollten sich einen Weg nach außen bahnen, längst hatten sie alle Bedenken, alle Ängste verbrannt. Niamh wollte nur noch kämpfen. Sie brüllte es heraus, sie schrie, dass ihr Pferd kaum noch zu bändigen war. Niamh warf ihren Umhang ab und war endlich gänzlich nackt. Auf zu Gaheris!

Der Häuptling der Mechenen blickte zu Lenovolcus hinüber; auf ihn und seinen Kampfgefährten hatten sich bereits seine Männer gestürzt. Nun gut, dann würde er sich den verwegenen Krieger eben später vornehmen.

Gaheris konnte sich nur noch mit Mühe zügeln, so kochte der Furor jetzt auch in ihm. Er suchte weiter nach einem geeigneten Objekt, an dem er seine entfesselte Rage entladen konnte.

Plötzlich erfassten seine Augen eine Bewegung – die hübsche Kriegerin! Niamhs Blicke zu Beginn der Schlacht hatte er durchaus als Herausforderung empfunden. Ungestüm kam sie in vollem Galopp auf ihn zugeprescht. Was für ein herrlicher Anblick!

Niamh war voller Kampfeswut.

Von wilder Freude erfüllt, ritt sie auf Gaheris zu. Ein fremder Reiter nahte von rechts, ihr Arm fuhr das Schwert hoch und zog es durch. Der Kopf des Gegners flog in hohem Bogen davon. Sie sah nur die Spiegelungen vieler kleiner Sonnen in jedem einzelnen Blutstropfen, der durch die Luft schwebte.

Ihr Geist befand sich in einem Zustand jenseits aller moralischen Bedenken; Niamh bestand aus reiner Wahrnehmung. Noch fühlte sie in ihren Fingerspitzen, wie leicht, wie sahnig ihr Schwert das Leben des Mannes soeben durchtrennt hatte, als Gaheris bereits dicht vor ihr war. Schon konnte sie ihn riechen. Ein unbekannter männlicher Duft. Sie sah die dunklen Sprenkel in seinen wachsamen Augen, die auf die ihren gerichtet waren. Ihr Blick glitt über sein Haar, das, nach keltischer Sitte mit Kalkwasser gewaschen, starr und kräftig vom Kopf abstehend, sein stolzes Gesicht umrahmte. In diesem einzigartigen Moment gesteigerten Bewusstseins erlebte Niamh zum ersten Mal, wie ungeheuer anziehend ein solch wunderbarer Mann sein konnte. Was immerzu durch die Regeln verboten und unterdrückt worden war, brach sich jetzt Bahn durch all die Mauern ihrer Selbstbeherrschung. Entgegen aller Vernunft gefiel ihr dieses Gefühl, sie genoss es, um es im selben Moment auch schon in den Hintergrund zu drängen; die kämpferische Kraft des Furors gewann die Oberhand zurück.

Mit einem Mal vernahm Niamh von ihrer Herzseite her ein helles Sirren, das durch die Luft auf sie zugeschossen kam; schon hörte sie, wie der Pfeil mit dumpfem Schlag in ihr Bein eindrang, um vibrierend zum Stillstand zu kommen, doch sie spürte ihn nicht; ihre Sinne waren ganz auf Gaheris gerichtet. Auch dieser ließ jetzt seiner Stimme freien Lauf und gab sich dem Rausch des Feuers und des Lebens hin. Er fühlte seine entfesselte Macht. Unbändige Kraft. Tosen. Er wollte den Kampf und ging auf Niamh los. Sie sah sein Schwert wie verlangsamt auf sich zukommen, wich ihm aus – ihr Körper zog sich zusammen, um sich im nächsten Augenblick blitzschnell von ihrem Pferd abzudrücken und auf Gaheris zuzufliegen.

Gaheris erstarrte mitten im Fluss seiner Bewegung.

Etwas Schöneres hatte er nie gesehen. Diese zarte, brüllende Frau, diese Brüste, die auf ihn zugeflogen kamen. Die Zeit blieb stehen. Es war unfassbar; er wollte sie berühren, wollte nichts als diese weiche rosige Haut unter seinen Händen spüren, war starr vor Staunen. Der Trank verhinderte, dass er ihre Klinge in seinem Bauch wahrnahm, bevor Niamh ihm entgegensank. Einen Augenblick lang war er vollkommen verwirrt, konnte sein Glück nicht fassen, ihre Nacktheit zu fühlen, wusste nicht, was dieser ungeheuerliche Druck, der sich in seinem Leib ausbreitete, zu bedeuten hatte. Niamh fiel bewusstlos in seine Arme, Gaheris war schon zu schwach, um sie zu halten. Mit schmerzhaftem Bedauern in den Augen sah er ihr nach, wie sie, von seinem warmen Blut gezeichnet, zu Boden glitt, ohne dass sie auch nur das Geringste davon bemerkte – das Gift des Pfeils hatte längst seine Wirkung getan.

Die anderen Krieger setzten ihre Kämpfe lautstark tobend fort, während sich vom Waldrand eine schmale Gestalt löste, sich schwungvoll den Umhang überwarf, der nun den Bogen auf ihrem Rücken verbarg, und unbemerkt zwischen den Bäumen verschwand.

2.

Als Niamh auftauchte, trieb sie in einem Meer voller Schmerzen.

Sie hörte ihr eigenes Stöhnen, doch sehen konnte sie nichts. Sie wollte um sich schlagen, es ging nicht, sie verstand nicht, warum. Tränen rannen über ihr Gesicht.

Die Dunkelheit holte sie zurück.

Ihr Kopf dröhnte. Nach langer Zeit legte jemand etwas Kaltes darauf, und sie wurde klarer.

Auf ihrer Zunge lag der Nachgeschmack des Mohnes.

Bald darauf kehrten die Schmerzen zurück, und Niamh versuchte herauszufinden, woher sie kamen. Vergeblich. Schließlich meldeten sich ihr Bein, die Rippen und ihre rechte Schulter. Alles brannte, pochte und bohrte. Hätte sie doch bloß nicht nachgefühlt!

Sie wurde aufgehoben und auf die Seite gedreht. Der Schmerz in ihrer Schulter wurde unerträglich. Sie wollte sich aufbäumen, doch starke Hände hielten sie fest am Boden. Niamh stemmte sich mit aller Kraft dagegen, wollte schreien, biss lieber die Zähne zusammen.

Dann schrie sie. Ewig.

Endlich wurde das bohrende Gefühl schwächer, aber sie bekam zu wenig Luft. Sie wurde auf den Rücken zurückgedreht, und der Atem strömte wieder in ihre Lungen.

Zum ersten Mal gelang es ihr, die Augen zu öffnen, doch das Bild war zu verschwommen, um etwas zu erkennen. Ihr Kopf drohte zu platzen.

Wasser, kühles, klares Wasser benetzte ihre Lippen; sie öffnete den Mund und ließ es in sich hineinfließen. Es kam in kleinen Schlucken. Trotzdem musste sie husten. Sie spürte eine Hand im Rücken, die sie anhob und stützte. So ging es besser. Dann schob sich ein holziger Löffel zwischen ihre Zähne mit einer zähen Flüssigkeit darauf. Sie schmeckte nach Honig. Honig und Mohn.

Die erlösende Schwere des Mohnsaftes strömte in ihren Bauch, ihre Beine und ihren Kopf, breitete sich wie ein schwarzes Tuch über ihr aus, verlangsamte alles und nahm ihr Gedanken und Schmerz.

Erleichtert gab sie sich dem verlockenden, tröstenden Nebel hin, der sie mit sich zog. Tiefer und tiefer ließ sie sich in seinen dunklen Schoß gleiten und verschwand darin, bis sie nichts mehr wusste.

Ihr war heiß. Zu heiß.

Undeutlich nahm sie wahr, dass sie schwitzte. Sie wollte sich aufdecken, aber ihre Glieder waren schwer wie Blei.

Traumfetzen flogen vorüber und trugen sie mit sich fort.

Als sie wieder aufwachte, glühte sie noch immer, doch ihre Hände und Füße waren eiskalt. Ihr Kopf schmerzte rasend, klopfend jetzt. Sie musste aufstehen, hinausgehen, es war wichtig! Hier konnte sie nicht bleiben! Sie quälte sich hoch, mit aller Kraft. Fremde Hände drückten sie sanft zurück auf ihr Lager. „Aber ich muss, sonst ist es zu spät!“ Sie wehrte sich, doch sie war viel zu schwach. Sie ergab sich. Weinte.

„Schsch … Es ist nur das Fieber. Alles ist gut. Bald geht es dir besser.“ Leise gesprochene Worte. Sie kannte die sanfte Stimme. Konnte sich jedoch nicht erinnern …

Arme, die sie hielten. Niamh ließ sich fallen, geborgen.

Die Schmerzen in ihrem Kopf wurden leiser und entfernten sich endlich. Sie schlief wieder ein.

Blaue Schleier streiften ihr Gesicht – sie sah hin und erkannte darin Annas Kleid. Das Mädchen stand auf einem Boot und winkte ihr zu. Das blaue Tuch wurde zum Segel, blähte sich, und der Kahn mit dem Kind wurde davongetrieben.

„Warte!“ Niamh streckte den Arm aus und versuchte, den Wind zu beschwören. „Hör auf!“, rief sie zornig, kein Laut kam jedoch über ihre Lippen. Ein aussichtsloser Kampf.

Leiser Gesang drang zu ihr durch, die Bedrohung verblasste.

Niamh folgte den dunkelzarten Klängen, und ihr Herz beruhigte sich.

Tiefer als zuvor schlief sie wieder ein, und sie schlief lange.

Als sie erwachte, spürte sie, dass das Schlimmste vorüber war. Trotzdem hielt sie die Augen geschlossen.

Sie lauschte.

Es war still. So still, wie es nur in einem geschlossenen Raum sein konnte.

Das einzige Geräusch, das an ihre Ohren drang, war ein leises Knacken. Dann ein Zischen. Das Knistern eines kleinen Feuers, sie konnte es riechen, aber die Luft war nicht stickig. Der Raum musste eine Öffnung haben. Befreit registrierte Niamh, dass sie wieder denken konnte.

Sofort drängten sich ihr eine Reihe von Fragen auf. Wo war sie, was war mit ihr geschehen? Offenbar war sie verletzt oder krank. „Es ist nur das Fieber“ – wer hatte diese Worte zu ihr gesagt? Ein Gesicht stieg aus den Nebelbänken auf, die der Mohn hinterlassen hatte: glattes braunes Haar, zu einem Zopf gebunden, dazu freundliche Augen – das Antlitz eines Mannes. Niamh brauchte eine Weile, um ihm einen Namen zuzuordnen.

Tjark, Audras Gefährte!, fiel es ihr wieder ein. Das bedeutete, dass sie in Sicherheit war!

Erleichtert schlug sie die Augen auf. Ihr Blick fiel auf lichten Fels, der sie in einem Bogen überspannte. Sie befand sich in einer kleinen Höhle. Hell war es hier; es musste noch eine andere Lichtquelle geben als den schwachen Schein, den ein Feuer spendete, Tageslicht.

Sie sah sich um und stellte fest, dass sie allein war.

Im hinteren Teil des Raumes stieg ein feiner Rauchfaden auf und strich an der Decke entlang in Richtung des Ausgangs, der sich hinter ihr befinden musste. An der Wand zu ihrer Rechten hingen Kräuterbündel, manche frisch, andere getrocknet.

Niamhs Finger strichen über Wolle. Das Fell, auf dem sie lag, war dicht, vermutlich von einem Schaf.

Noch immer umgab sie friedliche Stille. Nur wenn sie sich rührte, raschelte Stroh. Und es tat weh, doch immerhin konnte sie sich bewegen; auch diese Erkenntnis schenkte ihr Erleichterung. Freudig begrüßte sie ihre Füße und Beine – selbst der leichte Schmerz im linken Oberschenkel war ihr willkommen. Rücken und Bauch fühlten sich ebenfalls erträglich an, abgesehen von den Stichen in den Rippen, die sie an die Luftnot der letzten Tage erinnerten. Jetzt jedoch konnte sie wieder frei atmen. Gut! Sie tastete sich weiter vor und überprüfte das Gefühl in ihren Armen und Händen. Nur das bereits bekannte Bohren in der Schulter war noch da.

Alle Körperteile waren vorhanden! Sie atmete auf, doch dann stutzte sie. Welch eigenartiger Gedanke, wieso sollte einer fehlen? Der Kampf!, schoss es ihr durch den Kopf, und eine Flut weiterer Fragen bemächtigte sich ihrer.

Das Brummen in ihrem Schädel kehrte zurück. Entkräftet wollte sie sich nur noch dem tröstenden Schlaf überlassen.

Geräusche, die auf die Anwesenheit eines anderen Menschen schließen ließen, brachten sie zum Erwachen.

Voller Freude erkannte sie den leisen Gesang, der ihr in den vergangenen Tagen vertraut geworden war. Noch im Halbschlaf räkelte sie sich, nur ganz vorsichtig, um die Schmerzen nicht zu wecken.

Das Lied verklang. Stattdessen näherten sich Schritte. Niamhs Herz schlug höher, dabei wusste sie doch längst, dass es Tjark war. Seine Stimme hatte ihr über die schlimmen Stunden hinweggeholfen.

Sie schlug die Augen auf und sah in sein freundliches Gesicht. Tjark hockte sich neben sie. Aufmerksam und ohne ein Wort zu verlieren, betrachtete er sie. Unter seinen Blicken wurde Niamh zunehmend verlegen. Er schien es zu bemerken und lächelte.

„Es geht dir besser“, stellte er fest.

Sie schwiegen. Nach einer Weile merkte Niamh, dass ihre Finger nervös im Fell herumwühlten. Ärgerlich über dieses unübersehbare Zeichen von Befangenheit, versteckte sie die Verräter unter der Decke.

„Was ist passiert?“, fragte sie, mehr um das Schweigen zu beenden. Erst als sie die Worte aussprach, kehrten ihre Gedanken zu der vergangenen Schlacht zurück.

„Später“, erwiderte er nur und legte ihr die Hand auf die Stirn. Dort ließ er sie einen Moment ruhen und lächelte dann. „Das Fieber ist zurückgegangen. Hast du Hunger?“ Unverwandt sah er sie an.

„Ja“, antwortete Niamh, um ihre Verlegenheit zu verbergen. Appetit verspürte sie keinen; alles strengte sie an.

„Schön.“ Tjark erhob sich und wandte sich ab. Erleichtert sah Niamh ihm nach. Er begann im hinteren Teil der Höhle verschiedene Gegenstände zusammenzusuchen und das Kochfeuer zu schüren. Es würde wohl noch eine Weile dauern.

In der Zwischenzeit blieb sie ihren Fragen überlassen. Warum waren sie allein, und wie war es den anderen ergangen? Schon bald drehten sich ihre Gedanken im Kreis.

Mühsam richtete sie sich auf und stützte sich auf ihren gesunden Arm. „Wie ist der Kampf ausgegangen?“, brach es aus ihr heraus.

„Wir haben gewonnen.“ Knapper hätte Tjark die Ereignisse nicht zusammenfassten können.

„Aber …“

„Frag nicht weiter und versuche, nicht so viel nachzudenken.“

Als Niamh protestierte, fiel er ihr erneut ins Wort. „Alles ist gut. Leg dich hin. Ich werde dir nach dem Essen davon berichten, erst musst du zu Kräften kommen. Ruh dich aus“, wiederholte er mit Nachdruck. Als sie immer noch nicht folgte, lächelte er und wandte ihr den Rücken zu.

Niamh begriff, dass er ihr zu diesem Zeitpunkt tatsächlich keine weiteren Einzelheiten erzählen würde, und ließ sich auf ihr Lager sinken.

Die Freude, die sie noch beim Aufwachen verspürt hatte, war verschwunden.

Nicht denken … Tjark hatte gut reden!

Lenovolcus galt ihre größte Sorge. Als sie ihn im Kampf aus den Augen verloren hatte, war er in großer Bedrängnis gewesen. Voller Unruhe fragte sie sich, wie es dem Freund ergangen war. Schon bald ließ sie ein Krampf in der Schläfe gequält aufstöhnen.

Tjark blickte auf. „Hast du Schmerzen?“, fragte er. Niamh nickte. Die Bewegung verstärkte das Pochen noch; scharf zog sie die Luft ein.

„Entspann dich“, forderte er sie auf. „Mal sehen, ob ich nach dem Essen etwas für dich tun kann.“

Niamh ließ sich in die Felle sinken und bemühte sich, den wohlgemeinten Rat zu befolgen.

Sie seufzte. Tjark beim Kochen zuzusehen war jedenfalls besser, als sich den Kopf zu zerbrechen, und so verfolgte sie, wie er am Feuer hockte und seine Aufmerksamkeit ganz dem dampfenden Inhalt des Kessels widmete.

Es dauerte nicht lange, und Tjarks kraftvolle Ruhe übertrug sich auf Niamh; das pulsierende Stechen ließ nach. Ab und zu drehte sich Tjark mit der ihm eigenen Gelassenheit um, langte nach einem Stück Feuerholz und legte es mit Bedacht in die Flammen. Als er merkte, dass Niamh ihn beobachtete, schenkte er ihr ein Lächeln. In seinen Augen spiegelte sich die Glut des Feuers.

Nach einer Weile kostete er von seinem Werk. Anscheinend befand er es für gelungen, denn er zog eine Holzschale hervor, befüllte sie und trug sie zu Niamh herüber.

Ihre verletzte rechte Schulter und der Arm waren mit einer Schlinge bandagiert. Vergeblich versuchte sie, sich aufzurichten. Tjark hielt sie zurück. „Warte, ich helf’ dir“, bot er an, stellte das Essen beiseite und schob Niamh mit geübtem Griff eine Hand unter den Rücken. Als er sie zu sich heranzog, berührte ihre Wange seine warme Brust, und sie atmete seinen Duft ein – Feuer und Wald. Ihr Herz tat einen Sprung.

„Rühr dich nicht“, sagte er sanft, griff nach einem zusammengelegten Fell und schob es hinter sie. Vorsichtig ließ er sie gegen die Stütze gleiten. Mit der dampfenden Schale drückte er eine Mulde in ihre Decke, bis sie einen sicheren Stand hatte. Zufrieden betrachtete er sie.

Errötend dankte Niamh ihm mit den Augen. Rasch nahm sie den Löffel entgegen, den er ihr reichte, und widmete sich der Suppe.

Nach den Tagen des Fastens schmeckte die einfache Gemüsebrühe köstlich. Doch Niamh konnte kaum etwas essen. Schon nach wenigen Löffeln fühlte sie sich unendlich erschöpft. Ihr fielen die Augen zu, und Tjark war zur Stelle, um ihr die Schale abzunehmen.

„Schlaf, mein Täubchen", hörte sie ihn sagen – so hatte sie noch nie jemand genannt. Verwundert glitt sie hinab ins Reich der Träume.

Jemand rief nach ihr. Lenovolcus!

Als Niamh aufwachte, saß Tjark noch immer neben ihr. Ernst ruhte sein Blick auf ihrem blassen Gesicht, doch als sie sich regte, verschwand der Kummer aus seiner Miene.

„Soll ich deine Kopfschmerzen behandeln, oder möchtest du zuerst etwas über den Kampf wissen?", fragte er freundlich.

„Was ist passiert? Wie geht es Lenovolcus?", fuhr sie auf. Jäh meldete sich der pochende Schmerz zurück, und Niamh presste den Handrücken gegen die Stirn. So entging ihr, dass Tjarks Lippen schmaler wurden und sein Blick sich verhärtete.

„Hör einfach zu", bat er. „Für alles, was ich dir jetzt nicht berichte, wird morgen Zeit sein." Die Anspannung in seiner Stimme entging ihr nicht. Erschrocken starrte sie ihn an.

„Mach dir keine Sorgen!" Beschwichtigend hob er die Hand und lächelte.

Niamh zögerte, doch dann wurde ihr Blick weicher, und sie schöpfte Atem.

Tjark seufzte. „Also – wir haben den Sieg davongetragen, das sagte ich ja bereits. Von deinem Einsatz ist schnell erzählt – kurz bevor du dich auf Gaheris gestürzt hast, hat sein Schwert dich an der Schulter erwischt."

Niamh wunderte sich. „Wie konnte mich Gaheris' Schwert an der rechten Schulter verletzen? Er war doch links von mir."

„Keine Ahnung." Ratlos schüttelte Tjark den Kopf. Dann grinste er. „Aber – keine Fragen, weißt du noch?"

Niamh verdrehte stöhnend die Augen, doch dann zwang sie sich, eine freundlichere Miene aufzusetzen, damit Tjark weitersprach.

„Du hast Gaheris deine Waffe in den Bauch gerammt und ihn damit lebensgefährlich verletzt", fuhr er fort. „Ineinander verwickelt, seid ihr vom Pferd gefallen – vermutlich stammen daher deine gebrochenen Rippen. Soweit ich erkennen konnte, hast du dich nicht mehr gerührt; ich schätze, du warst ohnmächtig. Noch während des Kampfgeschehens sind die Heilerinnen und Druiden der Mechenen zu Gaheris geeilt. Selbst von Weitem war zu sehen, dass es ein Wettlauf gegen die Zeit werden würde, sein Leben zu retten.

Zum Glück haben sie dich ebenfalls mitgenommen. Die Wunde an deinem Oberschenkel war harmlos, aber die Hauptschlagader in deiner Schulter war angerissen. Wäre die Wunde nicht so schnell versorgt worden, wärst auch du gestorben."

„*Auch?* Ist Gaheris tot?", fragte sie verwundert.

Tjark hob eine Braue und sah Niamh eindringlich an.

„Keine Fragen", wiederholte sie und fügte sich, doch zwischen ihren Augen bildete sich eine tiefe Sorgenfalte.

„Während beide Seiten ihre Verletzten behandelten, habe ich mich unbemerkt in die Reihen der Mechenen geschlichen", fuhr er fort. „Alle hatten sich um Gaheris versammelt und bemühten sich zu diesem Zeitpunkt noch um seine Rettung, während du bewusstlos am Rande ihres Lagers lagst. Niemand hat auf dich geachtet, und so ist es mir gelungen, zu dir zu robben und dich in den Wald zu ziehen. Dort habe ich die Nacht abgewartet und dich dann hierher getragen.

Die Unseren hatten ihre Zelte bereits abgebrochen, und so war ich mit dir auf mich allein gestellt. Es ging dir viel zu schlecht, um dich auf direktem Weg heim zu den Dörfern zu bringen. Zum Glück kannte ich dieses Versteck in einem Seitental vom Feenbach."

„Wir befinden uns auf feindlichem Boden?" Niamhs Gesicht spiegelte Entsetzen wider.

„Keine Angst", beeilte er sich, sie zu beruhigen. „Die Höhle liegt inmitten einer Felswand verborgen. Hier findet uns keiner! Außerdem – so wie du Gaheris zugerichtet hast, glaube ich kaum, dass die Mechenen Wert darauf legen, dich wiederzusehen." Er schmunzelte, und auch Niamhs Mundwinkel verzogen sich zu einem schiefen Lächeln, als sie sich zurück in die Felle sinken ließ.

„Was machen deine Schmerzen?", fragte er nach einer Weile, doch Niamh antwortete nicht. Gedankenverloren kaute sie auf einer Strähne ihres Haares. Hätte Tjark sie nicht davor bewahrt, wäre sie als Sklavin geendet. Noch nie hatte Niamh in Betracht gezogen, dass ihr ein solches Schicksal widerfahren könnte. Sie hatte sich lebend, siegend, kämpfend, vermutlich die eine oder andere Verletzung davontragend oder gar tot gesehen – aber den Rest ihres Leben als Leibeigene zu beschließen und auf Weisung sogar die niedersten Arbeiten verrichten müssen? Niemals!

„Ich danke dir unendlich! Welch ein Mut!", sagte sie bewegt. Sie räusperte sich.

Tjark lächelte und wiederholte seine Frage.

„Halb so schlimm", stammelte sie, um ihm nicht noch mehr zur Last zu fallen. Tatsächlich brummte ihr Schädel jedoch wie ein aus dem Winterschlaf gerissener Braunbär.

„Bevor ich dein Kopfweh behandle, lass mich die Verbände erneuern, einverstanden?" Offenbar ließ sich Tjark nichts vormachen. Niamh willigte ein, und so schlug Tjark unversehens die Decken auf, um sie zu untersuchen.

Mit Schrecken begriff Niamh, dass sie kein einziges Kleidungsstück am Körper trug.

Als Tjark sie in die Höhle getragen hatte, war sie, wie zuvor im Kampf auch, vollkommen nackt gewesen. Um ihren Körper warm zu halten, hatte er sie in eine Decke gewickelt und sie so auch auf das Krankenlager gelegt. Auf diese Weise waren ihre Verletzungen für ihn jederzeit gut zugänglich gewesen.

Im Gegensatz zu ihr nahm Tjark ihre Blöße gelassen hin und entfernte die Wundauflage von ihrem Oberschenkel. Zufrieden betrachtete er den Fortschritt der Heilung.

„Die Verletzung sieht gut aus", erklärte er. „Als ich dich fand, war der Pfeil schon herausgezogen worden. Er hatte keine Widerhaken, sieh nur, die Ränder der Wunde sind glatt." Mit geübten Händen legte er ihr einen neuen Verband an. Kaum war er fertig, als Niamh sich auch schon die Decke bis unters Kinn zog.

„Lass mich erst nach deinen Rippen sehen", protestierte er und schob das schützende Tuch wieder beiseite. „Außerdem muss ich deine Schulter versorgen." Niamhs Puls schoss in die Höhe. Am liebsten hätte sie Tjark den Überwurf aus der Hand gerissen.

Nicht, dass es ihr gänzlich fremd gewesen wäre, Männern unbekleidet zu begegnen, etwa wenn sie an der Seite von Kriegern kämpfte, beim Baden im Fluss oder beim Schwitzbad. Doch mit Tjark lagen die Dinge anders. In seiner Gegenwart nackt zu sein war weitaus aufregender.

Niamh riss sich zusammen. Zum Glück schien er wenigstens nichts von ihren Gefühlen zu bemerken; bald war er mit den Rippen fertig und löste den Verband an ihrer Schulter.

„Die Wunde sieht besser aus, aber ihre Farbe gefällt mir nicht." Kopfschüttelnd betrachtete er die Verletzung und drückte von den Rändern her sacht dagegen. Niamh verzog das Gesicht.

„Die Hitze steckt noch immer darin", meinte er. „Wenn auch längst nicht mehr so stark wie vor ein paar Tagen."

Niamh war froh über das Gespräch. Sie konnte sich die Verlegenheit, die Tjarks Nähe in ihr auslöste, nicht erklären.

Inzwischen versorgte er ihre Schulter mit Schafgarbe und Weidenrindenbast, bedeckte die Kräuterauflage mit Leinen und befestigte das Pflaster mit einer Paste aus Birkenpech. Nachdem er alles, was er dafür gebraucht hatte, zur Seite geräumt hatte, kam er zurück und lächelte Niamh an. „Dreh dich bitte auf die Seite. Ja, noch ein Stück. Genau."

Längst hatte sie sich wieder die Decke übergezogen, als Tjark plötzlich daruntergriff. Einen Moment lang war sie fassungslos. Dann begriff sie, dass er sie wegen ihrer Kopfschmerzen behandeln wollte, und sie atmete auf.

Behutsam tastete er ihren Nacken ab. „Kein Wunder, dass du Kopfweh hast", sagte er. „Deine Muskeln sind steinhart. Lass mich dafür sorgen, dass du zur Ruhe kommst."

Ohne ihre Antwort abzuwarten, begann er sie zu massieren und ihren geschundenen Körper mit duftenden Ölen einzureiben.

Niamh fiel es schwer, dieses Geschenk anzunehmen. Sie war es nicht gewohnt, so freimütig angefasst zu werden. Nicht, dass Tjark sie unterhalb des Gürtels angerührt hätte, aber im Gegensatz zu ihr war es für ihn als Heilkundigen an der Tagesordnung, die ihm anvertrauten Menschen zu berühren. Außerdem kannte er Stellen am Körper, an denen eine Hand, wenn sie liebevoll aufgelegt wurde, eine tiefe, heilende Ruhe auslösen konnte.

Doch Niamh war weit davon entfernt, sich zu entspannen, im Gegenteil – sie wurde immer aufgeregter.

Je länger sie sich dieser Gunst hingab, umso mehr geriet sie in Nöte. Mit dem Eid, den sie abgelegt hatten, hatten sich die Kriegerinnen und Krieger nicht nur verpflichtet, ihr Leben der Verteidigung des Alten Volkes zu widmen. Ihnen war auch jegliche körperliche Vereinigung untersagt worden, und das aus gutem Grund. Denn die Nachkommen, die daraus entstanden wären, würden als Halbwaisen oder gar Waisen aufwachsen, sollten ihre Eltern im Kampf umkommen.

Sie alle wussten, was es bedeutete, Vater und Mutter zu verlieren. Wer von ihnen hätte sich todesmutig in die Schlacht geworfen, wenn dem geliebten Kind ein ähnliches Schicksal gedroht hätte?

Wie jeder der Mitstreiterinnen und Mitstreiter hatte auch Niamh ihre ganz persönliche Strategie entwickelt, um mit den notwendigen Entsagungen zurechtzukommen. Berührungen, wie Tjark sie nun ausführte, gehörten mit Sicherheit nicht zu ihrer bevorzugten Taktik. Bisher hatte Niamh alle noch so unverfänglichen körperlichen Beziehungen zu anderen vermieden, um ihren schlafenden Hunger nicht zu wecken. Mehrfach überlegte sie, ob sie Tjark Einhalt gebieten sollte.

Aber es war zu angenehm. Wie wunderbar sich ihr Körper anfühlte! Zumindest bemühte sie sich, einfach dazuliegen und sich Tjarks warmen Händen anzuvertrauen. Es tat so gut, immerhin war sie eine Zeit lang nahezu schmerzfrei, doch raste ihr Herz inzwischen wie wild. Verwirrt versuchte Niamh, wenigstens leise zu atmen, damit Tjark nichts bemerkte.

„Schließe deine Augen", bat er, als ihm auffiel, dass sie zunehmend unruhiger wurde. „Ich probiere etwas anderes aus."

Niamh war froh, auf diese Weise seinem Blick nicht mehr begegnen zu müssen. Sie wollte unter allen Umständen vermeiden, dass er entdeckte, was in ihr erwacht war.

Als sich bald darauf eine Hand unter ihren Nacken schob und eine andere von unten leicht gegen ihre Füße drückte, fragte sie sich, wie Tjark wohl bis dorthin reichte, und blinzelte kurz, um nachzusehen – er war ganz einfach größer als sie, und so reichte die Spanne seiner Arme aus, um die Berührung problemlos auszuführen. Freundlich lächelte er sie an; er schien einfach alles zu bemerken, auch ihren Blick. Verlegen tat ihr Herz einen kleinen Sprung.

Nach einer Weile ließ er ihre Füße los.

„Jetzt atme ruhig ein und aus – bis hierhin", wies er sie an und legte eine Hand auf ihren Bauch. Tapfer versuchte sie ihr Glück. Allerdings kribbelte besagte Stelle so sehr, dass sie gar nicht umhinkonnte, tiefe Atemzüge zu machen.

Erst lange nachdem er seine Hand zurückgezogen hatte, kam Niamh zur Ruhe. Mit seiner sanften, dunklen Stimme sang er für sie, bis sie eingeschlafen war.

Als es zum Abend hin kühler wurde, legte Tjark vorsichtig, damit Niamh nicht aufwachte, eine weitere Decke über sie. Still blieb er neben ihr sitzen.

Tief in Gedanken versunken, betrachtete er ihr schönes, in der Obhut des Schlafes gelöstes Gesicht. Bevor er sich langsam erhob, ließ er seine Finger über die Rundung ihrer Wange streichen. Dann wandte er sich dem Ausgang zu. Dort stand er und schaute traurig durch die kargen Büsche, die die Höhle in der Feldwand verbargen, hinab ins Tal.

Am nächsten Morgen untersuchte Tjark Niamhs Schulter erneut.

„Die Entzündung ist weiter zurückgegangen", berichtete er zufrieden. „Ich hatte schon befürchtet, die Wunde noch ein weiteres Mal öffnen zu müssen, doch das scheint nicht nötig zu sein. Trotzdem wirst du dich gedulden müssen, bis die Verletzung völlig ausgeheilt sein wird."

Da die Schmerzen inzwischen erträglich waren, wollte Niamh auf schmerzstillende Mittel verzichten.

„Ich möchte endlich das Gefühl loswerden, von Watte umgeben zu sein", wandte sie ein, doch Tjark widersprach.

„Nimm den Mohnsaft noch ein paar Tage lang. Er wirkt nicht nur gegen die Schmerzen, sondern hilft dir auch, dich zu entspannen. Deine Wunden werden besser verheilen. Ich kann dich ja nicht ständig behandeln wie gestern Abend, oder?" Er grinste. Niamh wurde rot und wich seinem Blick aus.

„Aber im Ernst", hörte sie ihn sagen. „Das benebelte Gefühl kommt auch von dem Blutverlust, den du erlitten hast. Ich werde dir einen Tee kochen." Er löste eines der Kräuterbündel von der Wand.

Während sie kurze Zeit später den heißen Sud zu sich nahm, sah sie Tjark bei der Zubereitung des Frühstücks zu.

Im Schutz der Dunkelheit der vergangenen Nacht hatte er Schlingen ausgelegt. Noch vor dem Morgengrauen war er mit zwei Kaninchen zurückgekehrt, deren zartes Fleisch nun im Kessel über dem kleinen Feuer hing. Der Eintopf verbreitete einen köstlichen Duft.

Tjark lächelte Niamh zu. „Zum Nachtisch gibt es Beerenfladen mit Honig." Als sie protestieren wollte, hob er die Hand. „Ich weiß, du bist so viel Aufmerksamkeit nicht gewohnt, aber ich werde nicht eher aufhören, dich zu verwöhnen, bis du wieder gesund bist." Seine Augen strahlten.

Diesmal lächelte Niamh zurück.

Im Stillen biss sie sich jedoch auf die Zunge. Nur allzu gern wäre sie noch einmal von Tjark massiert und gestreichelt worden. Sie ertappte sich gar bei der Vorstellung, wie es wäre, wenn er sie plötzlich in die Arme schließen würde und …

Nein. Nie hätte sie sich getraut, ihm das zu sagen.

Schlimm genug, dass sie Gefühle hatte, die sie wegen der Gelübde gar nicht haben durfte, war er zu allem Übel auch noch Audras Gefährte.

Verboten. Undenkbar.

Aufregend.

Wenn sie nur zu ihm hinüberschaute, schlug ihr Herz schneller. Nervös spielten ihre Finger mit dem Fell, auf dem sie lag.

Niamh suchte die vertraute Beherrschung; vergebens.

Sicher, es lag an der besonderen Situation – sie beide hier allein. Sie, Niamh, verletzt und bedürftig – und Tjark, der sie mit seinen wissenden Händen immer wieder berührte, berühren musste.

Niamh wurde ganz heiß. Bestimmt war sie wieder rot geworden. Ihre Wangen glühten.

Verboten!

Doch es hatte so gutgetan, alles loszulassen, sich nur hinzugeben und zu genießen. Eine solche Zeit hatte es ewig nicht mehr gegeben. Niamh konnte sich überhaupt nicht erinnern, jemals zuvor derart umsorgt worden zu sein wie in den letzten Tagen.

Der würzige Duft des Kanincheneintopfs, den Tjark für sie zubereitete, umschmeichelte ihre Nase. Wenigstens das durfte sie ohne Schuldgefühle genießen. Der Anblick seiner kraftvollen Hände erinnerte sie daran, wie es sich angefühlt hatte, als sie über ihren Körper glitten.

Tjark sah auf. Allein dieses Lächeln!

Wie ein loses Rad, das sich selbstständig gemacht hatte und nun wild entschlossen den Berg hinunterrollte, machten ihre Gefühle unaufhaltsam, was sie wollten. Dann schau ihn einfach nicht an, mahnte sie sich. Was du bei ihm suchst, ist VERBOTEN! Denk an was anderes!

Um sich abzulenken, durchkämmte Niamh ihre Gedanken nach einem unverfänglicheren Thema.

Lenovolcus tauchte vor ihrem inneren Auge auf – abrupt kam das Karussell ihrer Gefühle zum Stehen, Niamh erstarrte.

„Wie geht es Lenovolcus und den anderen?", stieß sie tonlos hervor. Tjark musste endlich auf ihre Fragen antworten! Gequält blickte sie ihn an.

Er schwieg.

Flehend hakte Niamh nach. „Tjark, bitte. Es geht mir doch schon so viel besser, und ich mache mir ernsthaft Sorgen."

Tjark seufzte. „Nach dem Essen, einverstanden?"

Niamh entging keineswegs, dass das Lächeln, welches er ihr schenkte, seine Augen nicht erreichte. Vergeblich suchte sie in seinem Tonfall und seiner Mimik nach weiteren Hinweisen auf eine Unglücksbotschaft. Doch entweder war Tjark fest entschlossen, sich nichts anmerken zu lassen, oder das, was er zu erzählen hatte, war nicht so schlimm, wie sie befürchtete, sprach sie sich Zuversicht zu.

Trotzdem – der Eintopf wollte nicht schmecken, die süßen Fladen blieben sogar unangerührt.

Als Tjark sich schließlich neben Niamh auf dem Fell niederließ, wurde sein Gesicht sehr ernst. Wortlos starrte er in den Becher mit heißem Tee in seinen Händen.

Als er den Kopf hob, begegnete Niamh dem Schmerz in seinen Augen. Seine Stimme klang belegt, als er die Worte aussprach, vor denen er sich die ganze Zeit gefürchtet hatte.

„Es tut mir leid", Tjark räusperte sich, doch seine Stimme blieb rau. „Es tut mir sehr leid, aber …", mit großem Bedauern sah er zu, wie Niamh bleich wurde.

Sie hatte es geahnt, hatte es die ganze Zeit gewusst, aber nicht glauben wollen. Jetzt war es zu spät, er würde es aussprechen.

„Lenovolcus ist tot. Er, Achai und Mae haben im Kampf gegen die Mechenen ihr Leben verloren." Sie hörte die Worte und hörte sie nicht – das Blut rauschte in ihren Ohren. Mit einem Mal war sie nur noch müde, unendlich müde. Kälte kroch ihr in die Knochen, und sie erstarrte.

Plötzlich spürte sie eine heiße Flüssigkeit auf ihren Wangen. Sie biss die Zähne zusammen. Es konnte nicht sein, dass sie weinte. Sie weinte nie, sie war das Eis, es konnte gar nicht anders sein.

Doch heute waren diese Sätze nicht wahr, heute fühlte ihr Herz, fühlte den Schmerz; Niamh schüttelte sich, wie um ihn abzuschütteln. Nie hatte sie etwas empfunden, wenn jemand gestorben war. Warum fühlte sie mit einem Mal, wie konnte das sein?! Alles verschwamm vor ihren Augen. Diese elenden Tränen! Sie konnte nicht aufspringen, wie sie es gern getan hätte, und fortlaufen. Einfach nur rennen, bis sie nichts mehr wusste. Doch ihre Verletzungen verdammten sie dazu, auf diesem elenden Lager hocken zu bleiben. Hilflos schlug sie ihre Hände vors Gesicht und biss sich auf die Lippe, bis sie Blut schmeckte.

Lenovolcus, mein Lieber. Wäre ich dir doch zu Hilfe geeilt!, dachte sie verzweifelt. Aber im Kampf war jeder auf sich gestellt gewesen. Sie hätte ebenso gut selbst den Tod finden können. Doch sie lebte, und mit einem Mal begriff sie, dass sie Lenovolcus zu Ehren fühlen wollte, was sie fühlte.

Sie hatte tatsächlich die Wahl. Auch jetzt hätte sie die innere Kälte in sich hervorrufen können, mit der sie all ihre Gefühle abzutöten imstande war; sie hätte sich für das Eis entscheiden können, doch stattdessen beschloss sie, den Schmerz, der ihr Herz zu zerreißen drohte, zu ertragen.

„Ich lasse dich allein, wenn du willst", hörte sie Tjark sagen. Niamh war ihm dankbar für sein Taktgefühl, sie nickte, und er schlüpfte aus der Höhle.

Als er fort war, drehte sie sich um und steckte den Kopf in die Felle.

Töne stiegen aus der Tiefe ihres Innern empor. Ein Schluchzen erst, dann ein lang gezogenes Heulen. Es wurde zu einem Klagen, wie die Alten es ausstießen und die Geliebten und die Mütter, die um ihre toten Kinder weinten.

Sie weinte um Lenovolcus' Leben, um seine Schönheit und Kraft, seine geschätzte Gesellschaft, ihre Liebe, die ihm gehörte und die er erwidert hatte. Niamh heulte, so laut sie konnte. Die Felle und die Wände der Höhle nahmen ihren Schmerz auf und gaben ihr Schutz.

Irgendwann musste Tjark zurückgekommen sein, denn er nahm sie in seine Arme, hielt sie und schenkte ihr Trost. Sie schmiegte sich an ihn und hielt die Augen geschlossen. Wie ein kleines Kind zog sie sich zusammen und drückte sich an ihn.

Lenovolcus.

Wen gab es denn noch in ihren Reihen? Wer war ihr je so nah gewesen wie er? Auf einmal fühlte sie sich vollkommen allein.

Lenovolcus war so vertraut gewesen. Mit seinem Tod wurde Niamhs Welt einsam und kalt. Sie fürchtete, den Verlust nicht ertragen zu können. Unentschieden stand sie auf dem Grat zwischen der Gefühllosigkeit, die sie hätte erstarren lassen können, und dem Schmerz, der Leben bedeutete. Sie schwankte. Da zog Tjark sie sanft an sich, und sie entschied sich für die Wärme und Lebendigkeit.

Niamh weinte.

Nach langer Zeit rührte sich Tjark. Sein Bein war eingeschlafen, und er schüttelte es vorsichtig. Niamh hob die Augen und merkte, dass der hartnäckige Kopfschmerz, der sie seit Tagen verfolgt hatte, endlich verschwunden war. Sie ließ den Kopf wieder an Tjarks Brust sinken, und er drückte sie an sich.

Als es dunkel wurde, wollte Tjark sich zurückziehen, doch Niamh ließ ihn nicht los.

„Bleib. Bitte bleib bei mir", flüsterte sie kaum hörbar. Und Tjark blieb.

Irgendwann merkte er, dass sie eingeschlafen war. Ihr Atem ging tief und ruhig. Er lag einfach bei ihr und hielt sie weiter im Arm.

Als ihm zu kalt wurde, schlich er noch einmal zum Feuer hinüber, schürte die Glut und legte die Hölzer so auf, dass sie lange Zeit mit kleiner Flamme brennen würden. Dann kehrte er zu Niamh zurück und legte sich wieder neben sie. Sie seufzte, als er sie in die Arme schloss, wachte aber nicht auf.

Im schwachen Schein des Feuers beobachtete er sie. Sie war so zart, sie schmiegte sich an ihn, und manchmal schluchzte sie auf, wie ein Kind, das sich in den Schlaf geweint hat.

Tjark dachte an seine Gefährtin. Wenn er ihr doch nur ebenfalls hätte näher kommen können; wie sehr wünschte er, dass sie sich ihm hingeben würde, auf welche Weise auch immer.

Früher war es vertrauter zwischen ihnen zugegangen, aber in der Zwischenzeit war viel passiert, was Audra von den Pfaden der Liebe abgebracht hatte. Längst hatte sie sich für den anderen Weg entschieden. Ein bitteres Lächeln erschien auf Tjarks Gesicht; was war er doch für ein romantischer Tor, immer noch von Liebe zu träumen! Audra funktionierte. Alles funktionierte in ihrer Nähe. Doch er, Tjark, sehnte sich nach Verbundenheit, nach Herzenswärme – das funktionierte nicht, hatte es nie, wenn er ehrlich war. Tjark seufzte. Es war sinnlos, sich immer weiter Hoffnungen zu machen, doch auch das war nichts Neues. Er wusste schon lange, dass er bei Audra niemals finden würde, wonach er suchte, und trotzdem blieb er. Er war ihr verfallen. Sein Herz hatte sie erwählt, würde sie immer wählen.

Auch diesmal würde er ihr treu sein. Vielleicht käme er ihr endlich näher, wenn er diesen Auftrag ausführte. Nein!, rief er sich zur Vernunft. Eben nicht. Selbst wenn er ihr die Mondin zu Füßen legte, könnte er ihr Herz nicht erweichen. Er fragte sich, wie lange er noch weiterhoffen würde. Wahrscheinlich so lange er lebte.

Verlegen schaute Tjark auf Niamh hinab. Sie rührte ihn sehr, aber er würde es dennoch tun. Er würde die Umstände ausnutzen, wie Audra es gewünscht hatte – doch wenigstens wollte er es gut machen. Das war er ihr, Niamh, schuldig. Schuldig wegen des Vertrauens, das sie ihm entgegenbrachte, und der menschlichen Nähe und Wärme. Tjark dankte ihr vor allem für den Trost, den sie ihm in dieser Nacht schenkte.

Sanft strich er über die weichen Formen ihres Gesichtes und ihres Körpers, ganz leise und behutsam streichelte er sie. Und während das Feuer langsam wieder erlosch, wärmte und liebkoste er sie weiter, auch als sie erwachte und im Dunkel der Nacht seine Zärtlichkeiten erwiderte.

3.

Als Audra Niamhs scheuen Blick traf, wusste sie, dass auch der zweite Teil ihres Planes erfolgreich abgeschlossen war.

Nur kurz dauerte diese Begegnung, denn nach dem ermüdenden Ritt war Niamh erschöpft, und Tjark schickte sie in das Lager der Kriegerinnen und Krieger, damit sie sich ausruhen konnte.

Mehr als ein Mond war inzwischen seit der Schlacht vergangen.

Am Morgen waren sie von der Höhle aufgebrochen, hatten sich unbemerkt aus dem Land der Mechenen geschlichen und im ersten Dorf der Töchter der Aufanien zwei Pferde erhalten.

Niamh war blass gewesen. Als sie das Pferd hatte besteigen wollen, hatte die verletzte Schulter ihr zu schaffen gemacht. Mehrmals hatte ihr Arm beim Hochziehen auf den Rücken des Tieres seinen Dienst versagt, und sie war abgeglitten.

Tjark hatte ihr helfen müssen aufzusitzen, was ihr sehr peinlich gewesen war. Ohnehin hatte sie ihn kaum noch ansehen können und immerfort zu Boden blicken müssen.

„Mach dir keine Sorgen“, hatte er sie beruhigt. „Deine Schulter wird heilen. Außerdem verspreche ich dir, dass ich niemandem etwas über uns erzählen werde.“ Schweigend waren sie heimwärts geritten.

Zurück im Kreise der Kriegerinnen und Krieger, wurde Niamh jubelnd umringt. Vor allem Kristin, die Jüngste unter ihnen, freute sich sehr, Niamh lebend wiederzusehen; der Rotschopf führte wahre Freudentänze auf. Niamh jedoch stimmte nicht in die Begeisterung ein, sondern fragte schon bald nach dem Grab von Lenovolcus.

Die Freunde, allen voran Raik, der an Lenovolcus' Seite gegen die Überzahl der Mechenen gekämpft hatte und dabei ebenfalls schwer verletzt worden war, führten Niamh zu drei etwa mannshohen Grabhügeln in der Nähe des Hollaberges. Raik zeigte ihr, welcher von ihnen zu Lenovolcus' letzter Ruhestätte geworden war. Ein Meer von dottergelben Schlüsselblumen war in die frisch aufgeworfene Erde gepflanzt worden; Niamh legte einen Strauss duftender Veilchen dazu.

Alle schwiegen. Noch immer befiel sie Betroffenheit, wenn sie an dem einsamen, hoch gelegenen Ort weilten, an dem der Wind die Lieder weit forttrug. Außerdem wussten sie, dass Niamh und Lenovolcus sich sehr nahegestanden hatten.

Neben ihm und Achai hatte Mae ebenfalls ihr Leben auf dem Wiesengrund am Feenbach gelassen. Auch wenn die drei Gefallenen in ein neues Leben eintreten würden, so hatten sie doch in diesem Dasein eine schmerzhafte Lücke hinterlassen. Alle vermissten die Freunde, die sie seit ihrer Kindheit kannten und die ihnen Brüder und Schwester geworden waren.

Als Niamh auf keine der tröstenden Gesten reagierte, ließ man sie am Ende allein.

Froh, den Menschen entkommen zu sein, saß Niamh seitdem am Grab ihres Freundes und Vertrauten. Die Tage vergingen. Der Himmel war tief verhangen, als spiegelte er ihre Stimmung wider.

Lenovolcus hatte keine Familienangehörigen hinterlassen, die jetzt mit Niamh an seinem Grab geweilt hätten, und so blieb sie die meiste Zeit für sich.

Wenn sie daran dachte, dass sie ihn nie mehr wiedersehen, nie wieder mit ihm zusammen lachen würde, tat ihr Herz so weh, als wäre ein Teil davon herausgerissen worden. Um wie vieles stärker wäre ihr Schmerz, wenn es zu einer noch tiefer gehenden Bindung zwischen ihnen gekommen wäre? Niamh mochte gar nicht daran denken. Stattdessen fragte sie sich, wie schmerzlich den Geliebten erst eine Frau oder gar seine Kinder vermisst hätten!

Wie sinnvoll doch die Gelübde waren, dachte sie; Audra sorgte gut für ihre Schutzbefohlenen …

Geradezu körperlich spürte Niamh die Schande und die Schuld, die auf ihr lagen, weil sie ihr Wort gebrochen hatte. Es war, als drückte sie eine Last zu Boden. Sie wand sich vor Unbehagen.

Wie gut, dass keiner außer ihr hier war!

Nur einmal schlich sich Niamh ins Lager. Wortkarg und in sich gekehrt, holte sie sich ein Brot und eine Decke und verschwand.

Hin und wieder wurde sie von dem einen oder anderen Augenpaar beobachtet, wenn sie an den Gräbern saß; einmal kam Talea mit dem Arm voller Blumen und legte sie auf Lenovolcus' letzter Ruhestätte ab. Sie hatte sich fest in ihren Umhang gehüllt; erst als sich ihre Augen einen Wimpernschlag lang begegneten, erkannte Niamh in der geduckten Gestalt Lennis Mutter.

Immer ließ man Niamh jedoch in Frieden. Keiner ahnte, warum sie verzweifelt war.

Immerzu fragte sie sich, wie sie Audra jemals wieder gegenübertreten sollte und was sie tun konnte, um diese unerträgliche Schuld zu begleichen. Sie verlor an Gewicht, und auf ihren Wangen erschienen hektische rote Flecken. Manchmal dachte sie, sie könne niemals wieder ins Dorf gehen und irgendeinem Menschen in die Augen sehen, von der Stammesführerin und Priesterin ganz zu schweigen …

Audra kam zu ihr.

Sie erfasste die dunklen Ringe unter Niamhs Augen und den gehetzten Blick, der davonhuschte, sobald sich ihre Augen trafen. Auch die schmaler gewordenen Hände der Kriegerin, die nervös ihren Körper auf- und abstrichen, als suchten sie Halt, entgingen Audra nicht.

Ja, Niamh war so weit.

Audra räusperte sich. „Ich bitte dich um Entschuldigung."

Verwirrt hob die Kriegerin den Kopf. „Wieso …?", ihre Stimme klang rau.

Audra bedeutete ihr zu schweigen. „Ich weiß, dass der Zeitpunkt denkbar ungünstig ist, dich um einen Gefallen zu bitten." Bedeutsam blickte sie einen Moment lang zu Lenovolcus' Grabstätte hinüber, dann wandte sie sich Niamh wieder zu und nahm das Wort auf. „Wir danken euch sehr! Hätte der Sieg nicht diesen entsetzlichen Preis gekostet, wäre er Anlass für ein Freudenfest. Leider steht uns bereits die nächste Gefahr ins Haus, und so möchte ich dich trotz der traurigen Umstände erneut um deine Hilfe ersuchen."

Ein Hoffnungsfunke keimte in Niamh auf. Mit einem Mal konnte sie Audra wieder in die Augen sehen. Tat sich hier ein Ausweg auf, bot sich eine ungeahnte Gelegenheit, ihre Schuld zu begleichen?

Audra ließ einige Atemzüge verstreichen, bevor sie fortfuhr.

„Du wirst mit keiner Menschenseele über das reden, was ich dir zu sagen habe", verlangte sie unvermittelt.

„Wie bitte?" Niamh dachte, sie habe sich verhört. Doch Audra schüttelte ungeduldig den Kopf.

„Schwöre es!", forderte sie. „Für Erklärungen ist später noch Zeit." Ihre Miene wirkte seltsam lauernd. Auch die Art, wie sie auf dem Gesagten beharrte, war überzogen und erweckte bei Niamh das Gefühl, Audra bitte sie um etwas Unrechtmäßiges. Doch sie vertraute der Stammesführerin und kam zu dem Schluss, sie müsse sich irren.

„Versprich es mir, bitte!", drängte Audra erneut, weicher jetzt. „Zu unser aller Schutz, verstehst du?", fügte sie hinzu, als Niamh auch weiterhin hartnäckig schwieg. „Sag es ..."

„Ja", unterbrach Niamh die Ältere. „Wenn es dir so wichtig ist, bleibt das Gespräch unter uns."

„Gut!" Audra seufzte. Sie richtete sich auf und strich ihr von grauen Strähnen durchzogenes Haar zurück. „Also, pass auf – schon seit langer Zeit trachtet einer von Catuvolcus' Beratern danach, das Alte Volk in seine Hände zu bekommen", erklärte sie. „Damit will mich Kia Ye Lanur, so heißt dieser Druide, in die Knie zwingen. Catuvolcus selbst hat kein Interesse an uns: Wir sind zu arm, um seine Kriegskasse zu füllen. Du musst wissen, dass die Hauptaufgabe der beiden eburonischen Stammesfürsten in der *Pflege der nachbarschaftlichen Verhältnisse* besteht." Verächtlich zog Audra die Worte in die Länge. „Etwaige Kriegshandlungen müssen sie aus dem eigenen Vermögen bestreiten. Die Druiden hingegen, allen voran dieser machtbesessene Kia Ye Lanur, verfolgen andere Ziele – sie wollen Zugriff auf die besondere Kraftlinie bekommen, die von unseren Dörfern bis nach Bonna reicht.

Außerdem bin ich, Audra, Tochter der Bärin, die letzte Geheimnisträgerin der Alten Wortmagie – genau diese will sich Kia Ye Lanur zu eigen machen. Vor dem Hintergrund unseres Machtkampfes ist es auch zur Auseinandersetzung mit den Mechenen gekommen."

Jedes ihrer Worte war mit Bedacht gewählt, und auch der Blick, mit dem Niamh an ihren Lippen hing, entging Audra nicht. Sie verbarg jedoch die aufkommende Erleichterung und achtete darauf, während sie fortfuhr, ihre bekümmerte Miene beizubehalten.

„Nachdem wir unsere Wehrhaftigkeit wieder einmal erfolgreich unter Beweis gestellt haben, wird Catuvolcus sich hüten, uns anzugreifen. Kia Ye Lanur muss zu anderen Mitteln greifen, will er mich hörig machen. Denn genau das versucht er, seit ich ihm vor einem Jahr in Bonna begegnet bin. Ich habe am eigenen Leib erfahren, was es heißt, ihm ausgeliefert zu sein.

Doch kein Wunder, dass es mir kaum gelungen ist, mich ihm zu widersetzen, denn er bediente sich ebenso wirksamer wie gefährlicher Mittel – ich spreche von schwarzer Magie.

Erst viel zu spät habe ich begriffen, wie wenig die Frauen in Bonna einst ihrem freien Willen gefolgt sind, als sie sich vom Alten Volk losgesagt haben.

Aus heiterem Himmel haben Lioba und die anderen vor mehr als einem Jahrzehnt erklärt, dass sie fortan Stammesmitglieder der Eburonen seien. Das war kurz nachdem Kia Ye Lanur in der Stadt aufgetaucht war. Wie habe ich diesen Zusammenhang nur so lange übersehen können?

Mein einziger Trost ist, dass ich endlich weiß, wer hinter dem Verrat steckt. Damit habe ich wieder Hoffung, die Abtrünnigen und mit ihnen die verlorenen Landesteile zurückzugewinnen!" Und während sie Niamh von den Auswirkungen der schwarzen Künste berichtete, wich der Jüngeren alle Farbe aus dem Gesicht.

„Kampflos werde ich mich Kia Ye Lanur jedenfalls nicht ergeben", beschloss Audra ihre Rede. „Stattdessen werde ich meine gefährlichste Waffe auf meinen Gegner loslassen – dich." Erwartungsvoll sah sie Niamh an.

„Ich … ich, verstehe nicht, was du meinst." Ratlos schüttelte die junge Kriegerin den Kopf.

„Nein? Ach, kennst du wirklich nicht deine Wirkung auf Männer?", kam die prompte Antwort. Mit großen Augen starrte Niamh Audra an; diese fixierte sie ebenfalls mit unbeweglicher Miene. Zähes Unbehagen kroch Niamhs Rücken hinauf und ließ sie versteinern. Audra musste von den Verfehlungen erfahren haben, die Niamh begangen hatte; sie hätte Tjark den Hals umdrehen können ...

Mit einem Tonfall, der keinen Widerspruch zuließ, fuhr die Stammesführerin fort.

„Du wirst Kia Ye Lanur verführen. Dazu wirst du dich nach Bonna begeben und zunächst sein Vertrauen gewinnen. In seine Nähe zu kommen ist kein Problem. Er ist ein angesehener Heilkundiger. Stell dich mit einer ausgefallenen Krankheit bei ihm vor, unerklärliche Kopfschmerzen, etwas in der Art." Niamh hob langsam die Hand. Audra hielt in ihren Ausführungen inne.

„Ich habe keine Ahnung, wovon du redest", stieß Niamh hervor. Nur bruchstückhaft dämmerte ihr, worauf Audra hinauswollte. Mühsam fasste sie das Unsagbare in Worte. „Du meinst doch nicht, ich soll ganz allein nach Bonna reisen, um ausgerechnet *Kia Ye Lanur* zu …?"

„… töten", vollendete die Ältere sanft. „Ja, Niamh. Ich bitte dich hiermit, sein Leben zu beenden. Wenn wir uns nicht gegen ihn zur Wehr setzen, wird das unser Ende sein!" Eindringlich fuhr sie fort: „Damit er keinen Verdacht schöpft, darf keine Menschenseele von unserem Plan erfahren. Du weißt jetzt, über welche Mittel er verfügt.

Doch keine Sorge, ich werde dich mit dem notwendigen Schutz versehen. Du wirst deinen Auftrag so präzise ausführen, wie die eiserne Axt den Baum fällt. Ein Werkzeug wirst du sein und ich, Audra, die Hand, die es führt."

Schweigend sahen sie sich an. Schließlich senkte Niamh die Augen.

Einen Mond später blickten zwei Frauen vom Waldrand her in das Tal des Renos hinab. In ihrem Versteck im Laub liegend, ließen sie die Augen über die Weite der Wiesen und Felder schweifen und bewunderten die befestigte Stadt, die, auf einer Insel gelegen, inmitten des breiten Stromes zu schwimmen schien. Wie das Schiff eines Riesen lag die Burg mit ihren wuchtigen Mauern in den Fluten – Bonna, das Ziel der Reise.

Mit dem Renos endete das Hoheitsgebiet der Eburonen. Niamhs Blick wanderte weiter, hinüber nach Osten, wo das Land hinter der natürlichen Grenzlinie des Flusses wieder zu bewaldeten Höhen anstieg.

Dort siedelten die Sugambrer; ihre hoch auf den Felsenbergen thronende Trutzburg war nicht zu übersehen.

Niamhs Aufmerksamkeit kehrte zur Feste von Catuvolcus zurück. Die wehrhafte Siedlung war mehr zu diesem Ufer des Renos hin gelegen; nur ein schmaler Nebenarm trennte sie von dem fruchtbaren Weide- und Ackerland, das sie ernährte.

Der Steg, der vom Stadttor zum diesseitigen Ufer führte, wirkte von der Anhöhe aus wie ein Tau, welches die Feste daran hinderte, davonzutreiben.

Die verborgene Warte der Kriegerinnen war jedoch zu weit entfernt, um erkennen zu können, ob das Wasser des mächtigen Stromes tatsächlich nur so sprudelte von aufsteigenden Fischen, wie man es sich erzählte; es hieß, an manchen Tagen hätten die Fischer – Bären, Adler und Menschen – ganze Berge von Forellen, Lachsen und Stören aus dem Renos gezogen.

Überhaupt war der Tisch hier reich gedeckt. Wenn die Blätter sich erst bunt färbten und die goldenen Garben von Emmer und Dinkel eingeholt waren, würden zahllose Rothirschherden aus den umliegenden Höhenlagen bis hinunter in die weitläufigen Auwälder wandern, die südlich von Bonna die Ufer säumten. Den ganzen Winter würden die stattlichen Tiere dann im milden Klima des Flusstales verbringen und den Liebhabern von Wildbret ein köstliches Zubrot bescheren.

Doch Niamh hatte keinen Sinn für die Schönheit dieses so reich beschenkten Landes – keine Sekunde verlor sie ihren Auftrag aus den Augen.

Sie und Kristin, ihre Begleiterin, suchten einen Weg, wie sie sich unbemerkt Zutritt zur Stadt verschaffen könnten.

Zunächst galt es, das Wasser des Seitenarmes zu überqueren. Dann musste die mehrere Meter hohe Mauer überwunden werden – so lautete zumindest Audras Plan. Dieses Unterfangen war jedoch schwieriger, als sie angenommen hatten, denn seit Audras Besuch war die Befestigungsanlage noch einmal aufgestockt worden. Auf das steinerne Bollwerk waren hölzerne Palisaden aufgesetzt worden, um die Wachen auf der Mauer vor feindlichem Pfeilflug zu schützen. Im gleißenden Sonnenschein wirkte die Brustwehr wie eine gezackte Krone.

Für mögliche Eindringlinge wie Niamh und ihre Mitstreiterin herrschten nun verschärfte Bedingungen.

Kristin spuckte das Minzblatt, auf dem sie herumgekaut hatte, aus. „Der einfachste Weg führt durch das Tor", meinte sie schmunzelnd.

Niamh runzelte die Stirn. „*Einfach?* Eine ausgewachsene Rauferei mit einer Hundertschaft von Catuvolcus' Wächtern riskieren?", knurrte sie und deutete an sich herunter. Mit ihren tarnfarbenen Beinkleidern und der Gürtelkette, an der an anderen Tagen ihr Schwert eingehängt war, würde ihr Erscheinen alles andere als unbeachtet bleiben. Selbst der verschlafenste Torhüter würde aus der verdienten Mittagsruhe aufschrecken.

„Dann verkleiden wir uns eben. Ich liebe Kleider!", erwiderte Kristin begeistert. „Wir hätten daran denken sollen, uns Röcke mitzunehmen." Niamh musterte sie. Kristins leuchtend rote Locken und liebreizenden Rundungen waren zwar auffällig, aber ihr freches Lachen würde bei den Wachen statt Misstrauen eher falsche Hoffnungen wecken.

Sie war sehr jung, hatte ihren zwanzigsten Sommer noch nicht gesehen und gehörte erst seit dem vergangenen Winter zur Kampftruppe des Alten Volkes. Niamh fand Kristin reichlich unreif und war dem Plappermaul, wie sie den Rotschopf im Stillen nannte, bislang immer aus dem Weg gegangen. Denn nicht nur mit dem Schwert war Kristin schnell wie der Blitz, sondern auch mit dem Mundwerk. Zu Niamhs Leidwesen alberte sie für ihr Leben gern herum.

Hätte ich die Stammesführerin doch nur nicht um Verstärkung gebeten!, hatte Niamh gedacht, als Audra kurz vor ihrer Abreise mit Kristin dahergekommen war.

„Endlich mal nach Herzenslust flirten!“, schwärmte Kristin und wackelte anzüglich mit dem Hintern, dass das Laub nur so raschelte.

„Die Männer werden es bereuen“, gab Niamh mit schiefem Lächeln zurück.

In den Tagen an Lenovolcus’ Grab war es ihr zur Gewohnheit geworden, still ihren Gedanken nachzuhängen. Doch Kristin war so witzig und harmlos, dass Niamh irgendwann nicht anders gekonnt hatte, als zunächst über sie zu schmunzeln und schließlich sogar mit ihr zu lachen.

„Wieso?“, hakte Kristin sofort nach. „Verrätst du mir endlich, was du vorhast?“

Niamh schüttelte den Kopf; kein Sterbenswort würde sie erfahren, so lautete Audras Weisung.

Kristin nahm die Abfuhr gelassen hin und erklärte sich bereit, für die notwendige Verkleidung zu sorgen. „Ich werde dir beweisen, dass ich mehr kann, als dich zum Lachen zu bringen“, meinte sie und huschte davon.

Von Westen her hatte ihnen der frische Wind aus einem nahe gelegenen Seitental trompetende Rufe von Gänsen und Hahnengeschrei zugetragen. Zweifelsfrei lag dort hinter den hohen Pappeln ein bäuerliches Anwesen, deren Bewohnerinnen Kristin hoffentlich die benötigten Röcke überlassen würden.

Die Zeit verging, und Niamh wurde unruhig.

Die Sonne ging bereits unter, als Kristin endlich zurückkehrte.

Zwei Kleider schwenkte sie über ihrem Kopf, eines moosgrün, das andere in einem strahlenden Kornblumenblau.

„Für dich!“ Kristin streckte Niamh das Wunder in Blau entgegen.

Zögerlich ließ Niamh die weiche Webware durch ihre Hand fließen und bestaunte den einzigartigen Farbton.

„Nimm es nur. Grün mag ich lieber“, versicherte Kristin. Vorsichtig zog sie ein Bündel hervor. Der Inhalt des Tuches erwies sich als weiterer Schatz – eine Reihe von Grünkernküchlein kamen zum

Vorschein, gebacken aus dem ersten milchreifen Dinkelschrot des Jahres, durchsetzt mit blutroten Wildkirschen. Niamh sog den unwiderstehlichen Duft der Köstlichkeit in sich ein.

„Was hast du ihnen erzählt, wofür du die Kleider brauchst?", fragte sie bald darauf mit vollem Mund.

„Ich habe behauptet, als wir im Renos ein Bad genommen haben, hätten uns ein paar aufdringliche Witzbolde unsere Sachen entwendet. Um uns die Abfuhr heimzuzahlen, die wir ihnen kurz zuvor erteilt haben, verstehst du? Nur ein Hemd und die alte Hose, die ich am Leib trug, hätten sie uns dagelassen, hab' ich gejammert. Wir hätten die Kerle noch ein Stück weit verfolgt, sie dann aber aus den Augen verloren."

„Und diesen Unsinn haben sie dir geglaubt? Was hast du ihnen überhaupt zum Tausch für die Kleider angeboten?" Niamh schüttelte den Kopf. Zwischen ihren Augen bildete sich eine unwillige Falte.

„Der Spaß hat mich eine goldene Gewandspange gekostet, also … fast goldene", verbesserte sich Kristin und grinste. „Jedenfalls waren sie sehr erfreut, meine Geschichte zu hören. Nicht alle sind immer so ernst und misstrauisch wie du", verteidigte sie sich. Entschlossen, über Niamhs finsteren Blick hinwegzusehen, widmete sie sich ihrem Kuchen und ließ sich genüsslich mit dem Rücken gegen den Stamm eines Baumes sinken.

„Wir hatten viel Spaß zusammen", fuhr sie nach einer Weile fort und leckte sich die Finger. „Dabei habe ich herausgefunden, dass übermorgen Markttag in Bonna ist; falls es dich interessiert. Die Leute aus der Umgebung ziehen schon bei Sonnenaufgang los, um einen guten Standplatz zu erwischen. Der Markt ist groß, meinte Linn, die Bäuerin, die mir die Kleider verkauft hat. Sie sagte, in Bonna wird nicht nur mit Töpferwaren und Saatgut, eben dem üblichen Allerlei, gehandelt. Auch Großtiere wie Ochsen und Schweine werden feilgeboten, wir könnten also den Tumult des Viehtriebs nutzen, um unbeachtet in die Stadt zu gelangen."

Erwartungsvoll blickte Kristin Niamh an, doch anstatt sich über die Neuigkeiten zu freuen, starrte diese griesgrämig vor sich hin. Schulterzuckend fuhr Kristin fort: „Am Abend wird gefeiert, Musik gespielt und getanzt." Plötzlich überlegte sie es sich anders und fragte: „Niamh, was ist los?"

Die Gelegenheit, die sich hier bot, war günstig; das musste auch Niamh zugeben. Andererseits war sie inzwischen aufgeregter, als ihr lieb war, und es behagte ihr ganz und gar nicht, länger als gedacht auf ihren Einsatz warten zu müssen.

Die Aussicht jedoch, am Markttag regelrecht in die Stadt hineinspazieren zu können, war zu verlockend, um sie nicht zu nutzen. Also fügte sie sich in ihr Schicksal und stimmte Kristins Vorschlag zu, während sich allmählich die Nacht über das Land senkte.

Längst lag Kristin seelenruhig im Laub und schlief, als Niamh noch immer zum glitzernden Sternenzelt hinaufstarrte. Stunde um Stunde verharrte sie offenen Auges in der Dunkelheit. Die Ungewissheit, was sie in Bonna erwarten würde, ließ sie nicht zur Ruhe kommen.

Dabei liebte es Niamh, in den Kampf zu ziehen; gut vorbereitet, versteht sich. In der Vergangenheit war sie sich ihres Könnens stets sicher gewesen und hatte sich blind auf ihre Waffen und den Umgang damit verlassen können, auch ihre Gegner hatte sie einzuschätzen gewusst.

Hier und heute fühlte sie sich in jeder Hinsicht unsicher.

Angefangen damit, dass sie nicht auf ihre Schnelligkeit und Gewandtheit bauen konnte, die sie als ihre größten Stärken betrachtete, denn nach wie vor bereitete ihr die verletzte Schulter Schwierigkeiten – unter normalen Umständen das sichere Aus für ein solches Vorhaben.

Doch Audras Meinung nach kam es darauf nicht an. Niamh solle auf ihre Verführungskünste vertrauen; erneut war ihr das Blut ins Gesicht geschossen …

Sie schämte sich. Wie also hätte sie Audra in dieser Frage widersprechen können? Wortlos hatte sie hingenommen, dass sie sich der Aufgabe, ausgerechnet Kia Ye Lanur zu überlisten, überhaupt nicht gewachsen fühlte.

Sie schauderte.

Noch dazu hatte sie ihr geliebtes Schwert zurücklassen müssen. Lediglich ein kleiner Dolch war ihr geblieben. Die Mittel, die Audra ihr auf den Weg in diesen unwägbaren Kampf mitgegeben hatte, verdienten in Niamhs Augen gar nicht erst, Waffen genannt zu werden.

Zwar hatte Audra ihr erklärt, wie sie die Substanzen und Amulette anwenden musste, aber Niamh hatte sie nicht erproben können. Bevor sie sich in einer entscheidenden Schlacht auf eine neue Lanze verließ, unterzog sie deren Eigenschaften einer genauen Prüfung. Wie verhielt sich jedoch ein Mensch, dem das tödliche Gift verabreicht worden war? Wie lange würde es dauern, bis es wirkte, und wozu wäre das Opfer bis dahin noch fähig?

Zunehmend empfand Niamh Verachtung für das geplante Attentat.

Der größte Unsicherheitsfaktor und der mit Abstand gefährlichste aber war Kia Ye Lanur selbst.

Niamh stöhnte, wenn sie nur an seinen Namen dachte.

Sie hatte Gerede noch nie leiden können; diesmal jedoch würde sie sogar einzig und allein auf Hörensagen angewiesen sein, was die Stärken und Schwächen ihres Gegners anging.

Niamh atmete tief durch.

Stell dich den Gerüchten!, ermunterte sie sich.

Audra hatte berichtet, dass Kia Ye Lanur nicht älter wurde.

Wie stellte er es an, dass er in den fünfzehn Jahren, die er in Bonna lebte, nicht gealtert war? Keine besonders natürliche Eigenschaft für einen Menschen.

Streng genommen nichts Bedrohliches, aber was hatte das zu bedeuten? Dass er unsterblich war? Niamh zweifelte daran – so etwas gab es nur in den Legenden; oder etwa nicht?

Sie verfolgte den Gedanken – falls es tatsächlich zutraf, wäre es gar nicht möglich, Kia Ye Lanur zu töten. Keine angenehme Vorstellung, dass er über ihre Bemühungen nur lachen und sie einfach überwältigen würde. Niamh warf einen grimmigen Blick in die Finsternis.

Außerdem kursierten Gerüchte, nach denen ein schneller Tod ersehnenswert war, wenn man unter den falschen Umständen in seine Hände geriet – das Wort „Folter" war eine Beschönigung dessen, was er mit Menschen gemacht haben sollte.

Denn durch Kia Ye Lanurs Hand zu sterben bedeutete, auf unabsehbare Zeiten zu einer Körperlosen zu werden, zu einem jener skrupellosen Wesen, die, vom Hunger nach Lebensfunken getrieben, Tod und Unglück über die Welt brachten – die alten Geschichten waren voll von Beschreibungen dieser Höllenbrut, mit der Kia Ye Lanur angeblich im Bunde war.

Die Berichte über Heilungen von Kranken, die weit über die gewöhnlichen Möglichkeiten eines Druiden hinausgingen, gaben zu denken. Wer sonst konnte ein gebrochenes Rückgrat kurieren und vor allem wie?

Audra hatte recht. Niamh kannte nur einen Weg, eine derartige Macht zu erlangen – Kia Ye Lanur betrieb schwarze Magie.

Nicht, dass es sie allzu sehr erschreckte zu sterben. Sie war den Gedanken an ein mögliches Ableben gewohnt, stand der Tod doch bei jedem Kampf mit auf dem Schlachtfeld, abwartend und bereit, sie an die Hand zu nehmen und mit ihr davonzugehen. Jetzt jedoch erschien ihr dieser Fall geradezu tröstlich angesichts all der Unklarheiten und Gefahren, die ihr drohten, wenn sie ihr Leben ausgerechnet in Kia Ye Lanurs Händen verlor.

Abgrundtiefes Unbehagen breitete sich in ihr aus, Niamh schüttelte sich.

Nein. Sich in dem Grauen zu suhlen, das die Berichte von Abscheu erregenden Kreaturen und endlosem Seelenschmerz in ihr auslösten, würde ihr nicht weiterhelfen. Erneut riss sie sich zusammen.

Nun gut – sie wusste nicht, ob und auf welche Weise Kia Ye Lanur ins Jenseits zu befördern war, doch immerhin konnte sie versuchen, ihre Aussichten auf Erfolg zu erhöhen.

Erst nach geraumer Zeit bemerkte sie, dass sie wieder in die nervenzehrende Gedankenmühle geraten war. Was, wenn es beispielsweise stimmte, dass Kia Ye Lanur sich Menschen gefügig machen konnte?

Sie zitterte. Der kälteste Teil der Nacht war angebrochen, die Zeit, in der die Mahre ihre größte Kraft entwickelten, jene Wesen, die die Gedanken ihrer Opfer hoffnungslos färbten.

Düster brütete Niamh vor sich hin. Die Warterei war die reinste Folter. Doch was blieb ihr übrig, als nach vorne zu schauen – umkehren und Audra die leidige Angelegenheit vor die Füße werfen?

Am darauffolgenden Tag plauderte Kristin den ganzen Vormittag über fröhlich vor sich hin. An Niamh hingegen zerrte die Müdigkeit und zermürbte ihr Nervenkostüm. Sie warf Kristin einen finsteren Seitenblick zu – ihre Freundin hatte gut lachen. Sie würde sich morgen auf dem Markt amüsieren; vielleicht würde sie sogar bis spät in die Nacht hinein ihren Spaß haben. Ob Kristin die Gelübde wohl auch so ernst nahm wie sie selbst?

Siedend heiß fiel ihr Tjark ein, und sie wurde rot. Von wegen Gelübde ernst nehmen!

Langsam ging Niamh Kristins Geplapper zu weit.

„... und die Krapfen am Stand bei den Linden sollen wir versuchen. Die besten vom ganzen Markt, unübertrefflich, hat Linn gesagt, du weißt doch, wen ich meine? Die Bäuerin, die mir die Kleider verkauft hat, sie ..."

Niamh stöhnte. Schon mehrmals hatte sie Kristin aufgefordert, sie in Ruhe zu lassen. Niamh wurde es zu bunt. Sie schnellte aus dem Laub auf, warf sich auf die sommersprossige Kriegerin, packte sie und rollte sich mit ihr unter das Laubwerk in den Schatten der Bäume.

Bei dem Versuch, Kristin das unbeherrschte Mundwerk zuzuhalten, zog Niamh den Kürzeren; blitzschnell wich ihre Hand vor den scharfen Zähnen der Gegnerin zurück.

„Na warte, ich werde dir das Maul stopfen!", knurrte Niamh und drehte Kristin den Kopf zur Seite, um sie den feuchten Waldboden küssen zu lassen. Doch Kristin kam ihr zuvor und stieß ihr blindwütig das Knie in den Bauch.

„Nimm das, du Scheusal!", höhnte sie.

„Aas!", zischte Niamh und rang nach Atem, während sie den nächsten Versuch machte, die Oberhand zu gewinnen. Blätter stoben auf, kleine Äste und Erdbrocken spritzten davon. Auf der Suche nach Halt stemmte Niamh die nackten Zehen in den tonigen Untergrund und mühte sich, Kristin mit aller Kraft auf den Bauch zu drehen. Endlich konnte sich ihre Anspannung entladen!

Kristin ließ sich nichts gefallen und wehrte sich nach Leibeskräften, sie kniff, boxte, strampelte und schlug um sich, dass Niamh Mühe hatte, auf dem bockenden Rotfuchs sitzen zu bleiben.

Plötzlich erschrak sie – sie hatte sich völlig vergessen.

„Warte!“, stieß sie schroff hervor; Kristin hielt inne.

Betroffen blickte Niamh sich um. War etwa jemand auf den Tumult im Wald aufmerksam geworden?

Zum Glück entdeckte sie nur zwei Raben, die über ihnen in den Bäumen saßen und interessiert auf sie herabschauten; ansonsten herrschte Stille. Eine merkwürdige Ahnung beschlich sie. Brüsk schwang sie sich von Kristin herunter, klopfte sich das Moos ab und schlich zum nahen Waldrand.

Sie schmiegte sich an einen Baum und lugte vorsichtig in den hellen Sonnenschein hinaus. Doch auch auf den Wiesen war niemand zu sehen.

Zunehmend drang die schmerzende Schulter in ihr Bewusstsein. Sie massierte den Arm, um die Taubheit daraus zu vertreiben; die Sorgen standen ihr ins Gesicht geschrieben.

Kristin verdrehte die Augen. „Du machst dir zu viele Gedanken“, stellte sie fest und folgte Niamh an den Waldrand. „Ich bin sicher, alles wird gut gehen – was auch immer du vorhast. Du bist stark. Bald sehen wir uns wieder und machen uns gemeinsam auf den Heimweg.“

Doch ungeachtet der beruhigenden Worte saß Niamh nach wie vor ein seltsames Gefühl im Nacken, so als wären sie nicht allein. Nachdem sie keinen Beobachter hatte entdecken können, schob sie ihre Unruhe auf den Schlafmangel und schenkte Kristin ein zaghaftes Lächeln.

„Schade, dass ich dir nicht erklären darf, was ich vorhabe“, sagte sie. „Trotzdem – danke für deine Unterstützung!“

Sobald Niamh sicher in der Stadt angekommen wäre, würde Kristin in das Waldversteck zurückkehren. Für den Fall, dass Niamh länger als drei Tage auf sich warten ließe, sollte Kristin in Erfahrung bringen, was ihr zugestoßen war.

„Nach welcher Art Neuigkeiten soll ich mich umhören?“, wollte sie wissen.

Niamh überlegte, was sie antworten konnte, ohne zu viel zu verraten.

„Sollte Catuvolcus mich gefangen nehmen, wird man darüber reden“, entgegnete sie dann. „Hinrichtungen sind ein beliebtes Gesprächsthema.“

„So ernst wird es also“, brummte Kristin und blieb eine Weile ungewohnt wortkarg.

Die Stunden schlichen dahin.

Um sich abzulenken, schenkte Niamh ihre Aufmerksamkeit den vielfältigen Naturschönheiten zu ihren Füßen.

Von Süden her ergossen sich die kraftvollen Wasser des Renos aus seinem engen Felsbett in die offene Weite der Wiesen und Felder. Seiner steinernen Fesseln entledigt, hatte der Strom im Frühjahr seine Ufer bis tief ins besiedelte Land hinein überschwemmt. Inzwischen hatte er sich in sein Bett zurückgezogen, und in seiner Begleitung kam nun wie eine luftige Gespielin, von weit her aus sonnigen Gefilden, betörender, die Pflanzen zu wucherndem Wachstum verführender Wind. Die Jungpflanzen strotzten nur so vor Kraft in den fruchtbaren Erden, die ihnen der Fluss zum Geschenk hinterlassen hatte.

Aus dem Auwald zu ihrer Rechten hörte Niamh das melodische, kraftvolle Trällern eines Pirols. Aus dieser Richtung drohte keine Gefahr, sonst hätte der sonnengelbe Sänger sein Lied sofort unterbrochen.

In der Ferne bellte ein Hund und lenkte Niamhs Blick gen Bonna.

Von der Stadt waren nur das Tor und ein Teil der Mauern zu sehen, nach Norden hin wurde das Bollwerk von den Uferbäumen des Renos verdeckt. Der Hauptstrom verlief erst hinter dem Eiland, sodass sich diesseits, entlang des stillen Nebenarmes, Sumpfzonen mit üppigem Pflanzenwuchs gebildet hatten.

Den Mückenplagen, die die Stadt und ihr Umland im Sommer heimsuchten, konnten selbst die unzähligen Frösche nichts anhaben, deren Gesang in der Nacht zu Niamh herübergeweht worden war.

Über ihnen in den Lüften segelten Schwärme von Störchen, auch rings auf den Wiesen leuchtete das schwarz-weiße Gefieder der Stelzenvögel. Mit grazilem Gang wanderten die Rotbeinigen herum und labten sich an den quakenden Leckerbissen.

Wie zu dieser Jahreszeit üblich, würde es auf dem Markt auf Ruten gereihte, frisch geröstete Froschschenkel geben – eine Delikatesse, wie Kristin verkündet hatte.

Auch Bussarde, Milane und Adler kreisten über den von der Sonne aufgeheizten Wiesen. Mühelos ließen sie sich in immer größere Höhen tragen, hoch über das Land und den Fluss, mit dessen Hilfe die Göttin unablässig alle, die hier lebten, reichlich mit Nahrung versorgte. Pflanzen, Tiere und Menschen.

Allmählich breitete sich Frieden in Niamh aus. Während sie versonnen zur Insel hinüberblickte, wanderten ihre Gedanken in der Zeit zurück, als Bonna noch für alle zugänglich gewesen war.

Geborgen im Innern der Stadt, lag ein den Aufanien geweihter Tempelbezirk. Niamh hatte den von Weidenbäumen beschatteten Platz noch genau vor Augen.

Als Kind hatte sie Bonna geliebt – ihre unbeschwertesten Tage hatte sie dort verbracht.

Im geheiligten Bezirk hatten die Waisenkinder und ihre Ziehmütter den Erzählungen der Priesterinnen über die weiß-rot-schwarzen Aufanien gelauscht. Auch Holla oder Ana wurde die Göttin genannt, sie, die so viele verschiedene Namen hatte und doch immer die Eine war.

Niamh war davon sehr beeindruckt gewesen, hatte doch auch sie gerade erst einen neuen Namen erhalten, als sie beim Alten Volk aufgenommen worden war.

Zum ersten Mal überlegte sie, wie alt sie gewesen sein mochte, als man sie hierhergebracht hatte, und wie sie vorher geheißen haben mochte. Sie nahm sich vor, Audra danach zu fragen.

Niamh lächelte. Als Kind hatte sie die Göttin mit ihren drei Facetten lebhaft vor sich gesehen. Am besten hatte ihr das sanfte, in Weiß gekleidete Mädchen gefallen. Aber auch die fruchtbare, tatkräftige Rote, die erwachsene Frau, hatte es ihr angetan und die gütige, schwarz gekleidete Alte mit ihrem Scharfsinn und dem Lachen, das nie verging.

Unter den Bäumen im Tempelbezirk hatte sich Niamh von der kraftvollen Güte der Göttin erfüllt gefühlt. Das ganze Leben war ihr wie ein Wunder erschienen.

Einmal hatten sie im Renos gebadet. Dabei waren sie einer Schule von Delfinen begegnet, die auf der Jagd laichwilliger Fischschwärme den Renos hinaufzogen.

Zu Niamhs Erstaunen waren die kleinen Wale zu ihnen herangeschwommen – zutraulich hatten die Nomaden des Meeres den Kindern ihre Finnen angeboten, um sie gleich darauf übermütig durchs Wasser zu ziehen. Erst da hatte Niamh begriffen, dass die winzigen geschnitzten Figuren von auf Delfinen reitenden Mädchen und Jungen, die sie zuvor schon bewundert hatte, nicht der Fantasie der Künstler entsprungen waren. Wie hatten alle gelacht und sich gefreut – so wie es ausgesehen hatte, auch die Tiere mit ihren fröhlichen Gesichtern und ihrer spielerischen Geselligkeit.

Sprachlos vor Verblüffung war Niamh gewesen, als einer der flinken Akrobaten an ihre Seite gekommen war und sie mit seinem sanft-frechen Humor angestupst hatte, um von ihr gestreichelt zu werden.

Wenn sie die Augen schloss, fühlte sie noch immer die Berührung seiner zarten Haut.

Als die Nacht ihr dunkles Tuch über dem Land ausbreitete, fand Niamh endlich in den Schlaf.

Kurz nach Mitternacht wurde sie von Kristin wach gerüttelt. Solange Niamh denken konnte, wurde sie im Traum von einem Riesen verfolgt; in Todesangst schrie sie Kristin an. Niamh brauchte eine ganze Weile, bis sie der Freundin glaubte, dass es nur ein Albtraum gewesen war.

Kaum war sie wieder eingeschlafen, stand eine dunkle Gestalt neben ihr und betrachtete sie. Sein Gesicht lag im Schatten, und so konnte sie ihn nicht erkennen.

Wieder schreckte sie auf, diesmal ganz sicher, dass es kein Traum gewesen war – doch niemand war da.

Kia Ye Lanur!, schoss es ihr durch den Kopf. Ob er längst wusste, dass sie auf dem Weg zu ihm war?

Den Rest der Nacht lag Niamh mit offenen Augen da und starrte in die Finsternis.

Mit dem ersehnten Morgen hatte das Warten endlich ein Ende.

Noch bevor die Sonne hinter den Bergen jenseits des Renos zum Vorschein kam, machten sich Niamh und Kristin auf den Weg.

Soeben tauchte Bonna aus dem Frühnebel auf und würde schon bald im schönsten Sonnenschein liegen. Nach Süden hin lief die Insel zu einer schmalen Landspitze aus. Jetzt bei Niedrigwasser leuchteten Unmengen heller Flusskiesel auf dem lang gestreckten Ausläufer, der wie eine Zunge vom glitzernden Wasser kostete.

Als sie sich im Strom der Marktbesucher der Stadt näherten, entdeckte Niamh, dass der Seitenarm des Renos nach Norden hin einen anderen Verlauf nahm als früher. Offenbar hatten Catuvolcus' Leute einen künstlichen Graben gezogen, der das Wasser direkt an der Stadtmauer entlang wieder dem Hauptstrom zuführte. Dadurch war der Siedlungsraum zwar kleiner, seine Verteidigung jedoch leichter geworden.

Endlich konnte Niamh auch die senkrecht in den Himmel aufragende Mauer von Nahem bestaunen. Glatte Steine bildeten die Außenhaut, selbst mit Pech genährte Brandpfeile konnten ihr nichts anhaben. Niamh prägte sich jedes Detail genau ein.

Im lebhaften Gewimmel der unzähligen Menschen mit ihren Körben und Karren voller Waren fielen die verkleideten Kriegerinnen nicht auf.

Hinter ihnen zogen zwei Ochsen gemächlich einen hoch beladenen Leiterwagen den Toren der Stadt entgegen. Decken und Planen schützten die Ladung. Niamh wurde neugierig, was sich darunter verbarg.

Ihr Blick flog den bewaffneten Torhütern zu.

„Lass uns in der Nähe des Wagens bleiben", raunte sie Kristin zu. „Die Wachen werden wissen wollen, was sich unter den Planen befindet, und nicht auf uns achten."

Sie erreichten den schwimmenden Steg, der über den Nebenarm des Renos auf die Toranlage der Stadt zuführte. Bevor Niamh jedoch einen Fuß auf die erste Planke setzte, ließ sie ihren Blick über den breiten Schilfgürtel und das überhängende Laubwerk der Bäume wandern, die das Ufer säumten. Sie bezweifelte, dass man sie später freiwillig gehen lassen würde. Daher hielt sie nach einem geeigneten Fluchtweg Ausschau und entdeckte einen Weg, der in einiger Entfernung bis an das stille tiefgrüne Wasser heranführte – vermutlich eine Viehtränke, die befestigt worden war, damit die

Tiere nicht im Uferschlamm versanken. Dort würde sie im Schutz der Finsternis an Land gehen, nachdem sie den schmalen Seitenarm durchschwommen hätte, um dann in der Deckung des Strauchwerks zu verschwinden.

Als Niamh im Rücken das Schnauben eines Ochsen gewahrte, betrat sie die auf dem Wasser treibende Brücke. Dicke, an der Oberfläche abgeflachte Baumstämme bildeten einen befahrbaren Übergang. Die Hölzer waren durch schwere Ketten miteinander verbunden und am Ufer befestigt worden.

Als Niamh und Kristin die Hälfte des Weges zurückgelegt hatten, riss sich neben ihnen ein Lamm los, das über die schwankenden Hölzer geführt wurde. In heller Aufregung sprang es auf staksigen Beinen von einer Seite der Brücke zur anderen. Die Besitzerin, ein kleines Mädchen, versuchte verzweifelt, es einzufangen, bevor es in seiner Panik ins Wasser stürzen würde. Der gesamte Tross geriet ins Stocken. Niamh und Kristin hechteten ebenfalls hinterher, Kristin erwischte das verängstigte Tier am Hinterbein und drückte es dem Mädchen in die dünnen Arme. Das Kind schenkte ihr ein dankbares Lächeln und rannte, das Lamm an die Brust gepresst, auf das Tor zu.

Auch die beiden Torhüter waren auf die Szene aufmerksam geworden und zwinkerten der schönen Retterin zu. Wie erhofft ließen sie Niamh und Kristin passieren und wandten sich neugierig dem Ochsenkarren zu.

Erst als Niamh in den Schatten der Mauer trat, entspannte sich ihre Hand am Griff des Dolches, den sie in den Falten des Rockes verborgen hielt. Kristin grinste sie kopfschüttelnd an.

„Du gehst steif wie ein altes Holzweib; deine Anspannung verrät dich. Wie gut, dass die Wachen nur Augen für mich hatten“, witzelte sie.

Niamh dankte ihr den Spott mit einem finsteren Blick, und Kristin lachte noch mehr.

Niamh riss sich zusammen. Kristin hatte recht. Sie waren zwei Frauen auf dem Weg zum Markt; die Aufregung war überflüssig.

Noch.

Inmitten einer kleinen Ziegenherde ließen sie sich durch die engen Gassen treiben. Die Wagen, beladen mit Töpfergut, Hühnern, Gemüse, Wollbahnen und Korbwaren, fanden kaum genug Platz. Ein Pferd wieherte in der Nähe, Stimmengewirr erfüllte die Luft, und das Getrappel von Füßen und Hufen auf den Steinen hallte von den Wänden der Häuser wider. Der feuchtschwere Duft des großen Stromes vor der Stadt wurde in ihrem Innern vom Geruch frischen Tierdunges und Holzfeuern überlagert.

Eine Gruppe von Kindern lief an Niamh und Kristin vorüber. Dem Kleinsten von ihnen fiel ein mit bunten Bändern geschmückter Stock aus der Hand. Der Junge drehte sich um und bückte sich, um das Spielzeug aufzuheben. Niamh blickte in sein dreckverschmiertes, rotznäsiges Gesicht und traf seine blitzenden Augen.

„Ich bin der Stärkste!“, schrie er und rannte, den Stab des Machthabers über der lockigen Mähne schwingend, seinen Freunden hinterher.

Trotz der Unruhe und des Gedränges in den Gassen atmete Niamh auf. Besser, sie würde sich erst einmal umsehen und ihr Vorhaben später in Angriff nehmen, beschloss sie. Linn, die Bäuerin, die Kristin die Kleider verkauft hatte, hatte berichtet, dass die Stadtbewohner und ihre Gäste an den Abenden der Markttage zusammenkamen, um zu feiern. Vor dem Haus des Stammesfürsten wurde zum Tanz aufgespielt. Aller Wahrscheinlichkeit nach würde auch Kia Ye Lanur dort sein, gehörte er doch zum engsten Kreis von Catuvolcus' Leuten. Sollte er nicht beim Fest erscheinen, konnte sie ihn immer noch in seinem Haus aufsuchen, wie Audra vorgeschlagen hatte.

Niamh hob den Blick. Um gegen Hochwasser gewappnet zu sein, war ein Großteil der Gebäude auf Pfählen errichtet worden. Stiegen die Fluten über einen gewissen Punkt, hatte es sich als günstiger erwiesen, den Renos in die Stadt zu lassen. So wurde allzu großer Druck auf die Mauern vermieden und das Wasser floss später mühelos wieder ab. Durch diese Bauweise entstanden schattige Plätze unter den Häusern, die den größten Teil des Jahres zum Lagern von allerlei Gerätschaften oder einfach zum Aufenthalt von Mensch und Tier genutzt wurden.

Als sie bald darauf den Marktplatz erreichten, blühte Kristin regelrecht auf. Sie kostete hier etwas gerösteten Dinkelhonigschrot, dort ein paar eingelegte Schnepfeneier, probierte entzückt, ob grüne oder gelbe Haarbänder besser zum leuchten Rot ihrer Locken passten, und zog Niamh schließlich zu einem Stand, an dem Bronzeschmuck feilgeboten wurde.

Kristin konnte sich nicht sattsehen an all den Herrlichkeiten.

„Sieh nur, die Enden von diesem Halsreif – wie zwei sich küssende Schwäne sehen sie aus", staunte sie. Poliert besaß das Metall einen goldenen Schimmer. Bewundernd betrachtete sie einen Anhänger; wie rankende Triebe überzogen verschlungene Linien das Schmuckstück.

„Alles Leben ist verwoben", erklärte die Händlerin und wählte eine Brosche aus der Auslage. „Um diese Blüte hier darzustellen, hat der Feinschmied Dutzende von Kreisbögen in Beziehung zueinander gesetzt – dabei hat er die Hilfe eines Rechenmeisters in Anspruch genommen. Erst aus dem Miteinander entsteht ein Ganzes. Faszinierend, findet ihr nicht?"

Sie hielt ihnen das verspielte Kleinod entgegen, doch Kristin eilte bereits zum nächsten Stand, den Blick unverwandt auf purpurfarbene Ringperlen geheftet und die kobaltblau schimmernde Pracht gläserner Armreife; Letztere schienen geradezu magische Anziehungskräfte zu besitzen. Niamh und die Händlerin wechselten ein Lächeln.

Niamh folgte Kristin und beobachtete, wie gut sie zu den lebensfrohen Menschen ringsum passte. Im Gegensatz zu dem, was Audra berichtet hatte, gelang es Niamh nicht, die ehemaligen Angehörigen des Alten Volkes von den Eburonen zu unterscheiden. Nahtlos hatten sie sich eingereiht, und das Leben brodelte. Niamh wunderte sich.

Sie seufzte. Der Druck, der auf ihr lastete, wurde in der Flut der Eindrücke unerträglich. Kurz entschlossen zog sie Kristin beiseite und verabredete mit ihr einen Treffpunkt für den Abend.

„Dir geht es nicht gut." Kristin schenkte Niamh einen ungewohnt ernsten Blick. „Bevor wir aufgebrochen sind, habe ich die Aufanien nach dem Ausgang unserer Reise befragt", erklärte sie.

„Glaub mir, alles wird gut, sonst würde ich dich gar nicht gehen lassen!“ Sie nahm Niamh in die Arme und drückte die Verblüffte an sich. Ebenso abrupt gab sie sie wieder frei und verschwand in der Menge.

Niamh wandte sich ebenfalls um. Kurze Zeit später betrat sie den vertrauten Steinkreis, den Tempelbezirk der Göttin.

Sie musste sich sammeln.

4.

Kia Ye Lanur hatte einen bequemen Stuhl auf das flache Dach seines Hauses getragen und sich dort mit einer Tasse heißen Gerstenkaffees niedergelassen.

Es war der Morgen des Markttages. Die Decke um seine Schultern schützte ihn vor der Kühle, die so früh am Tag mit den Morgennebeln von den Wassern des nahen Flusses aufstieg. Schon gewann die Sonne an Kraft, und in weniger als einer Stunde würde sie alle Feuchtigkeit vertrieben haben.

Die Rufe der Schwalben und Mauersegler hallten von den steinernen Mauern der Stadt wider. Noch jagten sie Mücken über dem Wasser, aber bald würden sie sich in die Lüfte schwingen. Weit hinauf würden sie fliegen, zu der unsichtbaren Lerche, die jetzt schon unaufhörlich ihr Lied am hohen Himmel verkündete.

Kia Ye Lanur liebte diese verschlafene Zeit, er räkelte sich genüsslich. Dabei hatte er in der vergangenen Nacht kaum ein Auge zugetan, doch das spielte jetzt keine Rolle mehr. Hier auf der Insel im Fluss hatte sein Schlaf immer zu wünschen übrig gelassen. Zu viel der vorbeirauschenden Energie – er war empfindlich dafür.

Egal. Es war ohnehin an der Zeit, weiterzuziehen.

Kia Ye Lanur war glücklich. Endlich. Endlich würde *sie* kommen, und es würde ein prachtvoller Tag werden!

Die Luft wurde klarer. Schon seit zwei Wochen hatte es nicht mehr geregnet; trotzdem glänzte die Landschaft, die vor ihm lag, in der Morgensonne. Von seinem erhöhten Platz aus konnte er bis weit über die Wiesen und Felder jenseits des schmalen Seitenarmes des Renos schauen; sein Blick wanderte langsam weiter in Richtung Westen bis zum höher gelegenen Waldrand hinauf.

Er konnte sie nicht sehen, aber er wusste – sie war da!

Gestern schon hatten ihm die beiden Raben von zwei Frauen berichtet, die verborgen am Waldrand lagerten und die Stadt beobachteten.

Das hatte sein Interesse geweckt.

Seit ungefähr einem Mond fühlte er, dass sie kommen würde. Seitdem saß er jeden Tag in der Frühe hier oben, wartete und dachte an sie.

Gerade fragte er sich, wie sie wohl aussehe.

Das, was die Raben erzählten, empfing er nicht mit denselben Ohren, mit denen er jetzt die Stimmen der Menschen in der Gasse unter sich vernahm, sondern mit einer Art von innerem Gehör.

So, wie er die Bilder aus der Erinnerung der Vögel vor seinem inneren Auge sehen konnte, nahm er jetzt auch *sie* eher mit dem Gefühl wahr. Es war nicht so, dass er ihre Haarfarbe oder etwa ihre Größe hätte benennen können, es war vielmehr so, wie man im Traum jemanden an den Empfindungen erkennt, die derjenige in einem hervorruft. So hatte er auch sie wiedererkannt, an der Sehnsucht, der Angst und der Liebe, die sie in ihm auslöste – auf ihre ganz spezielle Weise. Ein ganz und gar eigenes Liebesgefühl, das nur sie in ihm jemals entfacht hatte und an dem er sie unter tausend anderen mit verbundenen Augen aufgespürt hätte.

Früher hatte sich Kia Ye Lanur verzweifelt gefragt, ob er sie jemals wiedersehen würde. Einen beträchtlichen Teil seines langen Lebens hatte er damit verbracht, sich zu überlegen, wie er sie in den Völkerscharen finden sollte. Doch plötzlich war sie erneut in seiner Nähe aufgetaucht, immer wieder hatte es diese scheinbaren Zufälle gegeben, bis er verstanden hatte, dass es keine Zufälle waren.

Seitdem war seine Gelassenheit wieder da.

Nun blickte er über das Land.

Heute würde sie in die Stadt kommen; ihre wachsende Unruhe war ihm nicht entgangen. Bestimmt schaute sie in diesem Moment auch zu ihm herüber.

Wenn er doch bessere Augen hätte. Er warf den Raben einen fragenden Blick zu, doch sie hatten keine Lust, zum Waldrand zu fliegen. Hugin und Munin hatte er sie genannt, nach den Mythen, in denen die klugen Gefährten als Boten des Göttervaters auftraten.

Heute galt ihr Interesse ausschließlich dem Marktplatz. Die ersten Stände wurden bereits aufgebaut; die Göttervögel kannten das Spiel, sie freuten sich auf diesen Tag, der ein Fest für sie werden würde. Heruntergefallene Kuchenbrocken, Reste von Fladen und Krapfen, eine letzte Erdbeere. Der größere der beiden schien schon etwas entdeckt zu haben und bewegte den Kopf hin und her, um das Objekt seiner Begierde genauer anzupeilen. Dann reckte er sich und flog davon. Ich danke dir, dachte Kia Ye Lanur hinter ihm her.

Er zögerte den Moment, in dem er aufbrechen musste, so lange wie möglich hinaus. Noch konnte er hier oben sitzen bleiben, den Weg beobachten, auf dem die Menschen der Stadt zustrebten, und seine Gedanken treiben lassen.

Es hatte ihm gutgetan, nach so vielen Jahren zur Ruhe zu kommen; bedauernd dachte er daran, dass es bald damit vorbei sein würde.

Seit er in Bonna war, hatte er sich wieder Zeit genommen, seine außergewöhnlichen Fähigkeiten zu vertiefen. Seine Kunstfertigkeit in unterschiedlichen Fachgebieten war nicht magischer Natur, wie die Mehrzahl der Menschen glaubte, sondern beruhte vielmehr auf Übung. Das Wissen dazu hatte er auf Reisen zusammengetragen; beispielsweise in den zwanzig Sommern Studium druidischen Wissens.

Für einen gewöhnlichen Sterblichen stellte ein solcher Zeitraum einen wesentlichen Lebensabschnitt dar. Seit Kia Ye Lanur hingegen seinen Körper hatte dazu bringen können, nicht länger zu altern, stand ihm nahezu unbegrenzt Zeit zur Verfügung.

In diesem Augenblick wartete allerdings sein Tagewerk auf ihn, er seufzte. Bedauernd räumte er seine Sachen zusammen. Er hätte sie nur allzu gern noch gesehen, bevor seine Arbeitszeit begann.

Doch er würde ihr ja später am Tag begegnen. Er hatte ihre zielstrebige Energie gespürt; sie hatte einen Plan, der sie in seine Nähe bringen würde, mehr hatte er auf die Entfernung nicht erkennen können. Jetzt, wo er ihre Spur aufgenommen hatte, würde er sie jedenfalls nicht wieder verlieren.

Er begab sich auf den Weg nach unten.

Das Gebäude, das Kia Ye Lanur bewohnte, war eines der städtischen Speicherhäuser. Es wies einige Besonderheiten auf, angefangen mit der ehemaligen Darre, die Kia Ye Lanur als Dachterrasse zweckentfremdete.

Früher waren hier oben erntefrische Erbsen und Linsen getrocknet worden, bevor man sie in den darunterliegenden Speicher eingebracht hatte. Dieser wiederum besaß ein großes Fenster, das für gute Belüftung sorgte und sich bei Bedarf mit hölzernen Läden verschließen ließ. Kia Ye Lanur nutzte den Raum zum Schlafen und Essen. Er betrachtete es als ungeheuren Reichtum, über so viel Platz zu verfügen. Trocken, wie es hier war, brauchte er sich keine Sorgen um seine kostbaren Schriftrollen zu machen.

Er trat zu einem einfachen Tisch mit einer irdenen Schüssel darauf, in der er sorgfältig seine Hände wusch. Als er fertig war, trug er das verschmutzte Wasser zum Fenster. Dabei stolperte er über einen der großen Flusskiesel, mit deren Hilfe er die Ecken der Papyrusrollen zu beschweren pflegte, um sie beim Studieren nicht von Hand aufhalten zu müssen. Bevor er am Vorabend todmüde ins Bett gefallen war, hatte er trotz der fortgeschrittenen Stunde zwar noch aufgeräumt, dabei aber den Stein auf dem Dielenboden vergessen.

Immer wieder brachte er von seinen Spaziergängen entlang des Flusses einige besonders schöne Exemplare der flachen Kiesel mit nach Hause. An einer Wand lehnte bereits ein ganzer Stapel der größten der Fundstücke – stumme Zeugen unzähliger Stunden, die er an den Ufern des mächtigen Stromes verbracht hatte.

Zum Glück konnte Kia Ye Lanur den Sturz abfangen, es gelang ihm sogar, die Schüssel nebst ihrem seifigen Inhalt zu retten. Gleich darauf beim Fenster angekommen, schaute er kurz hinaus, bevor er das Waschwasser ausgoss; eine unter den Stadtbewohnern übliche Höflichkeitsgeste.

Auf dem Rückweg räumte er die Stolperfalle aus dem Weg. Nachdem er die geleerte Waschschüssel auf den Tisch zurückgestellt hatte, griff er nach einer Öllampe, entzündete den Docht und ging damit zum Treppenabsatz, um den dort wartenden Korb voller frisch gewaschener Tücher aufzunehmen. Solche in Schafgarbensud gekochten Stoffstreifen waren bei Operationen unverzichtbar. Die Lampe in der einen Hand, den Korb unter den anderen Arm geklemmt, stieg er vorsichtig die steile Treppe in seinen Arbeitsbereich hinab.

Die ebenerdig gelegene Halle hatte ursprünglich der Aufbewahrung von Früchten der Felder und des Flusses gedient, die aufgrund ihrer Verderblichkeit gekühlt werden mussten. Die dicken Mauern waren aus groben Quadern zusammengefügt. Aus den Fundamenten stieg ungehindert Erdfeuchte auf, deren Verdunstung die Luft des Raums abkühlte. Je wärmer es draußen im Jahresverlauf wurde, desto mehr nahm auch dieser Effekt zu.

Der Einbau eines offenen Kamins war die einzige Veränderung, die Kia Ye Lanur an dem Haus hatte vornehmen lassen. Nur zwei Monate im Jahr kam er hier unten ohne die Wärme eines Holzfeuers aus, und selbst heute brannten seit den frühen Morgenstunden einige Hölzer in der Feuerstelle vor sich hin.

Kia Ye Lanur durchquerte den fensterlosen Raum, stellte den Korb neben einem Wandschrank ab und öffnete diesen, um ihm eine Kanne mit Lampenöl zu entnehmen. Entlang der steinernen Wände gab es eine Reihe von Nischen mit Öllichtern, die er nun Stück für Stück befüllte und anzündete. Lampen stellten einen seltenen Luxus dar, doch eine gute Beleuchtung war für seine Arbeit unentbehrlich.

In der Mitte der Halle stand ein massiver Holztisch, auf dem Kia Ye Lanur die Behandlungen durchführte. Zunächst mussten jedoch auch die Dochte in den Ölbehältern über dem schweren Möbelstück in Brand gesetzt werden. Dazu entzündete er einen harzgetränkten Holzspan und steckte diesen Fidibus auf einen bereitstehenden Stecken, mit dessen Hilfe sich die Deckenlampe mühelos erreichen ließ. Schließlich schaute er sich um – jetzt war es hell genug.

Wegen dieses Raumes hatte er das Haus gewählt, als Catuvolcus ihm ein Gebäude in der Stadt angeboten hatte. Hier konnte er sich in Ruhe versenken sowie die Menschen behandeln, die wegen der unterschiedlichsten Gebrechen zu ihm kamen.

Um ihnen zu helfen, begab er sich in ein tiefes Gesammeltsein und öffnete dann seine Sinne. Dabei konnte er keinerlei Geräusche von außen vertragen; die dicken Mauern schützten ihn vor dem lärmenden Treiben der Stadt. Sogar durch die Türen drang kein Laut herein. Sie waren zum Schutz vor Ungeziefer und dem jährlich wiederkehrenden Hochwasser abgedichtet worden.

Kia Ye Lanur war immer schon außergewöhnlich empfindsam gewesen; inzwischen gingen die Zustände, die er durch seine Übungen erreichen konnte, weit über dieses ursprüngliche Maß hinaus. In Augenblicken innerer Sammlung waren seine Sinne derart geschärft, dass er bei einem Menschen, der wegen Schmerzen im Bein zu ihm gekommen war, den rauen Fluss des Blutes entlang des störenden Gerinnsels hören konnte oder imstande war, die genaue Lage eines Nierensteines zu ertasten.

Doch seine Möglichkeiten reichten noch weiter. In gewisser Weise konnte er seinen Geist frei in der betreffenden Person umherwandern lassen, wenn er sich darauf konzentrierte. Dabei erlangte er nicht nur einen präzisen Krankheitsbefund, sondern erfuhr auch die Maßnahmen, die zur Heilung des Patienten nötig waren, bevor er ihn gegebenenfalls öffnete, um ihn endgültig von seinem Leiden zu befreien. Etlichen Menschen hatte er so das Leben gerettet.

Für den Kontakt mit den Raben hatte er sich auf ähnliche Weise geöffnet, wie er es gleich für seine Arbeit tun würde. Bevor er vom Dach hinuntergestiegen war, hatte er seine Sinne jedoch so weit verschlossen, dass seine Offenheit eine Alltäglichkeit wie das Begrüßungsgespräch mit seinem ersten Patienten zuließ. Später während der Behandlung würde er seine Schutzmauern erneut fallen lassen, doch er war bereits so gesammelt, dass er nicht mehr an den späteren Verlauf des Tages dachte. Als er die breite Tür öffnete und hinaus auf die Gasse vor dem Haus schaute, strahlten lediglich seine Augen um ein Vielfaches mehr, als sie es ohnehin schon taten.

Feuchtwarme Luft schlug ihm entgegen. Wie immer, wenn er im Sommer aus dem Haus trat, überraschte ihn die Wärme, die er in der ewig kühlen Halle vollkommen vergaß.

An diesem Morgen warteten zwei Männer und eine Frau im Schatten der Mauern. Ihre Augen begegneten den seinen mit Scheu. Kia Ye Lanur kannte sie nicht, vermutlich stammten sie aus dem Umland.

Er begrüßte sie freundlich und bat den Ersten von ihnen herein, einen älteren Mann, der einfachen Kleidung nach zu urteilen ein Bauer. Kia Ye Lanur fiel auf, dass er seinen Rücken auf eine besondere Art krümmte und die rechte Hand auffällig nah am Körper hielt, als er die Stufen vor dem Haus nahm, um dann behäbig über die Schwelle zu steigen. Schon erfasste er Farbe und Struktur der Haut, die sich nahtlos in das Gesamtbild des Kranken fügten. Doch noch behielt er seine Rückschlüsse für sich, denn er hatte sich abgewöhnt, Menschen mit Befunden zu überrumpeln, bevor auch nur eine Frage gestellt worden war.

Der Alte sah sich vorsichtig in der Halle um.

„Was kann ich für dich tun?“, fragte Kia Ye Lanur, nachdem er die Tür hinter sich zugezogen hatte. Unschlüssig blickte der Mann zwischen dem geheimnisumwitterten Druiden und dem Ausgang hin und her, so als bezweifelte er inzwischen, dass es eine gute Idee gewesen war, sich in die Höhle des Löwen zu begeben.

Kia Ye Lanur ließ ihm Zeit. Er wusste, was über ihn erzählt wurde. Vermutlich wäre er sich auch unheimlich vorgekommen, er schmunzelte.

Menschen, die ihn nicht persönlich kannten, trauten sich eigentlich nur dann zu ihm, wenn sie sehr krank waren. Erst wenn sie keinen Ausweg mehr sahen, fassten sie sich ein Herz und folgten den Empfehlungen. Ihre Not war meist groß.

In den Gesichtszügen des Bauern fand Kia Ye Lanur seine Vermutung bestätigt – das Antlitz des Mannes war von außergewöhnlich tiefen Linien gezeichnet, Falten, die entstanden, wenn jemand über viele Jahre quälende Schmerzen hatte ertragen müssen; vermutlich war er sogar deutlich jünger, als man zunächst annahm.

„Ich … mein …“, stammelte der Gepeinigte und brachte dann kein Wort mehr heraus.

Kia Ye Lanur ging zu dem Wäschekorb, der noch immer neben dem Wandschrank auf seinen Einsatz wartete, hob ihn auf und stellte ihn auf den Behandlungstisch.

„Bitte entschuldige, ich habe etwas vergessen", sagte er, nahm eines der Tücher heraus und legte es in aller Ruhe zusammen. Verblüfft schaute ihm der Ratsuchende dabei zu.

In Fällen wie diesem verrichtete Kia Ye Lanur gern alltägliche Arbeiten in Gegenwart seiner Patienten. Ihn bei solch gewöhnlichen Tätigkeiten zu sehen entspannte den Kontakt mehr, als Worte es vermocht hätten.

Auch jetzt trat die Scheu des Mannes langsam in den Hintergrund. Als Kia Ye Lanur sah, dass er wieder atmete, lächelte er ihm zu. „Was kann ich für dich tun?", fragte er erneut. Nun berichtete sein Besucher von den entsetzlichen Bauchschmerzen, die ihn seit der Jugend quälten. Bald war von den anfänglichen Vorbehalten nichts mehr zu spüren.

Sorgfältig legte Kia Ye Lanur die gefalteten Wäschestücke zurück in den Korb und stellte diesen beiseite. Die Behandlung hatte begonnen.

Obwohl sich Kia Ye Lanur nicht zum Heilen berufen fühlte, hatte er gute Gründe, dieser Arbeit nachzugehen. Zum einen hatte er sich in den zweitausend Jahren, die sein Dasein bereits andauerte, Fertigkeiten angeeignet, die es schlichtweg nahelegten, sie zur Verminderung von Elend einzusetzen. Vieles davon wäre für ihn in einer kürzeren Lebensfrist unerreichbar gewesen – das Geschenk dieser langen Lebensspanne und das Wissen, das ihm inzwischen zuteilgeworden war, empfand er als unermesslich wertvoll, und so gab er nach Möglichkeit jeden Tag etwas davon weiter.

Seine zweite Triebfeder war sehr persönlicher Natur.

Immer wieder war es den dunklen Seiten seines Wesens in der Vergangenheit gelungen, sich einen Weg an die Oberfläche zu bahnen, egal wie viel Zeit und Mühe er investierte, um sie unter Verschluss zu halten.

Hatte er das Heilen früher lediglich als eine Art Wiedergutmachung angesehen, so hatte er mit Erstaunen festgestellt, dass die Stunden, die er der Genesung anderer widmete, auch ihn selbst heilten.

Ohne dass er es hätte erklären können, stärkten die Vormittage seine Kraft, sich der Dunkelheit in sich zu stellen, und so brauchte er seine Patienten ebenso wie sie ihn. Mit den Jahren hatte ihn die Hingabe an diese Aufgabe weiter ins Licht gebracht, als er zu hoffen gewagt hatte.

Gegen Mittag schloss Kia Ye Lanur die Tür hinter dem letzten Patienten.

Allein in der stillen Halle, ließ er sich auf einer geflochtenen Unterlage aus Stroh nieder, dehnte und streckte sich und atmete tief durch.

Auch wenn er am liebsten sofort aufgebrochen wäre, um *sie* in den Gassen der Stadt zu suchen, gönnte er sich wie immer, bevor er in den Tag hinausging, einen Moment der Abgeschiedenheit, um seine überreizten Sinne abkühlen zu lassen.

Seit er *sie* zum letzten Mal getroffen hatte, waren seine hellen Seiten stärker geworden, und auch an Fröhlichkeit, Langmut und Zuversicht hatte er gewonnen.

Er genoss die Zeit mit sich selbst.

Als er vor vielen Jahren begonnen hatte, der Finsternis in sich Einhalt zu gebieten, hatte er es letztlich für *sie* getan – mit *ihr* hatte ein neues Leben für ihn begonnen. Er hatte wieder Gefühle entwickelt, die er nicht mehr gekannt hatte. Die zarte, weiche Wärme, die er für sie empfand, vertrug sich nicht mit der Härte in seinem Innern. Für sie wollte er ins Licht.

Er war gespannt und hätte sie gern schon jetzt von Nahem betrachtet.

Sie war da, er konnte sie spüren!

Geduld.

Zuvor würde er Catuvolcus' Einladung zum Mittagessen folgen.

Vor einigen Jahren hatte Kia Ye Lanur Lioba, der Gattin des Stammesfürsten, vor dem sicheren Tod bewahrt. Seitdem hätte Catuvolcus alles für ihn getan. Er liebte seine Frau, die immer wieder von Krankheiten heimgesucht wurde, seit zwei ihrer drei Kinder ums Leben gekommen waren.

Kia Ye Lanur hatte den Verdacht, dass der Sturz von der Mauer, den sie nur knapp überlebt hatte, kein Unfall gewesen war. Bis heute spürte er in ihrer Nähe eine beständige Sehnsucht, aus dem Leben zu gehen; liebend gern wäre sie ihren beiden Mädchen gefolgt. Liobas gebrochenen Rücken hatte er heilen können, doch was ihr gebrochenes Herz anbelangte, so war auch Kia machtlos.

Er seufzte.

Bald würde er dem Freund die große Neuigkeit mitteilen müssen, dass es Zeit wurde, Abschied zu nehmen. Catuvolcus würde ihn nicht gerne ziehen lassen, aber Kia würde sich nicht von seinen Plänen abbringen lassen.

Er trat aus dem Haus, und die Hitze des Sommertages schlug ihm entgegen.

Nicht weit davon entfernt hockte Niamh im Schatten eines Weidenbaumes und spürte im Rücken die raue Rinde des Stammes, die sich durch ihr dünnes Kleid drückte. Der feuchte Lehmboden unter ihren nackten Füßen war angenehm kühl.

Sie war allein und sehr froh darüber, dass die Priesterinnen sie nur lächelnd gegrüßt hatten, als sie auf dem Weg zum Markt an ihr vorübergezogen waren.

Es war bereits früher Nachmittag, Zeit, sich auf den Abend vorzubereiten, und so zog sie aus den Falten ihres Rockes einen Beutel hervor. Zunächst förderte sie eine Lederschnur zutage, an der ein kostbarer Stein von blaugrüner Farbe hing. Der Türkis sollte ihr erleichtern, sich abzugrenzen, und verhindern, dass ihre wahren Absichten erkennbar wären.

Ihr Kleid war wie ein Überwurf gearbeitet. Sie lockerte den Gürtel, der es an der Taille zusammenhielt, griff von den Seiten her darunter und legte sich das Lederband um den Bauch. Sorgfältig verknotete sie die Enden, sodass das Amulett vor ihrem Nabel hing.

Ein weiterer Griff in den Beutel förderte einen zweiten Anhänger zutage. Diesmal streifte sich Niamh das Band mit dem Belemnit über den Kopf. Das versteinerte Tier wehre fremde Einflüsse ab, hatte Audra ihr erklärt. Außerdem würde es Niamh helfen, sich auch unter schwierigen Bedingungen zu konzentrieren.

Erneut wies Niamh ihre Zweifel an der Wirkung der Schutzsteine in die Schranken. Für den Notfall hatte Audra sie ausgeklügelte Lautmalereien in der Alten Sprache gelehrt, die Niamh wie mit einer zweiten Haut umgeben würden, sobald sie die Worte vor sich hin murmelte.

Blieb zu hoffen, dass diese Maßnahmen ausreichten, um Kia Ye Lanurs Willen aus ihren Gedanken fernzuhalten.

Sichernd ließ sie den Blick über den schlichten Platz schweifen – nach wie vor war sie allein. Eine gute Entscheidung, an diesen kraftspendenden Ort zu kommen, dachte sie. Sie musste sich sammeln.

Doch das war leichter gesagt als getan.

Denn während sie an die Weide gelehnt dasaß und den Licht- und Schattenspielen der zartgrünen Äste und Blätter zuschaute, wurde ihr bewusst, dass der Mann, den sie töten würde, jetzt in dieser Stadt herumlief. Er atmete, lachte und hatte vermutlich bereits sein Mittagessen zu sich genommen – dieses sein Leben würde sie spätestens heute Nacht beenden.

Kein Atmen mehr. Kein Lachen. Kein Essen.

Der Gedanke war neu für sie. Nie zuvor hatte sie sich ein Bild davon gemacht, was mit ihren Gegnern geschah, nachdem sie auf ihr Schwert getroffen waren.

Zum ersten Mal stellte sie sich jetzt Gaheris vor, wie er in der Erde lag und die Würmer an dem nagten, was von ihm übrig war.

Angewidert schüttelte Niamh die Bilder ab. Kia Ye Lanur war doch kein Gaheris! Er war ein sadistischer Folterer, ein finsterer, machtbesessener Magier und äußerst gefährlich.

Aber was, wenn diese Gerüchte gar nicht stimmten? Was, wenn er lediglich das Opfer übler Nachrede geworden war; ein ganz normaler Mann, der soeben mit seinen Freunden zu Mittag gegessen hatte und nun einen Verdauungsspaziergang am Ufer des Flusses machte, jemand, der seine Arbeit liebte und sich wie alle anderen auch auf den Tanz am Abend freute?

Sie spann den Gedanken weiter.

Dann wäre das, was sie mit ihm vorhatte …

Ratlos suchte sie das passende Wort und schüttelte verlegen den Kopf, als sie eines fand.

Mord.

Im Augenwinkel nahm Niamh eine kleine Bewegung wahr. Schickte *er* ihr die Bedenken, um sich zu schützen? Schon flog ihr Blick zu den Gebäuden am Rande des Tempelbezirks.

Nichts. Niemand zu sehen.

Abermals schüttelte sie den Kopf, diesmal, um die Gedanken abzuschütteln wie lästige Stechfliegen. Nein, dachte sie. So ging es nicht weiter, so konnte sie weder kämpfen noch handeln.

Seufzend sehnte sie den Aimilvalos herbei; sie hätte sich ein Fläschchen davon mitnehmen sollen. Doch sie wusste sich auch ohne ihn und sein Feuer zu helfen, denn sie besaß noch einen weiteren Trumpf. Sie würde das Eis rufen.

Das war knapp gewesen! Beinahe hätte sie ihn entdeckt.

Atemlos lehnte sich Kia Ye Lanur mit dem Rücken an die Wand; der Mauervorsprung schützte ihn vor ihren Blicken. Sie sollte ihn noch nicht sehen.

Schon eine ganze Weile war er durch die Stadt gewandert, war suchend seinen Instinkten gefolgt. Endlich hatte er sie gefunden, hatte sie wiedererkannt, auch wenn eine halbe Ewigkeit zwischen dem Jetzt und ihrer letzten Begegnung lag.

Natürlich glich sie sich nicht äußerlich, aber das Gefühl, das sie in ihm erzeugte, war untrennbar dasselbe – es fügte sich zusammen wie Wasser, das man in ein Glas nachschenkte. Das Erkennen hätte nicht deutlicher sein können, wenn sie heute genauso ausgesehen hätte wie vor dreihundert Jahren.

Kia Ye Lanur schloss die Augen. Dreihundert Jahre. Der Schmerz nahm ihm den Atem.

Endlich.

Noch hielt er sich zurück – er sollte nicht einfach auf sie zurennen und sie in die Arme schließen, wie er es gern gemacht hätte.

Er würde diesen kostbaren Augenblick auskosten. Er durfte sich nicht zu nah an sie heranwagen, sie war aufmerksam.

Vielleicht würde er auf der anderen Seite ein besseres Versteck finden, von dem aus er sie ungestört beobachten konnte. Also machte er sich auf den Weg um den Häuserblock herum.

Niamh liebte das Eis.

Es erinnerte sie daran, wie sie als junges Mädchen, ungefähr im Alter von zehn Sommern, zusammen mit den anderen Waisen zu den Druidinnen nach Weris gebracht worden war, um dort ihre Ausbildung zur Kriegerin zu beginnen.

Die Kampfkünste waren nur eines der Wissensgebiete, in denen die Arduinnerinnen die Heranwachsenden unterrichteten, und die meisten der Mitschülerinnen und Mitschüler waren viel älter gewesen als die Kinder, die die Töchter der Aufanien geschickt hatten.

Immer wieder hatten sie sich prickelnde Mutproben einfallen lassen. So waren sie eines Tages zusammengekommen, und Niamh und ihre Freunde hatten vorgeführt, wie gut sie Schmerzen ertragen konnten. Zu diesem Zweck hatten sie Holzstückchen angezündet, sich die glühenden Späne in die Handflächen gelegt und versucht, sich im Erdulden der Marter zu übertreffen. Niamh hatte es fertiggebracht, bis zuletzt zu lachen, während sich das kleine Stückchen Glut immer tiefer in ihre Hand hineingearbeitet hatte. Die fremden Jugendlichen hatten gestaunt, und Niamhs Freunde waren stolz auf sie gewesen.

Bereitwillig hatte Niamh erklärt, wie sie es anstellte, den Schmerz auszublenden, doch keinem war das Kunststück ebenso gut gelungen wie ihr.

Deirdre, ihre Ausbilderin, hatte sie beobachtet und Niamh hinterher beiseitegenommen.

„Wie machst du das?", hatte sie gefragt, und Niamh hatte ihr berichtet, dass sie sich einfach von dem Schmerz zurückzog, der doch gar kein Schmerz war, der nichts war. Oder besser gesagt – er war da und sie auch, aber sie war nicht mit ihm zusammen, sondern irgendwo außerhalb; es war ein fürchterliches Gestammel geworden. Irgendwann hatte Deirdre sie unterbrochen und wissen wollen, ob sie damit auch Wut oder große Angst besiegen könne.

„Na klar", hatte Niamh geantwortet. Für sie war das Eis, wie sie es nannte, das Normalste der Welt – es war nie anders gewesen, seit sie denken konnte.

Zu ihrer Verwunderung hatte Deirdre diese Fähigkeit jedoch beunruhigt. Die Kampfkunstmeisterin hatte Niamh kleinere Aufträge gegeben, die sie alle mit Bravour erledigt hatte, zumindest in ihren, in Niamhs Augen.

Schließlich hatte Deirdre Niamh aufgefordert, einen ihrer Freunde zu verletzen. Niamh hatte ungläubig gefragt, ob sie das wirklich tun müsse. Doch als Deirdre genickt und ihr erklärt hatte, wie sie den Hieb ausführen sollte, war Niamh, ohne mit der Wimper zu zucken, der Aufforderung nachgekommen. Wie die Ältere es befohlen hatte, hatte sie ihr kleines Schwert in beide Hände genommen und war von hinten an Lenovolcus herangetreten; erst als die Waffe bereits auf den Ahnungslosen hinabgesaust war, war Deirdre dazwischengesprungen.

Die Druidin war vollkommen entsetzt gewesen.

Sie hatte Audra kommen lassen, und die beiden Frauen hatten eine lange, hitzige Diskussion geführt. Doch davon hatte Niamh nie etwas erfahren.

Dieses „Eis" sei keine natürliche Gabe, hatte die Arduinnerin gewettert. Normalerweise könne ein Mensch eine solche Fähigkeit nur mit jahrelanger Übung und erst im Erwachsenenalter erwerben. Außerdem könne Niamh nicht nur von den Empfindungen ihres Körpers Abstand nehmen, sondern auch den Herzenskontakt vollständig abbrechen. Deirdre hatte sich geweigert, eine Kriegerin heranzuziehen, die sich derart von ihrem Mitgefühl abschneiden konnte, das hatte sie nicht verantworten wollen.

Audra hatte ihr entgegengehalten, dass Niamh kein gefühlloser Mensch sei. Sie kenne sie gut genug, um zu wissen, dass Niamh diese Gabe nur zu ihrem eigenen Schutz einsetzen würde. Nie habe sie aus sich heraus eines der anderen Kinder verletzt.

Die Frauen hatten den ganzen Abend diskutiert.

Zu ihrer großen Freude war Niamh am nächsten Morgen ein junges Kaninchen anvertraut worden. Mit viel Geduld hatte sie das kleine Tier mit Ziegenmilch großgezogen. Deirdre hatte sie genau beobachtet. Es hatte sich gezeigt, dass Niamh nicht zu Grausamkeit neigte, und so hatte sie in Weris bleiben dürfen.

Bei den Gelübden anlässlich der Kriegerweihen war den Worten, die sie alle hatten nachsprechen sollen, für Niamh ein besonderer Satz beigefügt worden – sie hatte feierlich schwören müssen, dass sie das Eis nur im Auftrag von Audra oder einer der Älteren der Arduinnerinnen benutzen würde.

Genau diese Erlaubnis hatte Audra ihr beim Abschied erteilt.

Auf der anderen Seite des Weges, im Tempelbezirk von Cernunnos, dem Herrn der Wälder, war Kia Ye Lanur inzwischen an der Rückseite einer stattlichen Eiche hinaufgeklettert. Im dichten Blattwerk verborgen, lehnte er die Wange an die raue Rinde und schaute zu Niamh hinüber.

Wie unglaublich schön sie war, dachte er staunend.

Doch weder die sanften Wellen, in denen ihr braunes Haar über ihre Schultern glitt, noch die zarten Kurven ihres Körpers täuschten über die Kraft hinweg, die sie ausstrahlte. Er fragte sich, ob sie eine Bäuerin war, gestählt von der Arbeit mit Pflugschar und Sense? Doch wäre sie eine Bauersfrau, dann hätten sie und ihre Freundin die Stadt nicht tagelang beobachtet. Die beiden hatten sich getrennt – den Rotschopf hatte er vorhin auf dem Marktplatz leuchten sehen. Nein, dachte er, sie hatte etwas zu verbergen. Kia Ye Lanur lächelte, er liebte Geheimnisse.

Er würde sie fragen, später.

Sein Lächeln breitete sich aus, bis sein Herz vor lauter Freude schmerzte, und seine Augen brannten, dass sie tränten.

Auch diese Welle ging vorüber.

Das Kleid, das sie trug, hätte ihre weiblichen Formen nicht besser zur Geltung bringen können. Kornblumenblau – wie der Himmel, der sich heute hoch über der Stadt aufspannte –, die Farbe brachte ihr zartes Gesicht zum Leuchten. Ihrer gebräunten Haut nach hielt sie sich viel im Freien auf. Doch ihm fiel auch eine Art Schatten in ihrem Antlitz auf.

Es war nicht die Tönung ihrer weichen Wangen – sie besaßen ein gesundes Rosarot, etwa wie das von Fingerhutblüten –, nein, es waren ihre Augen; sie hatten einen traurigen Ausdruck. Er fragte sich, was sie gesehen haben mochten.

Nach einer Weile bemerkte er eine weitere Art von Dunkelheit, so als läge ein unsichtbarer Rauch über ihr, der die Strahlen der Sonne verschlang und ihre Umgebung düsterer erscheinen ließ, als es allein die Nähe des ausladenden Weidenbaumes erklärt hätte.

Seltsam, dachte er und fühlte sich an seine eigenen Schattenseiten erinnert. Faszinierend.

Nur mit Mühe widerstand er der Versuchung, herauszufinden, was in ihrem schönen Kopf vorging, nein, dachte er, besser, er blieb erst einmal mehr an dieser bezaubernden Oberfläche.

Er entspannte sich auf seinem Ausguck und träumte ein wenig.

Wie sanft sie immer gewesen war, seit er sie kannte. Auf Händen würde er sie diesmal tragen; er stellte sich vor, wie sie lachte – glockenhell und mit Rosenblüten im Haar. Tiefe Zufriedenheit breitete sich in ihm aus.

Welch ein Glück!

Mit einem Mal erhob sie sich von ihrem Platz und dehnte sich. Langsam schlenderte sie näher; wie ein Verdurstender nahm er jedes Detail ihres jungen, ebenmäßigen Körpers in sich auf. Ihr Ziel war offenbar der Brunnen am Weg unter der Eiche, auf welcher das Herz ihres Bewunderers mit jedem ihrer Schritte höherschlug. Zu seiner Verwunderung schien sie es nicht zu hören … Kia Ye Lanur hielt den Atem an. Wenn sie den Blick höbe, würden ihre Augen sich treffen.

Stattdessen beugte sie sich über den Brunnenrand und zog polternd den Holzeimer herauf; die Schwierigkeiten, die sie dabei mit ihrem rechten Arm hatte, entgingen ihm nicht. Sie schnupperte an dem Wasser. Als sie den Eimer anhob, um davon zu trinken, rutschte der Stoff des Kleides von ihrer Schulter und entblößte ein beachtliches Wundmal.

Kia Ye Lanur schaute genauer hin. Die Verletzung war noch nicht lange verheilt, einen Mond vielleicht, schätzte er, oder zwei. Der unterschiedliche Grad der Vernarbung verriet ihm, dass sie mehrfach hatte geöffnet werden müssen, bevor sie zur Ruhe gekommen war. Der Farbe nach zu urteilen schlummerte jedoch immer noch ein Rest von Hitze darin. Durch die Nachbesserungen konnte er jedoch keine Rückschlüsse auf die Ursache der Wunde ziehen; die Arbeit war nicht so gut gemacht, wie er es hätte tun können. Sie setzte den Eimer ab, und das blaue Tuch glitt zurück. Kein Wunder, dass sie noch Beschwerden mit dem Arm hatte. Er schien sich taub anzufühlen, denn jetzt schüttelte sie ihn, wie wenn man nachts mit eingeschlafenen Gliedmaßen aufwachte, die zum Leben erweckt werden mussten.

Er würde sich darum kümmern.

Nachdem sie eine Runde über den Platz gedreht hatte, ließ sie sich wieder im Schatten der Weide nieder.

Kia Ye Lanur stöhnte leise. Der Schmerz des Vermissens hätte ihn fast zerrissen. Er holte tief Luft und ließ den Atem sein Herz weiten.

Endlich. Endlich ... Er hätte nicht gedacht, dass es so wehtun würde, sie wiederzusehen.

Ob sie ihn erkennen würde?

Er lächelte; natürlich nicht. Nicht auf dieselbe Weise, wie er es konnte. Ihre Erinnerungen waren verschüttet, trotzdem würde er ihr vage bekannt vorkommen, seltsam vertraut und anziehend – so war es immer gewesen.

Bis zum Abend wollte er noch warten, bevor er ihr gegenübertreten würde – beim Tanz vielleicht. Ja, das wäre ein wunderbarer Rahmen für einen Neubeginn.

Diesmal würde er sie nicht mehr gehen lassen. Nie wieder.

Er war gespannt.

Bis es so weit war, vertrieb er sich die Zeit damit, seine Gefühle für sie zu beschreiben. Er spürte – wie sollte er es nennen – tiefste, innigste Liebe, nein, Worte reichten nicht aus. Er versuchte es trotzdem weiter, Verlangen meldete sich und wiederum Schmerz. Er schloss die Augen und gab sich seinen Gefühlen hin.

Was er spürte, war eine Mischung aus wildem Verlangen, Zärtlichkeit, Sehnsucht und innigster Liebe.

Ja.

Niamh seufzte. Wenn es jemandem gelingen konnte, Kia Ye Lanur zu töten, dann ihr. Lange war es her, dass sie das Eis gerufen hatte.

Sie versuchte es abermals.

Als Kind hatte sie diesen Zustand jederzeit in sich hervorrufen können. Heute hatte es ihr zunächst einige Mühe bereitet, gänzlich von sich abzurücken. Doch nun achtete sie darauf, was sie fühlte – Hunger meldete sich und die Aufregung, die seit Tagen hartnäckig an ihr haftete wie Pech an den Sohlen des Köhlers. Als sie dann einen Schritt neben sich und schließlich ganz aus sich heraustrat, blieben ihre Empfindungen unerreichbar für sie wie die einer Fremden; Niamh triumphierte.

Schon nach wenigen Anläufen gelang ihr der Wechsel ebenso spielerisch wie früher.

Da es womöglich zum Kampf kommen würde, wollte sie wissen, ob das Eis sie nach wie vor auch vor Schmerz schützte, und so zog sie ihr Messer hervor.

Sie suchte an der Kuppe ihres Zeigefingers nach einer empfindlichen Stelle, setzte die Spitze der schmalen Klinge auf einen besonders schmerzhaften Punkt am Nagelbett und drückte zu.

Als ihr Blut in der lehmigen Erde versickerte, lächelte sie noch immer.

Verzweifelt verdrehte Kia Ye Lanur die Augen.

Als sie den Dolch hervorgezogen hatte, hatte er sich verwundert aufgesetzt, um sie besser beobachten zu können. Inzwischen starrte er fassungslos zu ihr hinüber, denn mit einem Mal war sein Körper mit den Bildern, die seine Augen lieferten, in Resonanz gegangen. Zu überraschend hatte sie sich Schmerzen zugefügt. Jetzt wollte er derjenige sein, der das Messer hielt. Er wollte der sein, der … Erschrocken zuckte Kia Ye Lanur zusammen.

Oh nein, nicht das! Er drängte die Bestie in sich zurück. Sofort wollte sie wieder hinaus, sie tobte und wütete in ihm.

Er kämpfte sie nieder. Nein!

Das durfte nicht wahr sein; lauerten seine dunklen Seiten etwa immer noch darauf, augenblicklich das alte Spiel wieder aufzunehmen, kaum dass *sie,* die schmerzlich Ersehnte, auf der Bildfläche erschien?

Warum?, fragte er sich. Für sie hatte er sich doch gezähmt. Oder war es misslungen?

Er stöhnte; er hätte diesem Teil von sich einst nicht erlauben dürfen, so stark zu werden.

Dass sie sich aber auch ausgerechnet jetzt in den Finger schneiden musste, noch dazu mit voller Absicht, wie es schien; mühsam unterdrückte er die Flüche. Dabei hätte er es kommen sehen müssen; er hatte doch gewusst, dass ihrer beider Schicksale untrennbar miteinander verwoben waren.

Erneut stieg das wohlige Grollen in seiner Brust auf, er spürte, wie es sich ausbreiten wollte, drängte es abermals zurück.

Na wunderbar, dachte er, ein ungezügeltes Temperament, gepaart mit dunklen Trieben – sie wird mich lieben!

Sammeln musste er sich. Vor allem durfte er sich von nichts aus der Fassung bringen lassen. Ganz egal, was sich die Geliebte noch an Unerwartetem einfallen ließ, wie eben die Selbstkasteiung mit diesem bösartigen Dolch – er würde nicht darauf hereinfallen, wenn die dunklen Kräfte ihm soufflierten, sie tue etwas, wogegen er sich zur Wehr setzen müsse. Stattdessen würde er jede in ihm aufsteigende Form von Gewalt sofort niederwerfen. Nur allzu gut kannte er die Fallen; oft genug hatte er erlebt, wohin die alten Spiele führten.

Er atmete auf; ganz so schlimm wie früher stand es nicht mehr, denn er hatte in den vergangenen Jahrzehnten beträchtlich an Erkenntnis und Licht gewonnen. Die Frage war nur, ob seine Entschlossenheit ausreichen würde.

Mit einem Mal wurde Kia Ye Lanur bewusst, dass er sich auf einem Cernunnos geweihten Platz befand, und er begriff, was gerade mit ihm geschah – der Gehörnte zeigte ihm überdeutlich, wo er, Kia Ye Lanur, stand. Denn das war das Wesen der Gottheiten – die Wahrheit aufzuzeigen.

Ihm wurde klar, wie sehr er noch immer auf sich würde aufpassen müssen.

Er schaute noch einmal zu der jungen Frau im blauen Kleid hinüber. Ihr bezaubernder Anblick erfüllte sein Herz mit Liebe.

Unbemerkt wandte er sich ab. Bis zum Abend würde er in seiner kühlen Halle sitzen, sich versenken und sein ungestümes Wesen besänftigen.

Ihre geliebte Seele sollte seine beängstigenden Seiten nie wieder zu spüren bekommen. So würde es sein! Dieser Neuanfang war ein solches Geschenk, und er würde es zu nutzen wissen.

Auf dem Heimweg dachte er an das Geheimnis, das sie nach Bonna geführt hatte. Besser, er machte sich auf eine kleine Überraschung gefasst, nur um sicherzugehen. Diesmal würde er es nicht vermasseln. Er würde ihr niemals mehr wehtun.

Niamh konnte das Eis nun wieder nach Belieben an- und abschalten. Auf dem Weg zum Marktplatz kundschaftete sie ihren Fluchtweg aus. Dazu machte sie einen Umweg entlang der Befestigungsmauern und wählte eine Stelle, die sich leicht überwinden ließ.

Eine Zeit lang lief sie kreuz und quer durch die Stadt, um sich später besser zurechtfinden zu können.

An der Kreuzung zweier verlassener Gassen fand sie das Speicherhaus, das Kia Ye Lanur bewohnte. Als unverwechselbare Erkennungsmerkmale hatte Audra ihr das flache Dach des Gebäudes sowie sein außergewöhnliches Doppeltor genannt.

Still stand Niamh da und verschmolz mit einem Stützbalken der gegenüberliegenden Häuserzeile.

Es wäre ein Leichtes, an den grob zusammengefügten Steinen des Gemäuers emporzusteigen, dachte sie. Sollte sie es wagen, einen Blick in die Schlangengrube zu werfen? Niamh lächelte; es wurde Zeit, das Eis zurückzunehmen, denn in ihrem jetzigen Zustand schützten ihre Instinkte sie nicht vor allzu tollkühnen Wagnissen. Möglicherweise war Kia Ye Lanur zu Hause, und wenn er tatsächlich so fähig war, wie ihm nachgesagt wurde, konnte er ihre Gedanken in diesem Moment sogar *hören*.

Jetzt wo sie ihre Gefühle wieder zuließ, überkam sie mit einem Mal Missmut.

Ein streunender Hund wurde auf sie aufmerksam und kam zu ihrem Versteck geschlichen. Mit eingezogenem Schwanz schnupperte er an ihren Beinen. Ärgerlich zischte sie ihn an, löste sich aus dem Schatten und ging davon.

Sie würde Kia Ye Lanurs Weg erst später kreuzen, beim Tanz vielleicht. Ja, dachte sie, ihn dort zu treffen wäre unverfänglich.

5.

Als Niamh in der Abendsonne auf den Marktplatz trat, hatte Kristin eine ganze Gruppe von Verehrern um sich geschart. Es wurde viel getrunken und gelacht an diesem Tag, und in der Gesellschaft der kühnen Rothaarigen ging es besonders lustig zu. Die Männer wetteiferten um ihre Gunst und versuchten, sich mit Späßen zu übertrumpfen.

Die meisten Stände waren bereits abgebaut worden, und alle waren zufrieden.

Körbe mit Gemüse standen für den Heimweg im Schatten der Bäume bereit, neu erworbene Schafe und Ziegen waren in genügendem Abstand zu Suppengrün und Kräuterbündeln festgemacht worden, frische Fische hingegen längst nach Hause getragen und gekühlt, erhitzt oder in Salz eingelegt worden, um nicht der sommerlichen Hitze zum Opfer zu fallen.

So manches neue Schmuckstück zierte das Dekolleté der Frauen, und auch die stolzen Männer schmückten sich mit Zierrat und übertrumpften einander gern in Sachen Eitelkeit. Echtes Gold konnten sich jedoch allein die Stammesführung und die hochrangigsten Krieger leisten.

Der Großteil der auf dem Markt umgeschlagenen Waren hatte seine Eigentümer im Tauschhandel gewechselt. Erst seit jüngerer Zeit wurde gelegentlich auch mit Münzen bezahlt, und so tanzte hier und da ein munteres goldenes „Regenbogenschüsselchen" im Beutel seines neuen Besitzers.

Jung und Alt wollten nun gern den Rest des wunderbaren Tages nutzen, um bei Musik und Gelage den noch fröhlicheren Teil, den Abend und die Nacht, zu begehen. Mit Kräutern versetztes Starkbier floss in Strömen. Schon von Weitem hatte Niamh die herbe Süße des Malzes wahrgenommen, die wie Schleier durch die Gassen der Stadt zog. Darunter lag der schwere Atem des Markttages, mit seinen Noten von gärendem Obst und Resten traniger Fische. Um die letzten dieser heiß begehrten Leckerbissen stritten sich die Katzen.

Zögernd ging Niamh über den belebten Platz. Sie hatte Mühe, nach dem stillen Tag den Anschluss an das feuchtfröhliche Treiben zu finden.

Als Kristin Niamh entdeckte, rief sie sie durch die Reihen der Feiernden zu sich. Bereitwillig machten die Fremden Niamh Platz und begrüßten sie freudig.

„Seht mal, heute ist unser Glückstag!", rief ein Mann in gestreiften Hosen und modisch kariertem Hemd. Die gezwirbelten Enden seines gepflegten Schnurrbartes wippten vor Vergnügen, als er weitersprach. „Komm zu uns, schöne Frau! Dich schickt der Himmel, von dem du uns ein Stück mitgebracht hast." Lachend deutete er auf ihr blaues Kleid.

„Trink etwas mit uns!", rief ein anderer und reichte Niamh einen Becher voll Kräuterbier. Sie musste aufpassen, dass er sie in seinem Überschwang nicht mit dem Gebräu übergoss.

Vorsichtig nippte sie an der dargebotenen rauchigen Flüssigkeit, deren würziger Duft die Beigabe von Beifuß erkennen ließ. Der spritzige Geschmack war eigentlich nicht schlecht; Niamh schenkte dem geselligen Spender ein ebenso säuerliches Lächeln, mehr brachte sie beim besten Willen nicht zustande.

Derweil scherzten die Männer über die Lieblichkeit der Frauen im Allgemeinen und im Besonderen über ihr Glück, diesen wundervollen Tag in der Gesellschaft der anwesenden Schönheiten ausklingen lassen zu dürfen.

Und wiederum lächeln, mehr musste Niamh nicht tun, doch das war leichter gesagt als getan. Ihre Stimmung verschlechterte sich zunehmend.

Klänge von Holunderflöten und Leiern untermalten das Geschehen auf dem Platz. Lieder voller Sentimentalität wurden gespielt und andere, lebhaftere in so rasanten Rhythmen vorgetragen, dass die Beine der Zuhörer ganz von alleine den Takt fanden.

Die Frau des Schnurrbärtigen drängte sich durch die Feiernden heran. Sie fand, dass es an der Zeit sei, ihren Ehemann von dem fremden Weibsvolk abzuordern. Er sträubte sich nach Kräften, doch sie nahm ihm den Wind aus den Segeln.

„Mann, komm jetzt. Du hast schon mehr als genug getrunken." Missbilligend deutete sie an ihm herab, um ihn vor dem jungen Gemüse in Misskredit zu bringen. „Sieh nur, deine Hose steht auf!", schimpfte sie. Doch er kannte den Spruch bereits; ohne den Blick zu senken, lächelte er sie seelenruhig an.

„Still, mein Täubchen. Wer sein Vieh kennt, kann den Stall offen stehen lassen!", erwiderte er. Kristin prustete los. Entrüstet stemmte die ehrwürdige Gattin die Arme in die Seiten, um gleich darauf den beiden Weibsbildern zuzuzwinkern und ihren Mann beim Kragen zu packen.

Bereitwillig ließ er sich aus der Gruppe seiner lachenden Freunde fortziehen.

Kristin schenkte Niamh einen verstohlenen Seitenblick. Blass war sie, und sie verzog das Gesicht, als hätte sie Schmerzen. Kristin legte ihr den Arm um die Schulter. Sie konnte nur ahnen, wie der Freundin zumute war.

Und tatsächlich hatte Niamh zum ersten Mal, seit sie denken konnte, Angst. Sie fürchtete sich sogar so sehr vor dem, was ihr bevorstand, dass sie Bauchkrämpfe hatte.

Wo war die gefürchtete wilde Kriegerin geblieben?, fragte sie sich. Drachin wurde sie von den Barden genannt. In den Liedern hieß es, dass für jeden der vielen Köpfe, den man einem solchen Ungetüm abschlug, sogleich zwei neue hervorschossen.

Doch heute hatte sich ihre Verwegenheit in Wohlgefallen aufgelöst. Niamh wechselte einen stummen Blick mit Kristin.

Nicht zum ersten Mal regte sich bei dieser der Verdacht, Niamh habe nicht die geringste Ahnung, wie man Spaß am Leben haben konnte, trotzdem liebte sie sie.

„Schön, dass du da bist!“ Herzlich drückte sie Niamhs Hand. Mehr konnte sie nicht tun, solange sie nicht in die Pläne eingeweiht war. Oder doch. Sie hob den Becher. „Auf die Abenteuer!“

„Und auf den Glücklichen, der der Deine wird!“, kam es von den anderen, und alle lachten und stießen auf ihr Wohl an.

Wenn ihr wüsstet!, dachte Niamh. Doch obwohl der Zuspruch von gesichtslosen Fremden kam, blieb sie nicht unberührt von der Freundlichkeit. Ihr wurde leichter zumute. Sollte sie der Mut erneut verlassen, würde sie das Eis rufen.

Plötzlich roch es nach Feuer.

In der Mitte des Platzes stieg dicker Qualm aus einem großen Stoß Trockenholz auf. Bald würden die eifrigen Flammen die Hölzer singend verzehren. Die Umstehenden wandten sich dem jungen Feuer voller Vorfreude zu und traten ein paar Schritte zurück.

Ein Barde gesellte sich zu den Spielleuten. Mit den Liedern verbreitete der reisende Sänger Neuigkeiten. Der neueste Klatsch aus den umliegenden Fürstentümern wurde mit Spannung erwartet.

Das erste Lied handelte von einem Verrückten, der die Bewohner von Roma gegen die tapferen Stämme des Nordens aufwiegelte. Der Sänger forderte seine Zuhörer auf, mit ihm in das schöne Land der Römer zu ziehen, um die Menschen dort nicht wie einst das Fürchten, sondern diesmal die Sitten des Feierns am Renos zu lehren.

Das Lied rief begeisterte Zustimmung hervor, zumal der Refrain die Qualität des eburonischen Starkbieres hervorhob, welches den Nachbarn im Süden überbracht werden sollte.

Mit einem Mal wurde die Aufmerksamkeit der Zuhörer durch den köstlichen Duft von Schmorbraten abgelenkt. Schweinefleisch und Bohneneintopf wechselten die Besitzer, um sogleich in den hungrigen Mägen der Marktbesucher zu verschwinden.

Währenddessen widmete der Barde einem der beiden Fürsten der Treverer, einem an der Mosella ansässigen Stammesverband, ein Spottlied. Cingetorix, was so viel wie Kriegerkönig bedeutete, habe sich den Römern kampflos ergeben, hieß es. Der Sänger stellte infrage, ob der Angsthase tatsächlich von einem alten Kriegergeschlecht abstamme. Seine Mutter habe einst, statt bei ihrem tapferen Manne, heimlich bei einem der fruchtbaren Langohren gelegen, die sich bekanntlich nicht durch Heldenmut hervortaten, behauptete er und schlug vor, den Feigling fortan Casinjorix zu nennen, Hasenkönig. Die Menge belohnte den Vorschlag mit Beifall und Gelächter, und man spendierte ihm ein Essen.

Nun ließ sich auch der reisende Sänger mit einer dampfenden Schale auf einer Bank nieder und überließ die Unterhaltung anderen.

Die Heldentaten von Gaheris wurden gleich von mehreren Interpreten aufgegriffen. Der Klang der Leiern und Flöten sowie das treibende Pochen der Rahmentrommel untermalten die Episoden – je nachdem, welcher Aspekt seines Lebens gerade hervorgehoben werden sollte; meist handelten die Stücke jedoch von seinem tragischen Ende.

Niamh lächelte; wie gut, dass die Lieder sie an ihren Sieg über den Stammeshäuptling erinnerten. Endlich kehrte das Gefühl von Stärke zurück, und sie fühlte sich gut. Sie war die geheimnisvolle Fremde, die Jägerin, das Schwert. Niamh seufzte, sie hatte die Krise überwunden. Es wurde Zeit.

Mit dem verabredeten Zeichen ließ sie Kristin wissen, dass sie nun ihrer eigenen Wege gehen würde, und die beiden Kriegerinnen nickten sich ein letztes Mal zu.

Ringsum herrschte quirliges Leben. Langsam schlenderte Niamh durch die Reihen der Menschen. Aufmerksam ließ sie die Augen über das Äußere der Männer fliegen, die ihr begegneten. Sie wusste, woran sie Kia Ye Lanur erkennen würde.

Als Druide gehörte er zum Kreis des eburonischen Stammesfürsten. Catuvolcus' Haus war das größte Gebäude am Platz, längst hatte sie es ausgemacht; dort wollte sie mit der Jagd beginnen.

Zwischen den massiven Pfählen, auf die auch dieses markante Bauwerk zum Schutz vor Hochwasser aufgesetzt worden war, standen grob gezimmerte Tische und Bänke. Catuvolcus und sein Gefolge lagerten hier beim Fackelschein.

Verborgen im Gewimmel der Marktbesucher, beobachtete Niamh den Stammesfürsten. Ein schwerer goldener Torques, ein vorne offener Reif, zierte seinen Hals zum Zeichen, dass sich der Edelmann in vielen Schlachten als Anführer bewährt hatte. Die Art und Weise, wie er seinen Leuten begegnete und wie diese ihn würdigten, ließ erkennen, dass sie zu ihm aufsahen; weitere Torques hier und da zeugten davon, dass sich das Vertrauen bereits ausgezahlt hatte.

Neben Catuvolcus saß eine Frau. Vermutlich seine Gemahlin. Von Zeit zu Zeit blickten sie sich herzlich an, dann wieder lachten und unterhielten sie sich mit ihren Gästen. Niamh zählte viele Leute.

Der Platz vor dem Fürstensitz diente als Tanzboden. Um besser sehen zu können, trat Niamh an den Rand der Menge, nur wenige Meter trennten sie noch von den Tischen des eburonischen Adels.

Als sie den Mann erblickte, der sich zu Catuvolcus hinüberbeugte, wusste sie sofort, dass es Kia Ye Lanur war. Auffallend groß war er, doch sie hätte keines der Merkmale gebraucht, die ihr genannt worden waren, um ihn zu erkennen; in ihrer Aufregung bemerkte sie das nicht.

Der Stammesfürst amüsierte sich derart über das, was Kia Ye Lanur ihm erzählte, dass Niamh das Dröhnen seines bärigen Lachens in den Knochen spürte.

Sie wagte sich noch einen Schritt vor. Die beiden Männer scherzten weiter, und Kia Ye Lanur drehte sich um.

Sein Puls setzte aus, als er sie so nah vor sich sah.

Sie ist da!, jubelte es in ihm, und sein Herz flog ihr entgegen. Er hätte auf sie zulaufen, sie mit beiden Händen ergreifen und hoch in die Luft werfen mögen. Oder sie in die Arme schließen und an sein Herz drücken wollen, um sie nie wieder loszulassen … Nie wieder wollte er von ihr getrennt sein. Nie wieder.

So geht das nicht!, mahnte er sich, doch ohnehin konnte er sich nicht bewegen. Starr vor Staunen blickte er sie an.

Im Innern lachte und weinte er zur selben Zeit. Den Schmerz und den Überschwang wollte er für sich behalten, die Freude aber, die durfte sie sehen. Er strahlte sie an!

Niamh vergaß zu atmen. Einen Moment lang verlor sie die Fassung. Das war Kia Ye Lanur?

Dass er so aussah – damit hatte sie nicht gerechnet.

Niamh hatte ihn sich immer düster und unfreundlich vorgestellt. Oder durchschaubar durchtrieben, alt und irgendwie schrullig – doch nichts davon traf zu. Vor allem seine Augen überraschten sie, freundlich waren sie und voller Leben. Kia Ye Lanur war … hell! …, ein anderes Wort fiel ihr nicht dafür ein. Er schien förmlich zu leuchten, nicht, dass seine Haut Licht ausgesendet hätte, es war der Blick, mit dem er sie anschaute, die Augen. Wie Sonnen. Blaue Sonnen.

Offen und vertraut sah er aus, und als wäre er froh, sie zu sehen, fast, als würde er sie – sie suchte und fand die passenden Worte –, als würde er sie nach langer Zeit endlich wiedersehen und sich unfassbar freuen.

Das war undenkbar.

Jetzt kam er auch noch auf sie zu, zögernd zwar, aber ohne Zweifel mit der Absicht, sie zu treffen. Niamh musste ihre Beine davon abhalten, instinktiv zurückzuweichen.

Er weiß, wer ich bin, und was ich vorhabe!, schoss es ihr durch den Kopf, und ihre Hände wurden feucht. Oder sollten die beiden kleinen Steine, die sie um Bauch und Hals trug, *ihn* blenden können? Würde Kia Ye Lanur sich von ihr vormachen lassen, dass sie Interesse an ihm hatte, ausgerechnet er, von dem Audra sagte, er sei der Meister der Täuschung?

Und sie, die in Liebesdingen dermaßen unerfahren war, sollte Kia Ye Lanur um den Finger wickeln? Das konnte nicht gut gehen. Nie im Leben, dies war ihr Ende. Gleich würde er sich auf sie stürzen, seine Miene würde so finster und unheimlich werden, wie sie ihn sich immer vorgestellt hatte und er, er würde …

Kia Ye Lanur sah sie an. Er stand genau vor ihr und schaute sie liebevoll an.

Einen Atemzug lang war sie vollkommen verwirrt.

Dann dachte sie: Was muss er für ein Heuchler sein!

Kia Ye Lanur bemerkte ihren Zweifel.

Er war zu schnell, seine Blicke hatten zu viel verraten, er sah zu Boden und überlegte. Dann verbeugte er sich leicht und streckte ihr seine Hand entgegen.

„Entschuldige", sagte er aufrichtig. „Bitte entschuldige, wenn ich so direkt bin, aber ich beobachte dich schon eine ganze Weile."

Wie wahr!, dachte er, und sein Herz lachte noch mehr.

„Ich würde so gern mit dir tanzen. Sag Ja", bat er, dabei nahm er die Dunkelheit aus seiner Stimme, so, wie er es auch bei der Arbeit gewohnt war. Nur in Gesellschaft enger Freunde wie Catuvolcus zeigte er sich ohne Vorbehalte und Scheu.

Er klang sanft – auch ganz anders, als sie es sich vorgestellt hatte. Noch immer lächelte er, und dieses Leuchten war in seinen Augen. Er sah … edelmütig und schön aus. Das war es. Niamh hatte nicht damit gerechnet, dass er dermaßen anziehend wäre. Sie betrachtete ihn genauer.

Groß war er, einen ganzen Kopf größer als sie. Die Linien seiner Gesichtszüge waren fein und ebenmäßig, seine Stirn hoch.

Und jung schien er zu sein. Viel zu jung, höchstens dreißig Sommer – so wirkte er jedenfalls, nur konnte das nicht sein. Eine Ausbildung zum Druiden dauerte allein schon zwanzig Jahre, und wenn er zudem ebenso lange in Bonna gelebt hatte, musste er doch mindestens fünfzig Sommer gesehen haben.

Was war Schein, was war aufrichtig an diesem Mann?

Nichts ist echt an ihm, sagte sie sich, davon musste sie ausgehen. Das Einfachste und vor allem das Sicherste wäre, vorauszusetzen, dass alles an ihm eine Illusion war.

Sie musterte sein Antlitz; ein wunderbarer Traum, zugegeben. Ihr Herz schlug höher, und auf einmal spürte sie wilde Freude in sich aufsteigen. Es war ein Spiel! Er bot ihr ein Spiel an, und sie würde es annehmen. Ja, sie würde mit ihm tanzen, würde sich im Kreis drehen lassen und Spaß dabei haben. Warum nicht?

Später, wenn sie allein waren, würde sie das Eis einschalten.

Zart wie ein Mädchen nahm sie seine Hand und lächelte ihn an.

Er lächelte zurück. „Mein Name ist Kia Ye Lanur. Darf ich fragen, wie du heißt?" Er war gespannt auf den Klang ihrer Stimme.

„Niamh", antwortete sie hastig und biss sich im gleichen Atemzug auf die Lippe; es war keine gute Idee, ihm ihren richtigen Namen zu nennen.

Ob er wusste, dass er dieselbe Niamh vor sich hatte, die in den Liedern der Barden derzeit eine so entscheidende Rolle spielte? Ihr Herz schlug plötzlich bis zum Hals. Doch sosehr sie in seinen Augen nach einem Anhaltspunkt für ihre Befürchtung suchte, konnte sie beim besten Willen kein Misstrauen darin entdecken … Diese Sonnen … zärtlich blickte er sie an, voller Wärme.

Niamh, in Gedanken flüsterte er ihren Namen, er probierte, wie es sich anhörte, wenn er ihn hauchte, sang oder sie damit rief.

Es berührte sie zutiefst, wie er sie ansah. Ein sehnsüchtiges Kribbeln durchlief ihren Körper, und sie spürte eine Aufregung in sich aufsteigen, dass ihr heiß wurde. Plötzlich konnte sie seinen Blick nicht länger ertragen. Verwirrt sah sie zu Boden. Sollte sie sich erlauben, *Leidenschaft* für ihn zu empfinden, zulassen, dass er eine solche Wirkung auf sie hatte?

Ja!, lautete die Antwort. Sie sollte ihn, dem Plan folgend, verführen. Unerfahren, wie sie war, konnte sie ihm nichts vorspielen. Wenn sie dieses aufregende Prickeln jedoch weiterhin zuließ, würde sie ihm bald nicht mehr vormachen müssen, dass sie ihn wollte – so viel hatte sie aus der flüchtigen Erfahrung mit Tjark gelernt. Wenn sie ehrlich war, begehrte sie Kia Ye Lanur jetzt schon …

Doch Niamh war ein willensstarker Mensch, sie kannte sich, sie würde im richtigen Moment den Absprung schaffen. Für den Rest würde das Eis sorgen, daran hatte sie keinen Zweifel, so schön und verlockend Kia Ye Lanur ihr auch erschien.

Ihre Pläne würden sie sogar regelrecht schützen. Denn mit Erschrecken stellte sie fest, dass sie Kia Ye Lanur anziehend fand, gerade weil er so schwer einzuschätzen war. Neben seiner verblüffenden Anmut und Freundlichkeit rührte ausgerechnet die Gefahr, die von ihm ausging, geheime Sehnsüchte in ihr an, von deren Existenz sie nicht einmal etwas geahnt hatte …

Jäh riss sie sich zusammen, keine Zeit, sich noch länger in Träumereien zu verlieren. Für den Moment reichte ihr das Wissen, dass sie dieses Abenteuer später abbrechen würde, lange bevor es wirklich gefährlich würde.

Kia Ye Lanur führte sie auf die Tanzfläche. Seine Berührungen fühlten sich warm an und angenehm. Immerzu schaute er sie an, und nun flatterte in ihrem Bauch ein wildes Etwas herum. Ihre Wangen glühten – sie brauchte tatsächlich nichts mehr zu spielen.

Verlegen betrachtete Niamh ihrer beider Hände. Sie passten zusammen, als hätten sie schon seit ewigen Zeiten ineinandergelegen; seltsam vertraut. Sie konnte das Gefühl nicht verstehen. Zaghaft sah sie ihn an.

Kia Ye Lanur spürte ihre Scheu. Sanft legte er den Arm um sie und drehte sich mit ihr zur Musik. Wie wunderbar sie sich anfühlte, samtig und kraftvoll. Erneut wunderte er sich, wie ihr Körper zu dieser Stärke gekommen sein mochte. Endlich konnte er mehr über sie in Erfahrung bringen.

„Ich habe dich noch nie in der Stadt gesehen, kommst du von weit her?“, wollte er wissen.

„Nein.“ Ihr Ton klang rau, ihre Kehle war mit einem Mal wie zugeschnürt. Sie musste sich räuspern. Hoffentlich würde ihre Stimme sie nicht verraten! Er musste doch hören, dass sie etwas im Schilde führte, dass sie nicht einfach nur eine junge Frau war, die am Abend nach dem Markttag ihren Spaß suchte.

Sie wäre verloren.

Niamh spürte, wie ihr die Kälte in die Glieder kroch.

Es musste ihr gelingen, ihn unschädlich zu machen, bevor ihm auffiel, dass etwas mit ihr nicht stimmte. Doch vor so vielen Zeugen ging das nicht. Sie war gezwungen, noch eine Weile durchzuhalten.

„Ich bin zum ersten Mal hier“, beeilte sie sich zu sagen. „ Wir kommen aus einer Gegend, in der es keine großen Märkte gibt. Meine Freundin und ich wollten herausfinden, ob dieser Marktflecken für den Handel mit Schmuck taugt.“ Niamh blickte suchend über den Platz, aber von Kristin war nichts zu sehen.

„Meinst du die hübsche Rothaarige, mit der du am frühen Abend zusammen warst? Ihr handelt mit Ketten und anderem Zierrat?“, fragte er. Niamh staunte, dass er sie bereits in der Menge ausgemacht hatte, bevor sie sich Catuvolcus und seinem Gefolge genähert hatte. War das ein gutes oder ein schlechtes Zeichen?

„Ja“, entgegnete sie, um das Gespräch in Gang zu halten. „Die ganze letzte Woche haben wir gebraucht, um hierher zu kommen.“

Amüsiert blitzte er die junge Lügnerin an – von wegen. Seit Tagen beobachtete sie die Stadt. Wäre sie tatsächlich eine Schmuckhändlerin, hätte sie eines der schönen Stücke getragen, die sie vorgab zu vertreiben. Stattdessen zierte ihren Hals irgendein unscheinbarer Stein, der lieblos an einem schlichten Lederband baumelte; eher hatte sie geplant, einen der Stände zu berauben.

Um seine Belustigung zu verbergen, blickte er schmunzelnd zur Seite. Nun gut. Sie wollte ihm also nicht die Wahrheit sagen. Sie hatte noch nie gut lügen können. Wie er sie liebte! Ein wohliger Schauer lief ihm den Rücken hinab, er fühlte sich unendlich glücklich. Sie war da!

Kia Ye Lanur vergaß seine Fragen; er konnte nicht anders, lächelnd zog er sie näher.

Er glaubt meine Geschichte, staunte Niamh, er nimmt sie mir wirklich ab! Erleichtert gab sie sich in seinen Arm. Nach wie vor war sie hingerissen von seiner Schönheit und dem aufregenden Gefühl, seine Hand im Rücken zu spüren. Sie ließ es zu, ließ sich führen, tanzte, verwundert über sich selbst, denn für diesen kostbaren Moment war ihre Freude echt. Als er ihr den Blick zuwandte, erwiderte sie sein Lächeln. Er verlor sich in ihren Augen, und sie schaute in die seinen und entdeckte darin – es sah aus wie – Liebe.

Mit zutiefst empfundener Zuneigung sah er sie an. So macht er es!, schoss es ihr durch den Kopf. Auf diese Weise macht er sich die Frauen gefügig!

Audra hatte Niamh gewarnt und berichtet, was mit jenen passiert war, die sich zu lange seinen Blicken ausgesetzt hatten – zu Närrinnen waren sie geworden.

Schaute er denn jede auf diese Weise an, konnte er sich dermaßen verstellen?

Unglaublich, aber es musste so sein, dass er ihr etwas vormachte, Niamh fand keine andere Erklärung. Fieberhaft dachte sie nach.

Dann würde er hinter dieser perfekten Fassade jeden beliebigen Plan verfolgen können – was hatte er überhaupt mit ihr vor? War er ihr längst auf die Schliche gekommen und drehte den Spieß gerade um? Sie würde sich hüten!

Vermutlich spürte er ihre Wünsche auf und tat so, als hätte er genau das zu geben, wonach sie sich zutiefst sehnte. Denn dann würde sie sich ihm öffnen, und er könnte ungehindert seine wahren Absichten verfolgen, welche auch immer das waren.

Auch Tjark hat mich liebevoll angesehen, dachte sie, doch nicht *so*. Kia Ye Lanurs Blick war um ein Vielfaches intensiver, es war, als berührte er ihr Innerstes, so als liebkoste und nährte er ununterbrochen ihr Herz; es tat richtig weh.

Niamh seufzte.

Noch einmal ging sie seinen Augen auf den Grund – und fand dort wiederum nichts als Zärtlichkeit, täuschend echt! Damit hatte er tatsächlich ihre größte Sehnsucht erfasst, denn welch ein Glück wäre es, die Zuneigung eines Mannes zu erwidern, der sie derart bedingungslos liebte.

Er lächelte, und seine Augen strahlten noch mehr.

Schade!, dachte sie und lächelte ein letztes Mal zurück. Sehr schade.

Eis.

Sie lachte – wer von ihnen war die Katze, und wer würde am Ende der Nacht als Maus enden? Sie kostete das Spiel aus; einen Punkt nach dem anderen würde sie abhaken und für sich entscheiden.

Als Niamh das Eis rief, spürte Kia Ye Lanur, dass etwas nicht stimmte. Er bekam eine Ahnung davon, dass es bei dem geheimnisvollen Vorhaben, das sie nach Bonna geführt hatte, nicht etwa um einen Überfall auf eine der Händlerinnen oder Händler ging. Niamh hatte es auch nicht auf irgendein fremdes Säckel mit Goldstücken abgesehen, selbst die Hühner der Stadt waren vor ihr sicher … Mit einem Mal begriff er, dass es hier in Wahrheit die ganze Zeit um ihn ging!

Er staunte. Was hatte sie vor?

Von einem seltsamen, erregenden Zauber erfüllt, dachte er nach, während er weiterlächelte.

Er hatte nichts darüber herausfinden können, wer sie war. Natürlich hatte er die eine oder andere Frage gestellt, doch ihre Antworten hatten keinerlei Aufschluss über ihre tatsächlichen Absichten gegeben.

Er öffnete die Sinne, um sie auf seine besondere Weise zu erkunden, konnte aber nichts erkennen. Irgendetwas schirmte sie vom Zugriff seines Geistes ab. Als er sie genauer betrachtete, bemerkte er, dass der Schutz im Bereich des graublauen Steines an ihrem Hals am stärksten war. Nun, der versteinerte Belemnit ließe sich schnell entfernen, wenn er wollte; Kia Ye Lanur suchte weiter.

In der Gegend um ihren Bauchnabel entdeckte er eine Art Flimmern. Ganz zart war es und nur zu erahnen, wenn sich das, was sie unter ihrem Kleid trug, bewegte. Ein Türkis vielleicht.

Die beiden Amulette erklärten jedoch nicht alles, was ihm an Niamh merkwürdig vorkam.

Wer war sie nur in diesem Leben? Er konnte sich keinen Reim darauf machen. Jedenfalls würde eine einfache Händlerin nicht versuchen, ihn in ihre Gewalt zu bekommen – denn genau das hatte Niamh vor, so viel hatte er immerhin begriffen.

Doch was hatte sie dann mit ihm vor?, fragte er sich. Ob sie bei Catuvolcus ein Lösegeld für ihn erpressen wollte? Oder besaß er etwas anderes, für das es sich lohnte, sich in Gefahr zu begeben? Er hatte keine Idee, was das hätte sein können.

Kia Ye Lanur wurde neugierig. Wie aufregend – eine neue Art von Spiel!

Er könnte ihr die Steine abnehmen. Dann wäre es ein Leichtes, sie mittels seines Willens in einen Zustand von Lähmung zu versetzen und sie einfach nach Hause zu tragen. Dort würde er schon herausfinden, was sie im Schilde führte. Er pfiff sich zurück – das war genau das, was er nicht mehr tun wollte.

Doch auch wenn er einfach gar nichts unternahm, wenn er zulassen würde, was auch immer sie vorhatte, würden ihre Absichten schon irgendwann deutlich werden.

Welches Ende sie wohl für ihren Plan vorgesehen hatte? Dachte sie, sie hätte noch irgendeine Aussicht auf Erfolg, ihm zu entkommen?

Er wusste genau, was über ihn erzählt wurde, und konnte sich in etwa vorstellen, welche Bilder ihr im Kopf herumgeisterten. Sie musste denken, dass sie ihr Leben am besten so schnell wie möglich verlor, sollten ihre Pläne scheitern, und trotzdem riskierte sie, ihm in die Hände zu fallen.

Wie verwegen!, dachte er. Wie mutig von ihr, es mit mir aufzunehmen.

Er musterte sie. Wer in aller Welt ist sie nur?, rätselte er. Wer würde den Mut haben, sich *ihm* entgegenzustellen? Kia Ye Lanur war fasziniert.

Er fragte sich, ob sie die Schüchterne, die Scheue nur spielte. Zwanzig, vielleicht zweiundzwanzig Sommer hatte sie gesehen. So schön, wie sie war, würde sie in diesem Alter kaum so unerfahren in Liebesdingen sein, wie sie vorgab.

Durch das dünne Kleid fühlte er ihren warmen Körper, sanft erkundeten seine Hände die weiche Haut ihrer Arme, und wenn sie sich an ihn lehnte, spürte er die geschmeidigen Bewegungen ihrer Muskeln.

Zärtlich schaute er auf sie hinab.

Er konnte ihr nicht widerstehen. In keiner Weise.

Vermutlich hatte sie eine Heidenangst vor ihm. Der Gedanke gefiel ihm, doch er fragte sich, ob es erlaubt sei, so zu empfinden. Solange er ihr nichts tat; wenn es ein Spiel blieb … aber würde es das?

Vielleicht konnte er mitspielen, solange er die Kontrolle behielt. Ja, dachte er, ein wenig weiter konnten sie noch gehen.

Er liebte es, sie so zu halten. Er wollte mehr.

Sie tanzten zusammen, genossen die sachten Berührungen und den liebkosenden Atem des anderen. Einmal hauchte er ihr einen Kuss auf die dargebotene Seite des Halses und kostete den Schauder aus, den er ihr damit bereitete und der sie ihm näher in die Arme trieb. Es war ein zarter Tanz, behutsam tasteten sie sich vor, um einander zu erforschen.

Nach einer Weile fragte er sich, wie sie wohl auf die Frage reagieren würde, warum sie sich am Nachmittag im Tempelbezirk in den Finger geschnitten hatte. Ob sie versuchen würde, vor ihm davonzulaufen? Ein wenig naiv war sie immer schon gewesen … Er schmunzelte.

Kia Ye Lanur beschloss abzuwarten, bis sie in seinem Haus wären. Er überlegte, wie er sie am besten dorthin entführen könnte. Schließlich entschied er sich, es mit einladenden Gesten zu versuchen.

Niamh hatte sich schon eine Zeit lang mit der gleichen Frage beschäftigt.

Als er sie nun sanft an die Hand nahm, leise mit dem Kopf in Richtung der dunklen Gassen wies und sie dann fragend anblickte, fiel ihr ein Stein vom Herzen.

Erfreut schenkte sie ihm ein Lächeln und nickte.

Inzwischen hatte sie ihre Gefühle so weit in den Hintergrund gedrängt, dass sie ihr gerade noch wichtige Hilfestellungen gaben, um sich in den fremden Gefilden des Liebeswerbens zurechtzufinden.

So schmiegte sie sich jetzt wie ein Kätzchen an Kia Ye Lanurs Seite. Hand in Hand verließen sie den von der Mondin beschienenen Marktplatz und tauchten in den engen Raum zwischen den Häusern ein. Finsternis herrschte hier, nur die Sterne funkelten hoch über ihren Köpfen am nachtblauen Himmel.

Niamh hatte fest damit gerechnet, dass er sie küssen würde, sobald sie sich im Gewirr der Gassen befänden, doch legte er nur behutsam den Arm um sie und führte sie heim. Ab und zu drehte er ihr sein Gesicht zu, und sie hätte schwören können, dass seine Augen auch in der Dunkelheit noch glänzten.

Sanft strich der sommerliche Nachtwind durch ihr Haar. Fern des Marktes war die Luft wieder frisch; sie trug den harzigen Atem der Wälder über den Fluss herbei und mischte sich gelegentlich mit betörenden Blütendüften aus den winzigen Stadtgärten. Bald kamen sie an einen Abzweig, die Gebäude traten zurück, und silbernes Mondlicht floss wie Wasser über den steinigen Boden.

„Hier wohne ich“, erklärte er und zeigte auf das hohe Speichergebäude mit dem großen Doppeltor, das Niamh bereits am Nachmittag bewundert hatte.

Er drehte sich zu ihr um und zog sie langsam die Stufen hinauf. Oben angekommen, nahm er zärtlich ihre Hände in seine.

„Willkommen“, sagte er leise. Egal, was du vorhast, fügte er im Stillen hinzu und streichelte ihre Wange.

Verwundert bemerkte er eine hauchzarte Eisschicht, die über ihren Pupillen zu liegen schien, und versuchte, darunter zu schauen. Etwas von seinem Blick drang durch das Eis hindurch, bis tief in sie hinein, und einen Atemzug lang war sie gänzlich verwirrt.

In diesem winzigen Zeitsplitter gewann er eine Vorstellung von ihrer Entschlossenheit sowie dem ihr eigenen wilden Feuer und entdeckte zu seinem Erstaunen – den Tod. Seine Augen verengten sich. Zu gerne hätte er mehr erfahren, doch Niamh hatte den Kopf bereits abgewendet.

Ratlos steckte er die Hand in die Tasche; an Markttagen hielt er das Haus verschlossen. Als er den Schlüssel gefunden hatte, drehte er sich zur Tür.

Hier mussten die Spiele enden, das war ihm völlig klar, sonst konnte er nicht dafür garantieren, dass er sich im Griff behalten würde. Bei all ihrer Verwegenheit schien ihr jeglicher Sinn dafür abhandengekommen zu sein, in welche Gefahr sie sich begab, wenn sie Gewalt gegen ihn anwandte.

Sobald sie oben im Wohnraum angelangt wären, würde er ihr auf den Kopf zusagen, dass sie keine Schmuckhändlerin war. Er würde sie dazu bringen, zuzugeben, was sie in seine Nähe gebracht hatte. Freundlich, aber bestimmt würde er ihr klarmachen, dass er ihr keine andere Wahl ließ, als ihm die Wahrheit zu sagen.

Der Schlüssel suchte das Schloss.

Nur mit Mühe widerstand er der Versuchung, sie sofort zu küssen.

Doch der Zeitpunkt war für einen romantischen ersten Kuss schlecht gewählt, denn vermutlich hatte sie im Moment nur ihr geheimes Vorhaben im Kopf. Genau!, dachte er, erst einmal würden sie das klären, und danach würde er weitersehen. Er hatte jetzt Zeit – an diesen Umstand musste er sich noch gewöhnen.

Daran, dass der Schlüssel in seiner Hand sein Ziel noch immer nicht fand, merkte er, wie aufgeregt er war. Vielleicht würde sie ihn diesmal gar nicht begehren!

Er sah sie an. Sie würde.

Kia Ye Lanur lächelte und öffnete die Tür. Sein Herz raste, als er über die Schwelle trat.

Es wurde ernst.

Niamh ließ sich nun immer stärker abkühlen. Eine solche Verwirrung wie eben vor dem Haus konnte sie sich nicht noch ein weiteres Mal leisten. Wenn sie doch nur verstehen würde, warum sie sich derart von ihm angezogen fühlte. Fast hätte sie die Kontrolle verloren – trotz der Schutzsteine, trotz des Eises. Wie machte er das nur?

Schluss damit!, mahnte sie sich. Schließlich wusste sie nicht, ob er sie nicht längst durchschaut hatte. Sobald sie den Raum betraten, würde er im Vorteil sein, denn im Gegensatz zu ihr kannte er das Haus und konnte sich darin auch im Dunkeln zurechtfinden.

„Warte hier!", bat er und ließ ihre Hand los. „Ich werde Licht machen, du siehst ja gar nichts." Er verschwand.

Vielleicht besorgt er sich eine Waffe, dachte sie, doch sogleich wurde ihr wieder bewusst, dass er über ganz andere Mittel verfügte, mit denen er sie mit Leichtigkeit überwältigen konnte. Sie lauschte in die Dunkelheit und hörte seine leisen Schritte, die sich über den Steinfußboden entfernten. Eine Flamme leuchtete auf, dann noch eine und noch eine.

„Komm rein!", rief er. Sie warf einen Blick in den von Bruchsteingemäuer umgebenen Raum. Kia Ye Lanur stand auf der gegenüberliegenden Seite und streckte ihr eine Hand entgegen, in der anderen hielt er eine Öllampe.

Als sie über die Schwelle trat, nahm Niamh den feuchten Glanz der Steinplatten wahr, die den Boden bedeckten; die Luft im Innern der Halle roch klar und erdig. Sie sah sich um, erblickte die erkaltete Feuerstelle, die Holzscheite daneben und wunderte sich über den großen Tisch in der Mitte des Raumes. In seiner polierten Oberfläche spiegelte sich das vielfache Licht der Lampen.

Kia Ye Lanur wartete am Fuße einer steilen Treppe, die offenbar zum Speicher hinaufführte. Er hatte die Hand, die er ihr gereicht hatte, sinken lassen, um ihr Zeit zu geben.

Sorgfältig verschloss Niamh die Tür. Keine Zeugen. Sie holte tief Luft und wandte sich Kia Ye Lanur lächelnd zu. Über die Entfernung hinweg erwiderte er ihr Lächeln und strich sich verlegen das Haar aus der Stirn.

„Kommst du mit?", fragte er und deutete mit dem Kopf nach oben.

„Gern", erwiderte Niamh.

Eis.

Sie durchquerte den Raum, jede ihrer Fasern vibrierte vor Spannung.

Während er vor ihr her die Stiege hinaufkletterte, fiel ihr Blick auf seine weichen Stiefel. Das Leder schien ungewöhnlich dünn zu sein, wie eine zweite Haut schmiegte es sich bei jedem Schritt an seine Fesseln.

Erneut bemerkte sie die große Anmut seiner Bewegungen. Eine solche Geschmeidigkeit setzte Kraft voraus; überhaupt schien er viel stärker zu sein, als sie zunächst angenommen hatte. Sie stellte sich vor, wie es wäre, mit ihm zu kämpfen, zu ringen und dabei das Spiel der Muskeln unter seiner warmen Haut zu spüren. Ihre Hände hatten nicht vergessen, wie sich sein Rücken beim Tanz angefühlt hatte; ihre ganze linke Seite erinnerte sich an die Hitze seines Körpers.

Eine faszinierende wie zugleich absurde Idee schoss ihr durch den Kopf – anstatt ihren Plan zu Ende zu bringen, könnte sie ebenso gut zu der verliebten jungen Frau werden, die sie zu sein vorgab. Dann würden sie einfach so weitermachen wie bisher, er würde sich gleich zu ihr umdrehen und sie anlächeln, wie er es schon die ganze Zeit über tat. Er würde ihr seine Hand reichen, um ihr hinaufzuhelfen, und sie würde ihr Vorhaben einfach vergessen, sein Lächeln erwidern und sich an seine Brust ziehen lassen. Er würde sie küssen und sie zu seinem Lager führen, während seine Hände unter ihrem Kleid ihre nackte Haut erkundeten; zärtlich würde er sein, und sein Atem würde stoßweise gehen.

Ihr war nicht entgangen, dass er um seine Beherrschung hatte ringen müssen. Wie würde es sein, wenn er die Kontrolle aufgab und sich gehen ließ?

Voll wilder Sehnsucht und Verlangen begehrte sie mit einem Mal die Lust – und den Schmerz, den er ihr bereiten würde, denn auch das hatte sie in seinen Augen gesehen. Diese Erkenntnis ließ schlagartig die Furcht in ihr die Oberhand zurückgewinnen.

Niemals.

Eis.

Welch ein Abenteuer!, dachte er, oben angekommen, drehte sich zu ihr um und reichte ihr die Hand, um ihr den Aufstieg zu erleichtern. Sein Herz schlug Purzelbäume; noch immer hätte er sie am liebsten sofort geküsst.

Seine verwirrend schönen Gesichtszüge lösten in ihr ein letztes Bedauern aus. Wie schade, dass er nicht derjenige wäre, mit dem sie ihre Liebe teilte, dachte sie und nahm Abschied von ihm.

Entschlossen schüttelte sie jeden Zweifel an dieser Entscheidung ab. Gut, dass sich gezeigt hatte, welche Gefahr in ihr selbst lauerte, wie sehr sie ihn wollte. Wann immer in den nächsten Stunden Verlangen in ihr aufsteigen würde, ja bei jedweder Art von Berührtsein, würde sie das Eis verstärken.

Als sie neben ihm stand, ließ er ihre Hand los, um auch hier oben einige Lampen anzuzünden. Er staunte, wie scheu er sich in ihrer Nähe fühlte; so kannte er sich gar nicht. Sein kurzer Einblick in ihre Abgründe fiel ihm wieder ein und erinnerte ihn daran, sich vor ihr in Acht zu nehmen, bis alles geklärt war. Er hob das Öllicht, um besser sehen zu können.

In diesem Moment entdeckte Niamh die großen Flusskiesel.

Nur kurz verweilte sie bei ihrem Anblick, dann huschten ihre Augen zur Schlafstatt hinüber – die übliche vor dem Einfluss von Wasseradern schützende strohgefüllte Matratze, mit Fellen aufgepolstert und von rotem Leinen bedeckt. Schon flog ihr Blick weiter, streifte den Tisch mit der Waschschüssel darauf, erfasste die überquellenden Regale und eilte zurück zu den schweren Steinen, die gelangweilt an der gegenüberliegenden Wand lehnten, als warteten sie nur darauf, zu ihrem Werkzeug zu werden.

Obenauf lag ein besonders stattliches Exemplar.

Niamh hatte keine Zeit zu verlieren. Der Tod musste überraschend für Kia Ye Lanur kommen. Ein gezielter Schlag auf den Kopf mit einer solchen Waffe wäre genau das Richtige; egal, ob der Treffer sein Ende wäre, er würde ihn in jedem Fall eine Zeit lang außer Gefecht setzen.

Ihr Instinkt ließ sie innehalten; er war hinüber zum Tisch gegangen und hatte sich ihr dabei zugewandt. Gerade hielt er die Flamme der Öllampe an den Docht einer zweiten, um diese ebenfalls in Brand zu setzen, dabei tropfte etwas von dem brennenden Öl auf die Tischplatte. Instinktiv wischte er mit der bloßen Hand über die

Lache, um die züngelnden Flammen zu ersticken. Einen Wehlaut unterdrückend, steckte er den Daumen in den Mund und pustete anschließend auf die wunde Stelle; als er den Kopf hob und Niamh ansah, verlieh der Schmerz seinem Lächeln einen tragischen Ausdruck.

„Halb so schlimm", wiegelte er ab und beseitigte mit einem Zipfel seines Hemdes die letzten Spuren des Missgeschickes. „Trinken wir einen Honigwein?"

„Gern", antwortete sie, und so drehte er sich den Regalen zu, um darin nach passenden Trinkgefäßen zu suchen.

Sofort nutzte Niamh die Gelegenheit und glitt hinüber zu den imposanten Steinen. Behutsam, um die übrigen nicht aus dem Gleichgewicht zu bringen, hob sie den obersten an. Kühl und glatt fühlte er sich an, wie poliert. Offenbar hatte er lange Zeit im Wasser des Renos gelegen, bevor er hierher gebracht worden war. Die junge Kriegerin wog ihn in den Händen. Er war perfekt, nicht zu schwer und nicht zu leicht; die Kante der flachen Seite würde genau auf die Schläfe von Kia Ye Lanur treffen.

Während sie sich ihrem Gegner nun vorsichtig näherte, ließ sie seinen Rücken nicht aus den Augen. Sie konzentrierte sich ganz auf eine kleine Falte des Hemdes zwischen seinen Schulterblättern.

Vorsichtig schwebte sie um den Tisch herum; oft genug hatte sie dieses lautlose Schleichen geübt und bis zur Vollendung gebracht. Schnell musste sie sein, ohne dabei die Luft in Bewegung zu versetzen, denn der leiseste Hauch hätte ihr Opfer warnen können.

In dem Bewusstsein, dass sie in wenigen Augenblicken einen Menschen töten würde, packte sie den Stein fest mit beiden Händen.

Kia Ye Lanur hatte die gesuchten Gläser noch immer nicht gefunden und reckte sich, um in der Tiefe der Ablage besser sehen zu können. Die exotischen Gefäße mussten in den hintersten Winkel des Regals gewandert sein; nur zu seltenen Gelegenheiten wie dieser zauberte er die Erinnerungsstücke hervor.

Er kämpfte sich durch das Gewirr aus tönernem Geschirr und Schriftrollen und entdeckte hinter einer ausgemusterten Knochenzange einen längst verschollen geglaubten etrurischen Kosmetikspiegel … Kia Ye Lanur stöhnte leise; viel zu lange hatte er das Aufräumen vor sich hergeschoben, doch jetzt hatte er erst recht keine Zeit für derartige Nebensächlichkeiten – in diesem kostbaren Augenblick, da er endlich seine Gefährtin wiedergefunden hatte. Selig lächelnd spürte er, wie sich die ungestüme Zärtlichkeit, die nur ihr allein gehörte, weiter in ihm ausbreitete. Noch immer konnte er sein Glück kaum fassen.

Hinter einer vergilbten Landkarte fand er schließlich die beiden Schmuckstücke. Gerade als er sie hervorziehen wollte, nahm er im Augenwinkel eine flüchtige Bewegung wahr. Ein amüsiertes Blitzen umspielte seine Augen, als er sich zu seiner lang ersehnten Besucherin umdrehte, um zu sehen, was sie hinter seinem Rücken anstellte.

Zu seiner Verblüffung stand sie bereits dicht hinter ihm, einen der stattlichen Flusskiesel hoch über ihren Kopf erhoben.

Niamh presste die Lippen zusammen und ließ die Waffe niedersausen. Sie war es gewohnt, ihr Schwert mit all ihrer Kraft durchzuziehen. Der Stein war schwerer, doch der Schlag benötigte dieselbe Entschlossenheit, denselben Einsatz ihres gesamten Körpers, dieselbe blitzartige Anspannung und Entladung ihrer Muskeln, denselben Schrei aus ihrer Kehle. Alles war vertraut.

Aufmerksam registrierte sie das Knacken des Schädelknochens, als der Brocken ihn traf. Gut.

Niamh, nein!, war sein letzter Gedanke. Das Öllicht entglitt seiner Hand und fiel scheppernd zu Boden; er hörte es nicht mehr. Die Lampe erlosch.

Niamh hielt den Atem an. Sie hatte gewartet, bis Kia Ye Lanur begonnen hatte, sich umzudrehen, sie hatte auf eine Stelle etwas oberhalb der Schläfe gezielt – wurde sie getroffen, verlor das Opfer am schnellsten das Bewusstsein. Sie hatte ihr Ziel jedoch leicht verfehlt. Kia Ye Lanurs dichtes braunes Haar hatte den Aufprall gelindert; er schwankte.

Niamh zögerte; war er ernsthaft verletzt, oder gab er die Schwäche nur vor, um sich im nächsten Augenblick auf sie zu stürzen?

Mit einem Ausdruck tiefen Bedauerns, fast zärtlich, blickte er sie an, während er sich langsam nach vorn neigte. Entsetzt machte sie einen Satz zurück, doch ihn umfing bereits die Finsternis, und er fiel der Länge nach hin. Ohne den Sturz abzufangen, schlug er mit dumpfem Klang auf die hölzernen Dielen und blieb reglos im schwachen Schein der verbliebenen Lampe liegen.

Mit klopfendem Herzen sah Niamh zu, wie ein weicher Blutstrom unter dem schimmernden Haar hervorquoll, welches sein Antlitz verdeckte. Ein rubinroter Faden mäanderte den Hals hinab und tropfte dann, zäher werdend, auf den Boden.

Still war es im Raum, sie hörte nur das Rauschen ihres eigenen Blutes. Zögerlich nahm sie den kalten Flusskiesel wieder auf und wartete in sicherer Entfernung ab. Mit dem Handrücken wischte sie sich eine Schweißperle von der Stirn.

Sie hielt die Luft an und wagte, mit der Fußspitze sein Haar zurückzuschieben, um ihm am Gesicht ablesen zu können, wie es um seine Lebensgeister bestellt war. Kia Ye Lanur hatte die Augen geschlossen; sein Nasenbein schien gebrochen zu sein, eine blutigwässrige Flüssigkeit trat aus einem der Nasenlöcher aus.

Plötzlich begann er zu zucken, ganz sacht, und kaum merklich bewegte sich sein Körper in eine Überstreckung.

Niamh atmete auf. Die ganze Zeit über hatte sie den Stein fest in beiden Händen gehalten. Langsam ließ sie die Waffe sinken, doch auch weiterhin beobachtete sie den Verletzten genau.

Sein Kiefer war fest aufeinandergepresst, der Hals nach hinten gebogen, Arme und Beine schienen unnatürlich starr. Blut sickerte aus dem Ohr. Auch wenn es nur spärlich hervorquoll, war der Schädel ohne Zweifel gebrochen. Vermutlich hatte das Gehirn Schaden genommen – für jeden gewöhnlichen Menschen hätte der Grad der Verletzungen den sicheren Tod bedeutet, innerhalb der nächsten Stunden wäre sein Ende zur Gewissheit geworden.

Niamh fragte sich, ob all diese untrüglichen Anzeichen auch in Kia Ye Lanurs Fall bedeuteten, dass er sterben würde, oder ob die Gerüchte über seine unglaublichen Fähigkeiten, sich zu erholen, der Wahrheit entsprachen. Wie viel Zeit bliebe ihr dann für weitere Maßnahmen, bevor er wieder zu sich käme?

Er lebte noch, doch seine Brust hob und senkte sich nur unregelmäßig.

In jedem Fall brauchte sie mehr Licht, also ging sie, den Gegner weiterhin beobachtend, zum Tisch, holte die verbliebene Öllampe und näherte sich damit erneut dem reglosen Körper. Sie rechnete damit, dass er jeden Moment aufspringen und sich auf sie stürzen würde.

Als nichts dergleichen geschah, kniete sie sich neben ihm nieder und stellte die Lampe ab. Um Genaueres über seinen Zustand zu erfahren, musste sie seine Pupillen sehen. Vorsichtig beugte sie sich vor, sie hielt die Luft an und zog eines seiner Lider hoch. Ihr Herz raste. Sie war ihm so nah, wenn er plötzlich …

Eis.

Das leuchtende Strahlen seiner Augen war erloschen. Die matte blaue Sonne lag hinter Schleiern, ihre schwarze Mitte war weit und reagierte nicht auf den Lichtschein.

Eis.

Auch die andere Pupille sprach nicht auf wechselnde Helligkeit an.

Gut.

Niamh war mit dem Ergebnis des ersten Anschlags zufrieden, mehr konnte sie für den Moment nicht erwarten. Hoffentlich gelang es ihr, ihn nun endgültig ins Jenseits zu befördern.

Noch immer kniete sie neben ihm. Alles, was sie brauchte, befand sich in dem kleinen Lederbeutel, den sie unter dem Rock trug. Sie löste die Kordel, mit dem das Behältnis befestigt war, und ließ dabei den Blick unverwandt auf dem Todgeweihten ruhen. Niamh zog den Beutel auf und wollte einen Strang Lederriemen herausnehmen. Sie hatte geplant, Kia Ye Lanur zunächst zu fesseln, und so hatte sie die schmalen Bänder obenauf gepackt. Sie sperrten sich jedoch und verhedderten sich. Niamh fluchte und schüttete den Inhalt des Ledersäckchens auf die Dielen. Kollernd rollte ein hölzerner Tiegel davon und verschwand im Dämmerlicht unter dem Tisch, verfolgt von weiteren Verwünschungen.

Die Kriegerin wandte sich den hoffnungslos ineinander verstrickten Riemen zu. Wenn sie nur wüsste, ob Kia Ye Lanur wieder zu sich kommen würde. Selbst wenn er im Augenblick nicht so aussah, als ob er jemals auf die Seite der Lebenden zurückkehren würde, traute sie der Sache nicht.

Einer spontanen Eingebung folgend, änderte Niamh ihre Pläne. Die Fesseln wären bei ihren weiteren Vorhaben ohnehin ständig im Weg, also warf sie die störrischen Biester fort; vermutlich würden sie einen Kia Ye Lanur ohnehin nicht daran hindern, seine Peinigerin zu überwältigen. Zudem wurde sie das ungute Gefühl nicht los, dass ihr weniger Zeit blieb als erwartet.

Sie beschloss, ihm so schnell wie möglich das mitgebrachte Gift zu injizieren, doch dazu benötigte sie den Tiegel. Niamh rutschte unter den Tisch, zum Glück fand sie den Ausreißer bald. Atemlos kehrte sie zu ihrem reglosen Opfer zurück. Sie griff nach einem Stoffbündel, das unter dem leeren Lederbeutel hervorschaute, und wickelte ihren Dolch aus.

Vorsichtig öffnete sie die hölzerne Dose, die die tödliche Salbe enthielt. Audra hatte sie ausdrücklich davor gewarnt, mit dem Gift in Berührung zu kommen.

Niamh reihte das Tuch, das scharfe Messer und den Tiegel auf dem Boden auf.

Sie war bereit.

Zuerst musste sie Kia Ye Lanur auf den Rücken legen. Sie beugte sich über ihn, packte ihn entschlossen und drehte ihn mit einem beherzten Ruck um.

Wieder einmal fühlte sich ihre Hand taub an; zähneknirschend ließ sie die Schulter kreisen. Als das Gefühl in die Finger zurückkehrte, wandte sie sich ihrem Handwerkszeug zu und ergriff das Messer.

Um Zeit zu gewinnen, schnitt sie Kia Ye Lanurs Hemd auf und legte seinen Oberkörper frei. Dabei entglitt ihr einer seiner willenlosen Arme und fiel schlaff zu Boden – kein gutes Zeichen, wenn die verletzungsbedingte Starre seines Körpers schon nachließ.

Hastig trennte sie seine Beinkleider auf und riss ihm die Reste vom Leib; nur seine schönen Stiefel ließ sie ihm.

Nackt lag Kia Ye Lanur nun vor ihr auf den Dielenbrettern. Niamhs Puls schoss in die Höhe. Ein scharfer Schmerz durchfuhr sie. Er sah aus, als ob er schliefe. Wieder berührte sie seine außergewöhnliche Anziehungskraft. Was tue ich hier nur?, dachte sie. Gebannt starrte sie ihn an.

Mit Macht kehrte das Begehren zurück, das Verlangen, seinen schlanken, männlichen Körper auf ganz andere Weise zu berühren, als sie es jetzt tat. Schon breitete sich das Feuer in ihr aus und wollte sie überfluten. Und noch etwas geschah – tief verschüttete Erinnerungen bahnten sich den Weg an die Oberfläche.

Eis.

Zu ihrer Erleichterung war sie sofort wieder handlungsfähig. Ein anderer Teil von ihr betrachtete fassungslos den Mann, den sie liebte und begehrte und der ihr vertraut war wie kein zweiter, doch nichts davon drang länger in ihr Bewusstsein.

Sie nahm den Deckel der flachen Holzdose ab und drückte das Tuch in die Salbe. Peinlich genau vermied sie, mit dem Gift in Berührung zu kommen, während sie mit dem präparierten Stoff über den Dolch strich, bis beide Seiten der scharfen Klinge mit der tranigen Paste bedeckt waren.

Die Substanz besaß einen hohen Anteil an Sekret von Kreuzottern, das Atemnot, Herzbeschwerden sowie Lähmungen hervorrief und darüber hinaus das Blut zersetzte. Unter normalen Umständen war ein Biss dieser Schlangen nicht lebensgefährlich, da die Tiere nur geringe Mengen ihres kostbaren Giftes injizierten. Doch der Giftstoff an sich war um ein Vielfaches wirkungsvoller als beispielsweise das Sekret der Klapperschlange. Zudem befand sich in der Salbe, die Audra zubereitet hatte, eine Dosis, die dem Giftvorrat von etwa einhundert Kreuzottern entsprochen hätte – zusammen mit den beigemischten Pflanzenextrakten war der Inhalt des Tiegels absolut tödlich.

Niamh suchte sich eine Vene in Kia Ye Lanurs Armbeuge, setzte die Spitze des Messers an, erhöhte den Druck und zog die Klinge zu sich heran. Die Schneide senkte sich in seine Haut, verschwand, bis sie die Ader traf, ritzte sie an und tauchte hinein. Zusammen mit dem Dolch drang das Gift in Kia Ye Lanurs Blut und würde sich von nun an in ihm ausbreiten, bis sein Herz aufhörte zu schlagen.

Nachdem Niamh auf diese Weise einige Venen der Arme mit dem todbringenden Elixier versehen hatte, suchte sie die das Blut dem Herzen zuführenden Adern entlang der Beine.

Bei jedem der Schnitte, die sie machte, war ein kleines trockenes Knirschen zu hören; so wusste sie, dass sie die Haut und die darunterliegende Vene tief genug geöffnet hatte und das Gift nun auch an dieser Stelle seines Körpers eingedrungen war. Sogleich drückte sie das Tuch auf die Wunde, um noch mehr von dem Gift einzubringen und um die Verletzung zu versiegeln. Sein Blut sollte das Gift in Kia Ye Lanurs Körper verteilen und es nicht aus ihm herauswaschen. Schnell sollte es wirken, damit die Lähmung, die es auslöste, bereits weit fortgeschritten sein würde, falls er je wieder erwachte.

Niamh wollte gerade mit der Behandlung des Bauches fortfahren, als Kia Ye Lanur zu ihrem Entsetzen die Augen öffnete. Noch starrte sein Blick ins Leere, und seine Pupillen reagierten nicht auf das Licht der Lampe, aber an der Genesung von seiner schweren Kopfverletzung bestand nun kein Zweifel mehr.

Ein Wettlauf gegen die Zeit begann.

Niamh entging, dass sie spätestens in diesem Moment den Flusskiesel hätte ergreifen müssen, um mit seiner Hilfe Kia Ye Lanurs Schädel vollkommen zu zertrümmern. Doch tief in ihrem Innern war etwas erwacht, das diese Idee nicht einmal im Ansatz zuließ, und so folgte sie stattdessen in Windeseile dem vorgegebenen Pfad.

Das Schlimmste waren das helle Feuer, das in ihm toste, und die Schmerzen, die es verbreitete.

Als Kia Ye Lanur zu sich kam, verbrannten gerade seine Arme und Beine. Außerdem drohte sein Kopf zu platzen; mit jedem Herzschlag fuhr ein unerbittlicher Hammer auf seinen Schädel nieder. Es war verheerend. Es war ein scharfes Feuer, das in ihm wütete, ein Feuer, das ihn zerriss. Es zerstörte seine Arme; er musste sie näher an sich heranziehen, weg von den Flammen. Warum war er nur so schwach? Heiße Tränen schossen ihm in die Augen, Tränen, so sengend wie der Schmerz.

Er musste raus hier. Sofort.

Er versuchte, seine Beine aus dem Feuer zu ziehen, aber es gelang ihm nicht, irgendetwas in ihm verbreitete eine lähmende Wirkung. Es war stark, stärker als er; Kia Ye Lanur bekam Angst.

Die aufkommende Panik schnürte ihm den Atem ab. Keuchend rang er nach Luft, das machte es schlimmer, denn nun brannten seine Lungen. Er schrie den Schmerz heraus, und sein Körper bäumte sich auf.

Mit einem Mal konnte er wieder sehen. Niamh. Sie schrie ebenfalls. Fassungslos starrte sie ihn an. In der einen Hand hielt sie einen Dolch, in der anderen einen Lappen. Was hatte sie vor? Wollte sie ihn umbringen?

Entsetzen packte ihn, als er begriff, dass genau das ihre Absicht war. Von Anfang an hatte sie im Sinn gehabt, ihn zu töten. Mit einem Schlag arbeitete sein Verstand wieder normal. Zu spät. Er hatte sie vollkommen unterschätzt.

„Hilfe!“, brüllte er. „Hör auf!“

Sofort knüllte Niamh einen Fetzen seines Hemdes zu einem festen Ball und stopfte ihn Kia Ye Lanur in den Mund. Einen weiteren Stofffetzen warf sie über sein Gesicht. Sie hätte es nicht ertragen, wenn er sie noch länger angestarrt und ihr dabei zugesehen hätte, wie sie das Gift in die Blutgefäße seines Bauchraumes einbrachte. Sie straffte die Haut, bevor sie zustach. Hier musste sie tiefer in ihm arbeiten und die Venen erst suchen. Konzentrieren musste sie sich, und sie durfte sich nicht von den Zuckungen seines Körpers irritieren lassen. Die das Blut zu- und abführenden Adern lagen dicht nebeneinander; sie musste aufpassen, denn noch war es nicht so weit, seine Schlagadern zu öffnen und das Leben vollständig aus ihm herausfließen zu lassen.

Eis.

Das Gift arbeitete in ihm, die Qualen, die es auslöste, waren bestialisch. Kia Ye Lanur kämpfte um seine Beherrschung. Eine Zeit lang war er wie von Sinnen, bis es ihm schließlich gelang, die Empfindsamkeit seiner Nerven zurückzuziehen.

Er musste nachdenken.

Der Schmerz ließ nach. Lange durfte er sich diese Pause nicht gönnen, denn er musste die Nervenbahnen dazu benutzen, Befehle an seine Muskeln weiterzuleiten. Er würde die Venen dazu bringen, sich zusammenzuziehen; die bereits entstandenen Schäden konnte er später beheben. Zuerst musste er jedoch verhindern, dass das Gift sich weiter ausbreitete.

Ihm war klar, dass es eine giftige Substanz sein musste, die seine Adern und das umliegende Gewebe verätzte; ein Schlangengift vermutlich, wegen der Lähmung, die mehr und mehr Besitz von ihm ergriff.

Es musste verdünnt werden, bevor es sein Herz erreichte. Er würde es beschleunigt seiner Leber und seinen Nieren zuleiten, damit sie es abbauen konnten. Er ordnete seine Befehle.

Um seinen Körper dazu zu bringen, sie auszuführen, musste er die Nerventätigkeit wieder zulassen; er nahm seinen ganzen Mut zusammen.

Der Schmerz kam mit Wucht zurück. Er war ungeheuerlich, unerträglich. Kia Ye Lanur rang um Fassung, doch nicht einmal brüllen konnte er, nur kleine gequetschte Töne brachte er zustande, es zerriss ihn förmlich. Er schrie nach innen, doch es half nichts, er musste es aushalten.

Wie? Lieber wollte er sterben! Es war unsagbar.

Sich dagegen zu wehren war reine Zeitverschwendung, also konzentrierte er sich. So gut es ging, dachte er die nötigen Gedanken, lenkte seinen Körper mit Bildern, bündelte seine Kraft und schickte die Weisung an noch intakte Gefäßwände, sich zusammenzuziehen, damit das Gift nicht weiter vordrang. Er zog alle Register seines Könnens – solange er es vermochte und weit darüber hinaus.

Niamh vernahm tief in ihm das Grollen, die Pein.

Eis.

Die Schmerzen brachten Kia Ye Lanur schier um den Verstand.

Ein Teil der lebenswichtigen Rettungsmaßnahmen war bereits vollbracht, fürs Erste mochte das ausreichen. Also zog er sein Bewusstsein aus den Nerven zurück. Als die Qualen nachließen, wollte er auch wieder leben.

Er musste etwas unternehmen, aber was?

Kia Ye Lanur war nicht unsterblich – er hatte den Alterungsprozess seiner Zellen in den Griff bekommen, hatte gelernt, auf viele seiner Körperfunktionen Einfluss zu nehmen, aber sterben konnte er noch immer. Wenn Niamh nur nicht auf die Ideen kam, die ihn wirklich das Leben kosten würden!

Geliebte. Was, um Himmels willen, hast du noch mit mir vor?, dachte er verzweifelt.

Der Himmel – ihn hätte er anrufen können, doch er kam nicht auf den Gedanken; dazu hatte er zu viel verbrochen in seinen frühen Tagen. Auf den Zuspruch der Götter glaubte er verzichten zu müssen – das war der Preis, den er zu zahlen hatte, weil er sich einst an die dunklen Mächte gewandt hatte.

Niamh hatte ihre Bemühungen vollendet und begutachtete die Auswirkungen.

Die Bereiche um die Stichwunden waren angeschwollen, bläuliche Muster breiteten sich über große Areale seiner Arme und Beine aus – das Gift tat seine zersetzende Arbeit, die Zellen starben; kein schöner Anblick.

Eis.

Sie nahm seine blasse Hand auf – kalt und feucht fühlte sie sich an, so als wäre Kia Ye Lanur schon tot. Sie spürte, dass er leise zitterte, der Schweiß stand ihm auf der Stirn, sein Körper reagierte mit Fieber. Möge es hoch genug steigen, dachte sie, auf dass es kein Zurück mehr gab. Sie tastete seinen Puls, er war schwach und ging viel zu schnell.

Bald würden die Herzbeschwerden einsetzen, und die Lähmung seiner Atmung würde beginnen; blieb nur zu hoffen, dass er sich davon nicht ebenso schnell wieder erholte wie von dem Schlag auf den Kopf.

Niamh musste warten, bis sich das Gift weit genug ausgebreitet hatte.

Sie würde sich alle Mühe geben, Kia Ye Lanur um sein Leben zu bringen. Sie *musste* erfolgreich sein, andernfalls würde er sich rächen für das, was sie ihm gerade antat.

Niamh spürte die aufkommende Müdigkeit und rieb sich mit dem Handrücken über die brennenden Augen. Die Anspannung zehrte

an ihren Kräften. Sie kämpfte die Übelkeit nieder. Bis sie weitermachen konnte, würde sie versuchen, an nichts zu denken.
Eis.

Während Kia Ye Lanur nachdachte, liefen die rettenden Vorgänge in seinem Körper weiter. Das Gift war so weit unter Kontrolle gebracht, dass es sich nicht länger verbreitete.

Die Versuchung, die Mächte der Finsternis um Hilfe zu bitten, hatte er, ohne zu zögern, verworfen. Er hätte es tun können, er hätte sie rufen können, die wilde schwarze Brut. Sofort wären sie gekommen, hätten ihm zur Seite gestanden und ihn gerettet.

Niamh hätten sie niedergemacht, niedergemetzelt. Aus und vorbei.

Dafür hätten sie ihn umso lieber zurückgenommen, zu wertvoll waren seine Fähigkeiten, um ihm ewig für seine Abtrünnigkeit zu zürnen. Gut, ein bisschen hätten sie ihn noch gequält, doch nur so lang, bis der Gerechtigkeit Genüge getan wäre. Sie konnten nicht ungestraft zulassen, dass sich jemand von ihnen lossagte; immerhin hatten sie einen Ruf zu verlieren. Doch spätestens, wenn sie ihren Spaß mit ihm gehabt hätten, wäre er wieder einer der Ihren geworden und alles wäre gut gewesen.

Gut – von wegen, fast hätte Kia Ye Lanur gelacht –, eben nicht gut! Durch diese Hölle war er lange genug gegangen, dort gab es nichts für ihn zu holen. Nein, er würde für immer ohne die Kräfte aus dem Reich der Schatten auskommen – sein Entschluss war unumstößlich, selbst wenn das bedeuten würde, dass Niamh ihm sein kostbares Leben nahm.

Doch so weit würde es ohnehin nicht kommen; vorher würde er sie aus eigener Kraft überwältigen. Er sollte besser bald damit anfangen, mahnte er sich. Seine heiß und innig geliebte Niamh war bestimmt noch nicht am Ende ihrer Bemühungen angelangt, falls sie auch nur ein klein wenig Verstand besaß, was Kia Ye Lanur langsam bezweifelte ... Zorn stieg in ihm auf. Er würde sich gegen diese rasende Erinnye, diese Furie, zur Wehr setzen! Sollte seine Rage nur kochen und ihm helfen zu überleben. Es wird mir ein Vergnügen sein, mich an dir zu rächen, meine Liebe!, dachte er, und dieser Vorsatz ließ neuen Mut in ihm aufkommen.

Doch hatte es nicht irgendetwas mit Wut und Rache auf sich gehabt …? Plötzlich erinnerte er sich wieder, was er sich am Nachmittag im Tempelbezirk des Gehörnten vorgenommen hatte. Dass er sich in nichts hineinziehen lassen würde – und es sah zurzeit sehr danach aus, als zwänge ihn Niamh, sich zu wehren und dann bittere Rache zu nehmen ...

Auch dieser alten Gewohnheit würde er nicht nachgeben, erneuerte er sein Versprechen. Und während seine Leber und Nieren die todbringenden Substanzen zersetzten, damit Herz und Gehirn am Leben blieben, kämpfte seine Seele die vergifteten Gedanken nieder. Statt dem Zorn nachzugeben, nutzte er dessen feurigen Lebensgeist, um der tödlichen Schwäche zu begegnen, die das Schlangengift in ihm zu verbreiten suchte.

Überrascht fragte sich Niamh, warum Kia Ye Lanur mit einem Mal tief durchatmete. Sie ahnte nicht, dass er seinen Ärger mithilfe der Luft verbrannte; er schürte das nährende Feuer in sich, ließ es lodern, bis das Leuchten ihn gänzlich erfüllte. Auf diese Weise fügte er die Kraft seiner Wut seiner seelischen Stärke hinzu. Umso leichter würde er gleich auf seine gewalttätige Geliebte einwirken können.

Endlich war er ruhig und gelassen genug, um Zugang zu seinen einfühlsamen Fähigkeiten zu finden, und er begann, Niamh mithilfe seines Geistes abzutasten.

Es gelang ihm nur unzureichend. Offenbar stand sie unter einem mächtigeren Schutz, als er angenommen hatte. Das erklärte auch, warum er ihr mörderisches Vorhaben nicht bereits am Nachmittag bemerkt hatte.

Seinen Willen als Schild benutzend, gelang es ihm, die Amulette zu umgehen, doch nur, um darunter auf ein weiteres Hindernis zu treffen – eine merkwürdige Kälte, die ihm das verbliebene Blut in den Adern gefrieren ließ. Er erinnerte sich wieder an die dünne Eisschicht, die über ihren Augen gelegen hatte, so als schützte die glasklare Härte Niamh vor irgendetwas. Wovor, vor ihm? Nein, das war es nicht. Vor ihren wahren Gefühlen vielleicht.

Er sah genauer hin. Ja, sie war getrennt von sich selbst … Das Eis lag wie eine undurchdringliche Schicht zwischen ihr und ihrem Herzen.

Die Dicke und die Wirksamkeit des Eises schienen sich zu verändern, er konnte sehen, wie sie es von Zeit zu Zeit mithilfe ihres Willens auffrischte. Gerade war die gläserne Wand dünner geworden, und er konnte durch sie hindurch etwas wahrnehmen.

Ihr Mitgefühl spürte er, ja sogar die Liebe zu ihm – und doch konnte er sie nicht erreichen.

Je stärker sie das Eis werden ließ und ihr Bewusstsein dahinter zurückzog, desto geringer wurde jedoch der Schutz ihres Herzens und ihrer Seele. Im Nu hatte er begriffen, was das bedeutete – er hatte einen Zugang zu ihr gefunden. Über ihr ungeschütztes Herz würde er in sie eindringen!

Hätte sie den Türkis und den Belemnit nicht getragen, wäre sie ihm jetzt vollkommen ausgeliefert gewesen. Doch auch so würde er sie überwältigen, bevor das Eis wieder schwächer wurde, er musste sich beeilen.

Niamh wartete, bis das Gift Kia Ye Lanurs Gehirn erreicht hätte, um dann das Blut und damit sein Leben endgültig aus seinen Adern rinnen zu lassen.

Die Zeit wurde ihr lang. Sie war müde; es hätte doch längst mit ihm zu Ende sein müssen. Ungeduldig zog sie den Stofffetzen beiseite, der Kia Ye Lanurs Augen verdeckte. Sie waren geschlossen; er rührte sich nicht.

Eine halbe Ewigkeit lag er nun schon so da. Erneut überprüfte sie seine Pupillen, sie reagierten auf Licht. Niamh betrachtete ihn, und ihr Herz wurde schwer. Denn wenn sie ehrlich war, rührte Kia Ye Lanur sie unendlich, ein starker Druck lastete auf ihr. Sie wollte aufhören, ihn zu töten, sie wollte ihm all diese schrecklichen Dinge nicht antun. Stattdessen hätte sie ihn gern in die Arme genommen und ihn einfach nur gehalten. Liebevolle Dinge wollte sie ihm sagen, ihn trösten und wiegen, sie musste ihm unbedingt helfen, jetzt, sofort!

Kia Ye Lanur war dahin vorgedrungen, wo er hingewollt hatte – in ihr Herz, und dort in den Bereich ihrer verschlossenen, tiefen Gefühle und Erinnerungen. Endlich hatte er es geschafft! Fieberhaft arbeitete er weiter.

Sie liebte ihn doch! Das hatte sie immer getan, wie hatte sie das nur vergessen können?

Wenn nur dieses Gefühl nicht gewesen wäre, dieser unangenehme Druck auf ihrem Herz und ihrem Verstand. Immer tiefer drang er in sie ein, wühlte und bohrte in ihr herum – schlagartig wurde ihr klar, dass *er* es war, schon nahm er ihr die Luft zum Atmen. Sie musste sich gegen ihn zur Wehr setzen, aber wie?

Sie nahm ihren ganzen Willen zusammen, um ihn aus sich hinauszudrängen, das führte jedoch nur dazu, dass er ihr diese Kraft entwendete, um sie für seine eigenen Zwecke zu nutzen. Sie kämpfte und wand sich. Vergebens.

Niamh rief das Eis.

Sie wartete.

Er war noch immer in ihr, schien sogar an Stärke gewonnen zu haben. Entschlossen trotzte sie die aufkommende Verzweiflung nieder; was sie brauchte, war eine weitere Waffe! Sie zermarterte sich den Kopf.

Plötzlich wusste sie, was sie zu tun hatte – sie erinnerte sich an die Lautmalereien, die Audra sie gelehrt hatte, die heiligen Worte. Sie sprach sie aus. Wieder und wieder sagte sie sie vor sich hin.

Aus. Vorbei.

Ruhe.

Niamh atmete auf, doch sogleich packte sie die Empörung. Kia Ye Lanur hatte sie an ihrer Liebe, an ihrem Mitgefühl zu fassen bekommen. Wie konnte er nur? Sie steigerte sich regelrecht in ihre Rage hinein … Doch dann pfiff sie sich zurück, sie sollte aufhören, ihren Empfindungen nachzuhängen. Wenn sie noch eine Aussicht auf Erfolg haben wollte, sein Leben zu retten, musste sie handeln! In dem Zustand, in dem er sich mittlerweile befand, würde sie sich beeilen müssen. Bald wäre es zu spät, was konnte sie nur für ihn tun, um Himmels willen, wie konnte sie nur das Gift aus ihm herausholen? Das musste doch irgendwie zu schaffen sein, er durfte nicht sterben, nicht jetzt, wo sie einander gerade erst wiedergefunden hatten … Wie war es überhaupt dazu gekommen, fragte sie sich … Halt!

Die Worte. Aus.

Ruhe.

Er hatte es schon wieder geschafft. Erneut hatte er sie eingewickelt, an ihrer Wut hatte er sie diesmal gepackt. Sobald sie unter dem Eis ein starkes Gefühl entwickelte, bekam er sie daran zu fassen.

Niamh lächelte – er war brillant –, doch damit war es jetzt vorbei. Sie hatte keinen Grund, auf ihn wütend zu sein, sie konnte ihm nicht verdenken, dass er alles daransetzte, sein Leben zu retten.

Niamh wiederholte den leisen Singsang in der Alten Sprache, wie Audra es sie gelehrt hatte. Immerzu. Immerzu.

Eis. Jetzt konnte sie es wieder gefahrlos einsetzen.

Kia Ye Lanur öffnete die Augen und sah sie staunend an. Nicht einmal damit brachte er sie aus der Fassung, sie wunderte sich lediglich, dass er keine Schmerzen zu haben schien. Lächelnd erwiderte sie seinen Blick und fasste den Entschluss, dass es an der Zeit war, seine Pulsadern zu öffnen. Ein letztes Mal noch würde sie ihn unters Messer nehmen, dann hätte sie es geschafft.

Als er begriff, was sie als Nächstes mit ihm vorhatte, stöhnte er auf. Er wusste, dass er diese Runde verloren geben musste. Wenn er auch nur die geringste Erfolgsaussicht haben wollte, zu überleben, durfte er nicht länger versuchen, Niamh zu beeinflussen – stattdessen würde er all sein Können darauf verlegen müssen, zu verhindern, dass er verblutete. Wieder musste er seine Nervenbahnen freigeben, um seinem Körper die nötigen Befehle übermitteln zu können. Dann würde er seine Konzentration für die überlebenswichtigen Gedanken und Bilder brauchen, während die Schmerzen erneut über ihn herfallen und ihn zerfleischen würden wie gierige Hyänen. Doch ihm blieb keine andere Wahl, er musste noch einmal in diese Hölle zurück, die das Gift verursachte.

Kia sammelte sich.

Niamh nahm das Messer und schnitt ihn auf.

Kaum nahm er den Kontakt zu seinen Nervenbahnen auf, schlug der Schmerz mit aller Gewalt zu. Tiefe Wunden fügte sie ihm diesmal zu, denn sein Lebenssaft sollte ihn nun vollständig und endgültig verlassen. Nur mit Mühe gelang es ihm, mithilfe der Spannung seiner Muskeln die wichtigsten Gefäße abzubinden, um zu verhindern, dass er zu viel von seinem kostbaren Lebenselixier verlor. Am liebsten hätte er Arme und Beine weit von sich geschleudert und sich, wenn es denn möglich gewesen wäre, auch die vom Gift angegriffenen Organe herausgerissen. Sein Körper bäumte sich auf.

Niamh öffnete alle ihr bekannten Schlagadern, hellrotes, sauerstoffreiches Blut strömte heraus.

So schnell wie möglich schloss Kia Ye Lanur seine Bemühungen ab. Nicht mehr Blut als nötig würde ihn verlassen, gerade so viel, dass Niamh seine Gegenwehr nicht bemerkte. Dann erst kehrte er aus der Hölle zurück.

Seine Kräfte ließen nach. Er atmete schwer. Der Knebel in seinem Mund verursachte eine furchtbare Enge, Angst kam in ihm auf. Verzweifelt sah er Niamh an.

Hör auf!, dachte er. Ich bitte dich. Ich flehe dich an!

Zu allem Überfluss erregte ihn ihr Anblick selbst in dieser Lage; gerade ihre Wildheit und die Entschlossenheit, mit der sie vorging, ließen sie ihm anziehender erscheinen denn je. Früher hatte er mit ihrer Angst gespielt; sie hatten scheinbar die Rollen getauscht. Hörte das denn nie auf? Erschrocken zuckte er zusammen – vielleicht würde es schneller zu Ende gehen, als gut für ihn wäre, denn was Niamh mit ihm anstellte, war alles andere als ein Spiel! Panik überkam ihn. Was, wenn sie herausfand, wie einfach er zu töten wäre? Wenn sie auf die Idee kam … Nein, nicht das! Er war kein Held, wozu auch; er wimmerte. Tränen schnürten ihm den Hals zu.

Niamh verbarg sich nicht mehr vor ihm. Er durfte die Kriegerin sehen und auch das Eis – er durfte alles sehen, was sie war. Sie fragte sich nur, wie er es ertrug, ihr dabei zuzuschauen, während sie ihr blutiges Handwerk ausübte und ihm den Tod brachte.

Schließlich war sie fertig; sie hatte getan, was sie konnte. Alles war voller Blut, sie selbst eingeschlossen.

Niamh betrachtete ihn. Sein Körper lag reglos da, dafür sprachen seine Augen eine deutliche Sprache. Er starrte sie an. Sie sah seine Angst, sah die Panik. Bald würde es mit ihm zu Ende gehen. Sie fand es unwürdig, dass er geknebelt sterben sollte. Das war keine Frage des Herzens, sondern der Ehre.

„Ich nehme dir die Fessel aus dem Mund", knurrte sie. „Vorausgesetzt, du bleibst still!"

Als sie ihn von dem Stofffetzen befreit hatte, bekam er endlich wieder genug Luft. Er kam ihrer Bedingung nach und schwieg. Um seine Lage erträglicher zu machen, bemühte er sich, sein Elend hinzunehmen, anstatt sich dagegen aufzulehnen. Es gelang ihm nicht, er rang um seine Beherrschung.

Prüfend blickte Niamh ihn an. Ihre Arbeit wirkte nicht wie erwartet. Sie hatte sich schon gewundert, dass sein Blut nicht aus seinen Arterien geschossen kam, wie es hätte sein sollen. Hatte das Gift die Adern bereits zerfressen? Doch warum um alles in der Welt starb er nicht?

Sie packte den Dolch fester und begab sich mit zusammengebissenen Zähnen auf die Suche nach weiteren Pulsadern. Sie hasste, was sie hier tat.

„Niamh. Du musst aufhören", sagte er leise.

Sie reagierte nicht.

„Niamh, bitte. Ich kann nicht mehr!"

Sie machte einfach weiter.

„HILF MIR!", brach es aus ihm heraus. „Hör auf. Hör bitte auf. Ich bitte dich, ich liebe dich, bitte!" Er war verzweifelt. Wie sollte sie ihm denn auch glauben? Er konnte seine Schreie nicht länger zurückhalten und verlor die Fassung. Wortlose Hilferufe folgten, Toben.

„Niamh! ICH LIEBE DICH!", brüllte er, als er wieder Worte fand.

Niamh sah ihn an. Er hatte es aus tiefster Seele geschrien.

Sie glaubte ihm, dass er in Not war, aber seine Liebesbeteuerungen nahm sie ihm nicht ab. Ebenso wenig, wie sie vorhin an ihre eigenen Gefühle geglaubt hatte, als Liebe und Mitgefühl in ihr aufgestiegen waren. Sie glaubte, ihre Erinnerungen seien ein Hinterhalt von ihm, und so entnahm sie seinem Klagen lediglich die Botschaft, dass sie auf dem richtigen Weg war.

Er schwamm jetzt in seinem Blut.

Eis.

Langsam wurde die Starre, die die Kälte in ihr auslöste, unerträglich; steif und kalt kroch sie ihr in die Glieder, so als suchte der

Tod, da er Kia Ye Lanurs nicht habhaft werden konnte, nach einem anderen Opfer.

Das Warten wurde zur Qual.

Sie musste sich etwas einfallen lassen.

Als er den Mund aufmachte, um etwas zu sagen, herrschte sie ihn an zu schweigen.

Zorn überkam ihn. Sie weinte keine Träne um ihn! Ein letztes Mal begann er zu kämpfen.

„Du musst damit aufhören, Niamh! Das ist kein Spiel mehr, sieh dich vor!“, presste er zwischen den Zähnen hervor. Sie lachte bitter.

Er würde sich rächen!, seine Augen schrien es. Wenn er überleben würde, wäre der Tod tatsächlich die größte Gnade, die ihr widerfahren konnte.

Ihn selbst erschreckten die Bilder nicht minder, doch schon ebbte die Welle des Hasses ab.

Kia Ye Lanur liebte seinen Körper, er wollte keinen neuen. Er wollte nicht sterben, nicht, wo er so weit gekommen war. Wer wusste schon, wie viel von seinem Wissen und den schwer erkämpften Fähigkeiten er ins nächste Dasein würde hinüberretten können? Das Geheimnis der Langlebigkeit wäre in jedem Fall verloren. An nichts würde er sich mehr erinnern, würde nur ahnen, dass er mehr sein könnte, als er war – genauso wie es den allermeisten Menschen erging, bei denen sich nach der Wiedergeburt bestenfalls Reste ihrer verschütteten Erinnerungen meldeten, um dann „Talent“ genannt zu werden und trotzdem mit viel Übung aufgefrischt werden zu müssen.

Welch eine Zeitverschwendung!

Um überhaupt nur ein weiteres Leben zu ergattern, müsste er in Kauf nehmen, als ahnungsloser, hilfloser Säugling wiedergeboren zu werden und in diesem Zustand der Schwäche ebenso ahnungs- und hilflosen Eltern ausgeliefert zu sein.

Und er würde *sie* verlieren. Das war mit Abstand das Schlimmste!

„Niamh.“ Es hörte sich an, als sänge er ihren Namen.

Sie knurrte, da schwieg er und hütete die Liebe zu ihr in seinem Herzen.

Hätte er nur die leiseste Hoffnung gehabt, dass die Götter ihn anhören würden, hätte er sie um Gnade angefleht, um mit Niamh zusammen sein zu können.

Bleierne Müdigkeit stieg in ihm auf.

Kia Ye Lanur weinte.

Stumm rief er ihren Namen.

Sie sah seine Tränen.

Nie wieder. Nie wieder würde sie einen solchen Auftrag annehmen!

Die Kriegszüge gegen närrische Keltenfürsten, die Hitze des Kampffeuers – gerne.

Sterben? Jederzeit, wenn es sein musste.

Aber das hier? Das nicht.

Sie brachte es zu Ende. Niamh rammte das Messer in sein Herz, sie machte keine halben Sachen mehr!

Der Schmerz raubte ihm die Besinnung.

Als er stöhnend noch einmal erwachte, sah er ihre Hand auf seinem Herzen ruhen, still lag sie da. Leider stimmte etwas nicht mit diesem Bild, das, was er sah, bedeutete etwas anderes!

Ihre Hand umklammerte den Griff des Dolches, während die Klinge tief in seinem Herzen steckte; sie waren Auge in Auge in diesem Moment.

Wie sollte er sie lieben, wenn er tot war?

Bitte, zieh die Klinge wieder raus, sonst bin ich verloren!, flehte er im Stillen.

Zieh sie raus! Zieh sie raus ...

Dann schwanden ihm die Sinne. Er blutete.

Vorbei.

Als sie an seiner Halsschlagader lange genug keinen Puls mehr gespürt hatte, drehte sich Niamh um und ging, das Messer in der Hand.

6.

Es war genug.

Er war tot. Niamh war am Ende.

Sie musste fort von hier, egal, ob er sich erholen würde – was ihr unbegreiflich wäre nach all dem, was sie ihm angetan hatte – oder ob am Morgen seine Leiche gefunden würde.

Sie hatte ihre Schuldigkeit getan, das konnte niemand bezweifeln.

Am liebsten hätte sie laut aufgeschrien, keine Sekunde länger wollte sie an diesem Ort bleiben.

Niamh schüttelte die Gedanken ab. Sie brauchte ihre letzten Kräfte, um sich in Sicherheit zu bringen.

Ihre Füße trugen sie in Windeseile durch die stillen Straßen. Schon am Vortag hatte sie einen geeigneten Viehschuppen ausgekundschaftet, der sich am Ende eines kurzen Pfades schutzsuchend an die Stadtmauer schmiegte.

Niamh schaute sich um. Die Gasse, durch die sie gekommen war, lag verlassen da, nur von Ferne, aus Richtung des Marktplatzes, waren noch gelegentliche Rufe und leise Musik zu hören.

Unbemerkt schlüpfte Niamh in den dunklen Winkel zwischen den Gebäuden. Mit wenigen Schritten war sie am Fuße des steinernen Befestigungswalls angelangt; nur noch wenige Meter trennten sie von der Freiheit.

Niamh wischte sich die schweißnassen Hände am Kleid ab. Damit der Rock sie nicht beim Klettern behinderte, raffte sie ihn hoch und verknotete die Zipfel des Saumes hinter dem Rücken.

Behände nutzte sie die buckeligen Vorsprünge der Stadtmauer, um den niedrigen Schuppen zu erklimmen. Aus dem altersschwachen Stall war leises Gegacker zu hören. So behutsam wie möglich stieg Niamh das mit Stroh gedeckte Dach hinauf. Eines der Hühner war über das kratzende Geräusch der fremden Füße überaus beunruhigt; mehrmals gab es gurrende Warnlaute von sich. Als Niamh innehielt, verstummte die Henne, und Niamh wechselte rasch auf das Dach des Wohnhauses. Auf dessen First angekommen, richtete sie sich vorsichtig auf.

Die Krone der Stadtmauer war nun auf ihrer Brusthöhe. Das massige Bauwerk war auch hier oben noch so dick, dass die Wachen bequem darauf patrouillieren konnten. Niamh schaute den stillen Weg entlang – keine Menschenseele weit und breit.

Vom Versteck am Waldrand aus hatte sie beobachtet, dass die Wehranlage im Bereich des Stadttores immer besetzt war. In den Nächten hatten dort Feuer gebrannt. Das Tor lag jedoch zu weit entfernt, als dass man sie von dort aus bemerkt hätte.

Irgendwo im Innern der Stadt bellte ein Hund.

Niamh holte tief Luft. Also los, sagte sie sich und schwang sich auf den breiten Mauerkamm.

Sie hatte es geschafft. Sie war dieser Hölle entronnen.

Es dämmerte; allerhöchste Zeit, dass sie hier verschwand. Geduckt überquerte sie den Wehrgang und kauerte sich in eine der Lücken in der Palisade, die den Verteidigern der Stadt als Ausguck dienten und ihnen erlaubten, etwaige Angreifer abzuwehren. Als Niamh sich über die hölzerne Brüstung beugte, hörte sie unter sich Wasser gegen die Grundsteine der hohen Mauer schwappen. Nur vage konnte sie erkennen, dass der Fluss an dieser Stelle bis an die Feste heranreichte.

Erleichtert richtete sie sich auf und blickte weit über den Seitenarm hinweg zu den ebenfalls noch im Schatten liegenden Wiesen und Feldern bis zum Waldrand hinauf. Bald würden die ersten Sonnenstrahlen die Wipfel der Bäume dort oben zum Leuchten bringen.

Nur ein Katzensprung trennte sie noch vom Treffpunkt; sie atmete auf.

Bestimmt hatte Kristin wie vereinbart an die Wegzehrung gedacht und wartete schon mit dem Frühstück auf sie.

Im Dauerlauf würden sie sich auf den Rückweg machen, spätestens am Nachmittag würden sie die Pferde erreicht haben. Niamh würde sich auf dem Rücken ihres Tieres festzurren und auf dem Heimweg schlafen, während Kristin alles Weitere übernahm.

Selten hatte Niamh den Schlaf so sehr herbeigesehnt, todmüde war sie, doch sie schüttelte die Schwere noch einmal ab. Die Arduinnerinnen hatten sie gelehrt, was Ausdauer bedeutete, wie sie aufmerksam und kampfbereit bleiben konnte, auch ohne sich auszuruhen. Sie kannte sich und wusste, dass ihre Kräfte noch lange nicht erschöpft waren, selbst wenn es sich im Augenblick so anfühlte.

Erneut blickte sie auf das schwarze Wasser hinab. Die Mauer fiel senkrecht in die Tiefe.

Das zunehmende Tageslicht ließ eine Sicht von mehreren Armlängen zu. Im Gegensatz zu der groben Bauweise der der Stadt zugewandten Seite war das Mauerwerk nach außen hin sorgfältig mit glatten Steinen verblendet worden. Doch hier und da konnte Niamh Risse und Vorsprünge erkennen. Die Spalten und Griffe hätten nicht ausgereicht, um an dem Bauwerk hinaufzuklettern, sie waren jedoch ausgeprägt genug, um sich daran hinunterlassen zu können.

Die Höhe der Wand schätzte Niamh auf mehrere Manneslängen. Was sich unter der Wasseroberfläche befand, konnte sie allerdings nicht erkennen. Möglicherweise war das Wasser tief genug, um einen Sprung abzufangen, doch darauf würde sie sich lieber nicht verlassen.

Nachdem sie sich den Weg ausreichend eingeprägt hatte, stieg sie auf den hölzernen Sims des Ausgucks. Sie wollte sich schon umdrehen und mit dem Abstieg beginnen, als sie ein ungutes Gefühl überkam – Bilder, wie Fetzen aus einem bösen Traum, erschienen vor ihrem inneren Auge. Dasselbe hatte sie doch schon einmal erlebt! Lange musste es her gewesen sein. Damals war sie nicht freiwillig aus dem Fenster geklettert, vielmehr war sie hinausgehalten worden. Bedrohlich war die Begebenheit gewesen, lebensgefährlich. Augenblicklich wurden Niamhs Hände schweißnass. Erschrocken rang sie nach Luft. Sie konnte sich nicht erklären, wann das gewesen sein sollte, doch je hartnäckiger sie es versuchte, desto nebulöser wurden die Erinnerungen. Unwillig schüttelte sie den Kopf – einen solchen Zinnober konnte sie jetzt wirklich nicht gebrauchen!

Noch einmal prüfte sie die Querlatte – das Holz war stabil. Vorsichtig ließ sie ihre Beine außen an der Palisade hinab. Solange es ging, hielt sie sich weiterhin am Sims fest. Schon fand ihr Fuß in einer der Mauerspalten Halt, jetzt musste eine ihrer Hände loslassen. Ihre Rechte fand die Oberkante der Steinwand und suchte den ersten, zum Festhalten geeigneten Vorsprung. Ihre Finger ertasteten ihn, an der Stelle, an der sie ihn in Erinnerung hatte. Er bot genügend Halt. Jetzt ließ sie das Querholz auch mit ihrer Linken los. Sie fand den Spalt, den sie suchte, und wollte schon hineingreifen, als plötzlich ihr Fuß von seinem Tritt abglitt, sodass sie mit dem ganzen Gewicht nur noch am rechten Arm hing. Die über Kopf gestreckte Haltung klemmte den immer noch nicht ausgeheilten Nerv in ihrer Schulter ein; Niamh spürte, wie die Hand taub wurde, schon verließ sie die Kraft, und sie konnte nicht verhindern, dass sie abrutschte. Fieberhaft suchten die Finger ihrer Linken den soeben erkundeten Spalt, doch fanden ihn nicht wieder. Immer schneller glitten die scharfen Kanten der Steine unter ihr hindurch. Niamh stürzte in den Abgrund.

Instinktiv versuchte sie, sich von der Mauer abzudrücken, um weiter von den Fundamenten wegzukommen und in möglichst tiefes Wasser zu fallen, als sie bereits auf dem Boden des Seitenarmes aufschlug. Jäher Schmerz durchfuhr ihre Füße. Im Sommer war das Wasser kaum einen Klafter tief, es hatte ihrem Fall nur wenig entgegenzusetzen. Dafür beendeten die Steine auf dem Grund des Gewässers den Sturz umso plötzlicher. Schon schoss der Aufprall Beine und Rücken hinauf, bis hoch in ihren Kopf. Es fühlte sich an, als hätte sich ihr Rückgrat in eine Eisenstange verwandelt, die ihr nun mit aller Gewalt unter die Schädeldecke schlug. Ihr wurde schwarz vor Augen.

Als sie wieder zu sich kam, lag sie im Wasser, das Gesicht dem heller werdenden Himmel zugewandt. Mit aller Kraft kämpfte sie gegen die wiederkehrende Ohnmacht an, um nicht Gefahr zu laufen, zu ertrinken.

Sie versuchte, ihre schmerzenden Füße zu belasten, doch einer von ihnen trug sie nicht mehr. Er gab nach, und sie sank zur Seite.

Sich mit dem anderen Fuß abstoßend, bewegte sie sich so leise wie möglich auf das gegenüberliegende Ufer zu. Sie konnte nur hoffen, dass niemand auf das unbeholfene Geplätscher unterhalb der Stadtmauer aufmerksam wurde.

Nach einer halben Ewigkeit gewährten ihr die überhängenden Bäume den ersehnten Schutz, und sie zog sich an den bis zur Wasseroberfläche hinabreichenden Zweigen weiter ins Dickicht.

Leise fluchte sie vor sich hin. Als das Brummen in ihrem Schädel nachließ, tastete sie vorsichtig das verletzte Bein ab, bis sie das verdrehte Fußgelenk zu fassen bekam – unverkennbar war der Knöchel gebrochen. Als sie ihn zurück in seine ursprüngliche Form winden wollte, schossen ihr Tränen in die Augen und ließen sie von weiteren Versuchen absehen.

Wenigstens waren keine Knochensplitter durch die Haut gedrungen. Sie wusste, wie schnell das Fieber in offene Wunden gelangte. Die trägen Fluten des Seitenarmes rochen sumpfig. Zwar leiteten die Bewohner der Stadt ihre Abwässer nicht direkt in den Renos. Das verhinderte allein schon die Verehrung der Flussnymphen, stillten die Wassergeister doch tagtäglich Hunger und Durst von Mensch und Tier. Trotzdem gab es in der Nähe einer Stadt wie dieser immer auch Verunreinigungen.

Das war im Augenblick jedoch Niamhs geringste Sorge, vielmehr fragte sie sich, wie sie mit einem gebrochenen Fuß ihre Flucht fortsetzen sollte.

Hatte ihr Treffpunkt eben noch zum Greifen nah vor ihr gelegen, so schien er jetzt in unerreichbare Ferne gerückt zu sein – am Tage würde sie die Entfernung jedenfalls nicht unbemerkt überwinden können, schon gar nicht auf allen vieren.

Sich mit der Strömung flussabwärts treiben zu lassen kam erst recht nicht infrage, denn der Fluss führte in Feindesland.

Vermutlich würde Kia Ye Lanur bald gefunden. Egal in welchem Zustand er war, würde sofort die Suche nach ihr aufgenommen werden, schließlich hatte man sie am gestrigen Abend zusammen gesehen.

Wie lange würde sie sich hier noch verstecken können? Vielleicht würden sie so nah bei der Stadt gar nicht nach ihr suchen, sondern vermuten, dass sie längst über alle Berge wäre.

Wenn sie den Tag über hier warten würde, könnte sie vielleicht im Schutz der kommenden Nacht fliehen. Sie musste einen Verband für ihren Fuß herstellen, der ihr eine gewisse Bewegungsfreiheit verschaffen würde, irgendetwas mit Stöcken, die dem gebrochenen Gelenk Halt gaben.

Vielleicht würde sie dann sogar gehen können, überlegte sie. Was für ein Unsinn! Niamh fluchte – mit Krücken auf der Flucht, sehr witzig.

Dennoch, ein Stützverband wäre ein Anfang. Sie beschloss, den Tag im Schutz des Wassers zu verbringen. Wenn sich jemand ihrem Versteck vom Ufer her nähern sollte, würde sie das unvermeidliche Brechen des Schwemmgutes warnen, sodass sie früh genug untertauchen konnte.

Also kümmerte sie sich um den Verband. Der Saum ihres Rockes lieferte ihr die dazu notwendigen Stoffstreifen. Sie hatte gar nicht gewusst, wie praktisch so ein Kleid war; ein schiefes Lächeln umspielte ihre Lippen.

Und wenn sie tatsächlich hier herauskriechen musste, sie würde es schaffen; sie würde Catuvolcus' Leuten nicht in die Hände fallen!, versprach sie sich.

Am Abend zuvor hatte sie beobachtet, wie überaus zuvorkommend der Stammesfürst seine Berater und hochrangigen Krieger bei dem Gelage hatte bewirten lassen; für ihre Treue sollte es ihnen an nichts fehlen.

Catuvolcus hatte alle Zeichen eines wohlhabenden Mannes getragen, Schmuck und Kleidung, ja seine ganze Körperhaltung sprachen eine deutliche Sprache – er war ein Mann, der es verstand zu befehlen, jemand, dem Loyalität wichtig war. Dabei war er freundlich und großzügig gewesen, die Mengen des Essens auf den Tischen unter seinem Haus hatten davon gezeugt. Ein wenig beleibt war er, und Stärke strahlte er aus. Sowohl sein Körper als auch seine Gesten ließen

Niamh an einen Bären denken – allerdings an eines jener Wesen, die nach Gelegenheiten suchten, um ihre angestaute Kraft zu entladen; nicht unbeherrscht, allerdings jemand, den man mit Vergnügen zum Freund, doch umso weniger gern zum Feind haben wollte.

Er war älter als die meisten seiner Leute, die Krieger zumindest, doch gerade noch jung genug, um selbst in den Kampf zu ziehen.

Mit Unbehagen erinnerte sich Niamh an ein weiteres Detail – Catuvolcus und Kia Ye Lanur waren einander sehr zugetan. Ohne Zweifel würde der eburonische Stammesfürst die Mörderin seines Freundes suchen lassen, koste es, was es wolle. Bald schon würde Catuvolcus mit seinem Gefolge jeden Stein im ganzen Land umdrehen, nichts würde er unversucht lassen, um ihre Spur aufzunehmen. Sie würde sich sehr vorsehen müssen.

Doch selbst mit gebrochenem Knöchel war es ihr tausendmal lieber, es mit Catuvolcus aufzunehmen, als auch nur daran zu denken, was ihr blühte, wenn Kia Ye Lanur den Anschlag überlebt hätte.

Zurzeit blieb ihr nicht viel anderes übrig, als abzuwarten. Das Flusswasser kühlte den verletzten Knöchel. Wenn sie ihn nicht belastete, schmerzte der Fuß kaum noch.

Umso mühseliger wurde dafür um die träge Mittagszeit der Kampf gegen die zunehmende Müdigkeit. Die Angriffe der allgegenwärtigen Mücken hielten sie jedoch leidlich wach.

Inzwischen suchte man gewiss schon nach ihr. Blieb zu hoffen, dass niemand herausfand, dass sie auch Gaheris getötet hatte, denn im Grunde hatte sie sich die Eibenleute heute Nacht zum zweiten Mal zum Feind gemacht.

So ganz verstand Niamh die Rangordnung der Eburonen und ihrer Unterstämme nicht, sicher war jedoch, dass Gaheris als Häuptling der Mechenen einer der Ihren gewesen war.

Catuvolcus und Ambiorix, sein Mitregent, durften nicht wissen, wer sie wirklich war – eine Kriegerin des Alten Volkes. Audras Plan hatte gewiss nicht vorgesehen, dass sich Catuvolcus' Zorn gegen das Alte Volk richtete und sie es mit dem ganzen Stamm der Eburonen würden aufnehmen müssen.

Sollte sie also entgegen ihrer Hoffnungen entdeckt werden, würde sie den Anschlag auf Kia Ye Lanur auf die eigene Kappe nehmen. Ihr würde schon eine geeignete Geschichte einfallen ... etwas mit Eifersucht ... nach der Liebesnacht habe er ihr von einer anderen erzählt, einer schöneren. Damit habe er sie beleidigt, außerdem vertrage sie keinen Honigwein und habe die Nerven verloren ...

Am Nachmittag wurde die Mückenplage unerträglich. Die ganze Zeit über summten und sirrten die lästigen Insekten um Niamhs Kopf herum. Sie hätte um sich schlagen mögen, doch sie konnte sich nicht erlauben, in ihrem Versteck wild herumzufuchteln. Also brach Niamh eines der hohlen Wassergräser ab, die um sie herumstanden und nur auf ihren Einsatz als Fluchthelfer warteten. Wie gut, dass sie den Dolch mitgenommen hatte. Mit seiner Hilfe glättete sie die Enden des Schilfhalmes, der ihr als behelfsmäßige Atemröhre dienen sollte, und tauchte dann eine Weile ab. Auf diese Weise hätte sie den ganzen Tag unter Wasser verbringen können.

Doch so leicht machten es ihr die Plagegeister nicht. Einer der Nervtöter setzte sich auf das offene Ende des Schilfrohres. Aus Versehen atmete sie das Tier ein, und die Mücke blieb ihr im Hals stecken. Vergebens versuchte Niamh, den verräterischen Hustenreiz unter Kontrolle zu bringen.

Sie fand es immer schwerer, Geduld zu bewahren.

Als sie schließlich vorsichtig auftauchte, um ihre Umgebung zu sichern, hörte sie über sich ein Geräusch. Sie hatte nicht damit gerechnet, dass ihr jemand so nah kommen konnte, ohne dass sie etwas davon bemerkt hätte – alarmiert schnellte ihr Blick nach oben. Zu ihrer Erleichterung stellte sie jedoch fest, dass es nur ein Rabe war, der über ihr in den Ästen herumturnte und sie mit schief gelegtem Kopf beäugte; offenbar gab es recht viele von ihnen in dieser Gegend.

Seufzend lehnte sie sich an die Uferböschung und zog den verletzten Knöchel aus dem Wasser. Durch den Verband hatte die Gewebsflüssigkeit nicht abfließen können. Der abgeschnürte Fuß war angeschwollen, blau verfärbt und ohne Gefühl; verärgert stieß Niamh die Luft aus. Notgedrungen löste sie die Tücher und entfernte die Hölzer, sodass das Gelenk zum Vorschein kam – ein rötliches Violett zierte den Bruch. Frustriert ließ sie das Bein zurück ins kühlende

Nass gleiten und tröstete sich; sie konnte den Stützverband ebenso gut später wieder anlegen.

Die Zeit schleppte sich dahin.

Niamh hörte niemanden kommen, und so verharrte sie weiterhin in der kleinen Laube, die die hellgrünen Blätter einer Weide um ihren Kopf herum bildeten. Nur von Süden her gab es einen Durchgang zwischen den herabhängenden Zweigen, doch niemand schob sich zwischen sie und die Sonne.

Mit einem Mal waren sie da.

Vermutlich war Niamh eingeschlafen. Nicht lange, doch offenbar hatte sie sich eine Traumfolge zu viel gegönnt.

Plötzlich befand sie sich im Mittelpunkt eines Sternes aus Lanzen, deren stählerne Spitzen allesamt auf sie zeigten.

Weiter außen stand der Kranz der Krieger, die ihr die Waffen entgegensetzten, jede der rasiermesserscharfen, mit Aussparungen versehenen Klingen so lang wie der Arm eines Mannes. Dicht an dicht drängten sie sich; Catuvolcus befehligte viele Leute.

Niamh rührte sich nicht, betrachtete nur still das Schauspiel; niemand sprach ein Wort. Die allgegenwärtigen Mücken tanzten zwischen ihnen herum und bildeten kleine Wolken über Niamhs Kopf.

Kurz darauf vernahm sie hinter sich Hundegebell, tote Äste brachen, die Geräusche näherten sich ihr durch das Ufergehölz.

Unnachgiebig wie eiserne Dornen bedrängten die Speerspitzen Niamh an Oberkörper und Nacken.

Jemand trat von hinten an sie heran. Das Wasser, das seine Schritte verdrängten, spritzte und schwappte über ihre Schultern. Es gelang ihr nicht, ihm den Kopf zuzuwenden, da ihr die Lanzen nicht die geringste Bewegung erlaubten. Ein Schatten fiel über sie, und sie wurde unsanft an den Haaren gepackt.

Noch immer wichen die Klingen nicht von ihrer Seite, auch nicht als sie am Schopf aus dem Wasser gezogen wurde. Das morsche Ufergehölz setzte ihrem Rücken einigen Widerstand entgegen; Niamh biss die Zähne zusammen. Wenn sie schon ihre Freiheit verloren hatte, so wollte sie wenigstens ihren Stolz wahren, schwor sie sich.

Unter keinen Umständen würde sie ihren Gegnern die Genugtuung verschaffen, Schwäche zu zeigen.

Welche Schwäche?

Eis.

Auf der Uferwiese angekommen, scheuchte Catuvolcus sein Gefolge unwirsch zurück, und die Männer ließen von der Gefangenen ab. Mit Schwung zerrte er sie am triefend nassen Haar hoch und ließ sie los. Er wollte, dass sie vor ihm stand und ihm ins Gesicht sah.

Doch Niamh verlor das Gleichgewicht, der verdrehte Knöchel konnte sie nicht tragen, sie kippte zur Seite und fiel zu Boden. Sofort pressten sich unzählige Lanzenspitzen in ihren Leib und triezten sie – die Krieger waren nicht zimperlich mit ihr. Einige von ihnen hatten mit eigenen Augen gesehen, wie sie Kia Ye Lanur zugerichtet hatte. In ihren Blicken begegnete Niamh einer Mischung aus Abscheu und Furcht.

Trotz des Widerstandes, den ihr die Klingen entgegensetzten, begann sie aufzustehen. Catuvolcus bedeutete seinen Leuten mit einer weiteren Handbewegung, sie gewähren zu lassen. Ihm war nicht entgangen, in welch unnatürlichem Winkel der Fuß der Kriegerin abstand; er musterte sie. In diesem Zustand ging von ihr keine Gefahr aus.

Niamh spürte seinen abschätzenden Blick. Mit zusammengebissenen Zähnen richtete sie sich auf; schließlich würde auch ein Bein allein sie tragen.

Catuvolcus war größer als sie, und sein Standort war höher gelegen; Niamh mochte das entstehende Gefälle nicht und reckte sich. Erhobenen Hauptes stand sie vor ihm. Sie musste in die Sonne schauen, wenn sie seinem Blick nicht ausweichen wollte; und sie würde ihm standhalten. Zwischen ihren Augen bildete sich eine Falte.

Auch Catuvolcus blickte finster drein; erbittert zogen sich seine Mundwinkel herab. Seit dem frühen Morgen kam ihm die Galle hoch, seit dem Moment, als er in Kias Haus die Stiege hochgekommen war und den Getreuen, mit verrenkten Gliedern in seinem Blut liegend, vorgefunden hatte. Noch immer hatte er Kia vor Augen, von unzähligen Stichwunden übersät, aufgedunsen und von bläulichen Maserungen entstellt. So etwas Fürchterliches wie das, was das Schlangengift und die anderen Misshandlungen aus seinem geliebten Freund gemacht hatten, hatte Catuvolcus in seinem ganzen Leben noch nicht gesehen; er war aus dem Haus getaumelt und hatte sich in der Gasse übergeben müssen.

Doch nicht nur sein Magen, auch sein Herz hatte sich zusammengeschnürt. Ohne Umschweife war er aufgebrochen, um diejenige zu finden, die Kia das angetan hatte – die berüchtigte Fremde, mit der sein Freund am Vorabend nach Hause gegangen war.

Es gab Zeugen. Ein Mechene schwor, mit eigenen Augen gesehen zu haben, wie dieselbe Kriegerin vor zwei Monden Gaheris in allen Ehren auf dem Schlachtfeld getötet hatte. Damit hatte die Unbekannte einen Namen – Niamh.

Wutentbrannt war Catuvolcus durch die Straßen gerannt. Alles in ihm schrie nach Rache. Inzwischen hatte er sich etwas abgekühlt, doch noch immer hätte er sie auf der Stelle erschlagen können.

Allerdings entsprach die Vorstellung, die er sich seit dem Morgen von diesem gemeingefährlichen Drachenweib gemacht hatte, in keiner Weise der jungen Frau, die nun vor ihm stand. Auch wenn sie sich noch so sehr bemühte, stolz und unnahbar zu erscheinen, wirkte sie – klein, wie sie war – mit ihrem gebrochenen Fuß doch eher wie ein unseliges Vögelchen, das ins Wasser gefallen war, als wie ein Ungeheuer. Außerdem besaß Catuvolcus einen siebten Sinn für Angst, und dieses Küken fürchtete sich; ihm machte sie nichts vor!

Lediglich die Kälte, die über ihren Augen lag, passte ins Bild. Doch immerhin reichte dieses Detail, dass ihr Anblick ihm nicht gänzlich den Wind aus den Segeln nahm. Er würde sich nicht von ihr einwickeln lassen, wie es dem unglücklichen Kia passiert war; von der Erinnerung an den Freund erneut aus der Fassung gebracht, wusste er einen Moment lang nicht, ob er in Tränen ausbrechen oder seinen Rachegelüsten nachgeben sollte.

Instinktiv traf er seine Wahl und tat etwas, was ihm die Achtung vor der lebensspendenden Weiblichkeit in jedem anderen Fall untersagt hätte – er holte mit seiner Bärenpranke aus und versetzte der vollkommen überraschten Niamh eine schallende Ohrfeige.

Unter Kriegern stellte dies ein Zeichen äußerster Verachtung dar und war für seine Feindin in höchstem Maße demütigend. Doch

Catuvolcus sah nicht einmal mehr zu, wie Niamh zu Boden stürzte. Stattdessen kehrte er ihr den Rücken zu, rief seine Hunde und ging zurück in die Stadt.

Sollte ein anderer sie tragen, sie sich wie ein erlegtes Stück Rotwild über die Schulter werfen und mitnehmen. Sie würde nicht laufen können, um, wehrlos in Ketten stolpernd, dem Unmut der Stadtbewohner preisgegeben zu sein – er verwarf die Vorstellungen, die er sich von ihrer Bestrafung gemacht hatte, um sich Genugtuung zu verschaffen. Würde es nach ihm gehen, wäre Niamh des Todes, keine Frage, doch nicht er würde sie richten. Abgesehen davon, dass er sich außerstande sah zu beurteilen, was in diesem Fall Gerechtigkeit bedeutete, unterlagen Rechtsfragen den Druiden. Nein, er konnte das Urteil über ihr Los getrost einem anderen überlassen. Er wusste auch schon, wem.

Mit schweren Schritten und in sich gekehrt, ging Catuvolcus nach Hause.

Zu allem Übel musste er sich jetzt auch noch um Gäste kümmern.

Nach der Niederlage gegen die Römer vor zwei Sommern planten Ambiorix, sein streitbarer Mitregent, und weitere Stammesfürsten den Aufstand gegen Caesar. Für dieses Vorhaben wollten sie auch die Unterstützung von Stammesverbänden gewinnen, die jenseits des Renos siedelten.

Catuvolcus hatte die Aufgabe übernommen, die Beziehungen zu seinen Nachbarn aufzunehmen. Die Zeit drängte, denn vor wenigen Tagen war Caesar erneut mit seiner Streitmacht durch eburonisches Hoheitsgebiet marschiert. Also hatte Catuvolcus einige einflussreiche Sugambrer zum Markttag eingeladen und mit ihnen die ganze Nacht hindurch gefeiert. Entsprechend den Sitten erwarteten sie von ihm, das Gelage noch zwei bis drei Tage fortzusetzen, nicht ahnend, dass dem Eburonen seit dem Morgen alles andere als zum Feiern zumute war.

Derweil durchsuchten seine Krieger die Gefangene nach Waffen, fanden lediglich einen winzigen Dolch und nahmen ihn ihr ab. Widerstandslos ließ Niamh es geschehen. Sie erachtete es als vollkommen zwecklos, sich mit einem gebrochenen Fuß einer derartigen Übermacht entgegenzustellen. Eiserne Fesseln schlossen sich um ihre Hand- und Fußgelenke.

Vorerst brachte man sie bei der städtischen Reinigungstruppe unter – sie landete im öffentlichen Schweinestall.

Wie die meisten größeren Städte verfügte auch Bonna über eine Einrichtung, in der Hausschweine gehalten wurden – jeden Morgen wurden die Türen des Stalles geöffnet und die gefräßigen Tiere in die Gassen entlassen.

Sie wussten genau, wo es Leckereien zu finden gab. Sämtliche Küchenabfälle brauchten nur vor die Tür gekippt zu werden. Die Entsorgung übernahmen die Schweine, die auf diese Weise die Stadt sauber hielten; Mäuse oder gar Ratten fanden keine Lebensgrundlagen.

Mit Vergnügen kamen die Borstentiere ihrer Aufgabe nach, ahnten sie doch nicht, dass sie am kommenden Tag vielleicht schon in demselben Kochgefäß landen würden, in das sie heute genüsslich ihren Rüssel steckten, um daraus Essensreste aufzuschlabbern.

Später wurden sie zurück in ihren behaglichen Stall getrieben, der inzwischen gereinigt worden war.

Nach zwei Tagen war von der blauen Farbe von Niamhs Kleid nichts mehr zu sehen.

Wenn sie Hunger oder Durst hatte, musste sie ihren Hausgenossen den Trog streitig machen, kein leichtes Unterfangen, zumal Niamhs Ketten ihr kaum Bewegungsfreiheit ließen, da die Enden der eisernen Fesseln am Grundbalken des Gebäudes befestigt waren.

Von diesem Ort gab es für sie kein Entrinnen.

Während Niamh bei den Schweinen auf ihr Urteil wartete, saß nur wenige Tagesreisen entfernt ein Mann in einem Zelt.

Über einen Tisch gebeugt, das Kinn in die Hand gestützt, studierte er eine handskizzierte Landkarte. Sie zeigte den Norden der keltischen Stammesgebiete. Der große Strom des Renos verästelte sich hier und floss mit dem Fluss Mosa nebeneinander her, in Richtung des nahen Meeres. Oder mündete die Mosa doch in den Renos? Ebendiese Frage versuchte der Stratege zu klären, denn dann bliebe seinen Gegnern kein Fluchtweg zwischen den beiden Flüssen – tatsächlich ein Unterschied von entscheidender Bedeutung, wie sich noch herausstellen sollte.

Vor zwei Jahren hatte Caesar seine Legionen schon einmal erfolgreich in die Hoheitsgebiete der „Belger“ geführt, wie er die Stämme des Nordens der Einfachheit halber getauft hatte.

Der Sieg war ein Meilenstein auf dem Weg zu seinem Gesamtziel gewesen: dem Senat in Roma zu beweisen, dass er – und nur er – der geeignete Mann für den Posten des Kaisers des Römischen Reiches war.

Doch leider war damit der Kampfeswille der Stammesfürsten nicht gebrochen. Aus sicherer Quelle war Caesar zugetragen worden, dass die Häuptlinge versuchten, bei den Stämmen jenseits des Renos Söldner anzuwerben. Das konnte nur eines bedeuten – sie hatten vor, sich gegen die Römer zu erheben, gegen ihn, Gaius Julius Caesar.

Genau das würde er zu verhindern wissen.

Notgedrungen hatte er seinen ursprünglichen Plan, das Jahr zu nutzen, um Britannien zu erobern, verschoben.

Dafür würde er nun ein Mahnmal errichten.

Er würde die Stämme jenseits des Renos derart in Angst und Schrecken versetzen, dass sie sich für alle Zeiten aus dem Kopf schlagen würden, ihn, den zukünftigen Alleinherrscher des Römischen Reiches, herauszufordern.

Anlass und zugleich Schauplatz für diesen Streich gaben ihm die Menapier. Wie ihm seine Spione zugetragen hatten, war es dem Stammesverband, der weder über Festungen noch über eine Streitmacht verfügte, gelungen, die Gunst zweier Stämme von der anderen Seite des Renos zu gewinnen – der Usipeter und Tenkterer. Deren Familien hatten sich auf der Flucht vor den sich ausbreitenden Sueben befunden und waren auf der Suche nach neuem Siedlungsraum gewesen. Mit ihren Kriegerverbänden, vor allem der berühmten Reitertruppe der Tenkterer, hatten sie den Menapiern Schutz zugesichert. Im Gegenzug hatten diese diesseits des Renos fruchtbares Ackerland an ihre Beschützer abgetreten.

Als Caesar davon erfahren hatte, hatte er den geplanten Kriegszug gegen Britannien vertagt und seine Legionen umgehend in den Norden zwischen Renos und Mosa verlegt. Außerdem hatte er Gerüchte gestreut. Er gab den Stämmen östlich des Renos den Sammelnamen „Germanen" und schilderte diese als noch tumber und vor allem gefährlicher, als er die Volksstämme Galliens darzustellen pflegte, wenn er sich beim Senat neue Gelder beschaffen wollte.

Angeblich hatten die „Germanen" also Gebiete überfallen, die unter dem Schutz Romas standen! Im Senat war man entsetzt gewesen. Da musste etwas unternommen werden.

Kurzerhand war beschlossen worden, Caesar die notwendige Unterstützung für seine Invasionszüge zukommen zu lassen.

Wieder war ein Teil des Planes aufgegangen, welcher ihm letztendlich den Kaisertitel verschaffen würde. Auch in diesem Jahr war Caesars Kriegssäckel prall gefüllt. Roma war weit weg – wer wusste dort schon, wie es hier zuging.

Caesar war zäh; er besaß Ausdauer. Ungeduld war ein Gefühl und damit überflüssig. Ein Zeitvertreib für Kinder und Frauen, die kaum mehr Rechte besaßen als Kühe, was auch so bleiben würde, ginge es nach ihm. Für einen Moment verlor er sich in Gedanken an die Heimat.

Eine entlastende Ergänzung des Mannes zu sein – darin bestand die Bestimmung einer Frau. Stattdessen hatte etwa seine zweite Gattin, Pompeia, irgendwelche Geheimkulte in seinem Haus veranstaltet. Kein Mann durfte bei diesen Festen zu Ehren der Bona Dea zugegen sein. Welch ein Skandal, als sich ausgerechnet dieser Witzbold Publius Clodius Pulcher in Frauenkleidern Zutritt zu Caesars Haus verschafft hatte, bis Pompeia ihn hochkant hatte hinauswerfen lassen.

Das peinliche Aufsehen war Caesars Karriere alles andere als zuträglich gewesen, also hatte er sich ohne Umschweife von Pompeia losgesagt. Einen offiziellen Stammhalter hatte diese Verbindung nicht hervorgebracht; immerhin hatte sie Caesar bereits die politische Position verschafft, die er sich bei der Heirat von Pompeias stattlicher Mitgift versprochen hatte.

Der Zeitpunkt für die Trennung war günstig gewesen, denn Pompeia hatte ihm gedroht, ihn wegen seiner Mätressen an den Pranger zu stellen. Jetzt hatten diese Vorwürfe nur noch wie das Gekeife eines verbitterten Weibes geklungen und waren nicht ernst genommen worden.

Nein, dieses Kapitel war abgeschlossen, und er konnte sich getrost der Gegenwart zuwenden.

Zunächst würde er nun also die Usipeter und die Tenkterer vernichten, um dafür zu sorgen, damit die „Germanen" nie wieder auch nur in Erwägung ziehen würden, den Freiheitskampf der „Belger" zu unterstützen.

Caesar wandte sich wieder der Karte zu, auf der die Verläufe von Renos und Mosa skizziert waren. Sie bildeten eine sich verengende, spitz zulaufende Landzunge, auf der die Usipeter und Tenkterer mit ihren Familien seit dem letzten Sommer siedelten.

Heute waren Unterhändler beider Stämme zu ihm gekommen, um über seine Forderung zu verhandeln, die neu erworbene Heimat kampflos aufzugeben. Um Bedenkzeit hatten sie gebeten, und zum Schein war Caesar auf die Bitte eingegangen.

Ihm war bekannt, dass ihre Reiterei zu diesem Zeitpunkt weit weg, jenseits der Mosa, unterwegs war. Die sich dadurch bietende Erfolgsaussicht würde er sich nicht entgehen lassen.

Er, Gaius Julius Caesar, würde die „Germanen" in ihre Schranken weisen, die „Belger" befrieden, Britannien erobern und auf kurz oder lang den degenerierten Halbaffen in Roma klarmachen, dass ein Mann mit seinen Führungsqualitäten nicht hier in diesem zugigen Zelt, sondern ganz oben im Senat sitzen sollte.

Bald. Die Dinge liefen gut für ihn.

Ein wachhabender Zenturio steckte den Kopf ins Zelt und kündigte die Ankunft der Offiziere an, die Caesar hatte rufen lassen, um die Befehle für die kommenden Tage auszugeben.

Diesmal würde er keine Gefangenen nehmen, um sie als Sklaven zu verkaufen, wie er es vor zwei Jahren mit den besiegten Aduatukern gemacht hatte. Diese Gnade würde den Tenkterern und Usipetern nicht zuteilwerden – keiner von ihnen würde die Begegnung mit Caesar überleben.

Sollte man ihn doch wegen Verletzung der Völkerrechte anklagen. Das war Caesar einerlei; solche Scharmützel verliefen im Sande, dafür zahlte er schließlich.

Alles war gut vorbereitet. In den Ubiern hatte er Verbündete auf der anderen Seite des Renos gefunden. Unter Angabe falscher Stammesnamen waren sie in Gebiete eingefallen, die unter Obhut der Römer standen. In deren Augen galten die Tenkterer und Usipeter nun als plündernde Mordgesindel und hatten somit jede Daseinsberechtigung eingebüßt.

Was machte es schon, dass die überfallenen Landstriche in Wirklichkeit nahe der Mosella statt an der Mosa lagen? Nicht in tausend Jahren würde Caesar jemand auf die Schliche kommen.

Nichts konnte ihn aufhalten.

Das Verhör ließ auf sich warten.

Zur Ablenkung beschäftigte sich Niamh damit, nach einem falschen Namen für sich zu suchen. Keltisch sollte er sein, da sie angeben würde, von den Condrusern aus dem Süden zu stammen.

Sie könnte sich Cinnia, „Schönheit", nennen, wenn man sie in ihrem vor Schweinedreck starrenden Kleid den Druiden vorführte. Nett wäre auch Agnes, „die Unschuldige", „das Lamm". Niamh grinste; Galgenhumor konnte in ihrer Lage nicht schaden.

Tatsächlich hatte sie mit dem Leben abgeschlossen. Sie machte sich keine falschen Hoffnungen; von Anfang an hatte sie gewusst, was sie erwartete, würde man sie gefangen nehmen.

Inzwischen hatte sie sich eine Erklärung für das Attentat zurechtgelegt. Sie würde den Zorn der Eburonen auf sich lenken. Dazu würde sie ihre wahren Motive verschleiern. Sie würde behaupten, aus verletztem Stolz gehandelt zu haben. Kia Ye Lanur habe sie in besagter Nacht zurückgewiesen, würde sie berichten und keinen Hehl daraus machen, ihn daraufhin ermordet zu haben.

Hoffnung, dass Kristin kommen und sie befreien würde, hatte sie kaum noch. Einerlei, Hauptsache, es gelang ihr, nicht daran zu denken, was passieren würde, wenn Kia Ye Lanur wider Erwarten überlebt hätte. Niamh schrie auf. Ein Ferkel hatte sie mit seinem Rüssel unsanft in den Rücken geboxt.

Nicht zum ersten Mal riss ihr der Geduldsfaden. Ständig schnupperten die Jungschweine neugierig an ihr herum oder wollten auf ihr herumklettern.

Zu Beginn ihrer Gefangenschaft hatte sich Niamh über die Gesellschaft der Schweine gefreut, doch bei dem unablässigen Geraschel, Gegrunze und Gequieke fand sie keine Ruhe mehr.

Der wehrlosen Gefangenen auf die Nerven zu gehen war zur Mutprobe für den Nachwuchs geworden. Die Tiere machten sich ein Spiel daraus, sie zu jeder Tages- und Nachtzeit zum Fluchen und Treten zu bringen, um dann selbst laut quiekend das Weite zu suchen. Catuvolcus verstand etwas von Folter …

Inständig betete Niamh, es würde bald Morgen werden, damit sie endlich den rettenden Schlaf fand, wenn die Schweine auf Futtersuche in der Stadt unterwegs wären. Sie würden erst zurückkehren, wenn sie im Fluss ein Bad genommen hatten. Ganz in der Nähe des Stallgebäudes gab es offenbar einen Durchlass in der Stadtmauer, denn Niamh konnte das helle Klickern der Flusskiesel hören, wenn jemand an der Pforte vorüberging.

Am späten Nachmittag wurden die Tröge mit Abfällen befüllt – die Tiere wussten das und fanden allein nach Hause. Dann begannen Niamhs Torturen von Neuem.

Längst hatte sie aufgegeben, sich einen Anteil an der Fütterung erkämpfen zu wollen. Ihre Zunge klebte vor Durst am Gaumen, Hunger hatte sie keinen mehr.

Kurz vor dem Morgengrauen biss eines der Ferkel sie in den Zeh. Niamh erschreckte sich dermaßen, dass sie brüllte, bis die ganze Rotte sich in einer Ecke zusammendrückte und Niamhs Stimme versagte.

Eine Weile herrschte endlich Ruhe.

Als Niamh aufwachte, fiel ihr Blick auf ein Paar auffallend schöne Lederstiefel. Ihr stockte der Atem, und ihr Herz begann zu rasen; aufzuschauen wagte sie nicht.

Das war ihr Ende.

Wie gelähmt harrte sie der unausweichlichen Gräuel, die nun folgen würden.

„Macht sie sauber und bringt sie zu mir!“, vernahm sie Kia Ye Lanurs Stimme. Seine Schritte entfernten sich.

Am liebsten hätte sie sich an dem Balken, der ihre Ketten gehalten hatte, festgeklammert. Doch sie konnte sich nicht rühren, und das nicht nur, weil sie durch den Bewegungsmangel der letzten Tage völlig steif geworden war. Nie zuvor hatte sie solche Angst gehabt.

Mitsamt den eisernen Fesseln schleppte man sie durch den engen Durchlass in der Mauer hinaus auf den Kiesstrand. Die Ketten wurden ihr von den Beinen genommen. Ihr Fußgelenk schmerzte unerträglich. Reglos lag sie da und starrte auf das Wasser, ohne es zu sehen. Es scherte sie nicht, wer sie auskleidete, noch wer sie abschrubbte.

Niamh wartete.

Wenn sie sich in einem unbeobachteten Moment in den Fluss fallen ließ, würden die Eisen an ihren Händen sie unter Wasser ziehen. Der Tod wäre ihr sicher – die einzige Möglichkeit, Kia Ye Lanur jetzt noch zu entkommen.

Als man sie unter Wasser drückte, um ihr die Seife aus dem Haar zu waschen, riss sie sich los und warf sich, ungeachtet der rasenden Schmerzen, die ihr der verdrehte Knöchel beim Auftreten bereitete, in die Fluten.

Sie wollte nur eines – zum Grund des Wassers und dort bleiben. Nur war der Renos an dieser Stelle zu flach, um sang- und klanglos darin unterzugehen. Die Anwesenden hechteten ihr nach, schon waren sie bei ihr. Verzweifelt wehrte sie sich, schlug nach jedem, der ihr zu nah kam, und biss in rettende Hände. Auch die anderen gaben nicht auf, selbst wenn es sie ein blaues Auge oder eine blutig geschlagene Nase kostete. Endlich sprang ein beherzter Krieger herbei und setzte die Tobende gezielt außer Gefecht.

7.

Als Niamh zu sich kam, herrschte Stille.

Wie unter der Erde, dachte sie. So roch es auch, nach Wasser und Stein. Doch die Luft, die in ihre Lungen strömte, war frisch und klar.

Ihr war kalt. An den Armen spürte sie die kühle Haut ihrer Hüfte; sie war nackt. Mit einem Mal begriff sie, wo sie sich befand, und das Herz schlug ihr bis zum Hals.

Unter ihren Fingerspitzen erkannte sie die polierte Oberfläche des hölzernen Tisches in Kia Ye Lanurs Halle wieder. Sie wagte nicht, die Augen zu öffnen und damit zu erkennen zu geben, dass sie wach war; keinen Millimeter rührte sie sich. Ohnehin ahnte sie, dass der Druck an ihren Hand- und Fußgelenken von Fesseln stammte. Als sie nach einer Weile nicht widerstehen konnte, ihre Annahme zu überprüfen, und vorsichtig an einer ihrer Hände zog, spürte sie den erwarteten Widerstand.

Durch die geschlossenen Lider hindurch nahm Niamh das warme Licht der Öllampen wahr. Kaum wagte sie zu atmen; sie wusste, dass er da war, dass er irgendwo im Raum stand und sie beobachtete. Vermutlich hatte er längst bemerkt, dass sie aufgewacht war.

Tränen stiegen in ihr auf. Ihr Puls raste. Inständig hoffte sie, ihr krampfendes Herz würde ihr die Gnade eines plötzlichen Todes schenken. Doch Kia Ye Lanur wusste vermutlich, wie er sie zurückholen könnte ...

Die vollkommene Ausweglosigkeit ihrer Lage hatte etwas verblüffend Erleichterndes an sich, und so seufzte Niamh, als hätte sie eine Ewigkeit nicht geatmet.

Augen auf!, meldete sich plötzlich die Stimme Deirdres, ihrer Kampfkunstmeisterin, in Niamhs Kopf. *Sieh den Gegner an!*

Blinzelnd folgte sie dem Befehl. Was auch immer er vorhatte – er sollte endlich damit anfangen!

Gegenüber an der steinernen Wand lehnte Kia Ye Lanur. Er verzog keine Miene. Ernst und entschlossen sah er aus. Dunkel. Die Arme vor der Brust verschränkt, starrte er sie an.

Nichts war mehr davon zu sehen, dass er sich bei dem Sturz auf das Gesicht das Nasenbein gebrochen hatte. Die Spuren des Anschlages waren verschwunden, er hatte keine Verfärbungen, keine frisch vernarbten Schnittwunden oder auch nur eine Prellung – blass war er, aber mehr auch nicht.

Niamh brach der kalte Schweiß aus, und sie fühlte in Hand- und Fußflächen ein Ziehen, wie wenn sie über die Kante eines hohen Felsens in die Tiefe blickte.

Warum hatte sich Kia Ye Lanur so schnell erholen können, wie hatte er diese Nacht überhaupt überlebt? Er wurde Niamh unfassbar unheimlich.

Sie hätte heulen können.

Vermutlich wollte er, dass sie in Panik geriet. Und das tat sie, sie konnte nicht verhindern, dass sich ihre Befürchtungen verselbstständigten. Bilderfetzen schossen durch ihren Kopf, sie sah sich schreiend, während er ihr Unsägliches antat. Gewaltsame Dinge, Grausamkeiten, Szenen der Folter, wie man sie sich von ihm erzählte, und immerzu sah sie sich selbst dabei, wie sie sich wand und schrie, und es hörte nicht auf.

Kia Ye Lanur begriff, was sie machte, und ließ sie eine Zeit lang gewähren. Schließlich schüttelte er den Kopf und kam zu ihr herüber. Niamh hörte seine Schritte. Er bemerkte, wie sie versuchte, ihre Beine zusammenzudrücken und zur Seite auszuweichen, ihre schreckgeweiteten Augen sprachen eine deutliche Sprache. Als er bei ihr war, drehte sie den Kopf weg – die einzige Ausweichbewegung, die ihre Lage zuließ.

Kia Ye Lanur fasste sie am Kinn und zwang sie, ihm ihr Gesicht wieder zuzuwenden. „Sieh mich an", befahl er. Seine Stimme klang hart, Niamh konnte hören, dass es ihn Beherrschung kostete, leise zu sprechen. Zwischen seinen Brauen hatte sich eine tiefe Falte gebildet.

„Sag mir, warum du mich umbringen wolltest", forderte er sie auf.

Niamh brauchte einen Moment, um zu begreifen – wollte Kia Ye Lanur tatsächlich mit ihr *reden?*

„Willst du mich nicht ...", sie stockte, als würden ihre Ängste wahr werden, sobald sie sie aussprach.

„... foltern?", beendete er ihre Frage. „Das ist es doch, was du befürchtest, oder nicht?"

Niamh brachte kaum ein Nicken zustande.

Er verzog das Gesicht und lachte bitter. „Ich werde deine Erwartungen enttäuschen", versprach er trocken.

Die Antwort verwirrte sie. Machte er sich über sie lustig? Statt einer Erklärung ließ er ihr Kinn los und stützte sich mit beiden Händen rechts und links von ihrem Gesicht ab. Seine Augen ließen die ihren nicht los.

„Warum hast du versucht, mich umzubringen? Sag es!", wiederholte er. Er würde nicht lockerlassen. Sie spannte alle Muskeln an, und ihr Herz klopfte wie wild.

„Ich heiße Niamh", antwortete sie tonlos. „Mehr werde ich nicht preisgeben." Ihre Stimme erstarb zu einem Flüstern.

Erneut lachte Kia Ye Lanur sein bitteres Lachen. „Du wirst." Er warf ihr einen eindeutigen Blick zu und erhob sich. Mit versteinerter Miene drehte er sich um und begann auf und ab zu gehen. Leise stöhnend legte er die Hand über die Augen, so als hätte er Kopfschmerzen.

Plötzlich richtete er sich auf, atmete tief durch und wandte sich ihr wieder zu.

„Niamh, erspare uns das." Seine Stimme klang jetzt weicher, aber immer noch sehr ernst; er wirkte erschöpft. Als sie weiterhin hartnäckig schwieg, fuhr er fort: „Du weißt, dass ich Mittel habe, alles, was ich wissen muss, aus dir herauszubekommen – zwinge mich nicht, sie zu benutzen!"

Niamh weigerte sich beharrlich zu reden. Er würde sie nicht dazu bringen, auch nur ein Sterbenswort zu verraten, nicht auf diese Art und auch auf keine andere.

Kia Ye Lanur ließ sich nicht beirren. „Hör zu", irgendwie musste er ihr doch begreiflich machen können, dass sie nicht um die Erklärungen, die er brauchte, herumkommen würde. Er versuchte es weiter im Guten. „Versteh doch, ich muss wissen, ob du aus eigenem Interesse oder im Auftrag von jemandem gehandelt hast, um einschätzen zu können, in welcher Gefahr ich mich befinde. Notfalls werde ich dich zwingen, Niamh, ich werde dir wehtun."

Er verstummte.

Niamh fragte sich, warum er das Unumgängliche so umständlich ankündigte und nicht kurzerhand damit anfing.

„Bitte", flüsterte er.

Niamh stieß die Luft aus und schüttelte den Kopf. Sie konnte ihm nicht folgen. Nicht, weil er zuletzt so leise gesprochen hatte, dass sie das Wort tatsächlich kaum hatte hören können – Niamh verstand den Sinn nicht. Sie begriff nicht, warum er sie um etwas bitten sollte, das er sich einfach nehmen konnte – nicht nach dem, was sie ihm angetan hatte.

Schweigend starrte sie die Lampe über sich an.

Kia Ye Lanur stöhnte. Er ahnte, was in ihr vorging. Wie sollte er ihr begreiflich machen, dass seine Freundlichkeit ernst gemeint war und, was noch schwieriger zu verstehen war – dass sie sich trotzdem beeilen musste? Dass bei aller Höflichkeit längst die Schatten in der Halle zugegen waren und sich die Klauen wetzten vor Vergnügen. Er wusste nicht, wie lange er sie im Zaum halten konnte.

Niamh musste ihm helfen. Kia Ye Lanur war verzweifelt. Wie sollte er wieder den Absprung finden, hatte er erst damit begonnen, Zwang auszuüben? Er kannte sich, er wusste, dass seine Selbstbeherrschung Grenzen hatte.

Und dennoch konnte er nicht auf die Beweggründe verzichten, die sie ihm vorenthielt. Er musste wissen, wer ihm nach dem Leben trachtete und warum – ohne dieses Wissen war er blind und wehrlos.

Kia Ye Lanur sah Niamh an, wenigstens erwiderte sie jetzt seinen Blick.

Er versuchte es ein letztes Mal. „Bitte!"

Das Wort verhallte. Keine Antwort.

Die Stille im Raum wurde zäh wie Birkenpech.

Kia Ye Lanur wollte sich schon erheben, als sich die Gefangene zu seiner Erleichterung plötzlich doch noch regte.

Stoisch wiederholte sie die Phrase. „Ich heiße Niamh, mehr habe ich nicht zu sagen."

Die Bestie in ihm lachte. Kia Ye Lanur verdrehte die Augen und wandte sich ab. Seine Hände ballten sich zu Fäusten, mehrmals öffnete und schloss er sie. Ärgerlich atmete er aus.

Als er sich Niamh wieder zudrehte, war sein Blick verschlossen, alle Freundlichkeit war daraus gewichen. Er sah nun genauso aus, wie sie ihn sich immer vorgestellt hatte.

Er griff an seinen Gürtel und zog eine blitzende Klinge hervor – Niamh zuckte zusammen, als sie den Dolch erkannte. Die Waffe näherte sich ihrem Hals. Die Augen weit aufgerissen, drückte sie sich in die Bank.

Mit knappen Schnitten durchtrennte Kia Ye Lanur die Lederbänder und nahm ihr die schützenden Steine ab. Ihr Herz stolperte, in Windeseile sprach sie sich Mut zu. Das Eis konnte er ihr nicht nehmen. Sobald er sie anfasste, würde sie es einschalten!

Er trat nun dicht an sie heran. Sanft legte er eine Hand auf ihren Kopf, die andere zwischen ihre Brüste. Sein Herz tat einen Sprung. Er beruhigte sich, er wusste, wie er vorgehen musste. Nicht, dass er Niamh hätte berühren müssen, doch erleichterte es sein Vorhaben, wenn er ihr Angst einjagte. Dann brauchte er nur zu warten, dass sie das Eis rief, so wie sie es in jener Nacht getan hatte, sobald ihr Unbehagen zu groß geworden war.

Sie ließ sich erstaunlich viel Zeit heute. Er erhöhte den Druck seiner Hände, spürte ihren rasenden Herzschlag. Ihre Panik wuchs; lange konnte es nicht mehr dauern.

Eis.

Niamh hatte keine Angst mehr, sie lachte ihn aus.

Kia lächelte ebenfalls. „Du willst mit mir spielen?"

Und war drin.

Ohne zu zögern, bemächtigte er sich ihres Willens, schon war er in ihren Geist und damit ins Reich ihrer Erinnerungen vorgedrungen.

Niamh stand abseits unter der Glocke aus Eis gefangen. In dem Moment, als sie sein Lächeln gesehen hatte, hatte sie begriffen, was er vorhatte. Doch da war es schon zu spät gewesen, da war er schon in ihr. Niamh war wach und anwesend und konnte doch nicht in ihren Körper zurück, kein Amulett half ihr – schutzlos war sie Kia Ye Lanur ausgeliefert.

Hilflos musste sie zusehen, wie er sich mit Gewalt nahm, was sie ihm verweigerte. Niamh stieß ein klägliches Wimmern aus.

In ihrem bisherigen Leben hatte das Eis ihr Freiheit von ihren Gefühlen verschafft. Doch jetzt, da ihr der Rückweg zu ihrem Herzen versperrt war, empfand sie nur noch eine tödliche Enge.

Auch Kia nahm die Kränkung wahr, die er ihr zufügte. Er sah die Panik in ihren Augen und die bohrende Erniedrigung, weil sich ein Fremder erbarmungslos in ihrem Geist bewegte und ihre Seele berührte. Er ging so behutsam vor, wie er nur konnte, doch er war sich der Rücksichtslosigkeit bewusst, mit der er ihre Grenzen verletzte.

Wenn er sich auf ähnliche Weise in seinen Patienten bewegte, so tat er das mit deren Zustimmung – ein himmelweiter Unterschied!

Was er jetzt tat, kam einer groben Schändung gleich. So vorsichtig es eben ging, betrat er Raum für Raum in ihrem Innern, ließ die Bilder ihrer Erinnerungen abspulen, bis er den gesuchten Ereignissen auf die Spur kam – er begegnete Audra und vernahm zu seinem Erstaunen, dass sie behauptete, er sei für den Untergang des Alten Volkes verantwortlich. Weiter wurde er Zeuge, wie sie Niamh beauftragte, ihn zu töten.

Niamhs Gewissensbisse und die bedingungslose Ergebenheit der Älteren gegenüber erschienen ihm rätselhaft. Um der Sache auf den Grund zu gehen, blickte er weiter in ihrer Vergangenheit zurück, bis er jene verhängnisvolle Liebesnacht mit Tjark entdeckte, die wie ein eitriger Dorn in ihrem Herzen steckte.

Keiner darf das sehen!, schrie es in ihr. Kia Ye Lanur spürte ihr Aufbäumen und die verzweifelten Schluchzer, als wären es die eigenen.

Er wandte seine Aufmerksamkeit von der Szene ab, bewegte sich wieder in der Zeit nach vorn und sah Niamhs Blick zwischen Audra und Tjark hin- und herwandern – die beiden waren offensichtlich ein Paar. Niamhs Schuldgefühle wurden jetzt selbst für ihn, einen unbeteiligten Beobachter, unerträglich. Kia begriff.

Tief in ihrer Vergangenheit nahm er noch andere Erinnerungen wahr, die von Bedeutung für ihr Leben waren. Wie große, dunkle Wolken wirkten die Zeiten. Er wurde neugierig. Und rief sich zurück – die Bilder hatten nichts mit dem Anschlag auf sein Leben zu tun, also würde er nicht daran rühren.

Er hatte genug gesehen und zog sich zurück. Seine Augen ließ er noch geschlossen, um ihr weitere Pein zu ersparen.

„Benutze das Eis nie wieder in meiner Gegenwart", sagte er leise. Es tut mir leid, fügte er in Gedanken hinzu. Wie sollte er ihr begreiflich machen, was er für sie empfand?

Doch darum würde er sich später kümmern. Erst einmal atmete er auf. Er hatte sich seiner Macht nur zu seinem Schutz bedient, mehr nicht! Mit Konzentration und eisernem Willen hatte er die Schatten im Zaum halten können, ein Gefühl des Triumphes kam in ihm auf.

„Du Wurm. Eine feige Ratte bist du. Ich verachte dich, Sohn einer Kakerlake. Du elender Haufen Eselsscheiße", hörte er Niamh hervorstoßen „Ich hasse dich. Du gefühlloser Bastard."

„Niamh, du musst das lassen! Hör auf damit, um Himmels willen!" Kia Ye Lanur vernahm schon das Grollen in seiner Stimme. Hörte sie es nicht? Verstand sie denn gar nichts?

Sie machte weiter. „Du elender Dreck, du. Ich spucke auf dich. Du Bestie!"

„Jaa!", ertönte eine Stimme in ihm, und ihr Rumoren schwoll an.

Kia Ye Lanur konnte alles sehen.

Er verstand die Zusammenhänge und begriff, dass es nur so schien, als nötigte Niamh ihn dazu, ihr etwas anzutun. Er konnte sogar den Hintergrund in ihrem Leben ahnen, der dazu führte, dass sie ihn mit ihren Schimpftiraden herausforderte – und seinen eigenen noch dazu. Unglaublich, wie sie zusammenpassten, wie sie sich ineinanderfügten, als wären sie ein und dieselbe Münze – er konnte auf beide Seiten gleichzeitig blicken, als wären sie eins. *Sie waren eins,* und es war nie anders gewesen.

Und trotzdem war er gezwungen, dem Trieb nachzugeben. Er würde es wieder tun, er spürte, dass es noch immer stärker war als er. Diesmal würde er jedoch nicht aufgeben! Er lehnte sich auf. Er würde die ganze Zeit über weiterkämpfen, immer weiter dagegen ankämpfen, bis er es – bis er sich – niedergerungen hatte.

Schluss mit dem Grübeln – die Bestie verließ die Geduld. Sie versetzte ihm einen Tritt und stürzte sich auf die Gefangene. Sie hasste Niamh, sie hasste sie für das, was sie ihm in jener Nacht angetan hatte!

Niamh sah, wie sich sein Blick veränderte, und sie begriff, was das zu bedeuten hatte. Seine Augen wurden schmaler, ein dunkler Glanz begann in ihrer Tiefe zu leuchten, sein Ausdruck wurde lauernd, und eine feine Gier legte sich über seine schönen Gesichtszüge.

Er streckte die Hand aus und wanderte mit den Fingerspitzen über ihren Körper. Schutzlos preisgegeben, lag sie vor ihm auf dem Tisch. Dabei konnte sie sehen, wie er sie abschätzend betrachtete; sein Lächeln verriet, was er mit ihr im Sinn hatte. Sein Triumph nahm zu, als er bemerkte, mit welchem Entsetzen sie beobachtete, wie seine Hand ihren Bauch hinabwanderte. Er genoss die Macht, die er über sie hatte. Seine Augen wurden kalt. Abgrundtiefe Angst befiel Niamh, denn mit einem Mal blickte sie in die finsterste Seele, der sie je begegnet war, das schwärzeste Schwarz, das sie je gesehen hatte. Sie war dieser Kreatur vollkommen ausgeliefert. Dieses Wesen konnte mit ihr machen, was es wollte. Niemand würde sie hören, niemand würde ihr helfen, nie zuvor war sie in größerer Gefahr gewesen als in diesem Augenblick. Sie ahnte, dass es keine Rettung mehr für sie geben würde, wenn Kia Ye Lanur sich gehen ließ. Nicht nur ihrem Körper würde er Gewalt antun, er wollte ihre Seele.

Wer sollte sie jetzt noch retten?

Niamh wandte die Augen ab. Sie hatte mehr als genug gesehen.

Doch die dunkle Seite in Kia Ye Lanur wusste, dass er ihr Niamh nicht tatenlos überlassen und sie ungehindert tun lassen würde, was sie am liebsten gemacht hätte; das machte sie noch wütender. Rache würde sie nehmen.

Sie schlug vor, Niamh für den Anfang mit ihrem eigenen Messer zu verletzen. Der Dolch erinnerte Kia daran, wie sie ihn gequält und erniedrigt hatte. Nur mit Mühe konnte er noch zwischen der Bestie und dem, was er als seine eigene Person empfand, unterscheiden. Eine Welle von Erniedrigung, Schmerz und Hilflosigkeit erfasste ihn. Die Ohnmacht, mit der er Niamh ausgeliefert gewesen war, war das Schrecklichste überhaupt gewesen. Er wusste nicht einmal mehr, dass die ausweglosen Stunden vorüber waren.

Der Schatten genoss seinen Durchbruch und fasste einen Entschluss: Die Verletzungen, die Niamh erleiden würde, durften nicht lebensgefährlich sein, denn er wollte ja noch lange etwas von ihr haben. Also würde er an Niamh kleine, überaus schmerzhafte Operationen vornehmen und sie währenddessen vergewaltigen. Während er in ihr war, würde er das Aufbäumen ihres Körpers gegen den Schmerz genießen und in Lust verwandeln. Er würde die Macht genießen und sich an ihren Schreien weiden, ja, das war es, was er wollte – er verzehrte sich danach, dass Niamh für ihn schrie!

Kia zögerte – das musste doch auch anders zu erreichen sein. Er rang mit sich, ihm blieb nicht viel Zeit. Unverhofft hatte er eine Idee.

Er würde der Bestie geben, wonach es sie verlangte – Niamhs Schreie. Doch er würde Niamh nicht körperlich verletzen, das war der Handel. Und so schickte er ihr seine Erinnerungen an den Anschlag und ließ sie ihren Versuch, ihn zu töten, am eigenen Leib erfahren.

Das, was sie ihm angetan hatte, hätte sie nicht überlebt. Also übermittelte er ihr lediglich Bilder und Gefühle, doch für Niamh war der Unterschied nicht zu spüren.

Kia Ye Lanur begann mit den Schnitten und dem Brennen des Giftes, das nun in sie eindrang und sich in ihren Adern verteilte.

Niamh warf sich in die Fesseln. Sie fühlte, was Kia Ye Lanur gefühlt hatte. Bald glaubte sie, sie würde wahnsinnig vor Schmerz.

Niamh schrie, und wie sie schrie! Die Bestie kam auf ihre Kosten.

Irgendwann hatte er in jener Nacht die Augen geöffnet, und so konnte sich Niamh mit einem Mal dabei zuschauen, wie sie ihm mit dem Messer den Bauchraum öffnete. Als sie sah, wie sie die Wunden mit dem Inhalt des Tiegels versiegelte, begriff sie, dass es sich bei ihrem Erleben um seine Erinnerungen handelte. Doch auch diese Erkenntnis machte keinen Unterschied; sie litt ungeheuerliche Qualen. Sie erlebte alles, was er in jener Nacht erlebt hatte – Sekunde für Sekunde, Minute für Minute, gnadenlos. Sie würde sterben. Längst hatte sie sich heiser gebrüllt.

Doch plötzlich fühlte sie etwas, das sie in der Nacht vor fünf Tagen in Kia Ye Lanurs Blick gesehen, aber nicht geglaubt hatte – bei allem Schmerz, aller Qual und all dem Elend liebte er sie.

Wieder konnte sie es nicht fassen – doch sie sah sich durch seine Augen, denn es waren ja seine Erinnerungen, die sie gerade erlebte, und sie fühlte die unbeirrbare Liebe, mit der er trotz allem auf sie schaute. Das Gefühl der Verbundenheit mit ihr blieb stark und klar; egal, was sie ihm antat, durch jede neue Welle des Schmerzes hindurch sah er sie liebevoll an.

Sie kamen an den Punkt, an dem Niamh sich scheinbar an frühere Leben erinnert hatte – auch dieser Wahrnehmung hatte sie nicht vertraut, sondern sie für eine Finte von ihm gehalten.

Jetzt jedoch erkannte sie aus seiner Sicht, dass es kein Trick gewesen war – nicht er hatte ihr diese Bilder geschickt, sie selbst hatte sich tatsächlich erinnert. Ihre Liebe und ihr Mitgefühl für ihn waren echt gewesen, in diesem und in vergangenen Leben. Kia Ye Lanur hatte sie lediglich fühlen lassen, was sich unter dem Eis verbarg.

Sie schrie jetzt nicht mehr nur wegen der körperlichen Schmerzen. Die seelische Pein kam dazu, die die uralten Erinnerungen an ihre und seine Liebe auslösten. Vor allem die Sehnsucht war zum Verzweifeln.

In diesem Augenblick erkannt Kia Ye Lanur, dass er hier nicht mehr weitermachen konnte. Auch in ihm hatte sich wieder Mitgefühl ausgebreitet. Die Zuneigung zu ihr nahm überhand, und er konnte nicht länger dabei zusehen, wie er sie quälte – denn genau das machte er gerade. Er und nicht irgendeine Bestie. Er folterte sie, auch wenn es nur Erinnerungen waren, die er ihr schickte, und selbst wenn sie es verdient hatte.

Sie hatte es nicht verdient. Seine Liebe war es, die sie verdiente.

Er liebte sie, das war alles, was zählte.

Mit einem Schlag endete das Grauen.

Niamh schrie noch weiter, obwohl er jetzt nichts mehr tat, außer sie in den Armen zu halten. Sie schrie, bis die Schreie zu Weinen wurden – laut und aus tiefstem Innern stiegen die Töne empor.

Er hielt sie still, und ihrer beider Tränen flossen in Niamhs Haar.

Draußen, vor den Mauern der Stadt, flossen die Fluten des Stromes. Sie wirbelten leise und umspielten sanft die Steine am nahen Ufer.

Es hatte zu regnen begonnen. Die warmen Tropfen fielen auf den dahinströmenden Fluss. Er wogte auf und ab, trug fort, was gehen wollte, wusch rein, was von Reinsein träumte, heilte, was heil sein wollte.

Und die Göttin hielt die Hand über ihre Kinder.

Mit dem Wasser brachte sie Veränderung und wandelte den, der danach suchte.

Ohne Wertung. Manchmal ohne Gnade. Immerzu mit Hingabe.

Ihnen fehlten die Worte, also sagten sie nichts.

Erst nach und nach kehrten Gedanken zurück. Außerdem forderten der Hunger, die klamme Kälte des Raumes und die Müdigkeit ihren Tribut.

Er musste sich kümmern, die einfachen Dinge tun.

Kia Ye Lanur strich über ihr Haar und richtete sich auf. Er ging zu dem Schrank an der Wand und öffnete ihn. Er wählte eine weiche Decke.

Zurück bei Niamh, breitete er das wärmende Tuch über ihren frierenden Körper. Er traute sich nicht, ihr die Fesseln abzunehmen. Feige und elend fühlte er sich dabei, doch er war nicht sicher genug, dass sie ihn am Leben lassen würde.

„Ich werde dich nicht losbinden. Zu meinem Schutz, verstehst du?“ Dann wurde ihm klar, dass sie bestimmt ähnliche Sorgen hatte. „Glaube mir, es ist vorbei, Niamh“, beteuerte er und fügte leise hinzu: „Hab keine Angst, ich werde dir nichts mehr tun.“ Ihr Anblick berührte ihn. Er liebte sie so sehr. „Hab Geduld, ich sorge erst einmal für uns.“

Wasser. Sie brauchten dringend etwas zu trinken. Als er zur Stiege hinübereilte, spürte er, wie die Kälte des Steinbodens seine Beine ansprang.

Oben angekommen, empfing ihn die noch immer in den Lehmwänden gespeicherte Wärme. Die mit Brunnenwasser gefüllte Kanne und zwei tönerne Becher in den Händen haltend, betrachtete Kia Ye Lanur nachdenklich die Bettstatt – sie wäre viel bequemer für Niamh als der harte Behandlungstisch.

Sein Blick fiel auf den Fußboden. Vor wenigen Tagen hatte er dort gelegen, hatte Stunde um Stunde mit dem Tod gerungen und war ihm schließlich nur knapp entronnen. Geduldig hatte sein Tod neben ihm auf den Dielen gesessen und ihm beim Kampf um sein Leben zugesehen. Am Ende war er einverstanden gewesen, Kia noch Zeit zu gewähren. Er war neugierig, wie lange es ein Sterblicher aushalten würde, mit all seinen Erinnerungen weiterzuleben, ohne nach ihm zu rufen.

Nein, hier in diesem Raum wollte Kia mit Niamh nicht sein.

Es sollte vorbei sein, auch für ihn.

Schnell klemmte er sich zwei Fladenbrote vom Morgen unter den Arm und stieg, mit der Kanne in der einen und den Trinkgefäßen in der anderen Hand, die steile Treppe hinab.

Während er Niamh mit dem Wasserbecher half, überlegte er, wie er ihr das Essen und Trinken erleichtern könne. Da er jetzt wusste, wozu sie fähig war, würde er kein Risiko eingehen. Doch er konnte durchaus eines der Bänder verlängern, mit denen sie an den Tisch gebunden war. Er bemühte sich, die Fessel derart zu befestigen, dass Niamh zwar die Hand zum Mund führen, den Knoten jedoch nicht mit den Zähnen würde lösen können. Bald war er mit der Länge des Bandes zufrieden und reichte ihr das Brot.

Dankend nahm Niamh den Getreidefladen entgegen. Seit Tagen hatte sie nichts gegessen – wie köstlich er schmeckte!

Kia Ye Lanur deutete mit dem Kopf in Richtung der Stiege. „Dort oben lauern schlechte Erinnerungen. Besser, wir bleiben hier unten." Er versuchte ein schiefes Lächeln.

Niamh begriff sofort, was er meinte, auch bei ihr löste die Vorstellung, mit ihm am Schauplatz des Anschlags zu sein, großes Unbehagen aus. Als sie daher zustimmend nickte, ging er zur leer gefegten Feuerstelle hinüber und hockte sich davor.

Während sie aß, sah sie ihm dabei zu, wie er mit Feuerstein und Pyrit eine Flocke Rohrkolbenwatte in Brand setzte und dann das winzige Feuer nährte, indem er nach und nach eine Handvoll Späne daran verfütterte. Als die Flammen hungrig zu prasseln begannen, legte er immer größere Hölzer auf. Aus dem Vorratsstapel suchte er einige stattliche Scheite und schichtete sie kreuzweise übereinander. Auf diese Weise konnte das Feuer erst einmal sich selbst überlassen bleiben und würde schon bald seine wohlige Wärme in der Halle verbreiten.

Erneut stieg er die Stufen zum Speicherraum hinauf, um gleich darauf wieder in der Luke zu erscheinen. Diesmal zerrte er seine Strohmatratze hinter sich her und musste aufpassen, dass das sperrige Ding ihn nicht unter sich begrub – sie war so groß, dass er hätte quer darauf schlafen können. Im Stillen fluchte er unter ihrem Gewicht – warum musste er auch immer das Besondere haben?

Nachdem er die Schlafunterlage zum Feuer hinübergeschleppt hatte, ging er zum Wandschrank und zog ein großes Fell hervor, auf dem er im Winter zu schlafen pflegte. Auch heute breitete er den Pelz des Bären über der Schlafstatt aus.

Hier unten in der Halle vergaß er oft die Zeit; als er oben gewesen war, hatte er gesehen, dass es schon auf den Abend zuging. Sein Hunger meldete sich mit Macht, am besten, er würde ihnen noch vor der Nacht eine gute Mahlzeit verschaffen.

„Ich bin gleich zurück“, versprach er und war schon aus dem Haus.

Als die Tür hinter ihm ins Schloss gefallen war, ließ Niamh sich stöhnend zurücksinken. Ihr war, als läge ein eiserner Ring um ihre Brust. Gedanken schossen ihr durch den Kopf wie ein ungestümer Schwarm Fliegen.

Konnte das wahr sein, konnte es sein, dass Kia Ye Lanur vorhatte, nett zu ihr zu sein? Wo war der Haken, wann würde er wieder über sie herfallen? Die Blicke, mit denen die Bestie in ihm sie angeschaut hatte, ließen sie trotz der wärmenden Decke frösteln.

Doch er hatte sich bezwungen. Verwirrt dachte sie daran, wie schön es gewesen war, in seinen Armen zu liegen, und welch eine Geborgenheit er ihr geschenkt hatte. Wie ein Wunder war es gewesen, ihre gegenseitige Zuneigung zu genießen. Niamh konnte es immer noch nicht glauben.

Hatten sie wirklich zusammen geweint, nachdem die befürchtete Folter so unerwartet geendet hatte?

Sie hatte ihn massakriert, also hatte sie etwas anderes verdient. Kia Ye Lanurs Verhalten widersprach den Gesetzen der Welt und der Vorstellung, die sie sich von ihm gemacht hatte. Wieder dachte Niamh an die tiefe Liebe, die ihn sogar noch in Momenten qualvoller Todesangst erfüllt hatte.

Noch nie hatte sie solch eine unerschütterliche Zuneigung erlebt, wie Kia Ye Lanur sie offenbar für sie empfand.

Sie kannte jedoch die Sehnsucht danach. Und nun, fragte sie sich, wie stand es mit ihren Gefühlen? Sie wusste es nicht zu sagen. Nach all den durchlebten Schrecken und Ängsten der letzten Tage war sie auf einmal nur noch müde und durcheinander.

Bitte!, flehte sie im Stillen, als sie Kia Ye Lanur an der Tür hörte. Was auch immer du mit mir vorhast, lass mich wenigstens heute Nacht in Ruhe!

Beladen mit einer dampfenden Schüssel und einem Honigbrot, betrat er die Halle.

Eine Nachbarin hatte ihm den Eintopf überlassen. Er hielt ihr Essen für das beste der Stadt, und so tauschte er bei ihr häufig die Naturalien, die er von Patienten im Gegenzug für seine Dienste erhielt, gegen fertige Speisen ein.

Als er sah, dass Niamh noch da war, atmete er erleichtert auf. Lächelnd nannte er sich einen Narren; wie hätte sie denn verschwinden sollen?

Seine Augen brannten, verlegen wischte er mit dem Handrücken darüber. Seit jener schrecklichen Nacht ging ihm alles sehr nah; er würde nicht umhinkönnen, etwas für seine geschwächten Nerven zu tun.

Er fasste sich, befüllte zwei Schalen und reichte Niamh eine davon.

Es war eine Sache gewesen, mit gebundenen Händen Brot zu essen, doch es gelang ihr beim besten Willen nicht, auf diese Weise mit dem Eintopf fertig zu werden, immer wieder drohte er umzukippen.

„Bitte mach mich los“, bat sie mit rauer Stimme.

Unentschlossen blickte er sie an, die Sorgen standen ihm ins Gesicht geschrieben.

„Hab keine Angst, ich werde dir nichts mehr tun", fügte sie hinzu und stellte fest, dass sie dieselben Worte gewählt hatte, mit denen er vorhin versucht hatte, sie zu beruhigen. Ein feines Lächeln huschte über ihr Gesicht.

Kia lächelte zurück, wurde aber sofort wieder ernst. Er atmete tief durch, dann löste er die Bänder, sodass sie ihr die Freiheit ließen zu essen. Ohne Niamh aus den Augen zu lassen, nahm er seine Schale auf und ließ sich damit auf den Stufen der Stiege nieder.

„Für die Nacht werde ich dir die Fesseln wieder anlegen", erklärte er. „Verstehst du? Damit du mich nicht im Schlaf…" Mitten im Satz brach er ab.

Niamh sah sich in seinen Befürchtungen mit einem Messer in der Hand herumschleichen. „Ich habe keinen Grund mehr, dir ans Leben zu wollen", versicherte sie. „Du hast gesehen, wie tief ich in Audras Schuld stand. Aber nicht einmal sie kann abstreiten, dass ich alles Menschenmögliche getan habe, um sie zu begleichen. Doch was ist mit dir?", hakte sie im selben Atemzug nach. „Was war dein Plan, als du mich heute in der Frühe im Schweinestall geweckt hast – mich hier in dein Haus zu verschleppen, um mich in Ruhe weiterschlafen zu lassen?" Stirnrunzelnd schaute sie ihn an.

„So in etwa", sagte er und grinste verlegen.

Merkwürdige Umstände waren das. Noch am Morgen hatte Niamh nicht im Entferntesten damit gerechnet, dass sie am Abend mit Kia Ye Lanur in trauter Zweisamkeit zusammensitzen und Eintopf essen würde. Konnte sie ihm wirklich trauen?

Aber warum hätte er sie in den vergangenen Stunden verschonen sollen, wenn er es nicht ernst meinte? Es war nur so vollkommen … unwirklich.

Inzwischen war sie satt, und so stellte sie die leere Schale ab und streckte ihm wortlos die Hände entgegen.

Zögernd erhob er sich und kam zu ihr.

Sorgfältig fesselte er sie erneut, nur dass er sie diesmal nicht am Tisch festband. „Damit ich dich zum Schlafplatz bringen kann", erklärte er und betrachtete das Ergebnis seiner Bemühungen mit kritischer Miene. Die Bänder schnürten ihre Handgelenke ab, daher lockerte er sie. Niamh biss sich auf die Zunge. Ihre vernichtende Meinung über seine Fesselungskünste behielt sie lieber für sich.

Erst als sie wieder wehrlos vor ihm lag, ließ sein Herzrasen nach. Immerhin handelte es sich bei Niamh um eine berüchtigte Kriegerin mit fragwürdigen Absichten, entgegnete er den inneren Stimmen, die ihn einen Feigling schimpften. Mit einem Blick auf ihr verdrehtes Fußgelenk versprach er, den Knöchel am folgenden Tag zu versorgen.

Niamh war todmüde und durchaus einverstanden, erst einmal zu schlafen.

Als er sie vorsichtig aufnahm, flog ihm ihr Herz zu, und sie ließ den Kopf an seine Schulter sinken. Doch schon hatte er mitsamt der teuren Last das Lager erreicht. Behutsam legte er sie auf dem Bärenfell ab, lagerte sie bequem und hüllte sie in die Decken.

Ihre Augen trafen sich, und Niamh begegnete seinem Schmerz und Verlangen, wie auch sie es empfand.

Wie wunderbar sie sich anfühlte! Leider hatte er keinen Grund mehr, sie noch länger in seinen Armen zu halten; bedauernd ließ er sie los.

„Gute Nacht", hörte Niamh sich sagen.

„Gute Nacht", wünschte er ihr mit leiser Stimme und ließ sich ebenfalls nieder. Dabei nahm er so viel Abstand von ihr, wie auf dem Bärenfell möglich war.

Noch eine ganze Weile lagen sie da und lauschten dem Atem des anderen.

Kia hatte eine Lampe angelassen, damit sie sich nicht fürchtete, wenn sie in der Nacht aufwachen würde. Schließlich verrieten ihre tiefen Atemzüge, dass sie eingeschlafen war. Er lächelte und drehte sich zu ihr um. Den Kopf auf seinen Arm gebettet, betrachtete er sie.

Er hatte überlebt, und jetzt war sie da! Lange Zeit war er einfach nur glücklich.

Mit den Gedanken kehrten auch die Sorgen zurück.

Bonna war kein sicherer Ort für sie, und am liebsten wäre er mit ihr zusammen auf und davon gegangen.

Doch nur allzu deutlich hatte sich gezeigt, wie viel Macht seine dunkle Seite noch immer besaß. Erschreckend mehr, als er geahnt hatte!

Dass er heute die Oberhand behalten hatte, täuschte ihn nicht darüber hinweg, dass Niamh nicht bei ihm bleiben durfte; noch nicht. Er brauchte Abstand, um herauszufinden, wie er sie in Zukunft besser schützen konnte.

Er machte Pläne.

Nachdem er ihr gebrochenes Fußgelenk wiederhergestellt hätte, würde er ihr einige Tage Zeit zum Ausruhen geben. In dieser Zeit konnten sich die Bande zwischen ihnen erneuern.

Gewiss würde Niamh sich über ihre Gefühle klar werden wollen und die Auseinandersetzung mit Audra suchen. Während sie zu diesem Zweck beim Alten Volk weilte, würde auch er seine Angelegenheiten regeln.

Einmal mehr würde er auf sie warten müssen. Kia wurde schwer ums Herz.

Auch seine Tage in Bonna waren gezählt, hatte er es sich doch zur Gewohnheit gemacht, weiterzuziehen, wenn in dem Land, in dem er lebte, kriegerische Auseinandersetzungen anstanden.

Ohnehin musste er etwa alle zwanzig Jahre seine Zelte abrechen. Nach dieser Zeitspanne wurde seine anhaltende Jugend augenfällig, und seine Mitmenschen wurden misstrauisch gegenüber dem sonst so geschätzten Heilkundigen. Nachdem viele seiner Freundschaften daraufhin in blanke Feindseligkeit umgeschlagen waren, hängte Kia Ye Lanur sein Herz nicht mehr in demselben Maße an die Gemeinschaften, in denen er gerade weilte, wie zu Beginn seines langen Lebens.

Der eburonische Stammesfürst war seit Langem der erste Freund, dem er sein empfindsames Selbst anvertraut hatte. Ehe er fortging, würde er Catuvolcus die Schreckensnachrichten mitteilen, die er auf seinen Trancereisen erhalten hatte.

Leider waren nicht alle Erkenntnisse, die er aus anderen Sphären des Weltenbaumes mitbrachte, so erfreulich wie vor nicht allzu langer Zeit die Kunde von Niamhs Absicht, Bonna zu besuchen. Doch nicht einmal im Traum hatte er geahnt, unter welchen Umständen sie aufeinandertreffen würden. Wieder einmal hatte sich gezeigt, wie fragwürdig Aussagen über die Zukunft waren.

Der Gedanke an Niamh brachte ihn zurück in die Gegenwart, und für den Augenblick verdrängte er, wie es in Bonna in zwei Jahren vermutlich aussehen würde. Lange vor dem Untergang der Stadt würde er für sich und Niamh einen sicheren Ort zum Leben gefunden haben. Er beruhigte sich und wandte sich der Geliebten zu.

Seine Augen wanderten über die feinen Linien ihres Gesichtes. Lächelnd nahm er den zarten Flaum auf ihrer Haut wahr und die Grübchen am Kinn und neben den Mundwinkeln. Wie anders, wie entspannt sie im Schlaf aussah! Die halbe Nacht lang lauschte er auf die leisen Geräusche ihres Ein- und Ausatmens. Dann schlief auch er ein.

Als Niamh endlich Kia Ye Lanurs regelmäßige Atemzüge vernahm, fiel ihr ein Stein vom Herzen. Er hatte ihr wirklich nichts getan!

Vorsichtig öffnete sie die Augen. Zum Glück brannte noch immer eine der Öllampen. Still und leise löste sie die Bänder, mit denen er ihre Hände zusammengebunden hatte – von Kriegerinnen verstand er offenbar nicht das Geringste.

Als sie auch ihre Füße von den lästigen Schlingen befreit hatte, stützte sie sich auf den Ellbogen und betrachtete seine jungenhaften, fein geschnittenen Züge. Warme Lichtpunkte tanzten auf seinem Haar, während sich sein Brustkorb ruhig hob und senkte.

Sie versuchte zu verstehen, warum sie zur selben Zeit hätte lachen und weinen können und warum ihr Herz so stürmisch nach ihm rief, als sich mit einem Mal Audras Gesicht vor sein schönes Antlitz schob.

Er manipuliert dich. Bring es zu Ende!, beharrte die Priesterin.

Nichts werde ich ihm antun!, wies Niamh die Forderung zurück. Außerdem irrst du dich; es sind *meine* Gefühle!

Tatsächlich würde sie Kia Ye Lanur schützen, wenn nötig. Verwundert sah sie ihn an. Friedlich wie ein Kind lag er neben ihr und schlief. Sprachlos schüttelte Niamh den Kopf und verlor sich in seinem Anblick.

Als er sie auf das Fell des Bären getragen hatte, hatte sie seine Kraft gespürt; federleicht hatte sie sich gefühlt und frei. Wie aufregend wäre es gewesen, hätte er sie weiter in den Armen gehalten …

Ohne die Augen von ihm abzuwenden und mit einem Lächeln auf den Lippen bettete sie den Kopf an seiner Schulter. Sie wollte ihm glauben, dass der schreckliche Teil vorbei war.

Kurz vor der Morgendämmerung wälzte sich Kia von einer Seite auf die andere und fuhr aus dem Schlaf, als er sah, dass Niamh keine Fesseln mehr trug; ihm blieb fast das Herz stehen. Doch dann begriff er, dass sie ihn längst hätte überwältigen können, wenn sie gewollt hätte, und so ließ er sich aufatmend zurücksinken.

Nach einer Weile streckte er schüchtern eine Hand nach ihr aus. Als er die Wärme ihres Körpers spürte, begannen seine Tränen zu fließen. Ihre Nähe tröstete ihn.

Wie konnte sie sich befreien?, fragte er sich dann. Erst vor wenigen Tagen hatte sie ihn mit Leichtigkeit überwältigt und ihn der hilflosesten Lage ausgesetzt. Es war ihr gelungen, ihn dem Tod näher zu bringen, als er ihm seit zweitausend Jahren gewesen war. So stark wie jetzt war sie noch in keinem ihrer Leben gewesen; wie es schien, war sie ihm ebenbürtig.

Um die halbe Welt war Kia Ye Lanur gereist und hatte im wahrsten Sinne des Wortes Tod und Teufel in Bewegung gesetzt, um Macht über sich zu gewinnen. Würde er es ertragen, sie mit Niamh zu teilen?

Plötzlich empfand er ihre Anwesenheit als quälend. Mit dem Anschlag hatte sie ihn mehr verletzt, als er wahrhaben wollte. Er brauchte Zeit, um seine Wunden zu lecken.

Tatsächlich – er war nicht allmächtig, sondern verwundbar. Diese Erkenntnis musste er erst einmal verarbeiten. Gut, dass sie sich am heutigen Abend noch nicht nähergekommen waren, dachte er.

Niamh würde er keine Vorschriften machen können; sie würde ihn nicht einmal brauchen, also nichts, worauf er sich ausruhen konnte. Wollte er das wirklich wagen, erleben, was es hieß, sein Dasein in fremde Hände zu legen? Ausgeliefert sein und hilflos, also genau das, was er immer hatte vermeiden wollen?

Er warf einen Blick auf die Schlafende – selbst im Schlummer sah sie noch kraftvoll aus. Nie war sie schöner gewesen.

Die Antwort war einfach. Ja. Sie war sein Leben.

Der Schmerz schnürte ihm den Hals zu – bedeutete Liebe denn unausweichlich auch Leiden?

Als Niamh aufwachte, schlief er tief und fest, doch wecken wollte sie ihn nicht.

Die Öllampe war erloschen, dafür fiel vom Speicherraum ein freundliches Dämmerlicht herab; sicher herrschte dort oben herrlichster Sonnenschein.

Still wartete sie ab.

Im Hals verspürte sie ein Stechen, als hätte sie versehentlich eine Biene verschluckt; Niamh verzog das Gesicht. Schon lange war sie nicht mehr krank gewesen; jetzt fühlte sie sich angeschlagen und elend. Die Strapazen der letzten Tage hatten ihrem Körper zugesetzt.

Kia Ye Lanur rührte sich.

Er lächelte, schlug die Augen auf und wandte sich Niamh zu. Verschlafen, doch überaus vergnügt schaute er sie an. Er war froh, dass mit der Nacht auch seine Schwermut vorüber war.

„Wie ich sehe, hast du dich tatsächlich entschlossen, mich am Leben zu lassen", begrüßte er sie.

Von den Bändern, mit denen sie gefesselt gewesen war, war nichts mehr zu sehen; sie hatte sie unter der Matratze verschwinden lassen. Ein breites Grinsen kündete von ihrer Zufriedenheit.

„Wenn es dir nichts ausmacht, ist es mir lieber so", erwiderte sie. Ihre Stimme klang heiser.

„Du hörst dich nicht gut an", stellte er fest.

Sie schüttelte den Kopf. „Halb so wild", krächzte sie und hustete. Ihr Hals brannte wie Feuer.

„Vielleicht kann ich etwas für dich tun." Er schenkte ihr ein Lächeln.

Trotz seiner augenscheinlichen Freundlichkeit war Niamh nicht ganz wohl bei der Vorstellung, dass er vermutlich gleich seine Hände an ihre Kehle legen würde – sie rang mit den Bildern von Kia Ye Lanur, mit denen sie nach Bonna gekommen war.

Doch schon holte die Wirklichkeit sie ein, denn er erhob sich, ging zum Wandschrank und kam mit einem kleinen Tongefäß zurück. Sorgsam zog er den Pfropfen aus dem Behälter, gab ein paar Tropfen daraus zu dem Wasser in Niamhs Becher und reichte ihn ihr.

„Hier, trinke das in kleinen Schlucken. Es wird dir helfen."

Niamh folgte der Anweisung. Das Mittel schmeckte nach Eisen, aber nicht schlecht, es hinterließ ein lang anhaltendes, feines Brennen im Mund.

Währenddessen ging er hinüber zur Feuerstelle, befreite die Glut vom Vorabend von der nächtlichen Asche und legte dann ein Gemisch aus kleinen Zweigen und Scheiten auf.

Träger Qualm durchzog den Raum, doch schon bald prasselten Flammen eines jungen Feuers empor, und der Rauch stieg geradewegs zum Abzug auf. Um Wasser zu erhitzen, hängte Kia einen Kessel an der Feuerkette ein.

Als er die Öllampen anzündete, stellte Niamh verblüfft fest, dass der Schmerz in ihrem Rachen verschwunden war.

„Was waren das für Tropfen?“, fragte sie und starrte den leeren Becher in ihren Händen an.

„Ein sehr persönliches Rezept“, erwiderte er schmunzelnd. Er war nicht gewillt, das Geheimnis voreilig preiszugeben. „Wirkt es denn?“

„Und ob! Kannst du dasselbe auch mit meinem gebrochenen Knöchel machen?“ Sie war neugierig geworden und hielt es fast für möglich.

„Ich denke schon“, meinte er achselzuckend. „Aber lass uns erst frühstücken, einverstanden?“

Er hatte bereits einen Fuß auf die Stiege gesetzt, um das Honigbrot zu holen, das er am Vorabend von der Nachbarin bekommen hatte, als es energisch an der Tür klopfte.

Kaum hatte er einen der Torflügel geöffnet, als auch schon Catuvolcus in die Halle trat und ihn lautstark begrüßte. Glücklich, Kia am Leben zu sehen, ließ er ihn nicht zu Worte kommen.

Beunruhigende Neuigkeiten plagten den eburonischen Staatsmann, und bevor er sich nach der Gefangenen erkundigte, deren Schicksal er in die Hände des Freundes gelegt hatte, wollte er sich mit ihm in wichtigen Amtsgeschäften beraten. Also hob er an, von den römischen Truppen zu berichten, die nicht weit von hier durch menapisches Gebiet zogen, als sein Blick an Niamh hängen blieb, die am anderen Ende der Halle auf dem zotteligen Bärenfell saß und sich jetzt flugs die Decke bis unters Kinn zog.

Catuvolcus klappte die Kinnlade herunter. Ungläubig wanderten seine Augen zwischen ihr und Kia hin und her – er konnte nicht glauben, was er sah. Seine Brauen zogen sich zusammen. Finster starrte er Niamh an, schließlich fand er seine Sprache wieder.

Er machte einen Schritt auf seinen Freund zu. „Erst willst du von Frauen gar nichts wissen, und dann lässt du dich ausgerechnet mit der da ein?“, knurrte er wütend. Er verstand nicht, dass Kia grinste.

„Du verstehst das falsch“, entgegnete dieser beschwichtigend. „Also nicht ganz, aber es ist anders, als du denkst. Ich ...“

„Du bist verrückt!“, fiel ihm Catuvolcus ins Wort und erhob die Stimme. „Was soll das? Willst du, dass sie zu Ende bringt, was ihr vor ein paar Tagen nicht gelungen ist, bist du von allen guten Geistern verlassen?“ Zunehmend rötete sich sein Gesicht.

„Niamh ist die, auf die ich gewartet habe. Du weißt doch, die, von der ich dir erzählt habe ...“, wandte Kia ein. Einst hatten die beiden Männer gemeinsam um das Überleben von Lioba, Catuvolcus’ geliebter Gemahlin, gekämpft und dabei viele Stunden an ihrem Krankenbett verbracht, während sie auf ihre Genesung warteten. Damals hatte Kia dem Freund die brennende Sehnsucht nach seiner eigenen Gefährtin anvertraut, der Ewig-Einzigen, die er eines fernen Tages wiederzusehen hoffte.

Brüsk wandte sich der Stammesführer Niamh zu und musterte sie mit unverhohlenem Misstrauen.

„Das kann nicht sein!“ Er machte eine wegwerfende Geste in ihre Richtung und drehte sich wieder Kia zu. „Komm zu dir, mein Freund, tu mir das nicht an! Ich würde es nicht überleben, dich noch einmal so zu finden.“ Es konnte nicht mit rechten Dingen zugegangen sein, dass er ausgerechnet diese beiden Menschen jetzt so einträchtig miteinander in einem Raum vorfand. Nicht nach dem, was zwischen ihnen vorgefallen war. „Sie hat dich um den Finger gewickelt, sie ist mit den finsteren Mächten im Bunde!“, drang er auf Kia ein.

„Beruhige dich, mein Lieber“, unterbrach ihn dieser. „Es ist wirklich ganz anders. Bitte warte oben auf mich. Ich komme gleich mit einem Tee zu dir hinauf.“

Unwillig schüttelte Catuvolcus den Kopf. „Nein, Kia. Da hört sich alles auf. Bei aller Liebe, aber mit der da bleibe ich nicht unter einem Dach. Ich gehe. Komm morgen zu mir, wenn du willst – wenn du kannst, muss ich ja wohl sagen." Der Tonfall ließ seine verzweifelte Wut erkennen, dabei stach er mit dem Zeigefinger in Niamhs Richtung, so als wollte er das Objekt seines Missfallens aufspießen.

„Wenn du …" Der Klang seiner Stimme erinnerte an Donnergrollen. „Wenn du Kia auch nur ein Haar krümmst, bringe ich dich um", drohte er, und sein Gesicht nahm die Farbe von Mohnblüten an. „Ich werde dir eigenhändig den Hals umdrehen. Ich kenne jetzt dein Gesicht und werde es nie vergessen. Niemals!"

Er ballte seine großen Hände zu Fäusten, als würde er am liebsten sofort zuschlagen. Sein schwerer Oberkörper neigte sich immer weiter vor, bis Niamh sich fragte, wie er es schaffte, nicht umzufallen. Die Arme vor der Brust verschränkt, beobachtete die Kriegerin, dass ihr etwaiger Gegner seinen Schwerpunkt umso ungünstiger verlagerte, je mehr er sich aufregte, bis er jeglichen Kontakt zum Boden zu verlieren schien. Da sie nun wusste, wie sie selbst in ihrem angeschlagenen Zustand mit ihm fertig werden konnte, entspannte sie sich.

Doch Catuvolcus hatte alles Notwendige gesagt; er drehte sich um, warf Kia einen traurigen Blick zu und verließ grußlos das Haus. Kia seufzte, ließ ihn jedoch ziehen. Es tat ihm leid, dass sich sein Freund unnötig Sorgen um ihn machte.

Unnötig?, fragte eine zaghafte Stimme in ihm, während er die Tür ins Schloss drückte.

„Danke, dass du mich in Schutz genommen hast", sagte Niamh anerkennend, und so als witterte sie seine Zweifel, fuhr sie fort: „Ich kann mich nur wiederholen – wenn Audra etwas mit dir auszumachen hat, muss sie sich selbst hierher bemühen. Aber was ist mit dir? Ich habe auch Angst." Es kostete sie viel, das zuzugeben.

„Ich weiß", erwiderte Kia leise. Er kam zu ihr, hockte sich vor die Schlafstatt. Nachdenklich suchte er nach den passenden Worten, dann strich er sich das Haar aus dem Gesicht und sah sie mit ernster Miene an.

„In meiner Nähe bist du tatsächlich in Gefahr." Er schüttelte den Kopf. „Unfassbar, dass diese Seite von mir noch immer so viel Kraft besitzt! Es tut mir leid … wenn ich doch nur behaupten könnte, es wäre vorbei … Ach, Niamh, bitte glaube mir, im Augenblick fühle ich nur noch, was ich eigentlich für dich empfinde … Wie soll ich es erklären?“ Er sah so verzweifelt und verwirrt aus.

„Jetzt bist du wieder mit deiner Liebe zu mir verbunden – ist es das, was du mir sagen willst?“, fragte sie und suchte seine Augen. „So, wie selbst in jener Nacht, in der ich versucht habe, dich umzubringen. Wie konntest du mich da nur lieben, Kia?“ Er zuckte zusammen; zum ersten Mal seit unzähligen Jahren hatte sie ihn wieder beim Namen genannt.

„Bitte glaube mir.“ Seine Stimme klang rau.

Schweigend blickten sie sich an.

„Vorerst bist du sicher bei mir“, nahm er das Wort wieder auf und ergriff sanft ihre Hände. „Lass mich deine Verletzung heilen, und lass uns danach erst einmal auseinandergehen. Sobald ich eine Lösung für meine Schwierigkeiten gefunden habe, werden wir uns wiedersehen. Wenn du willst.“ Er hielt die Luft an, denn plötzlich befürchtete er, Niamh könne seinen Vorschlag ablehnen.

Doch zu seiner Erleichterung stimmte sie begeistert zu. „Sehr gern sogar! Wirst du mir dann mehr von dir erzählen? Woher wir uns kennen und von den ungewöhnlichen Fähigkeiten, die du besitzt?“ Noch immer war es ihr ein Rätsel, wie er in so kurzer Zeit von dem Anschlag hatte genesen können.

„Du bist mir in einigen deiner früheren Leben begegnet, während ich – in diesem Punkt treffen die Gerüchte zu – nicht altere. Es wird mir ein Vergnügen sein, all deine Fragen zu beantworten!“ Seine Augen strahlten. „Bist du jetzt beruhigt, geht es dir gut?“

„Ja. Mein Fuß tut weh, aber so ein gebrochener Knöchel ist nichts gegen diesen Bärenhunger.“ Sie zeigte auf ihren Magen und krümmte sich, als hätte ein Pferd sie getreten.

„Ich werde dir ein Kleid besorgen“, versprach er nach dem Frühstück. Doch strikt lehnte sie das Angebot ab. „Ich fühle mich nicht wohl in Röcken. Die Dinger sind mir fremd.“

Mit gemischten Gefühlen erinnerte sich Kia an ihre himmlische Erscheinung im blauen Gewand und erklärte sich bereit, ihr selbst einige Kleidungsstücke zu leihen.

Während sie sich anzog, breitete er zwei Decken über die hohe Behandlungsbank, damit sie es warm und bequem hätte.

„Bist du bereit?", fragte er dann. Auch in Beinkleidern verzauberte ihn ihr Anblick.

„Ja", erwiderte sie und zog sich das weite Hemd fester um die Schultern, so als ließe sie die Vorstellung, sich in Kia Ye Lanurs Hände zu begeben, immer noch frösteln.

„Sicher?", fragte er.

„Sicher", wiederholte sie und lächelte.

Er hob sie auf und trug sie zum Tisch hinüber. Behutsam setzte er sie ab.

„Ich bin nicht aus Glas", bemerkte sie trotzig.

„Deinem zertrümmerten Sprunggelenk nach zu urteilen schon", lachte er und betrachtete den in allen Grün-, Gelb- und Brauntönen schillernden Knöchel. Vorsichtig drehte er das geschwollene Bein in alle Richtungen und ließ dabei die Verletzung nicht aus den Augen. „Es wird Zeit, mit der Versorgung des Bruches anzufangen, die Knochen wachsen falsch zusammen. Es gibt zwei Möglichkeiten", erklärte er. „Entweder ich breche das Gelenk erneut, bevor ich es verarzte, dann kannst du morgen wieder laufen ..."

„Morgen?", fiel Niamh ihm ungläubig ins Wort. Als er wortlos nickte, fragte sie: „Und die vermutlich weniger schmerzhafte Methode?"

„Ich behandle den Bruch, so wie er ist. Dann musst du allerdings bis übermorgen warten, bis du den Fuß wieder belasten kannst." Kia Ye Lanur grinste; die Skepsis war Niamh ins Gesicht geschrieben.

Doch nicht zum ersten Mal begegnete eine Patientin seinen Aussagen über einen Krankheitsverlauf mit ungläubigem Staunen.

„Dann eben Letzteres, bitte", meinte sie so beiläufig wie möglich, als träfe sie die Wahl zwischen Rühr- und Spiegelei.

„Gut", erwiderte er schlicht und begann seinen Beruf zu lieben. „Fangen wir an."

Während sie ihm mit den Augen folgte, bereitete er alles vor, was er brauchen würde. Beladen mit in Schafgarbe gekochten Stoffstreifen und weiteren medizinischen Utensilien, kehrte er vom Wandschrank zurück. Auch das kleine rote Tongefäß war dabei, das die Tinktur enthielt, die Niamh am Morgen von den Halsschmerzen befreit hatte.

„Ich werde deinen Knöchel einreiben, damit die Schwellung zurückgeht." Mit diesen Worten ließ er etwas von der dunklen Flüssigkeit in seine hohle Hand tropfen und trug das Elixier dann behutsam auf. Niamh war ihm für die Vorsicht dankbar, mit der er sie berührte, denn der geschwollene Fuß war überaus schmerzempfindlich. Bei dem Versuch, sich selbst zu heilen, nahm ihr Körper offenbar keine Rücksicht darauf, was ihr angenehm war und was nicht.

„Besser, wir warten, bis das Mittel wirkt", riet er. „Dann wird die eigentliche Behandlung weniger unangenehm sein."

Seine Art, die notwendigen Maßnahmen anzukündigen, beruhigte Niamh, und so stimmte sie dem Vorschlag zu.

„In der Zwischenzeit könnte ich einen Blick auf deine Schulter werfen, einverstanden?", fragte er unvermittelt.

„Wieso?", fragte Niamh verblüfft.

„Ich habe gesehen, dass deine Hand manchmal gefühllos wird."

Gern nahm sie das Angebot an und schlüpfte aus dem Ärmel des Hemdes, um sich untersuchen zu lassen.

Seine warmen, zärtlichen Hände zu spüren war ein Genuss. Kia bewegte ihren Arm und tastete die Bereiche von Schulter und Nacken auch in der Tiefe ab, ohne ihr dabei jedoch mehr als ein leichtes Ziehen zu bereiten. Im Gegenteil, die feinen Berührungen jagten ihr wohlige Schauer über den Rücken.

Er bat sie, ihm zu berichten, was sie über die Verletzung wusste.

„Tjark hat mir erklärt, dass Gaheris' Schwert mich an der Schulter gestreift hat und dass dabei eine Schlagader und ein Nerv durchtrennt worden sind. Die Druiden der Mechenen haben mich vom Schlachtfeld geholt, vermutlich, um mich als Geisel zu nehmen, jedenfalls haben sie die Blutung gestoppt. Aber davon habe ich nichts mitbekommen; ich war ja schon bewusstlos, bevor ich verwundet wurde."

„Wieso bist du schon vor dem Blutverlust ohnmächtig geworden?", hakte Kia nach.

„Ich weiß es nicht." Ratlos sah Niamh ihn an.

„Hattest du im Kampf einen Schlag auf den Kopf bekommen oder etwas in der Art?", wollte er wissen.

„Nein, nichts dergleichen. Gaheris war mein erster ernst zu nehmender Gegner an diesem Tag."

Kia unterbrach die Untersuchung, und Niamh fuhr fort. „Ich war vollkommen unversehrt, als ich auf ihn traf. Abgesehen von dem Pfeil."

„Ein Pfeil?", fragte er erstaunt.

„Ja, er hatte mich am Bein getroffen. Ich habe ihn kommen gehört – der Aimilvalos hatte meine Sinne geschärft, auch wir nutzen die Große Hitze, um uns in Kampfeslaune zu versetzen." Kia nickte.

„Ich habe dem Pfeil wenig Beachtung geschenkt", fuhr Niamh fort. „Wie gesagt, Gaheris kam mir zu Pferde entgegengestürmt; ich war hoch konzentriert. Ein solcher Zweikampf wird meist in den ersten Augenblicken entschieden. Ich wollte das Überraschungsmoment nutzen. Also duckte ich mich unter Gaheris' Klinge weg und sprang geradewegs auf ihn zu. Dabei habe ich mit dem Schwert genau auf seine Körpermitte gezielt – ein für ihn unerwarteter Zug, denn normalerweise nutzen wir die Schwerter als Hiebwaffen. Sein erstaunter Blick ist das Letzte, woran ich mich erinnern kann." Sie machte eine kurze Pause und dachte nach. „Selbst wenn ich durch die Schulterverletzung von der Begegnung mit Gaheris' Schwert letztendlich viel Blut verloren habe, wie Tjark sagt, erklärt das nicht, warum ich so schnell ohnmächtig geworden bin."

Kia stimmte ihr zu. Seine Neugier war geweckt. Längst hatte er das Gefühl, dass irgendetwas an dieser Geschichte nicht stimmte. „Darf ich mir die Narbe ansehen, die der Pfeil hinterlassen hat; ist es die an deinem linken Oberschenkel?" Niamh war einverstanden, und so deckte er ihre Schulter erst einmal zu. Er würde herausfinden, was ihn so irritierte.

Niamh zog die Beinkleider ein Stück herunter, sodass er die kleine Narbe betrachten konnte.

Zunächst fielen ihm die glatten Ränder des Wundmals ins Auge. Kriegspfeile wurden mit eisernen Widerhaken oder Schneiden versehen – im vorliegenden Fall war der hölzerne Schaft des Pfeils jedoch lediglich angespitzt worden, ein leichter Jagdpfeil also, der kaum Spuren im kostbaren Fell der Beute hinterließ.

„Darf ich mich mit meinem Geist in die Wunde vortasten?", fragte Kia, einer plötzlichen Eingebung folgend.

„Nur zu. Du kennst ja bereits meine Geheimnisse", erwiderte sie, und Kia schoss die Röte ins Gesicht. Auf sein Zögern hin lächelte sie. „Wirklich."

„Gut, dann entspann dich", bat er, und auch er brachte sich zur Ruhe. Die Hand auf der Narbe, konzentrierte er sich und tauchte ein.

Der Pfeil war entweder aus großer Entfernung oder mit verminderter Kraft abgeschossen worden, jedenfalls reichte das Wundmal nicht allzu tief. Kia Ye Lanur spürte jedoch, er *roch* förmlich, dass mit dem Fremdkörper noch etwas anderes in den Muskel eingedrungen war. Etwas, das er kannte.

Einige Atemzüge verstrichen in gespannter Stille.

„Hast du Feinde beim Alten Volk?", fragte er dann leise.

„Feinde?" Irritiert hob Niamh die Brauen. „Nein." Nicht einmal Talea, mit der sie seit Langem Meinungsverschiedenheiten pflegte, hätte sie als solche bezeichnet.

„Der Pfeil war vergiftet", erklärte Kia. „Er kam nicht aus den Reihen der Mechenen, sondern von hinten – jemand von deinen eigenen Leuten hat auf dich geschossen."

„Niemand von uns würde so etwas tun!", fuhr Niamh auf. „Wir haben an diesem Tag keine Bögen eingesetzt. Ich würde das wissen, denn wir hatten darüber vor Beginn der Schlacht beraten. Wegen der lang gestreckten Form des Schlachtfeldes hätten wir uns jedoch zwischen unseren Bogenschützen und den Mechenen befunden, wir wären den Pfeilen also nur im Weg gewesen.

Abgesehen davon, dass es würdelos wäre, in einem vereinbarten Kampf Giftpfeile einzusetzen – diese Möglichkeit kommt nur selten in Betracht, etwa um bei unvorhergesehenen Überfällen eingekesselte Frauen und Kinder zu befreien."

„Der Pfeil, der dich getroffen hat, war mit einem hochgiftigen Salz versehen, das sich aus Pottasche und Hühnermist gewinnen lässt. Außerdem muss das Geschoss auch ein entsprechendes Gegengift enthalten haben, da du sonst nicht mehr unter uns weilen würdest.

Der Schütze wusste also, was er tat. Allerdings bezweifle ich, dass er zu deinem Schutz gehandelt hat."

„Audra", stieß Niamh tonlos hervor, und ihre Augen wanderten zwischen den seinen hin und her. „Sie ist eine meisterliche Jägerin."

„Und ich kann bestätigen, dass sie etwas von tödlichen Substanzen versteht", fügte Kia trocken hinzu.

„Aber warum sollte sie mich mitten im Kampf außer Gefecht setzen wollen? Um mich in Lebensgefahr zu bringen?" Niamh konnte sich beim besten Willen keinen Reim darauf machen.

Kia schwieg still. Auch wenn er längst eine Vermutung hatte, hielt er es für besser, wenn sie dem im Raum stehenden Verdacht selbst nachgehen konnte.

„Es sei denn, Audra wollte, dass ich verletzt werde", überlegte sie. „Doch auch dann ergibt es keinen Sinn, denn normalerweise kümmern sich Druiden nur um Verwundete aus den eigenen Reihen, es kann also nicht Teil ihres Planes gewesen sein, dass ich gefangen genommen werde …" Kia hörte aufmerksam zu.

„Noch einmal von vorn", seufzte sie. „Nur mal angenommen, Audra hat mich vergiftet, ich werde bewusstlos und falle vom Pferd. Doch erst komme ich Gaheris' Absichten zuvor. Zum Glück, denn wäre es nach ihm gegangen, hätte ich niemandem mehr genutzt. Oder geschadet ..." Sie warf Kia einen schuldbewussten Blick zu, bevor sie weitersprach. „Doch welchen Vorteil hätte Audra daraus ziehen können, dass ich verletzt werde?" Ein seltsamer Gedanke stieg am Horizont ihrer Vorstellungswelt auf. „Und wenn sie *alles* geplant hat? Ich meine, was, wenn sie Tjark angewiesen hat, mich zu befreien, damit er mich pflegt, allein in der Höhle und …" Der Gedanke, der in ihrem Kopf herumgeisterte, war vollkommen abwegig und zu böswillig, um sich zu einem klaren Bild zu verdichten. Kia hüllte sich weiter in Schweigen.

Sie versuchte es mit einem weiteren Anlauf. „Ich habe mich gewundert, dass sich Tjark über die feindlichen Linien gewagt hat. Doch er liebt Audra, für sie würde er alles tun." Sie verstummte. Durfte sie ihre Ziehmutter, eine Hohepriesterin, einer derartigen Niederträchtigkeit bezichtigen? Schließlich wagte sie es und sprach aus, was sie dachte.

„Vielleicht hat Tjark auch in jener Nacht, als wir als Mann und Frau das Lager geteilt haben, in ihrem Auftrag gehandelt. Seitdem vergehe ich vor Schuld.“ Ihre Stimme klang brüchig. „Er ist doch ihr Gefährte; welch eine Schande! Und dann die Gelübde – beim Namen der Göttin habe ich Enthaltsamkeit geschworen. Ich habe mein Wort gebrochen. Kannst du dir vorstellen, was das heißt?“

Dieser Zusammenhang war Kia bei seinen Nachforschungen entgangen. „Du hast dich verpflichtet, auf den Genuss von Liebe und Leidenschaft zu verzichten?“, fragte er nach. Bedauernd blickte er in ihr von Verzweiflung und Selbstverachtung verzerrtes Gesicht.

Niamh seufzte. „Wie alle Kriegerinnen und Krieger vom Alten Volk. Keinem von uns ist es gestattet, Kinder zu haben.“ Sie setzte die einzelnen Mosaiksteine zu einem Ganzen zusammen. „In jedem Fall war mein schlechtes Gewissen für Audra von großem Nutzen. Ich habe nicht eine einzige Frage gestellt, als sie mich beauftragt hat, dich zu töten. Dabei gab es eine Reihe von Ungereimtheiten in ihren Aussagen; das meiste beruhte allein auf Hörensagen. Nicht einmal der Stammesrat war eingeweiht.

Ich hätte nachfragen müssen, ob es andere Möglichkeiten zur Rettung unseres Volkes gegeben hätte, als dein Leben zu beenden. Ich bin doch keine … keine Mörderin.“ Entsetzt sah sie ihn an. „Ich habe mich so tief in Audras Schuld gesehen, dass ich dachte, ich hätte keine Wahl.“ Sie stöhnte verzweifelt. „Es sieht so aus, als ob sie genau das beabsichtigt hätte, denn eigentlich war es absurd, es mit dir aufnehmen zu wollen; die Erfolgsaussichten standen denkbar schlecht …“

„Ich finde es fantastisch, wie es ausgegangen ist!“, unterbrach Kia sie sanft und nahm ihre Hand; sie konnte seinen Blick kaum ertragen.

„Es tut mir so leid“, flüsterte sie und senkte die Augen.

„Ich nehme deine Entschuldigung an“, erwiderte er, „doch den Großteil der Verantwortung trägt eure Stammesführerin. Sie ist große Risiken eingegangen und hat dein Leben aufs Spiel gesetzt.“

Niamh schluckte. Offenbar sah Audra in ihr nicht mehr als ein leicht zu verschmerzendes Opfer – der Gedanke brannte wie Feuer.

Kias Stimme holte sie an seine Seite zurück. „Ebenso wie die Priesterinnen der Aufanien nutze ich eine besondere Kraftlinie, die sich unter eurem Land erstreckt. Doch die Göttinnen verschenken ihre heilende Wirkung. Um sie für die Kranken, die zu mir kommen, verfügbar zu machen, muss ich das Alte Volk nicht unterwerfen." Sie hob die Augen, und er fuhr fort. „Glaube mir, ich habe nicht das geringste Interesse daran, Macht über dein Volk zu erlangen", beteuerte er.

Niamh gefiel, was sie vom bunten Leben im heutigen Bonna kennengelernt hatte; von der städtischen Reinigungstruppe einmal abgesehen. Um den Töchtern der Aufanien die Lebensweise der Eibenleute schmackhaft zu machen, waren vermutlich weder ein Kia Ye Lanur noch schwarze Magie nötig gewesen, wie Audra behauptete.

Zugegeben, es war in den vergangenen Jahren zu vielen Neuerungen gekommen. Niamh fand, die Stadt war ohne die hohe Mauer, die sie inzwischen umgab, ansehnlicher gewesen – doch das allein rechtfertigte nicht einen solchen Hass, wie Audra ihn hegte. Hatte sie im vergangenen Jahr denn nicht mit eigenen Augen gesehen, dass die Veränderungen aus sich heraus erklärbar waren? Möglicherweise wäre Bonna in der Zwischenzeit ohne den Schutz der Eburonen längst den Sugambrern zugefallen.

Gab es andere Gründe, warum sie Kia Ye Lanurs Tod wollte, vielleicht eine Triebfeder eher … persönlicher Natur?

Niamh kam zu dem Schluss, dass es das Beste wäre, sie würde Audra selbst fragen, doch es konnte nicht schaden, die Gelegenheit zu nutzen und auch Kias Meinung zu diesem Punkt zu hören.

„Du kennst Audra?", fragte sie.

„Ja, als sie im letzten Sommer nach Bonna gekommen ist, hat Catuvolcus mich gebeten, mich um sie zu kümmern", berichtete er.

„Um sie *kümmern?* Was meinst du damit?" Verwundert registrierte Kia ihren scharfen Unterton, ließ sich jedoch nicht aus der Ruhe bringen.

„Catuvolcus ist sehr an einer Verbesserung der Beziehungen zum Alten Volk gelegen. Lioba, seine Frau, bedauert den Abbruch der Kontakte, nicht zuletzt weil sie mit eurer Anführerin und Hohepriesterin eine gute Freundin verloren hat. Umso glücklicher war

Lioba, als Audra sie nach mehr als zehn Jahren des Schweigens endlich besucht hat. Catuvolcus hat Audra zu Ehren ein Fest gegeben. Um die Achtung der Eburonen vor ihr zum Ausdruck zu bringen, hat er mich, einen der hochrangigsten Würdenträger, gebeten, dafür zu sorgen, dass es ihr an nichts mangelt."

„Und das hast du gemacht", stellte Niamh mit grimmigem Blick fest.

„Wieso denn nicht?", fragte Kia entgeistert, und Niamh versuchte, sich ein Lächeln abzuringen.

„Erzähl nur weiter", forderte sie ihn auf.

„Da gibt es nicht viel zu berichten", meinte er schulterzuckend. „Ich habe Audra mit den besten Speisen versorgt und sie auch des Weiteren mit allen nur erdenklichen Aufmerksamkeiten bedacht."

„So!", trumpfte Niamh auf. „Verstehe ich das richtig, dass du sie genauso angelächelt und mit ihr getanzt hast, wie mit mir? Und dann, hast du sie dann auch mit hierher in dein Haus genommen und hast sie geküsst und ...", wutentbrannt richtete sie sich auf und bearbeitete seine Brust mit Fäusten. Erschrocken packte Kia ihre Hände und starrte sie fassungslos an. Ihre Augen sprühten vor Zorn. Erst allmählich dämmerte ihm der Grund. Er brach in schallendes Gelächter aus.

„Nein, Niamh", prustete er los, dabei hielt er auch weiterhin ihre Hände fest, denn jetzt brauste sie erst recht auf. „Nein!", er schüttelte den Kopf. „So ist es nicht gewesen. Niamh, du bist eifersüchtig!" Sie sah so süß, so sinnlich aus in ihrer Empörung, so verlockend. Er hätte jubeln können. Ihr Ausbruch konnte nur eines bedeuten – er war ihr wichtig!

„Hör zu. Keine lächle ich an wie dich", beruhigte er sie. „Niemanden liebe ich wie dich!" Er hatte ihr Zeit geben wollen, bevor er seinen Gefühlen einen Namen gab, doch nun war es heraus. Ihre Hände sanken herab, und sie suchte seinen Blick. „Ich habe mit eurer Stammesführerin getanzt, ja, und bestimmt habe ich sie auch angelächelt." Als er sah, wie sich Niamhs Augen bei seinen Worten wieder zu Schlitzen verengten, verkniff er sich jedes weitere Anzeichen von Belustigung. „Ich habe sie ganz normal und wohlwollend angeschaut – so, wie man eben jemanden gastfreundlich ansieht. Ich habe sie weder geküsst, noch das Lager mit ihr geteilt", versicherte er, und Niamh atmete endlich auf.

„Es würde mich wohl auch nichts angehen. Streng genommen, meine ich", gab sie zerknirscht zu.

Kia gestattete sich ein Schmunzeln. „Streng genommen nicht, nein." Der Name Tjark kam ihm in den Sinn, und nun verging auch ihm das Lachen. Stattdessen machte eine altbekannte grollende Stimme in ihm den Vorschlag, er solle nicht nur Audra, sondern auch diesem Tjark einen Besuch abstatten. Niamh gehöre ihm allein, und niemand sonst dürfe sie ungestraft verführen! Kurz entschlossen verschob er diese Erwägungen auf einen späteren Zeitpunkt.

„Danke, dass du mir die Geschichte aus deiner Sicht erzählt hast", brach Niamh das Schweigen. „Ich bin gespannt, wie Audra auf die Verdächtigungen reagieren wird."

Kia hob die Hände. „Was auch immer du mit ihr auszutragen hast – aus eurer Aussprache halte ich mich raus."

Niamh schenkte ihm ein schüchternes Lächeln. „Würdest du mich denn trotz meiner Eifersucht weiter behandeln?", bat sie.

„Gern." Er grinste. „Ich freue mich, wenn meiner Lieblingspatientin etwas an mir liegt. Außerdem wache ich ebenso neidisch über dich – du wirst sehen, wie eifersüchtig ich auf jeden Mann bin, den du auch nur anschaust."

Niamh lachte. „Tatsächlich?"

„Es wird dir noch früh genug zum Halse raushängen!"

Endlich kehrte die überschwängliche Leichtigkeit zu Kia zurück, mit der er Niamh am Morgen des Markttages erwartet hatte. Auch wenn das Gefühl zunächst noch einer zarten Pflanze glich, genoss er das Hüpfen und Tanzen seines Herzens.

„Wie wäre es, wenn wir die Versorgung deiner Schulter wieder aufnehmen?", bot er an.

Dankbar gab Niamh ihr Einverständnis, und so setzte sich Kia auf den Rand des Tisches. Eine Hand legte er auf die verwundete Schulter, die andere auf ihre Brust. Glücklich registrierte er, dass auch ihr Herz höherschlug. Er glich seinen Atem an, um sein Mitfühlen zu erleichtern, und versenkte sich in Stille.

Ein leichtes Ziehen in der Schulter verriet ihr, dass er sich mit seinem Geist in ihr vortastete. Es fühlte sich angenehm an, Niamh atmete auf. Schon bald spürte sie ein zartes Vibrieren im ganzen Körper. Seine Anwesenheit war eine sanfte Empfindung, das Gefühl, sehr verbunden mit ihm zu sein.

Schweigend schickte er ihr noch einmal sein Bedauern darüber, ihr mit dieser Fähigkeit Geheimnisse entrissen zu haben. Anstatt sie zu verletzen, hätte er mehr Geduld aufbringen sollen. Früher oder später wäre es ihm sicherlich gelungen, Niamh zu überreden, ihm freiwillig preiszugeben, was er hatte wissen müssen.

Die Gedanken lenkten ihn ab, und so konzentrierte er sich erneut.

Ein Teil des betroffenen Nervs und der Schulter war auch jetzt, Wochen nach der Verletzung, noch von Hitze befallen. Im Verborgenen hatte sich Fäulnis gebildet; er würde nicht umhinkommen, die alte Wunde noch einmal zu öffnen, um sie heilen zu können. Er versenkte sich weiter, um genau herauszufinden, wie er vorgehen musste. Nur ab und zu korrigierte er die Haltung seiner Hände einen Fingerbreit.

Inzwischen regte sich in Niamh eine Vielzahl von widerstreitenden Empfindungen. Wie immer, wenn sie Kia nah war, wurde sie aufgeregt. Das Flattern in ihrem Bauch nahm mit jedem Atemzug zu. Bald sehnte sie sich danach, von seinen so eine wunderbare Ruhe verströmenden Händen gestreichelt zu werden. Ihr Herz raste.

Mit einem Mal rührte sie die besondere Vertrautheit, die seine innere Haltung erzeugte, zu Tränen. Prompt fiel die Kriegerin in ihr mit einer ganzen Reihe von Schmähworten über ihr Verlangen nach Geborgenheit her, um unverzüglich voller Verachtung daran erinnert zu werden, dass sie Kia fast umgebracht hatte und damit jedes Mitspracherecht verwirkt habe.

Schließlich gesellte sich auch noch Wut in die aufgewühlte Mischung. Sie war es leid, dass ihr nicht nur jegliche Freuden, sondern auch das Gefühl der Schwäche versagt war, noch dazu, wenn sie im Dienste des Alten Volkes Aufträge ausführen sollte, die sie nicht verantworten konnte.

Das bittere Gefühl, von Audra verraten worden zu sein, tat sein Übriges. Niamh hatte jede Erinnerung an ihre leibliche Mutter verloren. Obwohl Audra immer Distanz zu ihr gewahrt hatte, hatte Niamh von Anfang an ihr kindliches Sehnen auf sie gerichtet, und so trug das Wort *Mutter* Audras Gesicht. Umso größer war jetzt ihre Enttäuschung.

Allein schon aus Protest gegen die schändliche Behandlung entschied sie, sich ihren schmerzlichen Gefühlen hinzugeben, und so ließ sie die Kriegerin in sich toben – sollte sie doch! –Sie blendete sie aus und vertraute sich Kia an. Ohne Vorwarnung drückte sie sich an ihn und begann herzzerreißend zu weinen. Überrascht nahm er sie in die Arme, doch schon wandte sie sich ab.

„Es, es tut mir leid“, stammelte sie und verbarg das Gesicht in den Decken. „Wie peinlich, ich meine, nach dem, was ich dir angetan habe … Ich habe kein Recht, jetzt auch noch in Selbstmitleid zu versinken … Du hast Entsetzliches wegen mir durchmachen müssen. Ich verachte mich, ich … ich hasse mich.“

„Hör auf damit!“, unterbrach Kia ihre Selbstvorwürfe, er konnte nicht ertragen, sie so zu sehen. „Komm!“

Niamh rührte sich nicht.

„Komm schon. Dreh dich um, Niamh“, bat er eindringlich.

Sie zog den Kopf unter der Decke hervor und blickte ihn zaghaft an.

„Hör mir gut zu!“ Er wartete, bis sich ihre Augen wirklich trafen; ernst fuhr er fort: „Du musst aufhören, dich mir gegenüber schuldig zu fühlen. Weißt du noch, was ich gestern mit dir gemacht habe? Und in unserer gemeinsamen Vergangenheit bin ich auch nicht immer nett zu dir gewesen. Also, bitte betrachte die Angelegenheit als ausgeglichen. In Ordnung?“

Er sah ihren ungläubigen Blick. „Wirklich!“, beteuerte er. „Bitte nimm meine Vergebung an – ich bin sie dir schuldig.“ Schmerz zeichnete sich auf seinem schönen Antlitz ab. Langsam drangen seine Wort zu ihr durch, und sie schenkte ihm Glauben.

„Komm“, sagte er leise und zog sie sanft zu sich heran, dass sie das Gesicht an seiner Brust verbergen konnte. Sie ließ es geschehen, während er sie in den Armen hielt, bis die Wellen verebbt waren.

Der aufkommende Hunger beendete ihre Nähe.

Gemeinsam verspeisten sie das gebratene Huhn und die Bohnen, die Kia bei der Nachbarin ergattert hatte.

„Jetzt kommt der weniger angenehme Teil“, verkündete Kia, als Niamh die letzten Reste vom Hühnerbein abknabberte. „Wenn du einverstanden bist, werde ich deine Schulter operieren. Je eher wir anfangen, desto schneller ist es vorbei.“

Niamh willigte ein, und so ging Kia zum Wandschrank und kam mit einem irdenen Becher in der Hand zurück.

„Trink das!“, forderte er sie auf und reichte ihr das Gefäß. „Mohnsaft“, erwiderte er auf die Frage, was der Trank enthalte. „Er wird dir helfen.“

Kopfschüttelnd wich Niamh zurück. „Nicht nötig“, wehrte sie das Angebot ab. Sie berichtete, dass Tjark ihr mithilfe von Mohnsaft nach der Schlacht gegen die Mechenen die Schmerzen genommen habe.

„Lieber beiße ich mir an einem Stück Holz die Zähne aus, um die Operation zu überstehen, als tagelang diese Watte im Kopf zu ertragen“, schimpfte sie.

Kia zögerte.

„Du wirst absolut stillhalten müssen“, wandte er ein, „vor allem, wenn ich im Bereich deiner Nerven- und Blutbahnen arbeite.“

Er werde die schwärende Wunde öffnen, erklärte er, abgestorbenes Gewebe herausschneiden, auf den Nerv ein Heilmittel auftragen und die Verletzung dann verschließen.

„Eis“, sagte Niamh nur.

„Nein“, protestierte er. „Niemals.“

„Doch“, beharrte sie.

„Niamh, ich will nicht, dass du das machst.“ Kia war entsetzt. „Du schadest dir, wenn du dich dermaßen von dir loslöst!“

Ihr Gesicht wurde hart; schweigend verschränkte sie die Arme vor der Brust.

„Bitte verrate mir, wie du stillhalten willst, wenn ich die Tinktur auf den verletzten Nerv auftrage! Ohne Betäubung meine ich.“

Sie fühlte sich bei ihrer Ehre gepackt. „Das lass meine Sorge sein“, entgegnete sie mit Nachdruck.

Kia wurde neugierig. Seit ewigen Zeiten hatte er niemanden mehr getroffen, der seine Körperfunktionen derart beherrschen konnte. Genau das also, worin er selbst es zur Meisterschaft gebracht hatte. Er wusste, wie sehr man daran arbeiten musste, und freute sich, in Niamh unverhofft auch auf diesem Gebiet eine Weggefährtin gefunden zu haben.

Er sah sie mit neuen Augen. „Wer hat dich das Eis gelehrt?", wollte er wissen. Sein zärtlicher Blick stimmte sie freundlich.

„Ich beherrsche das Eis, solange ich denken kann", berichtete sie. „Später während der Ausbildung zur Kriegerin habe ich ebenfalls gelernt, Einfluss auf Schmerzen zu nehmen." Niamh erklärte, was ihr die Kampfkunstmeisterinnen beigebracht hatten. „Dazu stelle ich mir ein Netz aus feinen Nervenfäden vor, das mich durchzieht. Sie dienen dazu, Empfindungen und Befehle weiterzuleiten. Indem ich sie mithilfe von Gedanken und Bildern lenke, etwa indem ich mir ausmale, wie sich die Fäden zurückziehen, kann ich das Gefühl aus ihnen zurückrufen."

Kia lächelte. Die Technik war ihm vertraut, ähnelte sie doch der von ihm selbst angewendeten Methode.

„Und das, was du das Eis nennst, beherrschst du schon seit deinen Kindertagen?", hakte er nach.

„Ja!", beteuerte sie. „Es fiel mir leicht, die Technik der Arduinnerinnen zur Meisterschaft zu bringen, da das Eis längst ein fester Bestandteil meines Lebens war." Zu ihrer beider Bedauern wusste sie jedoch nicht zu sagen, wie sie dazu gekommen war.

Am Ende einigten sie sich darauf, dass Niamh die Kriegertechniken benutzen, auf das Eis jedoch verzichten würde. Im Gegenzug ließ Kia die Forderung fallen, Niamh müsse sich mit Mohnsaft betäuben lassen.

Sie waren sich einig.

Nach einigem Zögern trug er noch eine Bitte vor, dazu reichte er ihr eine der filigranen Klingen, mit denen er zu arbeiten pflegte. „Die Dinger sind äußerst scharf. Was, wenn ich dich aus Versehen damit verletze, nur weil du mir beweisen möchtest, wie gut du dich darauf verstehst, Schmerzen zu ertragen? Du wirst nicht einmal zucken dürfen; darf ich dich also wieder an den Tisch binden?" Es war ihm unangenehm zuzugeben, dass er ihr Können noch immer infrage stellte, daher beeilte er sich zu erklären: „Ich werde den betroffenen Nerv mehrfach berühren müssen, ist dir klar, was das heißt?"

„Es ist mein Körper, oder?", schnaubte Niamh. Wie Kia schon befürchtet hatte, fühlte sie sich in ihrem Stolz gekränkt. Er verdrehte die Augen, eine Geste, die sie erst recht als Vertrauensmangel deutete.

„Wenn du so viel Angst davor hast, dass ich mich nicht beherrschen kann", knurrte sie, „dann setze mich doch im Notfall außer Gefecht. Du weißt, wohin du mich treffen musst?"

„Ja", antwortete er, „und ich werde nicht zögern, dieses Wissen einzusetzen, wenn es sein muss." Er verstand nicht, warum sie wegen des Schlafmohnes so viel Aufhebens machte.

Er konnte nicht ahnen, dass Niamh nicht zugeben wollte, welche Sehnsucht sie noch immer nach den Träumen hatte, die der Mohn brachte. Nachdem sie zum Alten Volk zurückgekehrt waren, hatte Tjark ihr geraten, den Mohnsaft weiterhin einzunehmen, da sie wegen der Schmerzen in der Schulter kein Krafttraining machen konnte. Am Ende hatten die Beschwerden nachgelassen, doch das Verlangen nach dem Opiat war geblieben. Vor allem sich selbst wollte sie jetzt beweisen, dass sie darauf verzichten konnte.

„Bist du bereit?", fragte Kia.

Die Lampen waren frisch befüllt und leuchteten hell; gebunden lag Niamh vor ihm auf dem Tisch. Sie nickte.

„Dann los", sagte er. Niamh fasste sich und rief die Nerventätigkeit aus der Schulter zurück.

Es wurde kein Spaziergang.

Kia schnitt in mehreren Zügen, zuerst durch die Haut der Schulter, dann tiefer in den Muskel, bis er in die Gegend des betroffenen Nervs vorgedrungen war.

Niamh atmete. Immer wenn der Schmerz zunahm, verstärkte sie ihre inneren Befehle. Ihr Atem wurde schärfer, und sie schloss die Augen, um sich besser sammeln zu können.

Die Farbe des Gewebes half ihm zu entscheiden, was davon zu retten war und wo er Teile entfernen musste. Schließlich war er so weit, dass der Nerv offen vor ihm lag.

Niamh stöhnte vor Anstrengung, Kia sah, wie sie zitterte. Er bewunderte ihren Mut, sich dieser Situation auszusetzen. Sie wusste, dass das, was jetzt kommen würde, noch um ein Vielfaches stärkere Schmerzen auslösen würde, hatte sich trotzdem für diesen Weg entschieden und blieb bei dem Entschluss. Nicht ein Mal hatte sie bisher gezuckt.

Doch Kia wollte nicht zusehen müssen, was passierte, wenn er die heilende Tinktur auf ihren Nerv aufbrachte – die Mischung löste ein extremes Brennen aus –, er wollte nicht erleben, wie Niamh darauf reagierte. Ein Teil von ihm brannte förmlich darauf, ihr dabei zuzusehen, wie sie brannte.

Im Stillen herrschte er sich an – nie wieder würde er sich dieser Art von Rausch hingeben! Er wollte sie anders als so …

Sie hätte es bestimmt geschafft, es auszuhalten, ohne um Gnade zu bitten, um Linderung. Aber Kia war müde, und sein Herz schmerzte. Er hatte schon so viel erlebt. Es reichte.

Er kündigte es an, wie versprochen. Sie wurde wütend, weil für sie keine erkennbare Notwendigkeit bestand. Später würde er es ihr erklären – jetzt ließ er ihr jedoch keine Zeit zum Verhandeln.

Sein gezielter Schlag traf.

Den Rest der Operation und auch die Behandlung ihres gebrochenen Knöchels verpasste Niamh.

Als sie aufwachte, hatte Kia sie bereits losgebunden und zum Lager hinübergetragen.

8.

Kia Ye Lanur brütete dumpf vor sich hin.

Noch nie hatte er gewagt, einer Menschenseele anzuvertrauen, was geschehen war, oder gar, was er getan hatte.

Wie gern hätte er Niamh auf diesem beschwerlichen Weg an seiner Seite gewusst als Vertraute, als Wandergesellin, vor der er nichts verstecken musste. Er fragte sich, ob er ihr alles würde erzählen können; eines Tages, wenn sie sich wieder nähergekommen waren. Ob sie die Größe besaß, sich nicht von ihm abzuwenden, wenn er Einzelheiten preisgab?

Vermutlich wäre es sogar besser, sie würde schreiend vor ihm davonrennen, dachte er gequält und sah zu ihr hinüber. Sie stöhnte im Schlaf. Lauf, Niamh, lauf, bevor es zu spät ist!, rief er ihr in Gedanken zu.

Doch noch konnte sie nicht einmal gehen, abgesehen davon, dass sie sowieso immer wieder bei ihm landen würde.

Sie brauchte ihn. Für sie würde er auch weiterhin an sich arbeiten, schließlich war sie das Beste, was ihm je passiert war, und für sie würde er das Beste aus sich herausholen. Seufzend erhob er sich und ging zu ihr.

Kia tat für Niamh, was er konnte – so bequem wie möglich lagerte er sie auf dem Bärenfell und brachte ihr Wasser und Brot. Viel war es nicht, was er tun konnte, doch der Wundschmerz würde ohnehin bald nachlassen.

So blieb er an ihrer Seite und wachte über ihren Schlaf. Einmal schrie sie auf, so als fühlte sie sich im Traum bedroht, da weckte und beruhigte er sie; zärtlich streichelte er sie, bis sie, an ihn geschmiegt, wieder einschlief – glücklich darüber, dass er da war und weil sie endlich keine Schmerzen mehr hatte.

Als ihr Atem tief ging und ruhig, küsste er sie sanft. Er war froh, ihr mit der Heiltinktur so schnell geholfen zu haben. Gefesselt von ihrer Anmut, ließ er die Augen über ihr Gesicht wandern und freute sich an ihrer Nähe.

Am Morgen wachte Niamh mit Kopfschmerzen auf, so als hätte sie es am Vorabend mit dem Genuss von Honigwein übertrieben. Auch ihr Magen rebellierte. Kia kannte die Nachwirkungen der Tinktur; zum Glück hielten sie meist nicht lange an.

Der Tag schlich zeitlos dahin. Kia versorgte sie mit allem Notwendigen, und bald ging es Niamh besser.

Die meiste Zeit über schlief sie. Ihr Körper verschaffte sich die Ruhe, die er allzu lange vermisst hatte. Kia saß neben ihr und verlor sich wieder in ihrem Anblick.

Als sie am Nachmittag erwachte, fragte er, ob er ihr einige Erinnerungen an ihre gemeinsame Vergangenheit schicken dürfe.

Niamh willigte ein, und so verbrachten sie die nächsten Stunden, einem Traum gleich, in längst vergangenen Zeiten. Die Bilder und dazugehörigen Gefühle waren jedoch so gegenwärtig, als hätten sich die Geschehnisse erst vor Kurzem zugetragen.

Kia wählte ausnahmslos glückliche Zeiten aus, viele davon gewürzt mit abenteuerlichen Episoden.

Auf seinen Reisen hatte es ihn einst, einer inneren Eingebung folgend, nach Kalabrien gezogen, wo er auf eine Lebensgemeinschaft von kriegerischen Denkern gestoßen war.

Der Gründer, ein Philosoph griechischer Herkunft namens Pythagoras, war von seinen Lehrjahren an einer Druidenschule jenseits der Alpen nicht nur mit bemerkenswerten mathematischen Erkenntnissen, sondern auch mit der Überzeugung zurückgekehrt, dass die Erde rund und der Kosmos ebenso wie die Musik nach harmonischen Zahlenverhältnissen aufgebaut sei. Diese müsse der Mensch bei seinen Handlungen zur Anwendung bringen, um eine ausgewogene Lebensweise zu erreichen.

Seine Schule besaß große Strahlkraft, und die Anhänger mischten sich enthusiastisch in die Politik des Landes ein. Das Gedankengut der in den Naturwissenschaften versierten Weisen des Nordens war für die Gesellschaft der Antike revolutionär, und Pythagoras verbreitete es mit überzeugender Begeisterung.

Weniger erfreut war er, als ein geheimnisvoller Fremder seine Lieblingsschülerin entführte. Nach einer ebenso kurzen wie temperamentvollen Verfolgungsjagd musste der großherzige Gelehrte die Angebetete jedoch an Kia Ye Lanur verloren geben.

„Er sah so einsam aus auf dem Hügel unter den Kiefern, als wir glücklich im Fischerboot davonsegelten", ergänzte Niamh leise. Dieses Bild hatte Kia ihr nicht geschickt. Das konnte nur eines bedeuten – die Geliebte erinnerte sich! Tief berührt, konnte er den Blick nicht von ihr wenden und legte schweigend sein Gesicht in die schützende Schale ihrer Hand.

Am darauffolgenden Tag bereitete Kia ihnen nach dem Aufwachen frisches Fladenbrot und Tee zu und brachte das Frühstück an das Lager am Feuer. Niamh dankte ihm und führte den heißen Becher vorsichtig an die Lippen. Die aromatischen Kräuter taten ihr gut. Bald fühlte sie sich frisch und voller Tatendrang wie seit Langem nicht. Also sprang sie auf, um einem menschlichen Bedürfnisses nachzukommen.

Anstatt ihre Frage nach einem geeigneten Ort zu beantworten, schenkte Kia ihr ein breites Grinsen. „Wie geht es deinem Knöchel?"

Niamh schaute verblüfft zu Boden – sie stand auf ihren Füßen. „Unglaublich, Kia!" Sie lachte.

„Sei vorsichtig!", warnte er und erkundigte sich nach ihrer Schulter.

Niamh ließ den Arm kreisen. Sie konnte das Gelenk schmerzfrei bewegen, sogar die Taubheit der Hand war verschwunden; vollkommen erstaunt starrte sie Kia an.

Er schmunzelte zufrieden, und sie gönnte ihm den Triumph. „Ich danke dir!" Der Arm war wie neu, sie jubelte. Er zog die Brauen hoch und tat verwundert. „Und ich dachte, du reißt mir den Kopf ab, weil du einen Großteil der Behandlung verpasst hast."

„Das macht nichts", winkte Niamh gut gelaunt ab und zuckte mit der Schulter. Kein Schmerz!

„Darf ich dich um einen weiteren Freundschaftsdienst bitten?", strahlte sie ihn an und hatte prompt seine Aufmerksamkeit.

Er zwinkerte ihr zu. „Verrätst du mir, welchen?"

„Die ganze Zeit über beschäftigen mich einige Fragen über Audra und die Teilung des Alten Volkes, die ich den Priesterinnen von Bonna stellen möchte. Sie nennen sich noch immer Töchter der Aufanien, und ich bin gespannt, was sie von der ganzen Angelegenheit halten."

„… und von mir", ergänzte Kia und lächelte leise. Und wirklich hatten Audras Anschuldigungen bei Niamh einen klebrigen Bodensatz von Zweifeln an Kias Vertrauenswürdigkeit hinterlassen. Ein flammendes Rot schoss in ihre Wangen; sie hatte nicht gewusst, dass sie so leicht zu durchschauen war.

„Ja", stammelte sie und verlor den Faden.

„Und um welchen Gefallen wolltest du mich bitten?", kam er ihr zu Hilfe.

„Würdest du mir auf dem Weg zum Tempelbezirk Geleitschutz geben? Ich fürchte, die Bewohner der Stadt werden mich, nach dem, was ich dir angetan habe, nicht unbehelligt durch ihre Gassen spazieren lassen."

Kia stimmte ihr zu. Längst hatte sich herumgesprochen, was ihm in jener Nacht widerfahren war. Die Menschen, die Niamh und ihm wenig später begegneten, staunten also nicht schlecht, als sie die beiden einvernehmlich nebeneinander hergehen sahen.

Seit jeher war Kia Ye Lanur geheimnisumwittert, doch nie hatte er jemanden behelligt – im Gegenteil, wegen seiner Heilkunst schätzte man ihn, und so verhinderte seine Gegenwart, dass die Männer und Frauen ihren blanken Unmut an Niamh ausließen.

Der den Aufanien geweihte Platz jedoch war ein sicherer Raum, der jedem, ungeachtet seiner Person und Geschichte, Zuflucht bot.

So ließ Kia sie bei den Priesterinnen zurück und setzte dann seinen Weg fort, um Catuvolcus einen Besuch abzustatten.

Er traf den Eburonenfürsten vor seinem Haus sitzend. Trotz des blendenden Sonnenscheins machte Catuvolcus ein finsteres Gesicht. Sobald er Kia erblickte, hellte sich seine Miene jedoch schlagartig auf. „Wie schön, dich bei bester Gesundheit zu sehen!“ Der Gruß enthielt eine unverkennbare Spitze.

„Es könnte mir kaum besser gehen, mein Lieber“, erwiderte Kia lächelnd und setzte sich zu Catuvolcus auf die hölzerne Bank.

„Schön für dich“, entgegnete dieser mit säuerlicher Miene.

„Hast du Sorgen? Wegen mir?“, erstaunt zog Kia die Augenbrauen hoch, doch der Eburone winkte ab.

„Nein, du warst immer verrückt. Das ist mir gleich aufgefallen, schon als ich dich zum ersten Mal gesehen habe! Ich muss aufhören, mich dir gegenüber wie ein Vater zu benehmen, auch wenn du unverschämt jung aussiehst, alter Mann.“ Er klopfte Kia auf die Schulter. „Nein, mein Freund. Die Politik ist es, die mir Kummer bereitet.“

Auf Kias Nachfrage berichtete er.

„Es geht um den geplanten Aufstand gegen die Römer. Die Gespräche mit den Sugambrern laufen zäh. Der Preis, den sie verlangen, um unseren Kampf zu unterstützen, ist unbezahlbar. Nun ja, das letzte Wort ist noch nicht gesprochen. Was mir mehr Sorgen bereitet, sind Beobachtungen menapischer Salzhändler, die ebenfalls am Markttag in der Stadt waren.“ Mit wenigen Worten brachte er Kia auf den neuesten Stand der Entwicklungen. „Große Mengen römischer Krieger ziehen nordwärts. Dort liegen die neuen Siedlungen der Usipeter und Tenkterer – mit Frauen und Kindern zählen die beiden Stammesverbände mehr als eine halbe Million Menschen, von denen etwa jeder Fünfte in Waffen steht.

Die Menapier schätzen die Anzahl der Römer hingegen auf sechzigtausend Mann.

Was haben Caesar und seine Leute vor? Wollen sie trotz ihrer zahlenmäßigen Unterlegenheit gegen die Usipeter und Tenkterer antreten?

Die Menapier haben sich bereits tief in die Sümpfe und Wälder jenseits der Mosa zurückgezogen. Wie auch immer – mir ist nicht wohl dabei, immerhin liegt das Gebiet, von dem wir reden, nur zwei bis drei Tagesmärsche von hier entfernt.

Natürlich habe ich bereits einige Druiden um Rat gefragt, doch deine Meinung interessiert mich besonders."

Eine Geste genügte, und ein Diener brachte einen Krug mit frischem Wasser nebst zwei Bechern. Kia dankte dem Mann.

„Deswegen komme ich zu dir", erwiderte er dann. „Schon bald werden schwere Zeiten für die Eibenleute anbrechen. Ich weiß, das sagen auch die anderen vorher, doch ich möchte noch weitergehen. Bitte hör mir genau zu."

Um seinem Anliegen den nötigen Nachdruck zu verleihen, blickte er dem Freund fest in die Augen.

„Gehe fort von hier, Catuvolcus!" Auch seine Stimme ließ keinen Zweifel an der Ernsthaftigkeit der Worte aufkommen. „Nimm alle Menschen mit, an denen dein Herz hängt, und suche für euch einen anderen Ort zum Leben. Macht es wie unsere Vorväter, beladet Tiere und Wagen, und bringt fort, was ihr tragen könnt.

Außerdem rate ich euch, sparsam mit den Vorräten umzugehen, denn die Dürre der kommenden Sommer wird schlimmer ausfallen als befürchtet." Er setzte seine Lippen an den Becher, nicht nur weil er in der Sonnenglut großen Durst verspürte, sondern auch um Catuvolcus Zeit zu geben. Kia schätzte die Ruhe, mit der der Eburone den Rat auf sich wirken ließ.

„Wann, denkst du, sollten wir Bonna verlassen?", fragte der Stammesfürst nach einer Weile.

„Fürs Erste wird es reichen, die Kinder und Alten in die Wälder zu schicken, denn die wirklich verheerende Katastrophe wird sich erst später ereignen. Doch bleibt keinesfalls länger als ein Jahr in der Stadt." Kia zögerte; was er nun zu sagen hatte, würde Catuvolcus treffen, doch es ließ sich nicht länger aufschieben.

„Noch vor dem nächsten Mondwechsel werde ich mich selbst auf den Weg machen, mein Freund." Entsetzt starrte Catuvolcus ihn an. Ohne Atem zu holen, sprach Kia weiter. „Entlang der Dana ist es ruhig geworden, habe ich mir sagen lassen. Dort findet sich bestimmt ein Platz zum Leben. Komm doch mit mir, oder folge mir später. Ich lasse von mir hören, wenn ich einen geeigneten Ort gefunden habe, der eure Gemeinschaft aufnehmen kann. Wer weiß, vielleicht treibe ich sogar eine befestigte Stadt auf, in der man euch willkommen heißt.

Wie auch immer du dich jedoch entscheidest – nimm dich vor den Römern in Acht! Mit Caesar ist nicht zu spaßen. Lass dir das, was im kommenden Mond geschehen wird, eine Warnung sein."

Catuvolcus war mehr als bestürzt.

Er wusste, dass er sich auf seine Menschenkenntnis verlassen konnte, was in Kias Fall bedeutete, dass er ihm bedingungslos sein Leben anvertraut hätte. Und jetzt wollte sein Freund gehen. Gerade, als es schwer wurde.

Er fühlte sich auf einmal sehr verloren.

Nicht verraten, aber verlassen.

Catuvolcus versuchte nicht, Kia von seinem Entschluss abzubringen. Deutlich war diesem anzusehen, wie ernst ihm die Warnung war. Eine Flut von Gedanken brach über den Eburonen herein.

Bislang war jeder von Kias Ratschlägen mit Gold aufzuwiegen gewesen. Wenn er richtiglag, wäre es auch für Catuvolcus besser, mit seiner Frau, seinem Sohn und den Enkelkindern fortzugehen.

Doch er war nicht einfach nur ein Familienoberhaupt. Als Stammesfürst war er für die Sicherheit einer Vielzahl von Menschen verantwortlich. Wenn er das Land der Eburonen verlassen würde, dann nur mit dem gesamten Volk.

Die Dana, von der Kia gesprochen hatte, lag zwei- bis dreihundert Leugen weit entfernt. Wie sollte er die Eibenleute überzeugen, auf das Geheiß eines einzelnen Druiden hin mit ihrem gesamten Hab und Gut eine solche Entfernung zu überwinden?

Er würde mit Ambiorix reden, doch dieser traute Kia Ye Lanur nicht über den Weg; Catuvolcus knirschte mit den Zähnen. Er ahnte bereits, was sein Amtskollege sagen würde.

Tiefe Schatten legten sich über sein Antlitz, und er sehnte die Nacht herbei. Dann würde er bei Lioba Zuflucht suchen und sein Gesicht in den Tiefen ihres weichen Bauches vergraben.

Selten war Kia ein Abschied so schwergefallen. Sein Herz hing jedoch längst nicht mehr an so Vergänglichem wie der ständig wechselnden Vorherrschaft in den unzähligen Reichen, in denen er sein langes Leben verbracht hatte.

Nein, seine Prüfung und sein zugleich immer wiederkehrender Fixstern war und blieb Niamh.

Still wartete er unter dem Eichenbaum beim Tempelchen von Cernunnos. Von hier aus hatte er die Geliebte schon einmal beobachtet; gerade verabschiedete sie sich von den Priesterinnen.

Wie weich und fröhlich sie wirkte! Kia gab sich seinen zärtlichen Gefühlen für sie hin.

Er liebte sie.

Sie wirkte so verändert, als hätte sie in den vergangenen Stunden einen Großteil ihrer Härte abgelegt. Ohne die Schutzpanzer erschien sie ihm verletzbar wie ein junges Reh.

Gut, dass sie fort wäre, lange bevor die Stadt untergehen würde.

Schon kam sie ihm auf dem Weg, der durch die geweihten Bezirke führte, entgegen. Sie lächelte ihn an. Er trat nah an sie heran und strich ihr zärtlich das Haar aus dem Gesicht.

„Hast du Lust, noch eine Weile mit mir draußen zu bleiben?", fragte er und ergriff ihre Hand. „Wir könnten an den Fluss gehen."

Niamh war zufrieden mit dem, was sie auf dem heiligen Platz der Aufanien erfahren hatte. Es war ein herrlicher Tag, und so begrüßte sie Kias Vorschlag.

Sie genoss es, sich frei zu bewegen. Die Sonne stand hoch am Himmel. Der Regen der vergangenen Nächte hatte die Sommerluft rein gewaschen; die Hitze prickelte auf der Haut, doch im Schatten der Häuser war es noch immer feucht und angenehm kühl.

Zielstrebig führte Kia sie durch die Gassen. Er wollte auf der Insel bleiben und Niamh seinen Lieblingsplatz zeigen. Auch im Süden der Stadt gab es einen schmalen Durchlass in den Mauern.

Als sie durch den Engpass schlüpften, berührten sich ihre nackten Arme. Eine Welle von Wohlgefühl durchflutete Niamhs Körper; ihr Herz schlug höher. Ihre Blicke trafen sich, und Kia lächelte sie an. Wieder nahm er sie bei der Hand, und Niamh hielt sich an ihm fest. Diese kleine Geste löste einen atemberaubenden Rausch in ihr aus.

Ganz benommen vor Glück stand Niamh kurz darauf auf den riesigen Steinen, die die Mauern der Stadt bei Hochwasser vor den herantosenden Fluten schützten.

Dunkel und glutheiß lagen die Felsbrocken in der Sonne. Aus den schattigen Zwischenräumen, in denen sich angetriebene Holzstücke und Büschel von verblichenem Ufergras abgelagert hatten, stieg warmer Algengeruch auf.

Die beiden mussten klettern, um die Hindernisse zu überwinden. Erneut bewunderte Niamh Kias Geschmeidigkeit.

Er konzentrierte sich auf den halsbrecherischen Weg, und so bemerkte er nicht, dass sie ihn beobachtete. Einen Augenblick lang fielen alle Masken von ihm ab, und die andere, die ungestüme Seite entkam dem starken Sicherheitskäfig, in dem sie sonst in Verwahrung genommen war.

Seine unglaubliche Kraft kam zum Vorschein und die Wildheit, zu der er fähig war. Elegant wie ein Raubtier sprang er von Stein zu Stein. Fast schwebte er, so als wäre er federleicht, um schließlich auf dem Kiesstrand am Fuße des Walls zu landen.

Als er sich zu ihr umdrehte, war sein Blick herausfordernd. Es stand ihm gut, so ungebändigt zu sein, fand Niamh. Die Gefahr, die von ihm ausging, schreckte sie nicht.

Im Gegenteil; vor ihrem inneren Auge stiegen Bilder auf, wie es wäre, mit ihm im Dunkel seines Hauses allein zu sein, und wie er sie in die Arme nehmen würde, um über sie herzufallen …

Als Kia bemerkte, wie sie ihn ansah, hellte sich sein Gesicht mit einem Schlag auf, und er erinnerte sie lachend daran, ihm die gewagten Sprünge wegen ihres Fußgelenkes nicht nachzumachen.

Nach einem kurzen Spaziergang durch niedriges Weidengestrüpp, das sich mit zähem Durchhaltevermögen im sandigen Untergrund festbiss, erreichten sie die Landspitze. Unter lautem Protestgeschrei verließen einige Lachmöwen ihren mittäglichen Ruheplatz und segelten davon.

Hier am Bug des Inselschiffes hatte sich Kia schon oft von den heranrauschenden Fluten mit Tatendrang aufladen lassen.

Sie setzten sich.

Von diesem Platz inmitten des Renos hatten sie einen freien Ausblick auf die Flusslandschaft. Der breite Strom kam um eine lang gestreckte Kurve geflossen, näherte sich majestätisch, teilte sich an der Kiesbank in Haupt- und Nebenarm und strömte zu beiden Seiten an seinen Bewunderern vorüber.

Kleine Wellen schwappten über die nackten Steine zu ihren Füßen. Hier vorne trug die immerwährende Strömung jedes Schwemmgut mit sich fort.

Niamh schloss die Augen und labte sich an dem Luftstrom, der mit den Wassermassen durch das Tal kam. Die hoch stehende Sonne verbreitete eine glühende Hitze, und so war die Abkühlung, die der leichte Wind mit sich brachte, überaus angenehm.

Es roch nach Wasser, nach Muscheln und all dem anderen Leben im Fluss; außerdem hatten die sommerlichen Wälder dem Renos ihren harzreichen Atem zum Geschenk gemacht, und so zog er den Duft wie eine Fahne hinter sich her.

Köstlich. Niamh blinzelte. Kia hatte die Augen geschlossen und saß, das Gesicht der Sonne und dem Wind zugewandt, in Stille. Ihr Herz schlug höher. Wie schön es war, mit ihm zusammen zu sein!

Lächelnd betrachtete sie sein braunes Haar, dem das Sonnenlicht einen goldenen Schimmer verlieh. Weiter glitten ihre Augen über seine ebenmäßigen Gesichtszüge, streiften seine hohe Stirn und die leicht geöffneten Lippen mit den zarten Lachfältchen neben den Mundwinkeln. Seine Wangen waren glatt rasiert. Wie es sich anfühlen würde, darüber zu streichen? Wie warmer Samt vielleicht?

Sie ließ den Blick über seinen Körper schweifen. Alles an ihm strahlte Harmonie und wohldosierte Kraft aus. Sie stellte sich vor, wie es wäre, ihn zu berühren und dabei das Spiel seiner Muskeln zu spüren. Wie ein Magnet zog dieser Mann sie an. Aufregung überfiel sie und nahm ihr den Atem.

Nur allzu gern erinnerte sie sich daran, wie liebevoll Kia sie berührt hatte. Sie sehnte sich danach, seine Hände über ihre Haut wandern zu fühlen; erstaunlich, welch zarte und zugleich wilde Saiten er in ihr zum Klingen brachte.

Gerade spielte er behutsam mit einem kleinen, von Wasser und Sonnenlicht silbrig ausgeblichenen Stock. Sanft ließ er die Fingerspitzen darüber gleiten und ertastete jede vom Wasser geschliffene Rundung, jede winzige Vertiefung im Holz. Wie gerne wäre sie jetzt dieses kleine hölzerne Etwas!

Niamh nahm sein Bild in sich auf. Sie wollte es im Herzen tragen, wenn sie sich auf den Weg machte. Schmerzlich durchfuhr sie der Gedanke, dass sie sich schon sehr bald trennen würden, und das auf unbestimmte Zeit.

Spätestens in diesem Augenblick wusste sie mit Bestimmtheit, dass sie Kia wiedersehen wollte. Er hatte ihr versichert, dass er sie finden würde. Sie würde sich seiner Zusage noch einmal versichern. Doch nicht jetzt; dieser Moment war zu kostbar, um ihn durch Worte zu beenden.

Lieber gab sie sich der unbändigen Freude hin, die inzwischen Besitz von ihr ergriffen hatte. Ein leidenschaftliches Wesen flatterte ausgelassen in ihrem Bauch herum und erinnerte sie an die erlösenden Gespräche, die sie mit den Priesterinnen geführt hatte. Endlich durfte sie sich diese Gefühle erlauben, Niamhs Herz lachte. Sie war frei!

Kia schlug die Augen auf, und zum ersten Mal seit jener schrecklichen Nacht begannen die blauen Sonnen wieder zu strahlen, wie Niamh sie in Erinnerung hatte. Sein Anblick trieb ihr Tränen in die Augen.

Kia begegneten Freude und Schmerz in ihrem Blick, voller Wärme schaute sie ihn an. Seit dem Morgen war eine unübersehbare Veränderung mit ihr vorgegangen. Er ließ das Hölzchen in seinen Schoss fallen und streckte Niamh die Hände entgegen. Sie reichte ihm die ihren, und er hielt sie wie einen kostbaren Schatz.

Der Wind spielte in ihrem Haar und wehte ihr immer wieder eine Strähne ins Gesicht, die sie dann zur Seite pustete. Glitzernde Sonnenflecken huschten über ihre Haut, und er hatte Niamh noch nie so lächeln gesehen.

Sie sah aus, als wäre ihr ein großer Stein vom Herzen gefallen, doch wollte er nicht nachfragen, sondern diesen Augenblick lieber genießen, bis er von alleine davontrieb.

So saßen sie noch eine Weile glücklich auf dem Uferstrand, hielten sich stumm an den Händen, während Sonne, Wind und Wasser sie umspielten und ihnen Leben schenkten.

„Möchtest du wissen, was die Priesterinnen gesagt haben?“, fragte Niamh schließlich.

„Ich kann es kaum erwarten“, lachte Kia; endlich würde seine Neugier gestillt werden.

„Wie du sicher weißt“, hob sie an, „sind sie den Aufanien auch nach der Abspaltung vom Alten Volk treu geblieben. Sie sind Audra also gleichgestellt.

Wir liegen nach wie vor auf einer gemeinsamen Linie, haben sie mir versichert. Damit meinen sie nicht nur die Lage der geweihten Plätze, die wie auf einer Perlenschnur aufgereiht sind. Vielmehr ströme nach wie vor die Kraft der Göttin durch uns hindurch, die wir ihre Töchter und Söhne sind, was so viel heißt, wie dass wir alle uns nach Wahrheit sehnen.

Im Gegensatz dazu seien die Streitigkeiten um die Volkszugehörigkeit nebensächlich. Keinesfalls werden sie sich Audra jedoch beugen. Ich denke, das sollen sie selbst mit unserer Stammesführerin ausfechten. Vielmehr hat mich interessiert, ob du hinter den Auseinandersetzungen steckst.“ Niamh räusperte sich verlegen; mit hochrotem Kopf fuhr sie fort: „Sie haben sofort verstanden, worauf ich anspiele, also gewisse Gerüchte um Macht und schwarze Magie. Doch seit sie dich kennen, habest du dich mehr oder weniger unauffällig als Heiler und Berater des Stammesfürsten verdingt, eben typische Aufgaben eines Druiden verrichtet. Als ich sie geradeheraus auf die Wirkung angesprochen habe, die du auf Frauen hast, haben sie gelacht. Ihnen sei von Anfang an klar gewesen, dass selbst ein so bemerkenswerter Mensch wie du leider nicht ihrer aller Bedürfnisse befriedigen könne. Du sollest das bitte nicht persönlich nehmen; so manche von ihnen habe tatsächlich ein Auge auf dich geworfen. Aber zum Glück habe Catuvolcus ja noch mehr fantastische Männer in seinem Gefolge, haben sie gekichert und sich überhaupt sehr albern aufgeführt.

Sie würden sich an meiner Stelle nicht so einen komischen Kauz als Herzensbrecher aussuchen, haben sie geflachst. Ob ich dich schon mal gefragt hätte, wie alt du bist.

Ich hatte den Eindruck, dass sie sich über mich lustig machen. Peinlich war mir das Ganze. Hätte ich nur nicht davon angefangen!“

Kia grinste vor sich hin.

Solange er Niamh kannte, fehlte ihr eine gewisse Leichtigkeit, die ihr über schwierige Zeiten hätte hinweghelfen können. Wie ein roter Faden zog sich eine Ernsthaftigkeit durch ihre Leben, die manchmal sogar etwas Komisches hatte – vermutlich hätte sie auch diese Erkenntnis jetzt nicht so amüsant gefunden wie er.

Kia liebte sie sehr.

„Zum Glück haben zwei der älteren Priesterinnen bemerkt, wie ernst es mir mit meinen Fragen war", setzte sie den Bericht fort. „Sie haben mich beiseitegenommen, und ich konnte ihnen in Ruhe erzählen, was mich bedrückt, und sie um Rat bitten.

Ich will nicht in die Einzelheiten gehen, nur so viel:

Als ich ihnen gestanden habe, die Gelübde gebrochen zu haben, mit Tjark, meine ich, waren die beiden vollkommen entgeistert. Sie haben sich erst einmal den genauen Wortlaut der Versprechen nennen lassen, die ich bei den Kriegerweihen im Namen der Göttin ablegen musste.

Dann entgegneten sie, solange ich die gefährlichen Aufgaben einer Kriegerin übernehme, sei es verantwortungsvoll, keine Kinder zu zeugen. Doch dafür gebe es andere Möglichkeiten. Keuschheit hingegen ausgerechnet auf die Aufanien zu schwören, die doch der Inbegriff von Fruchtbarkeit sind, sei geradezu unmöglich. Ebenso widersinnig sei es, meine den Tod bringende Aufgabe der Lebensspendenden zu widmen.

Sie halten die Widersprüche für so beträchtlich, dass die Gelübde ungültig sind.

Richtig empört waren die Priesterinnen, als sie erfuhren, dass wir Audra im Namen der Aufanien Gehorsam haben schwören müssen. Ich könne unserer Stammesführerin versprechen, was ich wolle, doch für mein Handeln sei ich allein der Göttin verantwortlich.

Sie wollten wissen, ob ich die Aufanien um Zustimmung gebeten habe, bevor ich nach Bonna gekommen bin. Das konnte ich doch gar nicht, weil bei uns Audra allein diese wichtigen Entscheidungen mit der Göttin abklärt, doch die Frage gab mir zu denken. Derweil haben die Priesterinnen nicht lockergelassen. Sie hakten nach, ob mir in der Nacht, als ich versucht habe, dich zu töten, Zweifel gekommen seien.

Allerdings!, habe ich erwidert.

Was ich meinem Herzen daraufhin entgegnet habe, wollten sie wissen.

Eis, habe ich geantwortet und es ihnen erklärt. Es hat eine Weile gedauert, bis sie begriffen haben, was ich meine.

Ob die Arduinnerinnen von meiner Fähigkeit wüssten und was sie davon hielten, haben sie gefragt.

Bislang hatte ich Deirdres Bedenken nie so recht verstanden, doch plötzlich habe ich mich mit ihren Augen betrachtet ..." Niamh verstummte und starrte auf ihre Füße. Kia wagte nicht, sie zu unterbrechen. Gebannt hörte er zu, als sie mit belegter Stimme fortfuhr.

„Zum ersten Mal ist mir klar geworden, *wie* eiskalt ich sein kann. Geradezu unmenschlich. Ich war vollkommen durcheinander. Mein ganzes Leben wird mit einem Mal auf den Kopf gestellt."

Sie seufzte. „Nach einer Weile haben die Priesterinnen mich wieder aufgebaut und mich darin bestärkt, die Auseinandersetzung mit Audra zu suchen.

Ich solle mich in Bonna umsehen und mich selbst davon überzeugen, ob die Gerüchte, die bei uns in Umlauf sind, der Wahrheit entsprechen, haben sie mir geraten und erklärt, die Frauen hier gäben nach wie vor ihre Linien im Mutterrecht weiter. Sie können alle Ämter bekleiden, wählen ihre Ehemänner und genießen volles Erb- und Wahlrecht. Das alles war mir neu!

Zu meinem Erstaunen haben mich die Tempeldienerinnen ermutigt, den Aufanien gleich hier und jetzt meine Fragen zu stellen.

Ich habe sofort zugestimmt, mich unter den geweihten Bäumen niedergelassen und habe getan, was ich schon längst hätte tun sollen – ein Zwiegespräch mit der Göttin halten.

Das gesprochene Wort besitzt auch dann eine Wirkung, wenn es nicht in Ihrem Sinne ist. Um wieder in Einklang mit Ihr zu kommen, habe ich auf Ihr Geheiß hin die geleisteten Schwüre zurückgenommen.

Die Priesterinnen waren meine Zeuginnen."

Und die Aufanien auch!, fügte Niamh im Stillen hinzu.

„Lass uns ein Stück am Fluss entlanggehen", schlug Kia schließlich vor.

Sie umrundeten die Südspitze der Insel und wanderten auf den hellen Kiesbänken zur Stadt zurück. Die Steine klickerten und knirschten unter ihren Füßen. Als sie um ein Weidengebüsch bogen, schreckte vor ihnen ein scheuer Reiher auf. Majestätisch segelte er davon, um sich einen anderen Platz zum Fischen zu suchen.

„Es ist wahr", seufzte Kia und griff die Gerüchte, die Niamh angesprochen hatte, noch einmal auf. „Es gab eine Zeit, in der ich mich der dunklen Mächte bedient habe; oder sie sich meiner, wenn du so willst. Obwohl ich die Verbindungen schon vor einer Ewigkeit abgebrochen habe, hängen sie mir noch immer nach. Aber wenn es dir recht ist, würde ich lieber ein andermal näher darauf eingehen."

Niamh nickte. „Einverstanden", stimmte sie zu. Sie scheute sich, gewisse Fragen zu stellen, etwa, wie alt er denn tatsächlich sei. Auch ihr stand der Sinn heute nach Leichterem, nach Alltäglichem. „Es ist wunderschön hier!", strahlte sie.

Kia lächelte und erzählte, wie gern er durch die Wälder lief, die die Stadt umgaben, und von der wunderbaren Aussicht, die man von einer bestimmten Stelle oberhalb des Tales auf die gegenüberliegenden Berge hatte. Niamh lauschte mehr auf seine berührende Stimme als auf die Worte.

„Am schönsten ist es", schwärmte er, „wenn am frühen Morgen bei den ersten Sonnenstrahlen die Felstürme aus dem Nebelmeer aufsteigen, welche das Tal in eine Zauberlandschaft verwandeln." Es klang, als sänge er ein Lied, so sanft formte Kia die Silben, so vertraut. Niamh schmolz dahin; sie hätte ihm immer weiter zuhören können.

Sie ließen sich im Schatten der hohen Stadtmauer nieder, wo es angenehm kühl war.

Plötzlich geriet die nährende, heitere Melodie zu einer misslichen Dissonanz; nur ungern vernahm Niamh, was Kia jetzt zu sagen hatte, selbst wenn es unumgänglich war.

„Mein Herz ist schwer, denn morgen ist der Tag, an dem wir auseinandergehen müssen. Ich brauche dringend Zeit, doch ich wünschte, ich könnte das ändern!" Niamh sah den Schmerz in seinen Augen, dazu fühlte sie ihr eigenes Bedauern. Eine erstaunliche Verbundenheit breitete sich in ihr aus. Sie schickte ihm dieses warme Gefühl durch ihre Hand. Ganz fest.

Noch scheute sie sich, ihn zu umarmen, wie sie es am liebsten getan hätte – allerdings nicht hier draußen bei den Fremden, die der jungen Kriegerin, wann immer Kia nicht hinsah, feindselige Blicke zuwarfen.

Scheu lehnte sie sich an ihn. Alles in ihr sträubte sich gegen den Abschied. Obwohl sie befürchtete, dass Kia sich bedrängt fühlen könnte, fasste sie ihren Wunsch in Worte. „Ich will bei dir bleiben", gestand sie leise.

„Nichts will ich lieber, als dich bald wiedersehen", beteuerte er. „Ich werde dich finden, mach dir keine Sorgen. Bitte vertraue mir."

Er hatte sich abgewöhnt zu lügen. Doch manches verschwieg er, beispielsweise wie teuer sie ihm war und wie weit er gehen würde, um sein Leben mit ihr teilen zu können – davon traute er sich nicht zu sprechen. Nur einen winzigen Schritt wagte er sich noch vor. „Keine Angst, mich wirst du *nie* wieder los." Am liebsten hätte er sich auf die Zunge gebissen, doch da waren die Worte bereits heraus.

Aber Niamh lachte. Sie freute sich sehr über das Versprechen. Befreit atmete Kia auf; wie hätte die Geliebte die wahre Bedeutung seiner Beteuerung auch verstehen können?

Sie wanderten weiter. Hinter einer Kiesbank ließen sie flache Steine über die stille Wasseroberfläche hüpfen und versuchten, sich gegenseitig zu übertreffen, wessen Kiesel öfter das Nass küsste, bevor er in den Fluten versank.

Dann fand Niamh ein besonders eigenwilliges Stück Treibholz und flüsterte Wünsche für eine glückliche Zukunft hinein. Sie setzte es aufs Wasser und sah ihm nach, wie es langsam davontrieb, um dann vom Strom erfasst und fortgetragen zu werden. So brachte sie ihre Sehnsüchte auf den Weg und vertraute sie dem Leben an.

Hand in Hand machten sie sich auf den Rückweg. Immer wenn sie sich ansahen, bekam Niamh Herzklopfen, und Kia drückte ihre Hand, als hätte er ihr wildes Herz rufen gehört.

Als sie die Pforte beim Schweinestall erreichten, erkannte Niamh den Strand wieder. Erst vor wenigen Tagen war sie dort gebadet worden. Sie hatte nicht mehr leben wollen, so groß war ihre Angst vor Kias Rache gewesen. Welch unerwartete Wendung die Dinge genommen haben, dachte sie. Jener rabenschwarze Moment schien einer weit entfernten Vergangenheit anzugehören.

Sie blickte zu ihm auf. Er lächelte, und Sonnenschein breitete sich in ihr aus. Dieser Mann weckte Gefühle aller Spielarten in ihr, und sie ahnte, dass sie an seiner Seite noch eine Menge Abenteuer erwarteten.

Als die beiden vor das Speicherhaus traten, tauchte die Abendsonne die Gasse ringsum in goldenes Leuchten. Mit schrillen Schreien schossen Mauersegler durch die Lüfte. Nie landeten die pfeilschnellen Flugkünstler auf dem Boden.

Noch immer war es warm. Niamh rieb sich behaglich die Arme; es war wunderbar, hier zu sein. Kia sah sie an, und sie verlor sich in seinen Augen. Wilde Freude flammte in ihr auf.

Er hörte ihren aufgeregten Atem und lächelte. Heute glitt der Schlüssel mit Leichtigkeit ins Schloss. Kia öffnete die Tür und schob Niamh vor sich her ins Innere des Hauses. Wehmut erfasste sein Herz. Morgen um diese Zeit schon wäre sie fort und die Halle einsam und leer. Kia wollte die kostbaren Stunden, die ihnen vorerst blieben, ausschöpfen. Bevor er die Tür hinter ihnen schloss, entfachte er eine Öllampe, und bald verbreitete der Lichtschein seinen Glanz im hohen Raum.

Dann kehrte er zu Niamh zurück. Ihre dunklen Augen leuchteten. Er schob die Hand in ihren Nacken und zog sie zu sich heran.

Niamhs Herz schlug bis zum Hals. Durch den dünnen Stoff seines Hemdes spürte sie seinen warmen Körper. Er duftete nach Sommer und frischen Kräutern. Sie schloss die Augen und bot ihre Lippen zum Kuss.

„Niamh“, flüsterte er. Sein Mund liebkoste sie – nur ein winziger Hauch von Berührung, und doch breitete sich ein aufgeregter Schwarm kribbelnder Wellen in ihr aus.

Vorsichtig öffnete sie die Lippen und spürte, wie seine Zunge, ganz leicht nur, die ihre berührte. Sie stöhnte, als er fordernder wurde und wollte, dass sie sich ihm ganz öffnete. Trunken vor Glück gab sie sich dem Kuss hin.

Kia ließ seine Hand unter ihr Hemd gleiten. Fast betäubend durchlief sie die Lust. Bezaubert ertastete er ihre weichen Formen. Ihr wurde heiß. Ihre Lippen suchten sein Gesicht, tanzten zitternd über seine Wangen, dabei griff sie in sein Haar und ließ den seidigen Glanz zwischen ihren Fingern hindurchfließen.

Plötzlich hob Kia sie hoch, und während er sie über und über mit Küssen bedeckte, trug er sie hinüber zum Lager. Sie erwiderte seine Zärtlichkeit; ungestüm drängten sie sich aneinander.

Wieder glitten seine Hände unter ihr Hemd, um ihre Nacktheit zu erkunden. Leidenschaftlich seufzte Niamh auf. Als er die Knospen ihrer Brüste berührte, fieberte ihr Leib ihm entgegen und verlangte nach mehr.

Kia setzte sich auf und streifte ihr das Wams über den Kopf. Auch die Beinkleider zog er ihr aus und schlüpfte dann selbst aus dem Hemd. Bebend lag sie vor ihm auf dem Fell des Bären. Ihr Körper war zarter und weitaus anschmiegsamer, als er bei ihrer Stärke vermutet hatte; Kia lächelte.

Auch sie konnte die Augen nicht von ihm lassen. Wie sinnlich, wie männlich er war! Ihr Blick schweifte über seine Brust, die breiten Schultern, die honigfarbenen Muskeln seiner Arme hinab. Nichts wollte sie lieber, als wieder von ihm berührt zu werden.

Kia liebkoste ihre glühende Haut. Behutsam nahm er ihre Brüste in beide Hände, umspielte sie mit den Lippen und schenkte ihnen endlich die Zuwendung, nach der sie sich reckten.

Sie streichelte ihm über den Rücken, berauschte sich an der weichen Haut seiner Lenden, die erzitterten, als das scheue Reh sie streifte; schon eilte es über seinen Bauch. Ihre Hand schob sich hinab; wissend, dass sie dort Begehrliches finden würde, tastete sie ebenso schüchtern wie zielstrebig unter den Bund seiner weiten Hosen und traf dort schneller als erwartet sein hoch aufgerichtetes Gemächt. Sehnsüchtig drängte es gegen ihre Hand, warm fühlte es sich an und wie Samt. Niamh hielt die Luft an, sie war wie von Sinnen vor Verlangen.

Wieder küssten sie einander – von Kopf bis Fuß erkundeten sie die Köstlichkeiten des anderen.

Kia fand ihre Rosenblütenblätter, vorwitzig schauten sie aus dem Dschungel ihres Venushügels hervor, so als könnten sie es nicht erwarten, liebkost zu werden – liebend gern tat er ihnen den Gefallen, und so blühten sie unter seinen kundigen Händen auf.

Lustvoll zugreifend, führte sie seinen Wonnenschenker, auf dass er seinen Weg schneller fände; lächelnd schloss Kia die Augen, er schauderte, während er sich mehr und mehr dem Hunger überließ. Sanft schloss er sie in die Arme und ließ sie seine Liebe und seine Kraft spüren. Fordernd schlug ihr Herz gegen seine Brust.

„Tu mir nicht weh", flüsterte sie.

„Keine Sorge", stöhnte er und suchte mit seiner Männlichkeit ihre geheime Pforte, um sie behutsam zu öffnen. Sogleich zog er sich zurück, doch nur, um einen zweiten Anlauf zu wagen, diesmal, bis sein warmes Rund sie weitete.

Als Niamh ahnte, wie sehr er sie ausfüllen würde, warf sie sich ihm klagend entgegen, doch er hielt sich zurück. Unter Aufbringung all seiner Beherrschung verharrte er in dieser Stellung, bis sie um Fortsetzung wimmerte, erst da ließ er sich langsam in sie hineingleiten und ließ sie jede Ader seines Gemächts kosten. Mit geschlossenen Augen gab sie sich dem Genuss hin, während ihre lauter werdenden Seufzer ihm Dank und Ansporn waren, auf diese Weise fortzufahren, bis er in ihrem Innern auf Widerstand stieß. Er verharrte einen Moment, um sich dann zur Gänze herauszuziehen und so überraschend und tief wieder in sie einzudringen, dass ihr ganzer Atem auf einmal zwischen ihren Lippen hervorschreckte.

Beständig bewegte er sich nun in ihr auf und ab und barg sein Gesicht in der weichen Flut ihres Haares. Sie neigte den Kopf, und er bedeckte ihren dargebotenen Hals mit Küssen, neckte sie mit der Zungenspitze im Ohr und schenkte ihr Schauer über Schauer von prickelndem Wohlgefühl. Wieder und wieder stieß er in sie vor, kraftvoll und zärtlich zugleich.

Als er ihre Perle fand und sie streichelte, begann Niamh das Lied der Leidenschaft für ihn zu singen.

Mehr und mehr gab sie sich ihm hin und fühlte, wie er tief in ihr zu tanzen begann. Da öffnete sie sich ihm ganz, bis sie sich endlich völlig vergaß und schrie.

Wieder und wieder fielen sie in dieser Nacht übereinander her, begierig das Letzte fordernd.

So nahmen sie Abschied voneinander.

Wild und vereint.

Sanft und mit Tränen in den Augen sahen sie sich an, wenn sie ruhten. Hielten sich umschlungen, begehrten einander wieder und spürten die Haut, den Schweiß und das Verlangen des anderen in sich und überall um sich herum.

Zärtlich strich er über die Haut ihres Bauches. In ihren Augen konnte er sehen, wie schüchtern sie war. Gern übernahm Kia die Führung.

Seine Hand kannte Stellen, die, wenn er sie sacht berührte, erneut ihre Wünsche weckten. Wurde er stürmischer, trieb er damit ihre Lust auf den Höhepunkt. Dann ließ auch er seinem Körper freien Lauf, bis er sich aufbäumte und ihr seine männliche Stimme schenkte.

Ermattet lagen sie schließlich beieinander.

In der Nacht stand Kia mit zitternden Knien noch einmal auf, um ihnen etwas zu essen zu holen.

Er fütterte sie, und sie weinte und lachte zur selben Zeit.

„Ich will nicht von dir fort", jammerte sie leise.

„Wir sehen uns wieder", versicherte er ihr. Kia musste die Worte immerzu wiederholen, bis sie in seinen Armen einschlief.

Lange hielt er sie noch an seinem Herzen, dieses sein Wunder, und betrachtete ihr schlafendes Gesicht.

Er musste unbedingt weiter an seiner Selbstbeherrschung arbeiten, damit er Niamh gegenüber nie wieder entgleisen würde wie erst vor wenigen Tagen, als er sie mithilfe seiner Erinnerungen gequält hatte.

Doch ebenso wenig konnte er zulassen, sie jemals wieder für Jahrzehnte oder gar Jahrhunderte zu verlieren. Er konnte unmöglich ertragen, noch eine weitere Ewigkeit ohne sie leben zu müssen. Daher musste er die knappe Zeit, die ihm noch blieb, nutzen und mit seinem zweiten Vorhaben beginnen.

Um sie nicht in Gefahr zu bringen mit dem, was er tat, musste er in mehreren Etappen vorgehen. Umso wichtiger war es, dass er heute Nacht schon damit anfing.

Er wusste, er hätte sie vorher fragen müssen, anstatt eine Veränderung dieser Tragweite ohne ihr Wissen vorzunehmen. Aber was, wenn sie Nein gesagt hätte?

Er wusste, es war falsch, doch sein Herz und seine Seele, einfach alles in ihm schrie, dass er sie nie wieder verlieren könne, ohne daran zu zerbrechen, und so raste sein Herz, als er ihr das weiche Tuch vor den Mund presste; instinktiv hielt er den Atem an. Unerwartet wachte Niamh auf – das war nicht geplant –, sie spürte das kalte Nass in ihrem Gesicht und stemmte sich dagegen, doch schon nahm ihr der stechende Geruch den Atem. Entsetzt starrte Kia in ihre schreckgeweiteten Augen, während er sie mit aller Kraft an sich gedrückt hielt; einen Wimpernschlag später gab sie den Widerstand auf und sackte in seinen Armen zusammen.

Sie schlief nun viel tiefer als zuvor. Am Morgen würde sie nichts mehr von dem Vorfall wissen; mit zitternden Händen beeilte er sich, seinen Plan in die Tat umzusetzen.

In der Morgendämmerung trug er sie den Hügel hinauf, bis an den Waldrand. Das Pferd, um das er Catuvolcus gebeten hatte, trottete an der langen Leine hinterher.

Vorsichtig legte er seine kostbare Last im weichen Moos auf dem Waldboden ab. Als er alles Nötige für sie bereitgelegt hatte, küsste er Niamh auf die geschlossenen Lider. Noch einmal hörte er auf ihren Herzschlag. Ja. Alles war gut gegangen. Erleichtert atmete er auf. Im ersten Licht des Tages berührte er ein letztes Mal die fein geschwungenen Linien ihrer Lippen.

Wäre sie bis zum Morgen geblieben, hätte er es nicht mehr geschafft, sie fortzuschicken. Außerdem hätte sie Fragen über ihren Zustand gestellt, die er nicht hätte beantworten können, ohne zu lügen. Nein, so war es besser.

Allein und schweren Herzens kehrte er in die Stadt zurück.

9.

Niamh übergab sich ins Moos.

Danach ging es ihr etwas besser; allein ihr Kopf drohte zu platzen. Sie fühlte sich, als hätte sie in der vergangenen Nacht große Mengen keltisches Starkbier oder Honigwein genossen.

Wieder musste das Moos ihren Mageninhalt aufnehmen, auch wenn er kaum noch etwas enthielt, für das sich die Mühe gelohnt hätte. Einige Male würgte sie noch ohne Erfolg und blieb dann erschöpft liegen.

Als das Schlimmste vorüber war, begann Niamh sich zu fragen, wie um alles in der Welt sie hierher gekommen war.

Verwundert blickte sie sich um.

Sie lag im Wald. Allein. Bis auf ein Pferd, das in einiger Entfernung an einem Baum angebunden war. Hin und wieder zupfte das Tier einige Blätter von einem der herabhängenden Äste ab und betrachtete Niamh kauend.

Mit einem Mal erkannte sie den Platz – es war ihr Versteck, von dem aus sie mit Kristin zusammen die Stadt beobachtet hatte! Niamh schaute zwischen den Stämmen hindurch, und tatsächlich – dort unten lag Bonna friedlich in der Sonne.

Ob Kia sie hergebracht hatte? Das Letzte, woran sie sich erinnern konnte, war ihr gemeinsamer Abend. Wie wunderbar die Liebesnacht gewesen war! Was für ein Fest – sie lachte. Das war ein Fehler, denn sofort dröhnte ihr Kopf, als malträtierte ihn ein unsichtbarer Hammer. Hatten sie zu späterer Stunde Met oder Bier getrunken, und Kia hatte sich einen Streich erlaubt und sie klammheimlich aus der Stadt befördert?

„Wir sehen uns wieder!", hatte er ein ums andere Mal beteuert, doch Niamh konnte sich an kein Lebewohlsagen entsinnen. In jedem Fall schien Kia einen seltsamen Humor zu besitzen. Er musste sie über den Rücken des Pferdes gelegt haben, um sie hierher zu bringen, während sie schlief. Aber warum?

Vielleicht hatte er sich ersparen wollen, dass sie ihm eine Szene machte.

Ärgerlich schüttelte sie den Kopf, um im selben Augenblick auch diese Bewegung zu bereuen. Stöhnend legte sie die Hand an die schmerzende Schläfe und blinzelte.

Eine Weile lang blieb sie reglos liegen und lauschte dem Gesang der Waldvögel, bis ihr einfiel, dass Kia diesen Platz am Waldrand doch gar nicht kannte. Hatte sie ihn hergeführt, und es war ihr lediglich entfallen, dass sie zusammen hier im Moos gelegen hatten?

Niamh sah sich um. Nein. Sie fand nur ihre eigenen Spuren und wandte sich angeekelt ab. Entnervt wälzte sie sich auf die andere Seite und versuchte aufzustehen.

Trotz des erheblichen Schwindelgefühls kam sie auf die Beine. Wenigstens war ihr nicht mehr übel.

Ihr Blick fiel auf einen Lederbeutel, der in sicherer Entfernung von dem neugierigen Pferd an einem Baumstamm lehnte.

Niamh ging näher. Vorsichtig, um ihren gepeinigten Kopf zu schonen, hob sie den Sack auf. Sie hörte Wasser darin gluckern und schnürte ihn auf. Weitere Bündel befanden sich darin.

Zunächst kam eine Schweinsblase zum Vorschein. Niamh zog den Pfropfen aus dem Hals des Trinksackes. Er enthielt kühles Wasser, mit grüner Minze gewürzt, wie sie es am liebsten mochte. Sie staunte, trank ein paar Schlucke und spritzte sich eine Handvoll von dem erfrischenden Nass ins Gesicht – welch eine Wohltat!

Als Nächstes zog sie ein Stück Trockenfleisch aus dem Lederbeutel. So wie es duftete, stammte es von den Menapiern. Nur sie pökelten und räucherten den Schinken, dass er so köstlich nach Meer roch. Das liege am Salz, das ihnen die See schenkte, sagte man. Der deftige Bissen, den Niamh davon nahm, wirkte Wunder; sie fühlte sich, wenn nicht wie neu, so doch gleich viel besser.

Getrocknete Beeren und ein kleines Säckchen mit bereits gemahlenem Getreide hatte Kia ihr eingepackt – so vermutete sie zumindest, um sich die Vorgänge am Ende der vergangen Nacht zu erklären, die sie, aus welchen Gründen auch immer, verpasst hatte.

Während sie hinüber zu dem Pferd schlenderte, steckte sie sich eine Handvoll Beeren in den Mund und bot dem Tier ebenfalls einige davon als Begrüßungsgeschenk an. Vorsichtig sammelte die Stute mit ihren weichen Lippen die süßen Leckerbissen auf. Dann schnaubte sie und stupste gegen den Arm der Kriegerin, um etwas von dem Brot zu erbitten, das sie bei der jungen Frau witterte. Diese begriff nicht sofort, was das Pferd von ihr wollte, als es an ihren Beinkleidern herumknabberte, bis Niamh endlich die Tasche mit dem kleinen Fladenbrot darin entdeckte. Lächelnd gab sie der Finderin ein Stück davon ab.

Mit dem Frühstück in der Hand ging Niamh zum Baum mit dem Lederbeutel zurück. Neugierig, was Kia ihr noch dagelassen hatte, förderte sie ein rotes wollenes Tuch zutage. Etwas war darin eingewickelt worden. Vorsichtig befreite sie den verborgenen Inhalt, und schon fiel ihr der kleine Dolch vor die Füße. Niamh erschrak. Sie hob ihn auf und hielt ihn nachdenklich in den Händen. Es dauerte eine ganze Weile, bis die Bilder verblassten, die der Anblick der Waffe ausgelöst hatte.

Schließlich schaute sie nach, was der andere Gegenstand sei, den ihre Finger in den Falten des weichen Stoffes ertastet hatten – ein kleines Stück Treibgut, ein Stöckchen, kam zum Vorschein. Silbrig glänzte seine von Wasser und Sonnenlicht ausgeblichene Oberfläche in der Morgensonne; erst gestern hatte Kia damit am Ufer des Renos gespielt.

Niamh wurde schwer ums Herz. Wie gern hätte sie ihn noch einmal gesehen und ihm Lebewohl gesagt! Sie war sich mittlerweile sicher, dass er sie hierher gebracht hatte, und fragte sich, ob sie noch einmal in die Stadt zurückkehren sollte; vielleicht würde

Kia ihr auch die merkwürdigen Kopfschmerzen und die Übelkeit erklären können, die sie nach dem Aufwachen überfallen hatten. Bestimmt würde er lachend eines dieser Wundermittel aus seinem Wandschrank hervorzaubern, und ihr Kopf wäre im Handumdrehen kuriert.

Sollte sie es sich wirklich bieten lassen, so mir nichts, dir nichts rausgeworfen zu werden? Was fiel Kia eigentlich ein? Schon war sie war drauf und dran aufzuspringen, um ihn augenblicklich zur Rede zu stellen, als ihr plötzlich bewusst wurde, dass sie zum ersten Mal in ihrem Leben wirklich frei war. Sie konnte tun, was sie wollte – oder es lassen.

Auch wenn sie es seltsam fand, wie er seinen Willen kundtat, war es offensichtlich, dass Kia seinen vorläufigen Abschied von ihr genommen hatte. Warum auch immer, schien er es für das Beste zu halten, es auf diese Weise zu tun. Liebevoll hatte er sie mit allem ausgestattet, was sie für den Rückweg zum Alten Volk brauchte. Sie besaß jetzt sogar ein Pferd!

Den leidigen Abschied nicht unnötig in die Länge zu ziehen hatte durchaus Vorteile, und so achtete Niamh Kias Wunsch.

Statt zurück nach Bonna zu reiten, entschied sie sich dafür, nach vorn zu blicken und es so bald als möglich mit Audra aufzunehmen. Das Netz, in das die Stammesführerin und Hohepriesterin sie eingesponnen hatte, konnte Niamh körperlich spüren, und sie empfand die unsichtbaren Fäden, die sie mit Audra verbanden, mit einem Mal als unerträglich eng. Sie würde sich daraus lösen.

Kia würde sie wiederfinden, egal wohin sie sich dann wandte; er hatte es tausendmal versprochen, und sie vertraute ihm. Also machte sie sich auf den Weg.

Um die Stute besser kennenzulernen, führte Niamh sie zunächst an der langen Leine. Stetig ging es im Wald bergan. Der Fußmarsch linderte Niamhs katerartige Beschwerden, und auch der Abschiedsschmerz trat bald in den Hintergrund.

Als sich das Gelände zu den Mooren hin öffnete, ging es ihr bereits besser. Gegen Abend schwang sie sich aufs Pferd und galoppierte gen Sonnenuntergang.

Zwei Tage nach Niamhs Aufbruch überschlugen sich in Bonna die Ereignisse.

Plötzlich flogen die Möwen auf, die die Torwachen zum Zeitvertreib mit Brotkrümeln fütterten. Zwei staub- und blutverkrustete Männer sprengten auf schweißbedeckten Pferden über den Plankenweg auf das Tor zu und bestürmten die Wächter, ihnen Einlass zu gewähren. Mit wenigen Worten schilderten sie, was sich zugetragen hatte. „Wo finden wir euren Stammesführer?", drängten sie. In Windeseile wurden die großen Torflügel geöffnet, und die beiden abgeschlagenen Reiter trieben ihre Tiere in die Richtung, die man ihnen wies.

Kaum hatten sich die Möwen wieder auf der Brücke niedergelassen, als die Wachen ein weiteres Mal Hufklappern vernahmen, diesmal vom Marktplatz her kommend. Eilends wurden die Tore erneut aufgeschoben, und eine Gruppe eburonischer Späher jagte gen Norden.

Indessen hatte sich Catuvolcus in den Schatten unter seinem Haus zurückgezogen, um sich im Kreis seines Gefolges mit den reitenden Boten zu beraten.

Die beiden Männer standen offensichtlich unter Schock. Ihre Augen waren weit und starr und von dunklen Ringen umkränzt. Die Ereignisse der letzten Tage hatten sich tief in die Gesichter der Krieger eingegraben.

Auf Catuvolcus' Bitte hin wiederholten sie vor seinen Leuten, was sie ihm in aller Eile bereits berichtet hatten. Einer der beiden, ein hagerer Mann, ergriff das Wort, während der andere, den Blick nach innen gekehrt, vor sich hin starrte.

„Wir sind Alkwin und Yngve von den Tenkterern", stellte er sich vor. „Wie ihr wisst, haben die Menapier den Usipetern und uns nördlich von euren Stammesgebieten fruchtbares Auenland überlassen." Die Stimme des Kriegers klang hart und gepresst. „Nun ist alles zu spät." Yngve hustete und griff zu dem irdenen Wasserbecher, den man ihm reichte. Nachdem er einen Schluck getrunken hatte, fuhr er fort: „Heerscharen römischer Krieger sind in unser Land eingebrochen. Vielleicht sind sie bereits auf dem Weg hierher. Flieht, wenn euch euer Leben lieb ist, oder ihr seid des Todes wie wir! Sie haben ... wir ..." Dem gestandenen Mann schossen die Tränen in die Augen, und seine Stimme versagte. Die Zuhörer runzelten die Stirn. Voller Ungeduld und böser Vorahnungen rutschten sie auf den harten Bänken herum.

Müde blickte Alkwin, Yngves Mitstreiter, auf und übernahm das Wort. „Vor sieben Tagen entdeckte ich mit einer Gruppe von Freunden plötzlich einen riesigen Trupp bewaffneter Römer. Sie marschierten geradewegs in unser Stammesgebiet ein; etwa eine Stunde, und sie hätten unsere ersten Dörfer erreicht.

Nach kurzer Beratung beschlossen wir, sie nach ihrem Vorhaben zu fragen. Also zeigten wir uns, beteuerten unsere friedlichen Absichten und wurden zu ihrem Kriegsfürsten gebracht.

Er empfing uns, stellte sich mit dem Namen Gaius Julius Caesar vor und forderte ohne Umschweife, wir sollten in unsere früheren Siedlungsgebiete jenseits des Renos zurückkehren. Bis zum darauffolgenden Abend müssten wir verschwunden sein, andernfalls werde er seinen Kriegern den Befehl zum Angriff geben.

Vollkommen entgeistert baten wir um eine Frist, eine Waffenruhe von drei Tagen, damit unsere Häuptlinge und Ältesten über die Forderung beraten konnten.

Der römische Befehlshaber war einverstanden, bestand allerdings darauf, an diesem Tage noch eine kurze Strecke zurückzulegen, um sein Nachtquartier an einer geeigneten Wasserstelle aufschlagen zu können.

Nachdem wir uns geeinigt hatten, eilten wir zu unseren Dörfern, um unsere Leute zu alarmieren.

Da die Ernteerträge der neu bestellten Feldern zu mager ausfallen würden, um uns, also etwa eine halbe Million Stammesangehörige, zu ernähren, war einige Tage zuvor der Großteil unserer Reiterei aufgebrochen, um die Menapier jenseits der Mosa um Getreide zu ersuchen. Wir sandten sofort Boten aus, die die Krieger zurückholen sollten, denn ihre Unterstützung hätte unsere Lage entscheidend verbessert. So jedoch befanden sich nur etwa achthundert Leute unserer berittenen Elitetruppe in der Nähe. Allerdings waren sie noch nicht über die Vereinbarungen mit den Römern unterrichtet worden." Alkwin ballte die Fäuste, es kostete ihn sichtlich Mühe, die Fassung zu wahren, während seine Zuhörer gebannt dem Fortgang der Geschichte lauschten.

„Dieser Umstand führte zu einem schlimmen Missgeschick. Denn während wir von Dorf zu Dorf jagten, eilten Caesars Boten ihrer Vorhut hinterher. Sie hatten ihre etwa fünftausend Krieger umfassende Reiterei gerade erreicht und sie über die vereinbarte Waffenruhe benachrichtigt, als unsere besagten Achthundert dazukamen.

Nichts ahnend sahen sich unsere Leute plötzlich einer Übermacht bewaffneter Krieger gegenüber, die offensichtlich auf dem Weg zu unseren Familien waren – todesmutig haben sich unsere Recken auf sie gestürzt und dabei die römischen Reiter, die an diesem Abend nicht mehr mit einem Angriff rechneten, kalt erwischt. Es gelang unseren Leuten, die Fremden in die Flucht zu schlagen. Bei dem Angriff kam eine Hundertschaft Römer ums Leben, den Rest haben unsere Krieger bis zum Haupttross der römischen Scharen zurückverfolgt. In Anbetracht der unfassbar großen Übermacht, die sie dort erwartete, sind die Unseren dann jedoch abgedreht. Erst als sie in den Dörfern ankamen, haben sie von der bestehenden Waffenruhe erfahren.

Eine solche zu brechen ist, wie ihr wisst, eines der schlimmsten Vergehen in einer kriegerischen Auseinandersetzung.

Das hätte nicht passieren dürfen! Die Aufregung war groß; die Lage bitter ernst. Was sollten wir tun?

Unsere Stammesführer waren sehr besorgt. Nachdem sie die ganze Nacht über beraten hatten, beschlossen sie, sich bei Caesar für das Missverständnis zu entschuldigen. Um ihn von der Ernsthaftigkeit ihres Bedauerns zu überzeugen, wollten sie ein Zeichen setzen – also sind sämtliche unserer Häuptlinge und Ältesten geschlossen zu ihm gegangen. Auch die Anführer der Usipeter haben sich der Abbitte angeschlossen und sich ebenfalls als Friedensunterpfand ausgeliefert." Alkwin verschlug es die Sprache; zu betroffen war er von dem, was dann geschehen war.

Yngve fuhr statt seiner fort. Der vom Leid abgestumpfte Mann sprach mit eintöniger Stimme, so als berichtete er über ein alltägliches Geschehen banaler Natur.

„Um die Mittagszeit erschienen plötzlich Tausende von Römern in meinem Dorf. Sie metzelten jeden nieder, der ihnen in die Quere kam.

Uns blieb keine Zeit, uns zu beraten. Keiner wusste, ob wir fliehen oder kämpfen sollten. Ohne unsere Stammesführung waren wir kopflos dem Verderben preisgegeben.

Viele von uns haben zu den Waffen gegriffen, während die Frauen und Kinder versuchten, sich in Sicherheit zu bringen. Aber die römischen Reiter, denen am Vorabend diese beleidigende Niederlage zugefügt worden war, schnitten ihnen den Weg ab … Sie setzten den Wehrlosen nach und …" Seine Stimme versagte, und an seiner Hand, die den Wasserbecher hielt, traten die Knöchel weiß hervor. Als er die Fassung wiedergefunden hatte, fuhr er fort: „Gnadenlos schlachteten sie unsere Frauen und Kinder vor unseren Augen ab. Ihre Angst war unbeschreiblich. Sie rannten nach allen Seiten davon, doch die römischen Reiter setzten ihnen nach. Die Todesschreie der Kinder haben sich in meine Seele eingebrannt.

Wir Männer versuchten ihnen zu helfen, aber kaum einem von uns gelang es, überhaupt nur in ihre Nähe zu kommen. Langsam dämmerte mir, dass unsere Gegner dem Befehl folgten, unseren Stamm auszulöschen. Wer laufen konnte, rannte um sein Leben. Die Sterbenden türmten sich übereinander, sodass ich meine Lieben nicht mehr erreichen konnte." Er dachte an das Ende seiner Mädchen und Jungen. Atemlose Stille hatte die Zuhörer erfasst. Doch Yngve hätte die unaussprechlichen Bilder nicht in Worte fassen können, ohne zusammenzubrechen, also barg er sie in seinem Herzen und sprach mit gebrochener Stimme weiter. „Alles war voller Blut. Ich hatte nur noch eines im Sinn – die wenigen Überlebenden über den Renos zu retten. Mit jedem Arm schnappte ich mir ein Bündel Kinder. Wer es bis an die Ufer des Renos geschafft hatte, war völlig erschöpft. Wir hatten keine Boote. Die Mehrheit der Fliehenden ist in den Fluten umgekommen."

„In allen Dörfern war es dasselbe", übernahm Alkwin das Wort. „Der Großteil der Angehörigen unserer Stammesverbände wurde ausgelöscht. Diejenigen, die dem Blutbad entkommen konnten, sind auf dem Weg zu den Sugambrern.

Wir wissen weder, was mit unseren Häuptlingen und Ältesten geschehen ist, noch, was dieser Julius Caesar plant. Die Handelswege entlang des Renos, auf denen wir gekommen sind, befinden sich in guter Verfassung. Schon morgen können die Römer hier sein. Macht euch auf das Schlimmste gefasst!"

Über den Dächern der Stadt breitete sich knisternde Ruhe aus.

Plötzlich ertönten Rufe zwischen den Häusern. Geschrei brandete auf, gefolgt von nervösem Hundegebell. Eine Vielzahl nackter Sohlen eilte über die staubigen Wege. Erschrocken gackernd, flatterten Hühner umher. Hausrat wurde in rasender Eile durchgesehen. Ein Sack wurde geöffnet, ein Teil ihm entnommen, Hunderte von getrockneten Erbsen prasselten unbeachtet zu Boden. Ein kupferner Kessel rollte scheppernd davon. Klirrend zersprang ein Teller. In der Hatz blieben die Scherben liegen. Schnell musste es gehen. In wildem Durcheinander schallten Stimmen durch die Gassen. Säckeweise Korn und Schinken wurden auf Rücken geladen und dazu manches Kind, das zu klein war, um längere Zeit zu laufen. Die größeren Kinder wurden angewiesen zu schultern, was sie tragen konnten – Decken, Felle, kleinere Geschwister. Hände rafften zusammen, was gebraucht wurde. Ein Topf noch, dazu ein Messer. Pyrit und Flintstein, um Feuer entfachen zu können. Eine Puppe zum Trösten, wenn eines der ganz Kleinen trotz großer Angst würde mucksmäuschenstill sein müssen. Schwangere Frauen fanden helfende Hände, ebenso wie die Alten, nur schnell musste es gehen. Schnell. Einmal noch umschauen – was wurde gebraucht, um Tage oder Wochen in den Wäldern zu verbringen?

Und wieder wurden die beiden Flügel des großen Tores aufgeschoben. Frauen, Kinder und die Alten quollen aus der Stadt. Sie überquerten den hölzernen Steg, der über den Seitenarm des Flusses führte.

Als die letzten Füße die schwankenden Holzbohlen verlassen hatten, wurde der Weg über das Wasser abgebrochen. Die Zurückgebliebenen räumten die schweren Hölzer hinter die Stadtmauern, die Tore schlossen sich.

Lanzen und Schwerter wurden ergriffen, Wurfschleudern sowie Schilde ebenso wie Langbögen und Köcher voller Kriegspfeile. Alles, was an Waffen verfügbar war, wurde herbeigeholt.

Die Verteidiger und Verteidigerinnen der Stadt erklommen die Mauern, um dann den Fliehenden mit den Augen zu folgen. Die Ersten verschwanden bereits in den Wäldern der nahen Anhöhen.

Es war gut, die Kostbaren, die geliebten Frauen, Kinder, und die Alten, die Hüter des Wissens, in Sicherheit zu wissen. Sie würden sich verteilen, nicht alle auf einem Fleck zusammen bleiben. Ein letztes Mal drehten sie sich um und winkten zurück, bevor sie zwischen die schützenden Bäume traten. Seit Kindertagen kannten sie alle Schlupfwinkel und geheimen Ecken des Waldes. Es gab Winkel und Felsnischen, in denen sie niemand finden würde, und Baumriesen, mächtig und ausladend genug, um eine ganze Sippe in ihren verzweigten Astnestern aufzunehmen.

Zurück blieb eine merkwürdige Stille.

Die Kriegerinnen und Krieger um Catuvolcus standen fast ebenso unter Schock wie die beiden Tenkterer. Hingegen ahnte der Großteil der Menschen im Umland noch nichts von dem Massaker, das die Familien der Usipeter und Tenkterer ereilt hatte. Das Getreide stand kurz vor der Reife, der Wildwuchs auf den Feldern wurde gejätet, Tiere versorgt und Kinder geboren; so als wäre nichts geschehen.

Der eburonische Stammesfürst schickte Eilboten nach Westen. Er wollte sich so schnell wie möglich mit seinem Mitregenten beraten.

„Lasst euch nicht beeindrucken!“, gab der Überbringer Ambiorix’ Antwort wieder. „Caesar wird euch nicht angreifen. Er beabsichtigt, uns einzuschüchtern. Steht erhobenen Hauptes auf den Mauern, wenn er kommt.“

Catuvolcus schäumte. Woher glaubte Ambiorix Caesars Pläne zu kennen?

Doch er kannte Ambiorix’ Qualitäten als realistischer Stratege; er würde sich in einer so wichtigen Frage nicht allein auf die Aussagen seiner Seher verlassen. Nachdenklich rieb sich Catuvolcus das Kinn … Möglich, dass Ambiorix einen geheimen Kundschafter in den Reihen der Römer besaß. Bis er ihn unter vier Augen danach fragen konnte, blieb jedoch nur banges Warten.

Inzwischen verlangte Caesar, die Sugambrer sollten ihm die Tenkterer und Usipeter ausliefern.

Stattdessen zeigten ihm die Sugambrer die Zähne. „Romas Herrschaft findet am Renos ihre Grenze!“

In diesem Punkt gab Caesar ihnen recht – Romas Macht endete sogar lange vor dem großen Strom. Doch darum ging es überhaupt nicht. Was die „Germanen“ nicht begriffen, war, dass sie sich mit *ihm,* dem Imperator und zukünftigen Kaiser des Römischen Reiches, angelegt hatten. Und Gaius Julius Caesar war noch lange nicht mit seinem Latein am Ende. Er, und niemand sonst, würde hinsichtlich der Größe seines Machtbereiches das letzte Wort behalten!

Niamh brütete derweil ebenfalls über Fragen der Selbstbehauptung. Sie ahnte nicht, dass von den Entscheidungen, die sie zu treffen hatte, auch in ihrem Fall das Wohl unzähliger Menschen abhängen würde.

Doch nicht zufällig hatte Kia Ye Lanur die Geschicke der Geliebten derart forciert aus der Gefahrenzone herausgelenkt, und so drehten sich Niamhs Gedanken erst einmal nur um die bevorstehende Auseinandersetzung mit Audra.

Inzwischen war sie sicher, Opfer von Audras Ränken geworden zu sein, und malte sich aus, wie sie ihr gegenübertreten würde. Sie zog sogar in Erwägung, dass die Stammesführerin die Mechenen zum Kampf aufgefordert haben könnte, um sie, Niamh, auf Umwegen in Tjarks Arme zu treiben. Doch sie verwarf den Gedanken als zu abwegig und hinterhältig. Nein, dachte sie, in diesem Punkt hatte gewiss der Zufall Audra in die Hände gespielt.

Je näher sie den Dörfern des Alten Volkes kam, desto unsicherer wurde sie. Bildete sie sich die ganze leidige Angelegenheit nicht bloß ein und tat Audra großes Unrecht mit ihren Anschuldigungen? Als ihre Ziehmutter hatte Audra Dankbarkeit und Achtung verdient. Welche Beweise hatte sie denn?

Nicht zum ersten Mal fühlte sich Niamh Audra gegenüber verzagt wie ein Kind. Sie wusste nichts davon, dass Audra Mittel und Wege kannte, um im Falle von unliebsamen Auseinandersetzungen die Schwächen des Gegenübers zutage zu bringen und sie zu verstärken.

Die Kriegerin raufte sich die Haare. Die Grübeleien bringen mich auch nicht weiter!, dachte sie. Es war an der Zeit, Audra aufzusuchen.

Als Niamh wenig später den belebten Dorfplatz betrat, war es bereits früher Abend.

Wie bei schönem Wetter üblich, saßen Jung und Alt nach dem Tagewerk beisammen und alle genossen die Geselligkeit.

Scherze flogen hin und her, ein Feuer war entfacht worden, und ein Schaf garte über der Glut; der aufsteigende Bratenduft ließ allen das Wasser im Munde zusammenlaufen.

Wegen der Größe der Dorfgemeinschaft würde jeder nur ein kleines Stück des Leckerbissens als Vorspeise zugeteilt bekommen. Um den Hunger zu stillen, gab es Eintopf vom heimischen Herd.

Gern tauschte man in der Runde die Schalen. Nicht selten schmeckte das Gericht, das die Nachbarin zubereitet hatte, besser als die Erzeugnisse der eigenen Küche.

Zurzeit gab es bei den meisten Grütze aus jungem Getreideschrot mit Speck oder auch Walderdbeeren, je nachdem, ob man der Würze oder eher der Süße des Lebens den Vorzug gab.

Nach dem Essen würden gewiss wieder abenteuerliche Geschichten zum Besten gegeben werden. Oft spielten sich die Erzähler gegenseitig die Bälle zu oder untermalten das Geschehen zur Erheiterung der Zuhörer mit schauspielerischen Einlagen. Nicht nur die Kleinsten freuten sich schon darauf, sich dann an jemanden anzukuscheln, während sie mit großen Augen der Wiedergabe eines berühmten Streiches oder herzzerreißenden Liebesdramas folgten.

Doch heute sollte es anders kommen, denn plötzlich gellte eine hohe Stimme über den Platz.

„Niamh!“, schrie Anna. Alle Köpfe drehten sich ihr zu, um sich dann einem Vogelschwarm gleich der Richtung zuzuwenden, in die das Mädchen zeigte – und tatsächlich – dort stand die Totgeglaubte zwischen den Häusern!

Ungeachtet ihrer versteinerten Miene sprangen die Kinder auf und rannten zu ihr. Erst jetzt löste sich die Anspannung der Kriegerin, und ihr Blick wurde weich.

Lenni sprang am wildesten an ihr hoch, und auch die anderen wollten sie berühren, um sich zu vergewissern, dass sie lebte, und von ihr über den Kopf gestreichelt werden; ihre hellen Stimmen riefen wild durcheinander.

Die älteren Dorfbewohner erhoben sich nun ebenfalls von ihren Plätzen und kamen zur Begrüßung der Heimgekehrten herüber.

Niamh wusste gar nicht, wie ihr geschah. In Trauben hingen die Mädchen und Jungen an ihren Beinen, und auch die Erwachsenen umringten sie, klopften ihr, voller Freude und Erleichterung, sie am Leben und wohlauf zu sehen, auf die Schultern. Niamh hatte nicht damit gerechnet, so herzlich begrüßt zu werden, doch am Ende lachte und freute auch sie sich.

Einzig Audra stand noch am Feuer. Ernst nickte sie Niamh zu.

Es war undenkbar, sofort mit ihr vom Platz zu gehen, denn die Kinder und ihre Familien drängten Niamh, sich zu ihnen zu setzen. Sie baten die verschollene Tochter, mit ihnen zu essen und zu berichten, wie es ihr ergangen war. Auch die anderen Kriegerinnen und Krieger wurden benachrichtigt. Kurz darauf kam Kristin angestürmt und fiel Niamh weinend um den Hals. „Du lebst! Niamh, du lebst!“, rief sie. „Ich dachte, er hätte dich umgebracht; wie bist du Kia Ye Lanur nur entkommen?“

Beinahe hätte Niamh verwundert gefragt, warum Kia sie denn hätte töten sollen, doch Kristin ließ sie ohnehin nicht zu Worte kommen. „Bitte verzeih, dass ich dich im Stich gelassen habe!“, flehte sie und rang um ihre Fassung. „Ich wollte dich ja befreien“, beteuerte sie. „Am Tag nach dem Attentat war der Teufel los – du hattest recht, was du getan hast, war in aller Munde. Ich habe mich in dunklen Ecken der Stadt herumgedrückt. Immer wieder wurden Rothaarige festgenommen, denn auch auf mich war ein Kopfgeld ausgesetzt worden; schließlich hatte man uns am Markttag zusammen gesehen.

Dann haben sie dich gefunden; verletzt. Ich habe die Waschweiber belauscht – du warst des Todes, lediglich der Zeitpunkt deiner Hinrichtung stand noch nicht fest. Ich fand heraus, dass du im Schweinestall gefangen gehalten wurdest, und habe mich zum Verschlag geschlichen, doch als ich mich daran zu schaffen machte, bin ich entdeckt worden. Zum Glück fand ich einen Durchlass in der Stadtmauer, durch den ich Catuvolcus' Leuten um Haaresbreite entwischt bin. Sie folgten mir und hätten mich fast festgesetzt, doch ich bin im letzten Moment in den Fluten des Renos abgetaucht.

Als ich in der darauffolgenden Nacht wieder in die Nähe der Stadt zurückgekehrt bin, waren die Wachen verdoppelt worden, und ich konnte nichts mehr für dich tun. Oh, Niamh, es tut mir so leid."

„Dich trifft keine Schuld", versicherte Niamh und umarmte die Freundin.

„Erst hatte es geheißen, Kia Ye Lanur sei tot", fuhr Kristin fort. „Dann erzählten sich die Fischer am Fluss, du hättest ihn lediglich übel zugerichtet, seiest ihm danach übergeben worden, und er habe dir den Garaus gemacht. Das war der schwärzeste Tag meines Lebens. Am Boden zerstört bin ich zum Alten Volk zurückgekehrt, um ihnen die traurige Kunde zu überbringen. Ach, Niamh, ich hätte dich am Abend des Markttages gar nicht erst mit ihm gehen lassen dürfen! Doch sag, wie ist es dir gelungen, ihm zu entkommen?"

Aus allen Richtungen wurden jetzt Rufe laut, Niamh solle berichten.

Niamh wählte eine Fassung ihrer Erlebnisse, die sich wie ein verwegenes Räuberstück anhörte. Stellen wie den misslungenen Sprung von der Mauer oder ihre Hassliebe zu den schweinischen Gefängniswärtern schmückte sie besonders aus. Persönliche Teile des Abenteuers hingegen, wie etwa ihre Gefühle für Kia, behielt sie für sich. Die Zeit mit ihm begrenzte sie auf wenige Sätze.

„Ich habe alles in meiner Macht Stehende getan, ihn zu töten. Er hat es überlebt. Das Erstaunlichste an ihm war jedoch, dass er mich hat gehen lassen."

Niamh erhob sich und reckte sich zu ihrer vollen Größe. Nicht zufällig stand sie Audra bereits gegenüber, bevor diese auf die Füße kam.

Die Stammesführerin registrierte die herausfordernden Bewegungen der Kriegerin. Doch nur dem äußeren Schein nach war Niamh im Vollbesitz ihrer Kraft und Audra überlegen, denn hinter der kämpferischen Fassade fühlte sich Niamh mit einem Mal hohl und seltsam haltlos. Ein kurzes Aufblitzen eines Lächelns verriet ihr, dass Audra ihre Schwäche bemerkt hatte.

Doch schon senkte die Ältere den Blick, so als gäbe sie sich geschlagen, stand ebenfalls auf und folgte der Kriegerin.

Niamh wollte die Wahrheit wissen, darum wählte sie den Hollaberg als Ort der Aussprache.

Schweigend gingen sie im silbernen Schein der Mondin über die Wiesen. Schon von Weitem wies ihnen der Menhir mit seinem Leuchten den Weg. Der hoch aufragende weiße Quarzblock schuf eine kraftvolle Verbindung zwischen Himmel und Erde.

„Lass uns ein Feuer machen", schlug Niamh vor. Während sie nach Brennholz suchte, rief sie sich die Worte ins Gedächtnis, mit denen sie die Ältere zur Rede stellen wollte, doch es fiel ihr schwer, sich zu konzentrieren. Sie wunderte sich, wo die Wut auf Audra abgeblieben war, stattdessen gewann ihre Unsicherheit an Boden. Als sie einen großen trockenen Ast in Stücke brechen wollte, rutschte sie ab und riss sich an einem Span den Finger auf. Leise über ihre Unachtsamkeit fluchend, lutschte sie sich das Blut vom Daumen und zog das Holz hinter sich her.

Gemeinsam zündeten sie das Feuer an, dessen Licht ihnen ermöglichen sollte, sich in die Augen zu sehen. Schon bald züngelten die ersten Flammen an den Zweigen empor.

Plötzlich fiel Niamh auf, dass Audra nur eine vereinfachte Ausgabe der Ereignisse kannte. Anstatt ihre Vorwürfe vorzubringen, wie sie es ursprünglich vorgehabt hatte, änderte sie ihren Plan und berichtete von Kias ungeheurer Widerstandskraft, die ihm ermöglicht hatte, das Schlangengift zu überleben.

Erst nach einer Weile merkte sie, dass sie noch eine Vielzahl weiterer Entschuldigungen für das Fehlschlagen ihres Auftrags vorbrachte. Trotzig hielt sie inne. Sie hatte es nicht nötig, sich zu rechtfertigen, dachte sie. Kia liebe sie, stieß sie hervor. Er habe niemals im Sinn gehabt, den Töchtern und Söhnen der Aufanien zu schaden. Er sei ein wunderbarer Mensch, beteuerte sie, sogar ewige Treue habe er ihr geschworen.

Irritiert stellte sie fest, wie gutgläubig sich ihre Worte anhörten – was, wenn Kia ihr etwas vorgemacht hatte?

Niamh verlor den Faden. Ihre Gefühle spielten verrückt; ihr war, als verlöre sie den Boden unter den Füßen.

Sie riss sich zusammen. Gegen die Panik anzureden war nicht leicht, doch sie bekam tatsächlich einen einigermaßen zusammenhängenden Bericht zustande. Sogar den Verdacht, Audra habe sie Tjark in die Arme getrieben, um sie dank ihres schlechten Gewissens als willenlose Erfüllungsgehilfin zu gewinnen, brachte sie über die Lippen.

Mit ernstem Blick ließ Audra sie ausreden. Peinlich berührt kam Niamh ins Stocken.

„Ich bin erschüttert", übernahm Audra das Wort. „Wie konnte ich bloß auf die Idee kommen, du hättest der Macht eines Kia Ye Lanur mehr entgegenzusetzen als ich?

Wenn du wüsstest, wie absurd deine Vorwürfe klingen! Was sagst du, mit einem vergifteten Pfeil soll ich auf dich geschossen haben?" Niamh nickte, doch der Vorwurf erschien auch ihr plötzlich weit hergeholt.

„Das also hat er dir eingeredet", seufzte Audra und schüttelte traurig den Kopf. „Ich hätte mir denken können, dass er dich gegen mich aufhetzt. Erst recht, nachdem Tjark mich so schändlich verraten und deine Schwäche ausgenutzt hat! Schuldig und verwirrt, wie du dich gefühlt haben musst, als du nach Bonna aufgebrochen bist, ist es kein Wunder, dass du Kia Ye Lanurs Zauber auf den Leim gegangen bist! Lass mich raten – er hat dir versichert, dass ihr euch bald wiederseht?" Die Bestürzung, die sie in Niamhs Augen fand, ermutigte sie, mit ihren Vermutungen fortzufahren. „Bestimmt wusste er eine ergreifende Geschichte zu berichten, dass ihr Seelenverwandte seid, etwas in der Art. So wie ich ihn kenne, hat er deine Zweifel zerstreut, indem er dich mitfühlend umsorgt und dir eine wunderbare gemeinsame Zukunft in Aussicht gestellt hat. Ich möchte gar nicht wissen, wie nah ihr euch gekommen seid.

Ach, Niamh, haben die Gelübde denn gar keine Bedeutung mehr für dich?" Der Vorwurf war unüberhörbar, doch Audras Miene blieb weiterhin freundlich. „Nach allem, was du durchgemacht hast, meine Liebe, werde ich dir keine Vorhaltungen machen, ich appelliere lediglich an deinen gesunden Menschenverstand. Sieh doch – die Bande zwischen dir und diesem Mann sind mit schwarzer Kunst geknüpft worden. Kia Ye Lanur wird dir großen Schaden zufügen, du wirst sehen. Einziger Trost ist, dass du lebst", murmelte sie und wechselte dann unvermittelt das Thema.

„Du bist bei den Priesterinnen in Bonna gewesen, und sie sind ebenfalls von Kia Ye Lanurs Unschuld überzeugt." Wieder konnte sie an Niamhs Augen ablesen, dass sie richtiglag. „Glaube mir, auch sie hat er eingewickelt. Wenn ich nur wüsste, wie wir deine arme Seele von seinem unseligen Zauber befreien können. Hast du denn gar nichts gemerkt, ist dir nichts seltsam vorgekommen?" Die Frage ließ Niamh unwillkürlich an den merkwürdigen Katerzustand denken, in welchem sie sich nach der glücklichen Liebesnacht, allein gelassen und verwirrt, vor den Toren Bonnas wiedergefunden hatte. Entgeistert starrte sie die Ältere an. Alles konnte tatsächlich genau so gewesen sein, wie Audra behauptete. Von einem Moment zum anderen drohte das Gefühl der Liebe zu Kia, das Niamh in den vergangenen Tagen getragen hatte, wie eine Seifenblase zu zerplatzen. Wem sollte sie Glauben schenken?

Bestürzt ließ sie den Blick zum Horizont schweifen; schwer von Dunkelheit lag das Land unter der freundlichen Mondin. Im Augenwinkel gewahrte Niamh den Menhir. Sein majestätischer Anblick machte ihr bewusst, dass sie aus gutem Grund den der Göttin und damit der Wahrheit geweihten Platz gewählt hatte. Nur allzu gut erinnerte sie sich daran, wie sie in Bonna mit den Aufanien gesprochen hatte, die ihr die Version Kias und die der Priesterinnen bestätigt hatten, und so nahm sie im Stillen noch einmal Kontakt zu den göttlichen Wesenheiten auf.

Zu Niamhs Erstaunen erschien die Göttin ihr diesmal in der Gestalt der Schwarzen, der Wandlerin, das gewetzte Messer zwischen den Zähnen. Und wiederum erteilte Sie ihr dieselbe Antwort. Erleichtert seufzte Niamh auf. Einer inneren Eingebung folgend, bat sie Holla, ihr ein Zeichen zu geben, etwas, was sie sicher sein lassen konnte, dass sie tatsächlich mit ihr in Kontakt stand und nicht durch Kias Einfluss gefälschte Aussagen erhielt, wie Audra sicherlich behaupten würde. Noch bevor sie die Frage zu Ende gedacht hatte, kannte sie bereits die Lösung – sie würde Audra mit etwas bestimmtem konfrontieren: mit der Wahrheit.

Auch wenn sie Audra kaum in die Augen sehen konnte, begann Niamh erneut zu sprechen. Von Kias Freundlichkeit berichtete sie und von seiner unumstößlichen Liebe, die während der Qualen, die sie ihm zugefügt hatte, unbeirrbar fortbestanden hatte und die sie inzwischen erwiderte. Weiter erzählte sie, dass sie im Tempelbezirk von Bonna die Gelübde zurückgenommen habe, und kam dann ohne Umschweife auf die wunderbaren Liebesspiele zu sprechen, die sie und Kia geteilt hatten. Mit feuchten Händen und zitternden Knien beschrieb sie, wie Kia sie nicht mithilfe zwielichtiger Winkelzüge aus dem Reich der Finsternis erobert hatte, sondern sie zärtlich geküsst und mit seinen wissenden, sanften Händen und seinem unwiderstehlichen Gemächt in himmlische Gefilde entführt hatte, als Audra schlagartig die Masken fallen ließ, um Niamh mit roher Geste ins Wort zu fallen.

„Halt den Mund, du undankbares Gör!“, schrie sie. „Wie du seinen Namen nennst – *Kii-aah*“, sie zog die Silben in die Länge und verzerrte dabei das Gesicht. Schmerzvoll fühlte sie sich an ihre eigene Begegnung mit ihm erinnert. „Ich könnte ihm die Augen auskratzen und dir dazu. Ich hasse dich! Mir zu erzählen, wie er es mit dir getrieben hat, du Verräterin!“

Das Ziel, das sie zu erreichen gehofft hatte, rückte in weite Ferne. Sie hatte ihr Leben für den Fortbestand des Alten Volkes und die überlieferte Lebensweise aufgegeben. Nach und nach waren ihr trotz aller Opfer, die sie gebracht hatte, die Fäden aus den Händen geglitten.

Kia Ye Lanur hatte Audras Freundin Lioba gänzlich auf seine Seite ziehen können, indem er ihr das Leben gerettet hatte. Damit hatte Audra ihre wichtigste Vertraute und ihre letzte Verbindung nach Bonna verloren – so hatte es jedenfalls in ihren Augen ausgesehen.

Der jahrelange Kampf um die Unabhängigkeit der kläglichen Überreste des Stammesverbandes sowie die selbst auferlegte Pflicht, alle entscheidenden Ämter zu bekleiden, hatten die Stammesführerin und Hohepriesterin zermürbt.

Schließlich war Audra klar geworden, dass es nur eine mögliche Lösung gab, um die verlorenen Landesteile zurückzugewinnen – sie musste Kia Ye Lanur für sich gewinnen.

Gemeinsam hätten sie das Alte Volk wieder einen und von Catuvolcus und seinen Leuten loseisen können. Kia Ye Lanur war kein gebürtiger Eburone, er stammte nicht einmal von hier. Für ihn wäre Audra bereit gewesen, ihre Macht zu teilen, denn mit ihm zusammen hätte sie gewagt, sich ein weiteres Mal der schwarzen Magie zu bedienen. Niemand hätte ihnen etwas entgegenzusetzen gehabt, hätten sie an einem Strang gezogen.

Doch auch dieser Plan war gescheitert – unter dem Vorwand, Lioba besuchen zu wollen, war Audra nach Bonna gereist, aber Kia Ye Lanur hatte es schlichtweg abgelehnt, mit ihr zusammenzuarbeiten.

Das Einzige, was er für sie tun könne, sei, Stillschweigen zu wahren, mit welchem Anliegen sie an ihn herangetreten war. Dieser Heuchler! Dabei hatte Audra doch genau gemerkt, dass auch er gewisse Spuren der Zusammenarbeit mit den Mächten der Finsternis an sich trug.

Nein, nicht einen Augenblick lang hatte sie sich darauf verlassen, dass er Wort hielt. Denn wenn er jemandem davon berichtete, dass sie die Seiten gewechselt hatte, wäre es vorbei mit dem Ziel, das sie sich zur Vollendung ihres Lebenswerkes gesteckt hatte: das Alte Volk wiederzuvereinigen und vor den Gefahren der Zeit zu bewahren.

Die Vorstellung, Niamh an Kia Ye Lanur verloren geben zu müssen, verletzte sie zutiefst.

„Erst teilst du dein Lager mit Tjark, meinem Gefährten – als ob es eine Rolle spielte, was ich ihm befohlen habe, um dich gefügig zu machen. Versteh doch!“, schrie sie, hin- und hergerissen, ob sie Niamh hassen oder versuchen sollte, sie wieder auf den rechten Weg zu bringen. „Um das Gelingen deines Auftrags sicherzustellen, blieb mir keine andere Wahl, als dich mit dieser Schuld unausweichlich an mich zu binden – so dachte ich jedenfalls. Wie konntest du dich nur auch von dieser Schlange Kia Ye Lanur ins Bett zerren lassen? So eine Unverfrorenheit! Er gehört mir. *Mir* hat er sich mit seinen Blicken versprochen. Wenn ich ihn nicht haben kann, soll ihn keine bekommen! Ich verfluche dich! Ich verfluche euch beide!“ Unvermittelt brach Audra ab, denn endlich dämmerte ihr, dass sie sich anhörte wie eine eifersüchtige Frau – sie war verliebt; Kia Ye Lanur hatte sie zurückgewiesen, und sie hatte sich verrannt, hoffnungslos verrannt.

Überrascht starrte sie die Rivalin an.

Anstatt Kia Ye Lanur für ihr Anliegen gewinnen zu können, war Audra im vergangenen Jahr unverrichteter Dinge und zu allem Übel auch noch verliebt aus Bonna zurückgekehrt.

Seitdem schwanden ihre Kräfte zusehends. Daran trug allein er die Schuld, davon war sie überzeugt. Er wusste ein Herz an sich zu binden! Audra schenkte Niamh einen gehässigen Blick; die kleine Verräterin würde schon sehen, was sie sich mit ihrer Untreue eingebrockt hatte.

Instinktiv legte Niamh die Arme um ihren frierenden Körper.

Als ihr schwindelig wurde, merkte sie, dass sie ganz vergessen hatte zu atmen. Tief ließ sie die Nachtluft in ihre Lungen strömen und gewann auf diese Weise wieder einen klaren Kopf. Es gelang ihr, die Steifheit, die von ihr Besitz ergriffen hatte, zu durchbrechen und einige Äste auf die heruntergebrannte Glut zu legen. Eine Zeit lang waren nur das Knistern und Knacken des trocknenden Holzes zu hören, dann züngelten die Flammen erneut daran empor.

Audra wandte den Blick von ihr ab. Sie war außer sich vor Wut über ihr Scheitern. Die Kränkung des Zurückgewiesenwerdens hatte sie zu Kia Ye Lanurs erbitterter Feindin werden lassen. Ohne dass sie ihre Gefühle hätte benennen können, hatte sie ihr am Tage die Luft zum Atmen und in den Nächten den Schlaf geraubt. Diese Hassliebe jetzt beim Namen nennen zu können hatte etwas Erleichterndes.

Abgesehen von der vernichtend betörenden Wirkung, die sein Charme auf sie gehabt hatte, war Kia Ye Lanur imstande, ihr dunkelstes Geheimnis aufzudecken – in diesem Falle wäre alles verloren! Zu tief war die Schuld, die sie auf ihre Schultern geladen hatte, und zu hoch war der Preis gewesen, den sie einst gezahlt hatte, als dass sie dulden würde, die Fähigkeiten und die Macht, die sie sich erkauft hatte, aufzugeben. Mürrisch drängte sie das Bild ihrer Tochter in die Nebel zurück, aus denen es aufzusteigen drohte. Niemand durfte je davon erfahren!

Nein, das Maß an Elend, das sie zu tragen vermochte, war voll; Niamhs Treuebruch brachte das Fass endgültig zum Überlaufen. Es hatte keinen Sinn, sich etwas vorzumachen – sie hatte die Loyalität ihrer besten Kriegerin endgültig verloren.

Der Stachel saß tief, denn Niamh war weit mehr für sie gewesen. Audra fühlte sich erbärmlich, sie hütete sich jedoch, noch länger ihr wahres Gesicht zu zeigen. Niamh hatte mehr als genug zu sehen bekommen. Jetzt ging es um Schadensbegrenzung, und so besann sie sich und biss die Zähne zusammen.

Falls Kia Ye Lanur tatsächlich Interesse an der jungen Frau hatte, würde Audra diese Schwäche zu nutzen wissen, um ihn für alle Zeiten aus dem Weg zu räumen. Der Gedanke an die Rache, die sie an den beiden nehmen würde, gab ihr Halt und schenkte ihr neue Kraft.

Sollte Niamh fortgehen aus dieser Gegend; vielleicht würde Kia Ye Lanur ihr folgen. Audra brauchte nur dafür zu sorgen, dass Niamh nicht nach Bonna zurückkehrte. Den Versuch war es jedenfalls wert.

Am besten, sie würde Niamh in dem Glauben lassen, dass sie so einfach davonkam. Geschickt musste Audra vorgehen und dafür sorgen, dass sie in Vergessenheit geriet.

„Heißt das, du gibst alles zu?“, brach Niamh schließlich das Schweigen.

„Was immer du willst“, erwiderte Audra; Niamh konnte es kaum fassen. Nach all der Verwirrung sollte sie so einfach Antworten auf ihre Fragen bekommen haben?

„Es tut mir sehr leid, was du durchgemacht hast“, fuhr Audra fort, und für einen Teil ihrer selbst traf diese Behauptung sogar zu. „Niemals hätte ich zulassen dürfen, dass sich meine Gefühle mit den Interessen des Alten Volkes vermischen. Ich bin sehr froh, dass du meinen Fehler überlebt hast.“ Zur Bekräftigung ihrer Worte rang sie sich ein bitteres Lächeln ab.

Froh, dass endlich die Wahrheit ans Licht gekommen war, bedankte sich Niamh bei der Göttin mit einem stummen Stoßgebet für den wirksamen Rat.

Schließlich erhob sich Audra und verkündete, damit sei ja fürs Erste alles gesagt, und über den Rest müsse sie nachdenken. Niamh war so zufrieden mit dem unverhofft einfachen wie klärenden Ausgang der Aussprache, dass sie völlig vergaß, noch länger zornig zu sein. Und so, als wäre nach dem reinigenden Gewitter die Welt nun wieder in Ordnung, ließ sie die Stammesführerin ziehen.

Während sie dem Klang der verhallenden Schritte lauschte, fragte sie sich verwundert, warum sich Audra all die Mühe wegen Kia überhaupt gemacht hatte.

Erst viel später stellte sie fest, dass sie viele wichtige Fragen gar nicht gestellt hatte.

Jetzt jedoch seufzte sie und wandte sich der Gegenwart zu.

Nach allem, was sich zugetragen hatte, war es ihr unmöglich, Audra weiterhin die Treue zu halten. Daher beschloss sie, dem Alten Volk tatsächlich den Rücken zu kehren und sich auf sich selbst zu besinnen.

Welch ein Abenteuer!, dachte sie und lächelte.

Am darauffolgenden Morgen begab sich Niamh auf den Dorfplatz, um Abschied von den Menschen zu nehmen, die sie ihr Volk nannte. Seit dem Aufwachen brütete sie über den passenden Worten. Auf ihre Bitte hin waren Kristin und zwei andere Krieger unterwegs, um die Bewohner der übrigen Dörfer zusammenzurufen.

Als alle versammelt waren, trat Niamh in ihre Mitte und ließ die Augen über die weite Runde schweifen. Audra war nicht gekommen.

Niamh war sehr aufgeregt. Sie war es nicht gewohnt, vor so vielen Leuten zu reden. Doch das, was sie zu sagen hatte, ging alle etwas an, und so atmete sie tief durch und begann mit ihrer Rede.

„Töchter und Söhne der Aufanien, hört mich an.

Fast zwanzig Sommer lang bin ich Mitglied eurer Gemeinschaft gewesen. Ich danke euch sehr, dass ihr mich auf dem Sklavenmarkt von Alesia freigekauft und mir das Schicksal erspart habt, mein Dasein als Unfreie fristen zu müssen.“ Sie verneigte sich und fuhr fort. „Stattdessen habt ihr mich zur Kriegerin ausbilden lassen, und es war mir eine Ehre, euch im Gegenzug bis zum heutigen Tage vor unseren raufluštigen Nachbarn zu schützen.

Auch wenn wir nicht immer einer Meinung waren, habe ich mich bei euch alt und grau werden sehen. Doch nun ist alles anders gekommen. Die Ereignisse der letzten Monde haben mein Leben verändert, und ich brauche Zeit, um wieder zu mir zu finden."

Niamh machte eine Pause. Alle schauten sie erwartungsvoll an.

Es fiel ihr sehr schwer auszusprechen, was sie jetzt zu sagen hatte. Sie gab sich einen Ruck und brachte es zu Ende.

„Ich habe vor den Priesterinnen der Aufanien in Bonna die Gelübde widerrufen. Damit bin ich nicht länger eure Kriegerin.

Ich werde von hier fortgehen, um herauszufinden, was ich mit meinem Leben anfangen möchte. Wenn ich zurückkomme und euch meine Dienste wieder anbiete, dann aus freien Stücken, vielleicht bleibe ich jedoch für immer fort.

Dies ist mein Lebewohl, ich danke euch.

Ich bin frei."

Zum Zeichen, dass es ihr ernst war, nahm sie ihr Schwert von der Gürtelkette und zog den geölten Überzug von ihrer Lanze, einem Beutestück aus vergangenen Tagen. Sie schenkte der todbringenden Wellenklinge einen letzten Blick, legte die Waffen dann vor den versammelten Menschen zu Boden und trat einen Schritt zurück.

Einen Moment lang herrschte verblüfftes Schweigen, dann wurde Niamh mit Fragen bestürmt, und so entging ihrer Aufmerksamkeit der kleine Junge, der abseits des Trubels die Fäuste ballte – Lenni. Niemand schenkte seiner verzweifelten Enttäuschung Beachtung, und so drehte er sich um und rannte davon.

Als sich die Aufregung gelegt hatte, trat Cora, eine der ältesten Frauen, vor und hob die Hand.

„Bitte schenkt mir Gehör", sagte sie leise. Die Versammelten verstummten und wandten sich ihr zu. Mit Erstaunen bemerkten sie den langen bärenköpfigen Stab in ihrer Hand, das Zeichen der Führung des Alten Volkes – Audras Stab.

Feierlich schritt Cora zu der Stelle hinüber, an der Niamh ihre Waffen niedergelegt hatte, und stieß den kräftigen Holzstock mit einer Entschlossenheit, die man der zarten Frau nicht zugetraut hätte, neben Schwert und Lanze in die Erde. Als sie ihn losließ, steckte er aufrecht im Boden. Ein Raunen ging durch die Menge.

Cora wartete, bis wieder Ruhe einkehrte. Ihre munteren Augen blitzten, als sie die Stimme erhob.

„Ich spreche im Auftrag unserer Stammesführerin und Hohepriesterin. Audra hat mich gebeten, euch mitzuteilen, dass sie dringend das Zwiegespräch mit der Göttin suchen muss und sich daher in die Wälder zurückgezogen hat. Leider wird es ihr auf unbestimmte Dauer unmöglich sein, die ihr anvertrauten Aufgaben wahrzunehmen, und so bittet sie euch, Töchter und Söhne der Aufanien, einen einstweiligen Rat zu wählen, der euch anführt, bis sie zurückkehren kann."

Cora wandte sich Niamh zu.

„Als stellvertretende Stammesführerin entbinde ich dich hiermit aller Versprechen, die du dem Alten Volk gegeben hast. Du hast mehr für uns getan, als du uns jemals geschuldet hast, und dafür danken wir dir.

Es sei, wie du gesagt hast – du bist frei."

Niamh hätte diese Worte lieber von Audra gehört, doch auch so hellten sich ihre Gesichtszüge erleichtert auf.

Sie brauchte zwei volle Tage, um allen Lebewohl zu sagen.

Kristin wollte Niamh gar nicht ziehen lassen und drängte die Freundin, es sich anders zu überlegen.

Niamh nahm sie beiseite. Auf einem langen Spaziergang berichtete sie in allen Einzelheiten, was sie in den letzten Wochen erlebt hatte, während Kristin mit heißen Ohren zuhörte. Am Ende gab sie Niamh ihren Segen.

„Liebste Niamh, wohin gehst du denn jetzt?", lächelte sie traurig.

„Nach Weris. Ich habe vor, den längeren Weg durch den Wald zu nehmen, um zunächst eine Weile allein zu sein." Niamh seufzte. „In mir ist eine große Leere entstanden; mir fehlt etwas Entscheidendes ... ich weiß nicht ... es ist kaum auszuhalten, dieses Nicht-Wissen. Am liebsten würde ich mich sofort auf mein Pferd setzen und fliehen.

Aber mach dir keine Sorgen. Ich werde Deirdre oder Juna bitten, mich durch Zeremonien zu führen, die mir helfen herauszufinden, welchen Herausforderungen ich mich in Zukunft stellen will. Ich weiß nur, dass ich euch wiedersehen möchte und Kia natürlich auch."

Kristin nickte.

„Er hat mir von fremden Kriegerscharen erzählt, die den umliegenden Stämmen das Leben schwer machen“, berichtete Niamh. „Wer weiß, vielleicht wird Deirdre erfreut sein, wenn ich ihr meine Dienste anbiete, oder ich kämpfe eines Tages gar an der Seite von Catuvolcus.“ Sie lachte; sie fand den Gedanken urkomisch. „Nein, wohl eher nicht“, meinte sie dann und erklärte Kristin den Witz.

„Glaubst du wirklich, dass Audra dich so einfach aus unseren Reihen entlässt?“, wunderte sich diese.

„Wieso nicht?“, erwiderte Niamh ebenso erstaunt. „Ihr geht die ganze Angelegenheit ebenso nah wie mir; das war deutlich zu sehen. Sie hat ihre Fehler zugegeben, mehr kann ich nicht verlangen. Die Göttin wird sie führen.“

Kristin war verblüfft, dass Niamh, nach allem, was passiert war, Audra noch immer vertraute. Sie wagte jedoch nicht, Niamh naiv zu nennen, und so blieben ihre Zweifel unausgesprochen.

Bevor sie in die Fremde zog, nahm Niamh Abschied von dem Land, das so viele Jahre ihre Heimat gewesen war.

Unbeweglich saß sie an einen Baum gelehnt, dessen ausladende Äste sie mit ihrem Schatten vor dem gleißenden Sonnenlicht schützten. Ein letztes Mal nahm sie den vertrauten Anblick des Dorfes in sich auf, das in dem weitläufigen Tal wie in einer großen Hand geborgen lag.

Die Weiler des Alten Volkes besaßen nicht einmal eine Palisadenwehr oder gar ein Atuatuca, eine Fliehburg, wie sie ihre eburonischen Nachbarn in regelmäßigen Abständen errichteten.

Noch nie war Niamh das Vorhaben, die friedliebende Lebensweise der Töchter und Söhne der Aufanien im Wandel der Zeit erhalten zu wollen, so hoffnungslos erschienen wie heute.

Nachdenklich betrachtete sie die strohgedeckten Lehmhütten und dachte voller Wehmut daran, wie oft sie an diesem Platz gesessen und davon geträumt hatte, inmitten der Menschen zu leben, die sie bei ihren alltäglichen Verrichtungen beobachtet hatte.

Als Kriegerin beim Alten Volk war dies ein aussichtsloser Traum gewesen, und so wünschte sie sich, wo auch immer der Wind sie hintragen würde, geachtet und ein vollwertiges Mitglied einer Gemeinschaft zu werden – dafür lohnte es sich, in die Welt hinauszuziehen. Sie seufzte.

Über den Wiesen staute sich die Sommerhitze. Die Vögel des Waldes suchten so nah bei Niamh nach Nahrung, dass sie mehrmals versucht war, die Hand auszustrecken, um ihr buntes Federkleid zu berühren. Wie ein winziger Pfeil huschte ein Mauswiesel auf der Jagd an ihr vorüber und verschwand zwischen den Baumwurzeln.

Lächelnd wandte Niamh ihre Aufmerksamkeit den Kindern zu, die sie in einiger Entfernung am Dorfrand in den schattigen Hecken entdeckt hatte. Holunder- und Haselsträucher umgaben die Häuser als natürlicher Windschutz. Heute wurde offenbar Verstecken mit Abklatschen gespielt. Lenni war einer der Fänger; lauernd schlich er um die Sträucher herum.

Seit Niamh angekündigt hatte, dass sie fortgehen würde, hatte er sie gemieden. Sie suchte nach den passenden Worten, um ihm Lebewohl zu sagen, als zwei seiner Spielgefährtinnen kreischend aus dem Gebüsch gelaufen kamen. Ihre Schreie waren ungewohnt schrill; jetzt kam auch Lenni aus dem Haselstrauch hervorgejagt, einen Stock in der erhobenen Hand. Schon erwischte er eines der Mädchen am Rockzipfel und hieb mit der Rute auf die Kleine ein. Sie schrie wie am Spieß und hielt sich schützend die Hände über den Kopf, während Lenni immer weiter auf sie einschlug.

Niamh sprang auf und jagte den Abhang hinunter. „Hör auf!“, herrschte sie ihn an und packte ihn am Kragen. Geschmeidig wie ein Fischotter wand er sich aus ihren Händen.

„Du hast mir gar nichts zu sagen“, brüllte er und streckte ihr drohend den Stecken entgegen. „Du gehörst doch gar nicht mehr zu uns, also lass mich in Ruhe!“ Er wandte sich dem Mädchen zu, um erneut auf es einzuprügeln. Im letzten Moment erwischte Niamh seine Hand und rang ihm das Holz ab. Wutentbrannt ging er auf die Kriegerin los, doch sie packte ihn und klemmte ihn sich unter den Arm. Um sich vor seinen Tritten und Schlägen zu schützen, hielt sie ihn an sich gepresst.

„Lenni, was ist in dich gefahren? Beruhige dich!“, versuchte sie ihn zu besänftigen, doch Lenni kämpfte verbissen gegen sie an.

„Lass mich los!“, zeterte er.

Niamh blieb gelassen. „Wenn du aufhörst zu treten und zu schlagen“, stellte sie zur Bedingung. Lenni tobte weiter, und sie hielt ihn, bis er müde wurde. Endlich konnte er das Elend, das ihn quälte, herausbringen.

Als seine Stimmung kippte und sich in sein Zorngebrüll ein erster kläglicher Laut mischte, wiederholte Niamh ihr Friedensangebot. Ein letztes Mal bäumte Lenni sich auf, aber sie hielt dagegen, ließ ihn ihren Willen spüren und gab ihm damit Halt, bis sein Wutausbruch nachließ. „Bitte“, sagte er schließlich, da ließ sie locker, sodass ihr fester Griff zu einer behütenden Umarmung wurde.

Er lehnte jetzt an ihr. Niamh sah ihn an.

„Sag mir, Lenni, was ist so schwer?“, fragte sie leise. Lennis Ärger wandelte sich endgültig in Tränen.

„Ihr geht alle weg“, schluchzte er. „Erst stirbt mein Vater, und wenn du fort bist, beschützt mich keiner mehr. Es wird so sein, als ob du auch tot wärst!“

Entsetzt sah Niamh in sein kleines verheultes Gesicht.

„Lenni, was redest du denn da – was soll das heißen, dass dein Vater gestorben ist?“ Niamh war verwirrt.

„Du hast ihn gut gekannt“, hörte Niamh Talea sagen. „Lenovolcus war der Vater von Lenni.“ Erstaunt wandte sich Niamh um. Anna war losgerannt, um ihre Mutter zu Hilfe zu holen, als Lenni auf die Mädchen losgegangen war. Fast hätte Niamh Talea nicht erkannt; sie trug ihr Haar kurz.

Lenovolcus – Lenni. Niamh verstand auf einmal vieles.

Der Krieger hatte nie erwähnt, dass er Talea zugetan, geschweige denn, dass er Lennis Vater war.

Abgesehen davon, dass er damit zugegeben hätte, die Gelübde gebrochen zu haben, war seine Haltung nicht ungewöhnlich. Talea und ihre Kinder lebten den Traditionen des Alten Volkes entsprechend in der Familie ihrer Vorfahrinnen. Auch wenn die Liebe hoch geachtet wurde, lebten Liebespaare selten unter einem Dach oder zogen gar die Kinder gemeinsam auf. Leider hatte Talea weder Brüder noch Onkel, die wie üblich zum männlichen Vorbild für Lenni geworden wären.

Sprachlos wanderte Niamhs Blick zu dem kleinen Jungen zurück. Beim Anblick des Kindes stieg Lenovolcus' geliebtes Gesicht vor ihr auf.

„Oh, Lenni", stöhnte sie. „Lenni, oh nein."

Sie zog ihn in ihre Arme und drückte ihn behutsam an sich. Er hatte allen Widerstand aufgegeben und versteckte sein Gesicht an ihrer Brust. Still ließ er sich hängen und weinte seinen Schmerz in die tröstende Dunkelheit von Niamhs Wärme.

„Ich komme zurück, um dich zu beschützen, falls du in Gefahr geraten solltest", flüsterte sie und staunte, wie weich sich sogar seine Ohrmuschel anfühlte.

Sanft legte sie das Gesicht an sein sonnenhelles Kinderhaar, schaukelte ihn und atmete seinen Sommerduft ein. Sie schloss die Augen und hielt ihn. Wie zart er sich anfühlte. Wie unendlich zerbrechlich und liebenswert.

Lenovolcus lebte in diesem Kind weiter. Vielleicht hatte Lenni Niamh seine Zuneigung geschenkt, weil sie wie sein Vater zu den Kriegern gehörte, aber Lennis Nähe nicht gescheut hatte, im Gegenteil.

Trotzdem hatten er und Talea Lenovolcus sehr geliebt; jetzt begriff Niamh, dass sie sich den bemerkenswerten langen Zopf zum Zeichen der Trauer abgeschnitten hatte.

Plötzlich verstand Niamh auch, warum Talea so empfindlich auf Lennis offene Zuneigung zu ihr reagiert hatte. Lenovolcus hatte im Lager der Krieger und Kriegerinnen gelebt – mit Niamh, und nie hatte er einen Hehl aus seinen Gefühlen für sie gemacht.

Sie hob den Blick und deutete mit den Augen fragend auf Anna. Talea schüttelte den Kopf.

„Annas Vater war ein anderer", sagte sie und ließ sich mit ihrer Tochter neben Niamh und Lenni auf der sonnendurchwärmten Erde nieder.

„Wie kannst du so einfach von uns weggehen, Niamh?", klagte Lenni. „Wir sind doch deine Familie."

Es war nicht einfach.

Voller Schmerz sah Niamh auf. Ein müder Geruch von altem Laub und morschem Geäst wehte vom Wald herüber. Es wurde Zeit.

10.

In den frühen Morgenstunden machte sich Niamh auf den Weg. Den letzten Abend hatte sie in der Gemeinschaft der Kriegerinnen und Krieger verbracht. Noch einige Male hatte sie das Versprechen wiederholen müssen, wiederzukommen; wenigstens zu Besuch. Jetzt schliefen alle.

In aller Stille bepackte Niamh ihr Pferd und warf einen letzten Blick über das schlichte Langhaus, das ihr Heimat und Zuflucht gewesen war. Sie nahm die Zügel der Stute zusammen und saß auf. Ohne sich noch einmal umzuschauen, verließ sie das Land des Alten Volkes und erreichte kurz hinter dem letzten Tempelbezirk der Aufanien eburonisches Hoheitsgebiet.

In weitem Bogen umging Niamh Marcomagus, den an einem keltischen Fernreiseweg gelegenen Gast- und Grenzhof, kreuzte die lehmigen Fahrspuren einer Handelsstraße und betrat die weglosen Berg- und Moorlandschaften der Dea Arduinna, der Göttin der Ardennen.

Unbemerkt tauchte sie in das grüne Zwielicht des Waldes ein.

Hätte Caesar auf seinem Weg nach Süden die Handelsverbindung gewählt, die vom Nordmeer zur Hafenstadt Massalia am Ufer des Südmeeres führte, so wären sich die beiden schon an diesem Morgen des Jahres 55 vor Christus begegnet.

Caesar zog es jedoch zum Zusammenfluss des Renos und der Mosella, und so sollten noch zwei lange Sommer ins Land gehen, bis er und Niamh sich gegenüberstehen würden.

Zielsicher leitete der römische Feldherr seine Legionen an den Ufern des Renos entlang. Die Strömung trug ihnen Flöße und Lastkähne entgegen. Waren aller Art – Kohle zum Verhütten von Eisen, Mergel zum Düngen der Felder, Getreide, Salz und Erzeugnisse der Handwerkskunst wie etwa Eisenwerkzeuge oder Räder – sollten jedoch auch flussaufwärts bewegt werden. Dazu zogen mehrere Pferde, Ochsen oder auch Menschen die beladenen Boote von Uferwegen aus an langen Leinen die Flüsse hinauf. Ein solcher Leinpfad verlief auch entlang des Renos, vom Land der Usipeter und Tenkterer kommend, an Bonna vorüber.

Catuvolcus war heute ebenfalls früher als sonst aufgestanden, um die beiden Boten der aufgeriebenen Stämme zu verabschieden, die sein Volk vor den römischen Kriegern gewarnt hatten.

In den vergangenen Tagen hatte sich der Stammesfürst der Eibenleute alle nur erdenkliche Mühe gegeben, den Tenkterern zu danken.

Mit Speisen hatte er die beiden nicht verwöhnen können, da sie kaum in der Lage gewesen waren, etwas zu sich zu nehmen.

Also hatte er ihnen Ruhe und Bäder zukommen lassen. Seifenbad, Rasur und Maniküre waren den beiden Boten zuteilgeworden; Catuvolcus' Bedienstete waren ihnen mit Pinzetten, Rasiermessern und Kämmen, Ohrlöffelchen, Spiegeln und Scheren zu Leibe gerückt. Mehr aus Höflichkeit hatten die Männer die Prozeduren über sich ergehen lassen.

Als Abschiedsgeschenk überließ Catuvolcus jedem von ihnen nun ein gutes Reitpferd sowie ein zweites, reich beladenes Lasttier. Mit herzlichen Segenswünschen bedacht, wurden sie über den Renos zu den Sugambrern übergesetzt, wo sie die letzten Überlebenden ihres Volkes antreffen und hoffentlich in Sicherheit sein würden.

Kaum hatte der Stammesfürst die eine Staatsaufgabe erledigt, als die Späher auch schon die herannahenden Krieger Caesars meldeten.

In aller Eile wurde Feuer unter den großen Kesseln entfacht, um den Trank zuzubereiten, der die Verteidiger der Stadt in Kampfeslaune versetzen würde. Schon seit Tagen hielten die Druiden die benötigten Kräuter bereit.

So gestärkt, begaben sich die Krieger auf den meterdicken Schutzwall über der Stadt. Dort oben wurden sie nicht nur vom Aimilvalos zum Kochen gebracht. Die Sommerhitze tat ihr Übriges, denn inzwischen stand die Sonne hoch am Himmel.

Wie üblich waren die Kriegerinnen und Krieger halb oder gänzlich nackt. Die Waffen schwingend, denn das Kampfesfeuer wollte sich bereits entladen, erwarteten sie ihre Gegner.

Doch trotz des zeremoniellen Trankes, trotz der schrägen, nervtötenden Klänge der Kriegstrompeten und trotz der Schmähungen, die sie sich für ihre Feinde ausdachten, wollte heute keine rechte Heldenstimmung aufkommen.

Von ihrem erhöhten Ausguck konnten sie den Weg nach Norden bis zur nächsten Biegung überblicken, dahinter wurde die Sicht durch die hohen Uferbäume verdeckt.

Das Erste, was sie von den römischen Legionären zu Gesicht bekamen, waren Staubwolken, die Tausende und Abertausende von Sandalen auf ihrem Weg nach Süden aufwirbelten; Fahnen von lehmig braunem Dunst erhoben sich über dem Uferwald und stiegen in den tiefblauen Sommerhimmel auf.

Dann konnten die Eibenleute sie hören.

An die siebzigtausend Männerstimmen sangen im Chor die Marschlieder der Legionen – fremdartige, merkwürdige Klänge, düster und stumpf.

Wie Pfeile schossen den keltischen Kriegern und Kriegerinnen plötzlich kreischende Auwaldvögel um die Ohren, aufgeschreckt und auf der Flucht vor den rhythmischen Vibrationen, mit denen die Tausenden von im Gleichschritt Marschierenden die Erde zum Beben brachten. Lauter und lauter wurde das Dröhnen.

Die Wartenden verstummten. Was kam da auf sie zu? Sie kannten römische Legionen nur vom Hörensagen.

Als sich der helle Klang scheppernder Rüstungen in das dumpfe Getöse mischte, schwenkte die erste Kohorte um die Biegung des Weges und kam in Sichtweite der wilden Horden auf den Mauern der Stadt.

Zunächst war lediglich ein Meer von Feldzeichen und in der Sonne glitzernden Metallteilen der vorangehenden Legionäre zu sehen, während das polierte Eisen in den hinteren Reihen von Staub bedeckt war.

Dann rollten sie heran, diese eigenartigen Krieger mit ihren einheitlichen Helmen, Schilden, Marschgepäck, Sandalen, Kettenhemden, den immer gleichen Bewegungen und dem monotonen Gesang ...

Ihre keltischen Feinde drängten sich an den Aussparungen der Palisaden und waren stumm und starr vor Staunen. So etwas Bizarres hatten sie noch nie gesehen!

Nur gelegentlich unterschied sich einer der Römer von seinem Nachbarn, etwa durch einen andersartigen Helm oder Umhang, doch bewegten sie sich alle wie aufgezogen in derselben Gleichförmigkeit. In ihrer unnatürlichen Monotonie muteten sie wie ein Totenheer an. Als wäre der ganze Zug *ein* Wesen, ein langer Wurm, gesteuert von einem einzigen unsichtbaren Gehirn.

Waren das lebende Menschen? Schlugen dort Herzen, unsichtbar, hinter den gepanzerten Hemden?

Die Bilder der getöteten Usipeter und Tenkterer schlichen sich in die Köpfe der Eburonen. Bilder des Schreckens, angerichtet von den gespenstischen Fremden, die sie jetzt auf sich zukommen sahen. Dahingeschlachtete Kinder. Aufgerissene Bäuche von Schwangeren. Das Blut der Unschuldigen klebte noch an den Händen der Legionäre. Sie kamen in Reichweite der Waffen von Catuvolcus' Leuten. Doch die keltischen Krieger und Kriegerinnen rührten sich nicht. Wie hypnotisiert starrten sie den sich nähernden Reihen entgegen. Mehr und mehr Römer marschierten um die Biegung des Weges, Reiter kamen in Sicht und eine Gruppe hoch beladener Wagen; weitere Hundertschaften von Bewaffneten folgten zu Fuß.

Catuvolcus' Bärenstimme riss seine Leute aus der Erstarrung.

„Kommt zu euch!", brüllte er. „Ergreift eure Waffen! Wir werden uns nicht kampflos ergeben. Schießt auf sie mit allem, was ihr habt!"

Seine Getreuen erwachten und begannen selbst ihre Stimmen zu erheben. Vereinzelt erst, aber bald schon riefen und schrien sie wild durcheinander. Sie hoben die Langbögen auf, die für weite Entfernungen geschaffen waren, legten die mit Widerhaken bewehrten Kriegspfeile ein, zielten und schossen in einem Zug. Die Pfeile besaßen an den Seiten der Schäfte zusätzliche Klingen. Sie würden tiefe Wunden reißen.

Doch bevor sie trafen, hoben die römischen Krieger schützend ihre hölzernen Turmschilde, die hinteren Reihen bis hoch über die Köpfe, bis nichts mehr von den Männern zu sehen war. Die Reiterei zog sich hinter die Marschierenden zurück, während nun auch die Geschosse der eburonischen Steinschleudern mit dumpfem Klang gegen die Wand der Schilde polterten. An Steinen herrschte wahrlich kein Mangel, doch konnten sie gegen die geschlossene Deckung der Feinde nichts ausrichten. Auch die kostbaren Pfeile fielen prasselnd zu Boden und wurden mit Staub bedeckt, ohne dass auch nur ein einziger von ihnen sein Ziel getroffen hätte.

Weitere Geschosse folgten, und ein Hagel von Lanzen wurde den Reihen der Feinde mit Wurfschleudern entgegenkatapultiert – vergebens. Der wehrhafte Lindwurm zeigte sich unbeeindruckt.

Vielleicht war dies wirklich ein Geisterzug; Entsetzen packte die Eburonen.

Wie würden die Römer auf die Kampfansage reagieren, würden sie ihre Aufstellungen einnehmen, wie es die Boten der Usipeter und der Tenkterer beschrieben hatten? Sich in vier Reihen auf den Wiesen vor der Stadt aufbauen, den schützenden Seitenarm des Flusses überwinden und dann die Stadt überrollen?

Sie hätten es gekonnt, keine Frage.

Doch die Legionäre griffen nicht an. Ohne den Rhythmus ihrer Schritte auch nur im Geringsten zu verändern, marschierte der Zug der Geisterkrieger Reihe um Reihe, Kohorte für Kohorte an der Stadt vorbei. Unter ständigem Pfeil- und Speerbeschuss, ohne dass irgendeine Regung in den Stimmen der Römer zu hören gewesen wäre. Als wären die Eburonen gar nicht anwesend, nicht existent.

Marschieren.

So lautete der Befehl, die Tagesparole, ausgegeben am Morgen beim Aufbruch aus dem Nachtlager.

Marschieren; keine Zeit mit überflüssigem Geplänkel verschwenden.

Und Singen, solange sie an den Gegnern vorüberzogen. Die Feinde ignorieren.

Selbst als die ersten römischen Krieger südlich der Stadt außer Sicht gerieten, erschienen von Norden her noch lange Zeit weitere von ihnen. Die Eburonen hatten längst keine Pfeile oder Wurfspeere mehr. Schweigend standen sie auf den Mauern und starrten zu den Römern hinüber.

Als auch das schwere Kriegsgerät und die letzten Wagen der die Legionen begleitenden Marketender südlich der Stadt verschwunden waren, hatte Catuvolcus nahezu achtzigtausend Römer gezählt, außerdem glaubte er, im hinteren Teil des Zuges den obersten Feldherrn selbst ausgemacht zu haben.

Und tatsächlich ritt Caesar an diesem Tag im Schutz seiner Elitetruppe im letzten Drittel des Trosses. Vor seinem inneren Auge ließ er bereits eine Brücke über den Renos bauen. Er sah, wie die Pfosten tief in den Schlamm des Stromes versenkt wurden, beobachtete, wie weiteres Bauholz herangeschafft wurde, hörte die Stimmen der Antreiber die Arbeiten beschleunigen. Etwa fünfzig Joche würden seine Baumeister zimmern müssen, um die Fahrbahn zu tragen – in Gedanken war Caesar schon vor Ort.

Normalerweise ritt er den Legionen voraus. Doch heute war er tiefer in seinen Zukunftsvisionen versunken als sonst. Am Abend zuvor hatte er wieder einen dieser Krampfanfälle gehabt. Eine dieser unfreiwilligen Entladungen, zu denen es manchmal kam, wenn seine Pläne ihn mit zu großer Spannung erfüllten. Wenn die Bilder so stark wurden, dass er nicht mehr sprechen konnte, bis Lichtblitze seine Vorstellungen zu stören begannen und seine Hände zu Klauen wurden. Immer mehr Körperregionen wurden dann von zuckenden Krämpfen befallen, bis er nichts mehr von sich wusste.

Seine Leibdiener hatten ihn auch gestern wieder am Boden vorgefunden. Seine Augen waren verdreht gewesen, sein ganzer Körper zur völligen Starre verkrampft, und er hatte Schaum vor dem Mund gehabt, als sie ihn entdeckten. Sie kannten die gelegentlichen Anfälle des Imperators. Sie hatten gewartet, bis das Schlimmste vorüber war. Sie konnten kaum mehr für ihn tun, als die Exkremente zu beseitigen, die er von sich gab, ohne es zu wissen.

Wenn er dann später wieder zu sich kam, lag er frisch gewaschen unter einem weißen, kühlenden Leintuch, um bald darauf erschöpft einzuschlafen.

Solange er denken konnte, hatte er diese Attacken gehabt.

Zu allen Zeiten wussten Priester die besonderen Gaben derer zu nutzen, die mit Epilepsie geschlagen waren. Die Götter hatten diese Menschen gezeichnet; oft handelte es sich um kühne Visionäre, Seher oder begnadete Heiler. Caesar war bereits im Alter von dreizehn Jahren von seinem Onkel für das Amt des *Flamen Dialis,* des obersten Staatspriesters für den Gott Jupiter, vorgeschlagen worden. Zu Beginn seiner Laufbahn hatte Caesar tatsächlich erwogen, diesen Beruf auszuüben. Für das Amt hätte er allerdings die Stadt Roma nicht mehr verlassen dürfen und auch auf eine politische Karriere verzichten müssen.

Ohnehin war alles anders gekommen. Cornelia, seine erste Ehefrau, war im Alter von nur vierundzwanzig Jahren gestorben. Nach der Leichenrede, die er – entgegen den Sitten – für Cornelia als letzten Ehrenbeweis im Forum Romanum gehalten hatte, war er nur noch wie versteinert gewesen. Es war, als hätte Caesar zusammen mit ihren leblosen Überresten sein Herz begraben.

Doch schließlich hatte er diese Qualität ebenfalls zu nutzen gewusst, um seine Karriere voranzutreiben. Konsequent arbeitete er sich seitdem im römischen Senat nach oben.

Seine visionäre Kraft konnte er in diesen Tagen auch hier im Feindesland zur Anwendung bringen.

Sobald die Brücke über den Renos fertiggestellt wäre, würde er mit seiner gesamten Streitmacht hinüber ins Land der Ubier ziehen. Diese waren der einzige den Römern freundlich gesinnte Volksstamm jenseits des Renos. Darum hatte er beschlossen, den Brückenkopf in ihrem Gebiet zu errichten. So würde er nur eine halbe Kohorte zur Sicherung des Übergangs zurücklassen müssen und könnte mit dem Großteil der Legionen wieder nach Norden, bis ins Land der Sugambrer, ziehen.

Als Caesar seine Legionäre wenig später tatsächlich auf die andere Seite des Renos führte, wichen die Sueben und Sugambrer entsetzt vor ihm zurück und flohen in die Wälder. In entlegenen Tälern versammelten sie sich zu Kriegshaufen, unschlüssig, ob sie fliehen oder sich den Fremden stellen sollten.

Bis zu diesem Zeitpunkt hatten sie sich und ihre Familien auf dieser Seite des mächtigen Stromes in Sicherheit gewähnt. Dass Caesar binnen Tagen mitsamt der riesigen römischen Streitmacht zu ihnen hatte übersetzen können, war ihnen nicht geheuer.

Gerüchte kamen auf, dass sich in den seltsam anmutenden Gestalten keine menschlichen Herzen regten. Wie sonst war es zu erklären, dass sie Abertausende von Kindern und Frauen abgeschlachtet hatten?

So blieb Caesar in der ganzen Zeit, die er in ihren Gebieten verbrachte, ohne Feindkontakt.

Nach wenigen Wochen zog er sich wieder über den großen Strom zurück, ließ die Brücke abbrechen und führte die Legionen, seinem ursprünglichen Konzept für das Konsulatsjahr des Gnaeus Pompeius und Marcus Crassus entsprechend, schließlich in Richtung Westen, um nach Britannien überzusetzen – alles lief nach Plan. Nichts konnte ihn aufhalten.

Niamh liebte den Wald. Hier fühlte sie sich rundum wohl und zu Hause.

Andächtig wanderte sie durch das Reich der Baumriesen. Unter dem geschlossenen Blätterdach herrschte trotz der Sommerglut, die inzwischen über dem Land lag, ein gemäßigtes Klima. Nur vereinzelt fielen die Sonnenstrahlen in die grünen Hallen.

Hatten Blitzschlag oder Windwurf eine sonnige Insel geschlagen, schossen sofort lichthungrige Kräuter und Jungbäume in die Höhe und bildeten einen nahezu undurchdringlichen Dschungel – eine Welt des Wachsens, des Windens und des Wogens. Jedes Blatt drehte sich unaufhörlich dem Licht zu, jede Triebspitze reckte sich der Sonne entgegen. Trotz ihres Wetteiferns stützten sich die Pflanzen gegenseitig und fanden Halt aneinander auf ihrer Suche nach Licht. Als Einheit trotzten sie dem stärksten Sturm und spendeten sich jetzt im trockenen Hochsommer gegenseitig Schatten, um dem aufkommenden Durst zu begegnen.

Dabei war eine jede Pflanze Meisterin der Kunst, aus den vorgegebenen Bedingungen das Beste zu machen, selbst wenn nur ein winziges Fleckchen Erde in einer Felswand Halt und Nahrung schenkte, nicht zu verzagen, sondern mit schlichter Hingabe aus einem Samen etwa zu einem vollständigen Baum heranzuwachsen. Auch wenn so mancher andersartig und gezeichnet von seinem Schicksal, vielleicht kleiner von Wuchs war als die wohlgenährten Verwandten, deren Wurzeln tiefere Erden gefunden hatten, so waren doch alle Meisterwerke der Vollkommenheit und Schönheit.

Niamh freute sich an dem Wunder, sie sah in den Bäumen große Brüder und Schwestern, Lehrerinnen und Lehrer.

In den Moorlandschaften der Ardennen wogte das Meer der Pfeifen- und Glanzgräser. Moorlilien und Enzian standen in voller Blüte, und die roten Früchte der Moosbeeren wurden reif. Schon überließen die Blütenrispen des Wollgrases ihren weißen Schopf mit den reifen Samen darin dem Wind zum Spiel, und zum Dank verbreitete er die Watteflöckchen über der Weite des Venns. Gruppen von Birken, Ebereschen und vereinzelte Kiefern erhoben sich auf höher gelegenen kleinen Kuppen aus dem Ried.

Niamh wich den Mooren aus, auch wenn es hieß, sie seien Feenland. Wer mit den Sumpfgebieten vertraut war, dem boten die Nymphen Schutz, nicht umsonst wurden ihnen seit jeher Dankesopfer gebracht. Doch ohne Führer wagte sich die junge Kriegerin nur auf ausgeprägten Wildwechseln in das unsichere Terrain, und selbst dann nur ungern. Endete der Pfad inmitten eines Bruches, musste sie umkehren und ihr Glück an anderer Stelle versuchen. Lieber umging sie die Palsas, die von der Eiszeit zurückgebliebenen Wasserbecken, und blieb auf trockenem Gelände.

Ihr Pferd dankte es ihr; instinktiv mied es den Geruch von torfigem Wasser und Fäulnis, ahnte es doch, dass jeder Kampf aussichtslos sein würde, wenn erst der tiefgründige Boden unter den Hufen nachgab. Je mehr ein Tier dann versuchte, sich aus dem zähen Griff des Morastes zu befreien, desto schneller wurde es in sein schwarzes Grab hinabgezogen und verendete kläglich, da sich die schlammigen Erden bald erdrückend um seine Lungen schlossen. Manchmal scheute es – dann mischte sich eine Verwesungsnote in die frische Luft der Höhenlagen und warnte die Stute, lange bevor Niamh den nächsten Hochmoorbereich entdeckt hatte.

Die beiden zogen es vor, durch die Hallen der Buchen und Eichen im alten Wald zu wandern, auch wenn Niamh dort die Sonne als Orientierungshilfe vermisste. Allerdings war sie den Weg bereits in ortskundiger Begleitung gereist und hatte sich damals nicht nur Besonderheiten des Geländes, sondern auch von menschlicher Hand angebrachte Wegzeichen eingeprägt.

Niamh hätte durchaus große Teile der Strecke auf der Handelsroute durch die Ardennen und somit bequem auf dem Rücken ihres Pferdes zurücklegen können.

Sie wollte jedoch zur Ruhe kommen, und so nahm sie gern in Kauf, sich gelegentlich sogar durchs Unterholz schlagen zu müssen.

Sie liebte diese verwunschene Welt.

Im Reich des Herrn der Wälder, Cernunnos, übertraf sich die Schöpfung in der Erschaffung ausgefallener Bewohner.

Niamh beobachtete, wie eine mit stacheligen Borsten bewehrte Raupe ihren Hunger an einem herzförmigen Blatt stillte, dessen glatte Oberfläche von einem derart satten Grün war, dass selbst Niamh versucht war, davon zu kosten.

Am Rande des Pfades lag unter den spiralförmig hervorbrechenden Wedeln eines Farnes ein schlafendes rotbraunes Fellbündel im taubenetzten Moosbett. Als Niamhs Stute mit dem Huf gegen eine Baumwurzel stieß, weckten die dumpfen Vibrationen den Jungfuchs und ließen ihn erschrocken aufspringen, der Schmetterling, der über ihm auf dem gefiederten Farnblatt ein Sonnenbad genommen hatte, wurde von dem unsanften Stoß emporgeschleudert und verlor eine Wolke feinster Schuppen. Zum Glück bemerkte der Falter früh genug das Spinnennetz, das, zwischen den gezähnten Blättern einer Ulme aufgespannt, bereits einer Prachtlibelle zum Verhängnis geworden war. Lediglich ein azurblau schillernder Flügel zeugte noch von dem Drama, das sich hier in den frühen Morgenstunden abgespielt hatte. Bei genauerer Betrachtung entdeckte Niamh auf der gefurchten Baumrinde die haarige Webkünstlerin. Fast unsichtbar, harrte sie getarnt auf weitere Beute; eines ihrer Vorderbeine lag auf einem der hauchdünnen Signalfäden, die ihr selbst geringste Bewegungen im seidigen Rad meldeten.

Niamh kam aus dem Schauen gar nicht mehr heraus.

Durch die bodenlangen Vorhänge aus Bartflechten, die von vielen der Äste herabhingen, erschien alles um sie herum geheimnisvoll und wie verzaubert. Feen und Kobolde, ja der gehörnte Waldgott selbst waren zum Greifen nah.

Sanft gluckernde Quellen entsprangen von Moosen gesäumten Becken, über denen in den schräg stehenden Sonnestrahlen schwirrende Schwärme winziger Mücken tanzten. Vielleicht wandelten sie sich in Elfen, wenn Niamh nicht hinsah oder wenn erst das Lächeln der Mondin auf die dunkle Wasseroberfläche fiel. Beseelt waren diese Orte allemal.

Auch die Völkerschaften der Pilze, die hier lebten, waren ebenso vielfältig wie bizarr. Im Kreis von Eichenbäumen breiteten Sommersteinpilze ihre Hüte über dem Waldboden aus. Niamh sammelte so viele, wie sie zum Abendessen brauchen würde, und dankte den Erdgeistern für dieses köstliche Geschenk.

Große Landstriche der mit alten Bäumen bewachsenen Wasserscheide zwischen Mosa und Renos waren nahezu unbesiedelt. Zu unwirtlich und niederschlagsreich waren diese Höhenlagen in den kälteren Jahreszeiten. Bären lebten hier und Luchse. Wölfe machten Jagd auf Rehe, Wildschweine und Hirschherden, wobei Letztere nur die Sommer hier verbrachten.

In den Stunden der Morgen- und Abenddämmerung genoss Niamh die Konzerte der Waldvögel.

In der Nacht steckten Eulen die Grenzen ihrer Reviere ab; weithin tönten die Rufe draufgängerischer Waldkäuze durch die Dunkelheit. Am Tage begegnete Niamh beutegreifenden Vögeln wie beispielsweise dem fein gebänderten Habicht oder dem Sperber, wenn sie auf der Überraschungsjagd pfeilschnell zwischen den Stämmen der Eichen und Buchen hindurchgeschossen kamen. Bussarde hingegen saßen oft unbeweglich abwartend am Rande der Moorflächen auf einem abgestorbenen Ast, oder Niamh entdeckte sie am Himmel über den Freiflächen, von wo aus sie nach Mäusen spähten. Hatten sie eine entdeckt, ließen sie sich im Sturzflug fallen, um den flinken Nager zu greifen, der ihr Frühstück werden sollte.

Doch nicht nur Habicht, Adler und Uhu, auch Niamh achtete auf die Rufe der Birk- und Auerhühner, die das Moor in großer Zahl besiedelten. Diese leckeren Vögel bescherten ihr so manchen kleinen Braten.

Sie hatte einen leichten Jagdbogen und eine Reihe unterschiedlicher Pfeile mitgenommen, um ihren Proviant mit Wild zu ergänzen. Das gutwillige Pferd, Kias Geschenk, erlaubte ihr, mehr Gepäck mitzuführen, als sie tragen konnte.

Niamh hatte die sanfte Stute mittlerweile ins Herz geschlossen, nicht nur, weil sie seit Tagen ihre einzige Zuhörerin war.

Das Tier ließ sie auch immer wieder an Kia denken. Denn sosehr sie sich auf das Alleinsein gefreut hatte, so gern hätte sie, wenn es hier im Wald am schönsten wurde, ihre Entdeckungen mit ihm geteilt.

Sie dachte an ihren gemeinsamen Nachmittag auf den Kiesufern des Renos. Niamh hatte gesehen, wie sehr Kia die Kräfte des Wassers liebte. Die Welt der Bäume hätte ihm sicherlich auch gefallen. Immer öfter ertappte sie sich dabei, dass sie sich nach ihm sehnte.

Vor ihrem inneren Auge ließ sie die Tage von Bonna Revue passieren. In kurzer Zeit war unglaublich viel passiert, und was für verrückte Dinge! Nicht nur einmal fragte sie sich, ob sie all das tatsächlich erlebt oder nur geträumt hatte.

Doch es kam auch Angst in ihr auf. War es tatsächlich möglich, dass sie sich ineinander verliebt hatten, nachdem sie versucht hatte, ihn umzubringen?

Ich mich in ihn, verbesserte sie sich, denn er sagt ja, er liebe mich schon seit ewigen Zeiten. Aber woher nahm sie die Gewissheit, dass sie seinen Worten Glauben schenken konnte und dass er es ernst mit ihr meinte? Vielleicht hatte er sie nach der Nacht, in der sie sich geliebt hatten, einfach abgeschoben und längst vergessen. Der Gedanke zerriss Niamh fast das Herz. Er hat es geschworen!, schrie es verzweifelt in ihr. Wir sehen uns wieder!, hatte er beteuert.

Sie beruhigte sich; er hätte sich nicht so viel Mühe geben müssen, sie zu belügen. Vielleicht sollte sie einfach Vertrauen haben.

Das abrupte Ende ihrer Begegnung warf jedoch nach wie vor Fragen auf. Möglich, dass er sie so schnell hatte loswerden wollen, damit sie keine Fragen stellte. Hatte er etwas zu verbergen?

Vielleicht hatte der Umstand, dass er nicht älter wurde, ja tatsächlich mit der Zugehörigkeit zu lebensverachtenden Zirkeln zu tun, wie Audra behauptet hatte. Hatte nicht auch er selbst von Kräften gesprochen, die er nur mühsam beherrschen konnte? Es fröstelte sie. Vielleicht wäre es sogar besser, wenn sie Kia nie wiedersehen würde ...

Niamh stolperte über eine Wurzel und fing sich wieder.

Nein. Das waren alles nur Vermutungen. Letztlich würde nur er selbst die Eigentümlichkeiten erklären können; sie würde ihn darum bitten, wenn es so weit war.

Sie erinnerte sich daran, dass seine Liebe zu ihr so groß gewesen war, dass er sich für sie überwunden hatte – so wichtig war sie ihm. Er hatte sie nicht angelogen!

Ihrer beider Empfindungen waren außergewöhnlich stark; sie irrte sich nicht. Und auch in ihm täuschte sie sich nicht. Niamh atmete auf, und mit einem Mal war es wieder da – das Glücksgefühl. Eine Wärme für Kia breitete sich in ihr aus, bis die Zuneigung sie von Kopf bis Fuß erfüllte. Niamh lächelte; sie hatte gar nicht gewusst, dass sie so zärtlich und zugleich stürmisch fühlen konnte. Welch ein Wunder!

Sie blieb stehen, um sich zu orientieren.

Zuletzt hatte sie gar nicht mehr auf den Weg geachtet, der stetig dem Verlauf der Höhenzüge folgte. Nur selten führte er an entlegenen Gehöften vorüber, doch seit Tagen war Niamh keiner Menschenseele mehr begegnet.

Ihr Blick schweifte zum Blau des Himmels hinauf. Sie stand inmitten eines der seltenen sonnendurchfluteten Flecken im Buchenhochwald; die Himmelsrichtungen zu bestimmen war also leicht – doch wo war der Pfad geblieben? Ringsum war sie von wilder, undurchdringlicher Pflanzenwelt umgeben. Ein uralter Baumriese lag quer über der Lichtung. Am Ende seiner Lebenszeit angekommen, war er umgefallen und hatte dabei ein breites Loch in das Blätterdach gerissen. Heiße Sonnenflecken tanzten auf dem Waldboden. Scharen von Waldameisen trugen fort, was sich abtransportieren ließ, zwei von ihnen mühten sich vergeblich, ihre Fracht, einen toten Laufkäfer, über Niamhs Füße zu zerren. Die Kriegerin trat einen Schritt zurück und machte die Straße frei.

Dunkel erinnerte sie sich, dass sich hier irgendwo eine Abzweigung befunden hatte. Vergebens suchte sie nach Hinweisen, die ihr als Wegzeichen hätten dienen können.

Während die Stute begann, emsig an jungen Trieben zu knabbern, durchkämmte Niamh das Unterholz und drehte dabei im wahrsten Sinne des Wortes jeden Stein um. Schließlich entdeckte sie zwei Pfade, doch leider führte keiner der beiden nach Südwesten in Richtung Weris.

Niamh seufzte und beschloss, auf der sonnigen Lichtung eine Rast einzulegen. So ging sie zurück, zog die Wasserblase aus dem Gepäck und ließ sich auf dem warmen Boden nieder.

Nachdem sie ein paar durstlöschende Schlucke des kühlen Minzwassers genossen hatte, sah sie sich um und suchte mit den Augen die Stämme der umstehenden Bäume nach Wegzeichen ab; nichts. Irgendwo mussten sie doch abgeblieben sein!

Niamhs Blick fiel auf den mehrere Armlängen umfassenden Stamm der Rotbuche, die neben ihr auf dem Waldboden lag. Die gestürzte Königin hatte zu ihren Lebzeiten an der Wegkreuzung gestanden. Vielleicht waren die Zeichen ja in ihrer Rinde eingeritzt. Natürlich!

Endlich fand Niamh, wonach sie Ausschau gehalten hatte – die drei übereinanderliegenden Wellenlinien, das Symbol von Wiesenbrunnen. Das Quellheiligtum war ein wichtiger Meilenstein auf ihrem Weg nach Weris.

Priesterinnen der Quellnymphen lebten an diesem Ort.

Ein dazugehöriger Hain war Cernunnos geweiht, dem Gehörnten. Eine der Stärken des ein Geweih tragenden Herrn der Wälder lag im Aufzeigen von Grenzen.

Eine Gruppe von Druiden nutzte die Kräfte, die an diesem Ort herrschten, und hielten regelmäßig Gerichtstage ab. Die Urteile, die sie fällten, waren für ihre Gerechtigkeit und ihren außergewöhnlichen Einfallsreichtum in Schlichtungsfragen bekannt. So kamen die Menschen von weit her und suchten die Gelehrten wegen allen möglichen Rechtsfragen auf. Auch Niamh orientierte sich an den Wegweisern, den in Stein oder Rinde gravierten Wasserlinien.

Der wiedergefundene Pfad bog im weiteren Verlauf nach Südwesten ab. Glücklich folgte ihm Niamh, beschloss jedoch schon am Nachmittag, nach einem geeigneten Platz zum Rasten zu suchen.

Die Tiere des Waldes mieden die Menschen und drehten instinktiv ab, sobald sie deren Witterung aufgenommen hatten, einen Geruch, der für sie Gefahr oder gar den Tod bedeutete.

Lediglich Begegnungen mit Braunbären führten manchmal zu Auseinandersetzungen. Wenn sich neugierige Jungtiere einem Zweibeiner näherten, konnte es passieren, dass sich die Mutter der Bärenkinder berufen fühlte, sich todesmutig der Bedrohung entgegenzuwerfen, um ihren Nachwuchs zu verteidigen.

Doch Niamh hatte ja ihre Stute bei sich, die wie alle Pferde über einen ausgesprochen leichten Schlaf verfügte und beizeiten auf Raubtiergeruch aufmerksam gemacht hätte.

Die junge Frau sehnte eine derartige nächtliche Begegnung trotzdem nicht herbei. Eine ausgewachsene Braunbärin wog etwa so viel wie zwei kräftige Männer. Was hätte Niamh auf ihrer Reise mit so viel Bärenfleisch anfangen sollen? Einmal abgesehen von der Frage, wie sie dann mit den verwaisten Bärenkindern hätte verfahren sollen.

Der Platz, den sie für diese Nacht aussuchte, lag geschützt am Rande eines kleinen Moores. Es hatte schon lange nicht mehr geregnet, daher war der Boden hier am Waldrand trocken. In der Nähe stand hohes Gras, an dem sich die Stute bereits ihr Abendbrot besorgte. Niamh hatte ihr die Vorderbeine mit einem Strick zusammengebunden, sodass sie nur noch kleine Schritte machen konnte und sich nicht allzu weit entfernen würde. Ein Bach führte an der Weidefläche vorüber. Leise plätschernd kam er aus dem Wald hervorgesprudelt, um sich tanzend und hüpfend ins Torfmoor zu ergießen.

Niamh ließ sich an einer von Wind und Alter gebeugten Kiefer nieder, deren untere Äste zum Grasland hin fehlten, sodass sich unter dem Baum eine behagliche Nische gebildet hatte. Zufrieden lehnte sie am Stamm. Der Untergrund bestand hier aus einer dicken Nadelschicht auf duftendem Torf. Sie würde die jungen, noch stechenden Nadeln beiseitefegen und dann ihr großes Schlaffell auf dem gepolsterten Boden ausbreiten. Ein wunderbares Bett! Niamh freute sich.

Auf dem steinigen Ufer des Baches entfachte sie ein kleines Feuer. Sie musste sehr aufpassen, dass die Flammen nicht auf das Hochmoor, das Venn, übersprangen. Die Sonne der letzten Wochen hatte die obersten Lagen des Torfes in Zunder verwandelt. Leicht kam es in diesen Landstrichen zu verheerenden Waldbränden. Besonders in den heißen Sommerwochen achteten Reisende ebenso wie Köhler darauf, dass sich ihre Feuer nicht selbstständig machten.

Bald war das Birkhuhn, das Niamh erlegt hatte, knusprig, und nachdem sie die Glut ertränkt hatte, ließ sie sich den kleinen Braten und die Steinpilze schmecken.

Gesättigt und gestärkt, beschloss sie, die letzten Strahlen der Abendsonne zu nutzen, um gegen sich selbst in einer Partie Brandubh anzutreten. Sie hatte das taktische Spiel, in dem sich ein König mit vier Gefolgsleuten gegen acht Angreifer verteidigen musste, während der Lehrjahre bei den Arduinnerinnen kennen und schätzen gelernt. Die Ausbilderinnen der Kampfkünste hatten diesen Zeitvertreib gefördert, lehrte er doch ihre Schülerinnen und Schüler, sich mit wenigen Mitstreitern gegen eine Übermacht durchzusetzen.

Das Spielfeld von sieben mal sieben Quadraten war auf den Stoff ihres Getreidesäckchens aufgestickt – ein Abschiedsgeschenk von Kristin, die wusste, wie sehr die Freundin Brandubh liebte. Schnell hatte sich Niamh die benötigten Figuren zusammengesucht. Der König war ein besonders helles Kieselchen aus dem Bach, für seine Leute wählte sie etwas dunklere Steine. Sie mussten sich gegen eine Überzahl von Kiefernzapfenkriegerinnen behaupten. Die Spielfiguren hatten einen guten Stand auf den Feldern, wenn man sie leicht in die Getreidekörner im Innern des Stoffbeutels drückte.

Niamh bestand einige Begegnungen, bis sie müde wurde. Die Kriegerinnen hatten natürlich gewonnen …

Vor dem Schlafengehen tauchte sie unter die Bäume, um sich zu erleichtern.

Erst vor Kurzem hatte ihr Mondblut eingesetzt, daher war sie verwundert, dass die Moosschwämmchen, die sie in dieser Zeit benutzte, bereits vom frühzeitigen Ende dieser Tage der Erneuerung berichteten.

Nachdem sie alles für die Nacht vorbereitet hatte, zog Niamh das rote wollene Tuch, das Kia ihr geschenkt hatte, aus dem Gepäcksack und ließ sich auf ihrem Nachtlager nieder.

Sie steckte die Nase tief in den weichen Stoff, der noch immer Kias Duft verströmte, und stellte sich das Gesicht des Geliebten vor und wie verliebt er sie angeschaut hatte in jenen letzten Tagen. Niamh lächelte.

Als es ihr sogar gelang, sich an seine Stimme zu erinnern, lauschte sie seinen Beteuerungen, dass sie sich wiedersehen würden – wie sie den Klang seiner Stimme liebte! Sie drehte sich auf die Seite, kuschelte ihr Gesicht in die Wärme des Tuches und schlummerte ein.

Zunächst schlief sie tief und erholsam; nach Mitternacht wurde sie unruhig.

Niamh träumte, ein leises Knacken habe sie geweckt. Als sie im Traum ihre Augen öffnete, gewahrte sie die dunkle Silhouette eines Mannes, der abwartend im fahlen Licht der Mondin stand. Er schien sie schon eine Weile lang betrachtet zu haben. Sie richtete sich auf, um seine hohe Gestalt besser erkennen zu können. Es war Kia!

Überrascht lachte Niamh auf und streckte freudig die Arme nach ihm aus, um staunend dem Ernst zu begegnen, mit dem er sie ansah.

„Komm!", rief sie ihm im Schlaf zu.

Jetzt erst näherte er sich und begann zu strahlen, so als wäre er zuvor unsicher gewesen, ob sie seine Gesellschaft überhaupt wünschte.

Kia ließ sich neben ihr nieder. Die Hände zärtlich an die Wange des anderen gelegt, blickten sie einander an. In seinen Augen konnte Niamh lesen, wie schmerzlich er sie vermisst hatte und dass er sich sehr freute, bei ihr zu sein.

Nach einer Weile zog er sie sanft zu sich heran und umarmte sie mit einer Zärtlichkeit, als wäre sie zerbrechlich. Sie genoss jede seiner Berührungen, die Wärme seiner Haut, das zarte Drängen seines Körpers gegen den ihren. Sie schlang die Arme um ihn und lehnte ihr Gesicht an seine entblößte Brust. Glücklich atmete sie den Wohlgeruch seines Körpers, bis sie ganz erfüllt davon war. Sie fühlte sich unendlich behaglich an seiner Seite. Als er sie küsste, erwiderte sie die Liebkosung, kostete seinen Atem und die Süße seiner Lippen. Sie schob die Hände in sein Haar und ließ die seidige Fülle durch ihre Finger gleiten. Seufzend schmiegte sie sich an ihn. Endlich war er da!

Behutsam hielten sie sich umschlungen und streichelten einander, während der Atem sie wiegte. Beide genossen es, die Nähe des anderen zu spüren. Sie wollten nur zusammen sein in dieser Nacht, sich halten und gehalten werden, dabei ihre Liebe fühlen und sich ihrer einander neu versichern.

Während Niamh wieder tiefer in den Schlaf glitt, barg Kia sie an seiner Seite und wachte über sie. Erst als sich mit der blauen Stunde der neue Tag ankündigte, entzog er sich der Geliebten und ging leise davon.

Als Niamh im Schatten der windgebeugten Kiefer erwachte, war der Morgen weit fortgeschritten. Welch ein schöner Traum war das gewesen! Glücklich und satt fühlte sie sich. Ihr war, als wäre Kia wirklich bei ihr gewesen.

Schon vor dem Frühstück machte sie auf diesem herrlichen Platz ihre Übungen, mit denen sie sich kraftvoll und geschmeidig hielt.

Schließlich räkelte sie sich wie eine Katze und stand auf.

Bereits in der Nacht hatte sie den intensiven Duft gerochen, mit dem eine Nelke Nachtfalter zu Liebesspielen gelockt hatte. Am Ufer des Baches entdeckte Niamh schon bald die blassrosa Blüten des Seifenkrautes und pflückte einige der Triebe.

Als sie am Bachlauf eine Stelle fand, an der das Wasser mehr als knietief stand, legte sie Hemd und Beinkleider ab und nahm ein erfrischendes Bad. Sorgfältig verrieb sie das Kraut zu einer stark schäumenden Seife, bedeckte sich damit und unterzog auch ihr Haar der Wäsche.

Während sie in der Morgensonne ihr Frühstück zu sich nahm, kämmte sie die dunkelbraune Fülle ihrer Haare, bis sie glänzten und sich geschmeidig in Wellen legten. Dabei fiel ihr Blick auf die Narbe an ihrer Schulter, die sie vom Kampf gegen Gaheris davongetragen hatte; nur ein haarfeiner Strich war noch zu sehen, besser, zu ahnen. Mit der Behandlung der schwärenden Wunde hatte Kia ein kleines Wunder bewirkt.

Erneut fragte sie sich, woher diese Tinktur, dieses Zaubermittel, stammte, mit dem er die Heilung bewirkt hatte.

Beim nächsten Zusammentreffen würde sie ihn mit einer Menge von Fragen bestürmen. Zu gern hätte sie gewusst, wie er in so kurzer Zeit die schweren Verletzungen hatte heilen können, die sie ihm zugefügt hatte, oder was an den Gerüchten war, dass er nicht älter wurde; wie alt war er überhaupt?

Niamh konnte es kaum abwarten, ihn wiederzusehen; sie seufzte. Es schien ihr schon eine Ewigkeit her zu sein, dass sie Bonna verlassen hatte. Sie hatten kaum Zeit gehabt, sich kennenzulernen, und doch vermisste sie Kia wie einen wichtigen Teil ihres Lebens. Bedauernd packte sie ihre Sachen.

Trotzdem war sie frohen Mutes, und während es heute selbst im Schatten des Waldes immer heißer wurde, malte sie sich aus, Kia zu begegnen.

Die vergangene Nacht hatte ihr die Erinnerung an seine Liebe zum Greifen nah gebracht. Wie schön wäre es, ihn in die Arme zu schließen! Träumend zog sie dahin. Von Stunde zu Stunde steigerten sich ihre begehrlichen Gefühle. Ein kühles Moospolster am Wegesrand regte sie an, sich vorzustellen, dieses Lager mit Kia zu teilen; fast glaubte sie, spüren zu können, wie sich ihre bloßen Körper miteinander verschlangen.

Das Muskelspiel seines Rückens und seiner Beine würde sie fühlen. Sie liebte seine Kraft. Dass unter der sanften, freundlichen Oberfläche ein Raubtier lauerte, reizte sie. Sie liebte den Kampf, und die aufgeheizte Stimmung des Wetters stachelte sie ebenfalls auf.

Wie gern hätte sie jetzt mit Kia gekämpft, sich gemessen und mit ihm gebalgt. Nackt. Niamh grinste. Sie war sich sicher zu gewinnen, doch sie stellte sich auch vor, wie es wäre, ihm unterlegen zu sein; ihr wurde schwindelig vor Verlangen. Sie staunte über sich selbst. Noch in Bonna hatte sie nichts davon wissen wollen, dass die Gefahr, die von Kia ausging, ihre Lust steigerte. Jetzt hingegen trieben ihr die Vorstellungen von dem, was er mit ihr zu tun imstande wäre, die Hitze in die Glieder.

Allerdings, ganz ohne dass er über das Raubtier in sich wachte, wollte sie ihm nicht ausgeliefert sein!

Gegen Mittag wurde es schwül, und selbst unter dem schattigen Blätterdach wirkte die feuchte Hitze drückend. Ein Unwetter braute sich zusammen. Bald darauf war in der Ferne ein dumpfes Grollen zu hören, und es dunkelte, so als würde es Abend.

Die Stute begann zu tänzeln, offenbar konnte sie Gewitter nicht leiden. Niamh beruhigte sie und wischte sich mit dem Handrücken den Schweiß von der Stirn. Das Tier hatte Angst und zog nervös an der Leine. Bei jedem noch so entfernten Donnerschlag verdrehte es die Augen, dass das Weiß darin sichtbar wurde. Manche Pferde besaßen solche Eigenarten, und Niamh wurde mit der Stute gerade erst vertraut.

Sie beschloss, die Reise zu unterbrechen. Unterhalb des Wanderpfades entdeckte sie einen geschützten Ort und führte das Pferd die wenigen Schritte den Hang hinab.

Eine Felswand schirmte den kleinen Platz unter dem Buchenhochwald von den schlimmsten Unbilden des Wetters ab.

Niamh band dem Tier die Vorderbeine zusammen, damit es in seiner Panik nicht ausbrechen konnte. Die Fußfesseln verhinderten, dass die Stute ihren Instinkten folgte. Wäre es nach ihrem Willen gegangen, wäre sie längst auf und davon gewesen. Sie wehrte sich gegen die Vorsichtsmaßnahme, und Niamh redete ihr geduldig zu.

Gespenstisch erhellten Blitze das Halbdunkel des Waldes. Eine plötzliche Windbö zerzauste die Blätterwelt über ihren Köpfen, und ein Schauer kleiner Äste und Blattfetzen regnete herab. Als sich der Abstand der Blitze und des nachfolgenden Donnergetöses verringerte, begann Niamh für die Stute zu singen und ihr beruhigend über die zitternden Flanken zu streichen. Dicke, schwere Tropfen fanden einen Weg durch den Vorhang aus grünem Laub und durchnässten die Frau und das Pferd.

So verbrachten sie die nächsten beiden Stunden, bis es der Wetterfront gelang, den Höhenzug zu überwinden und nach Osten abzuziehen.

Die Stute war völlig erschöpft von ihrem Kampf gegen die Angst und die Fesseln, die sie gezwungen hatten, an diesem schrecklichen Ort zu verharren. Niamh band das Pferd los und erlaubte ihm, sich an der Laufleine frei zu bewegen. Das Tier schüttelte sich und trabte im raschelnden Laub des Hochwaldes hin und her, soweit der lange Strick dies zuließ. Als es begann, sich auf dem feuchten Boden zu wälzen, ließ Niamh es gewähren. Sie lockerte die Leine. Das Pferd würde nun nicht mehr davonlaufen.

Später gingen sie nebeneinander her durch den warmen Nieselregen, der auf das Unwetter folgte.

„Du brauchst einen Namen", stellte Niamh fest und blickte die Stute nachdenklich an. „Tari!", kam es ihr in den Sinn, und so als fände auch ihre Weggefährtin Gefallen an dem Klang, rieb sie ihre Nüstern an Niamhs Schulter.

Vergnügt sang sie den Namen vor sich her, damit sich die Stute daran gewöhnte. So zogen sie durch das regenreiche Quellgebiet von Kyll und Our.

Gut, dass mit dem Gewitter nicht nur die Hitze im Außen, sondern auch die Sehnsucht nach Kia und ihr Begehren auf ein erträgliches Maß abgekühlt waren, dachte Niamh lächelnd.

Der Wind trug ihr Rauch zu. Prüfend drehte sie den Kopf – das schwelende Feuer eines Kohlemeilers.

Wegen der außerordentlich schneereichen und stürmischen Winter waren die bewaldeten Hochlagen nahezu unbesiedelt, doch Niamh mied selbst die wenigen, geschützt gelegenen Gehöfte der Köhler und Gerber. Letztere verarbeiteten Tierhäute mithilfe gerbstoffreicher Eichenrinde zu Leder; für empfindliche Nasen keine erfreuliche Angelegenheit, im weiten Waldland störte sich jedoch kaum jemand daran.

Ihre Erzeugnisse beförderten die Vennbewohner mit Fuhrwerken in dichter besiedelte Gegenden. Gelegentlich kreuzte auch Niamh einen solchen Weg.

Als es endlich aufhörte zu regnen, stellte sie fest, dass sie Hunger hatte. Sie beschloss, auf die Jagd zu gehen und sich dann einen Schlafplatz zu suchen.

Der Wald strotzte vor Nässe. Sie besaß ein fest gewebtes Leintuch, das mit Öl getränkt und somit wasserdicht war. Doch der Gedanke, unter dem ranzigen Nässeschutz schlafen zu müssen, verdarb ihr die Stimmung. Sie knurrte, woraufhin Tari erschrocken tänzelte; seufzend beruhigte Niamh das Tier. Es half nichts; in jedem Fall musste sie bald ihren elenden Hunger stillen.

Als sie das Ufer der jungen Our erreichte, schob sich die Nachmittagssonne zwischen den Wolken hervor und warf ein freundliches Lächeln auf das glitzernde Wasser. Niamh hielt inne und sah sich um. Der Platz erschien ihr für ein Nachtlager ungeeignet; zu feucht war es hier und außerdem steinig, doch das Gewässer versprach, fischreich zu sein, und so beschloss Niamh, zur Abwechslung ihres Speiseplanes auf Fischfang zu gehen.

Bald entdeckte sie einen für ihr Vorhaben Erfolg versprechenden tiefen Bereich. Der Bachlauf war an dieser Stelle hell von Sonne durchtränkt, und im erwärmten Wasser standen einige prachtvolle Forellen.

Niamh vermied jede Erschütterung des Bodens und schlich zurück zu Tari, die sie bei einem Flecken zarten Waldgrases angebunden hatte. Die Stute weidete zufrieden und sah noch nicht einmal auf, als ihr der Packsack abgenommen wurde.

Mit fliegenden Händen, weil vom Jagdfieber getrieben, durchsuchte Niamh ihr Gepäck. Bald kam der in ein Tuch gewickelte Lanzenaufsatz, den sie zum Speerfischen benutzen wollte, zum Vorschein. Das Bündel kurzer, mit Widerhaken versehener Stahlpfeile war an einer gemeinsamen Öse zusammengeschmiedet. Eine geeignete Haselrute war ebenfalls bald gefunden und zurechtgeschnitzt. Nachdem Niamh die Spitze auf den langen Stab aufgesteckt hatte, war ihr Werkzeug bereit.

Mit diesem praktischen Gerät die Forellen aus dem Wasser des Baches zu speeren war keine große Kunst. Obwohl die räuberischen Lachsfische selbst gewiefte Jäger waren, gelang es Niamh, sie vom Ufer aus zu überraschen, bevor sie die Gefahr erkannten. Nachdem sie den Bachlauf auf diese Weise einige Male abgefischt hatte, hingen fünf dicke Forellen an ihrem Gürtel. Die letzte wäre fast entkommen, doch der mörderische Lanzenaufsatz durchdrang ihren Leib kurz vor der Schwanzflosse. Die Widerhaken hielten die Zappelnde fest, und Niamh zog sie aus dem Wasser. Beherzt packte sie den nassen, sich kraftvoll windenden Körper mit beiden Händen, beförderte ihn mit wenigen Schritten ans felsige Ufer und durchtrennte mit ihrem Messer das Rückgrat im Nacken des Tieres.

Nach dem Ausnehmen bündelte sie die Beute und kehrte zu ihrem Pferd zurück. Auf der Suche nach einem geeigneten Nachtquartier wandte sie sich dem Wald zu.

Ihr war bereits flau vor Hunger, als sie endlich zwischen den Bäumen hindurch eine einladende Lichtung entdeckte. Umgeben von hohem Eichenwald, lag die mit Gräsern und Wiesenblumen überwucherte Waldinsel in der Abendsonne. Der Himmel war wieder wolkenlos, die Luft roch frisch und war ruhig; offenbar war nicht mit weiteren Gewittern zu rechnen. Am Waldrand luden dicke sattgrüne Moosbetten zum Schlafen ein. Sie waren inzwischen getrocknet, sodass Niamh auf ihre Ölplane würde verzichten können. Welch ein Glück! Sie freute sich.

Wie gehabt band sie der Stute die Vorderbeine zusammen und überließ sie für den Rest des Tages sich selbst und dem verlockenden Weidegrund. Zufrieden zog Tari, mit dem Schweif die Fliegen vertreibend, grasend davon.

Am Fuße einer knorrigen Eiche schlug Niamh ihr Lager auf. Schnell war trockenes Holz gesammelt und ein Feuer in Gang gebracht. Als die ersten beiden Forellen gar waren, ordnete Niamh die glühenden Hölzer zum Räuchern der übrigen Fische um. Auf diese Weise haltbar gemacht, würde ihr genug eiweißreiche Nahrung zur Verfügung stehen, sodass sie am kommenden Tag nicht jagen musste. Umso mehr Zeit würde ihr zum Reisen zur Verfügung stehen. Bald stand Lughnasad, der Beginn der Erntezeit ins Haus, und Niamh wollte das Fest in der Gemeinschaft von Wiesenbrunnen, ihrer Zwischenetappe, feiern.

Nachdem der größte Hunger gestillt war, sammelte sie zum Nachtisch am Rande der Lichtung süße, saftige Himbeeren. Hier draußen fand man den Tisch bis weit in den Herbst nicht nur reichlich, sondern auch überaus köstlich gedeckt.

Auf dem Rückweg zum Feuer las sie außerdem einen flachen Stein auf, der über die richtige Größe und Beschaffenheit verfügte, um darauf Getreide zu mahlen und Fladenbrote zu backen. Sogleich machte Niamh sich an die Arbeit.

Das frische Gebäck duftete so verlockend, dass sie nicht widerstehen konnte, während das letzte Stück ausbuk, ein anderes als Betthupferl zu verzehren. Schließlich hatte sie genug Reiseproviant vorbereitet und war zufrieden.

Satt und müde breitete sie ihr Schlaffell im weichen Moosbett aus.

Die Natur hatte sie in den letzten Tagen sehr verwöhnt.

Bevor sie es sich auf ihrem Nachtlager bequem machte, bettete sie den flachen Stein, den sie zum Backen verwendet hatte, zwischen zwei Wurzelstreben eines Baumes, schmückte ihn mit Blüten und legte je einen Teil ihres wunderbaren Mahles dazu. Dann ließ sie sich davor nieder und sang zum Dank für die Göttin einige Abendlieder. Sie handelten von der Mondin und den Sternen, von den melodiösen Stimmen der Nachtigallen, der Liebe und der Sehnsucht. Tari kam herbei und ließ sich bereitwillig in der Nähe des Lagers anpflocken.

Niamh fühlte sich rundum glücklich. Der Genuss des abendlichen Essens hatte ihre Sinnlichkeit geweckt; das rote wollene Tuch, das so wunderbar nach Kia duftete, an ihr Gesicht und ihr Herz gekuschelt, sehnte sie, die letzten Melodien summend, den Geliebten herbei. Dabei dachte sie an den Traum der vergangenen Nacht und spürte, wie sich Aufregung in ihr ausbreitete.

Zärtlich umarmte und streichelte sie sich. Wäre Kia doch nur hier!, dachte sie bedauernd, aber nur der Schlaf schloss sie in seine Arme.

Auch in dieser Nacht schlief sie zunächst ruhig. Nach einer Weile träumte sie von verschiedenen Tieren, die ihr zuletzt begegnet waren – von den Vögeln des Waldes, von Forellen, die durch ein sonnendurchflutetes Bachbett schossen, von den zwei Dachsen, die Niamh am Rande der Waldwiese bei ihrem Abendspaziergang beobachtet hatte, und von einem Raben, der über ihr im Baum landete. Von seinem Ast aus blickte er interessiert auf sie herab. Niamh fragte sich, warum das gewöhnlich nur am Tage muntere Tier im Dunkeln herumflog, als sich der große Vogel auch schon von seinem Ausguck fallen ließ, seine Schwingen ausbreitete und kurz darauf neben ihr landete.

Kaum dass seine Krallen den Boden berührten, verwandelten sie sich in Füße, und neben ihr im Moos hockte Kia.

Wie gut, dass sie träumte, dachte sie im Traum, sonst hätte sie sich sehr erschreckt! So aber setzte sie sich auf und starrte ihn verwundert an.

„Hallo", raunte er. „Störe ich?"

„Nein, ich könnte nichts Schöneres träumen", lächelte sie, und ihr Herz schlug Purzelbäume. Sie konnte die Augen nicht von ihm abwenden. Er ist da!, jubelte es in ihr. Sie verlor sich in seinem Anblick, war ganz gebannt. Das Verlangen, ihn zu berühren, stieg in ihr auf und Lust, sich ihm hinzugeben. Hätte sie nicht geträumt, wäre sie jetzt überaus verlegen gewesen; so zu fühlen, war ihr noch nicht lange erlaubt. Im Traum jedoch konnte Niamh sich ihrer Verliebtheit hingeben, dem aufgeregten Flattern in ihrem Bauch und dem wohligen Ziehen, das, von ihrem Becken ausgehend, ihren ganzen Körper erschaudern ließ.

„Darf ich dich ein bisschen anflirten?", fragte er leise.

Sie streckte die Hand nach ihm aus, und Kia glitt zu ihr aufs Fell. Sanft streichelte er ihren Arm und strich ihr lächelnd das Haar aus der Stirn. Dann schloss er die Augen, kam langsam näher und vergrub seufzend sein Gesicht an ihrer Halsbeuge.

Sehnsüchtig küsste er ihren Nacken, Niamh erwiderte seine Zärtlichkeiten und drängte sich an ihn. Sie fühlte sich wie ausgehungert nach seiner Nähe. Inständig hoffte sie, ihr Traum möge möglichst lange währen, und genoss jeden kostbaren Augenblick.

Während sie sich noch umarmten und liebkosten, begannen sie – erst langsam, dann fieberhaft – all ihre hinderlichen Kleidungsstücke abzustreifen. Niamh stöhnte auf, als er sich zwischen ihre Schenkel schob. Schnell ging sein Atem, leidenschaftlich, und auch sie wollte ihn so sehr, dass sie Kia geradezu an sich riss. Er lachte über ihre plötzliche Gier, doch er ließ sich Zeit und streichelte sie weiter; nicht mehr lange, und sie würde ihn anflehen vor Hunger.

Sie merkte, dass er mit ihr spielte, und knurrte ihn an.

Wie er sie liebte! Er überhäufte sie mit Küssen, lachte und gab sich seinem Begehren hin. Wild und ungestüm drang er in sie ein. Wie ein Feuersturm breitete sich die ersehnte heftige Lustempfindung in ihnen aus und nahm ihnen den Atem. Als Niamh sich ihm entgegenwarf, dachte er, er könne das Gefühl nicht ertragen. Er zügelte seine Kraft nicht länger und überließ sich seinen Instinkten. Sein Verlangen kam so schnell auf den Höhepunkt, dass es schmerzte und er in ihren Armen aufschrie. Nur die Tiere des Waldes hörten die beiden voneinander in Liebe Besessenen aus Niamhs Traum.

Kia wälzte sich ins kühle Moos, um seine Besinnung wiederzufinden. Dann kam er zurück und schenkte Niamh die Freuden, die sie verlangte.

Und wieder fiel er über sie her, wie sie es forderte.

Sie lachten und bissen sich gegenseitig in die Flanken, wenn der andere ermattet auf das Lager sinken wollte, wieder und wieder, bis sie sich ausgetobt hatten.

Verliebt betrachtete er ihren Körper, der vor ihm ausgebreitet im Mondlicht lag. Geheimnisvoll umspielte es ihre weichen Formen, und Kia zeichnete sie behutsam mit den Fingerspitzen nach. Dann küsste er sie von den Füßen an aufwärts, bis er neben ihr lag. Sie schmiegte sich an ihn, sanfter jetzt und nach Geborgenheit suchend. Zärtlich umarmten sie sich, und Niamh drückte ihr Gesicht in die Kuhle seines Halses. Schweiß glitzerte auf ihrer beider Haut und mischte sich mit Tränen.

„Geh nicht fort", flüsterte sie, und er zog sie an sich. „Hab noch ein wenig Geduld", flüsterte er. „Ich bedaure es sehr, meine Liebste, aber ich brauche noch Zeit."

„Ich auch", murmelte sie, bereits tiefer in den Schlaf abgleitend.

„Warte noch", gab er zurück und rollte sich auf sie. Mit erneuten feurigen Küssen hinderte er sie, zu tief in ihre Träume abzusinken. Kia ließ seine Hände zwischen ihre Schenkel gleiten und brachte die Gespielin mit kundigen Berührungen dazu, dass ihr Atem wieder zu rasen begann und sich ihr Körper ihm ein letztes Mal in dieser Nacht entgegenbäumte. Als er in sie vordrang, fasste er sie an den Hüften und hielt sie, sodass sie sich fallen lassen und ihrer Leidenschaft freien Lauf lassen konnte. Aus ihrem Höhepunkt glitt sie in tiefen, traumlosen Schlaf.

Mit dem Nahen des Tages kam sie zu sich. Sie fror und fühlte sich einsam. Nur vage begriff sie, wo sie sich befand. Missmutig zog sie sich Beinkleider und ihr Hemd über, derer sie sich offensichtlich im Traum entledigt hatte; kein Wunder, dass ihr kalt war.

Ein scheußliches Gefühl von Verlassenheit steckte ihr in den Knochen, und sie suchte, vor sich hin jammernd, ihr wollenes Tuch, fand es neben sich im taufeuchten Moos und zog es an ihr Herz. Zusammengerollt wie eine Katze schlief sie wieder ein.

Am Morgen erinnerte sich Niamh deutlich an die Abenteuer der vergangenen Nacht. Noch nie hatte sie derart klar und wunderbar geträumt; sie freute sich. Je länger sie jedoch darüber nachdachte, desto unwahrscheinlicher erschien es ihr, dass alles nur ein Traum gewesen sein sollte, und plötzlich wurde ihr unheimlich zumute.

Suchend blickte sie sich um. Stand Kia vielleicht hinter einem der Bäume und machte sich über sie lustig?

Sie konnte niemanden entdecken. Was trieb er für Spiele mit ihr? Sie rief seinen Namen. Nur das Echo hallte zurück. Niamh ärgerte sich, doch es half nichts, Kia war nicht da.

Sie hätte ihn gern endlich zur Rede gestellt, doch nur er bestimmte zwischen ihnen die Regeln. Statt seiner Aussage, er werde sie wiederfinden, zuzustimmen, hätte sie sich ein Mitspracherecht erbitten müssen. Wann wäre es denn so weit? Wenn *er* es für richtig hielt! Empört knallte sie ihr aufgerolltes Schlaffell zu Boden.

Hilflos und ausgeliefert fühlte sie sich. Wütend zu sein schien da die bessere Alternative.

Sie ließ die Schönheit der vergangenen Nacht nicht länger gelten. So ist mein Leben nie gewesen, hielt sie sich vor. Es hat keinen Sinn, mich in Hirngespinste zu flüchten. Auch nur an Kia zu denken tat weh. Niamh suchte die Erinnerung an ihren Traum zu zerstören. Zu süß. Zu schön. Zu vollkommen. Die wahre Welt ist anders – Kia ist nicht da, finde dich damit ab! Sie biss die Zähne zusammen und erlaubte sich nicht, noch länger ihrem schmerzlichen Verlangen nachzuhängen, stattdessen ordnete sie ihr Gepäck, nahm sich kaum Zeit zu frühstücken und machte sich auf den Weg.

Sie schlug eine schnellere Gangart an als in den vergangenen Tagen und gönnte sich keine Pause.

Erst als sie in Dauerlauf fiel, hörte der Schmerz in ihrer Brust auf. Zumindest spürte sie ihn nicht mehr und sah auch sonst nicht nach rechts und links. Immerzu glitten die sich gleichenden Grün- und Brauntöne des Waldlandes an ihr vorüber; was verpasste sie da schon Großartiges?

Niamh ging weit über ihre Grenzen. Als sie am Abend auf ihr Lager sank, ahnte sie, was sie sich zugemutet hatte. Ihre Muskeln brannten wie Feuer; glücklicherweise fiel sie augenblicklich in tiefen Schlaf.

In der Nacht aber lag sie lange wach. Wie sollte es mit ihr weitergehen? Hatte sie zulassen dürfen, dass Kia in so kurzer Zeit ihr Herz eroberte? Sollte sie ihn besser suchen oder ihn nie wiedersehen? Sie ertappte sich dabei, wie sie sich im Kreis drehte.

Schlafen sollte sie!, hielt sie sich vor und wälzte sich von einer Seite auf die andere. Wurzeln und Kiefernzapfen drückten sie abwechselnd an Schulter und Hüfte. Es gab keine Stellung, in der sie schmerzfrei liegen konnte. Sie hatte sich am Abend auch keine rechte Mühe gegeben, einen vernünftigen Schlafplatz zu suchen. Selbst schuld!, schalt sie sich; das machte die Sache auch nicht besser. Wenn es nur bald Morgen würde, damit sie weiterziehen könnte!

Als endlich die Dämmerung den neuen Tag ankündigte, fühlte sie sich wie zerschlagen. Doch Niamh achtete nicht weiter darauf. Froh, ihrem Gedankenkarussell zu entkommen, sprang sie auf die Beine, kaum dass ein Rotschwänzchen mit seinem kratzenden Gesang das morgendliche Vogelkonzert eröffnete.

Um die lästige Notwendigkeit zu essen schnell hinter sich zu bringen, stopfte sie sich ein Stück Fladenbrot in den Mund. Während sie noch lustlos auf dem trockenen Kanten herumkaute, kramte sie ihre Siebensachen zusammen und brach auf.

Sie hätte sich an der frühen Stunde erfreuen können, wären da nicht diese bohrenden Kopfschmerzen gewesen. Die Luft war frisch und duftete nach Erde und Harz. Doch Niamh sah weder den glitzernden Tau, noch kostete sie die Wärme der ersten Sonnenstrahlen. Stattdessen ertrug sie ihre schlechte Stimmung einen weiteren Tag lang. Wie hätte sie auch vor sich fliehen können?

So erreichte sie zwei Tage früher als geplant ihr Zwischenziel.

Schon von Ferne vernahm sie das Stimmengewirr vieler Menschen, die bei den Quellen von Wiesenbrunnen ihre Zelte aufgeschlagen hatten. Beim Hain des Cernunnos gab es außerdem ein Wirtshaus, zu Feierlichkeiten wie dem Beginn der Erntezeit platzte die Herberge allerdings aus allen Nähten, und so lagerte man rings um die geweihten Bezirke unter den Bäumen.

Niamh fühlte sich jedoch inzwischen so elend, dass sie nie wieder irgendwem über den Weg laufen wollte. Also überquerte sie die Handelsstraße, die, von Norden kommend, an Quellheiligtum und

Gerichtsstätte vorbei in Richtung der Remer führte, und tauchte kurz entschlossen in den schützenden Wald ein. Zielstrebig eilte sie weiter, bis die Stimmen verhallt waren.

Da es bereits dämmerte, fackelte sie nicht lange mit der Wahl ihres Nachtquartiers und breitete ihr Schlaffell hinter dem Wurzelteller eines umgestürzten Baumriesen aus. Dort lag sie nun und fand keine Ruhe, sondern haderte mit ihrer Entscheidung, das Fest ausfallen zu lassen. Vielleicht täte es ihr gut, mit einer der Priesterinnen zu reden, anstatt ihre quälenden Gedanken der sprachlosen Stute vorzutragen, gab sie sich zu bedenken.

Was sie wohl von den Hüterinnen der Quellen zu hören bekommen würde?

Mit Lughnasad, dem Schnitterinnenfest, begann die Mondin der Erntezeit; Fülle und Abschied zugleich.

Die Pflanzen verschenkten sich. Nur durch ihr freigebiges Scheiden konnten Mensch und Tier den Winter überdauern. Die Samen reiften und fielen zu Boden, bis sie im Frühling keimten und das Leben mit neuer Kraft explodierte. Korn für Korn enthielt dieselbe Weisheit – das Geheimnis des Todes ist die Verheißung der Wiedergeburt.

Doch Niamh hatte Trennungsschmerz noch nie leiden können. In ihrem bisherigen Leben waren Zeiten der Erfüllung die Ausnahme gewesen. Wenn etwas besonders schön war, wollte sie diese Kostbarkeit festhalten und nicht gleich wieder loslassen. Sie stutzte – warum hatte sie dann in den vergangenen Tagen alles getan, um sich von ihren verliebten Gefühlen abzuschneiden?

War ihr deshalb so elend zumute, weil sie lieber auf die Ernte, auf Glück verzichtete, als Gefahr zu laufen, Kia irgendwann gehen lassen zu müssen?

Es war zum Aus-der-Haut-Fahren!

Niamh kannte die Antworten der Priesterinnen. Wehre dich nicht gegen die Endlichkeit des Daseins!, würde es heißen. Erlebe deine Gefühle, ohne sie ändern zu wollen, dann lösen sie sich von selbst auf, denn Veränderung ist ihre Natur. Gib deinen Widerstand auf, und du wirst sehen, der eigentliche Schmerz ist halb so schlimm.

Feiere mit uns!, würde ihr geraten werden. Die Feste im Jahreskreis helfen uns zu lernen, uns dem Leben hinzugeben. Der Segen und die Unterstützung der Göttin werden es dir leichter machen.

Doch all das wollte Niamh nicht hören. Sie fühlte sich hier fremd und einsam, und so holte sie auch am nächsten Tag das Letzte aus sich heraus. Wäre sie erst bei den Arduinnerinnen, würde ihre Welt anders aussehen, versprach sie sich und trieb sich zu noch größerer Eile an, um so schnell wie möglich nach Weris zu kommen.

Leider ging ihr Plan nicht auf, denn als sie im Zwielicht des Waldes plötzlich eine Unebenheit des Bodens bemerkte, war sie bereits umgeknickt.

Mit einem Mal schmerzte der erst kürzlich verheilte Bruch so sehr, dass beim Auftreten weiße Punkte vor ihren Augen tanzten. Niamh fürchtete, der Knöchel sei erneut schwer verletzt. Doch zum Glück ließen sich die Zehen bewegen, und das Gelenk erwies sich als stabil.

Der Schmerz aber war eine Qual. Das Pferd scheute, so sehr fluchte Niamh.

„Komm her, Tari, meine Gute“, lockte sie die Stute, sobald sie sich einigermaßen beruhigt hatte, und strich dem Tier sanft über die Nüstern.

Als sie kurz darauf den Packsack nach Heilmitteln durchwühlte, stellte sie fest, dass sie den Notfallbeutel vergessen hatte, den sie normalerweise auf Reisen mitführte.

Zähneknirschend bandagierte sie den Knöchel, und wieder blieb ihr keine andere Wahl, als dabei auf einen Notbehelf zurückzugreifen. Heute mussten ihre Beinkleider für die benötigten Stoffstreifen herhalten; doch wozu brauchte sie bei den sommerlichen Temperaturen auch lange Hosenbeine? Diesmal achtete sie darauf, sich mit dem Stützverband nicht das Blut abzuschnüren wie zuvor im Seitenarm des Renos.

Sie hätte daran denken müssen, dass ihr Fuß durch den Bruch noch geschwächt war, anstatt unüberlegt draufloszurennen, tadelte sie sich. Die eine oder andere Stärkungsübung hätte sicher auch nicht geschadet.

Mit zusammengebissenen Zähnen humpelte Niamh los. Bald spürte sie, wie der Knöchel anschwoll und heiß wurde. Trotzdem schleppte sie sich mühsam weiter; das Anlegen des Verbandes hatte sie lange genug aufgehalten.

Von Selbstvorwürfen getrieben, kämpfte sie sich restlos ab. Je langsamer sie vorankam, desto unermüdlicher erweiterte sie die Liste der ihr bekannten Flüche.

Wie hatte sie nur Arnika und Kamille vergessen können? Die passenden Kräuter würden die Schwellung lindern. Mit finsterer Miene sah sie sich um. Unter dem geschlossenen Blätterdach des Eichenwaldes, durch den ihr Weg führte, mangelte es an Licht. Nur wenige Pflanzen konnten unter diesen Umständen gedeihen, und so verlief ihre Suche ergebnislos.

Niamh blieb nichts anderes übrig, als den Knöchel gelegentlich in einen Wasserlauf zu halten, um ihn zu kühlen. Jedes Mal kam sie jedoch schnell wieder auf die Beine, um dem Grübeln nicht noch mehr Vorschub zu leisten.

Bei Anbruch der Nacht gelang es ihr glücklicherweise, augenblicklich einzuschlafen. Was sollte es auch bringen, sich weiteren Wunschträumen hinzugeben, die ihr jegliche Zufriedenheit nahmen?

Drei Tage nachdem sie an Wiesenbrunnen vorübergeeilt war, lichtete sich der Wald. Tari im Schlepptau, betrat Niamh plötzlich einen breiten Weg.

Verwundert blickte sie sich um. Bis Weris hatte sie mit keiner weiteren Handelsstraße gerechnet, aber der lehmige Pfad wies deutliche Fahrspuren einer Vielzahl von Wagen auf.

Als sie an einem der Bäume am Wegesrand drei Wellenlinien und das stilisierte Geweih des Cernunnos ausmachte, wurde sie blass. Weitere Wegzeichen ließen ihre Befürchtung zur Gewissheit werden – das Quellheiligtum lag nur wenige Leugen entfernt von hier. Sie war im Kreis gelaufen und befand sich wieder auf dem Fernreiseweg, der, von Norden kommend, zu den Remern führte.

Niamh hätte platzen können. So etwas war ihr noch nie passiert!

Kleinere Orientierungsschwierigkeiten gab es im Wald immer wieder. Aber tagelang kopflos herumzuirren? Niamh wusste gar nicht, wohin mit ihrem Ärger.

Aus einiger Entfernung waren fröhliche Gesänge und Gelächter zu hören. Eine Gruppe von Wanderern näherte sich. Sicherlich hatten sie an dem geweihten Ort gefeiert und waren jetzt auf dem Weg zu den heimischen Feldern, um mit der Ernte zu beginnen.

Stöhnend wandte die Kriegerin den Blick zum Himmel und tauchte wieder unter das Blätterdach. Ihre Augen brannten. Welch ein Unglück! Ohne Rücksicht auf den verletzten Fuß rannte sie los.

Außer Sicht- und Hörweite des Weges ließ sie sich endlich fallen. Heulend vor Wut, schlug sie mit den Händen auf den Waldboden ein, dass das alte Laub aufwirbelte. Pech, Pech, Pech!

Der Ausdruck brachte ihr plötzlich ein Gleichnis in Erinnerung, eine uralte Legende, die besagte, wie Holla, die Große Göttin, Glück und Pech auf der Welt verteilt hatte.

Der Brunnen, an dem die Wanderung ihrer beiden Töchter den Anfang genommen hatte, war ein Sinnbild dafür, tiefer zu schauen, sich auf eine Seelenreise zu begeben.

Die Aufgaben, die den Mädchen in der Welt am Grunde des Borns gestellt worden waren, das Pflücken der Äpfel und das Backen, hatten ebenfalls symbolische Bedeutung.

Die Äpfel standen für Erkenntnisse. Sie aufzulesen bedeutete, sich seines Lebens bewusst zu werden.

Das Brotbacken war ein Bild dafür, die so gewonnenen Erfahrungen tatkräftig umzusetzen.

Wer sich diesen Herausforderungen stellte, dem war das Glück hold. Eine der Töchter der Göttin hatte es abgelehnt, sich auf die Mühen einzulassen. Sie war vom Pech verfolgt worden, weil das Glück auf dem Weg zur Wahrheit liegt.

Damit war die Geschichte eine Gebrauchsanweisung – wer sie kannte, besaß eine Anleitung, wie er seine Geschicke in die Hand nehmen und zum Guten wenden konnte.

Niamh stöhnte. Sie gab ihre Flucht auf; es war genug.

Sie rief die Göttin an; unwichtig, dass das Schnitterinnenfest vorbei war, dass weder eine Priesterin oder ein Druide anwesend noch der Ort, an dem sie sich befand, geweiht war. Niamh klagte der Ahnmutter ihr Leid und bat um Hilfe.

Sie erinnerte sich an die Erntelieder, die sie beim Alten Volk gelernt hatte und deren Schwingungen die Seele in Einklang mit den Veränderungen der Natur brachten. Kaum hatte sie ihre Stimme erhoben, als das quälende, disharmonische Knirschen ihrer Gefühle endgültig in Fluss kam und sie zu weinen anfing.

Entgegen ihrer Gewohnheit erlaubte sich Niamh, herumzujammern und zu schluchzen. Mit den Tränen stieg auch Zorn auf Kia in ihr auf. Sie schrie ihn heraus und verschaffte sich damit Luft und Erleichterung.

Ob sie nun endlich wieder mehr Glück haben würde, war ihr in diesem Augenblick vollkommen egal.

Unter der Wut lag eine weitere Bekannte. Einsamkeit.

Das Gefühl, von allem abgeschnitten zu sein, war uralt, doch jetzt, da Niamh keine erkennbare Aufgabe mehr besaß, wurde die Verlassenheit schrecklich wie nie zuvor. Sie auszuhalten war eine wahre Kriegeraufgabe. Laut stöhnte Niamh vor sich hin. Schon hatte sie gehofft, damit zum Kern ihres Unwohlseins vorgedrungen zu sein, als ihr plötzlich schwante, dass auch die Einsamkeit nur wie eine weitere Schale um das eigentliche Problem lag. Um nicht erneut ihrem unbändigen Fluchtinstinkt nachzugeben, wiederholte sie die Bitte um Unterstützung.

Die Gewissheit über die tröstende Anwesenheit der Großen Mutter ließ Niamh aufatmen.

Auch wenn das Grauen kaum zu greifen war, ließ sie nicht locker. Sie wollte der Sache auf den Grund gehen.

Ging es vielleicht um den Umstand, dass sie nicht wusste, wie es mit ihrem Leben weitergehen sollte? In dieser Hinsicht fühlte sie sich jedoch keineswegs hoffnungslos. Bald wäre sie in Weris, und dort würden Deirdre und Juna ihr in dieser Frage zur Seite stehen. Doch was war dann die Ursache für ihr Unbehagen?

Unwillkürlich kam ihr Kia Ye Lanur in den Sinn. Einerseits spürte sie, wie sich Wärme in ihrem Herzen ausbreitete. Sie vermisste ihn. Selbst wenn alles rundum zu ihrer Zufriedenheit gelungen wäre, würde er ihr zum Glücklichsein fehlen.

Doch je länger sie sich vorstellte, ihn als Mann und als Gefährten an ihrer Seite zu wissen, desto unerträglicher wurde andererseits ihre Panik, und plötzlich wusste sie, wovor sie davongelaufen war.

Weit schlimmer noch als ihre lebenslange Einsamkeit war ausgerechnet die Nähe, die sie mit Kia erleben würde.

Sie würde verletzbar werden!

Niamh wurde blass unter ihrer sommerlichen Bräune.

Die Kontrolle aufzugeben wäre der Preis, den sie für die ersehnte Zweisamkeit zu zahlen hätte.

Genau das hatte sie nach ihrem schönen Traum, als der Geliebte plötzlich nicht mehr da gewesen war, unbewusst begriffen.

Mit der Klarheit, in der diese einfache Tatsache nun vor ihr lag, wurde der nächste Schritt leicht. Und so zielstrebig sie zuletzt das Weite gesucht hatte, so beflügelt traf sie die Entscheidung:

Ja, sie würde zulassen, verwundbar zu werden. Sie wollte Kia wiedersehen, das Zusammensein mit ihm war das Gefühl, der Hilflosigkeit preisgegeben zu sein, wert. Denn auch wenn sie es nicht begreifen konnte – die schlichte Wahrheit war, dass sie Kia liebte.

Erleichtert ließ sich Niamh zurücksinken. Mit einem Lächeln auf dem Gesicht lag sie im Moos.

Endlich war der Knoten geplatzt; alles wurde mit einem Mal leicht. Erneut zeigte sich, dass Glück kein Zufall war.

In Weris würde sich die unangenehme Leere, die sie seit dem Abschied vom Alten Volk begleitete, mit neuem Leben füllen. Dieser Teil hatte nichts mit Kia zu tun, sie hatte ihn nicht als Lückenbüßer missbraucht, wie sie insgeheim schon befürchtet hatte.

Klar und deutlich lag ihr Weg vor ihr. Sie hatte zu einer inneren Haltung zurückgefunden, in der ihr das Leben zuspielte, indem es mit erfreulichen Ereignissen aufwartete. Sie atmete auf, verschränkte die Arme im Nacken und blickte hinauf zum Meer der leuchtend grünen Blätter, über denen sich das Blau des Himmels spannte. Und zum ersten Mal seit Monaten dachte sie an nichts als die Sonne.

11.

Nachdem Niamh der Göttin gedankt hatte, setzte sie ihre Reise fort.

Sie wandte sich nach Westen. Längst lag ein Großteil der gesamten Strecke hinter ihr. Bald entdeckte sie neue Wegzeichen, die ihr die gewünschte Richtung wiesen – ein Halbkreis mit einem Punkt in der Mitte, die Feenhügel von Weris.

Das Fußgelenk bereitete ihr kaum noch Schmerzen, trotzdem ließ sie sich Zeit und kam innerlich wie äußerlich in Fluss.

Die Pfade führten nun bergab in Landstriche mit gemäßigtem Klima.

Eines Nachmittags sah sich Niamh früher als gewöhnlich nach einem geeigneten Lagerplatz um.

Ein Reh hatte sich ihr geschenkt. Niamhs Pfeil hatte sein Leben rasch beendet, während es an einem bemoosten Wasserloch vom Regen der vergangenen Nacht gekostet hatte.

Die Kriegerin trug das ausgeweidete Tier über der Schulter, denn Tari hatte sich mit angelegten Ohren im Rückwärtsgang davongemacht, als Niamh ihr die blutige Last hatte aufbürden wollen. Auch jetzt tänzelte die Stute und spielte nervös mit den Ohren. Niamh führte ihr Verhalten auf den intensiven Geruch des frischen Blutes zurück, der dem noch warmen Körper des Rehs entströmte, also ließ sie die Laufleine länger und erlaubte dem Pferd, ihr in größerem Abstand als gewöhnlich zu folgen.

Ihre Gedanken wanderten wieder einmal zu Kia.

„Ach, wärst du doch hier!“, seufzte sie und blickte sich um, so als könnte der Ersehnte tatsächlich jeden Moment auftauchen. Sie stellte sich vor, wie es wäre, wenn er jetzt hinter jenem Eichenstamm dort hervortreten würde. Sie würde jubeln vor Freude, sie würden sich in die Arme fallen und nie wieder loslassen!

Das Gelände war unübersichtlich. Niedriger Aufwuchs versperrte die weitere Sicht. Ein Windwurf oder ein Feuer hatten große Teile des alten Waldbestandes vernichtet und Platz für das Jungvolk geschaffen. Zum Glück führte ein ausgetretener Wildwechsel durch diesen Dschungel.

Als Niamh wenig später aus dem Dickicht heraustrat, stand sie mit einem Mal unter einem Dach hoher Bäume. Andächtig wanderten ihre Augen an den Stämmen zu den Wipfeln empor, um sich dann dem flachen Bachlauf zuzuwenden, der sich gemächlich durch den majestätischen Hochwald schlängelte. Überall war der Waldboden von einem samtigen Teppich aus feinstem Moos bedeckt und lud zum Rasten ein. Vereinzelte Farne säumten das Ufer des Baches. Der Ort war friedlich, offenbar ein von Elfenhand geschaffener Garten.

Niamh freute sich über das wunderbare Fleckchen Erde, sie fühlte sich willkommen und beschloss zu bleiben. Taris Laufleine befestigte sie an einem der Bäume am Rande der Dickung, und die Stute kostete die ersten Blätter. Noch immer spielte sie nervös mit den Ohren. Beruhigend tätschelte Niamh ihren Hals, nahm ihr die Last des Packsacks vom Rücken und legte ihn zusammen mit dem toten Reh in einiger Entfernung ab. Dann zog sie den schlaffen Wassersack aus dem Gepäck hervor und ging hinüber zum Bachbett, um ihn zu füllen.

Vergnügt balancierte sie über ein paar größere Steine zu einem ruhigen Becken inmitten des Bachlaufes. Trotz der Tiefe der Wanne konnte sie bis hinunter zum steinigen Grund sehen; später würde sie hier ein erfrischendes Bad nehmen, beschloss sie, ging in die Hocke und senkte die Schweinsblase ins klare Nass.

Sie sollte schneller zu der gewünschten Abkühlung kommen, als sie gedacht hatte, denn als sie den Blick wieder hob, stand vor ihr, fast zum Greifen nah, Kia Ye Lanur. Lässig lehnte er an einem der Uferbäume und blickte amüsiert auf sie herab.

Mit einem spitzen Schreckensschrei schnellte Niamh rückwärts und landete im Wasser. Halb lag sie da, halb saß sie, die Hände nach hinten gestützt, und starrte den Mann ihrer Träume an, während der Bach sie umspülte.

Kia gab seine Anstrengungen, gleichmütig zu wirken, auf und bog sich vor Vergnügen. Der Streich war gelungen! Er bemühte sich nicht im Geringsten um Fassung. „Schön, dass du mich so umwerfend findest", lachte er, und seine Augen blitzten vor Vergnügen.

„Kia?", fragte sie. „Wie um alles in der Welt kommst du hierher?" Während er langsam auf sie zuwatete, ließ Niamh ihn nicht aus den Augen. Sie war vollkommen entgeistert – stand er wahrhaftig vor ihr und reichte ihr die Hand?

„Darf ich dir aufhelfen?", bat er und strahlte.

Verwirrt schüttelte Niamh den Kopf. „Gern", murmelte sie dann und beeilte sich, ihm die tropfnasse Rechte entgegenzustrecken. Als Kia sie auf die Füße zog, musste er fest zupacken, damit sie ihm nicht entglitt.

Unverwandt sah sie ihn an und strich scheu über seine Schulter, so als wollte sie sich vergewissern, dass sie nicht träumte.

Lächelnd zog er sie näher und ließ sie spüren, dass er tatsächlich aus Fleisch und Blut war. Liebevoll hielt er sie, während plötzlich ein Beben ihren Körper durchlief und sie regelrecht durchschüttelte, ohne dass sie es hätte verhindern können. Mit einem Mal fühlte sie sich voller Lebenskraft wie lange nicht mehr. Endlich! Ein Freudenschrei brach aus ihr hervor. Stürmisch erwiderte sie die Umarmung, um Kia gleich darauf lachend von sich fernzuhalten und ihn anzusehen – seine Augen, seine edlen Gesichtszüge, umrahmt von glänzend braunem Haar, auf dem die Sonne tanzte. Verzückt nahm sie seinen Anblick in sich auf – wie gut es tat, ihn wiederzusehen!

Kia fiel ein Stein vom Herzen; er war ihr willkommen.

Erneut zog er sie in die Arme und drückte sie an sich. Niamh genoss die Kraft und Wärme, die er ausstrahlte. Er ließ seine Wange an die ihre sinken und kostete den Duft von Wald und Weiblichkeit, den die Geliebte verströmte.

Sie hielten einander in Stille, bis Niamh erneut zu zittern begann, diesmal jedoch wegen ihrer eiskalten Füße. Kein Wunder, denn sie standen die ganze Zeit über im Bach.

„Lass uns ans Ufer gehen", kicherte sie leise und stakste steifbeinig an Land, ohne jedoch seine Hand loszulassen.

Kaum spürte sie trockenen Boden unter den Füßen, drehte sie sich rasch zu ihm um; sie hatte Angst, er könne ebenso schnell verschwunden sein, wie er aufgetaucht war. Doch er stand leibhaftig vor ihr und sah sie mit großen Augen an.

„Kia, bitte erkläre mir, wie du hierher kommst – habe ich verpasst, dass ich eingeschlafen bin?" Die Frage ließ ihr keine Ruhe.

Er zögerte. „Haben dir denn die Träume, die ich dir geschickt habe, nicht gefallen?", wagte er mit verlegenem Lächeln die Gegenfrage; er war nicht sicher, wie sie auf sein Geständnis reagieren würde, immerhin war der Schlaf eines Menschen etwas sehr Privates, und nicht jeder wäre glücklich darüber, wenn er ungefragt in diesen intimen Bereich eindrang.

Niamh starrte ihn mit offenem Mund an. „Du weißt, dass ich von dir geträumt habe?!", stammelte sie dann.

„Nun ja", erwiderte er und errötete. „Sagen wir, ich habe dich im Traum gesucht."

Die Antwort verwirrte sie nur noch mehr. „Wie kann das sein?" Fragend sah sie ihn an. Zu seiner Erleichterung fand er in ihren Augen keine Ablehnung, wie er befürchtet hatte, sondern reine Neugier.

„Ich erkläre es dir gern", sagte er freudestrahlend. „Es ist nur – ich habe seit heute morgen nichts gegessen. Du hast bestimmt eine Menge Fragen, aber ich sterbe vor Hunger."

Niamh maß ihn mit ihren Blicken. Ihr Tonfall wurde ernst. „Du musst mir tatsächlich einiges erklären. Wie bin ich zum Beispiel vor die Tore von Bonna gekommen?"

„Bitte lass uns das auf später verschieben, ja? Ich schätze, wenn wir erst einmal anfangen zu reden, hören wir so schnell nicht damit auf." Seine Stimme umgab sie mit Zärtlichkeit. Sie nickte zögernd; sie konnte nur hoffen, dass sich Kia nicht vorher wieder in Luft auflöste. Nicht nur ihn plagte der Hunger, und auch die durchnässten Kleider waren Niamh lästig. So ließ sie es damit bewenden, beugte sich zu ihrem Packsack und begann den Inhalt auf dem Waldboden auszubreiten.

Bald kam das rote Tuch zum Vorschein. Schnell tauschte sie die nassen Beinkleider gegen den wärmenden Stoff und knotete ihn sich wie einen Rock um die Hüften. Zufrieden mit dem neuen Kleidungsstück, wandte Niamh ihre Aufmerksamkeit dem Abendessen zu.

Kia sammelte Feuerholz.

„Magst du Rehbraten?“, fragte sie. Er blickte auf. Der Schalk in seinen Augen war nicht zu übersehen.

„Du hast mich bei der Jagd beobachtet“, stellte Niamh fassungslos fest. Empört richtete sie sich auf. „Gib es zu!“

„Später“, bettelte Kia. „Bitte! Mir läuft das Wasser im Munde zusammen, wenn du nur von Rehen sprichst.“ Er sah mit einem Mal so verhungert aus, dass Niamh lachen musste. Sein leidender Ton brachte sie auf eine Idee.

„Du hast wirklich großen Hunger“, stellte sie fest.

„Und ob!“, bekräftigte er.

„So sehr, dass du schon schwach auf den Beinen bist?“

„Das kann man wohl sagen!“, klagte er.

„Nun“, überlegte Niamh, „das lässt sich gewiss nutzen.“ Vielleicht konnte ihr seine Schwäche dienlich sein. Ihre Miene bekam einen frechen Ausdruck. Sie unterbrach ihre Arbeit und schlenderte zu ihm hinüber. Erstaunt sah er sie an.

Prüfend umfasste sie seinen Oberarm, und ein spöttisches Lächeln umspielte ihre Lippen. „Oh ja!“ Sie tat, als wäre sie in Sorge. „Du bist tatsächlich vollkommen abgemagert.“ Ihre Finger wurden zu Zangen.

Als er versuchte, sich zu befreien, hielt sie ihn unnachgiebig fest. „Und schwach bist du auch. Das ist gut.“ Sie nickte und drückte zu, bis Kia das Gesicht verzog. Unbeirrt fuhr sie fort: „Wie schön, dass sich das Blatt gewendet hat. Bevor ich dir etwas von meinem Reh abgebe, musst du mir versprechen, meine Fragen zu beantworten. Keine Ausflüchte mehr, schwöre!“ Herausfordernd blickte sie ihn an.

Kia rang nach Luft; ihre Fingerspitzen hatten einen empfindlichen Punkt gefunden und bohrten sich unbarmherzig tiefer. Sein Blick bekam etwas Flehendes. Niamh genoss den Triumph, doch ihr Vergnügen währte nicht lange, denn schon zog er die Empfindsamkeit aus seinem Arm zurück und vertrieb damit den Schmerz.

Er grinste, schob seine Hand in ihren Nacken und zog sie langsam zu sich heran. Ohne den Blick abzuwenden, küsste er sie. Sanft und zärtlich. Unwiderstehlich.

Ihrem Impuls, ihn in die Lippe zu beißen, kam er zuvor. Bevor ihre zuschnappenden Zähne ihn erwischten, griff er blitzschnell in ihr Haar und bog ihr den Kopf zurück. Ihre Bemühungen, sich zu sträuben, waren zwecklos; sein Griff war ebenfalls eisern. Sie versuchte sich ihm zu entwinden, aber er lächelte nur und packte so fest zu, dass ihr die Kraft aus den Beinen wich.

In Niamh stieg die Hitze auf. Sie ergab sich, lehnte sich gegen ihn und schloss die Augen. Behutsam zog Kia sie näher und flüsterte: „Sag Nein, wenn du kannst." Er hielt sie noch einen Moment fest, damit sie ihn nicht beißen konnte, und ließ ihr Zeit, die Zärtlichkeit auch zu wollen.

Als sie nicht widersprach, sondern sich entspannte, setzte er den Kuss vorsichtig fort, und Niamh gab sich ihm endgültig hin. Er löste den Griff und hielt sie nur weiter im Arm.

Die Runde ging an ihn.

„Hättest du wirklich aufgehört, wenn ich Nein gesagt hätte?", wollte Niamh wissen, als sie sich nach einer Weile voneinander lösten.

„Ja." Lächelnd erwiderte er ihren fragenden Blick.

„Gut." Sie atmete auf.

„Und ich werde dir deine Fragen beantworten", willigte er ein und hob feierlich die Hand. Nach einer kurzen Pause grinste er und fügte hinzu: „Die meisten zumindest."

„Alle!", beharrte Niamh.

Doch Kia lachte nur und begann nahe dem Wasser das Kochfeuer zu entzünden.

Seufzend gab sie sich zufrieden und wandte sich dem erlegten Reh zu.

Zunächst trennte sie das Tier an Bauch und Beinen auf, um es zu häuten. Das Fell war so stabil, dass sie es mit etwas Geschick am Stück abziehen konnte. Mit der behaarten Seite nach unten breitete sie die abgelöste Haut aus und besaß somit eine saubere Unterlage, auf der sie nun das rosige Fleisch zerlegen konnte.

In der Zwischenzeit schichtete Kia ständig Holz auf, um möglichst schnell eine ausreichende Menge Glut zu erzeugen. Außerdem erbat er Niamhs Getreidesack, denn er wollte frisches Fladenbrot zubereiten. Sie besaß sogar noch einen Rest gemahlenen Dinkel, der, mit Wasser und Salz vermischt, bald einen geschmeidigen Teig ergab.

„Wo ist denn dein Gepäck?“ Die Frage erschien ihr unverfänglich genug, um sie schon vor dem Essen zu stellen.

Kia warf den Teigklumpen, den er gerade bearbeitete, von einer Hand in die andere, damit der Fladen flach genug wurde, um auf einem heißen Stein ausgebacken zu werden.

„Ich musste es bei den gastfreundlichen Wirtsleuten zurücklassen, die mir in der vergangenen Nacht Quartier geboten haben“, antwortete er. „Mein Pferd lahmt seit Tagen; ich hatte es vermutlich zu eilig, dir zu folgen, jedenfalls braucht es eine Pause.“ Taris aufgeregtes Schnauben ließ ihn aufblicken. Die Stute sah ihn an und spielte mit den Ohren, so als hätte sie verstanden, dass von einem Artgenossen die Rede war. Auch Niamh sah belustigt zu ihr hinüber.

Die hungrigen Flammen nutzten die Gelegenheit und versuchten sich des Brotes zu bemächtigen. Doch Kia war schneller; er kam den lodernden Hölzern zuvor und schob sie zurück.

Um einen Teil von ihnen hatte sich bereits eine weiße Ascheschicht gebildet. Diese wählte er aus und zog sie an den Rand der Feuerstelle.

Nachdem er die Flammen erstickt hatte, platzierte er die zarten, auf Stöcke gespießten Streifen des Rehrückens sowie Herz und Leber, die Niamh ihm anreichte, über der Glut.

Auch der Fladen buk sich nun wieder selbst, und Kia erhob sich und schlenderte zu der Stute hinüber, um sie zu streicheln.

„Erstaunlich, Niamh“, meinte er nach einer Weile wie beiläufig. „Ich hätte nicht gedacht, dass es mir gelingen würde, dir unbemerkt so nah zu kommen.“

Die Lippen der Kriegerin wurden schmal. Vermutlich war Tari den ganzen Tag über so nervös gewesen, weil sie ihn gewittert hatte. Es fuchste Niamh, dass sie offenbar ihr Handwerk verlernt und ihn weder gesehen noch gehört hatte. Der Stachel saß. „Wie hast du das gemacht?", verlangte sie zu wissen. Ihre Augen sprühten Blitze.

Aber Kia presste nur die Hand auf den Magen und sah wieder so leidend aus, als würde er gleich tot umfallen vor Hunger. Niamh schenkte ihm ein grimmiges Grinsen. Sollte er sich satt essen; den Rest des Abends würde sie ihm keine Ruhe lassen mit ihren Fragen!

Bald verströmte der Braten einen köstlichen Duft und ließ sie ihren Groll vergessen. So kamen sie beim Feuer zusammen und machten es sich am Fuße einer Ulme bequem.

Geschickt umwickelte Kia ein Filetstück mit einem bereits abgekühlten Fladen, damit sich die Geliebte nicht die Finger daran verbrannte, verzierte das Ganze mit einem Stängel blau blühender Veronica und reichte ihr das Kunstwerk. Niamh nahm es dankend an, obwohl sie plötzlich keinen Hunger mehr hatte. In Kias Gegenwart wurde sie immer aufgeregter – ständig musste sie ihn anschauen. Sie sonnte sich in seiner Nähe, und auch er strahlte sie unaufhörlich an, während er es sich schmecken ließ.

Niamh hatte den Rehrücken mit Salz und wildem Majoran eingerieben – so vortrefflich hatte Kia nicht gespeist, seit er Bonna den Rücken gekehrt hatte. Nicht, dass das Essen in den Herbergen entlang der Reisewege zu verachten gewesen wäre, doch auf diesem paradiesischen Fleckchen Erde an der Seite von Niamh in Wildbret und frischem Fladenbrot zu schwelgen war ein geradezu himmlisches Vergnügen.

Zum Abschluss des Festmahls angelte er sich eine Handvoll Himbeeren, die Niamh auf einem Tuch ausgebreitet hatte.

„Köstlich!", seufzte er genüsslich und streckte sich. Dann lächelte er und machte es Niamh leicht. „Ich bin dir eine Reihe von Erklärungen schuldig", nahm er das Wort auf. „Angefangen damit, dass ich dich im Traum besucht habe."

„Das hast du vorhin schon behauptet. Wie kann das sein?", platzte sie heraus.

Kia hatte Mühe, ernst zu bleiben. „Erinnerst du dich – wir waren so zärtlich im Schutz der von Wind und Alter gebeugten Kiefer, und weißt du noch, wie wir uns in der Nacht darauf im taufeuchten Moos geliebt haben?“

Allein bei der Erinnerung überkamen sie wohlige Schauer, zugleich verwirrte sie die Ungeheuerlichkeit seiner Aussage – wollte Kia ihr einen Bären aufbinden? Doch woher sollte er sonst wissen, was sie von ihm geträumt hatte?

Kia grinste und fuhr dann bereitwillig mit seinen Ausführungen fort.

„Lass mich ein wenig ausholen, um es dir verständlich zu machen. Auf meiner langen Wanderschaft hatte ich das Glück, einen Mentor zu gewinnen, der mich neben anderen Kunstfertigkeiten angeleitet hat, in meinen Träumen aufzuwachen. Indem ich seine Anweisungen befolgt habe, ist es mir viele Jahre später endlich gelungen, im Schlaf Einfluss auf mein Handeln zu nehmen. Inzwischen kann ich mich mit meinem Traumkörper frei bewegen.“ Nachdenklich sah er Niamh an. „Mit gewissen Einschränkungen“, fügte er hinzu, um genau zu sein.

Gebannt wanderten ihre Augen zwischen den seinen hin und her. „Fantastisch!“, flüsterte sie.

„Oh ja!“, schmunzelte Kia.

„Könnte ich das auch lernen?“, wollte sie wissen.

„Sicher.“ Er nickte. „Allerdings habe ich allein zwanzig Jahre gebraucht, bis ich zum ersten Mal im Traum aufgewacht bin und mir einen Wimpernschlag lang bewusst war, dass ich träume. Doch wer weiß, vielleicht lernst du ja schneller als ich.“ Er schenkte ihr ein Lächeln. „Vor allem aber bin ich sehr froh, dass es dir wieder besser geht. Als ich nämlich erneut versucht habe, mich dir im Traum zu nähern, warst du hoffnungslos von düsterem Nebel umgeben. Wie gern hätte ich dir beigestanden, aber du hast mich nicht mehr an dich herangelassen. Von Tag zu Tag ging es dir schlechter, warum, wusste ich nicht. Es lag allerdings nahe, dass es etwas mit unseren Begegnungen zu tun hatte. Niamh, das Letzte was ich erreichen wollte, war, dich zu verletzen!“ Er suchte ihre Augen. Als er nichts als Freude darin fand, atmete er auf und fuhr fort: „Da ich mir keinen Rat mehr wusste, habe ich beschlossen, dir zu folgen.

Du glaubst gar nicht, wie glücklich ich bin, dass du mir die Gelegenheit gibst, mich dir zu erklären. Lass dich nicht von meinen frechen Späßen täuschen, Liebste, ich habe damit nur meine Befürchtungen überspielt. In Wirklichkeit hatte ich eine Mordsangst, du würdest inzwischen gar nichts mehr von mir wissen wollen. Aus diesem Grund habe ich mich dir heute auch nicht sofort gezeigt. Die Aussicht, du könntest wütend auf mich sein, hat mich regelrecht in Panik versetzt. Also bin ich plötzlich aus dem Nichts aufgetaucht – um dir den Wind aus den Segeln zu nehmen, verstehst du?"

Niamh war verblüfft über das unerwartete Geständnis.

Trotz seiner erstaunlichen Fähigkeiten hatte Kia ebenfalls mit den Gefühlen von Unterlegenheit und Ausgeliefertsein zu kämpfen, die ihre gegenseitige Zuneigung mit sich brachte. Froh darüber, mit ihrer Schwäche nicht länger allein zu sein, atmete sie auf und schenkte ihm ein verliebtes Lächeln.

„Ich mag es, wenn du mich überraschst", entgegnete sie leise. „Verrätst du mir trotzdem, wie du mich beobachten konntest, ohne dass ich dich gesehen oder gehört habe?"

„Ganz einfach", antwortete er. „Ich habe Abstand von dir gehalten. Damit du mich nicht bemerkst, habe ich mich mit dem Geist von Tieren verbunden, wie ich es während der Arbeit bei meinen Patienten mache. So konnte ich dir mit ihren Augen folgen. Du erinnerst dich – der Grünspecht, dessen Blick du begegnet bist? Oder die Singdrossel, die dich mit ihrem Gesang zum Stehenbleiben gebracht hat, so andächtig hast du gelauscht? Und schließlich das Reh, das du erlegt hast – ich habe den Pfeil kommen sehen, bevor das Licht des Tieres erlosch; eine sehr interessante Erfahrung, leider konnte ich seinen Tod nicht verhindern, denn als es dich entdeckte, und ich mit ihm, war es bereits zu spät.

Am Ende hat mir der Zufall in die Hände gespielt – ich hatte mich hinter einem Baum am Bachufer versteckt, ausgerechnet an der Stelle, die du dir zum Wasserholen ausgesucht hast. Als du dich gebückt hast, brauchte ich nur einen Schritt vorzutreten und so zu tun, als wäre ich geradewegs aus dem Nichts aufgetaucht.

Kein Grund also, deswegen an deinem Können zu zweifeln, außer vielleicht, du würdest von dir erwarten, mich wittern zu können, wie es deine Stute vermag."

„Das nicht gerade", gab sie zu, doch zwischen ihren Augen erschien eine Falte, was ihrem schönen Gesicht einen strengen Ausdruck verlieh. „An Taris Nervosität habe ich gemerkt, dass etwas nicht stimmt", murmelte sie. Sie warf ihren Füßen einen bösen Blick zu. „Ich hätte der Sache auf den Grund gehen müssen!" Der Fuß gab den Ärger an einen kleinen Stein weiter und stieß ihn unwillig beiseite.

„Du stellst hohe Ansprüche an dich", bemerkte Kia. „Warum solltest du damit rechnen, dass dich jemand auf diese Weise beobachtet?" Er schüttelte den Kopf. „Nein, selbst als Meisterin der Kampfkünste musst du dich ausruhen und im Wald herumspazieren dürfen, statt ständig unter Hochspannung zu stehen."

Niamh sah auf. Sie rang mit sich, ob sie sich die Niederlage schmackhaft machen lassen sollte. Immerhin schenkte sie Kia ein schiefes Grinsen. Im Grunde war es nett von ihm, ihren rastlosen Ehrgeiz besänftigen zu wollen; sie war tatsächlich so lange unzufrieden mit sich, bis sie nicht mit Abstand die Beste von allen war – welch unablässige Plackerei!

Kia hingegen hatte bei seinen ausgefallenen Bemühungen keine Konkurrenz zu fürchten. Diese Erkenntnis brachte Niamh zum Lachen.

Als er sah, dass sie sich entspannt zurücklehnte, kam er auf ihre nächtlichen Treffen zurück. „Wann immer wir wollen, kann ich dich im Traum besuchen, und hast du keine Lust, mich zu sehen, stehe ich außen vor und kann dir bestenfalls beim Schlafen zuschauen."

Als sie hörte, dass sie in ihren Entscheidungen frei blieb, war Niamh Feuer und Flamme.

„Allerdings muss ich dich warnen", gab er zu bedenken. „Du darfst niemals aus einem solchen Treffen heraus auf Erkundungsstreife gehen!"

„Wie meinst du das?", fragte sie irritiert.

„Nun, normalerweise lernt man Schritt für Schritt, die Bilder und Handlungen mithilfe seines Willens zu steuern. Als eine Mischung aus Sehnen und Zulassen könnte man es beschreiben.

Für dich kommt das alles sehr plötzlich, daher könnte es passieren, dass du am Ende nicht mehr zu dir zurückfindest. Zu deinem Körper, meine ich. Der liegt nämlich noch immer dort, wo du ihn, um wesentliche Teile deiner Seele erleichtert, zurückgelassen hast.

Wenn ich mich also nach einem unserer Treffen zurückziehe, darfst du mir unter keinen Umständen folgen. Du musst mir versprechen, dich an diese Vorsichtsmaßnahme zu halten!"

„Ich könnte mich verirren?" Niamh klang nicht mehr ganz so neugierig.

„Genau. Von außen betrachtet, könnte man dich in so einem Fall für bewusstlos halten. Ich würde dich jedoch vermutlich wiederfinden."

„Vermutlich."

Kia grinste. „Versprichst du es?"

Niamh nickte. „Einverstanden."

„Gut." Kia atmete auf; ihm lag viel daran, Niamhs gefahrvolles Dasein nicht um weitere Unwägbarkeiten zu bereichern.

„Warum hast du überhaupt so viel Mühe in das Erlernen dieser Technik gesteckt?", wollte Niamh wissen.

„Das hatte verschiedene Gründe", erklärte er. „Zum einen gewinne ich auf diese Weise wache Lebenszeit, die ich der Willenlosigkeit abtrotze, zu der uns der Schlaf normalerweise verdammt.

Darüber hinaus schule ich damit die Kraft und die Möglichkeiten meines Bewusstseins, um meine Geschicke auch im Wachzustand besser in die Hand nehmen zu können. Denn die Mischung aus Wünschen und Fließenlassen, mit deren Hilfe ich mich in meinen Träumen bewege, ist exakt die Art von bewusster Einflussnahme, mit der ich mein gesamtes Dasein lenken kann."

„Warte mal", fiel Niamh ihm ins Wort. „Willst du behaupten, du bestimmst über dein Schicksal?"

„Ja", erwiderte Kia. „In gewissen Grenzen. Im Grunde mache ich dasselbe, was wir alle machen, wenn wir etwas erreichen möchten, nur gezielter – ich stelle mir das Gewünschte in allen Einzelheiten vor und sende die Kraft meines Sehnens aus meiner Körpermitte." Er legte die Hand auf seinen Bauchnabel. „Um dir ein einfaches Beispiel zu nennen: Auf Reisen male ich mir, wenn ich müde werde, eine traumhafte Herberge aus. Ich spiele damit und stelle mir freundliche Wirtsleute vor, die Qualität des Lagers sowie die Zusammenstellung der angebotenen Speisen. Ja, ich erhoffe mir sogar die Interessensgebiete der Gäste, mit denen ich meinen Tisch teilen werde.

Auch wenn ich wie zurzeit nach einem neuen Wohnsitz suche, erträume ich mir jede Feinheit – umso leichter wird er zu mir finden. Verrückt, aber bewährt.

Wichtig ist allerdings, dafür offen zu bleiben, dass es anders kommen kann als erhofft. Denn ein starres Festhalten ist der Verwirklichung von Wünschen ebenso abträglich wie allem anderen im Leben.

Außerdem achte ich auf äußere Zeichen. So würde ich mir gut überlegen, eine Richtung einzuschlagen, aus der sich mir plötzlich starker Wind entgegenstemmt. Denn oft handelt es sich bei solchen Hinweisen um einen gut gemeinten Wink des Schicksals. Oder nenne es den Willen der Götter.

An dieser Stelle kommt Demut ins Spiel. Nicht nur die Traumlehrer – denn manchmal begegne ich in den Träumen Wesenheiten, die mich etwas Bestimmtes lehren –, sondern auch mein menschlicher Mentor, von dem ich das bewusste Träumen gelernt habe, forderten mich auf, mich in Ergebenheit zu üben. Ich solle mich jedoch nicht entmutigen lassen. Der menschliche Geist sei viel mehr als nur ein Instrument zum Erfassen von Folgerichtigkeiten und eine Ansammlung von Erinnerungsschätzen. Sie zeigten mir, dass man mit der Kraft der Gedanken sogar Materie beeinflussen kann.

Bis dahin liegt allerdings noch ein weiter Weg vor mir, auf dem ich vor allem meine Vorstellungskraft trainiere. Da ich am liebsten lerne, indem ich spiele, habe ich begonnen, im Traum meine körperliche Form zu verwandeln."

„Was?", fragte Niamh nur und lehnte sich fasziniert vor.

Kia verstand nicht. „Was meinst du mit *Was?*"

„Wer oder was kannst du sein, wenn wir zusammen träumen?" Sie versuchte, die Aufregung aus ihrer Stimme zu nehmen.

Kia lachte – sie hatte den Sinn seiner Worte erfasst. Zu seiner Erleichterung hielt sie ihn weder für verrückt, noch schienen ihr seine Fähigkeiten Angst zu bereiten, im Gegenteil.

„Alles“, erwiderte er nur. „Willst du dich überraschen lassen?“

„Ja“, ihre Stimme war kaum mehr als ein Flüstern; sie räusperte sich.

Er lächelte. Die Vorstellungen, die ihm in den Sinn geschossen kamen, ließen seinen Atem schneller gehen, und auch Niamhs Augen bekamen einen flackernden Glanz. „Wunderbar!“, raunte sie.

„Im wahrsten Sinne des Wortes“, grinste Kia, und ohne die Blicke voreinander abwenden zu können, hingen sie ihren inneren Bildern nach.

„Glaubst du, jemand könnte etwas dagegen haben?“, fragte Niamh nach einer Weile.

„Denkst du dabei an die Seele der Welt?“

Sie nickte.

Auch er hatte sich diese Frage bereits gestellt. „Weil wir eine Möglichkeit, die sie sich zum Erlangen von Weisheit erträumt hat, zum Gewinn von so etwas Profanem wie Freude nutzen?“ Er lächelte. „Nein. Ich denke, dass sie uns gerade durch Lust und Liebe Anreize schaffen will, am Leben zu wachsen und zu lernen.

So hat mich die tiefe Zuneigung, die ich für dich empfinde, in meiner Entwicklung zum Licht viel weiter gebracht als alles Sitzen in Stille. Versteh mich nicht falsch – ich ehre diesen Weg und praktiziere ihn täglich, doch die Kraft dazu, der Wille, entstammt meiner Liebe zu dir.

Wenn Er oder Sie, wie auch immer, dich mir als Engel geschickt hat, der mich ins Licht führen soll, so nehme ich dieses Geschenk mit Freuden an! Manchmal denke ich sogar, die Gefühle, die ich für dich empfinde, erinnern mich daran, wie Gott sich anfühlt.“

Wie gerne hätte er sie jetzt in die Arme geschlossen, doch damit hätte ihr Gedankenaustausch ein jähes Ende gefunden. Die längst überfällige Aussprache war zu wichtig, um sie zu unterbrechen.

Mit leuchtenden Augen sah er sie an. In seinen blauen Sonnen spiegelte sich das untergehende Tagesgestirn, und Niamh hätte sich für alle Ewigkeit in seinem Anblick verlieren können.

Endlich konnte sie Kia besser verstehen. Die Erleichterung beglückte sie; sie freute sich über sein Vertrauen und darüber, dass sie sich auf diese Weise näherkamen – am liebsten hätte sie ihn stürmisch geküsst und geherzt, doch um dem Abend nicht eine vorzeitige Wendung zu geben, hielt sie ihre leidenschaftlichen Gefühle zurück, faltete die Hände, die sich nehmen wollten, wonach es sie verlangte, und lächelte Kia aufmunternd an.

„Was macht ihr Druiden eigentlich, wenn ihr in euren Hainen verschwindet; wie hast du es genannt – in der Versenkung?“, flachste sie.

Kia lachte. Bevor er antwortete, wandte er sich dem heruntergebrannten Feuer zu, zog die Glutreste zusammen und legte einige Äste nach.

„Hast du schon einmal eine Abbildung von Cernunnos, dem Herrn der Wälder, gesehen?“, fragte er dann. Er nahm eine aufrechte Körperhaltung ein, verschränkte die Beine und schloss die Augen. Unbeweglich wie eine Statue saß er da. Niamh gluckste, nein, so etwas Erstaunliches hatte sie noch nie gesehen. Bei bisherigen Begegnungen mit ihren eburonischen Nachbarn hatte sie lediglich deren übermütiges, kriegerisches Temperament kennengelernt. Doch sie beherrschte ihre übersprudelnde Belustigung; Kia strahlte eine derart gesammelte Würde aus, dass sie unwillkürlich den Atem anhielt.

„Wie er begeben wir uns in einen gesammelten Zustand“, erklärte Kia, nachdem er wieder eine alltägliche Haltung eingenommen hatte. „Dabei richten wir unsere Aufmerksamkeit auf unterschiedliche Zwecke, etwa um mehr Einfluss auf unsere Instinkte und Gefühle, also die tierischen Aspekte des Daseins, zu gewinnen. Auch aus diesem Grund wird Cernunnos gern von Tieren umgeben dargestellt. Oft hält er eine widderköpfige Schlange, das Sinnbild für feurige Lebenskraft, in der einen Hand und in der anderen einen Halsreif, den Torques, der für unbeirrbare Entschlossenheit steht. Beide Qualitäten fördern wir in uns.

Neben den Übungen, die der Meisterschaft des eigenen Lebensweges dienen, unternehmen wir Trancereisen in andere Bereiche der Wirklichkeit. Von dort tragen wir Kenntnisse aus den unterschiedlichsten Wissensgebieten zusammen.“

Mit glühenden Wangen hörte Niamh zu. Wie er sie liebte! Während er fortfuhr, ließ er seine Augen auf ihrem entzückenden Anblick ruhen. „Ich selbst betrachte mich nicht als Druide, denn den

Grundstock meiner Ausbildung erhielt ich viel früher und in anderen Kulturkreisen.

Mein Mentor damals bemängelte allerdings, dass ich meine Bemühungen mit den falschen Zielen betriebe. Aus diesem Grund käme ich langsamer voran, als das Gebirge vom Regen abgetragen werde – er nahm kein Blatt vor den Mund.

Vermutlich hatte er recht, doch das schert mich nicht. Ich liebe das Leben, und noch immer habe ich viele Fragen; je älter ich werde, desto mehr werden es."

„Verrätst du mir, wie alt du bist?" Endlich traute sich Niamh, ihrer brennenden Neugier in diesem Punkt nachzugeben.

„Mein Leben währt inzwischen etwa zweitausend Jahre", antwortete Kia und wunderte sich über seine Verwegenheit, ihr diese ungeheuerlich anmutende Zahl zu nennen, fürchtete er doch, sie könne abgeschreckt oder gar angewidert davonlaufen.

Aber Niamh blieb gefasst. „Und wie alt bin ich?", wollte sie wissen. „Ich meine, seit wann triffst du mich durch meine verschiedenen Leben hindurch, wie du es nennst?"

Ihre Gelassenheit ließ ihn Mut fassen. „Mit Unterbrechungen seit ungefähr dreizehnhundert Jahren."

Niamh blieb der Mund offen stehen.

„Eintausenddreihundert Jahre", wiederholte sie die unvorstellbare Spanne. Ohne Zweifel wurde sie immer wiedergeboren; wie alle Menschen, die sie kannte, verstand sie den Tod lediglich als notwendige Zwischenetappe sich aneinanderreihender Leben. Über die Frage, wie lange diese Reise bereits andauerte, hatte sie sich jedoch noch nie Gedanken gemacht.

„Das ist gar kein Alter, wenn man sich erst einmal daran gewöhnt hat", meinte Kia. „Und wie du siehst, wage ich mich an Ideen, für die ich gar nicht genug Zeit haben kann. Seit ich dich kenne, war mir jedenfalls nie langweilig, und ich habe wenig Hoffnung, dass sich das jemals ändert."

Niamh dachte unwillkürlich an die Träume, die ihnen bevorstanden. Sie lachte und traf seinen feurigen Blick.

Zärtlich ergriff Kia ihre Hand. Die Schmetterlinge in Niamhs Bauch schlugen Purzelbäume.

In stummer Übereinkunft setzten sie das Gespräch fort. Mit großem Vergnügen fragte sie ihm Löcher in den Bauch.

„Wer waren deine Lehrer?“, wollte sie wissen. Während er antwortete, hing sie an der fein geschwungenen Linie seiner Lippen und freute sich an den Glücksgefühlen, die sich weiter in ihr ausbreiteten.

„Auf Geheiß meines Vaters studierte ich bei meinem Onkel die Kunst des Heilens“, erwiderte er. „Als ich nach Hause zurückkehrte, war mein Vater gestorben. Ich ging fort.

In den Bergen meiner Heimat lebte die Tradition der Schamanen; sie unterrichteten mich darin, Trancereisen zu unternehmen, auf denen ich eines Tages einen unfassbaren Schatz entdeckte – das Geheimnis ewigen Lebens!

Ich war jung und sollte es bleiben, wenn ich nicht eines gewaltsamen Todes sterben würde. Also wanderte ich weiter und suchte nach einem Ziel, für das es sich lohnte, so lange zu leben. Dabei geriet ich an die falschen Leute. Sie betrieben schwarze Magie. Ich schloss mich ihnen an; es schien mir nur recht und billig, dass ein so besonderer Mensch wie ich die Macht besitzen sollte, die sie mir anboten. Es hat Zeiten gegeben, in denen ich unsagbar viel davon besaß. Natürlich musste ich gewisse Gegenleistungen erbringen.“

Er hatte nicht weiter gezögert, als man Dinge von ihm verlangte, die einem anderen das Blut in den Adern hätte gefrieren lassen.

Nie hatte Kia seinen Vater fragen können, ob er wusste, welchen gnadenlosen Grausamkeiten er im Hause seines Onkels ausgesetzt gewesen war. Auf diese Weise hatte er sich an Gewalt gewöhnt.

Niamh gegenüber wagte er nicht, auch nur zu erwähnen, wozu er fähig gewesen war. Doch das Zucken seiner Lider entging ihr nicht.

Kein leichtes Thema, dachte sie. Vermutlich ging es ihm ähnlich wie ihr. Auch sie hatte den Leuten vom Alten Volk gegenüber nie erwähnt, welche Erbarmungslosigkeit sie im Kampfgeschehen gelegentlich befiel. Daher lächelte sie, als Kia diesen Teil aussparte.

„Der Preis für die unglaublichen Begabungen, die ich plötzlich mein Eigen nannte, war meine Lebendigkeit“, fuhr er fort. „Zurück blieb ein Zustand ewiger Starre. Es war schlimmer als der Tod. Die erworbene Macht entpuppte sich als Täuschung; in Wahrheit wurde mir Hörigkeit abverlangt. Ich erkannte, was aus mir geworden war, und brach die Brücken zu diesen Leuten und den Wesenheiten, denen sie dienten, ab.

Damit waren sie nicht einverstanden.

Zum Glück überlebte ich nicht nur ihre Versuche, mich zum Bleiben zu zwingen, sondern schließlich auch alle Beteiligten.

Meine magischen Fähigkeiten hatte ich verloren. Stattdessen war in mir etwas losgetreten worden, etwas Finsteres, Grauenerregendes, das sich nicht wieder einsperren lassen wollte. Ein Teil von mir fühlte sich noch immer wie tot.

Ich tat, was ich konnte, um diesen Zustand zu beenden. Bald zeigte sich, dass es nicht ausreichte, meine Bemühungen *gegen* etwas zu richten. Ich brauchte etwas, auf das ich mich hin bewegen, wofür ich mich wieder begeistern konnte, und so begab ich mich erneut auf die Suche. Mein Können als Heiler ernährte mich auf meinen Reisen; ich kam weit herum.

Eines Tages begegnete mir jemand, der behauptete, im Besitz außergewöhnlicher Heilkräfte zu sein. Zunächst hielt ich seine Kunststücke für alberne Gaukeleien, wie sie auf allen größeren Märkten aufgeführt werden. Als ich aber feststellte, dass der Fremde nicht nur die Gedanken anderer Menschen lesen, sondern nahezu jede Krankheit durch bloßes Handauflegen heilen konnte, wurde ich skeptisch.

Ich vermutete, er sei mit den finsteren Mächten im Bunde. Damit hätte er den Kranken, die ihn in Scharen aufsuchten, mehr geschadet, als ihnen zu helfen. So fing ich ihn ab, als er alleine war. Ich sagte ihm auf den Kopf zu, was ich von ihm hielt, und beschwor ihn inständig, mit seinem üblen Treiben aufzuhören.

Er lachte und verriet mir sein Geheimnis. Ich konnte mich davon überzeugen, dass er tatsächlich ohne Zuhilfenahme von schwarzer Magie arbeitete.

Ich war begeistert und bat ihn, mich seine Kunst zu lehren. Das Erlernte würde die Leere füllen, die in mir herrschte; ich hoffte, mich bald wieder wertvoll und bedeutend zu fühlen. Leider lehnte er es ab, mir seine Fertigkeiten beizubringen; zu meiner Freude erzählte er mir jedoch von seinen Meistern und war bereit, mir den Weg zu ihnen zu beschreiben.

So gelangte ich in die höchsten Berge der Welt – die Heimat des Schnees – und fand eines Tages unter abenteuerlichsten Umständen den genannten Ort, ein verzweigtes Höhlensystem.

Als ich den dort lebenden Weisen mein Anliegen vortrug und sie bat, mich zu unterweisen, tadelten sie mich. Die Kräfte, die ich zu erreichen suchte, seien Fallstricke.

Aber man könne damit doch so viel Gutes bewirken, hielt ich ihnen entgegen.

Sie beharrten auf der Gefahr und meinten, dass die genannten Fertigkeiten vom Wesentlichen ablenkten.

Trotzdem nahm mich einer von ihnen als Schüler an – jener Mentor, von dem ich dir erzählt habe, der mich auch in der Kunst des Träumens unterwies. Ich solle mein Wissen sinnvoll nutzen, legte er mir immer wieder ans Herz – zum Erlangen von Bewusstheit.

Erst nachdem ich viele Jahre mit ihnen in den Höhlen gelebt hatte, wurde ich Zeuge ihres meisterhaften Könnens.

Einigen war es möglich, das Wetter zu beeinflussen, sich an jeden gewünschten Ort zu versetzen oder ungehindert durch Mauern und Fels zu gehen. Einer von ihnen war sogar in der Lage, Tote zum Leben zu erwecken. Unter bestimmten Voraussetzungen scheint die Macht des Geistes tatsächlich unbegrenzt zu sein.

Die Idee, dass auch ich so weit kommen kann, fasziniert mich bis heute." Kia bemerkte Niamhs fassungslosen Blick und lachte. „Keine Sorge, ich bin weit entfernt davon, auch nur einen Bruchteil davon zu beherrschen. Aber ich habe mir den Weg erklären lassen, und wie du bemerkt hast, setze ich einige der Vorübungen inzwischen mit Erfolg um."

Tatsächlich war Niamh mehr als überrascht, und das nicht nur, weil seine besonderen Fähigkeiten auf ganz anderen Ursachen beruhten, als man sich beim Alten Volk erzählte. Faszinierende neue Welten taten sich ihr auf; im warmen Schein des Feuers spiegelte sich Begeisterung auf ihrem Gesicht.

„Eins verstehe ich nicht", stutzte sie plötzlich. „Wie kann das sein, dass deine dunkle Seite trotz allem eine solche Macht über dich besitzt?"

„Sich von den Schatten zu lösen ist weitaus schwieriger, als ich für möglich gehalten hätte. Ich kämpfe noch immer gegen sie an, obwohl diese Zeiten inzwischen mehr als eine Ewigkeit zurückliegen."

„Kannten wir uns damals schon?", fragte Niamh und suchte seinen Blick.

„Nein." Kia lächelte und biss sich auf die Unterlippe. „Wir sind uns erst später begegnet." Seine Miene verdüsterte sich. „Aber es ist zum Verzweifeln – ausgerechnet wenn wir beide zusammentreffen, geht das Drama von Neuem los."

„Wie meinst du das?"

„Nun, all die Jahre in Bonna habe ich in dem Glauben gelebt, die Bestie – so nenne ich diesen Teil von mir – gehöre endgültig der Vergangenheit an. Kaum finde ich dich wieder, erscheint sie plötzlich erneut auf der Bildfläche."

„Ich weiß, was du meinst", stimmte Niamh nachdenklich zu.

Kia seufzte. „Leider hat sie anderes im Sinn als dein Vergnügen. Denn sonst hätten unsere Spiele durchaus ihren Reiz – wenn wir im Rahmen bleiben, wie vorhin, als du mich zwingen wolltest, dir Rede und Antwort zu stehen."

Sie grinste, und er fuhr fort: „So aber ist es zu gewagt, ich meine, solange ich mich nicht vollkommen im Griff habe." Was er zu sagen hatte, schnürte ihm den Hals zu. „Niamh, ich muss mich bald wieder auf den Weg machen." Sie wurde blass, doch er schüttelte traurig den Kopf. „Bitte wehre dich nicht gegen diese Entscheidung. Glaube mir, für dich ist das eine Frage des Überlebens." In seinen Augen las sie den unbestreitbaren Ernst der Worte, und mit einem Mal überkam sie abgrundtiefe Hoffnungslosigkeit.

„Aber deine Übungen helfen dir, hast du gesagt", warf sie ein. Sie hatte geglaubt, sie würden zusammenbleiben!

„Das stimmt." Er räusperte sich, bemüht, seiner Stimme mehr Festigkeit zu geben. „Aber ich bin noch nicht so weit. Erst wenn ich ganz sicher bin, Herr meiner selbst zu sein, dürfen wir uns wiedersehen." Verzweifelt hoffte er, ihre Liebe nicht zu verlieren, wenn er sie schon wieder allein zurückließ.

Nur allzu gut erinnerte sich Niamh an die Momente, in denen er seine Maske fallen gelassen hatte und der Bruch zutage getreten war, der durch seine Persönlichkeit verlief – einerseits die Schönheit seiner Seele, andererseits der Teil, den sie als funkelnde Dunkelheit wahrgenommen hatte, welche sie jedes Mal, wenn sie sichtbar wurde, in eine seltsame Mischung aus Verlockung und Panik versetzte.

Trotz ihrer Angst vertraute sie Kia. Froh, dass er wagte, sich ihr auch mit seinen Schattenseiten zu öffnen, blickte sie auf. Sein Antlitz war von innerer Qual verzerrt; er rührte sie sehr. Aufs Neue war sie überwältigt von der Anmut, die er selbst in diesem Augenblick ausstrahlte.

Sie entschloss sich, ihm ebenfalls etwas zu gestehen. Ein feines Lächeln umspielte ihre Lippen, als sie sich zu ihm neigte und ihm die drei alten Worte innigster Zuneigung ins Ohr flüsterte.

Kia errötete und zog sie in seine Arme.

„Ich werde auf dich warten", versprach sie, und sein Herz wollte zerspringen vor Freude. Sie liebte ihn, das war es, was sie für ihn empfand. So war es immer gewesen, so würde es immer sein.

„Bitte habe Geduld", stöhnte er erleichtert und ergriff ihre Hand. „Erst einmal bleiben uns ja noch ein paar Tage."

Endlich war ihre Schwermut wie weggeblasen.

Bevor sie sich zur Ruhe legten, liebten sie sich zärtlich. Und auch als sie wieder erwachten, gaben sie sich einander hin, diesmal von begierigem Verlangen getrieben, sodass die Vögel aufflogen und das Weite suchten.

Schließlich räkelte sich Niamh genussvoll. Sonnenstrahlen fielen durch das Blätterdach. Der Bach glitzerte und warf tanzende Lichtpunkte an die Stämme der Bäume. Es war einer jener Morgen, an denen alle Sorgen und Nöte unvorstellbar weit weggerückt waren. Was sollte es auch für andere Gemütszustände geben, als rundum glücklich zu sein?

„Hast du etwas geträumt?", wollte Kia wissen. Niamh verneinte.

„Wollen wir uns noch einmal im Traum treffen, bevor wir auseinandergehen? Damit du mir sagen kannst, was dir gefällt und was nicht", schlug er vor. Niamh starrte ihn an. In ihrem Bauch kribbelte es vor Aufregung.

„Hast du Angst, weil du nicht weißt, wie ich dir im Traum erscheinen werde?“, spottete er liebevoll.

Verlegen senkte Niamh die Augen; wie konnte er von ihrer Schwäche wissen? „Ja“, erwiderte sie knapp.

Er lächelte ungläubig. „Du streifst wochenlang durch diese einsamen Wälder, in denen es Wölfe und Bären gibt, aber du fürchtest dich, deinem Gefährten zu begegnen?“

„Sind wir Gefährten?“, fragte Niamh.

„Ja, was denkst du denn? Geliebter Angsthase.“

Niamh hätte vor Freude einen Luftsprung machen können. „Pass nur auf!“, warnte sie. „Häsinnen sind für ihre Fruchtbarkeit berühmt. Nein, im Ernst – keine Raubtiere für den Anfang, und nichts, das krabbelt oder kriecht.“

„Drachen?“, wollte Kia wissen.

„Ja!“ Niamh war sofort begeistert. „Ich würde zu gern einmal fliegen!“

Kia lachte. Das konnte ja heiter werden!

„Am liebsten würde ich sofort wieder schlafen gehen!“ Niamh grinste.

„Dann sollten wir uns heute viel Bewegung verschaffen, umso früher werden wir müde“, schlug Kia vor und forderte sie auf, bei seinen morgendlichen Übungen mitzumachen. „Ich meine nicht das Sich-Versenken“, erklärte er, als er ihren verständnislosen Blick traf. „Ich brauche einen Ausgleich zu all der Zeit, die ich mit stillem Sitzen verbringe.“ Mit Erstaunen erfuhr sie, dass er täglich seine Ausdauer und Kraft trainierte. Doch nicht nur Kia liebte es, vor dem Frühstück durch den Wald zu laufen; ohne Vorwarnung sprang sie auf und rannte los. „Fang mich, wenn du kannst!“, rief sie ihm über die Schulter zu und war schon im Unterholz verschwunden.

Die Herausforderung, auf Wildwechseln durch den Wald zu jagen, war ganz nach ihrem Geschmack – man musste wachsam sein und blitzartig reagieren können. Immer wieder duckte sie sich, um tief hängenden Ästen auszuweichen. Niamh war wendig. Von den Kriegerinnen und Kriegern des Alten Volkes hatte kaum jemand mit ihr mithalten können. Wenn sie um ein Gebüsch herumschoss und wie aus dem Nichts plötzlich ein Baumriese vor ihr aufragte, lag das Hindernis bereits hinter ihr, wenn andere erst davor erschraken. Niamh hingegen stürmte weiter.

Umso erstaunter war sie, dass Kia sie mühelos einholte und, sobald der Weg es zuließ, an ihr vorüberzog, als wäre es für ihn ein Spaziergang. Es fehlt nur noch, dass er mir die Zunge rausstreckt!, dachte sie und zeigte ihm die Zähne.

Eine Zeit lang versuchte sie mit ihm mitzuhalten oder ihn gar zu überholen, doch es gelang ihr nicht; gegen Kia hatte sie nicht die geringste Chance. Er spielte mit ihr, ließ sie immer wieder zu sich aufschließen, um dann im letzten Augenblick schneller zu werden und sie doch wieder abzuhängen. Abgehetzt gab Niamh auf. Trotzdem war sie fest entschlossen, sich durch die Niederlage nicht den Spaß verderben zu lassen.

Vornübergebeugt, stützte sie die Hände auf die Knie und wartete keuchend ab, bis Kia zu ihr zurückkehrte. „Wie war gleich dein Name?“, fragte sie dann. *„Schnell wie der Wind?“*

„Der durch den Wald fliegt“, gab er zurück und strich sich das Haar aus dem Gesicht.

Niamh ließ sich zu Boden sinken, was sie aber gleich darauf bereute, weil sie eine Ameisenstraße übersehen hatte, die quer über den Waldweg verlief. Fluchend sprang sie auf und wedelte aufgeregt an ihren Beinen herum, um die säurespritzenden Peiniger loszuwerden.

Noch immer außer Atem, lehnte sie sich an einen Baumstamm und lächelte Kia an.

Er trat zu ihr und küsste sie. Sie legte die Hände an seine Seiten. Auch ihn hatte der Wettlauf erhitzt. Immerhin!, dachte sie.

„Ich bin froh, dass du noch lachen kannst“, raunte er zwischen zwei Küssen. „Obwohl ich dich besiegt habe.“

„Niemals!“, protestierte sie und stemmte sich gegen ihn. „Nur, weil du diesmal schneller warst, hast du noch lange nicht gewonnen.“ Geschickt tauchte sie unter seiner Umarmung hindurch. „Das bisschen Herumgerenne beeindruckt mich gar nicht“, grollte sie. „Pass auf, was jetzt kommt, und mach's mir nach, wenn du kannst!“

Erstaunt sah er zu, wie sie einen Streifen von ihren Beinkleidern abriss, die bereits so aussahen, als würden sie nicht zum ersten Mal gerupft; Niamh würde sich neue besorgen müssen. Sie reichte ihm das Stoffband.

„Hier. Verbinde mir die Augen!", forderte sie ihn auf und ließ ihn danach prüfen, ob sie auch wirklich nichts mehr sehen konnte. „Damit du nicht behaupten kannst, ich hätte geschummelt."

Ehe Kia begriff, worauf sie hinauswollte, war sie schon losgesaust; querfeldein und mitten zwischen den Bäumen hindurch. Zunächst in gemäßigtem Trab, doch schon bald, so schnell sie konnte.

Als sie blindlings auf den Stamm einer mächtigen Eiche zuraste, blieb Kia beinahe das Herz stehen. Erst im letzten Moment schlug sie einen Haken und wich dem Baum aus. Nur mit Mühe gelang es Kia, einen Aufschrei zu unterdrücken; keinesfalls durfte er sie ablenken! Atemlos verfolgte er ihr halsbrecherisches Treiben.

Selbst sehenden Auges musste er sich beeilen, mit ihr mitzuhalten. Blind stürmte sie durch den Wald, als wäre es das Normalste der Welt.

Als sie endlich anhielt und die Augenbinde abnahm, war er vollkommen am Ende. Diesmal war er es, der sich setzen musste.

„Mach das nie wieder!", keuchte er. Die Anspannung hatte ihn die letzte Kraft gekostet.

Niamh prustete los. „Was soll mir schon passieren? Ich könnte ein paar Schrammen davontragen oder eine Beule, na und?"

„Du bist verrückt!" Er war außer sich. „Vorhin, die Eiche, dieser Koloss! Fast wärst du mit dem Kopf gegen den Stamm geknallt – du hättest tot sein können!" Kia bekam feuchte Hände; er schluckte.

Niamh lachte. Sie fand ihn so witzig, so süß, weil er sich solche Sorgen um sie machte. „Es ist gar nichts geschehen, ich habe nicht einen Kratzer, schau!" Sie kam näher und streckte ihm zum Beweis die Arme entgegen. Herausfordernd blickte sie auf ihn hinab. Doch Kia war nicht danach, auf das Angebot einzugehen, ihre Hände zu ergreifen und sie zu Boden zu ziehen, um sich mit ihr zu balgen oder sie gar – so wie sie ihn anfunkelte – auf der Stelle zu lieben.

„Wozu soll dieser Wahnsinn gut sein?", wetterte er. Ihm war alles andere als zum Scherzen zumute.

Mehr als einmal hatte er die Geliebte sterben sehen. Die Bilder stürzten auf ihn ein, während der Schmerz ihm die Kehle zuschnürte.

Ein weiteres Mal würde er ihren Tod keinesfalls überleben. Doch es war zu früh, um die Gegenmaßnahmen, die er insgeheim in Bonna zu ergreifen begonnen hatte, zu wiederholen. Noch arbeitete die Behandlung, der er Niamh unterzogen hatte, in ihrem Körper weiter; außerdem würde er sie vor dem nächsten Mal fragen, hatte er sich vorgenommen.

Angesichts seiner Niedergeschlagenheit ließ Niamh sich seufzend neben ihm nieder.

„Auf diese Weise wurde uns in der Kampfkunstschule Achtsamkeit beigebracht", erklärte sie. „Außerdem lernt man dabei, schnelle Entscheidungen zu treffen und sich auf seinen Instinkt zu verlassen. In Weris' Wäldern wimmelt es nur so von Schülerinnen und Schülern, die mit verbundenen Augen herumirren." Sie schmunzelte, doch ein Seitenblick zu Kia verriet ihr, dass ihm noch immer der Schreck in den Knochen saß. Sie bremste ihren Übermut. „Nicht, dass Angst mir fremd wäre", fuhr sie fort. „Im Gegenteil. Sie gibt mir Kraft; ich nutze sie, um alles zu geben. Trotz großer Anstrengung unter gefährlichen Umständen unvermindert die Aufmerksamkeit halten zu können, und dies über einen längeren Zeitraum hinweg, entscheidet im Kampf über Leben und Tod. Der Blindlauf ist eine meiner liebsten Übungen."

Kia hielt ihren Erklärungen ein Seufzen entgegen. Bedauernd sah sie ein, dass sie ihn nicht für ihre Leidenschaft begeistern konnte.

Auch ohne dass er den Versuch unternahm, ihr nachzueifern, wurden sie sich einig, dass diese Runde an Niamh ging.

„Lass uns frühstücken", schlug sie vor. „Ich habe schon eine Idee, was wir danach machen können – ein vollkommen gefahrloser Wettstreit, also ganz nach deinem Geschmack. Mich darin zu besiegen, wird nicht leicht sein. Ich verrate dir aber erst nach dem Essen, woran ich denke." Vergnügt sprang sie auf und reichte Kia ihre Rechte. Er wirkte noch immer angeschlagen. Erst als ihre Blicke sich trafen, hellte sich seine Miene auf.

„Vermutlich hast du recht, und ich mache mir zu viele Sorgen um dich", stöhnte er, ergriff ihre Hand und zog sich an ihr hoch.

Sie waren ein beträchtliches Stück vom Lager abgekommen und ließen sich Zeit für den Rückweg.

Der Vorfall hatte eine Frage berührt, die bei Kia schon seit geraumer Zeit für Unwohlsein sorgte.

Durch seine Stellung als Catuvolcus' Berater wusste er, dass Weris das geheime Herzstück der Widerstandsbewegung der umliegenden Stammesverbände gegen die Römer war. Versteckt in den unwegsamen Wäldern der Ardennen und doch in zentraler Lage zwischen den Treverern, Nerviern und Eburonen gelegen, hätte es kaum einen besseren Treffpunkt geben können.

Die in den Kampfkünsten bewanderten Druidinnen, bei denen die Eliten der Stämme ihre Sprösslinge ausbilden ließen, würden eine Kriegerin wie Niamh mit offenen Armen aufnehmen. Und Niamh ihrerseits würde bestimmt nicht Nein sagen, wenn sie gebraucht würde.

Kia jedoch wollte die Geliebte in Sicherheit wissen, wenn Caesar in nicht allzu ferner Zukunft mit seinen todbringenden Legionen über das Land hinwegfegen würde. Wie sollte er Niamh davon abhalten, für die Sache der Aufständischen zu kämpfen, wenn sie nun enge Bande zu ihnen knüpfte? Ohne es zu merken, stöhnte Kia auf.

Jeder Tag, den sie in Weris verbrachte, machte es wahrscheinlicher, dass sie bei den kriegerischen Auseinandersetzungen dabei wäre und damit Gefahr liefe, ihr Leben zu verlieren. Ein unerträglicher Gedanke.

Nein, er musste sich etwas einfallen lassen; irgendwie würde er sie so bald wie möglich wieder von dort weglocken.

Er sah auf und traf ihre Augen.

Längst hatte Niamh bemerkt, dass ihm noch immer etwas zusetzte, der Abschiedsschmerz, vermutete sie.

„Bald sehen wir uns wieder", tröstete sie ihn.

„So bald wie möglich!", stimmte er von ganzem Herzen zu.

Sie erreichten eine Anhöhe, auf der die Bäume im lichten Verband standen, und wanderten dann abwärts durch den sonnendurchfluteten Wald. Doch Kia blieb in der Dunkelheit seines Innern gefangen.

„Ich könnte niemals ertragen, wenn du in die Schlacht zögest!", brach es plötzlich aus ihm hervor. „Allein die Vorstellung bringt mich um."

Er sah so verzweifelt aus! Zärtlich zog Niamh ihn in die Arme. Er steckte sein Gesicht in ihr Haar, und an ihrer Wange spürte sie seine Tränen.

„Kia, nicht doch …", stammelte sie. „… wenn ich sterben sollte … so schrecklich wäre das doch gar nicht; du sagst selbst, dass wir uns immer wieder begegnen."

Der Schmerz nahm ihm die Luft zum Atmen. „Niamh!", schluchzte er auf. „Verstehst du denn nicht? Zuletzt habe ich eine halbe Ewigkeit auf dich gewartet. Ich würde es nicht verkraften, wenn du wieder von meiner Seite gerissen würdest. Du ahnst nicht, wie einsam mein Leben ohne dich ist!"

Längst hatte er aufgegeben, die Liebe anderer Frauen zu suchen. Ständig hatte er etwas an ihnen auszusetzen gehabt, denn keine hatte dem Vergleich mit seiner Seelengefährtin standhalten können. So hatten die Affären lediglich ein schales Gefühl hinterlassen.

Am liebsten hätte er Niamh gebeten, ihr Schwert an den Nagel zu hängen und mit ihm zu kommen. Fort, weit fort aus diesen unsicheren Gebieten mit den wilden Kriegerhorden, denen es Vergnügen bereitete, sich gegenseitig niederzumetzeln.

Auf Knien sollte er die Liebste anflehen, oder besser noch – sie sich greifen und mit ihr auf und davon laufen!

Doch zwingen durfte er sie nicht; allein die Vehemenz, mit der ein Teil von ihm danach schrie, erinnerte Kia daran, dass er selbst möglicherweise die größte Gefahr für sie darstellte. Auch war er nicht sicher, ob ihre Liebe zu ihm wieder genug gewachsen war, um für ihn alles andere hinter sich zu lassen. So wagte er nicht, sie darum zu bitten; einen elenden Feigling hieß er sich dafür.

Ein leiser Druck ihrer Hand holte ihn in ihre tröstliche Nähe zurück.

„Bitte vergib mir meine Schwäche", murmelte er und wischte sich die Tränen vom Gesicht.

„Da gibt es nichts zu verzeihen", entgegnete sie. „Ich verspreche, gut auf mich achtzugeben, bis wir uns wiedersehen."

Hand in Hand wanderten sie weiter.

Welch ein Jammer um die wenige Zeit, die uns bleibt, dachte er, und bemühte sich, auf andere Gedanken zu kommen, indem er der geheimnisvollen, friedlichen Baumwelt seine Aufmerksamkeit schenkte. Kurz darauf erwischte er sich dabei, dass er die Gefahren auflistete, denen Niamh sogar hier im Wald ausgesetzt war: wilde Tiere, Wundbrand, zwielichtige Hinterwäldler mit zweifelhaften Absichten, umstürzende Bäume, Blitz-, Hagel- und Donnerschlag – Kia konnte nicht anders, er lächelte. Auch wenn es wehtat, atmete er auf.

Niamh löste ihre Hand aus der seinen. Entzückt deutete sie voraus, drückte Kia einen flüchtigen Kuss auf die Wange und eilte davon. Verblüfft blickte er ihr nach, wie sie flink wie ein junges Reh den Weg entlanghuschte. Verliebt folgte er ihr.

Sie hatte einen wilden Rosenbusch erblickt, der über und über mit zartrosa Blüten bedeckt war. Begeistert sammelte sie zwei Hände voll, um sich später nach einem Bad damit einzureiben. Schon jetzt ließ sie den Geliebten an der Duftwolke schnuppern, die die zarten Blütenblätter verströmten.

„Wusstest du, dass Cernunnos die Rose erschaffen hat, um seine Liebe zur Göttin zum Ausdruck zu bringen? Und wie hätte er dies trefflicher tun können, als der Weiblichkeit, die ihre Schönheit verschenkt, mit der Rose ein Ebenbild an die Seite zu geben?“, fragte er und küsste Niamh.

Ein vernehmliches Magenknurren beendete die Zärtlichkeit und brachte sie zum Lachen.

Niamh sah sich im Wald um. Rings um sie herum standen kniehohe Sträucher mit schwarzblauen Früchten.

„Lass uns Heidelbeeren sammeln“, schlug sie vor und steckte Kia schon die ersten Früchte in den Mund.

Bald hatten sie genug zusammengetragen, als Niamh in einem verrottenden Baumstumpf ein Sammelgelege von Ringelnattern entdeckte. Sie schätzte den Fund auf mehrere Hundert Eier, einige davon noch blendend weiß, also erst wenige Stunden alt. Niamh wunderte sich, dass die Schlangen so spät im Sommer noch Eier legten. Der Winter würde in diesem Jahr auf sich warten lassen, schloss sie daraus und entnahm dem Nest den jüngsten Teil.

Als sie den Lagerplatz erreichten, stand die Sonne bereits hoch am Himmel.

Trotz der Hitze fachte Kia ein Kochfeuer an. Die kleinen Blaubeereierkuchen, die er ihnen zubereitete, schmeckten vorzüglich.

Nach dem Essen forderte ihn Niamh zu einer Partie Brandubh auf. Bald zeigte sich, dass sie sich in dieser Art Wettstreit ebenbürtig waren – Kia mit Geistesblitzen, Niamh als geschulte Strategin. Seiner unschlagbaren Intuition hielt sie entwaffnenden Spielwitz entgegen, verblüffte er mit meisterlicher Mustererkennung, verschaffte ihr die Kampferfahrung entscheidende Vorteile ... Sie spielten, bis ihnen die Köpfe rauchten.

Sie waren glücklich in der Nähe des anderen. Die träge Nachmittagsstimmung steckte sie mit ihrer Ruhe an. Gut gelaunt lag Niamh mit dem Kopf auf Kias Brust und ließ sich von seinem Atem wiegen, während sie hinauf unter das Blätterdach schaute. Von Zeit zu Zeit kitzelte Kia sie mit einem Grashalm, damit sie nicht einschlummerte.

„Warte damit bis heute Abend“, schalt er sie zärtlich. „Du musst tief und fest schlafen, damit ich dich im Traum besuchen kann.“ Als ob sie das vergessen hätte! Lächelnd drehte Niamh sich um und übersäte seinen nackten Bauch mit Küssen. Kia neigte sich vor und umarmte ihren sonnenwarmen Körper, der ihn anzog wie ein Magnet.

Die beiden konnten nicht voneinander lassen, diesmal nahmen sie sich Zeit, den anderen zu streicheln und liebevoll zu erkunden, bis die Leidenschaft die Überhand gewann.

Als ihr Verlangen gestillt war und sie einander in den Armen hielten, brach Kia plötzlich erneut in Tränen aus. Diesmal verstand Niamh ihn auch ohne Worte. Dass sie einem anderen Menschen so wichtig war, rührte sie sehr. Sie schmolz dahin und war mit einem Mal so von Liebe erfüllt, dass ihr das Herz überquoll.

Der Schmerz, der in dieser Welle aufgestiegen war, wandelte sich, und Kia fand zu neuer Kraft und Zuversicht.

Zum Abend hin spielten sie am Feuer eine weitere Runde Brandubh und ließen sich dabei die Bratenreste vom Vortag schmecken. Die Nacht kam, und Niamh schlief in Kias Armen ein.

Ohne sich zu rühren, wartete er, bis sie tief ins Reich der Träume gesunken war. Voller Vorfreude schaute er in die blauen und gelben

Flammen. Noch warfen sie ihren unruhigen Schein auf die Pflanzen des Waldes, und die Schatten der Farne tanzten auf den Stämmen der Bäume. Mit der Zeit wurde das Licht schwächer, schließlich versank die Welt in Dunkelheit, und auch Kia schloss die Augen.

Niamh jagte im Traum gerade einem Wildschwein hinterher. Sie lief durch einen lichten Wald, sprang behände über Brombeergestrüpp, spürte den Atemstrom ihre Lungen weiten und hörte das leise Knistern des Laubes unter ihren dahineilenden Füßen. Die junge Bache verschwand hinter einem Baum. Niamh berührte die sandige Rinde des Stammes, erhaschte im Augenwinkel, wie das borstige Fell ihrer Beute im Dickicht abtauchte, und entdeckte *ihn*. Mitten im Lauf hielt sie inne.

Langsam drehte sie ihm den Kopf zu.

So etwas hatte sie noch nie gesehen.

Halb Mann, halb Pferd, stand er vor ihr. Ein Kentaur.

Sein nackter Oberkörper bot den vertrauten Anblick Kias. Den Kopf hielt er stolz erhoben, die Arme gelassen vor dem Bauch verschränkt. Mit strahlenden Augen und einem spöttischen Lächeln auf den Lippen sah er sie an. Als er bemerkte, dass ihr vor Verblüffung der Mund offen stand, zwinkerte er ihr zu.

Von den Hüften abwärts besaß er den Körper eines Pferdes; eines Hengstes, wie ein kurzer Blick ihr verriet. Sein glänzendes Fell war etwas heller als das Braun seines Haares, der seidige Schweif wedelte anmutig hin und her. Er zuckte mit der Schulter des Vorderbeines; als leichtes Zittern lief die Bewegung über das Fell, um eine Fliege zu vertreiben, die sich auf seinem Pferdebauch niedergelassen hatte; ungeduldig ließ er den Schweif herumpeitschen.

Ungläubig starrte Niamh ihn an. Er wirkte absolut echt. Wenn sie ihn als Mann schon hinreißend fand, so wirkte er als Kentaur einfach umwerfend. Er war wunderschön! Als sie vor Freude auflachte und den Kopf schüttelte, löste Kia sich aus seiner abwartenden Haltung und streckte den Arm nach ihr aus.

„Komm!“, lockte er sie. „Worauf wartest du?“ Er zeigte hinter sich.

„Du meinst, ich soll auf dir … reiten?“ Niamh schenkte ihm ein ungläubiges Lächeln.

„Na klar, steig schon auf!“, grinste er. Er sah so einladend und verlockend aus, dass Niamh ausholte und sich, ohne zu zögern, auf seinen Rücken schwang.

Um nicht gleich wieder auf der anderen Seite hinunterzurutschen, musste sie, oben angekommen, ihre Schenkel zusammenpressen. Kia zuckte zusammen.

„Habe ich dir wehgetan?“, fragte sie erschrocken.

„Nein“, erwiderte er, „aber ich habe nicht damit gerechnet, dass du so viel Kraft in den Beinen hast. Sitzt du bequem?“, wollte er wissen.

Niamh nickte. Unendlich gut fühlte er sich an, lebendig, warm und stark. Unter ihren Händen spürte sie sein samtiges Fell, das auf Höhe von Kias Lenden in nackte Haut überging.

„Darf ich dich streicheln?“, fragte sie scheu.

Kia lachte.

„Nur zu“, ermunterte er sie. Er schloss die Augen und genoss die Zärtlichkeit. Niamh ließ ihre Hände über seinen Rücken gleiten. Sein Haar war länger geworden und hing ihm über die Schultern hinab. Niamh griff hinein und ließ die Mähne durch ihre Finger rinnen. Wellig und weicher als Pferdehaar fühlte es sich an. Niamh bündelte es und zupfte ein wenig daran. Kia legte seine Arme nach hinten, umfasste sie zärtlich und zog sie näher, bis sie mit dem Bauch an sein Kreuz stieß. Lächelnd schmiegte sie sich an ihn und seufzte glücklich. Er stampfte mit dem Huf auf, und sie spürte sein kraftvolles Muskelspiel unter sich, der Schweif strich über ihre Wade, so als säße sie auf ihrer Stute. Kia duftete sogar nach Pferd.

„Kann's losgehen?“, wollte er leise wissen.

„Losgehen?“, fragte Niamh verwirrt.

„Möchtest du hier festwachsen?“, neckte er sie. „Ich dachte, wir reiten zusammen durch den Wald.“

„Worauf wartest du noch?“, stimmte sie zu und drückte ihm den Zeh zwischen die Rippen, dass er vor Schreck einen Satz zur Seite machte.

„Oh nein, keine Reithilfen. Ich bestimme selbst über mich! Pass du nur auf, dass du oben bleibst.“ Er tänzelte und deutete an, den Rücken zu krümmen, um sie abzuwerfen.

„Einverstanden“, antwortete sie vergnügt.

Kia ergriff ihre Hände und bedeckte sie mit Küssen. Niamh schmiegte ihr Gesicht in seine Mähne und legte die Arme um ihn, während er losstolzierte. Sie spürte jede seiner Bewegungen unter sich.

Gelassenen Schrittes streiften sie durch den Wald. Niamh genoss das Gefühl, getragen zu werden. Kia drehte sich zu ihr um und schenkte ihr ein verliebtes Lächeln. Mit geröteten Wangen erwiderte sie seinen Blick, ihre Augen sprühten vor Freude.

„Darf es jetzt ein bisschen schneller sein?", wollte er wissen. Als Niamh ihm zur Antwort wieder einen Zeh in die Rippen pikte, schüttelte er schmunzelnd den Kopf. „Ich habe dich gewarnt!", entgegnete er knapp, und schon jagte er los.

Er wählte einen raumgreifenden Rennpass, eine Gangart, die für seine Reiterin fast erschütterungslos war. Trotzdem war sie es jetzt, der Hören und Sehen verging. In Windeseile preschte er durch den Wald. Um den Bäumen auszuweichen, vollzog er derart überraschende Wenden, dass Niamh nicht nur ihre Beine zusammenpressen, sondern sich auch an seiner Taille festhalten musste.

Der waghalsige Ritt führte zwischen alten Buchen hindurch; zu beiden Seiten huschten die graugrünen Stämme vorüber. Unter den Hufen prasselte trockenes Laub, Erdbrocken spritzten in hohem Bogen auf; einem dichten Eibengebüsch inmitten des Buchenwaldes wich Kia aus, Niamh kämpfte um ihr Gleichgewicht, und weiter ging die wilde Hatz.

Sie durchquerten eine feuchte Niederung. Erlen ragten links und rechts aus dem bemoosten Untergrund auf. Niamh hörte den veränderten, jetzt dumpfen Hufschlag auf der weichen Erde; ein hohler Klang.

„Kia, es ist wundervoll!", rief sie. Zur Antwort schnaubte er auf Pferdeart, dass sie sich ausschüttete vor Lachen.

An seinem Oberkörper vorbei sah sie einen Baumstamm quer über dem Weg liegen. Blitzschnell stürmten sie darauf zu; in Niamhs Bauch tanzte die Aufregung. Sie spürte seine Anspannung, als er zum Sprung ansetzte; fühlte unter sich die geschmeidige Eleganz, mit der er das Hindernis überwand.

Federnd setzte er auf der anderen Seite auf, um dann mit unverminderter Geschwindigkeit weiterzueilen. Wenn Niamh entlang seines Vorderbeines nach unten schaute, konnte sie sehen, wie seine Hufe den Boden berührten, aber sein Lauf war so voller Anmut, dass es sich anfühlte, als würden sie zwischen den Bäumen dahingleiten.

Immer weiter ging es durch das dämmrige Grün, bis es allmählich heller wurde, der Wald endete und sich eine mit hohem Gras bestandene Steppe vor ihnen ausbreitete.

Kia fiel in leichten Galopp. Niamh passte sich seiner Gangart an und lehnte ihr Gewicht nach vorn. Erneut fanden sie in einen gemeinsamen Rhythmus. Er streckte sich; erst jetzt im offenen Gelände lief er sich wirklich frei. Schneller und schneller wurde er, um schließlich förmlich zwischen den langen, weichen Halmen dahinzufliegen. Die Arme um seinen Oberkörper geschlungen, fühlte sie seinen Rücken und die warmen Flanken unter sich. Alles an ihm war in harmonischem Gleichklang. Er besaß einen wunderbar weichen Gang, der sie sanft wiegte; dabei verschmolzen sie im Auf und Ab der Bewegung zu einem einzigen Wesen. Niamh jauchzte vor Freude, und auch er lachte laut vor sich hin.

Lange drehten sie ihre Runden auf der großen Wiese und schraubten sich dabei empor bis zur Kuppe einer Anhöhe. Endlich hielt Kia an und drehte Niamh das Gesicht zu, seine Wangen glühten. Zärtlich lächelte er sie an.

„Bitte steig ab", keuchte er außer Atem, der Ritt hatte selbst ihn angestrengt. Niamh glitt von seinem Rücken und ließ sich nach wenigen Schritten ins Gras sinken. War das herrlich!

Kia betrachtete die glückliche Frau zu seinen Hufen. Die Arme hinterm Kopf verschränkt, schaute Niamh zum blauen Sommerhimmel empor. Sie sah lustig aus mit ihren zu kurzen Beinkleidern; das Hemd war verrutscht und gab den Blick auf ihren nackten Bauch frei. Dann wandte sie ihm die Augen zu. Er beobachtete, wie der Atem ihre Brust hob und senkte und zunehmend schneller ging, als er langsam die Vorderbeine einknickte. Als er vor ihr kniete, schlug auch sein Herz bis zum Hals.

Niamh nahm seinen köstlichen Anblick in sich auf. Sie bewunderte den warmen Schimmer seines Fells und seiner Haut in der Sonne, den Glanz seiner Augen, die ihr unaufhörlich zulachten und ihr Halt schenkten. Auch das amüsierte Zucken seines Mundwinkels entging ihr nicht. Wie sie ihn liebte und begehrte!

Behutsam beugte Kia sich über sie und küsste sie. Niamh dachte, sie würde vor Aufregung vergehen – unverkennbar begaben sich seine Zärtlichkeiten auf die Suche nach ihrem Geheimnis …

Einige Tage später brachte Kia das unerfreuliche Thema endgültig zur Sprache.

„Wir müssen aufbrechen", raunte er der Liebsten nach dem Aufwachen ins Haar; seine Stimme klang rau.

„Komm mit nach Weris!", flehte Niamh in der Hoffnung, den Abschied wenigstens hinauszögern zu können.

„Nein, Liebste. Ich begleite dich noch ein Stück und mache mich dann auf den Weg nach Süden", erwiderte er leise.

Verzweifelt atmete er gegen die Einsamkeit an, die seine Brust eng werden ließ. Er setzte sich auf und starrte auf den Boden vor seinen Füßen. Mit den Zehen rückte er einen kleinen Stock hin und her; das trockene Holz schob Rindenstückchen nebst einem winzigen blaugrünen Käferpanzer vor sich her und hinterließ dabei eine saubere Spur auf dem sandigen Untergrund. Schließlich nahm er den Stecken auf und zeichnete damit Linien in die frei gewordene Fläche.

Wie sollte er Niamh erklären, dass ihm die Arduinnerinnen nicht geheuer waren – ausgerechnet ihm, Kia Ye Lanur?

Vor vielen Jahren, als er Juna zum ersten Mal begegnet war, hatte sie ihm angeboten, gemeinsam seiner Vergangenheit auf den Grund zu gehen. So schön und ebenmäßig Kias Äußeres auch sein mochte – seine seelischen Narben waren ihr nicht verborgen geblieben.

Neben der Bereitschaft zu helfen, damit es ihm besser ginge, sei dies eine notwendige Vorsichtsmaßnahme. Sie müsse sicherstellen, dass die kraftvollen Steinsetzungen von Weris nicht zu dunklen Zwecken missbraucht wurden, hatte sie ihm unter vier Augen erklärt. Juna war offenbar in der Lage, Spuren des gesammelten Erfahrungsschatzes eines Menschen zu erkennen.

Damals hatte er das Angebot dankend abgelehnt und war weitergezogen. Sich seinen Gefühlen zu stellen, dieser schwärenden Mischung aus ohnmächtigem Schmerz, Schuld und Scham, die tief in ihm verborgen in Fesseln lag, bereitete Kia nach wie vor panische Angst.

Erneut wählte er die Einsamkeit und hütete seine Zunge. Gedankenverloren sah Niamh zu, wie er weiter mit dem Stöckchen im Sand spielte, bis sie das drückende Schweigen nicht länger ertrug.

„Immerhin bleiben uns die Träume", versuchte sie Kia aufzumuntern. Als er aufblickte, hätten seine Augen nicht trauriger sein können.

„Es gibt eine Schwierigkeit", entgegnete er zögernd. „Die Druidinnen schützen den Ort", erklärte er. „Sie schirmen Weris ab. Es kann sein, dass ich dich nicht erreiche."

Die Enttäuschung stand ihr ins Gesicht geschrieben. „Es muss eine Möglichkeit geben!", erwiderte sie trotzig, doch ihre Miene hellte sich sogleich wieder auf. „Ich hab's!", rief sie erfreut. Sie würde Weris regelmäßig verlassen und im Wald schlafen. Kia versicherte, dass er sie finden würde. Er öffnete die Arme, und Niamh schmiegte sich an ihn.

Sie brachen auf und gingen den Rest des Weges zusammen; jeden Atemzug kosteten sie aus.

„Ach, Liebste, wie soll ich nur einen Tag ohne dich sein?", klagte Kia.

Erstaunt wandte Niamh sich ihm zu.

Wie leicht es ihm fällt, Schwäche zu zeigen, dachte sie. Zu ihrer eigenen Überraschung offenbarte sie ihm, welch ein erbärmliches Gefühl von Abhängigkeit auch an ihr nagte.

„Ich werde dich unsäglich vermissen und niemals aufhören, dich zu lieben!", beteuerte sie.

Zärtlich schenkten sie sich ein letztes Mal ihre Leidenschaft.

Lange Zeit schauten sie dann einander an und nahmen den Anblick des anderen in sich auf, bis sie sich anlächeln konnten, weil sie satt waren.

Dieser Zustand würde nicht ewig anhalten, also nutzten sie ihn, um Lebewohl zu sagen, sich umzudrehen und auseinanderzugehen. Sie schafften es sogar, noch einmal zurückzuschauen und dem anderen zuzuwinken.

Dann blickten sie nach vorn.

12.

Gefolgt von Tari, erreichte Niamh den Bergrücken oberhalb von Weris.

Obwohl sie die vergangene Nacht allein verbracht hatte, duftete ihr ganzer Körper noch immer nach dem Geliebten. Niamh lächelte.

Die Stute zupfte hier und da ein Buchenblatt ab. Niamh ließ sie gewähren. Da sie das Tier versorgt wusste, legte sie sich flach auf den Boden und breitete Arme und Beine aus. Sie spürte die Kühle der Erde – endlich war sie in Weris angekommen!

Dankbar nahm Niamh das nährende Gefühl in sich auf, das der Kalkstein im Untergrund verströmte. Damit schenkte ihr das Land der Dea Arduinna die gleiche Geborgenheit wie in ihrer alten Heimat, in der die Göttin Aufania genannt wurde.

Selig schnupperte Niamh den würzigen Duft des Waldlandes und genoss das Prickeln, das die frische Morgenluft auf der Haut verbreitete.

Das Summen der Insekten webte einen tiefen Klangteppich, auf den sich die hellen Stimmen des Vogelvolkes in den Wipfeln der Bäume legten. Stillvergnügt lauschte Niamh dem Gesang, bis sie plötzlich vom Tal her Melodien aus menschlichen Kehlen vernahm.

Der Klang ließ ihr Herz höherschlagen. Sie erhob sich, rief Tari zu sich und trat aus dem Wald. Der weite Ausblick über die Landschaft war, wie sie ihn in Erinnerung hatte – grandios.

Leuchtend goldgelbe Felder und sonnenverbrannte Wiesen taten sich vor ihr auf. Eingebettet in eine Senke lagen die altehrwürdigen Zeremonialanlagen.

In einer Reihe majestätischer Linden und in uralten Eichenhainen verborgen, befanden sich unzählige Menhire und mehrere im Schoß der Erde gelegene Dolmen. Niamh erinnerte sich an die Erklärungen Junas, denen zufolge die Steinsetzungen bereits mehr als zweitausend Sommer gesehen hatten.

Am Waldrand zu ihrer Rechten lagen, ihr ebenfalls vertraut, die Wohn- und Wirtschaftsgebäude, der Lebensmittelpunkt des guten Dutzends Druidinnen sowie ihrer Schülerinnen und Schüler. Das Wahrzeichen der Schule, eine auf einem Eber reitende Kriegerin, verriet einen besonderen Schwerpunkt des Unterrichts – die Kampfkünste.

Plötzlich wurde Niamh vom Knurren ihres Magens ermuntert, sich so bald wie möglich ein Frühstück zu ergattern. Nur allzu gut hatte sie die Küche mit ihren dampfenden Düften in Erinnerung.

In der wohligen Vorahnung, mit einer Schüssel warmen Haferbreis und einem Becher Gerstenkaffee die Vertrautheit des Gemeinschaftsraumes zu betreten, um dort vielleicht sogar Deirdre, ihre ehemalige Kampfkunstmeisterin, zu treffen, wanderte Niamh mit Tari im Schlepptau auf die weiß getünchten Hofanlagen zu.

An eine Eiche gelehnt, hatte sich Deirdre in Stille versenkt.

Jetzt kehrte ihr Blick ins Diesseits zurück und wanderte durch den Hain zu den drei Menhiren hinüber, den Wächterinnen dieses kraftvollen Ortes. Die Druidin dehnte und streckte sich behaglich.

Die Sonne blinzelte bereits über den Wald. Es wird warm werden heute, dachte Deirdre, heiß, um genau zu sein.

Einer der Vorteile am Älterwerden war, dass sie hier sitzen durfte, während die anderen bereits auf den Feldern schufteten.

Schon vor dem ersten Licht des Tages hatten die Schüler und Erntehelfer auf den Höfen ihre Geschäftigkeit aufgenommen. Wie jeden Morgen hatte das Küchengeklapper Deirdre geweckt. Fröhliche Scherze und eine Vielzahl eilender Schritte waren wie in einem Bienenkorb zu geschäftigem Summen aufgebrandet, bis Rowan,

Deirdres Gefährte, sich leise murrend von der gemeinsamen Bettstatt erhoben hatte.

Überraschend waren am Vortag die hölzernen Schnitter, welche die Getreideernte erleichterten, kaputtgegangen. Rowan musste den Ungetümen wieder Leben einhauchen. Lieber wäre er bei Deirdre liegen geblieben, um ihr ein wenig ins Ohr zu brummen. Doch es half nichts. In der Erntezeit herrschte Ausnahmezustand. Müde war er davongeschlichen, während Deirdre sich noch einmal auf die andere Seite gedreht hatte, um in köstlichen Schlummer zurückzusinken.

Erst als der morgendliche Trubel vorbei war, hatte sie ihre nackten Füße auf den trockenen Lehmboden vor dem Lager gesetzt und war aufgestanden.

Vor ein paar Jahren, als sie ihren vierzigsten Sommer gesehen hatte, hatte sie gefürchtet, dass es bald vorbei sein werde mit ihrer Tatkraft; der körperlichen zumindest. Doch die dramatische Schwäche, mit der sie gerechnet hatte, war ausgeblieben, und Deirdre hatte sich wieder beruhigt.

Ohnehin waren als einer der Ältesten inzwischen andere ihrer Qualitäten gefragt. Dank ihres Geschickes und der Erfahrung war sie den Schülerinnen und Schülern zwar auch heute noch im Kampf überlegen, doch den Unterricht überließ Deirdre inzwischen ihren Nachfolgerinnen.

Die Sonne kitzelte Deirdre im Nacken – eine unmissverständliche Aufforderung, ihr Tagewerk zu beginnen. Deirdre lächelte.

Bevor sie aufbrach, trat sie zu einem Birnbaum, der neben den drei Menhiren aufragte, und sprach einige leise Worte in ein schmales Stoffband. Ihre Bitte um ruhiges Erntewetter knüpfte sie an einen tief hängenden Zweig und legte Blüten sowie eine Handvoll goldener Ähren, ihre Geschenke, am Fuße des Baumes nieder.

Schließlich machte sie sich auf den Rückweg durch die Felder.

Es würde ein langer Tag werden. In diesem Sommer hatte sie die Verwaltung aller Wirtschaftsbereiche sowie der Küche übernommen.

Am Vortag waren weitere Erntehelfer eingetroffen; sie würde sich etwas überlegen müssen, um alle unterzubringen. Die Scheune war bereits überbelegt.

Die lang gestreckte Hofanlage, in der sich eine Reihe großer Innenhöfe verbarg, leuchtete in der Morgensonne. In diesem Sommer war der Lehmputz der Außenmauern gekalkt worden. Das frische Weiß stand in lebhaftem Kontrast zum verwitterten Moosgrün der Strohdächer.

Der Anblick erinnerte Deirdre daran, dass sie die Schnitter bitten musste, langhalmiges Stroh, wie es zum Ausbessern der Dächer benötigt wurde, gesondert zu bündeln, damit es nicht den Dreschflegeln zum Opfer fiel. Doch erst nach der Ernte würden sie Zeit finden, um sich den undichten Stellen zu widmen.

Inzwischen hatte Deirdre die Gebäude erreicht und bemerkte, dass neben dem Pferd, das beim Tor zum Südhof weidete, eine zierliche, dunkelhaarige Frau wartete. Das Sehvermögen der Kampfkunstmeisterin hatte mit den Jahren nachgelassen, darum erkannte sie die junge Kriegerin erst, als sie vor ihr stand.

„Niamh!" Deirdres Augen begannen zu leuchten. „Welch eine Freude, dich wiederzusehen!"

„Ja, das ist es!", strahlte Niamh. Die beiden Frauen fielen sich in die Arme.

Nachdem sie sich ausgiebig begrüßt hatten, ergriff Deirdre die Hände der ehemaligen Schülerin. Sie zog die Augenbrauen hoch. „Wie du siehst, herrscht hier der Ausnahmezustand." Sie deutete mit dem Kopf in Richtung der Felder.

„Erntezeit." Niamh zuckte mit den Schultern. „Ich helfe gern."

„Das kann warten", winkte Deirdre ab und wandte sich den großen Torflügeln zu. „Komm! Ich habe noch nichts gegessen." Sie öffnete das Tor und ermunterte Niamh, ihr zu folgen. „Ein Lager können wir dir später suchen. Du bleibst doch über Nacht?"

Niamh nickte, doch bevor sie zu Wort kam, fuhr Deirdre fort:

„Es ist eng geworden bei uns. Ambiorix und Indutiomarus schicken uns mehr Schülerinnen und Schüler denn je. Die Eburonen und Treverer wollen ihre Kampfkraft stärken. Kennst du die beiden Stammesfürsten?"

Niamh schüttelte den Kopf. „Begegnet bin ich ihnen nicht, doch die Lieder der Barden künden von ihren Heldentaten."

„Ihre Zöglinge fressen uns die Haare vom Kopf", stöhnte Deirdre und steuerte zielstrebig auf eine Ecke des Hofes zu. „Ich darf nicht vergessen, Ambiorix einen Boten zu schicken", murmelte sie. „Die Ernte wird nicht ausreichen, um uns über den Winter zu bringen. Wir brauchen mehr Getreide und ein paar Rinder." Sie öffnete die Tür und drehte sich zu Niamh um. „Der Sommer war zu trocken. Den Wetterzeichen zufolge wird das kommende Jahr auch nicht besser werden, wir müssen wohl oder übel weitere Felder anlegen, um auf Dauer über die Runden zu kommen. Aber warum erzähle ich dir das alles?", unterbrach sie sich und legte Niamh die Hand auf die Schulter. „Sag, was führt dich zu uns?"

„Moment." Niamh deutete über die Schulter auf Tari, die hinter ihnen hergetrottet war. „Besser, ich binde sie an, oder bewirtest du inzwischen auch Pferde in deinem Quartier?"

„Oh nein!", lachte Deirdre und wandte sich zur Küche, die auf der gegenüberliegenden Seite des Hofes lag. „BRITTA!", ließ sie ihre donnergleiche Stimme ertönen. Ein altvertrauter Schauer lief Niamh über den Rücken, wie jedes Mal, wenn Deirdre ihrem bemerkenswerten Stimmorgan freien Lauf ließ.

Eine junge Frau, eine der Schülerinnen, wie Niamh vermutete, erschien im Türrahmen der Küche und beeilte sich dann, mit fliegenden Zöpfen den Hof zu überqueren.

Niamh schlang derweil Taris Leine um einen Balken, der zu diesem Zweck neben der Tür an der Hauswand angebracht war. Die Gebäude besaßen große Dachüberstände, die sowohl Schutz vor Regen als auch Schatten spendeten.

Während sie dem Pferd einen bereitstehenden Eimer Wasser reichte, nahm Britta bereitwillig die Bitte um Fladenbrot mit Beerenkompott sowie Tee für Deirdre und die Besucherin entgegen. Bewundernd betrachtete Niamh Brittas kunstvoll geflochtenes Haar.

„Ich habe soeben Malvenblütentee aufgebrüht", bot die Schülerin an, und Deirdre dankte ihr. Nachdem Britta gegangen war, betraten sie das Quartier. Deirdre legte zwei Strohmatten in dem einfachen

Raum aus, und die junge Kriegerin ließ sich gegenüber der Älteren nieder.

Eine Fensterluke in der lehmverputzten Wand beleuchtete die mit Stroh befüllte Bettstatt im hinteren Teil des Raumes und sorgte zugleich für eine warme Brise frischer Sommerluft. Am Balkenwerk der Unterkunft hingen Umhänge und andere Kleidungsstücke; weitere persönliche Gegenstände der Druidin und ihres Gefährten lagen ordentlich aufgereiht auf Regalböden.

Britta kam mit einer Reihe irdener Schüsselchen sowie einem Krug, stellte alles zwischen ihnen auf den Boden und verließ sogleich wieder den Raum. Deirdre goss von dem dampfenden Tee in die tönernen Becher und reichte Niamh einen davon. Dabei lachten ihre Augen; sie freute sich sehr, die Jüngere wohlauf zu sehen.

Von ihrer ersten Begegnung an war sie Niamh zugetan. Als wäre es gestern gewesen, erinnerte sich Deirdre an den Tag, an dem ihr Audra, die Stammesführerin des Alten Volkes, die erste Gruppe von Waisenkindern anvertraut hatte, um sie zu Kriegerinnen und Kriegern ausbilden zu lassen; auch Niamh war dabei gewesen.

Schon bald hatte Deirdre Niamh ins Herz geschlossen. Ihre Elternschaft hatten Deirdre und Rowan bereits an zwei eigenen Sprösslingen erprobt. Gern hätten sie Niamh als Kind angenommen, doch Audra hatte das Angebot abgelehnt; das Schicksal der Kriegerschülerin hatte ihr ebenfalls sehr am Herzen gelegen, wenn auch aus anderen Beweggründen.

Von diesen Überlegungen hatte Niamh nie etwas erfahren. Deirdre war zu einer ihrer engsten Vertrauten geworden, und so war sie glücklich, ihrer alten Gewohnheit folgend, gemeinsam zu frühstücken.

Während sie das ofenwarme Brot brachen, um es mit Butter und Beerenmus zu verzehren, berichtete Niamh von den Entwicklungen im Land des Alten Volkes.

Es gab viel zu erzählen. Deirdre hörte aufmerksam zu und nippte nur gelegentlich an ihrem Tee.

Als Niamh erklärte, was sie zum Abschied von den Töchtern und Söhnen der Aufanien bewegt hatte, glühten ihre Wangen in flammendem Rot.

„Geschickt hat Audra mich beeinflusst, damit ich mich in ihrer Schuld fühle und eine persönliche Fehde für sie austrage. Diese Verräterin! Fast wäre ich umgekommen. Ich bin ihr nichts mehr schuldig.“ Mit knappen Worten deutete sie die Hintergründe an, dabei ließ sie aufgebracht ihren leeren Becher von einer Hand in die andere wandern. Dann kam sie zu ihrem Anliegen. „Jetzt gilt es herauszufinden, was ich mit meinem Leben anfangen will. Darum bin ich hier.“ Sie traf Deirdres ernsten Blick.

„So sei es“, stimmte die Druidin zu. Gerne hätte sie Näheres erfahren, doch leider erlaubten ihre Aufgaben keinen weiteren Aufschub, und so vereinbarten die beiden, das Gespräch am Abend fortzusetzen.

In Niamhs Begleitung begab sich Deirdre auf ihren täglichen Rundgang.

Zunächst überquerten sie den Südhof und betraten den Gemeinschaftsraum. Der Saal, der an die hundert Menschen fassen konnte, diente als Versammlungs- und Essraum. Außerdem wurde hier unterrichtet, doch heute lag der gestampfte Lehmboden weit und verlassen da. Er war bereits frisch gefegt worden, und entlang der Wände reihten sich Stapel von Strohmatten.

Von einer der Stirnseiten her erklangen die üblichen Küchengeräusche, das Klappern von Töpfen und Geschirr, Rufe und Gelächter. Offenbar freuten sich die diensthabenden Schüler, heute von der Feldarbeit befreit zu sein. Deirdre steckte den Kopf in den Durchgang und gab die benutzten Schälchen und Becher zurück.

„Wird hier noch etwas gebraucht?“, wollte sie wissen.

„Danke, aber was uns fehlt, habt ihr leider nicht“, lautete die Antwort, gefolgt von Gepruste und Gekicher. Kopfschüttelnd kehrte Deirdre zu Niamh zurück. Schmunzelnd verließen sie den Raum, um nun den Mittelhof mit den angrenzenden Werkstätten zu betreten.

„Die hölzernen Schnitter streiken“, erklärte Deirdre das Durcheinander aus Brettern, eisernen Klingen und einer Handvoll von Helfern. Letztere standen um zwei seltsame Gebilde herum, die offenbar Anlass zur Sorge gaben. „Rowan muss sie besänftigen, schließlich ist er ihr Erschaffer, ihr Vater sozusagen. Erinnerst du dich?“

Niamhs zerknirschtes Gesicht sprach Bände; Deirdre half ihr auf die Sprünge.

„Als ihr hier Schüler wart, haben Rowan und Perce ein Gerät entwickelt, das die Erntearbeiten erheblich beschleunigt. Perce, dein damaliger Mitschüler, euer Nesthäkchen."

Ein von blonden Locken umrahmtes Gesicht erschien vor Niamhs innerem Auge, es war, als öffnete sich eine mit wunderbaren Erinnerungen gefüllte Schatztruhe, die seit ewigen Zeiten verschlossen gewesen war. Niamh hatte Perce geliebt.

Audra hatte den stillen Waisenjungen nach Weris gebracht, als Niamh bereits zwei Jahre hier lebte. Perce war von sanftem Gemüt und auffallend gewandt gewesen. Die Kriegerschülerin hatte ihn von Anfang an gut leiden können, und schon bald hatte er sich ihr angeschlossen wie ein kleiner Bruder, den sie nie gehabt hatte.

Überhaupt war ihr Leben bis zum damaligen Zeitpunkt einsam gewesen. Insgeheim hatte sie keinem Menschen über den Weg getraut.

Mit Perce war das anders geworden.

Er besaß eine selige Leichtigkeit, wie Niamh sie nicht kannte. Es war ein wunderbares Geschenk gewesen, sich von ihm anstecken zu lassen.

Ohnehin hatten sie oftmals fühlen können, was der andere empfand.

So hatten sie sich eines Nachmittags auf der Pferdekoppel hinter dem Hügel getroffen und Gänseblümchen gegessen – welch alberne Beschäftigung für zwei angehende Krieger war das doch gewesen! Dank ihres besonderen Mitfühlens hatten sie sich zu immer ausgelassenerer Stimmung hochgeschaukelt, bis ihnen vor Lachen Bauch und Wangen brannten – ein kostbarer Augenblick in ihrer beider Leben.

Niamh war sehr glücklich gewesen, in ihm einen Vertrauten gefunden zu haben. In seiner Nähe hatte sie sogar ihre Verletzbarkeit zeigen können, ohne dass es ihr peinlich gewesen wäre. War in jenen Tagen einer von ihnen traurig, so trafen sie sich an einem geheimen Ort und hielten einander, bis die Wellen des Schmerzes wieder abgeebbt waren.

Manchmal hatte in ihrer körperlichen Nähe ein Prickeln gelegen, doch nie war dieses Gefühl in den Mittelpunkt getreten. Niamh hatte vermutet, dass es an dem Altersunterschied lag, bis endlich ein Mitschüler Perce' Sinnlichkeit erweckte.

„Bist du sicher?", hatte Niamh wissen wollen.

„Hör mal!" Bedeutsam hatte er gegrinst, und während er an seinen Schwarm dachte, hatte Niamh den Kopf auf seine Brust legen und lauschen müssen. Perce hatte gekichert. „Nur er löst ein solches Herzklopfen in mir aus. Keine Sorge, ich liebe dich, Niamh, aber eben anders."

Wie gern sie den schönen Jüngling betrachtet hatte!

Auch Deirdre bedauerte, Perce aus den Augen verloren zu haben. Er war ihr damals ebenfalls zur Ausbildung anvertraut worden, doch sie hatte bald herausgefunden, dass in ihm noch ganz andere Begabungen steckten als die traumwandlerische Geschicklichkeit, welche seine Eignung zum Krieger ausmachte.

Mit der Zeit war er nämlich kaum noch zum Unterricht erschienen. Schließlich hatte Deirdre wissen wollen, womit er sich die ganze Zeit über beschäftigte, und so war sie eines Tages losgezogen, um ihn zu suchen.

Sie war über die Felder gewandert, bis sie aus einem Eichenhain eine klar tönende Stimme vernommen hatte – Perce sang, wie meistens, wenn er sich unbeobachtet glaubte. Wie ein Elf, hatte Deirdre gedacht. Um ihn nicht zu stören, hatte sie sich nur langsam genähert. Während er sich voller Inbrunst dem Singen hingegeben hatte, hatte er mit Kieselsteinen gespielt – jedenfalls war das Deirdres erster Eindruck gewesen.

Perce hatte damals etwa dreizehn Sommer gesehen. Der Umstand, ihn ins Spiel vertieft zu finden, hatte Deirdre zunächst nicht gewundert. Doch während sie zugesehen hatte, wie er die Schar der kleinen Steine hin und her schob, war eine merkwürdige Ahnung in ihr aufgekommen.

Sie war näher getreten. Perce war das Blut in die Wangen geschossen vor Verlegenheit; er hätte an diesem Morgen Pfeilschäfte schnitzen sollen. Schnell hatte er die Beweise seines Eigensinns beseitigen wollen, doch die Kampfkunstmeisterin hatte seine Hand zurückgehalten und den scheuen Blick des Jungen gesucht. Deirdre erinnerte sich noch gut – seine Gesichtszüge waren die eines Kindes gewesen, doch seine Augen ernst wie die eines Alten.

„Bitte erkläre mir, was du tust", hatte sie ihn gebeten.

Perce hatte schlucken müssen, bevor er zu reden begann. „Stell dir vor, das wäre die Sonne …", zögerlich hatte er auf einen gelblichen Kiesel gedeutet. „Und das hier die Erde." Er hatte eine Eichel aufgehoben und neben die Steinsonne gelegt. Dann hatte er eine ganze Handvoll der Baumfrüchte genommen und sie um den Mittelpunkt seines Bildes verteilt. „Dann wären das der Mars, die Venus, der Saturn."

„Woher kennst du all diese Namen, Perce?", hatte Deirdre leise gefragt.

Erstaunt hatte er aufgeblickt. „Eine der Druidinnen hat sie aufgezählt, als wir beim Feuer zusammensaßen. Ich habe sie mir am Himmel zeigen lassen und mir die Namen gemerkt, weil ich sie so schön fand."

Deirdre hatte ihn gebeten, fortzufahren.

„Ich versuche herauszufinden, ob sich die Erde oder aber die Sonne in der Mitte der Welt befindet. Die Steinchen und Eicheln habe ich ausgebreitet, weil es so schwer ist, sich das alles nur vorzustellen. Aber bisher habe ich statt Antworten nur eine Menge weiterer Fragen gefunden. Zu gern wüsste ich zum Beispiel, was dann kommt – hinter dem Himmelszelt, meine ich." Mit der ihm eigenen Anmut hatte er eine ausladende Geste gemacht. „Doch selbst wenn die Welt ein Ende hätte, so bliebe doch wieder nur die Frage, was sich dahinter verbirgt." Einmal in Fahrt gekommen, war Perce nicht mehr zu bremsen gewesen. „Die Zeit wirft ähnliche Fragen auf – wann hat sie begonnen, wann wird sie enden? Wer weiß, ob sie an allen Orten gleich schnell vergeht – dauert ein Wimpernschlag auf der Sonne kürzer oder länger als auf der Erde, und gibt es so etwas wie schnell oder langsam, klein oder groß überhaupt?" Seine Augen hatten gesprüht vor Begeisterung. „Sieh dir diese Eichel an. Du findest, sie sei klein? Vergleiche sie mit der Ameise daneben, dann erscheint dir die Frucht der Eiche groß, die Ameise hingegen winzig. Vielleicht verhält sich das mit der Zeit ja genauso, verstehst du?"

Zärtlich hatte ihm Deirdre über den Kopf gestrichen.

„Perce, ich werde dir jemanden vorstellen, der mehr von diesen Dingen versteht als ich", hatte sie vorgeschlagen und ihn zu Alaina und Muriel gebracht, die Musik, Sternenkunde und Mathematik sowie deren Zusammenhänge unterrichteten.

Perce war Feuer und Flamme gewesen.

Am Ende hatte er nur noch selten an den Übungen mit Lanze, Schwert und Bogen teilgenommen, sondern lieber über Berechnungen von Kalendarien gebrütet oder sich an der Darstellung geometrischer Winkel versucht.

Als Audra wieder einmal nach Weris gekommen war, hatten die Druidinnen sie beiseitegenommen, um sie von seinen Begabungen zu überzeugen. Auch wenn die Stammesführerin zunächst ungehalten gewesen war, dass aus dem Jungen kein Krieger werden sollte, hatte sie am Ende eingewilligt, ihn zum Druiden ausbilden zu lassen.

Niamh hatte seine Freudentänze noch lebhaft vor Augen.

Neben seinen Lieblingsfächern war Perce nun auch in der Kunst des Trancereisens unterrichtet worden. Die Druidinnen lehrten ihn, das menschliche Gehirn nicht nur als ein Organ zu betrachten, mit dem man Probleme lösen konnte. Vielmehr nutzten sie es als eine Art Empfänger, um die gewünschten Lösungen vonseiten der schöpferisch beseelten Intelligenz zu empfangen, die alles Leben im Kosmos durchdrang.

Im Gegensatz zum bewussten Träumen während des Schlafes, das jahrzehntelange Übung erforderte, war das Trancereisen leichter erlernbar. Hierbei kam es darauf an, den Geist in hellwachem Zustand loszulassen. Tagelang hatte Perce zu diesem Zweck an den Eichen im Hain gesessen. Die Bäume waren Meister darin, die Sphären des Himmels und der Erde zu verbinden. Bat er die beseelten Wesen um Unterstützung, so gewährten sie ihm meist die gewünschte Hilfe. Zum Dank umarmte er sie, sang ihnen Lieder oder hinterließ mitgebrachte Süßigkeiten, denn nicht selten war er reich beschenkt von den Reisen zurückgekehrt.

Bald hatten Alaina und Muriel ihm weitere Arten des Trancereisens gezeigt, etwa das Schlagen der Rahmentrommel oder das Sich-Versenken an den Menhiren.

Dass diese Methoden überaus effizient waren, hielt die Arduinnerinnen nicht davon ab, zu überprüfen, ob das erlangte Wissen im Diesseits Bestand hatte, so auch die erstaunlichen Erkenntnisse und technischen Errungenschaften, die Perce von seinen Ausflügen in andere Ebenen von Raum und Zeit mitbrachte.

Einmal war er damit zu Rowan geeilt und hatte ihn davon überzeugt, gemeinsam ein merkwürdiges Gebilde nachzubauen, welches er im Großen Weltengewebe entdeckt hatte. Das Gerät vereinfache die Getreideernte, hatte Perce behauptet.

Auf einer Achse mit zwei Rädern hatten sie einen breiten Holzkasten befestigt und diesen mit zwei nach hinten gerichteten Deichseln versehen. Zwischen diese beiden Stangen wurde ein Tier gespannt, welches die Erntemaschine vor sich herschob.

Am vorderen Ende brachten sie ein Schneidebrett mit einer kammartigen, messerscharfen Zahnung an, welches die reifen Ähren ergriff. Die Getreidefrüchte wurden abgerissen und sammelten sich dann im darunterliegenden Kasten. Ein Erntehelfer achtete darauf, dass keines der kostbaren Körner verloren ging. Ein weiterer folgte dem Gespann, um es zu lenken.

Nachdem sich der hölzerne Schnitter, der Vallus, bewährt hatte, hatte Rowan etliche Ausfertigungen davon gebaut und sie im Umland gegen Erzeugnisse eingetauscht, die im Druidenzentrum nicht hergestellt wurden.

Seit jenen Tagen gingen die Erntearbeiten in Weris und Umgebung deutlich schneller von der Hand.

Am Ende des dritten Lehrjahres war Perce schließlich in Begleitung von Muriel abgereist, um seine Ausbildung auf den Inseln von Albion fortzusetzen.

Niamh erinnerte sich an diesen Tag, als wäre es gestern gewesen. Der Gedanke, ihn möglicherweise nie wiederzusehen, hatte ihr Herz entzweigerissen.

Im Mittelhof, unter dem ausladenden Vordach der Werkstätten standen nun also besagte Gebilde. Soeben kam Rowan, mit Stecheisen und einer riesigen Zange bewaffnet, aus den Werkstätten. Als er Deirdre und Niamh bemerkte, hellte sich sein Blick auf.

„Das nenne ich eine Überraschung!“, strahlte er und ließ die Werkzeuge zu Boden gleiten, um Niamh in seine kraftvollen Arme zu schließen. Er herzte sie und hielt sie dann auf Abstand, um sie zu betrachten. „Gut siehst du aus“, stellte er fest. „Schade nur, dass du immer noch so klein bist; für eine Kriegerin, meine ich.“ Damit griff er ein Thema auf, mit dem er sie einst zur Weißglut hatte bringen können.

„Besser, als in die falsche Richtung zu wachsen“, gab Niamh zurück und klopfte ihm grinsend auf den Bauch. Nachdem sie weitere Scherze ausgetauscht hatten, wandte sich Rowan Deirdre zu.

„Bald laufen meine Goldschätze wieder“, versprach er und warf den Ungetümen einen liebevollen Blick zu. „Die Verbindungsbolzen waren gebrochen, dasselbe Problem wie im letzten Sommer. Diesmal werde ich sie durch Eisennägel ersetzen, dann kann die Arbeit weitergehen.“

Deirdre atmete auf. „Ich werde gleich einen Teil der Leute auf den Feldern anweisen, die Sensen wieder beiseitezulegen und beim Dreschen zu helfen. Wenn nur das Wetter hält.“

„Bestimmt“, schmunzelte Rowan und deutete nach oben. Wolkenlos spannte sich der Himmel über den Dächern, und von den Schwalben war kaum mehr etwas zu sehen, so hoch jagten sie im tiefen Blau.

Als erheblich schwieriger erwies sich die Suche nach einem geeigneten Schlafplatz für Niamh.

Die Scheune wollte Deirdre ihr nicht zumuten, denn Ruhe suchte man dort vergebens. Täglich wurde neues Stroh eingebracht, und wer in der Schar der Zöglinge eine Schlafstätte suchte, musste sich und seinen Siebensachen allabendlich einen Platz erkämpfen. Die Viehunterstände, die nur im strengsten Winter als solche genutzt wurden, waren bereits mit Erntehelfern überbelegt, und die Sammelquartiere der älteren Schülerinnen und Schüler platzten ebenfalls aus allen Nähten.

Deirdre schüttelte den Kopf.

„Rowan hat recht“, murmelte sie verdrießlich. Fragend sah Niamh sie an.

„Wir werden anbauen müssen", seufzte Deirdre. „Ambiorix und Indutiomarus haben Großes im Sinn. Mehr dazu später. Wo bringe ich dich denn jetzt unter, meine Kleine?"

„Fängst du auch damit an?", protestierte Niamh. Verblüfft hielt Deirdre inne, dann lachte sie.

„Verzeih mir, ich sehe in dir immer noch meine Schülerin." Sie legte Niamh die Hand auf den Rücken. „Bei den Quartieren am Südhof haben wir Gastzimmer. Als Kriegerin steht dir ein angemessener Raum zu." Als Niamh abwehrend die Hände hob, schmunzelte sie. „Du kannst das Angebot getrost annehmen. So winzig, wie die Kammern sind, wäre *Bienenwaben* zutreffender. Immerhin wirst du dort deine Ruhe haben."

Niamh zögerte. Nach der Zeit im Wald war ihr eher nach Gesellschaft zumute. Andererseits war es verlockend, eine eigene Bleibe zu besitzen. Sie konnte die Kammer ja jederzeit verlassen, wenn es ihr zu einsam wurde. „Hab Dank", entgegnete sie und freute sich.

Auf dem Weg zu den Feldern, wo Deirdre nach dem Rechten sehen wollte, brachte sie ihren Gast also zu besagter Bienenwabe.

Der Raum war tatsächlich klein, kaum vier Schritte tief, und wenn Niamh die Arme ausbreitete, konnte sie fast die Wände berühren.

Während die Außenwände aus Weidenrutenflechtwerk und Lehmbewurf so dicht waren, dass sie selbst vor dem strengsten Wintersturm schützten, bestanden die Trennwände der Kammern untereinander aus einfachen Holzplanken.

Im Langhaus, das den Kriegerinnen und Kriegern beim Alten Volk zugewiesen worden war, hatten alle zusammen in einem Raum gelebt. So etwas wie Privatsphäre war, wenn überhaupt, nur außerhalb des Gebäudes im Wald zu finden gewesen.

Hier hingegen besaß die Tür sogar einen kleinen Schieber, mit dessen Hilfe Licht und Luft hereingelassen werden konnten, ein ungewohnter Luxus.

Die hintere Hälfte der Kammer war mit einer dicken Lage frischem Stroh bedeckt – ein wahrhaft königliches Lager. Niamh schmunzelte. Wie Kia ihr erklärt hatte, zogen selbst wohlhabende Edelleute einfache Strohpolster bequemeren Betten vor, weil sie sie vor Wasseradern und anderen Störfeldern schützten.

An der Wand hing eine Öllampe, unter der auf dem Boden Pyrit, Feuerstein und Rohrkolbenwatte zum Anzünden bereitlagen – die einzigen Einrichtungsgegenstände. In der vertrauten Schlichtheit fühlte sich Niamh sofort wohl.

Bevor sie sich einrichtete, ging sie noch einmal in den Hof hinaus, um sich zu vergewissern, dass ihre Stute im Schatten des Vordaches gut untergebracht war.

Mit Packsack, Decke und Schlaffell beladen, kehrte sie zurück ins Zwielicht der Kammer. Das Fell legte sie auf das raschelnde Stroh und breitete ihre Decke darüber. Kurz entschlossen probierte sie das Lager aus und rückte die Strohlagen so lange hin und her, bis sich die Schlafstatt behaglich anfühlte.

Neben dem Kopfende brachte sie das wollene Tuch unter, das Kia ihr geschenkt hatte, und legte weitere Gegenstände dazu: Fibeln zum Verschließen der Umhänge, ihren Becher, Teller und Löffel, ein Säckchen mit kosmetischen Werkzeugen, Erinnerungs- und Kraftgegenstände sowie das Brandubhspiel. Alles, was sie vorerst nicht benötigte, konnte ebenso gut im Packsack bleiben. An Holznägeln, die die Zapfverbindungen der Balken sicherten, ließen sich ihre Überwürfe aufhängen – der dicke gefilzte Umhang für den Winter, die Webware für das übrige Jahr. Überaus zufrieden ließ Niamh den Blick durch den kleinen Raum schweifen, den sie vorerst ihr Zuhause nennen durfte.

Als sie in alter Gewohnheit den kleinen Dolch unter das Schlaffell schob, klopfte es an der Tür.

Britta brachte ihr eine Hose aus dunkelrotem, mit blauen Fäden durchwebtem Tuch. Niamh hatte Deirdre um Ersatz für die alten Beinkleider gebeten, die ihr inzwischen in Fetzen vom Leibe hingen.

Als sie wieder allein war, probierte sie die Hosen an. Eigentlich bevorzugte sie unauffälligere Farben, doch das Kleidungsstück war bequem und erfüllte somit seinen Zweck.

Neugierig, wer von den ihr bekannten Menschen noch in Weris lebte, machte sie sich dann auf den Weg zu den Feldern.

Solange die hölzernen Erntehelfer auf ihren Einsatz warten ließen, wollte sie die Schnitter unterstützen, die in gewohnter Weise, die

Sensen schwingend, Scharen goldener Ähren umlegten. Niamhs Bereitschaft wurde freudig begrüßt, auch wenn ihr die Gesichter entgegen ihren Hoffnungen allesamt fremd waren.

Sie löste eine der Schnitterinnen ab. Die Schwangere war froh, die langstielige Sichel an die Kriegerin abzugeben.

Als Niamh den nötigen Schwung wiedergefunden hatte, tobte sie sich, begleitet von ihren Erntehelfern, welche die abgetrennten Halme bündelten, mit der Sense aus.

Bald lieferten sie sich zu dritt einen Wettstreit und mähten den anderen Schnittern davon. Diese legten eine Pause ein und feuerten die Wettkämpfer an. Rhythmische Rufe und Gesänge brandeten auf. Niamh kam in Fahrt. Dass sie am nächsten Tag einen fürchterlichen Muskelkater haben würde, war ihr egal. Die Wetteifernden rannten förmlich über das Feld, während die Helfer ihre liebe Mühe hatten, ihnen zu folgen, ohne dass eine der Ähren verloren ging. Während sie das geerntete Getreide zu Garben gebunden aufstellen, ging vorne die ausgelassene Hatz weiter.

Doch Niamh war aus der Übung. Schließlich musste sie einsehen, dass die beiden anderen den Sieg unter sich ausmachen würden, und gab auf. Völlig außer Atem setzte sie sich auf den staubigen Boden und sah ihren Mitstreitern beim Endspurt zu.

Eine ausgelassene Schar Küchenjungen brachte Früchte und Kuchen aufs Feld. Gemeinsam ließen sie es sich schmecken, auch wenn das süße Backwerk auf dem Weg sichtbar Schaden genommen hatte.

Nachdem sie sich ausgeruht hatten, nahm Niamh einen Wetzstein zur Hand und schärfte ihre geschwungene Klinge, bevor auch sie sich wieder an die Arbeit machte.

Am Ende des langen, heißen Tages zog es schließlich alle zurück zu den Höfen, wo ein erfrischendes Bad lockte.

Oberhalb der Gebäude lag ein Mühlteich. Das Wasser wurde für den Antrieb einer einfachen Drehmühle genutzt, die das Mahlen des tagtäglich in beträchtlichen Mengen benötigten Getreideschrots und Eichelmehls übernahm.

Da es im Innern der Hofanlagen sauberes Trinkwasser führende Tiefenbrunnen gab, konnte im Teich gebadet werden.

In der noch immer erstaunlich munteren Gesellschaft der Erntehelfer erfrischte sich nun auch Niamh, um dann, als es dämmerte, im Südhof wie verabredet Deirdre zu treffen.

Der Abend war zu schön, um ihn in Deirdres Quartier zu verbringen, wohin sich die beiden hätten zurückziehen können. Lieber wanderten sie hinaus und ließen sich unter einem der vielen majestätischen Bäume nieder, um in Ruhe ihr Gespräch vom Morgen fortzusetzen.

Deirdre bat Niamh, noch einmal in aller Ausführlichkeit von den Geschehnissen zu berichten, die zu ihrem Abschied vom Alten Volk geführt hatten.

Erneut erwies sie sich als aufmerksame Zuhörerin. Besonders überraschte sie, dass Kia Ye Lanur Niamh den grausamen Anschlag auf sein Leben verziehen hatte und welche Beziehung sich zwischen den beiden entwickelt hatte. Zu Niamhs Freude versicherte Deirdre, sie wolle Kia gern kennenlernen. Als Mitglied von Ambiorix' Leibgarde war sie zwar etliche Male an der Seite der eburonischen Stammesfürsten in den Kampf gezogen; da Kia Ye Lanur die Kriegszüge seines Freundes Catuvolcus jedoch mied, war Deirdre ihm nie persönlich begegnet.

„Sieht man ihm sein Alter wirklich nicht an?", wollte sie wissen. „Erstaunlich", warf sie an diesem Abend noch des Öfteren ein, achtete aber darauf, Niamhs Redefluss nicht zu stören, denn die junge Kriegerin war offensichtlich erleichtert, sich die Ereignisse von der Seele reden zu können.

„Ich bin doch keine Mörderin!", klagte Niamh und berichtete, dass sie Audra einst im Namen der Aufanien Gehorsam hatte schwören müssen.

„Eine Frechheit; welch ein Unsinn!" Deirdres deutliche Worte taten Niamh gut.

Die Enthaltsamkeitsgelübde hielt die Druidin ebenfalls für unrechtmäßig und bestätigte damit die Meinung der Priesterinnen von Bonna. „Schwüre schaden dem Leben", sagte sie ernst. „Umso besser, dass du sie zurückgenommen hast."

„Jetzt suche ich den Rat der Göttin, um mein Leben neu auszurichten", erklärte Niamh.

„Wenn du einverstanden bist, gebe ich deine Bitte an Juna weiter“, schlug Deirdre vor. „Sie kann dich anleiten, im Schutz der Großen Mutter Antworten zu erhalten.“

Erleichtert seufzte Niamh auf. Deirdre nahm ihre Hand und drückte sie.

„Weißt du, Niamh“, hob sie an und machte dann eine bedeutungsvolle Pause. Lächelnd strich sie sich die lockige Haarpracht aus dem Gesicht. Wie in alten Zeiten, dachte Niamh und lehnte sich behaglich zurück, bis sie den Stamm der Linde im Rücken spürte.

„Ich sehe die Meinungsverschiedenheiten mit Audra in einem größeren Zusammenhang“, griff Deirdre das Thema auf. „Seit dem Anbeginn der Zeit wechseln alle zweitausend Jahre die Sternenkonstellationen, unter deren Einfluss wir stehen.

Im Augenblick befinden wir uns im Zeichen des Widders, doch bald wird dieses Zeitalter von dem der Fische abgelöst werden. Die ersten Anzeichen davon sind bereits zu sehen.

Die Reihenfolge der Sternkreiszeichen innerhalb eines Jahreslaufes ist dir sicherlich bekannt: Fische – Widder – Stier und so weiter. Die großen Sonnenzeitalter wechseln entgegengesetzt dazu.

Damit ändern sich die Kräfte des Kosmos, die auf die Erde und somit auch auf uns einwirken. Im Zeitalter des Stieres beispielsweise lebten die Menschen sehr erdverbunden. Feenhügel wurden errichtet und in Abertausenden von über dem Land verteilten Viereckschanzen ausgeklügelte Erdmischungen aufgeschichtet, durch die bis heute unser Wetter harmonisiert wird, um bessere Ernten zu erzielen.

Der Energiefluss war damals bedeutend langsamer und pragmatischer, als er es jetzt im hitzigen, schnellen Zeitalter des Widders geworden ist.

Nicht, dass mit dem Wechsel des Sonnenzeitalters alles Bestehende aufhört und seine Gültigkeit verliert. Nur die jeweiligen Schwerpunkte ändern sich.

Aufgrund der starken Feuerenergie des Widderzeitalters sind auch viele Menschen sehr temperamentvoll. Nicht alle, doch es ist typisch für die heutige Zeit, auffahrend, kriegerisch und begeistert vom Leben zu sein. Die Lust in all ihren Facetten ist wichtig, feurig eben.

Vorausgesetzt allerdings, man gibt sich den herrschenden Energien hin und bekämpft sie nicht."

Wie Niamh vermutete, dachte Deirdre dabei an Audra und die Regeln, nach denen das Alte Volk lebte.

„Eure Stammesführerin und ich haben einmal eine hitzige Diskussion zu dieser Frage ausgefochten", fuhr die Kampfkunstmeisterin fort. „Meiner Meinung nach sind Aggressionen ein natürlicher Bestandteil des Lebens. Sie zu kultivieren ist wichtig und macht großen Spaß. Audra hatte für diese Sichtweise nur Verachtung übrig. Daraufhin habe ich ihr vorgeschlagen, es selbst auszuprobieren und den ‚Ritt auf dem Eber' zu wagen. Ich erklärte ihr, dass der Name im übertragenen Sinne zu verstehen sei und eine rituelle Einweihung bezeichne, mit deren Hilfe wir unseren Schülern den Umgang mit der Kampfeslust beibringen." Niamh konnte sich Audras Antwort lebhaft vorstellen.

Deirdre schmunzelte. „Ich weiß noch, wie du dich verändert hast, als du die drei Tage im Dunkeln auf dem Fell eines Ebers zugebracht und dich mit seiner Kraft verbunden hast. Nichts als Eberblut und Eberherz habt ihr im Verlauf der Initiation zu euch genommen, damit sich die Essenz ihrer Kampfbereitschaft in euch ausbreiten konnte.

Als du später in die Küche gekommen bist, sind alle kreischend davongerannt. Du hast schrecklich ausgesehen!" Deirdre lachte. „Deine Augen – das werde ich nie vergessen! So wild, so wütend. In diesem Zustand hätte dir niemand einen Wunsch abgeschlagen. Allein mit deinem Blick hättest du jeden in die Flucht geschlagen! Dein Körper hat in jenen drei Tagen gelernt, jederzeit in diese Energie wechseln zu können. Das hat er sich gemerkt, oder?"

Niamh nickte.

„Das ist gut", fuhr Deirdre fort. „Denn ebenso leicht fällt es dir nun, diesen ‚Raum der Wut' zu verlassen, wenn du es bestimmst. Ist es so?" Auch das konnte Niamh bestätigen.

„Seit Menschengedenken entwickeln sich zu Beginn eines Sonnenzeitalters mit den Veränderungen neue Kulturen, und die Anhänger der alten bekämpfen sie", nahm Deirdre den Faden wieder auf. „Unzählige Überlieferungen berichten von diesen Kriegen. Eine der Sagen, die uns ein griechischer Händler erzählt hat, handelt von einem stierköpfigen Wesen, dem unzählige Jünglinge und Jungfrauen geopfert wurden. Mithilfe eines roten Wollfadens fand der Held der Geschichte, nachdem er das Untier besiegt hatte, aus dem Labyrinth, in dem es gehaust hatte, wieder heraus.

Alle Elemente dieser Erzählung sind Symbole. Labyrinthe dienen seit jeher der Selbstfindung. Der übermächtige Stier, der darin herrscht, steht für die Priesterschaft des ausgehenden Stierzeitalters.

Der Wollfaden hingegen steht für den Widder. Damit ist er Sinnbild für die zur damaligen Zeit neue feurige, darum rote Energie des beginnenden Widderzeitalters.

Das Neue erscheint vielen jedoch gefährlich. Verhaltensregeln, die ursprünglich entwickelt worden sind, um das Leben und die persönliche Entwicklung zu erleichtern, werden zum Selbstzweck, und die Menschen werden ihnen geopfert. Nicht zuletzt geht es dabei auch um sehr viel Macht.

Davon berichten diese Legenden, und ich glaube, genau das trifft auch auf Audra und das Alte Volk zu. Ihr Verhaftetsein, ihre Angst kosten sie ihre größte Stärke – die Ausrichtung zur Wahrheit und zum Licht. Denn sich der Strömung des Lebens entgegenzustellen heißt, sich von der Göttin abzuwenden.

Ich hoffe, dass wir nicht denselben Fehler begehen, wenn das Zeitalter der Fische beginnt.

Doch lass uns nun zu deinem Anliegen kommen, meine Liebe.“ Sie hob den Kopf und betrachtete den Himmel. „Bald wird die Mondin rund sein. Kurz zuvor ist ihre Kraft am stärksten – ein guter Zeitpunkt für Ausblicke in die Zukunft, was meinst du?“

Niamh war von dem abrupten Themenwechsel überrascht und auch von der Aussicht, dass es schon so bald zu der erhofften Sinnsuche kommen würde, dass sie nur freudiges Gestammel zustande brachte.

„Bereite dich darauf vor“, riet ihr Deirdre. „Verabschiede die alten Vorstellungen von deinem Leben und ehre, wie weit sie dich getragen haben. Dann öffne dich dem, was kommen mag.“

Noch eine ganze Weile saßen die beiden Frauen, umhüllt von silbrigem Mondlicht, an den Bäumen beisammen. Die Eulen riefen, und irgendwo in den Hecken sang eine Heidelerche ihr wundersames Lied.

Als Niamh in der Nacht in ihrer Kammer lag, fühlte sie noch immer den tiefen Frieden, den das Land und der Abend mit der Freundin ihr geschenkt hatten.

Doch mit jedem Atemzug spürte sie deutlicher, dass sie Kia vermisste. Wehmütig zog sie das rotwollene Tuch näher, umarmte es und schlief ein.

Vertraute Klänge lockten die Schlafende aus den Träumen. Wie immer in der Früh zog eine Gruppe von Schülerinnen singend durch die Höfe. Niamh verschränkte die Arme hinter dem Kopf und lauschte. Jubel flog durch ihr Herz – sie war zurück in Weris!

Als sich die Melodien entfernten, räkelte und streckte sie sich wohlig. Sie genoss das Ziehen in den Muskeln, das an die ungewohnte Arbeit vom Vortag erinnerte.

Eine unbändige Sehnsucht nach Licht und Luft rief sie plötzlich zum Wald, und so sprang sie auf, riss die Tür auf und lief zur Begrüßung des jungen Morgens hinaus ins Reich der Bäume.

Zwei lange heiße Tage verbrachte sie auf den Feldern.

Mit großem Vergnügen warf sie sich in die Getreideernte – goldenes Stroh, aufwirbelnder Staub, die unaufhörlich durch das Meer der Halme schnellende Sense, abermillionenfach fallende Ähren, Schweiß, Anstrengung, Gelächter und Gesang bestimmten ihr Sein bis zur völligen Erschöpfung am Abend, wenn sie ihren schmerzenden Rücken ein letztes Mal aufrichtete. Dann wanderte sie mit den anderen in freudiger Erwartung auf das Bad im Mühlteich zurück zu den Hofanlagen.

Später, wenn sie, gesättigt von den leckeren Speisen und der fröhlichen Geselligkeit, ermattet auf ihrem Lager die Augen schloss, wiegte sie das Bild dahinfliegender Sensen in den Schlaf.

In der zweiten Nacht schreckte Niamh jedoch nach kurzem Dahindämmern wieder auf.

Nach dem Abendessen hatte sie sich mit Juna für den darauffolgenden Morgen verabredet. In groben Zügen hatte die Druidin ihr erklärt, was bei dem Ritual auf sie zukommen würde. Jetzt, auf ihrem Lager, versetzte das Abenteuer Niamh mit einem Mal in helle Aufregung. Von freudig banger Unruhe ergriffen, erhob sie sich, um sich gleich darauf wieder hinzulegen; besser, sie würde sich ausruhen, dachte sie.

Doch an Schlafen war nicht mehr zu denken.

Rastlos wälzte sie sich hin und her, bis sie schließlich aufgab und die stickige Kammer verließ.

Es zog sie in den nächtlichen Wald. Es hatte lange nicht mehr geregnet, und das Land glühte auch unter dem Sternenzelt noch immer von der Sommerhitze. Leise summte Niamh vor sich hin. Weiter bergan trat sie unter die Bäume. Mit köstlicher Kühle umfing sie die Dunkelheit. Niamh atmete auf.

Wohl wissend, dass in den kommenden Tagen ungewohnte Strapazen auf sie zukommen würden, genoss sie die Stille.

Als die Müdigkeit zurückkehrte, ließ sie sich auf dem weichen Nadelpolster unter einer Eibe nieder. Vielleicht gelang es Kia endlich, ihr im Traum zu begegnen; sie hoffte, dass sie weit genug von den Steinsetzungen entfernt war.

Aber auch auf dem kühlen Waldboden kam sie nicht zur Ruhe. Alles um sie herum raschelte, kribbelte und krabbelte. Wie es Deirdre vorhergesagt hatte, erreichte die Anspannung in dieser Nacht, kurz bevor die Mondin voll wurde, ihren Höhepunkt.

Irgendwann musste der Schlaf Niamh dann doch entführt haben, denn als sie plötzlich schweißgebadet und mit stechenden Kopfschmerzen aufwachte, war sie unter dem Schatten der Eibe hervorgerollt und lag ungeschützt in der prallen Morgensonne.

Leider war es Kia nicht gelungen, sie im Traum zu treffen. Wehmütig setzte sie sich auf, als ihr plötzlich bewusst wurde, dass sie die Verabredung mit Juna verschlafen hatte. Fluchend sprang sie auf die Beine und rannte los.

13.

Juna wartete im Schatten der Eichen vor dem Südhof auf Niamh. Schon jetzt am frühen Morgen war es außergewöhnlich heiß, kein Wunder, denn die Hitze stand im Einklang mit der Reife von Niamhs Anliegen. Am heutigen Tag gab es keine Zufälle.

Nicht zum ersten Mal kam jemand zur Sinnsuche zu spät. Schließlich waren nicht alle Aufgaben, die Niamh zukünftig erwarten würden, von angenehmer Natur, daher gab es auch Kräfte in ihr, die davon nichts wissen wollten.

Juna freute sich darauf, Niamh den geschützten Rahmen für ihre Suche zu bereiten, denn mehr würde sie nicht tun. Niamh selbst würde im Verlaufe der Zeremonie ihre Fragen stellen.

Ihre hohe Stirn glättete sich, als sich Niamh in schnellem Lauf durch den gleißenden Sonnenschein näherte und dann erhitzt vor ihr stand.

„Guten Morgen", grüßte Juna die ihr Anvertraute. Niamhs Wagen röteten sich noch mehr. Jahre waren seit der letzten Begegnung mit der Lehrerin vergangen. Wie peinlich, ausgerechnet heute zu spät zu sein!

„Du kommst gerade zur rechten Zeit", schmunzelte Juna. Wie schön, ihre Stimme zu hören! Niamh erinnerte sich. Wenn Juna sprach, war es, als wenn sie lachte. Der Klang ihrer Worte lud Niamh in einen Raum voller Heiterkeit ein. Sie war so freundlich, so voller Wärme und Humor. Niamh atmete auf.

„Guten Morgen“, grüßte sie erleichtert zurück.

Die Druidin bückte sich und nahm ein Bündel auf. Das lange Haar glitt um ihre Arme. Sie strich es zurück, damit es nicht unter den Riemen des Beutels geriet, den sie sich über die Schulter hängte.

„Lass uns gehen“, forderte sie Niamh auf.

Die beiden Frauen wanderten durch die Felder und Wiesen in Richtung des Flusses.

Wie es ihr aufgetragen worden war, war Niamh an diesem Morgen nüchtern geblieben. Ohnehin war sie nicht dazu gekommen, irgendetwas zu sich zu nehmen. Jetzt erfuhr sie, dass sie während des gesamten Rituals fasten würde, eine Verhaltensregel, die ihr von vorangegangenen Initiationen bekannt war.

„Außerdem ist es wichtig, dass du zur Ruhe kommst. Bist du sehr aufgeregt?“, fragte Juna.

„Es geht“, erwiderte Niamh schulterzuckend. Insgeheim grinste sie. Wie konnte Juna glauben, dass sie sich die Blöße geben würde, eine solche Schwäche zuzugeben?

Doch Juna war nicht entgangen, wie flach die junge Kriegerin atmete. Sie lächelte.

„Gut, dann werden wir dich zunächst reinigen. Dazu werden wir die Kraft des Wassers nutzen“, erklärte sie.

Verstohlen unterzog Niamh ihre Arme und Beine prüfenden Blicken. Juna hatte recht, trotz des allabendlichen Bades im Mühlteich hatte ihr Körper in den vergangenen Tagen die graubraune Farbe des Feldstaubes angenommen. Zerknirscht sah sie auf.

Juna lachte. „Das meine ich nicht.“ Sie schüttelte den Kopf. „Ich spreche von deinem Geist und deiner Seele.“ Als Niamh sie fragend anblickte, fuhr Juna fort: „Deirdre hat mir erzählt, dass du in jüngster Vergangenheit viel durchgemacht hast. Ich meine die Ereignisse in Bonna und beim Alten Volk. Du bist benutzt worden, dein Vertrauen wurde enttäuscht. Das hinterlässt Spuren, auch wenn solche Erfahrungen zum Leben gehören. Den meisten von uns widerfahren irgendwann Verletzungen des kindlichen Urvertrauens. Mit etwas Glück und der nötigen Begleitung wachsen wir daran.

Dazu werden wir mit den Elementen arbeiten. Wir beginnen unten am Fluss, der Urta, und bitten sie, dich mit ihrem Wasser zu unterstützen."

Deirdre hatte Niamh zur Wahl gestellt, auf ihrer Sinnsuche den Pflanzenweg zu gehen. „Cynwrig von den Inseln macht seine Sache gut", hatte Deirdre erklärt. „Er arbeitet mithilfe der Pflanzenlehrer – Tollkirsche, Stechapfel, Mutterkorn und andere. Eine sehr kraftvolle Art, eine Visionssuche zu begehen", hatte sie versichert.

Doch Niamh war keine Freundin jener wilden Wesenheiten; zu unberechenbar erschienen sie ihr. Außerdem war ihr der Preis, den die Pflanzengeister forderten, zu hoch. Allein schon Brechsucht und heftiger Drehschwindel waren ihr zuwider, und es war ungewiss, wie lange die Wirkung anhielt. Es kam vor, dass sich die Tore zu den anderen Welten nicht mehr schließen ließen; nicht auszudenken, für immer in anderen Teilen der Wirklichkeit umherzuirren!

Nein, Niamh hatte sich für Juna entschieden. Deren Art, Menschen zu begleiten, ließ sie Halt und Geborgenheit spüren und war vor allem kontrollierbarer. Sie schenkte der Druidin einen dankbaren Blick, um dann die Augen über das sonnenverbrannte Land schweifen zu lassen.

Die meisten Felder waren inzwischen abgeerntet und staubtrocken; auf den wenigen kargen Wiesen krümmten sich letzte Reste kümmerlichen Grases. Drüben am Waldrand pflückten Schüler mit Laubmessern Blätter als Futter für die Pferde. Das übrige Vieh konnte im Wald weiden. Pferde hingegen labten sich gern an schmackhaften Rinden. Indem sie ihnen mit den Zähnen zusetzten, durchtrennten sie die Lebensadern der Bäume, und diese starben.

Während die beiden Frauen ihren Weg fortsetzten, erklärte Juna den weiteren Ablauf, der auf die Reinigungszeremonien folgen würde.

„Das Herzstück der Reise wird dein Aufenthalt im Dolmen sein. Das Tor zum Großen Weltengewebe wird sich für dich öffnen. Vielleicht wirst du dich ans Träumen erinnert fühlen, doch wirst du hellwach sein und sehen und hören.

Präge dir alles gut ein, was du erleben wirst, denn jede Einzelheit besitzt eine Bedeutung. Vielleicht wird es nötig sein, die Botschaften hinterher zu entschlüsseln, dabei helfe ich dir gern."

Noch nie hatte sich Niamh so viel mit Träumen beschäftigt wie in den vergangenen Wochen. Unweigerlich fühlte sie sich an Kia erinnert, und ein warmes Gefühl breitete sich in ihr aus.

„Mache dir klar, warum du dich auf die Suche begibst", fuhr Juna fort. „Du wirst die Trancereise nämlich lenken, indem du deine Fragen so lange wiederholst, bis du die Antworten gefunden hast."

Juna gab Niamh auch Hinweise, wie sie die Eindrücke deuten konnte. „Manches davon wird etwas über deine geheimen Wünsche aussagen. Anderes wird Aufschluss darüber geben, warum du geboren wurdest, oder dir einen Ausblick in die Zukunft erlauben. Alles, was während der Zeremonie geschieht, selbst Ereignisse im Außen, das Rauschen des Windes oder das Lied eines Vogels, werden zu dir sprechen und dir Antworten geben. Vergiss nicht: Du fragst die Göttin, und diese hat eine Vielzahl von Gesichtern und Stimmen!"

Sie tauchten in den Wald ein und folgten einem schattigen hohlen Pfad, der stetig bergab führte. Der Steig wurde von unterspülten Wurzeln überquert, die nach Niamhs Füßen angelten und ihre ganze Aufmerksamkeit forderten. Tanzend und hüpfend wich sie den knorrigen Gesellen aus. Bald endete das Wurzelwerk, und der feuchte Boden fühlte sich unter ihren Sohlen wunderbar kühl und glatt an. Niamh liebte solche Wege.

Als sie nach einer Weile ebenes Gelände erreichten und durch die Stämme der Bäume das Glitzern des Flusslaufes lockte, gab Juna ihr einen letzten Rat.

„Verbinde dich mit dem Licht. Richte dich darauf aus."

Eine seltsame Vorahnung beschlich Niamh und stieg kribbelnd ihren Rücken empor. Ohne es zu merken, kaute sie auf der Unterlippe. Worauf hatte sie sich hier nur eingelassen? Juna warf ihr einen aufmunternden Blick zu.

Niamh seufzte.

„Lass uns nur noch das Nötigste reden", schlug die Druidin vor.

Mit seinem Rauschen, Gluckern und Plätschern übernahm das Wasser die Unterhaltung. Dunkel und geheimnisvoll glänzend, lag es im Sonnenschein. Teppiche von weiß blühenden Wasserpflanzen krönten die Strömungsbereiche.

Ein Wetterwechsel kündigte sich an. Dicht über dem Wasser tanzten Schwärme von Mücken und Libellen. Immer wieder sprangen Fische aus dem kühlen Nass, um eines der elfengleichen Wesen hoch in der Luft zu packen und in die Tiefen des schillernden Wasserreichs zu entführen.

Niamh folgte Juna durch die üppige Pflanzenwelt auf dem schmalen Uferpfad flussaufwärts, bis sie einen Flussabschnitt erreichten, der rituellen Handlungen vorbehalten war. Dort angekommen, wies Juna sie an, sich auszuziehen. Niemand hätte sie an diesem Ort gestört oder auch nur beobachtet.

Nachdem Niamh sich der Kleider entledigt hatte, nahm Juna sie bei der Hand und schenkte ihr ein feierliches Lächeln. Dann sprach sie Wesenheiten an, die diesen Ort beseelten, trug das Anliegen vor, das Niamh hierher geführt hatte, und bat um Schutz und Segen. Schließlich geleitete sie die junge Kriegerin ins Wasser und forderte sie auf, sich hinzulegen.

Welch ein Glück, dass es heute so heiß ist!, dachte Niamh. Ein wenig zittrig vor Aufregung, kam sie der Anweisung nach. Der Fluss war an dieser Stelle so seicht und ruhig, dass sie auf den ebenmäßigen Kieseln des Grundes liegen konnte. Ihr Körper war von Wasser bedeckt, wurde jedoch nicht davongetragen. Ihr Kopf fand einen flachen Stein, um darauf zu ruhen. Während sich ihr Haar und sogar die Augen unter dem Wasserspiegel befanden, ragten Mund und Nase daraus hervor. Doch obwohl Niamh frei atmen konnte, umschloss ihre Brust mit einem Mal ein beklemmendes Gefühl. Unwillkürlich erstarrte sie, und es dauerte eine Weile, bis sich ihr Puls wieder beruhigte. Still lag sie dann da, gab sich dem nassen Element hin und ließ es seine befreiende Arbeit tun.

Leise sang Juna heilende Lieder.

Als es genug war, tippte die Priesterin Niamh sanft auf die Schulter, und die Kriegerin erhob sich erfrischt aus den Fluten.

Juna dankte den Wesenheiten des Wassers, und die beiden Frauen nahmen den Aufstieg zu den Steinsetzungen in Angriff.

Niamh hatte Durst. Um nüchtern zu bleiben, hatte sie das Flusswasser nicht getrunken, stattdessen klaubte sie jetzt einen kleinen Kieselstein vom Weg auf, steckte ihn in den Mund und lutschte darauf herum, bis das Verlangen zu trinken verschwand.

Die Priesterin führte Niamh geradewegs zum südlichen Dolmen, der tiefer Stille geweiht war.

Schon von Weitem sahen die beiden den Kreis der hoch aufragenden Eichen. In ihrem Zentrum lag der Feenhügel mit dem Dolmen darin – ein für die Menschen eingerichteter Zugang zum Reich der Wurzeln, zum Reich von Großmutter Erde und ihrer Kraft. Doch war er auch ein Tor zu anderen Bereichen der Wirklichkeit.

Juna war mit dem Platz vertraut wie eine Hand mit der anderen. Tagtäglich stand sie hier nicht nur Visionssuchenden zur Seite, sondern leitete auch Übergangszeremonien wie Totenwachen und andere Initiationen, tiefe Entwicklungsschritte des menschlichen Daseins, die im Schutz der Großen Mutter leichter vonstattengingen.

Erst beim Näherkommen entdeckte auch Niamh den Dolmen, denn die Steinsetzung selbst lag eingebettet in die Erde unter der grasbewachsenen Fläche zwischen den Bäumen.

Von Nordosten her führte ein kurzer Pfad zum Vorraum des Erddomes hinab – zwei Quader, die die vorderste der kolossalen Deckplatten trugen. Zwei weitere Platten lagen auf dem Boden. Dazwischen entstand eine schmale Gasse, die auf den eigentlichen, im Hintergrund zu erahnenden Eingang zuführte. Diesen bildete eine Steinplatte mit einer kreisrunden Öffnung, gerade groß genug, um einem Menschen Ein- und Auslass zu gewähren.

Juna führte Niamh jedoch zunächst am Feenhügel vorbei zu einer Gruppe von Menhiren, die hinter dem Baumkreis aufragten. Hier würde sie für Niamh wachen, solange es nötig war.

Aus den Falten ihres Gewandes zog Juna einen Behälter aus eisenhartem Wurzelholz hervor, entnahm ihm behutsam ein kleines Stück Glut, das sie aus dem Kochfeuer in der Küche mitgebracht hatte, und ließ es in ihre Räucherschale gleiten. Sie rief die Kräfte der Luft an, streute getrocknete Rosenblütenblätter und andere Kräuter über die glühende Kohle und begann Niamh von allen Seiten zu räuchern.

Dann nickte die Priesterin Niamh zu, nahm sie bei der Hand und ging mit ihr vor den Eingang des Dolmens. Bereits am Morgen hatte sie ihn vorbereitet.

Erneut rief sie die Kräfte an, diesmal jedoch die der Erde, die urweibliche Kraft der Großen Mutter.

„Bitte nimm deine Tochter und segne sie." Mit diesen Worten entließ sie Niamh in den Schoß der Göttin.

Die große Steinplatte mit dem Loch in der Mitte zog Niamh magisch an. Achtungsvoll ging sie die letzten Schritte und berührte dann die Öffnung.

Sie sprach ein Gebet und schlüpfte in die Dunkelheit.

Es war still unter der Erde, kühl, und es roch nach frischem Lehm. Das schwache Licht, das durch den Einschlupf fiel, beleuchtete nur einen kleinen Bereich am Eingang. Dahinter herrschte tiefe Finsternis.

Der Raum war gerade so hoch, dass Niamh sitzen oder hocken konnte. Sie kroch auf allen vieren weiter. Ihre Hände tasteten etwas Weiches. Ein Fell lag auf dem Boden. Das dichte Haarkleid eines Schafes vermutlich. Niamh ließ sich darauf nieder.

Es war gut, dass sie sich wieder angekleidet und den warmen Umhang mitgenommen hatte, den ihr Juna gereicht hatte. Trotzdem lief ihr ein Frösteln den Rücken herunter – nicht zum ersten Mal begab sie sich auf ein derartiges Abenteuer, doch jedes Mal waren die Rituale Schritte ins Unbekannte. Was würde sie diesmal erwarten?

Tief atmete Niamh in ihre Lungen hinab und versuchte zur Ruhe zu kommen. Sie fühlte den Boden unter ihrem Körper und legte die Hand auf die nackte Erde neben dem Fell, um den Kontakt zu verstärken.

Sie war vollständig von Steinen, Sanden und Ton umgeben. Niamh spürte ein langsames majestätisches Schwingen. Es war wie ein Summen. Mehr und mehr durchdrang die Kraft ihren Körper, ihr Denken, ihr ganzes Sein.

Von Ferne vernahm sie Lieder, die Juna für sie sang, Klänge, die den Weg für Bilder und Visionen ebneten. Manchmal wurden sie leiser, dann wieder trug ihr der aufkommende Wind Verse in einer fremden Sprache zu.

Schließlich wurde es still.

Lange Zeit über lag sie reglos da, spürte nichts als das Summen. Eine Vielzahl von Gefühlen kam und ging ebenso wie Hunger und Durst. Statt alles richtig machen zu wollen, wie es Niamhs Art war, gelang es ihr, sich dem, was kommen würde, mehr und mehr hinzugeben und die Gedanken, Wolken am Himmel gleich, vorüberziehen zu lassen.

Als vor dem Dolmen der Herzschlag der Trommel ertönte, öffnete sich für Niamh der Raum. Es war, als weitete sich das Innere des Dolmens um ein Vielfaches, und auf einmal umgab sie endloses Nichts. Sie wurde eins mit dem dumpfen Klopfen der Trommel; löste sich auf in Schwingung. Ihre Versenkung wurde so tief, dass sie die äußere Welt kaum noch wahrnahm.

Das Firmament und die Sterne, die darin funkelten, taten sich über Niamh auf. Die alltäglichen Belange des Lebens traten zurück. Sie war einzig umgeben von den Wundern des Kosmos, denen sie sich nun zuwandte und öffnete.

Sie war bereit.

Erste Bilderfetzen trieben vorüber. Vage nur, nicht greifbar. Niamh wusste, dass es keinen Sinn hatte, sich anzustrengen. Stattdessen wiederholte sie die Fragen, die sie hierher geführt hatten. Die Bilder und Visionen würden von selbst deutlicher werden.

Nach einer Weile konnte sie etwas erkennen. Kampfszenen waren es, langsame, unblutige Übungskämpfe, Szene um Szene. Sie sah sich selbst, wie sie Anweisungen gab, und die aufmerksamen Blicke, mit denen ihre Schüler den Erklärungen folgten. Freude kam in ihr auf.

Waren dies Wunschbilder oder ein Auftrag? Niamh nahm sich vor, Juna zu fragen. Schon ging die Reise weiter, denn plötzlich stand Kia vor ihr. Abwartend sah er sie an. Dann breitete er die Arme aus und schenkte ihr sein wundervolles Lächeln. Niamhs Herz schlug höher, sie genoss das selige Gefühl, das sich in ihr ausbreitete, nahm sich Zeit dafür. Immer stärker wurde die Verbindung zwischen ihnen. Ohne sich zu bewegen, kamen sie einander näher, bis ihre Herzen sich berührten. Niamh sah, wie sie gemeinsam schlugen, bis sie vollkommen den gleichen Takt gefunden hatten. Nur diese zwei Herzen.

Vielleicht war sie einen Augenblick lang eingeschlafen. Niamh wusste es nicht zu sagen, jedenfalls war das Nächste, was vor ihr auftauchte, Nebel. Dicke, weiße, alles umhüllende Nebelschwaden. Heller, als es im Innern der Kammer sein konnte, erdrückend, das Nichts. Sprachlos gefangen trieb sie dahin.

Hunger und Durst begannen Niamh zu plagen, bald darauf bestand ihr gesamtes Gefühl aus Qual. Vielleicht war es jedoch kein wirklicher Mangel, sondern die Empfindung gehörte zu ihrer Entwicklung, die sie in der Zukunft erwartete. Sie schauderte.

Mit ausgetrocknetem Mund lag sie da und wartete, während sich das bange Gefühl weiter in ihr ausbreitete.

Von draußen meinte Niamh Donnergrollen zu hören. Oder waren es Stimmen und Rufe, die tief aus dem Innern des Dolmens kamen? Auf einmal wurden um sie herum Schreie und Kampfgetümmel laut.

Niamh schlug die Augen auf.

Sie sah ein Tal vor sich. Die gesamte Niederung war angefüllt mit kämpfenden Kriegern, fast ausnahmslos Männer, viele in fremdartigen Rüstungen. Ihre Schreie waren ohrenbetäubend. Näher und näher kamen sie. Auch Niamh schrie jetzt. In ihrem Zustand der gesteigerten Wahrnehmung wurde es unerträglich laut in der Enge des Dolmens.

Bilder von Armen mit Schwertern blitzten durch ihr Gesichtsfeld. Mehr und mehr wurden es, verwirrend viele. Zu viele. Niamh konnte kein Oben und Unten erkennen. Sie wand sich und kämpfte aus Leibeskräften. Sie kämpfte um ihr Leben, sie gab alles, und es war nicht genug. Erbarmungslos drangen die Schwerter auf sie ein. Plötzlich überfielen sie heftigste Bauchschmerzen. Übelkeit erfasste sie. War das Folge der Angst und des Schreckens, die Besitz von ihr ergriffen hatten, oder war sie tatsächlich verletzt worden? Sie lag doch noch hier im Dolmen, oder nicht? Die Schmerzen waren jedenfalls grausame Gegebenheit, ebenso der Schwindel, der sie am Aufstehen hinderte, als sie zu fliehen versuchte.

Ihr ganzer Leib zitterte, und ihre Hände wurden schweißnass. Gestalten beugten sich über sie, Menschen, die es gut mit ihr meinten. Niamh entdeckte darunter das vertraute Gesicht von Deirdre. Der Grad der Besorgnis, den Niamh darin erkennen konnte, ängstigte sie.

Warum fühlte sie sich auf einmal dermaßen schwach?

Die Übelkeit wurde stärker. Todesangst kam in ihr auf. Niamh schrie. Es sollte aufhören! Sie flehte die Göttin an.

Kia erschien. Bleich sah er aus und hatte dunkle Ringe unter den Augen. Voller Entsetzen starrte er auf ihre Körpermitte, dorthin, wo der unerträgliche Schmerz sie noch immer zerriss.

Das Schrecklichste an diesem Moment war jedoch, zu spüren, dass die kostbare Verbindung zwischen ihr und Kia abgerissen war. Sie, Niamh selbst, hatte sie abgebrochen. Und obwohl sie eine Steigerung nicht für möglich gehalten hätte, nahmen die Schmerzen weiter zu. Ihre Lungen füllten sich mit etwas, das ihr den Atem nahm.

Dann herrschte Dunkelheit. Außer dem Brennen in ihrer Magengrube hörte schlagartig alles auf.

Niamh lag allein im Dolmen und spürte ihr rasendes Herz. Draußen stoppte die Trommel. Erst jetzt merkte Niamh, dass sie sie zuletzt gar nicht mehr wahrgenommen hatte. Das Rauschen in ihren Ohren war das Einzige, was noch zu hören war.

Sie wusste nicht, wie lange sie so lag. Sie hatte Angst, und es war kalt. Tränen rannen über ihr Gesicht; sie fühlte sich unsagbar hilflos.

Was hatte das alles zu bedeuten, und wie sollte sie all dieser Dunkelheit entkommen? Hatte sie überhaupt eine Wahl? Sie wusste nur, dass sie noch bleiben musste, weil noch etwas geschehen würde.

„Bitte hilf mir, zeig mir einen Weg", flüsterte sie, als ihr fast im selben Augenblick einfiel, was Juna ihr geraten hatte.

„Ich bitte um Licht." Immerzu wiederholte Niamh die Worte, bis am Horizont der Angst ein schwacher Schimmer auftauchte, der zunehmend stärker wurde.

Mit der neuen Hoffnung wurden ihre Gefühle sanfter, und sie fiel in eine Art Dämmerschlaf. Sie träumte, sie würde in die Arme genommen. Leise Melodien drangen an ihr Ohr.

Die Schmerzen verschwanden.

Plötzlich stand Niamh wieder auf der Anhöhe, und als wäre die Zeit zurückgedreht worden, blickte sie erneut ins Tal hinab; das Tosen der Kämpfe war deutlich zu vernehmen. Doch diesmal lag die Niederung im Dunkeln, und so hob sie den Blick zum Licht, denn auf der gegenüberliegenden Seite lag ein Hügel im strahlend hellen Sonnenschein, mit sattgrünen Bäume und üppig wuchernden Gräsern.

Ein Mann und eine Frau kamen lachend aus dem Wald gelaufen. Sie hielt ein Bündel im Arm, und als sie sich umdrehte, erkannte Niamh, dass es ein kleines Kind war, das die Frau herzte und dann ihrem Mann entgegenhielt.

Unbändige Sehnsucht kam in Niamh auf.

In ihren Armen spürte sie das winzige Geschöpf. Es fühlte sich so unglaublich gut und zart an und erfüllte sie mit Liebe. Ihr Herz öffnete sich noch ein Stück, und sie verschmolz mit diesem kleinen Wesen.

Als sie den Blick hob, erkannte sie Kia, der neben ihr stand. Sein Gesicht wirkte verändert. Weich. Gerührt. Auch er war voller Liebe und sehr bewegt. Die Verbindung zwischen ihnen war wieder da, stärker als je zuvor.

Leider währte dieser glückliche Augenblick nicht länger als einen Wimpernschlag; schon stand sie wieder auf der gegenüberliegenden Seite des Tales. Doch mit dem Abstand wurde ihr schlagartig klar, dass die Frage, ob sie Kinder haben wollte, in ihrem Leben anstand. Wieso war sie nicht schon längst darauf gekommen?

Ihre Sehnsucht hatte eine deutliche Sprache gesprochen. Aber als sie versuchte, zurück auf den sonnigen Hügel zu gelangen und dabei den Talgrund zu umgehen, liefen alle Wege immer nur wieder darauf zu. Egal, wie sie sich entschied, führte ihr Weg unabänderlich durch das Tal und auf das Schlachtgetümmel zu. Doch mit dem Glück vor Augen wusste sie, dass sie die Krise durchstehen würde! Instinktiv war ihr klar, dass sie dazu nicht notgedrungen Kinder bekommen musste.

Suche das Licht, lasse dich nicht beirren!, lautete die Botschaft der Göttin.

Als sie aufwachte, lag sie in eine Decke gehüllt. Ihr war warm, und sie spürte das starke Strömen der Erde. Sie lauschte. Von irgendwoher vernahm sie einen singenden Ton. Es war keine menschliche Stimme, sondern reiner Klang.

Nicht einmal die Finsternis um sie herum störte diesen vollkommenen Moment.

Als es genug war, krabbelte Niamh zum Ausgang des Dolmens. An der Schwelle zur alltäglichen Welt dankte sie der Göttin und kletterte dann hinaus.

Juna nahm sie in Empfang. Niamh schwankte und zweifelte sogar einen Moment, ob sie den kurzen Weg hinauf zu der Feuerstelle schaffen würde. Juna ließ ihr Zeit, ihr Gleichgewicht zwischen den Welten wiederzufinden.

Es war Nacht, und so wies ihnen schließlich das Feuer den Weg, welches Juna zwei Tage zuvor bei den Menhiren angezündet hatte. Niamh selbst hatte im Schoß der Erde völlig den Sinn für Raum und Zeit verloren. Später staunte sie, wie lange die Reise gedauert hatte.

Juna reichte Niamh Wasser. Sie hatte es lange gekocht, um es mit Feuerenergie aufzuladen. Die Priesterin betete noch ein letztes Mal für Niamh. Diesmal bat sie um den Segen des Feuers, der männlichen Kraft. Seine Wärme flößte Niamh neues Leben ein.

Dann schlief sie hier am Platz ein, und Juna wachte weiter über sie, bis die junge Kriegerin am Morgen die Augen aufschlug. Leichter Nieselregen tröpfelte auf die Ölplane, die Juna über ihr ausgebreitet hatte.

Nahe dem geweihten Platz gab es eine Laube, in deren Schutz Juna ihnen ein leichtes Frühstück zubereitete. Während draußen der warme Sommerregen niederging, saßen sie im Trockenen zusammen, und Niamh berichtete. Am Ende ihrer Abenteuer angekommen, nahm sie einen Schluck Tee und blickte nachdenklich hinüber zu den Menhiren.

„Meinst du, die Schlacht und die Verletzung sagen meinen baldigen Tod voraus?“ Bekümmert sah sie Juna an.

„Ich glaube nicht an einen vorgegebenen Weg, der uns unumstößlich erwartet“, erwiderte Juna. „In jedem Fall aber gibt das Erlebnis einen wichtigen Hinweis für deinen weiteren Lebensweg. Anders als die meisten von uns hast du bislang selbstverständlich hingenommen, jung zu sterben.“ Keine erfreulichen Aussichten, darin waren sie sich einig.

„Seltsam finde ich, dass deine Versuche, das Tal zu umgehen, gescheitert sind“, fuhr Juna fort. „So, wie du die fremden Krieger beschreibst, könnte es sich dabei um Römer handeln.“ Sie berichtete von Caesar und seinen Leuten, die den Stammesverbänden das Leben schwer machten. „Ambiorix und sein Freund Indutiomarus rufen zum Widerstand auf. Wenn du hier in Weris bleibst, wirst du sie kennenlernen; wer weiß, vielleicht wirst du ihrem Ruf folgen wollen.“

„Was hältst du davon, die Ausbildung der jugendlichen Krieger und Kriegerinnen zu meiner Aufgabe zu machen?“, wollte Niamh wissen.

„So wie deine Augen leuchten, kann ich nur sagen: Mach das!“, stimmte Juna schmunzelnd zu. „Begeisterung ist eine Sprache, mit der die Große Mutter uns führt. Folge ihrem Rat. Die wichtigste Botschaft deiner Reise scheint mir der Auftrag zu sein, das Licht zu suchen.“ Wieder sonnte Niamh sich in der Wärme, die die Druidin verbreitete. Die Antworten erleichterten sie.

Juna kam zum Ende. „Oft ist die Suche nach der Wahrheit wichtiger als die Entscheidung“, sagte sie. „Das gilt auch für die anstehende Kinderfrage. Vielleicht haben diese Bilder noch eine weitere Bedeutung. Auch in dir gibt es ein Kind, das es zu lieben gilt.“

„Ein Kind, in mir?“ Niamh war verblüfft.

Juna nickte und lächelte. „Lass dir Zeit“, riet sie. „Mit allem. Es gibt keinen Grund zur Eile. Das Bild deiner Herzensverbindung zu Kia ist sehr schön; eine gute Voraussetzung. Wie es scheint, ist euch der Segen der Göttin sicher.“

„Was schulde ich dir?“, wollte Niamh wissen, bevor sie auseinandergingen.

Juna schüttelte den Kopf. „Die Arbeit, die du in Weris leistest, gleicht meine Zeit aus, und meine Liebe schenke ich dir.“ Sie lächelte, und Niamh wäre ihr am liebsten um den Hals gefallen. Auf ihre zarte Bewegung und den scheuen Rückzug hin breitete Juna die Arme aus. „Komm“, sagte sie leise, und Niamh kam und ließ sich halten.

Der Wetterwechsel, den der Vollmond mit sich gebracht hatte, war nur von kurzer Dauer. Die große Hitze, die zuvor geherrscht hatte, war jedoch gebrochen, und mit ihr ging der hohe Sommer zu Ende.

Niamh brauchte Zeit, um das Erlebte zu verarbeiten. So richtete sie sich an einer abgelegenen Stelle im Wald ein Lager ein. Einige milde Tage und Nächte verbrachte sie in Abgeschiedenheit. Die Stille und das Alleinsein taten ihr gut.

Endlich gelang es Kia, sie im Schlaf zu treffen. Glücklich lagen sie im Traum auf dem kuscheligen Bärenfell zusammen und gaben sich der Umarmung und dem Frieden hin. Sie suchten keine wilden Spiele.

Die Hände verschlungen, wurden sie eins, um dann in die Geborgenheit ihrer Nähe einzutauchen. Obwohl sie sich so fern waren, wuchs ihre Verbundenheit.

Kein Schmerz lag in ihrem Abschied, nur Vertrautheit und die Gewissheit, dass sie sich wiedersehen würden.

Erfüllt und voller Freude wachte Niamh auf.

Neuer Tatendrang trieb sie schließlich zu den Höfen zurück.

Sie freute sich, die Herausforderung anzunehmen und sich dem Unterrichten zu widmen. Wie sie vermutet hatte, war Deirdre froh über jede Unterstützung.

„Dich schickt der Himmel“, stöhnte die Kampfkunstmeisterin. „Ich weiß nicht mehr, wo mir der Kopf steht. Vor dem Winter müssen Vorräte eingelagert und die Gebäude instand gesetzt werden. Außerdem haben sich Ambiorix und Indutiomarus angekündigt und bereits anfragen lassen, ob wir weitere Leute an den Waffen ausbilden können.

Ich hab’ auch schon eine Idee, mit welcher Aufgabe ich dich für den Anfang betrauen kann.“ Gemeinsam gingen sie hinüber zum Übungsplatz, um die Schülerinnen und Schüler zu beobachten, die sich im Zweikampf mit dem Schwert erprobten, während ihre Ausbilderin gelegentlich Ausfälle oder Finten kommentierte.

„Linah hört auf zu unterrichten“, erklärte Deirdre. „Sie wird in ihrem Dorf gebraucht.“

„Wer ist das?“, fragte Niamh nach einer Weile leise und deutete mit dem Kopf in Richtung eines der Schwertkampfschüler. Es war ein junger Mann, der etwa vierzehn oder fünfzehn Sommer gesehen haben mochte.

„Das ist Corentin, der Sohn von Ambiorix“, raunte Deirdre.

Corentin stand etwas abseits der anderen im Schatten, an die Wand der Scheune gelehnt. Er kämpfte nicht mit, sondern schaute unbeteiligt in die Ferne. Seine ganze Haltung drückte Stolz und Geringschätzung aus. Als er aufgefordert wurde, mit einem gleichaltrigen Jungen zu trainieren, forderte er, einen anderen, einen besseren Gegner zu erhalten.

Die Ausbilderin weigerte sich, seinem Begehren nachzukommen, und so ließ sich Corentin dazu herab, über den Platz zu schlendern, den anderen Schüler mit wenigen harten Schlägen aus dem Ring zu treiben, um dann genauso gelangweilt wieder zu seiner Stelle an der Wand zurückzukehren.

„Mein liebstes Sorgenkind“, knurrte Deirdre und zog Niamh in den Schutz der Gebäude. Als sie außer Hörweite waren, erzählte die Arduinnerin: „Corentin hat viele Jahre bei den Aduatukern verbracht. Ambiorix hat ihn und seinen Neffen als Geiseln stellen müssen, um den Frieden zu sichern.“

Niamh stutzte.

„Gegnerische Stämme überlassen einander nahestehende Verwandte als Unterpfand für die Einhaltung von Verträgen“, erklärte Deirdre. „Mit diesen Geiseln wird sehr pfleglich umgegangen. Corentin hat bei den Aduatukern eine standesgemäße Erziehung erhalten. Bis vor zwei Jahren, als die Römer den Stammesverband besiegt und mit Mann und Maus versklavt haben. Zum Glück haben sie Corentin und seinen Vetter zu Ambiorix zurückgeschickt. Caesar wollte sich damit vermutlich das Wohlwollen des Eburonen sichern, doch diese Rechnung ist nicht ganz aufgegangen.“ Deirdre grinste.

„Jedenfalls hat Ambiorix Corentin ohne Umschweife zu uns geschickt, um ihn zum Kriegshäuptling erziehen zu lassen. Aber vielleicht hätte er die Ausbildung seines Sohnes besser selbst übernommen.

Corentin behandelt alle von oben herab und ist völlig verschlossen. Wenn du mich fragst, hat er sich diese Haltung zum Schutz angewöhnt; bei den Aduatukern oder schon früher. Seine Mutter ist im Kindbett gestorben. Das Schicksal hat den Jungen nicht gerade verwöhnt.

Er redet nicht darüber, aber die Tatsache, dass Corentin sich nichts sagen lässt, und die herablassende Härte, die er an den Tag legt, deuten auf großen Zorn hin. Ich an seiner Stelle wäre wütend; auf die ganze Welt", meinte Deirdre kopfschüttelnd.

Niamh steckte neugierig den Kopf um die Ecke der Scheune.

„Spricht etwas dagegen, wenn ich ihn selbst zum Kampf auffordern würde, statt ihn wie üblich gegen andere Schüler oder Schülerinnen antreten zu lassen?", fragte sie, als sie genug gesehen hatte. „Ich meine natürlich in einem Übungskampf."

„Nur zu", erwiderte Deirdre. „Soll er seine ‚bessere Gegnerin' bekommen, dann kann er zeigen, was in ihm steckt." Sie legte Niamh die Hand auf die Schulter. „Aber bitte erniedrige ihn nicht. Ihn herabzusetzen wäre keine Lösung."

„Wo denkst du hin?", empörte sich die junge Kriegerin. Sie hatte das Alter geliebt, in dem Corentin war – das wilde Aufbegehren, die Selbstüberschätzung und all die verrückten Einfälle, um verwegenen Mut zu beweisen. Bestimmt würde es ihr gelingen, Corentins Abenteuergeist und Lebensfreude zu wecken, und so willigte sie ein, den Unterricht der Gruppe zu übernehmen.

Schon am nächsten Morgen standen sich Niamh und Corentin auf dem Platz vor dem Nordtor gegenüber und maßen einander mit Blicken. Ein Übungskampf war vereinbart worden; kurze, starke Stäbe aus Hartholz dienten als Waffen.

Der Kriegerin war nicht entgangen, dass Ambiorix' Sohn sich auch das Schwert in die Gürtelkette eingehängt hatte. Sie freute sich auf den Moment, wenn er es ziehen würde. Überraschen wollte er sie; sie sah es an seinem Blick.

Ob er den Mut haben würde?

Ja! Er würde es wagen, sie zu prüfen und gegen die Regeln verstoßen.

Niamh klopfte mit dem Stock in die Hand und forderte Corentin heraus.

„Na komm schon, wenn du dich traust. Greif mich an, oder hast du Angst?" Sie spuckte auf den Boden. Niamh liebte Geplänkel; ein fantastischer Einstieg, fand sie, um sich in Kampfeslaune zu versetzen. „Ah, du stehst hier nur so rum; weißt wohl nichts mit einer Waffe anzufangen, ich verstehe!"

Doch Corentin ließ sich nicht aus der Ruhe bringen und zog zur Antwort geringschätzig einen Mundwinkel herab.

Niamh wechselte in eine geduckte Körperhaltung und bewegte sich seitwärts um Corentin herum. Dabei ließ sie ihn keinen Wimpernschlag lang aus den Augen. Sie hatte bereits gesehen, dass er seinem Name alle Ehre machte. Corentin bedeutete „Sturm". Schnell und vernichtend wie ein Orkan waren seine Attacken gekommen. Trotz seines jugendlichen Alters würde sie sich vor ihm in Acht nehmen; sie hatte keine Lust, mit mehr als ein paar blauen Flecken vom Platz zu gehen.

Um seine Gegnerin zu provozieren, verfiel Corentin in eine gelangweilte Körperhaltung. Prüfend betrachtete er den Pflegezustand seiner Fingernägel. Bald merkte er jedoch, dass er ins Hintertreffen geriet, wenn er zulassen würde, dass Niamh in seinen Rücken käme.

Blitzschnell änderte er seine Taktik, schoss vor und sah erstaunt seinem Stock nach, der in hohem Bogen davonflog.

Niamh war schneller gewesen und hatte ihm die Waffe aus der Hand geschlagen, während er noch zum Schlag angesetzt hatte.

Die Kriegerin trabte grinsend eine Runde im Kreis, um ihm die Gelegenheit zu geben, sich seinen Stock zurückzuholen.

Sollte er sich noch einmal zum Narren halten lassen?, dachte er. Sollte sie beweisen, dass sie das Zeug dazu hatte, ihm etwas beizubringen! Wozu noch länger warten?

Im Augenwinkel beobachtete Niamh, dass Corentin hinter sich griff und sein Schwert zog.

So bald schon? Also gut.

So als hätte sie nichts bemerkt, drehte sie sich ihm langsam zu. Schon stürmte Corentin auf sie los und holte im Lauf mit dem Schwert aus. Die Kriegerin machte ein Gesicht, als wäre sie verblüfft, rührte sich jedoch nicht von der Stelle. Sie zog sogar in Erwägung, stehen zu bleiben.

Der Junge hatte noch nie einen Menschen getötet. Bei all seiner Arroganz und Wut fand Niamh in seinen Augen absolute Unschuld. Im entscheidenden Moment hätte er gezögert, und sie hätte leichtes Spiel mit ihm gehabt.

Doch die anderen Schüler und Schülerinnen schauten zu; den meisten stand der Mund offen. Welch eine ungeheure Frechheit leistete Corentin sich da wieder!

Sie hätten es ihm gegönnt, endlich einmal eine gehörige Abreibung zu bekommen. Oft genug hatte der Sprössling von Ambiorix ihnen mit ungezügelten Schlägen, die er so gerne austeilte, unnötigerweise wehgetan. Unzählige Beulen und blaue Augen hatte er ihnen schon verpasst.

Demütigung – genau das wäre die Folge gewesen, wenn Niamh ihn hätte auflaufen lassen. Schwer zu sagen, ob es ihm an Mut gemangelt hätte, doch ihm fehlte die Unverfrorenheit, um sein verwegenes Räuberstück zu Ende zu bringen, und so hätte er den verbotenen Angriff im letzten Augenblick abgebrochen.

Die kleinen Steinchen, die sein schneller Schritt vor sich hertrieb, prallten schon gegen Niamhs Schienbein, als sie ihren Stock wegwarf und zur Seite ausbrach. Keiner sah ihr Lächeln, als sie davonpreschte. Schneller als ein Blitz war sie auf und davon.

Alle blickten ihr verwundert hinterher, Corentin eingeschlossen. Er war noch ein paar Schritte hinter ihr hergehechtet, dann jedoch abgedreht. Niemand hätte der Kriegerin in diesem Moment folgen können.

Als Niamh kurz darauf zurückkehrte, trug sie ein Schwert in der Hand. Sie hatte es aus dem Waffenarsenal der Schule geholt. Ein alter Haudegen, verbeult und mit vielen Scharten aus vergangenen Schlachten, beileibe nicht im besten Pflegezustand, aber ein Schwert.

„Solltet ihr angegriffen werden“, wandte sie sich an die Runde – auch Corentin wich ihrem Blick nicht aus, und Niamh freute sich darüber –, „und der Gegner ist derart überlegen, dass euer Tod im Falle eines Kampfes zur unabwendbaren Gewissheit würde – dann lauft und bringt euch in Sicherheit!“

Mit Vergnügen begegnete Niamh dem ungläubigen Mienenspiel ihrer Zuhörerschaft. Solche Worte hatten sie noch nie vernommen. Das war feige! Wer würde eine solche Schande ertragen wollen?

„Euer Dasein ist bei Weitem zu kostbar, um es für die bloße Ehre zu opfern“, stellte Niamh unbeirrt fest. „Wir lehren euch die Kunst des Kämpfens nicht um ihrer selbst willen, sondern damit ihr in der Lage seid, euer Leben und das eurer Lieben zu schützen. Werft dieses kostbare Gut nicht weg, sobald euch der nächstbeste wild gewordene Hüne unbewaffnet überrascht.“ In der Zwischenzeit war sie zwischen ihren Zuhörern herumgewandert und kam jetzt neben Corentin zum Stehen, der sie, für sein Alter groß gewachsen, um Haupteslänge überragte. Sie warf ihm einen kurzen Seitenblick zu, grinste und wandte sich wieder den anderen zu. „Also: lauft um euer Leben, wenn es die einzige Möglichkeit ist, es zu schonen. Das ist eine Taktik, keine Schande. Wenn ihr wollt, kommt bewaffnet zurück.“ Mit diesen Worten drehte sie sich zu Corentin um und hielt ihm das Schwert unter die Nase. „Komm und zeig, was du kannst!“, verlangte sie.

Niamh forderte ihn, dass er ins Schwitzen kam. Sie war überrascht, wie gut er die gestellten Aufgaben meisterte. Auch den anderen entging dieser Umstand nicht.

„Sucht euch einen Partner oder eine Partnerin, und tut es uns gleich!“, rief sie ihnen über die Schulter hinweg zu.

Sie ließ Corentin nicht merken, dass sie mit ihm spielen konnte wie mit einem jungen Kätzchen. Wenn er jedoch so weiterübte, würde er sich im Laufe der Zeit zu einem gefährlichen Tiger auswachsen.

Als seine Augen schließlich vor Anstrengung zuckten, beendete sie den Kampf. Auch den anderen nickte sie anerkennend zu und verabredete die Fortsetzung des Unterrichts für den Nachmittag. In einem Tonfall, der keinen Widerspruch duldete, wies sie Corentin an, ihr zu folgen. Ohne die Antwort abzuwarten, wandte sie sich dem Wald zu und ging los.

Bis sie bei den hohen Bäumen angekommen waren, sprach Niamh kein Wort. Hier herrschte der Herr der Wälder, Cernunnos. Mit seiner männlichen Klarheit hatte sie sich bereits vor der Übungsstunde verbunden, und auch jetzt ließ sie Corentin auf diese Weise die Grenzen spüren. Aus ihrer Ruhe, ihrer Stimme und dem Ausdruck ihrer Augen ließ sie die Kraft sprechen, die Corentin dringend brauchte. Sein Herz und seine Seele sehnten sich danach.

„Verbringe die kommende Nacht allein hier im Wald“, wies Niamh ihn an und redete weiter, ohne ihm die Gelegenheit zu geben, die Aufforderung infrage zu stellen. „Ich habe heute gesehen, welch hervorragender Schwertkämpfer in dir steckt. Schon jetzt achte ich dein Können. Wenn du willst, kannst du mir in den nächsten Tagen zeigen, was du vom Umgang mit Lanze und Wurfschleuder verstehst.

Zuvor wirst du jedoch über folgende Worte nachdenken: Um eines Tages ein würdiger Nachfolger von Ambiorix und ein guter König für dein Volk zu werden, musst du dir etwas aneignen, das überaus schwierig und besonders für dich sehr heikel ist. Ich glaube, dass du die Fähigkeit, von der ich spreche, erwerben kannst, doch wird es dich mehr Mühe kosten als alles, was du jemals gelernt hast.“ Niamh machte eine Pause, um Corentin Zeit zu geben, seine widerstreitenden Gefühle zu ordnen.

„Wenn du alles gibst, wirst du auch diese Aufgabe meistern“, fuhr sie dann fort. „Du bist stark. Ich weiß, dass du es schaffen könntest.

Außerdem ist mir nicht entgangen, wie sehr dir dein Vater fehlt. Das ist keine Schande“, versicherte sie. „Wende dich an Cernunnos. Er wird dir ein guter Pate sein.

So etwas wie heute wird jedenfalls nie wieder vorkommen.“

Mit diesen Worten stand sie auf und wandte sich zum Gehen.

„Warte …“, Corentin klang verzagt. Er bemühte sich, seiner Stimme mehr Festigkeit zu geben. „Es tut mir leid“, sagte er dann. Als Niamh sich umdrehte, fragte er: „Bitte sage mir, was muss ich lernen, was mir deiner Meinung nach so schwerfallen wird?“

„Demut“, erwiderte Niamh freundlich und kehrte ihm den Rücken zu, um zu den Höfen zurückzugehen.

„Gut hast du deine Sache gemacht!“, sagte Deirdre und reichte Niamh einen Teller mit Honigpfannekuchen und Brombeersoße, von den Küchenfeen mit Liebe angerichtet. Das frische Getreide schmeckte köstlich. Zurzeit wurde es in allen erdenklichen Variationen zubereitet.

„Du hast zugeschaut?“, fragte die Kriegerin zwischen zwei Bissen.

„Ja, und ich habe es genossen“, bekräftigte Deirdre ihre Worte. „Wie wäre es, Ausbilderin zu werden? Auf Dauer meine ich, bleibe bei uns!“

Niamh strahlte. „Die Arbeit hat mir Spaß gemacht." Doch dann legte sich ein Schatten über ihre Freude. „Es zieht mich zu Kia", sagte sie betrübt. „Sehr sogar! Was soll ich nur machen?"

„Wenn ich das richtig verstehe", erwiderte Deirdre, „hat dein Gefährte noch einiges zu erledigen, bevor ihr euch wieder in die Arme schließen könnt. Dann sieht man weiter."

Niamh nickte nachdenklich. Am liebsten wäre ihr, Kia käme nach Weris. Doch sie hatte den Eindruck gehabt, er befürchte, kein gern gesehener Gast bei den Arduinnerinnen zu sein. Bei Deirdre spürte sie jedenfalls keine Abneigung ihm gegenüber.

„Gibt es einen Grund, warum du Kia in Weris nicht dulden würdest?", fragte sie vorsichtig.

„Nein", erwiderte Deirdre erstaunt und suchte Niamhs Blick. „Ich kenne ihn doch gar nicht. Nach allem, was du mir über ihn erzählt hast, ist er ein interessanter und begabter Mann. Und ein sehr netter noch dazu, wie ich aus dem Blitzen deiner Augen zu schließen wage. Meinst du wegen der Gerüchte? *Kia Ye Lanur …*", unheilvoll verstellte sie die Stimme, wie die Alten es taten, wenn sie den Kindern von Gruseldruden erzählten, die im Wurzelwerk des Waldes hausten und zu später Stunde ihre krummen Finger nach den Füßen verirrter Wanderer ausstreckten, um sie ins finstere Erdreich hinunterzuziehen.

Niamh lachte, und Deirdre schüttelte den Kopf. „Ich messe dem Gerede nicht allzu viel Bedeutung zu. Die meisten von uns besitzen auch eine unbequeme oder, wenn du so willst, eine dunkle Seite. Ich finde, es kommt darauf an, wie man damit umgeht. Von mir aus kann Kia gerne kommen."

Verträumt blickte Niamh auf ihren leeren Teller.

„Möchtest du mir von deiner Zeremonie erzählen, später am Abend?", schlug Deirdre indes vor.

Nachdem sie sich verabredet hatten, überkam Niamh ein Anflug von Übermut, und so beugte sie sich vor und flüsterte Deirdre etwas zu, das nicht für die vielen Ohren bestimmt war, die den Gemeinschaftsraum zur Essenzeit bevölkerten.

Auch um selbst zu kosten, wie es sich anhörte, wenn sie es aussprach, sagte sie: „Vielleicht werde ich ein Ki...", der Rest ging im allgemeinen Getöse unter. Deirdre hatte Niamh jedoch verstanden und drückte ihre Hand.

Später ging sie hinaus in den Wald. Noch waren die Nächte warm. Wieder gelang es Kia, Niamh im Traum zu besuchen. Auch er bekundete Interesse an ihrer Visionssuche, doch wie hätte sie ihm von jener schrecklichen Schlacht erzählen können, wenn nicht einmal sie selbst daran denken mochte? Nur Kummer hätte sie ihm bereitet; sein besorgtes Gesicht verstärkte ihren Fluchtinstinkt.

„Ich liebe dich, nur dich", murmelte sie und hielt sich an ihm fest wie eine Ertrinkende. Kia rettete sie und hörte auf zu fragen. Sie liebte ihn, das war alles, was zählte.

14.

Kia Ye Lanur erwarb in Vindelia, einem bedeutenden Stammessitz der Vindeliker, eine von einem großen Garten umgebene Hofanlage. Außerdem gehörten zum Anwesen auch einige Felder, die ebenfalls innerhalb der mehrere Leugen langen Stadtmauern lagen.

Kia übernahm auch die Sklaven, die zu dem Besitztum gehörten, jedoch nur, um sie sogleich auf freien Fuß zu setzen; er war kein Freund der Sitte, Menschen auf Lebzeiten ihrer Freiheit zu berauben.

Er fragte die Frauen und Männer, ob sie bereit seien, für ihn zu arbeiten. Denen, die bleiben wollten, sagte er zu, dass sie den Hof als ihr Eigentum betrachten dürften, wenn er sich in ein paar Jahren wieder auf Reisen begeben würde.

Die meisten von ihnen stimmten begeistert zu. Nur einige wenige machten sich lieber auf den Weg in die alte Heimat, wo ihre Familien noch auf sie warteten, wie sie hofften.

Kia war fest entschlossen, alles in seiner Macht Stehende zu tun, um Niamh an diesem Ort glücklich zu machen.

In etlichen Trancereisen hatte er geprüft, ob es in Vindelia sicher genug sei. Stets hatte die Antwort gelautet: Keine gewaltsamen Ereignisse in näherer Zukunft.

In den letzten Jahren war es in der von einer Befestigungsanlage umgebenen Stadt ruhig geworden.

Bei der Modernisierung des Osttores hatte es viele Jahre zuvor einen tragischen Unfall gegeben. Ein Kind war zu Tode gekommen. Den Leichnam hatte man auf rituelle Weise unter dem Fundament des Neubaues begraben. Diese Entscheidung hatte im Lager der Druiden kontroverse Debatten ausgelöst, besonders nachdem Vindelia kurze Zeit später von randalierenden Stammesverbänden heimgesucht worden war. Bei dem ansonsten geringfügigen Geplänkel war ausgerechnet das inzwischen fertiggestellte Osttor in Flammen aufgegangen. Das restlos zerstörte Bauwerk war kurzerhand verbarrikadiert und zur tabuisierten Zone erklärt worden.

Der Brand war als schlechtes Omen gedeutet worden und hatte ein Wiedererwachen des nomadischen Blutes der Vorväter ausgelöst, was einen Teil der Bevölkerung einen spontanen Ortswechsel hatte in Angriff nehmen lassen. Vieh war zusammengetrieben worden, bewegliche Güter wie etwa Gold oder Hausrat waren auf Wagen geladen und die kleinen Kinder obendrauf gesetzt worden. Selbst einem so schönen Ort wie Vindelia an den Ufern der sanften Dana war leichten Herzens der Rücken gekehrt worden, um anderswo das Glück zu suchen.

Zudem hatten Caesars Kriegszüge weite Landstriche jenseits des Renos zu römischem Gebiet werden lassen, was zum Abflauen des blühenden Lebens bei den Vindelikern führte. Die unterworfenen Stämme waren gezwungen, ihre Waren entlang römischer Handelsrouten zu veräußern; der Handel mit den freien Stammesverbänden östlich des Renos hingegen kam zum Erliegen. Auch an der Dana liefen die Geschäfte nicht mehr so gut wie früher. Fast die Hälfte der ehemaligen Bewohner hatte Vindelia inzwischen verlassen.

Doch was für viele ein Grund zur Flucht war, stellte für Kia einen willkommenen Glücksfall dar, denn Wohnraum gab es nun mehr als genug, und so hatte er für seine Geliebte und sich ein besonders schönes Anwesen mit allen Annehmlichkeiten des städtischen Lebens ausgewählt.

Sogleich ließ er die Pferche ausbessern, damit die Hühner und Ziegen nicht mehr überall herumlaufen konnten. Sträucher und Blumen wurden angepflanzt, die zuvor von dem gefräßigen Getier verspeist worden waren. Die hofeigenen Brunnen förderten genügend Wasser, um die Pflanzen zu bewässern und den Hof zu reinigen, sodass die Anlage bald in neuem Glanz erstrahlte.

Unter den überdachten Umläufen, die das Grundstück von den Nachbarn abgrenzten, ließ Kia endlose Klafter an Brennholz aufstapeln; erst über Jahre getrocknet, verbreitete es ein Höchstmaß an Wärme.

Auch die Küche ließ er auf den neuesten Stand bringen. Teller, Becher, Schüsseln und Schälchen wurden von ein und demselben Töpfer gefertigt. Feinstes, in Grauschattierungen gehaltenes Geschirr gab er bei dem künstlerisch begabten Handwerker in Auftrag.

Er ruhte nicht, bis an den Wänden nahe der Herdstelle Kupferkessel in allen Größen hingen. Rote Gläser, wie Kia sie noch nie zuvor gesehen hatte, erwarb er an einem der halb befestigten Stände, die die Hauptstraße säumten. Siebe, Drehmühlen, Löffel, Scheren und Messer in allen erdenklichen Variationen – einfach alle Gerätschaften der modernen Küche waren vorhanden.

Dazu Fibeln und Schmuck, farbenfrohe Decken, Umhänge, Kleider und Beinkleider; er wusste ja, dass Niamh sich darin wohler fühlte.

Das Beste war jedoch ein abseits der Hauptgebäude liegendes weiteres kleines Haus, dessen einzigen Raum außer ihm, und später natürlich auch Niamh, niemand betreten würde.

Entlang der Außenwände dieser Zuflucht ließ Kia Brennholz aufstapeln. Dadurch schaffte er für die Geliebte und sich eine Rückzugsmöglichkeit, die vollkommen vom Rest der Welt abgeschottet war.

Kia liebte solche Details.

Er hatte immer schon einen erlesenen Geschmack besessen. Um sich das Gewünschte zu beschaffen, brach er den Schatz kleiner Goldbarren an, die er für solche Zwecke im Laufe der Zeit gesammelt hatte.

Außerdem hatte er sich in den wohlhabenden Kreisen der Stadt bereits kurz nach seiner Ankunft einen Namen gemacht. Mittels seiner Heilkünste hatte er einige einflussreiche Männer und Frauen von ernsthaften Erkrankungen sowie lästigen Zipperlein befreit, sodass er sich fortan keine Sorgen mehr um sein Wohlergehen zu machen brauchte.

Kia dachte an alles. Er ging sogar so weit, den Priesterinnen des Ortes einen Besuch abzustatten und sich von ihnen in gewisse Fertigkeiten von erlesener Sinnlichkeit einweisen zu lassen, an denen Niamh mit Sicherheit Gefallen finden würde.

Nichts würde er auslassen, um sie dazu zu bewegen, mit ihm hierzubleiben.

Bei den Begegnungen in ihren Träumen erzählte er ihr, dass er in Vindelia zu finden sei. Er würde den Namen so oft wiederholen, bis sie ihn in ihr Tagesbewusstsein hinübertragen würde.

Noch immer hielt Niamh etwas zurück. Kia hatte nicht sehen können, um was es sich handelte, und er wollte nicht so unhöflich sein, sich dieses Wissen auch ohne ihre Zustimmung zu verschaffen. Er musste lernen, ihr zu vertrauen, und seine geliebte Allmacht der Geliebten zuliebe aufgeben – Kia nahm die Übung, mit zusammengebissenen Zähnen lächelnd, an.

In diesen Tagen knirschte er noch so manches Mal mit den Zähnen. Niamhs Sicherheit auf dem Weg nach Vindelia bereitete ihm Sorgen. Die lange Reise würde sie quer durch etliche Stammesgebiete führen. Die Bilder unzähliger Gefahren, die auf sie lauerten, nagten und zehrten vor allem in den Nächten an seinen Nerven.

Die Vorstellung, die zarte Geliebte würde herumstreunenden Räuberhorden begegnen, ließen ihn bald wahnsinnig werden. Das Wissen, dass sie eine erfahrene Kriegerin war, machte die Sache auch nicht besser. Gerade aus diesem Grund würde sie ja die Gefahren nicht umgehen, sondern sich ihnen stellen – eine Herausforderung würde sie darin sehen. Nicht auszudenken, was diese Unholde mit ihrem lieblichen Körper anzustellen wüssten!

Wieder und wieder schreckte er schweißgebadet aus dem Schlaf. Auch wenn am Morgen alles nicht mehr halb so schlimm aussah, kehrten die zermürbenden Schreckensbilder in der nächsten Nacht zurück.

Kia brauchte einen Plan.

Leider hatte er Niamhs Bitte, er solle nach Weris kommen, in einem Anfall von Unachtsamkeit abgelehnt. Sie hatte ihn mit dem Wunsch überrascht, gemeinsam mit ihm bei den Arduinnerinnen zu leben. Erschrocken hatte er behauptet, wichtige Geschäfte machten einen Besuch erst nach dem Winter möglich.

Stattdessen hätte er sie besuchen und später mit ihr gemeinsam nach Vindelia zurückreisen sollen, hatte Kia sich hinterher vorgehalten.

Am Ende fand er trotzdem eine sehr beruhigende Lösung.

Er würde Niamh schlagkräftigen Geleitschutz zur Seite stellen. Eine ganze Schar bis an die Zähne bewaffneter Eburonenkrieger schwebte ihm vor, und Kia wusste auch schon, wie er Ambiorix dazu bringen konnte, eine solche Eskorte nach Vindelia zu schicken.

Die Waffenschmiede, mit denen er verhandelte, waren erfreut. Kia berichtete ihnen von den Umständen, durch die die Stammesverbände des Nordens dieser Tage einen erhöhten Bedarf an allerlei Kriegsgerätschaften hatten. Niemand wunderte sich, dass er als Berater der eburonischen Edelleute diese Aufgabe übernahm.

Die Eisenerzeugnisse aus den Werkstätten der Vindeliker waren von hervorragender Qualität, nur fehlten den Schmieden schon seit Langem die Absatzmärkte für ihre hochwertigen Waffen. Sie schickten also Boten mit Proben ihres Könnens sowie einem überaus günstigen Angebot zu den Fürsten der infrage kommenden Stämme, deren Namen ihnen Kia Ye Lanur ebenfalls bereitwillig genannt hatte. Auch die Idee, die Kriegsfürsten sollten eine Anzahlung leisten, falls sie an dem Handel Interesse hätten, stammte von ihm.

Er wusste, dass Ambiorix und Indutiomarus weder dumm noch leichtsinnig waren. Sie würden das Angebot zu schätzen wissen und die vorab zu entrichtende Summe bewachen lassen. Dabei würden die Krieger ganz nebenbei auch Niamh schützen, denn sie würde von dem Handel erfahren; wenn nicht von Deirdre, dann von ihm selbst. Sie würde die Gelegenheit nutzen und sich in sicherem Geleit auf den Weg zu ihm machen.

Kia war sehr zufrieden mit diesem Plan.

Bis es so weit war, dass er die Geliebte in die Arme schließen konnte, widmete er seine Zeit nun wieder seinen Versenkungspraktiken und neuerdings auch der Poesie. Sein Herz war so voller Wärme und Glück. Irgendwo musste er ja damit hin, bis Niamh kam.

Im Traum hielten sie sich an den Händen und lächelten einander zu. Bald würden sie sich wiedersehen. In Vindelia? Ja, eine Stadt. Wo finde ich sie? Weit, sehr weit, fast einen Mond lang hat meine Reise gedauert. Zu weit, Niamh klagte. Bald kommst du zu mir, versicherte er, du wirst sehen, hab Geduld, meine Geliebte.

Die Tag- und Nachtgleiche wurde gefeiert. Das Tageslicht schwand nun merklich.

Während sich in der Natur alles verlangsamte, herrschte in den Hofanlagen von Weris stetige Geschäftigkeit; von Tag zu Tag ging es turbulenter zu. Normalerweise nahte jetzt auch für die Menschen die wohlverdiente Winterruhe. Doch Deirdre berichtete von neuen Plänen, etwa den Zimmereiarbeiten des dringend benötigten Anbaues, die auch bei Frost und Schnee vonstattengehen konnten.

Nüsse wurden gesammelt und die stärkereichen Früchte der Eichen in Erdgruben gelagert. Sie dienten nicht nur Schweinen als willkommenes Futter, sondern ergaben, von den Bitterstoffen befreit, auch ein schmackhaftes Brot.

Wenn Niamh nicht unterrichtete, arbeitete sie auf den Höfen mit. Die körperliche Arbeit war ein guter Ausgleich zu den vielen Fragen, die ihr durch den Kopf schwirrten.

Am häufigsten dachte sie an Kia. Sie sah ihn vor sich, wie er sich gefreut hatte, als es ihm gelungen war, sie im Sommer am Waldbach zu überraschen. Seinen lebendigen Gesichtsausdruck, wenn sie redeten. Seinen wunderschöner Körper, den sie so liebte. Ihr Herz lachte, wenn sie nicht gerade von einem Anfall schmerzhafter Sehnsucht heimgesucht wurde.

Zuerst war sie sehr enttäuscht gewesen, als er ihr gestanden hatte, sie erst im kommenden Frühjahr besuchen zu können, doch inzwischen waren ihr Zweifel gekommen, ob in Weris genügend Platz für die ersehnte Zweisamkeit wäre. Zu zweit wäre es in ihrer Bienenwabe während der langen Wintermonate viel zu eng.

Als Niamh vom Eichelnsammeln aufblickte, entdeckte sie, dass sich die Blätter des Ahorns am Waldrand bereits rot und gelb färbten, und sie fasste den Entschluss, Kia noch vor dem Winter zu besuchen.

Warum hatte sich ihr Geliebter nur ausgerechnet einen Wohnort ausgesucht, der so weit weg von ihrer Heimat lag? Schlagartig wurde ihr bewusst, welche Bedeutung Weris inzwischen für sie bekommen hatte. Es war schön, wieder irgendwo zu Hause zu sein.

Doch auch Kia gehörte zu ihrem Glück. Vielleicht könnte sie ihn ja doch überreden, hier mit ihr zusammenzuleben. Sicher würde sich auf Dauer auch ein größeres Quartier finden lassen, eines wie das, was Deirdre und Rowan bewohnten.

Ja. Diesen Vorschlag würde sie Kia machen, wenn sie erst einmal bei ihm war. Denn auch über die nächste Frage, die Niamh beschäftigte, wollte sie mit ihm persönlich reden.

Sie ertappte sich dabei, dass sie ein breites Lächeln auf den Lippen hatte, wie jedes Mal, wenn sie sich vorstellte, das unglaubliche Abenteuer zu wagen, Kinder in die Welt zu setzen. Doch wie wollte sie dies mit ihrem Dasein als Kriegerin vereinbaren?

Sie war nicht sicher, ob sie auf die geliebten, gefahrvollen Kämpfe verzichten und nur noch als Ausbilderin arbeiten wollte. Deirdre jedenfalls hatte diese Aufgabe gut mit ihrem Familienleben verbinden können.

Außerdem musste sie auch Kia fragen, wie er dazu stand. Mit Schrecken kam sie auf die Idee, die Langlebigkeit könnte seiner Zeugungsfähigkeit geschadet haben. Niamh seufzte. Das waren keine Fragen für Traumtreffen!

Am liebsten wäre sie ohne Umschweife nach Vindelia aufgebrochen, wo auch immer dieser Ort liegen mochte. Sie würde Deirdre bitten, sie nach Abschluss der Ernten über den Winter freizustellen.

Doch nicht nur sie allein, auch andere Menschen schmiedeten Pläne und entwickelten in Bezug auf Niamhs weiteren Lebensweg gewisse Vorstellungen.

Nach wie vor fand sie sich jeden Tag auf dem sonnigen Übungsfeld vor den Hofanlagen ein.

Nach dem trockenen Sommer segelten die Blätter in diesem Jahr ungewöhnlich früh von den Bäumen. Waren es zunächst nur einige wenige, trieb nach dem ersten Nachtfrost schon der leichteste Wind ganze Wolken aus Laub vor sich her. Bei jedem Schritt raschelte es unter den Füßen. Sogleich stellte Niamh den angehenden Kriegerinnen und Kriegern die Aufgabe, sich auch auf diesem schwierigen Untergrund geräuschlos fortzubewegen.

Für den heutigen Morgen hatte sie allerdings Übungen angesetzt, die der Behauptung gegen eine Übermacht dienten.

Niamh stellte sich selbst als Gegnerin zur Verfügung. Drei oder mehr Schülerinnen und Schüler sollten sich zusammentun und sie angreifen.

Corentin hielt sich zunächst im Hintergrund, um die Taktiken seiner jungen Ausbilderin zu ergründen. Bei einem der nächsten Kämpfe versuchte er zusammen mit einigen Mitstreitern, sie zu besiegen. Dabei bemerkte Niamh mit Vergnügen den Ehrgeiz wiedererwachter Lebensfreude in seinem Gesicht.

An eine Eiche gelehnt, sah sie ihren Zöglingen zu, wie sie untereinander ihr Glück versuchten, als sie Deirdre bemerkte, die soeben aus dem Südtor trat. Sie wollte die Meisterin schon herbeirufen, als sich den Gebäuden zwei Reiter näherten. Wenige Augenblicke später stiegen die beiden von ihren Pferden und wurden von Deirdre herzlich in Empfang genommen.

Die Fremden waren von auffallender Größe und Haltung. Selbst von Weitem war erkennbar, dass sie sehr aufwendig gekleidet waren. Um den Hals eines jeden prangte ein in der Herbstsonne glänzender Ring; der sogenannte Torques, ein Zeichen verdienter Kriegerwürden. Stammesfürsten, wie Niamh vermutete, da ihre Torques offensichtlich aus purem Gold gearbeitet waren. Zuletzt hatte sie dergleichen an Catuvolcus und seinen Leuten gesehen.

Sie trugen reich verzierte, bis fast zum Boden reichende Schwertscheiden an den Kettengürteln, aus denen Griffe von Langschwertern herausschauten.

Einer der beiden hatte dunkles, wildes Haar, und sein Gesicht zierte ein der Mode entsprechender geschwungener Oberlippenbart. Er trug ein indigofarbenes, luftiges Hemd, das mit goldenen Fibeln geschlossen wurde. Der Stoff, aus dem es gefertigt war, musste ungewöhnlich leicht und weich sein, denn es bewegte sich fließend um seine breiten Schultern.

Der andere, bartlose Stammesfürst hatte lange blonde Locken und war von auffallend harmonischer Gestalt. Sein Umhang leuchtete rot und golden und ließ die kraftvollen Arme des Kriegers frei. Alles an ihm strahlte Ausgewogenheit aus. Ein schöner Mann, wie Niamh selbst auf die Entfernung fand.

Sie bedauerte sehr, dass sie nicht verstehen konnte, was Deirdre den beiden Gästen freudig gestikulierend erzählte, als sich die Krieger plötzlich umdrehten und interessiert herübersahen. Zu Niamhs Entsetzen machten sie keinerlei Anstalten zu gehen; wie es schien, wollten sie die Übungsstunde beobachten.

Niamh schoss die Röte ins Gesicht; rasch wandte sie sich wieder ihrer Arbeit zu. Dabei fragte sie sich, ob es sich bei den beiden um Indutiomarus und Ambiorix handelte. Deirdre hatte erwähnt, dass sie die Stammesfürsten der Treverer und der Eburonen erwartete.

In diesem Fall wollte Ambiorix gewiss etwas von den Fortschritten sehen, die sein Sohn machte. Also wies sie Corentin an, sie mit der Serie von Finten anzugreifen, die sie am Vortag trainiert hatten. Corentin war ebenfalls auffallend nervös, doch er machte seine Sache ausgezeichnet.

Auch die anderen suchten sich Trainingspartner und kämpften im aufstiebenden Laub. Das Knallen der aufeinandertreffenden Hartholzstöcke und die Rufe der Kämpfenden hallten von den Wänden der Hofanlagen wider.

Schließlich war es an der Zeit, eine Pause einzulegen, und Niamh forderte sie auf, sich mit ihr unter einem Baum niederzulassen. Die Beobachter betraten hingegen den Südhof.

Bei Wasser und Äpfeln gab es an jedem Morgen eine Fragerunde, bei der es gewöhnlich um Einzelheiten der Übungsabläufe ging. Doch Corentin stellte heute eine persönliche Frage an Niamh.

„Warum unterrichtest du nicht auch das Bogenschießen?“, wollte er wissen.

Sie lachte. „Das überlasse ich lieber denen, die mehr davon verstehen als ich; Deirdre oder Briana zum Beispiel. Mir liegt diese Waffengattung nicht besonders“, erklärte sie. „Auf Reisen ernährt mich der kurze Jagdbogen, aber das Schießen mit dem Langbogen erfordert sehr viel Geduld – jedenfalls mehr, als ich davon besitze."

Niamh erinnerte sich. Als Schülerin hatte es sie in ihrem Stolz verletzt, dass sie im Bogenschießen nicht die Beste ihres Jahrgangs geworden war.

Während sie beim Schwertkampf den Unmut über ihre Unzulänglichkeit in die darauffolgenden Hiebe legen konnte, verkehrte sich dieselbe Vorgehensweise beim Bogenschießen ins Gegenteil, und sie schoss umso weiter übers Ziel hinaus.

Als angehende Kriegerin müsse sie an einer wichtigen Tugend arbeiten, der Selbstbeherrschung, hatte Deirdre sie gemahnt.

„Gerade in dieser Disziplin zeigt sich, wer seinen Brausekopf nicht im Zaum hat", hatte die Kampfkunstmeisterin damals den zerbrochenen Bogen kommentiert, den sie im Waffenlager der Schule unter ein paar alten Säcken gefunden hatte. Niamh hatte nie herausgefunden, ob es nur an ihrem schlechten Gewissen lag oder ob die Ausbilderin sie tatsächlich bei diesen Worten besonders eindringlich angeschaut hatte.

Am Ende hatte Niamh es vorgezogen, ihre Zeit in das Verfeinern anderer Kriegertechniken zu investieren.

Als sie eben auf die Frage Corentins hin gelacht hatte, hatte sie damit überspielt, wie sehr sie der alte Stachel auch heute noch schmerzte.

Inzwischen bat Deirdre ihre Gäste in den Gemeinschaftsraum, in dem bereits Juna als Vertreterin der Druidinnen und Briana, die derzeitige Leiterin der Kampfkunstschule, warteten.

Ambiorix wollte sich in Weris nicht nur vom Wohlergehen seines Sohnes überzeugen und, wie angekündigt, über den Ausbau der Kampfkunstschule beraten.

Er und sein Freund hatten einen Plan ausgeheckt. Begeisterungsfähig, wie Indutiomarus war, begann er noch in der Tür davon zu erzählen.

„Wie ihr vorgeschlagen habt, werden wir die Römer in die Wälder und Sümpfe locken, wo wir ihnen überlegen sind.

Ambiorix ist nun auf die Idee gekommen, nicht nur einem Teil der römischen Krieger, sondern später sogar Caesar selbst eine tödliche Falle zu stellen.

Er ist wie der Kopf einer Schlange. Ohne ihn werden sich seine Legionen verkriechen und uns endlich in Frieden lassen!" Seine Mitstreiterinnen wurden neugierig, wie die beiden Caesar überlisten wollten.

„Wir haben unsere Seher gebeten, einen Blick in die Zukunft zu werfen", fuhr Indutiomarus fort. „Caesar wird keines natürlichen Todes sterben! Nie zuvor waren sich die Seher so sicher. Ihr könnt es gerne überprüfen – er wird sein Leben mit einer Klinge in der Brust aushauchen.

Und jetzt hört euch unseren genialen Plan an: *Wir* werden diejenigen sein, die sein Schicksal besiegeln! Wenn wir ihn um einen derart beträchtlichen Teil seiner Streitmacht bringen, wie wir vorhaben, wird Caesar kommen, um Rache zu nehmen – und uns höchstpersönlich ins Messer laufen."

Erwartungsvoll blickte der temperamentvolle Treverer in die Runde und erfreute sich an den überraschten Mienen.

„So weit der Plan", bestätigte Ambiorix lächelnd die Rede des Freundes. „Wir wissen nur noch nicht, wer sich in Caesars Lager einschleusen könnte, um sein elendes Leben zu beenden, wenn es so weit ist. Vielleicht habt ihr eine Idee, wer für diese Aufgabe geeignet wäre."

Hoffnungsfroh sahen die beiden Kriegsfürsten die Arduinnerinnen an.

Juna war sofort ein Name durch den Kopf geschossen. Niamh. Sie war wie geschaffen für diese Herausforderung, doch die Druidin sprach den Gedanken nicht aus. Die Frage war, ob sie Niamh das zumuten wollten. Sie warf Deirdre einen Seitenblick zu und versuchte zu ergründen, ob diese dasselbe dachte.

Indutiomarus hielt das Schweigen nicht lange aus.

„Ich will ja nicht drängeln", sagte er vorsichtig, „aber kennt ihr jemanden, der diese heikle Angelegenheit übernehmen könnte?"

„Wir haben eine Reihe von Eigenschaften zusammengetragen", übernahm Ambiorix das Wort. „Wer auch immer den Anschlag verübt, sollte Erfahrung mit geheimen Aufträgen haben, dazu unbestechlich, zuverlässig und absolut verschwiegen sein, mit Waffen aller Art umgehen können und – die wichtigste Eigenschaft – Todesmut besitzen! Am besten jemand ohne Familie, der selbst unter lebensgefährlichen Umständen präzise und eiskalt und entscheidungsfähig bleibt …"

„Niamh", unterbrach ihn Deirdre. Sie kannte niemanden, auf den die Beschreibung besser zugetroffen hätte.

Spätestens seit dem Völkermord an den Tenkterern und Usipetern, der bei allen Anwesenden eine blutige Flut an Bildern enthaupteter Kinder und Frauen hinterlassen hatte, suchten sie nach einer Möglichkeit, den Schlächter endgültig loszuwerden.

Die Idee, Caesars Leben mit einem Schlag auszulöschen, begeisterte Deirdre ungemein.

Niamhs unschuldige Augen hatten sogar Kia Ye Lanur, den Großmeister der Empathie, täuschen können. Außerdem kannte Deirdre das Bild, das die Römer von Frauen hatten. Eine Niamh würden sie nicht erwarten. Ein unschlagbarer Vorteil!

Im selben Moment bereute sie jedoch, dass sie nicht den Mund gehalten hatte. Sie hätte sich erst mit Juna beraten sollen. Die Kampfkunstmeisterin hielt den Kopf gesenkt, sie scheute Junas Blick; die Freundin würde ihr noch früh genug die Meinung sagen.

Falls sich Ambiorix und Indutiomarus mit dem Vorschlag anfreunden konnten, musste Niamh nun selbst entscheiden, ob sie den heiklen Einsatz übernehmen wollte.

„Eine Frau?", stutzte Indutiomarus und fuhr sich sogleich verlegen durch den wilden Haarschopf. Deirdres vernichtender Blick traf ihn ohne Umschweife, doch dann lachte sie.

„Ja", erwiderte sie. „Eine Frau. Welcher Fremde könnte Caesar sonst so nah kommen?"

„Niamh, sagst du?", fragte Ambiorix nach. „Hierzulande ein seltener Name. Dieselbe Niamh, die, nachdem sie Gaheris in einem zweiminütigen Kampf besiegen konnte, um ein Haar auch noch den Druiden von Catuvolcus ins Jenseits befördert hätte?" Als Deirdre zustimmend nickte, lehnte er sich zurück. „Diese Kriegerin möchte ich mir anschauen!"

„Das hast du bereits", erwiderte sie lächelnd. „Die junge Ausbilderin, die gerade deinem Sohn Unterricht im Schwertkampf erteilt." Die Augen des Stammesfürsten weiteten sich vor Schreck. War Corentin etwa in Gefahr? Doch ebenso schnell, wie ihm der Gedanke in den Kopf geschossen war, beruhigte er sich. Nie im Leben hätte Deirdre zugelassen, dass seinem Kind etwas zustieß.

Verwundert dachte er an die junge Kriegerin, die er vor dem Tor in Augenschein genommen hatte; äußerst attraktiv war sie gewesen. Der Eindruck, den sie bei ihm hinterlassen hatte, passte so gar nicht zu dem den Liedern der Barden entsprungenen männermordenden Drachenweib, dem er nur ungern im Dunkeln begegnet wäre – der Niamh, die er beobachtet hatte, allerdings umso lieber …

Vorschnellen Neigungen nachzuhängen entsprach jedoch nicht seiner Art, und so verdrängte er diesen Gedanken vorerst.

„Man müsste sie prüfen", sagte er mehr zu sich selbst.

„Du hörst dich an, als trautest du ihr nicht", stellte Deirdre fest und ließ die Augen über seine edlen und erstaunlich weichen Gesichtszüge wandern, hinter denen sich ein solch brillanter Denker und erfahrener Staatsmann verbarg. Sie hatte nur selten einen Menschen kennengelernt, der so viele vortreffliche Charakterzüge in sich vereinte.

„Ich bitte dich!", protestierte er. „Meines Wissens gehört sie einer feindlichen Sippe an. Einer äußerst winzigen Volksgemeinschaft zwar, doch nach dem, was sie mit angesehenen Persönlichkeiten meines Stammes angestellt hat, zähle ich sie nicht gerade zu meinen engsten Freunden."

Deirdre lächelte. „Ich danke dir, dass du meiner Fürsprache nachgekommen bist und das Alte Volk trotz der genannten Vorkommnisse weiterhin inmitten des eburonischen Reiches duldest", entgegnete sie. „Inzwischen gehört Niamh jedoch zu uns; betrachte sie getrost als Arduinnerin. Ich kenne sie von Kindesbeinen an, und ich verbürge mich für sie."

„Wer weiß, ob sie überhaupt bereit wäre, sich in derartige Gefahr zu begeben", wandte Juna ein. Sie wusste, welch einen Nervenkrieg der Auftrag für Niamh bedeuten würde, einmal abgesehen von der hohen Wahrscheinlichkeit, dabei tatsächlich zu Tode zu kommen.

Nach einigem Hin und Her wurde beschlossen, ihr vorerst nichts von den Überlegungen zu erzählen. Ohnehin musste noch vieles bedacht werden, bevor Caesar in die Falle gelockt werden konnte. Sie einigten sich darauf, die Entscheidung zu vertagen, und wandten sich der nächsten Frage zu.

Ambiorix hatte vor Kurzem ein nicht zu verachtendes Angebot aus Vindelia erhalten, von den dortigen Schmieden günstig Waffen zu erwerben.

Probestücke der Schmiedekunst hatte er behalten dürfen und sie bereits mit Indutiomarus in Augenschein genommen. Die hervorragende Qualität hatte sie überzeugt, und so waren sie übereingekommen, ein großes Kontingent in Auftrag zu geben.

Einen Teil des verlangten Preises würden sie vorab, den Rest bei Lieferung zahlen.

„Caesar hat seine Spione überall", warnte Ambiorix. „Seit Langem zerbreche ich mir den Kopf, wie wir den geplanten Anstieg unserer Waffenherstellung geheim halten sollen. Der Handel ist die Lösung; natürlich nur, wenn er in aller Stille abläuft."

Auch die anwesenden Arduinnerinnen hießen den Plan gut. „Bleibt nur zu klären, woher die Mittel kommen. Wird die Schule den Anbau aus eigener Kraft bezahlen können?", erkundigte sich Indutiomarus.

Deirdre schüttelte energisch den Kopf. „Wir sind in dieser Frage auf eure Unterstützung angewiesen. Nicht einmal die zusätzlichen Kosten für die vielen neuen Schüler können wir selbst bestreiten."

Juna zog los, um Segda, die Kassenmeisterin von Weris, zu holen.

In der Zwischenzeit diskutierten Ambiorix und Indutiomarus, wer die nicht gerade unerhebliche Anzahlung nach Vindelia bringen könnte. Zuverlässigkeit war gefragt, aber auch unauffällig musste der Kurier sein. Sie waren sich darüber einig, dass sie selbst aus letztgenanntem Grund nicht infrage kamen, auch wenn es ihnen schwerfiel, den Goldschatz in fremde Hände zu legen.

Seit Deirdre den Namen der Stadt gehört hatte, dachte sie daran, wie sehr sich Niamh über ein Wiedersehen mit Kia freuen würde. „Lasst doch Niamh ihr Können unter Beweis stellen und betraut sie mit dieser Aufgabe", schlug sie vor.

Die Stammesfürsten machten Gesichter, als hätten sie in unreife Äpfel gebissen, doch Deirdre fuhr unbeirrt fort.

„Dann hättest du deine Feuerprobe, Ambiorix. Du wirst sehen, sie wird die Übergabe schnell und mit Erfolg erledigen. Schließlich ist das keine große Sache – nicht für sie", entgegnete sie gelassen. „Ich würde mein Leben in ihre Hände legen. Und sogar deines." Die drei leise gesprochenen Worte beeindruckten Ambiorix mehr als alles andere. Etliche Male hatte Deirdre ihm als seine persönliche Leibwache das Leben gerettet; ein Umstand, der mit den Jahren eine innige Verbindung zwischen ihnen geschaffen hatte.

Darüber hinaus würde kein noch so gewiefter römischer Spion eine allein reisende Frau verdächtigen, Waffenhandel zu betreiben. Unauffälliger als mit Niamhs Hilfe ließe sich das Geschäft tatsächlich nicht abwickeln, gab er Deirdre im Stillen recht.

„Mit dem Schwert umgehen kann sie jedenfalls", stimmte er schließlich zu.

Als Juna mit Rowan und Segda, der Kassenmeisterin, zurückkehrte, wurde schnell deutlich, dass die Mittel der Arduinnerinnen tatsächlich ausgeschöpft waren. Die Stammesfürsten sagten zu, die erhöhten Kosten zu begleichen, die die Widerstandsbewegung aufwerfen würde.

„Zur Not müssen wir auf das Angebot der Häuptlinge der Nervier zurückkommen und sie um die versprochene Unterstützung bitten", beendete der Treverer das Thema.

Zuletzt ging es an diesem Abend um Fragen zur Erweiterung der Schule.

Holz für den Anbau gab es in den umliegenden Wäldern genug; Lehm und Stroh lieferten die Felder. Die Stammesfürsten hingegen würden für weitere Äxte, Sägen und Nägel sorgen.

So viele Bauern und Handwerker wie möglich sollten im Umgang mit Waffen ausgebildet werden, doch würde das reichen, um gegen ein Berufsheer wie das Caesars antreten zu können?

Ambiorix sagte zu, weitere Getreidevorräte aus der berühmten *Kornkammer des Nordens* zu beschaffen, wo die Ernten selbst in einem mageren Jahr wie diesem überaus üppig ausgefallen waren.

„Grund für die sagenhaften Erträge sind die zahllosen Wasserläufe, die sich, aus den niederschlagsreichen Bergen kommend, in die fruchtbare Ebene ergießen", erklärte er. „Im kommenden Jahr wird eine dramatische Dürre erwartet, eine für uns sehr erfreuliche Aussicht, die wir uns zunutze machen können. Denn Caesar wird große Schwierigkeiten bekommen, seine Legionen über den darauffolgenden Winter zu bringen. Seine Ohren werden ihm schon zutragen, wo es Getreide in Hülle und Fülle gibt – der Köder, der im Land der Eibenleute für die hungernden Legionäre ausliegt. Die Falle braucht nur noch zuzuschnappen." Der Aufstand nahm konkrete Formen an, und während nun Speisen und nahrhafte Getränke aufgetragen wurden, entflammte ein leidenschaftlicher Meinungsaustausch über den Fortgang der Rebellion.

Am nächsten Morgen ließ Niamh zu Beginn des Unterrichts das Laub vom Übungsplatz fegen, als sich der Eburone näherte und sich gleich darauf mit wenigen Worten als Ambiorix, Vater des Corentin, vorstellte. Er bat darum, an ihrer Seite bleiben und dem Unterricht beiwohnen zu dürfen, da er sich für die Fortschritte seines Sohnes interessiere. Ein Vorwand, denn schon am Vortag hatte Ambiorix sich über die Veränderung, die inzwischen mit Corentin vorgegangen war, gefreut; ausgiebig genug, wie er fand, schließlich hatte er dringende Staatsgeschäfte zu erledigen.

Was für ein schöner Mann!, dachte Niamh erneut. Aus der Nähe betrachtet, war sie beeindruckt von seiner Größe, dem klugen, edlen Antlitz und der mit reichen Ornamenten verzierten Kleidung. Hemd und Umhang waren schwungvoll mit Spiralen und Ranken aus goldenem Faden bestickt. Die Beinkleider aus feinstem Tuch in einem Muster gewebt, welches das raffinierte Farbspiel hervorhob. Vor allem war Niamh jedoch beeindruckt von seinem ebenso schlichten wie erhabenen Auftreten.

Noch nie war sie einem König begegnet; einem König wie ihm, denn Catuvolcus war von anderer Natur, auch wenn er Ambiorix dem Rang nach ebenbürtig war. Catuvolcus hat man zum Freund oder eben zum Feind, fand sie, doch Ambiorix könnte ich wahrhaftig verehren!

Sie war froh, dass der Stammesfürst gekommen war, denn sie wollte die Gelegenheit nutzen, um etwas für Corentin zu tun.

Niamh lobte ihn über die Maßen, wusste sie doch, wie sehr dieser das Lob des Vaters brauchte. Vorsichtig deutete sie an, wie wichtig für Schüler Anerkennung ihrer Leistungen sei, Ambiorix hörte jedoch nur mit halbem Ohr zu.

Bereits nach wenigen Augenblicken in ihrer Gesellschaft war er zu dem Schluss gekommen, dass sie sehr gewissenhaft und ernsthaft war, wichtige Voraussetzungen für das Abwickeln der Geschäfte mit den vindelikischen Waffenschmieden. Er war es gewohnt, die Eigenschaften von Menschen rasch einzuschätzen und sie zum Nutzen seines Volkes einzuordnen.

Was ihn viel mehr in Beschlag nahm und verwirrte, waren die ungewohnten Gefühle, die Niamh in ihm auslöste. Das Herzklopfen und die Befangenheit, die ihn in ihrer Nähe befielen, und die Weigerung seines Kopfes, zusammenhängende Gedanken oder gar Sätze von sich zu geben. Als Niamh ihm vorschlug, selbst einmal mit seinem Sohn zu trainieren, fehlten ihm schlichtweg die Worte. Das war mehr als ungewöhnlich für den sonst so redegewandten Strategen; er kannte sich selbst nicht mehr.

Auch Indutiomarus, der sich zu ihnen gesellt hatte, neugierig und um sich selbst ein Bild von Niamh zu machen, staunte, als er das unbeholfene Stottern seines Freundes vernahm. Verstohlen musterte er ihn und wandte sich dann lachend ab.

Schließlich wurde es dem Trevererfürsten aber zu bunt. Nicht etwa, um Ambiorix aus der Patsche zu helfen, sondern weil selbst ihm dessen Gestammel langsam peinlich wurde, ergriff Indutiomarus das Wort. Laut genug, dass alle ihn verstehen konnten, machte er einen Vorschlag: „Wie wäre es, wenn wir diesen jungen Kriegerinnen und Kriegern hier“, dabei drehte er sich im Kreis und machte eine umfassende Geste, „wenn wir also diesen prachtvollen Anwärtern für die ruhmreichste aller Künste eine Probe unseres Könnens geben würden, damit sie sehen, was für einmalige und hervorragende Kämpfer auch aus ihnen werden, wenn sie weiterhin fleißig üben!“

Ambiorix wusste, wie sehr Indutiomarus solche geschwollenen Reden liebte. Aber musste der Treverer unbedingt heute so dick auftragen? Der Eburone verdrehte die Augen. Indutiomarus sah die Geste und lachte erneut; jeder hatte eben seinen eigenen Stil, was Peinlichkeiten anging. Unbeirrt fuhr er fort: „Niamh, so ist doch dein Name?“ Er wandte sich der jungen Kriegerin zu. Sie nickte. Er grinste sie frech an und sagte hintersinnig: „Wie ich beobachten konnte, übt ihr zurzeit die Verteidigung gegen eine Übermacht?“

„Das stimmt.“ Ihre Augen verengten sich. Ihr war nicht klar, worauf er hinauswollte, doch sein provokanter Unterton ließ keinen Zweifel daran, dass er irgendetwas im Schilde führte.

Bevor er ihr sein Gold anvertrauen würde, sollte sie beweisen, dass sie in der Lage wäre, es zu verteidigen, dachte der Stammesfürst.

„Würdest du es mit uns beiden aufnehmen, kleine Frau?“ Seine Augen blitzten, breitbeinig stellte er sich auf und legte den Kopf schief. Auf ihrer langen, einsamen Reise könnte sie jederzeit in eine Situation wie diese geraten – genauso plötzlich und unerwartet. Er war gespannt, wie die Kriegerin darauf reagieren würde.

Im Gegensatz zu ihr war der Treverer ein Hüne, und das zeigte er ihr jetzt. Sein wildes, mit Kalkwasser zum Abstehen gebrachtes Haar ließ ihn noch größer erscheinen. Die Sonne glänzte auf den ausgeprägten Muskelpartien seiner geölten und mit goldenen Reifen geschmückten Oberarme. Er genoss, wie beeindruckend er aussah.

„Nur ihr zwei?“, konterte Niamh und zog die Brauen hoch. Was für ein Angeber du bist!, stellte sie nüchtern fest, doch darunter war sie sofort Feuer und Flamme. Ohne nachzudenken, sprang sie auf das Geplänkel auf.

„Hast du denn auch einen Namen, kleiner Mann?“ In diesem Tonfall hätte sie mit jedem dreijährigen Stöpsel geredet, denn genauso sah ihn Niamh hinter all seinem aufgeblasenen Getue.

„Mein Name lautet Indutiomarus. Ich bin Stammesfürst der legendären Treverer; falls du in den abgelegenen Dörfern deiner bescheidenen Heimat jemals etwas von den wirklich bedeutenden Stämmen gehört haben solltest.“

„Induti-maris – *Kleider anziehender Bock?* Habe ich das richtig verstanden?“, wunderte sich Niamh, dabei sprach sie so deutlich, dass alle auf dem Platz es hören konnten. „Ein recht seltsamer Name für einen Häuptling, findest du nicht?“

„Pass auf, du halbe Portion", erwiderte der Krieger. „Nimm deinen Mund nicht zu voll, sonst mach ich dich noch einen Kopf kürzer, als du sowieso schon bist." Kampfbereit zog er sein Schwert, doch Ambiorix hob die Hand und ging dazwischen.

„Halt, ihr zwei Hitzköpfe, so geht das nicht." Offenbar hatte er seine Sprache wiedergefunden. „Lasst uns überlegen, was wir deinen Zöglingen zeigen wollen, und uns erst einmal die für einen Übungskampf üblichen Stöcke besorgen." Dabei sah er Niamh an und lief Gefahr, sich wieder in ihren Augen zu verlieren.

„Nein, mein König", widersprach sie. Ambiorix hätte auf der Stelle umfallen können von dem berauschenden Gefühl, das ihr Lächeln in ihm auslöste. Sie fuhr fort: „Ich bin die ewigen Stockkämpfe leid. Lasst uns mit richtigen Schwertern streiten. Ich werde euch weder ernsthaft verletzen noch töten, meine Hand darauf."

Doch Ambiorix schüttelte den Kopf. „Nein", entgegnete er entschieden. „Ich glaube gern, dass du dich im Griff hast, aber Indutio nicht. Er ist immer so unbeherrscht." Er warf seinem Freund einen grimmigen Blick zu und sagte dann zu Niamh gewandt: „Wir brauchen dich noch, junge Frau. Wir kämpfen mit Stöcken." Dann bemerkte er den alten Haudegen an ihrer Seite und zeigte darauf. „Wenn du das allerdings ein Schwert nennst, kannst du von mir aus damit gegen uns antreten." Mit diesen Worten drehte er sich um und ging auf das Tor des Mittelhofes zu, um die Hölzer zu besorgen.

„Was meinst du mit *Wir brauchen dich noch?*", rief Niamh ihm hinterher.

„Warte es ab", antwortete Indutiomarus an Ambiorix' Stelle. „Kleine Frau", fügte er leise hinzu, um sich nicht von seinem Freund eine weitere Rüge einzuhandeln.

Er sah das Eis in Niamhs Augen glitzern.

Interessant!, dachte er, während Niamh sich innerlich auf den Kampf vorbereitete.

Rowan stellte dem Eburonenfürsten einen Schwung Kernholzstangen aus frisch geschlagenen Eichen zur Verfügung, die der Härte und dem Gewicht von Eisenschwertern am nächsten kamen. Zudem würden die langen, aneinander haftenden Holzfasern verhindern, dass die Stöcke unter den Schlägen brachen.

Auch Niamh ließ sich eines der Hölzer geben. Sie wollte keinen Vorteil gegenüber ihren Kontrahenten haben, zumindest nicht, was die Waffen anging. Jetzt spielte sie mit dem Stock, um seine Beschaffenheit zu prüfen.

Ambiorix beobachtete seine Gegenspielerin genau. In der Kampfeshaltung, die der erfahrene Krieger einnahm, fielen alle Gedanken und Gefühle von ihm ab, die nicht unmittelbar mit dem Geschehen zu tun hatten.

Kopfschüttelnd lehnte sie ab, als Corentin herantrabte und ihr einen hölzernen Schild reichen wollte. Mit einem kurzen Blick zu Indutiomarus klärte Ambiorix, dass auch sie ohne die Schutzwaffen antreten würden.

Offenbar wollte Niamh den Vorteil nutzen, den ihr die geringere Körpergröße einbrachte. Es war klug, die damit verbundene Wendigkeit nicht zugunsten einer reinen Verteidigungswaffe aufzugeben, stellte er fest, bis er plötzlich begriff, dass sie gar nicht vorhatte, sich zu verteidigen. Sie wollte gewinnen.

Wie will sie das anstellen?, fragte er sich.

Niamh begann zu tanzen.

Ihre Chancen stünden schlecht, dachte sie, hätte sie wirklich zur selben Zeit gegen beide Gegner antreten wollen, keine Frage.

Indem sie sie umkreiste, sorgte Niamh dafür, dass die Krieger sich gegenseitig im Weg standen, sollten sie gleichzeitig angreifen.

Die beiden hatten mehr Kraft als sie, schon ein jeder für sich genommen. Auch in Erfahrung oder Mut standen sie ihr in nichts nach, und dumm waren sie sicherlich auch nicht.

Es galt also, die eigenen Vorzüge auszuspielen, die Mühelosigkeit ihrer Bewegungen, die sie aus gutem Grund jeden Tag trainierte, Angriffsbereitschaft und Schnelligkeit. Damit bestimmte sie die Natur des Kampfes.

Als ersten Gegner wählte sie Indutiomarus. Oft genug hatte sie gegen Krieger seiner Art gekämpft: stark, doch berechenbar; meist wurde ihnen die Selbstüberschätzung zum Verhängnis, eine Eigenschaft, die Niamh auch bei dem Treverer hatte feststellen können.

Seinen geringen Kontakt zum Boden würde sie nutzen und den Nachteil, den das Gewicht seines kraftvollen Oberkörpers mit sich brachte. Außerdem war er in den Hüften steif, auch dieses Detail würde ihr zum Vorteil gereichen.

Sie lockte ihn, indem sie ihn mit schwachen Scheinhieben angriff, dann zurücksprang und den Stock senkte. Wie erwartet setzte Indutiomarus nach und stürmte auf sie zu. Als er sie erreichte, zog sie ihr Holz nach oben durch. Nicht, um ihn zu verletzen, sondern nur, um seine Waffe von sich abzulenken. Im selben Moment ließ sie sich vor seine Füße fallen. Er hatte zu viel Schwung, um seinen Lauf aufzuhalten, und stolperte bereits über sie, als er sie dort unten bemerkte. Niamh rollte unter ihm durch, kam hinter ihm auf die Füße und schlug ihm den Stock gegen den Hals.

Leicht nur, doch wäre dies keine Übung gewesen, hätte er seinen Kopf verloren. So war nur sein Kampf zu Ende. Noch im selben Atemzug wandte sich Niamh seinem Mitstreiter zu.

Sie war zufrieden. Der Kampf gegen Indutiomarus hatte sie keine Kraft gekostet; die würde sie jetzt brauchen. Ambiorix war für sie der wahre Gegner.

Die Schläge, mit denen er auf sie einstürmte, waren kurz und hart. Niamh brauchte eine Weile, bis sie in ihren Rhythmus fand. Sie achtete vor allem darauf, ihre Bewegungen den seinen anzupassen. Statt kräftezehrend gegen ihn anzukämpfen, nutzte sie den Schwung seiner Hiebe für ihre eigenen Angriffe.

Als der Eburonenfürst merkte, dass er die Kriegerin nicht in einem schnellen, unerbittlich geführten Kampf besiegen konnte, änderte er sein Vorgehen.

Er plante jetzt seine Vorstöße. Doch Niamh ließ sich nicht so einfach in die Falle locken. Bald erkannte sie Spielzüge aus dem Brandubh. Erstaunt stellte Ambiorix fest, dass die junge Kriegerin seine Hiebe ins Leere laufen ließ, um ihn kurz darauf in die Enge zu treiben. Noch nie hatte er gegen jemanden gekämpft, der derart blind zu wissen schien, wo im jeweiligen Augenblick die Lücke in der Taktik des Gegners zu finden wäre.

Keiner von ihnen konnte sich dauerhaft gegen den anderen durchsetzen. Beide besaßen einen kühlen Kopf, Niamh mittels

Eis, Ambiorix durch Veranlagung und lange Übung. Sie kannten die eigenen Stärken und hatten sie jeweils zur Perfektion gebracht. Die Fähigkeiten des anderen wurden spätestens in diesem Kampf unübersehbar.

Inzwischen ging der Wettstreit für beide bis an die Grenzen. Ambiorix bewunderte die Geschwindigkeit, mit der Niamh noch immer ihre Attacken vortrug oder die seinen parierte. Mehr und mehr geriet er ins Schwitzen.

Doch auch Niamh hatte ihre Nöte.

Einmal musste sie sich mit einem Sprung auf einen auf Brusthöhe wachsenden Ast der Eiche in ihrem Rücken retten, um sich seines Ansturms zu erwehren. Er trat zurück, damit sie auf den Boden zurückkehren konnte, und der Kampf ging weiter.

Kurz darauf erwischte sie ihn mit einem Stoß an der Schläfe. Doch auch mit tanzenden Sternen vor Augen setzte er sich erfolgreich zur Wehr, bis er gleich darauf wieder klar sehen konnte.

Am Ende verließ Niamh die Kraft. Als sie merkte, dass sie sich nicht mehr lange würde auf den Beinen halten können, setzte sie alles auf eine Karte.

Sie griff auf einen der ältesten Tricks zurück und tat so, als ob sie strauchelte. Dabei klaubte sie eine Handvoll Staub vom Boden auf und warf ihn dem Eburonenfürsten ins Gesicht. Schützend hob er den Arm, während sie mit ihrer Waffe ausholte und sie mit aller Kraft in seine Richtung schleuderte. Der Stock traf sein Ziel. Mehr Glück als Verstand hatte Niamh dabei. Das harte Eichenholz traf Ambiorix am Kopf, und der Krieger ging zu Boden. Schon war Niamh bei ihm, ergriff ihr Holz und setzte ihm die Spitze des Stockes auf die Brust, eher er sich besinnen konnte.

Ein Stöhnen ging durch die Menge, als sie ihm die Hand reichte, um ihm wieder auf die Beine zu helfen.

Keiner der beiden hatte bemerkt, dass in der Zwischenzeit eine Vielzahl von Zuschauern herbeigekommen war.

Später saßen die beiden Stammesfürsten am Waldrand und schauten übers Land.

„Diese Kriegerin ist eine tödliche Waffe“, sagte Indutiomarus anerkennend zu seinem Freund und stopfte sich seine kleine eiserne Pfeife mit Königskerzenkraut und Quendel.

„Deirdre hat recht“, fuhr er nach einer Weile fort. „Niamh wird nicht nur unser Gold sicher überbringen, sie wäre auch eine ernst zu nehmende Gefahr für Caesar.“ Genussvoll sog er den aromatischen Qualm ein.

Ambiorix nickte zustimmend und betrachtete, ohne ein Wort zu verlieren, den wunderbaren Sonnenuntergang.

Glücklich lag Niamh auf ihrem Lager und ließ die Ereignisse des Tages Revue passieren.

Deirdre hatte sie gefragt, ob sie im Auftrag der Rebellen nach Vindelia reisen wolle.

In Niamh jubelte es: Schon in weniger als zehn Tagen würde sie zu Kia aufbrechen! Die heiß ersehnte Gelegenheit, ihn wiederzusehen, ließ ihre Augen auch in der Dunkelheit noch glänzen. Aber auch das ihr entgegengebrachte Vertrauen und die geheimnisvollen Umstände des Handels versetzten sie in Hochstimmung.

Nach den Festtagen zu Samhain, dem Neujahrsfest, auf halber Strecke zwischen Herbst-Tagundnachtgleiche und Wintersonnenwende gelegen, konnte die Reise losgehen.

Auf der ersten Etappe würde Indutiomarus sie begleiten. Von seiner Festung südlich der Mosella aus würde sie allein weiterreisen.

Zunächst aber musste Ambiorix Gold von seinem Stammessitz herbeischaffen. Niamh hatte seine hohe, edle Gestalt noch immer vor Augen. Voller Wohlbehagen seufzte sie; was für ein Krieger! Der Kampf gegen ihn war ganz nach ihrem Geschmack gewesen, doch er war nicht derjenige, nach dem sie sich sehnte.

Eilends sprang sie auf, packte das Schlaffell und verließ ihre Kammer, um ihre Freude mit dem Mann ihres Herzens zu teilen.

Um den Unbilden des Wetters nicht schutzlos ausgeliefert zu sein, hatte sie schon vor Tagen im Wald einen Reisigunterstand errichtet. In dem moosgepolsterten Nest angekommen, war Niamh bald darauf eingeschlafen. Sogleich war der Geliebte bei ihr.

„Kia, ich komme!“, stürmte sie ihm entgegen.

„Ja! Komm!“, erwiderte er begeistert. „Ich bin so weit.“ Den aufgeregten Bildern ihres Traumes entnahm er, dass sein Plan aufgegangen war. Sein Herz tanzte vor Freude. „Meine Niamh!“, flüsterte er. „Ist für Geleitschutz gesorgt?“

„Indutiomarus, der Stammesfürst der Treverer, wird mich begleiten und …“, murmelte sie, sank in seine Arme und weiter in tiefen Schlaf.

„Ja!“, triumphierte Kia. Seines Wissens nach umfasste das Gefolge des Treverers Tausende von Leuten; endlich wusste er Niamh in Sicherheit!

Er wollte sich schon zurückziehen, als er Ambiorix’ blonde Lockenpracht in Niamhs Traum erhaschte.

Kia kannte den Mitregenten von Catuvolcus. Was für ein schöner Mann!, dachte er, und das nicht zum ersten Mal. Doch es behagte Kia gar nicht, ihm ausgerechnet hier zu begegnen. Wieso träumte Niamh von dem Eibenmann?

Mit einem Mal nagte Eifersucht an ihm und trübte sein Glück. Was machte seine Geliebte überhaupt die ganze Zeit in Weris?

Unbeabsichtigt führte ihn diese Frage in ihre Erinnerungen, doch einmal dort angekommen, konnte er nicht widerstehen, sich umzusehen … Nur ein ganz kleines, ein winziges bisschen näherte er sich dem vergangenen Tag. Schon von Weitem sah er Kämpfe. Kämpfe und Staub, sonst nichts. Er wollte sich bereits zurückpfeifen, als er dem verzehrenden Blick begegnete, mit dem Ambiorix Niamh anschaute.

Kia wusste, es war verboten, doch die Angst, sie könne sich in den Stammesfürst verliebt haben, siegte. Vielleicht würde sie gern … vielleicht hatten sie sogar schon … Kia musste es wissen!

Doch sämtliche Szenen, in denen der Eburone eine Rolle spielte, stellten sich als Kampfhandlungen heraus. Auch als Kia noch ein klitzekleines Stückchen weiter in der Zeit zurückging, konnte er nichts entdecken, was seine Befürchtung auch nur im Entferntesten bestätigt hätte – er fand lediglich einen am Boden liegenden, mit goldenen Armreifen und einem Torques geschmückten Mann. Ein Riese, wie es schien, dessen dunkles Haar ebenso verwirrt wirkte wie seine Miene. Vor allem aber drückte das Gesicht Entsetzen aus; vermutlich wegen des Schlagstocks, der dem Treverer leicht aber unmissverständlich gegen den Hals geschlagen wurde. Inzwischen hatte Kia Indutiomarus erkannt. Niamhs Erinnerung wirkte wie eingefroren, so als hätte sie das Bild schon öfter aufgerufen.

Warum?, fragte sich Kia. Was hatte dieser Held ihr angetan? Schon spürte er unbändige Wut in sich aufsteigen, als er begriff, dass Niamh als Siegerin aus der Auseinandersetzung hervorgegangen war; erleichtert atmete er auf.

Was mache ich hier eigentlich?, fragte er sich plötzlich. Angst hin oder her, in ihren Erinnerungen hatte er nichts zu suchen. Ihr Vertrauen nutzte er aus.

Wenn das die neue Selbstbeherrschung war, die er dazugewonnen hatte, konnte es ja heiter werden bei ihrem Wiedersehen …

„Niamh, komm! Komm schnell!“, flüsterte er in ihr Haar und zog sich zurück.

Am darauffolgenden Tag suchte Niamh suchte das Gespräch mit der viel beschäftigten Deirdre – unter vier Augen, bat sie die mittlerweile zur Freundin gewordene Vertraute ausdrücklich.

„Kannst du dir einen Grund vorstellen … also, ist das normal, dass die Zeit, wenn ich … also mein Mondblut, wenn es nur noch zwei oder drei Tage währt?“, stammelte sie mit hochrotem Kopf, als sie endlich allein waren.

Bevor Deirdre antwortete, bat sie um Einzelheiten. „Es scheint mir zwar unbedenklich, doch merkwürdig ist es schon“, erwiderte sie dann. Wie umständlich Niamh herumdruckste und die Dinge offenbar nicht beim Namen zu nennen wusste, wunderte sie sich im Stillen. Laut sagte sie: „Wenn ich mich recht entsinne, hat Audra damals ausdrücklich gefordert, dass ihre Schützlinge in Weris nur die Kriegerweihen durchlaufen, die Initiationsriten zum Frau- oder Mannsein jedoch nicht. Dir fehlt das ganze Frauenwissen. Habe ich recht?“

Als Niamh nickte, riet ihr Deirdre, sich mit ihren Fragen an die Druidinnen der Vindeliker zu wenden, nachdem sie erst einmal in Ruhe dort angekommen wäre.

„In jedem größeren Tempelbezirk gibt es Priesterinnen, die sich ganz besonders auf diese Fragen verstehen“, sagte Deirdre lächelnd. „Das wird dein Leben bereichern.“

Entgeistert starrte Niamh sie an.

„Du hast keine Ahnung, wovon ich spreche?“, kicherte Deirdre. „Du wirst staunen!“

Die wenigen verbleibenden Tage des Sommerhalbjahres vergingen im Flug.

Letzte Vorbereitungen für Samhain wurden getroffen. Mit ihren besinnlichen wie ausgelassenen Festtagen wurde die wilde, schnelle, nach außen ausgerichtete Hoch-Zeit des Lichtes verabschiedet, und die Mondinnen der Nacht wurden willkommen geheißen.

Während gefeiert wurde, konnte sich der notwendige Wandel von überschäumender Tatkraft hin zur langsamen, nach innen gerichteten Kraft des Winters vollziehen.

Endlich kam der Tag.

Wie bei allen Übergangszeiten des Lebens üblich, wurde auch zu Samhain ein Teil der Feierlichkeiten im Schoße der Göttin abgehalten. Alle Menschen aus Weris und Umgebung sollten die Gelegenheit haben, eine Zeit lang in der Geborgenheit dieses kraftvollen Ortes zu weilen. Allerdings fanden die Zeremonien der Jahreszeitenfeste im für seine geselligen Zusammenkünfte bekannten nördlichen Feenhügel statt.

Ihm gegenüber hatten die Erbauer der Steinsetzungen einst hoch auf dem Berg einen Menhir aufgestellt, und zwar so, dass zur Tagundnachtgleiche, vom Eingang des Dolmens aus gesehen, die Sonne hinter ihm aufging.

Um den richtigen Zeitpunkt für den Beginn des neuen Jahres zu bestimmen, hatten die Druidinnen seither die Tage gezählt und mit der Wanderung der Mondin abgeglichen.

Jetzt am Abend wartete Deirdre im Schoß der Erde. Sie würde die Menschen anleiten, ein Stück des Alten und Vergangenen abzugeben und dafür zu bitten, dass es im Weltengewebe der Großen Göttin in etwas Neues, Lebendiges verwandelt würde, wie abgeworfenes Laub, das den Winter über verrottete, um im darauffolgenden Frühling als Dünger zur Verfügung zu stehen, der Inspirationen, Pläne und Glück gedeihen ließ.

Nicht zufällig begann das Jahr also zu Anfang der dunklen Zeit. Hier im Feenhügel zu feiern war ein wunderbarer Abschluss und Neubeginn zugleich.

In Stille. Im Schoß der Erde, in Verbundenheit mit sich selbst und den göttlichen Kräften der Natur. Wie die Bäume, die großen Lehrer, es machten, die ihre Kräfte in die Erde zurückzogen. Hier unten war es sicher und geborgen. Sollten die Winterstürme doch kommen, die Ernten waren längst eingebracht und lagerten sicher in den Speichern. Reichtum und Freude erfüllten die Menschen.

Ein Dolmen war ein beseelter Ort, voller Geheimnisse und Wesenheiten. Kein Platz, um sich lange darin aufzuhalten.

An Tagen wie diesen öffneten sich die Tore, die die Welten normalerweise trennten. Nun traten auch Geschöpfe aus anderen Zeiten und Räumen ins Diesseits ein. Naturgeister, Dämonen, Seelen aus anderen Wirklichkeitsmöglichkeiten, die Wildleute und Seelen von Ahnen kamen, teils um nach Hinterbliebenen zu sehen, teils um zu lehren, sich einfach zu tummeln oder gar um ihr Unwesen zu treiben.

Sorgfältig hatte Deirdre eine Reihe von Schutzmaßnahmen getroffen, bevor sie in den Hügel hinabgestiegen war.

Als es auf Mitternacht zuging, entzündeten jede Frau und jeder Mann ein Licht, eine Lampe oder Kerze, um sie zum Zeichen der Unterstützung und Hoffnung vor sich herzutragen. Alle anderen Feuer wurden gelöscht, auch die der Herdstellen.

Dann strebten die Menschen zum Eingang des Feenhügels.

Es waren zu viele, um ihnen zur selben Zeit Einlass zu gewähren, doch bereits der Weg in die Erde war Teil des Rituals. Zeit, um den alltäglichen Ablenkungen zu entkommen und sich dem eigenen Innern zuzuwenden.

Auch heute kam es Niamh so vor, als ob das bedächtige Schreiten auf dem spiralförmigen Pfad kein Ende nehmen wollte. Doch sie ahnte, dass sie hinterher wieder bedauern würde, dass es schon vorbei war.

Nicht alles, was sich auf diesem Weg zeigte, war von angenehmer Natur. Niamh begegnete in dieser Nacht ihrer Angst. Sosehr sie sich danach sehnte, Kia wiederzusehen, so sehr fürchtete sie sich davor.

Neben allem Abschiedsschmerz war ihr insgeheim auch ein Stein vom Herzen gefallen, als sich ihre Wege getrennt hatten.

Sie, die berüchtigte Kriegerin, die sich nicht scheute, es mit zwei Gegnern vom Format der Stammesfürsten aufzunehmen, geriet allein bei dem Gedanken an die Vertrautheit, die sich mit ihrem Geliebten herstellen würde, in Panik. Ausgerechnet Kia mit seinen empathischen Fähigkeiten hatte sie sich als Gefährten ausgesucht. Sie überlegte sogar, die Reise abzublasen.

Wie peinlich!, dachte sie. Zum Glück kann hier niemand meine Gedanken lesen.

Jetzt erst gestand sie sich ein, dass sie durch ihre Scheu nur selten eine von Deirdres herzlichen Einladungen angenommen hatte. Immer neue Gründe hatte sie gefunden, um dem Quartier der Freundin fernzubleiben.

Denn immer, wenn es endlich möglich wurde, Nähe oder gar Geborgenheit zu erleben, tauchte ein unerträgliches Gefühl von Bedrohung auf. Die Wahrheit schnürte ihr die Kehle zu.

Auf der anderen Seite war Niamh es unendlich leid, immerzu einsam zu sein. Ihre Befangenheit sollte sie nicht länger bestimmen!

Sie bat die Große Mutter, ihr etwas von den uralten Ängsten von den Schultern zu nehmen. „Ich lasse einen Teil davon bei Dir", sagte sie, als sie im Herzen der Erde angekommen war. „Bitte verwandle ihn und schenke mir deinen Segen." Und zum Zeichen, dass das Alte zu Ende ging, löschte sie das mitgebrachte Licht.

Hinaus ging es nicht auf demselben Weg, sondern leicht versetzt dazu, sodass eine Doppelspirale entstand. Sinnbild dafür, dass nun alles bereits eine Spur anders war.

Nur noch wenige Lampen brannten; still war es, trotz der vielen Menschen.

Als alle Anwesenden schließlich diesen Teil der Zeremonie durchlaufen hatten, umgab sie Dunkelheit.

Die neue Zeit konnte beginnen!

Aus Holz und Stroh hatte Rowan gemeinsam mit den Schülern und Schülerinnen einen riesigen, dem hitzigen Sommer so ähnlichen Eber nachgebaut, der jetzt in Flammen gesetzt wurde.

Im Stroh war die Glut der Sonne gespeichert. Das Bild des hoch in den Himmel hinauftreibenden Funkenregens war beeindruckend. Weithin sichtbar leuchtete das lodernde Feuer durch die Nacht.

Nichts war verloren – immer war es möglich, sich an die Kräfte des Lichtes anzuschließen!

Dieses Wissen nahmen die Menschen mit nach Hause, indem sie an den Gluthaufen ihre Lampen und Kerzen anzündeten. Daheim würden sie damit die Herdfeuer wieder entfachen, und die Flammen im Herzen des Hauses würden sie den ganzen Winter über daran erinnern. Denn so einfach diese Weisheit war, so wichtig war es, sich ihrer in dunklen Zeiten zu erinnern.

Schließlich kehrten alle gemeinsam in den Hofanlagen von Weris ein, um das ausgelassene Neujahrsfest fortzusetzen. Auch Deirdre verließ den Schoß der Mutter.

Nun gehörten der Dolmen und die umliegenden Wiesen allein den Ahnen und den anderen Wesenheiten, die hier ihre eigenen wilden Gelage abhielten. Kein Mensch hätte sie dabei stören wollen. Nicht einmal Deirdre oder Juna wären sich sicher gewesen, ob es für sie sonst jemals ein Zurück gegeben hätte, denn die Grenzen zur Anderswelt waren in dieser Nacht samt und sonders aufgehoben.

In den Höfen von Weris herrschte Feststimmung. Große Tafeln waren vorbereitet worden. Tagelang wurde gegessen. Vornehmlich das Fleisch der durch die Mast mit würzigen Eicheln fettglänzenden Jungschweine mit Bohnen, mit Apfelstückchen und Wildkräutern gewürzter Schweineeintopf, außerdem Gänsebraten, süße Wildmöhren und dazu in diesem Jahr sogar pralle Maronen, Apfel- und Nusskuchen, die Liste der Köstlichkeiten schien endlos.

Dazu floss das in den vergangenen Wochen gebraute, mit Kräutern versetzte frische Starkbier in Strömen.

An Arbeit dachte in diesen Tagen niemand. Die Zeit stand still. Jetzt wurde gefeiert! Zu den Klängen der Flöten und Leiern wurde getanzt und sich auch auf jede andere denkbare Weise amüsiert.

Besonders Hochzeiten wurden gern in diesen tosenden Tagen abgehalten, Ehejahre zur Probe vereinbart und zur Not wieder aufgelöst.

Immer wieder brandete die fröhliche Stimmung auf, bis die Wogen von Samhain schließlich von allein verebbt waren.

Der Wandel hatte sich vollzogen, und es wurde ruhig.

Die klare Kraft des Gehörnten, Cernunnos, und mit ihm der Frost herrschten nun über das Land.

Am Vorabend der Reise verabschiedete sich Niamh zuerst von ihren Schülern.

Die Jugendlichen freuten sich auf die Abwechslung, die der nun anstehende Schulunterricht für sie bedeutete. Denn in Schlechtwetterzeiten wurden ihnen in Weris auch Kenntnisse in Logik und Mathematik, Sternen- und Rechtskunde vermittelt, und nicht nur Corentin als vielleicht zukünftiger König seines Stammes erlernte das Lesen und Schreiben in griechischer Schrift.

Dass Corentin tatsächlich einmal Stammesführer der Eburonen würde, war keineswegs sicher. Diese Aufgabe unterlag nicht nur der Macht des Geldes – dem Vermögen, das der Amtsinhaber aus eigener Tasche aufbringen musste, um die Verteidigung des Landes zu gewährleisten –, sondern es handelte sich auch um ein gewähltes Amt. Das gesamte Volk, Frauen wie Männer, mussten dem für die außenpolitischen Belange zuständigen Anführer zustimmen.

Jetzt in der kalten Jahreszeit hatte keine Schülerin und kein Schüler etwas dagegen, nach dem Frühstück im behaglichen Versammlungsraum auf den Matten sitzen zu bleiben und die Schärfe des Schwertes einmal gegen die des Verstandes zu tauschen.

In diesem Herbst hielt die Trockenheit ungewöhnlich lange an. Traurig war Niamh darüber nicht, als sie hinaus in den Südhof trat, um sich nun auch von Deirdre und Juna zu verabschieden. Die weite

Reise würde beim derzeitigen wunderbaren Sonnenschein bedeutend schneller und leichter vonstatten gehen, als wenn das Wetter erst umschlüge. Samoni, die erste Mondin des Jahres, war bekannt für ihre anhaltenden Regenfälle. Normalerweise zählte diese Zeit nicht zu den Reisemonaten.

Wie auch immer; Niamh trug jetzt wieder Licht im Herzen. In Gedanken war sie längst unterwegs. Sie freute sich unsagbar auf Kia. Wie hatte sie es nur so lange ohne den Geliebten aushalten können?

Frohgemut folgte sie der Einladung zum Abschiedsessen im Quartier von Deirdre und Rowan.

Unweit davon betrachtete Ambiorix die Decke seines Gastzimmers und gab sich dem Abschiedsschmerz hin. Er würde öfter in Weris vorbeisehen, wenn Niamh zurück war, seufzte er.

Viel zu wenig hatte er in den vergangenen Tagen über sie in Erfahrung bringen können. Vielleicht hatte sie sogar einen Gefährten? Wohl eher nicht, beruhigte er sich. Es wäre ihm aufgefallen, wenn sie jemanden verliebt angesehen hätte.

Ambiorix hatte sein Herz verloren, so viel war ihm unterdessen klar geworden.

Daher war er froh, als er am späteren Abend in der Runde, die sich im Versammlungsraum zusammengefunden hatte, Niamhs Überlegungen zu ihrer Sicherheit zu Gehör bekam.

„Sobald ich von Indutiomarus' Feste aus weiterreise, werde ich mich als Gerberin verkleiden", erklärte sie. „Die Tierhäute, die ich mit mir führen werde, werden schon bald einen ‚Duft' verbreiten, der andere Reisende davon abhält, sich mir mehr als auf Rufweite zu nähern." Bei dem Gedanken an den Verwesungsgestank rümpfte sie die Nase. „Das sollte euer Gold schützen, oder was meint ihr?" Sie blickte auf und musste lauthals über die Gesichter lachen, die sie halb mitleidig, halb angewidert anschauten.

Schlau, die Frau!, dachte Indutiomarus und grinste vor sich hin. Still und leise, denn inzwischen enthielt er sich jeden Kommentars zur Geschlechterfrage.

„Du musst das nicht tun", erwiderte Deirdre mit einer wehleidigen Miene, so als hätte sie beim Verzehr von Salat in eine Nacktschnecke gebissen.

„So schlimm wird es schon nicht werden“, antwortete Niamh schulterzuckend. „Bald wird es so kalt sein, dass die Felle gefrieren. Aber auch dann wird man mir keine Beachtung schenken.“
Alle gaben ihr recht. Gerberinnen wurden möglichst übersehen, besser, „überrochen“. Auch Ambiorix war mittlerweile sehr froh über die Wahl der Botin, die sie getroffen hatten.

Weniger erfreut war er, als ihm sein Freund Indutiomarus am nächsten Morgen begegnete. Reisebereit und mit einer neuen Frisur betrat der Treverer den Hof. Entsetzt starrte Ambiorix ihn an.

Indutiomarus liebte sein Haar und hatte es am heutigen Tag nach Art der jungen Krieger frisiert, die auf Brautschau gingen. An den Seiten gekürzt, hatte er von der Stirn bis in den Nacken in der Mitte einen Streifen längerer Haare stehen lassen und diese mit Kalkwasser gefestigt, sodass sie nach oben abstanden. Hier und da hatte er kleine Federn eingeflochten und einige der Strähnen blau gefärbt. Er liebte Blau.

Ambiorix wusste, was das zu bedeuten hatte. Finster blickte er dem verwegenen Stammesfürsten entgegen.

Hätte er Indutiomarus jetzt beiseitegenommen und dringlich auf ihn eingeredet, er solle seine großen Pranken von Niamh lassen, hätte der Freund empört seine Unschuld beteuert. Er hätte wirklich geglaubt, was er sagte. Das tat Indutio immer.

Aus diesem Grunde diskutierte Ambiorix nie mit ihm.

Und ausgerechnet mit diesem Hund reiste Niamh heute ab. So treu ergeben ihm sein Freund auch war, in *der* Beziehung traute Ambiorix ihm nicht eine Handbreit über den Weg.

Der Bessere wird gewinnen!, tröstete er sich schließlich. Niamh hatte ohne Zweifel Geschmack. Er schmunzelte. Dann erschrak er erneut, denn fast hätte er vergessen, dass er etwas aus seiner Kammer holen musste!

Als Niamh endlich alles gepackt hatte und mit roten Wangen neben ihrer Stute vor dem Südtor bereitstand, kam Ambiorix feierlich auf sie zu.

Aus dem Land der Eibenleute hatte er ein Geschenk für sie mitgebracht. Aus seiner Gürtelkette hakte er ein Schwert aus und überreichte es ihr.

„Möge es dir Glück bringen und dich schützen“, sagte er. Diesmal genoss er seine Gefühle beim Anblick der jungen Frau.

Er nahm das Bild in sich auf, wie sie dastand und die wunderbar verzierte Schwertscheide in ihren Händen bestaunte.

Sie spürte das hauchdünne, kalte Metall, das mit ineinander verschlungenen Linien verziert war. Andächtig berührte sie den aus verschiedenen Holz- und Hornstücken zusammengesetzten Griff der Waffe. Warm und fest lag er in ihrer Hand. An seinem Ende glänzte eine goldene Kugel, nein, ein stilisierter Frauenkopf mit langem Haar. Ihre Finger fügten sich um das Heft, als wären sie mit ihm verwachsen, so perfekt war es für sie gearbeitet. Erstaunt warf sie Ambiorix einen Blick zu. Dann zog sie das Schwert heraus. Es war so federleicht, dass es bequem einhändig geführt werden konnte. Die feine Maserung des Damaszenerstahls schillerte wie edles Holz. Als Niamh die Klinge auf und ab schwingen ließ, gab diese leise federnd nach. Trotz ihrer Schärfe würde sie niemals brechen.

Niamh suchte die Schlagmarke, die verriet, in welcher Schmiede das Meisterstück hergestellt worden war. Am oberen Ende der Klinge fand sie das Sonnenrad des Lugh, das Zeichen der Mechenen. Es war mit Abstand das beste und schönste Schwert, das sie jemals gesehen hatte.

Sie steckte es zurück in die Scheide. „Das kann ich unmöglich annehmen“, sagte sie kopfschüttelnd, hielt die Waffe Ambiorix entgegen und blickte ihm entschlossen in die Augen.

Doch er legte seine warme Hand auf die ihre. „Möge es dich sicher geleiten“, wiederholte er seine Worte. „Betrachte es, wenn du so willst, als Lohn für die gefahrvolle Reise.“ Er zog die Hand zurück.

Ungläubig starrte Niamh ihn an. Ein solches Kunstwerk kostete ein Vermögen und in jedem Fall weit mehr, als für die Überbringung des Goldes angemessen war. Außerdem empfand sich Niamh inzwischen als Mitglied der Widerstandsbewegung; sie wollte keinen Lohn.

„Bitte nimm es als Geschenk von mir an und komme heil zurück", sagte Ambiorix leise, und mit einem Mal verstand sie, dass seine Gefühle für sie von ganz anderer Natur waren als die eines Auftraggebers.

Überrascht war sie; verlegen lächelnd betrachtete sie die Kostbarkeit und ließ langsam die Arme sinken.

„Danke, mein König", erwiderte sie und hoffte im Stillen, er möge ihre Worte richtig deuten. Vergebens suchte sie nach einem Namen für die Empfindungen, die sie für ihn hegte. Sie verehrte diesen schönen, diesen edlen Mann. Andererseits verwirrte sie, dass sie in seiner Nähe manchmal eine nur allzu bekannte Aufregung überfiel. Sie traf seine Augen und die Liebe, die darin brannte.

Erneut befragte Niamh die eigenen Gefühle. Nein, die tiefe Sehnsucht, die sie fand, galt Kia.

Mit ernstem Blick nickte sie Ambiorix zu und hängte das Schwert in ihrer Gürtelkette ein. Sie dankte ihm, aber machte keine Versprechen. Der Krieger verstand ihre stumme Sprache.

Als sie hinter sich leichte Schritte nahen hörte, atmete Niamh auf. Schon klopfte ihr Deirdre auf die Schulter, Niamh drehte sich um, und sie umarmten sich.

„Wie du weißt, werde ich eine Weile bleiben", sagte Niamh. „Möge dich der Segen der Göttin den Winter über behüten. Euch alle!" Sie blickte in die Runde und lächelte Juna zu, die ebenfalls gekommen war.

„Der Segen von Arduinna sei auch mit dir, meine liebe Niamh", sagte Deirdre. „Es gibt Pläne, über die wir noch nicht gesprochen haben. Meinst du, ihr könnt es einrichten, im Sommer zurückzukommen?" Im Augenwinkel bemerkte die Druidin den fragenden Blick des Eburonenfürsten, der auf ihr ruhte.

Niamh nickte. „Ich werde da sein!"

Endlich waren alle Segenswünsche ausgesprochen, und sie schwang sich aufs Pferd.

Auch Indutiomarus war bereit. Die Reise konnte beginnen.

Sie wendeten die Reittiere.

„Dann werden wir dir mal den nötigen Geleitschutz geben", strahlte der aufgeputzte Recke. Ihm war anzusehen, dass er sich in seiner Rolle gefiel.

„Ich dir, muss es wohl eher heißen", verbesserte Niamh ihn trocken. „Oder hast du vergessen, wie unser Kampf ausging?"

Das Wort Geleitschutz hatte sie in letzter Zeit öfter gehört, als ihr lieb war.

„Ahei Tari, ahei!", rief sie. Das ließ sich die Stute nicht zweimal sagen und fiel ohne Übergang in fliegenden Galopp.

An Niamh wirst du dir die Zähne ausbeißen, mein Freund!, dachte Ambiorix schmunzelnd und sah dem Trevererfürsten hinterher, wie er der davonpreschenden Kriegerin nachsetzte.

Niamhs Blick hingegen war zielstrebig in die Ferne gerichtet. In der vergangenen Nacht hatten sie und Kia einander im Traum ihrer Liebe versichert.

„Bald sind wir zusammen!", hatte er gejubelt. Noch immer hallte der zärtliche Klang seiner Stimme in ihr nach, und die Vorfreude auf das Wiedersehen zauberte ein glückliches Lächeln auf ihr Gesicht.

Quellenverzeichnis

Bernecker, Annemarie: Der gallorömische Tempelkalender von Coligny, Bonn. 1998

Blümel, M. J.: Die Eburonen, Philosophische Fakultät, Universität Bonn. 2008

Born, H. u. a.: Hundert Meisterwerke keltischer Kunst, Landesmuseum Trier. 1993

Botheroyd, S. und P.: Lexikon der keltischen Mythologie, Bertelsmann. 2004

Bräuning, A. u. a.: Kelten am Hochrhein, Theiss. 2005

Burkert, Walter: Mystica, Orphica, Pythagorica, Vandenhoeck & Ruprecht. 2006

Caesar, Gaius Julius: Der Gallische Krieg, Hamburger Lesehefte Verlag 2009

Caesar, Gaius Julius: Gallischer Krieg, Übersetzungsbibliothek, Hollfeld. 1997

Canfora, Luciano: Caesar, CH Beck. 2001

Castaneda, Carlos: Die Lehren des Don Juan, Fischer. 1973

Castaneda, Carlos: Die Kunst des Träumens, Fischer. 1993

Cunliffe, Barrington Windsor: Die Kelten und ihre Geschichte, Lübbe. 2000

Dannheimer, H.: Das keltische Jahrtausend, München prähist. Staatssammlung. 1993

Dermandt, Alexander: Die Kelten, CH Beck. 2001

Dottin, Georges: La langue gauloise, Bibliothèque nationale de France. 1918

Easwaran, Eknath: Die Upanischaden, Goldmann. 2008

Fitter, R. u. a.: Pareys Blumenbuch, Parey Buchverlag. 2000

Flaming Crystal M.: Süsse Medizin, Vier Welten Verlag. 2000

Frey, O.-H.: Au Musée de Besancon, Presses Univ. Franche-Comté. 1955

Geise, G. L.: Keltenschanzen, EFODON. 2007

Gilliver, Kate: Auf dem Weg zum Imperium, Nikol Verlag. 2007

Goodman, Felicitas: Wo die Geister auf den Winden reiten, Bauer Hermann. 1999

Greven, Michael Peter: Zur Lokalisierung des historischen Aduatuca, BoD. 2012

Grosse, Rudolf: Der Silberkessel von Gundestrup, Verlag am Goetheanum. 1994

Guidon, M. und D.: Postural Integration, Ehrenwirth. 2001

Haffner, Alfred: Gräber - Spiegel des Lebens, Phillip von Zabern. 1989

Haffner, A. u. a.: Heiligtümer und Opferkulte, Theiss. 1995
Heinzel, H. u. a.: Pareys Vogelbuch, Parey Buchverlag. 1996
Herm, Gerhard: Die Kelten, Bechtermünz Verlag. 1998
Holder, Alfred: Altkeltischer Sprachenschatz, Graz 1962
Jahrbücher, Archäologie im Rheinland, Rheinland-Verlag. 1987-1999
Jahrbücher, Archäologie im Rheinland, Theiss. 2000-2012
Jakob, Andrea, u. a.: Frau Holle, Meininger Museen. 2010
Jehne, Martin: Caesar, CH Beck. 2007
Joachim, Hans-Eckart: Schriftenreihe des Rheinischen Landesmuseums. 1973- 2001
Joachim, Hans-Eckart: Bonner Jahrbücher. 1973 - 2007
Joachim, Hans-Eckart: Metallzeiten, Denkmalpflege in der Euregio. 1992
Joachim, Hans-Eckart: Bonn in Vorgeschichtlicher Zeit, Bonn. 2001
Kever, Céline: Quantenherz, Windpferd Verlag. 2010
Kossak, H.-C.: Hypnose, Lehrbuch, Beltz PVU. 2004
Krefeld, Heinrich (Hrsg.): Res Romanae, Cornelsen. 1997
Kremer, Bernhard: Das Bild d. Kelten bis in augusteische Zeit, Franz Steiner. 1994
Kunst, Chr.; Riemer, U.: Grenzen der Macht, Stuttgart. 2000
Kunst, Chr.: Leben und wohnen i. d. röm. Stadt, Wissensch. Buchgesellschaft. 2005
Lange, Sophie: Wo Göttinnen das Land beschützen, Fuldaer Verlagsanstalt. 1995
Maier, Bernhard: Namen und Wörter keltischen Ursprungs, C. H. Beck. 2004
Maier, Bernhard: Die Religion der Kelten, CH Beck. 2004
Markale, Jean: Die Druiden, Schirner Verlag. 2005
Markale, Jean: Die keltische Frau, Goldmann. 1991
Meid, Wolfgang: Gallisch o. Lateinisch?, Uni Innsbruck. 1980
Petrikovits, Harald: Urgeschichte und römische Epoche, Schwann. 1978
Plinius, Secundus der Ältere: Naturkunde, Oldenbourg Akademieverlag. 2011
Pokorny, Julius (Hrsg.): Vergl. Wörterbuch, De Gruyter. 1973
Pühler, Alfred (Hrsg.): Genetic Engineering of Microorganisms, VCH. 1993
Rieckhoff, Sabine u. Biel, Jörg.: Die Kelten in Deutschland, Theiss. 2001
Rieckhoff, S. u. a. (Hrsg.): Studien zur Lebenswelt der Eisenzeit, De Gruyter. 2006
Rieckhoff, S. u. a. (Hrsg.): Sakral oder Profan? Leipziger Online-Beiträge 22. 2006
Rieckhoff, Sabine: Beiträge zur Religion der Kelten, Universität Leipzig. 2008
Riedweg, Christoph: Pythagoras. Leben, Lehre, Nachwirkung, CH Beck. 2002
Rind, M. M. (Hrsg.): Von Keltenkriegern u. Kirchenmäusen, Regensburg. 1997
Rüttner-Cova, Sonja: Frau Holle Die gestürzte Göttin, Sphinx Verlag. 1998

Schweitzer, Peter Paul: Altdeutscher Wortschatz, Hadamer. 2002
Sheldrake, Rupert: Der siebte Sinn des Menschen, Fischer. 2012
Sievers, Susanne: Manching – Die Keltenstadt, Theiss. 2007
Sills-Fuchs, Martha: Wiederkehr der Kelten, Knaur. 1983
Storl, Wolf-Dieter: Erkenne dich selbst in der Natur, AT Verlag. 2009
Trungpa (Hrsg.): Das Totenbuch der Tibeter, Hugendubel Kreuzlingen. 2002
Tukul, Tarthang: Dynamik von Raum und Zeit, Dharma Publishing. 1999
Uccusic, Paul: Der Schamane in uns, Ariston Verlag. 2001
Vitebsky, Piers: Schamanismus, Taschen. 2001
Wenger, Denise: Schweinswale in der Weser, Ges. z. Rettung d. Delphine. 2013
Werner, Achim: Keltische Kochbarkeiten, Theiss. 2007

Association Wallonne d'Etudes Mégalithiques: www.megalithe.be
Carnyx: www.keltentruppe.de
Freundeskreis kelt. Ringwall Otzenhausen: www.hochwaldkelten.de
Hassia Celtica: www.hassiaceltica.de
Keltengruppe Teutates: www.teutatesnet.de
Kulturerbeportal Archäologie: www.dgkulturerbe.be
Last, Andreas: www.spielbox-online.de/spielarchiv/peep/brandu.php4 . 2007
Site Mégalithique de Wéris: www.weris-info.be
Taranis Kelten: www.taranis-kelten.de
Witzke, Thomas: tw.strahlen.org
Zeit online: www.zeit.de/2002/22/Ein_Lob_den_Barbaren

Der Götterhimmel:

Bei den Kelten ist eine Vielzahl von Namen für die göttliche Energie bekannt. Deren Aufsplitterung in Aspekte erleichtert dem Menschen den Zugang. Für diesen Roman wurden drei davon ausgewählt:

Die Urgöttin mit den vielen Namen steht für die sich verschenkende Fruchtbarkeit und das Genährt-Sein im weitesten Sinne. Genannt: Ana, Arduinna, Aufania, Dana, Erdmutter, Epona, Große Göttin, Holla

Männlicher göttlicher Aspekt, steht für die liebevolle Beherrschung und Nutzung der emotionalen und geistigen Kräfte. Genannt: Cernunnos, Erdvater, der Gehörnte, Herr der Wälder und der Tiere

Göttlicher Aspekt der Handwerkskunst. Genannt: Lugh, Lugus

Schauplätze und ihre heutigen Namen:

Aha, Thermalquellen	- Aachen
Albion	- Großbritannien
Atuatuca	- Bezeichnung für kleine Fliehburg
Bonna	- Bonn
Dana	- Donau
Hollaberg	- Hollerberg bei Bad Münstereifel
Mahal	- Michelsberg bei Bad Münstereifel
Marcomagus	- Marmagen/Eifel
Massalia	- Marseille
Mosa	- Maas
Mosella	- Mosel
Renos	- Rhein

Urta	- Ourthe/Belgien
Weris	- Wéris bei Durbuy in Belgien
Vindelia	- Keltisches Oppidum bei Manching nahe Ingolstadt. In diesem Fall ist der historische Name ist nicht überliefert. „Vindelia“ wurde hier, entsprechend keltischer Vorgehensweise, vom ortsansässigen Stammesnamen, Vindeliker, abgeleitet.

Danksagungen

Hiermit danke ich meiner Familie und meinen Freunden für die unschätzbare Hilfe und Geduld während der Entstehung dieses Buches. Mein besonderer Dank gilt Markus und Jana, Ilse Zimmermann, Yvonne Joras, Bettina Busch, Susanne Dörffel, Markus Nagel und Rüdiger Janzen, mit deren Unterstützung ich an Niamhs Geschichte geschliffen habe, bis der Diamant darin zum Vorschein kam.

Außerdem danke ich den Kräften der acht Himmelsrichtungen, deren Werkzeug ich sein darf.

Autorin

Henni Decker, geboren 1963 in Kassel, studierte an der Universität Bonn Volkskunde und Ethnologie.

Nach verschiedenen Ausbildungen im Bereich Psychotherapie und Schamanismus arbeitet sie heute als psychologische Beraterin.

Die Kelten faszinieren sie seit Jahren – intensive Studien haben sie angeregt, die Geschichte der Kriegerin Niamh zu erzählen.

Sie lebt mit ihrer Familie in Belgien nahe Aachen.

Homepage der Autorin: http://www.henni-decker.de
Henni Decker ist als Autorin auf Facebook vertreten.